Lisa Scottoline est une autrice à succès dont les livres figurent régulièrement dans les meilleures ventes du *New York Times*. Elle a reçu en 1995 le prix Edgar-Allan Poe du livre de poche et a écrit à ce jour trente-trois romans. Ses livres sont traduits dans trente-cinq pays et sont tirés à des millions d'exemplaires aux États-Unis. Scottoline tient également une chronique avec sa fille dans le *Philadelphia Inquirer*. Elle a été présidente des *Mystery Writers of America* et a donné un cours intitulé « La justice dans la fiction » à l'université de droit de Pennsylvanie. Elle vie dans les environs de Philadelphie.

Ce livre est également disponible
au format numérique

www.editions-hauteville.fr

Lisa Scottoline

ÉTERNELLE

Traduit de l'anglais (États-Unis) par Barbara Versini

– Épreuves non corrigées –

Hauteville

Hauteville est un label des éditions Bragelonne

Titre original : *Eternal*

Bragelonne – Hauteville
60-62, rue d'Hauteville – 75010 Paris

E-mail : info@editions-hauteville.fr
Site Internet : www.editions-hauteville.fr

À ma merveilleuse fille, Francesca, avec tout mon amour

Dramatis personæ

FAMILLE D'ORFEO DU TRASTEVERE
Ludovico, le père
Serafina, la mère
Elisabetta, la fille
Rico et Gnocchi, deux chats au caractère bien trempé

FAMILLE SIMONE DU GHETTO
Massimo, le père
Gemma, la mère
Rosa, la fille
Alessandro, dit Sandro, le fils
Cornelia Rossi, l'employée de maison
David Jacobs, l'amoureux de Rosa

FAMILLE TERRIZZI DE L'ÎLE TIBÉRINE
Giuseppe, dit Beppe, le père
Maria, la mère
Emedio, le fils aîné, prêtre
Aldo, le second fils
Marco, le cadet

AUTRES PERSONNAGES

Giuseppina Servano, dite Nonna, matriarche de la famille Servano et propriétaire du restaurant *Casa Servano*
Paolo, son fils
Sofia, femme de Paolo
Commandeur Buonacorso, officier fasciste
Commandant Spada, officier fasciste
Carmine Vecchio, Chemise noire
Stefano Pretianni, Chemise noire
Stratten, aide de camp nazi
Professeur Tullio Levi-Civita, mathématicien
Ugo Foà, président de la Communauté israélite de Rome
Dante Almansi, président de l'Union des Communautés israélites italiennes
Lieutenant-Colonel Herbert Kappler, officier des unités SS de Rome
Baron Ernst von Weizsäcker, ambassadeur d'Allemagne au Vatican

« *Omnia vincit amor.* »
« L'amour triomphe de tout. »
Virgile

Prologue

Elisabetta
Mai 1957

Le moment était venu pour Elisabetta de révéler à son fils le secret qu'elle gardait en elle depuis treize ans. Il était en âge de comprendre et il méritait de connaître enfin le nom de son père biologique, une vérité qu'elle lui dissimulait depuis trop longtemps, non sans culpabilité. Avec le temps, le mensonge était devenu de plus en plus lourd à porter, comme un sac de course qui ne pèse rien pendant quelques mètres, mais qu'on finit par devoir poser à terre.

Debout devant l'évier, Elisabetta termina sa tasse de café. Son fils jouait dehors au foot, l'appartement était calme et silencieux. Elle se prépara intérieurement à revivre les pires moments de sa vie et de l'histoire de son pays, ses années de jeunesse ayant coïncidé avec le *ventennio*, deux décennies de pouvoir mussolinien achevées par une guerre où le mal avait peu à peu pris la place du bien, jusqu'à devenir tout-puissant.

Ses yeux se voilèrent de larmes et elle battit des paupières pour les refouler. Elle espérait que son fils comprendrait pourquoi elle s'était tue jusque-là. La révélation allait lui faire un choc car il ne se doutait de rien. Physiquement, il ressemblait beaucoup à sa mère, à croire que les gènes de son père avaient choisi de s'exprimer uniquement dans sa personnalité.

Le regard d'Elisabetta se perdit vers la fenêtre au-dessus de l'évier. La vue qui s'étendait devant elle, du Trastevere à la Cité du Vatican, elle la connaissait par cœur. Nulle autre ville que Rome n'offrait aux yeux un tel palimpseste de couches architecturales remontant aux origines de la civilisation occidentale : bâtiments de travertin, arches de pierres, tours médiévales à créneaux, toitures de tuiles rouges, maisons aux façades ocres. Des dômes d'église parsemaient ce décor hors du temps ponctué de palmiers, de cyprès et de pins parasols. Et dominant tout cela, il y avait la basilique Saint-Pierre, avec son célèbre dôme pailleté d'or par le soleil de l'Italie.

Elisabetta sortit de sa rêverie et posa sa tasse de café dans l'évier. Son fils allait rentrer d'une minute à l'autre et il serait accueilli par l'odeur des lasagnes, son plat préféré. Elle le lui avait préparé parce qu'il allait entendre une histoire douloureuse. Mais il fallait qu'il sache. Et elle avait besoin de raconter.

Elle entendit la porte quand il entra dans l'appartement en lâchant son ballon. Elle était prête.

— *Ciao*, mon amour !

— Maman, on mange des lasagnes ?

— Oui ! Je t'attends dans la cuisine. Viens vite.

Première partie

« Les faits qui le concernent, que chacun ait donc le droit de les raconter à sa manière. »

Ignazio Silone, *Fontamara* (1930)

« L'Un demeure, le multiple change et passe ;
La lumière du Ciel brille à jamais, les ombres de la Terre fuient ;
La Vie comme un dôme de verre multicolore,
Teinte le blanc rayonnement de l'Éternité,
Jusqu'à ce que la Mort le piétine en morceaux. — Meurs,
Si tu veux être avec cela que tu recherches !
Suis-le là où tout a fui ! — le ciel d'azur de Rome,
Les fleurs, les ruines, les statues, la musique, les mots, sont faibles
Pour dire l'exacte vérité de la gloire par eux transfusée. »

Percy Bysshe Shelley, *Adonaïs* (1821)

Chapitre premier

Elisabetta
Mai 1937

Elisabetta était décidée. Son premier baiser serait pour Marco Terrizzi. En ce moment il faisait des acrobaties avec sa bicyclette, en équilibre sur le pneu arrière. Il riait à gorge déployée, la tête renversée, avec ses dents blanches qui se détachaient sur sa peau bronzée. Ses épais cheveux noirs bien pommadés luisaient au soleil. Ses jambes aux muscles noueux dépassaient du short bouffant de son uniforme. Sa façon de manier son engin, à la fois joyeuse et athlétique, incarnait la grâce masculine. Marco Terrizzi possédait ce qu'on appelle la *sprezzatura*, un mélange de charme décontracté et de nonchalance feinte qui le rendait irrésistible.

Elisabetta ne le quittait pas des yeux et elle n'était pas la seule. Elle le connaissait depuis toujours, mais récemment il était passé de l'enfance à l'âge adulte, du petit Marco au *beau Marco*. Car il était scandaleusement beau, cela ne faisait aucun doute. Il avait de grands yeux noisette, le nez fort, la mâchoire carrée, un cou puissant marqué d'une pomme d'Adam proéminente. C'était le garçon le plus apprécié de la classe et tout semblait chez lui être plus intense. À cet instant, par exemple, les rayons du soleil le baignaient d'une lumière dorée, comme si la nature elle-même tenait à le couvrir d'or.

Elisabetta se demandait quel effet ça lui ferait de l'embrasser. Ce serait agréable, sûrement, pour ne pas dire délicieux, comme quand on mord dans une tomate bien mûre en laissant couler le jus sur le menton. À quinze ans, elle n'avait encore jamais embrassé un garçon, mais elle s'entraînait le soir avec son oreiller. Rico, le chat tigré qui dormait avec elle, s'était résigné à ce rituel, car les chats savent se montrer indulgents envers les idées saugrenues des jeunes filles fantasques.

Le problème était d'amener Marco à voir en elle autre chose qu'une amie. D'habitude, elle savait comment s'y prendre pour atteindre le but qu'elle s'était fixé. Par exemple pour obtenir de bonnes notes ou des choses de ce genre. Mais là, c'était différent. Elle était un peu trop directe pour flirter. Les ruses féminines n'étaient pas son fort. Petite fille, elle avait été un vrai garçon manqué, raison pour laquelle Marco était devenu son compagnon de jeu. Elle aurait bien voulu avoir l'air plus femme, notamment en portant un soutien-gorge. Malheureusement, sa mère s'y opposait en prétendant qu'elle pouvait encore s'en passer. Ce n'était pas l'avis des filles de sa classe qui se moquaient d'elles et chuchotaient sur son passage.

— Elisabetta, au secours, je vais me noyer !

Marco fonçait droit sur le fleuve. Elle allait lui crier de faire attention, mais se retint à temps, car elle avait lu dans la rubrique « Conseils » d'un magazine féminin que le meilleur moyen de rendre un homme fou de désir était de feindre avec lui l'indifférence. Elle ignora donc l'appel de Marco, mais d'autres y répondirent :

— Marco, non ! hurla Livia.

— Marco, fais attention ! renchérit Angela.

Les garçons de la classe tournèrent eux aussi la tête, histoire de voir si Marco parviendrait à éviter l'accident, ce qu'il fit en donnant *in extremis* un coup de guidon pour s'écarter du fleuve. Ses camarades masculins rirent et se replongèrent dans leurs manuels. Allongés sur l'herbe, ils faisaient leur devoir après leur réunion à la Ballila, l'organe paramilitaire de jeunesse mis en place par le Parti fasciste auquel il était obligatoire d'adhérer. Ils en portaient tous l'uniforme : chemise noire et pantalon courts de couleur gris vert pour les garçons, chemisier de mousseline blanche et jupe noire pour les filles.

Toute la classe avait pris l'habitude de se retrouver sur la rive du fleuve le soir après les cours ou la Ballila, au nord du Ponte Palatino. Elisabetta s'asseyait en général avec Marco ou Sandro. Au début, elle avait dédaigné les avances du groupe de filles et maintenant c'était elles qui la tenaient à l'écart. Elle était désormais cataloguée comme celle qui préférait la compagnie des garçons, ce qui n'était qu'en partie vrai, car cela lui aurait plu d'avoir une amie intime. Mais quelle qu'en fût la raison, Angela et les autres la tenaient à distance. Elle s'efforçait de ne pas trop en souffrir.

— Regarde, Betta ! cria Marco, en utilisant son diminutif de petite fille.

— Ne m'appelle pas comme ça ! protesta-t-elle, sans même abaisser le journal qu'elle était en train de lire.

Elle préférait qu'on l'appelle par son nom et son prénom, car elle espérait devenir plus tard journaliste. Le soir, elle s'entraînait aussi à prononcer tout haut sa signature : « Par Elisabetta d'Orfeo ».

— Elisabetta !

Marco venait vers elle. Il s'arrêta dans l'herbe en effectuant un magnifique dérapage contrôlé.

— Grimpe sur mon guidon, je t'emmène faire un tour.

— Non, je suis en train de lire, répondit Elisabetta en dissimulant un sourire derrière son journal.

Angela se leva et épousseta les brins d'herbes collés à sa jupe.

— Moi ça me dit de faire un tour, Marco !

— D'accord !

Il l'aida à se hisser sur le guidon et ils s'éloignèrent sur la bicyclette.

Elisabetta abaissa son journal pour les suivre des yeux, en se demandant si elle avait eu raison de se fier au conseil de cette rubrique féminine. Si elle voulait Marco, elle allait devoir attirer son attention autrement que par l'indifférence. Elle se savait plutôt jolie, avec ses traits d'adultes, comme disait sa mère. Elle avait de grands yeux ronds, d'un marron tacheté de vert, et des cheveux d'un brun profond, ondulés et épais, qui lui arrivaient aux épaules. Son nez était un peu fort, mais bien proportionné par rapport à ses pommettes saillantes, et elle avait des lèvres pleines. Le problème ne venait donc pas de son physique, mais plutôt de son attitude et notamment d'une propension à dire un peu trop vite ce qu'elle pensait, ce qui était un handicap pour s'adresser aux garçons, à son professeur de latin, et aussi à la vieille toupie du kiosque à journaux.

À demi allongée, hissée sur les coudes, Elisabetta respira les odeurs du Tibre. Elle aimait son eau d'un jade laiteux, ses vaguelettes surmontées d'une mousse ivoire. Les hirondelles effleuraient sa surface pour boire, les cigales chantaient, les libellules bourdonnaient. Des lauriers roses, des pins parasols et des palmiers bordaient la rive, formant une oasis naturelle protégée de l'agitation de la ville par des murs de pierre grise.

Son regard se posa sur le Ponte Rotto qui s'arrêtait au milieu du fleuve, telle une étrange apparition. Des siècles plus tôt, il avait relié les deux rives, mais le temps l'avait réduit à une unique arche sortant de l'eau et ne menant nulle part. Les romains le surnommaient « le pont cassé », mais elle le voyait plutôt comme un survivant, debout envers et contre tout, en dépit de la furie des éléments et du Tibre lui-même, d'où émergeait une vigne vierge noirâtre grimpant le long de l'arche, comme pour tenter de l'attirer sous l'eau.

Un peu plus loin, elle apercevait la seule île de Rome, la petit île Tibérine, abritant à l'Est la basilique San Bartolomeo all'Isola et son campanile de vieilles pierres, au centre l'église San Giovanni Calibita, et enfin à l'ouest l'hôpital Fatebenefratelli, avec ses alignements de fenêtres aux volets verts. En face de l'hôpital se trouvait le *Bar du Giro*, appartenant à la famille de Marco, qui habitait au-dessus. Elisabetta vivait à quelques rues de chez eux, dans le Trastevere, ce quartier populaire que son père et elle aimaient tant – sa mère ayant malheureusement cessé d'aimer quoi que ce fût en ce bas monde.

Soudain, Elisabetta aperçut Sandro Simone qui venait à grands pas vers leur groupe, et plus précisément vers elle. Sandro était son autre meilleur ami, et aussi celui de Marco, car ils formaient depuis l'enfance un trio inséparable. Aisément reconnaissable à son allure dégingandée et aux boucles châtain clair qui encadraient son visage long et maigre, Sandro possédait un charme bien à lui, avec des traits plus délicats que ceux de Marco et une silhouette fine comme un crayon bien taillé, mais donnant une impression de solidité, à l'instar de ces câbles métalliques qui soutiennent les ponts modernes.

— *Ciao*, Elisabetta ! lança Sandro.

Il sourit, tout en ôtant son fez, essuya la sueur qui perlait à son front, se débarrassa de sa sacoche et s'installa dans l'herbe à côté d'elle. Il se trouvait face au soleil et dut plisser ses yeux bleu azur ourlés de longs cils comme des auvents. Il avait un long nez aquilin, des lèvres fines qui semblaient sculptées dans son visage. Sandro habitait sur la rive gauche du Tibre, dans le quartier juif qu'on appelait le Ghetto. Durant toute son enfance, Elisabetta avait arpenté avec Sandro et Marco un territoire allant du Trastevere au Ghetto en passant par l'île Tibérine. Ils y avaient fait de la bicyclette et joué au ballon, comme si Rome n'était pour eux qu'un immense terrain de jeu.

— *Ciao*, Sandro, répondit Elisabetta en lui souriant, heureuse de le voir.

— Je me suis arrêté pour nous acheter un truc à grignoter. Tiens.

Il sortit un sac en papier de sa sacoche et l'ouvrit, libérant ainsi un délicieux arôme de *supplì*, des croquettes de riz fourrées à la mozarella et à la sauce tomate.

— *Grazie* !

Elisabetta se servit un *supplì* et mordit dedans. La chapelure était légère, la sauce tomate bien salée, la mozzarella suffisamment chaude pour fondre dans la bouche.

— Où est Marco ? Il y en a pour lui aussi.

— Parti avec Angela.

— Dommage.

Sandro prit une croquette, tout en jetant un coup d'œil au journal.

— Qu'est-ce que tu lis ?

— Rien de spécial.

Elisabetta appréciait de moins en moins la lecture de ce journal. Ses éditorialistes préférés n'y écrivaient plus et elle était à peu près certaine qu'ils avaient été renvoyés. Avec Benito Mussolini et les fascistes au pouvoir depuis quinze ans, la censure sévissait partout.

— Il n'y a plus que des articles vantant la grandeur du gouvernement, ou bien ils montrent des affiches ridicules, comme celle-ci.

— Fais voir.

Sandro s'essuya les mains sur une serviette.

— Là, regarde.

Elle lui montra la photo d'une paysanne italienne en costume traditionnel, un bébé dans chaque bras.

— « La vraie patriote fasciste doit porter des enfants, tricoter et coudre, pendant que les hommes travaillent ou partent à la guerre », lut-elle. C'est de la propagande, pas de l'information. Les femmes ont le droit d'avoir d'autres aspirations.

— C'est évident. Les journaux publient parfois n'importe quoi.

— Exactement, approuva-t-elle.

Elle songea à la rubrique « Conseils » du magazine féminin. Marco et Angela n'étaient toujours pas revenus.

— Tu t'en fiches, de ce qu'ils racontent dans ce journal, conclut Sandro.

— Non, justement, je ne m'en fiche pas.

Elisabetta n'était pas engagée politiquement, mais elle avait hérité du tempérament d'artistes de ses parents et était comme eux éprise de liberté. Pourtant, elle ne critiquait ouvertement les fascistes qu'avec Marco et Sandro. Ceux qui exprimaient des opinions contre le gouvernement pouvaient être arrêtés, puis envoyés en exil, et il y avait beaucoup de mouchards à Rome, y compris dans le Trastevere.

— Tu n'aimes pas qu'on te dise ce que tu dois faire, commenta Sandro.

— Qui aime ça ? Toi ?

— Non, mais je ne prends pas les choses à cœur autant que toi.

Il se pencha vers elle.

— J'ai une nouvelle incroyable à t'annoncer… J'ai été admis comme stagiaire auprès du professeur Levi-Civita à l'université de la Sapienza.

— Pour de bon ? demanda Elisabetta d'un ton surpris. Toi, un lycéen ? À l'université ?

— Oui, pour un projet de recherche indépendant.

Sandro rayonnait de fierté.

— Félicitations !

Elisabetta était ravie pour lui. Depuis l'école primaire, Sandro était considéré comme un petit génie en mathématiques, matière pour laquelle il possédait des dons exceptionnels. Elle n'était pas vraiment étonnée qu'on veuille de lui à la Sapienza, même si c'était une université et qu'il n'était que lycéen.

— Levi-Civita, c'est ce professeur dont tu parles tout le temps ?

— Oui. J'ai hâte de le rencontrer. C'est l'un des plus grands mathématiciens de la planète. C'est lui qui a développé le calcul tensoriel utilisé par Einstein pour sa théorie de la relativité. D'ailleurs, il vient de le rencontrer aux États-Unis.

— C'est formidable. Mais toi, comment tu as fait pour intégrer ce projet ?

— Sur une recommandation de notre professeure de maths, madame Longhi. J'attendais la réponse depuis un moment. Je suis passé à l'hôpital pour l'annoncer à ma mère.

— Elle doit être fière de toi.

Elisabetta admirait la mère de Sandro, obstétricienne à l'hôpital Fatebenefratelli, l'une des rares femmes médecins qu'elle connût.

— Oui. Elle ne savait pas que j'avais postulé, alors ça lui a fait une belle surprise.

— Tu n'avais rien dit non plus à Marco et à moi. Pourquoi ?

— Je ne voulais pas avoir à vous annoncer un échec.

— Oh, Sandro.

Elle eut pour lui une bouffée de tendresse.

— Tu n'échoues jamais. Levi-Civita a de la chance de t'avoir. Un jour, tu seras un mathématicien célèbre.

Sandro sourit.

— Et toi une célèbre journaliste.

— Ha !

Elle songea avec une vague inquiétude qu'elle n'aurait jamais avec Marco la complicité intellectuelle qu'elle partageait avec Sandro. Mais c'était Marco qui lui plaisait, aussi elle s'empressa de refouler cette perturbante considération.

— Comment fais-tu pour lire dehors avec ce soleil ? demanda Sandro en se penchant sur le journal, les yeux plissés. Il y a trop de lumière.

— Oui, c'est vrai. Je suis gênée.

— Tu permets…

Il lui prit la page de journal des mains et se leva.

— Rends-le-moi, protesta-t-elle en se levant aussi.

Elle avança une main, mais il se détourna pour manipuler la feuille.

— De toute façon, c'est la page des nécrologies, fit-il remarquer.

— J'aime les nécrologies.

Elle ne manquait jamais de les lire, parce qu'on y présentait la vie des gens sous son meilleur jour. Même si ça finissait toujours mal, évidemment.

— Voilà.

Sandro se retourna en brandissant un chapeau en papier journal et le lui posa sur la tête.

— Avec ça, tu n'auras plus le soleil dans les yeux, assura-t-il.

— Merci, dit-elle avec un sourire ravi.

Il se pencha soudain sur elle pour l'embrasser et elle lui rendit son baiser, sans trop savoir comment ni pourquoi. Ses lèvres chaudes avaient un goût de sauce tomate. Puis il s'écarta d'elle, tout sourire, avec dans les yeux une lueur qu'elle n'avait encore jamais vue. Elle en fut troublée car elle ne s'était pas attendue à ce qu'il l'embrasse. Et encore moins à apprécier, car après tout ne venait-elle pas de décider que son premier baiser serait pour Marco ?

— Sandro, qu'est-ce qui t'a pris ?

Elle jeta des regards inquiets autour d'elle, en se demandant si les autres avait remarqué. Non. Ils étaient penchés sur leurs devoirs. Quant à Marco, il revenait avec Angela sur son guidon, mais il était trop loin pour les avoir vus.

Sandro sourit.

— C'est évident, non ?

— Mais avant tu ne m'avais jamais embrassée.

— Avant, je n'avais jamais embrassé personne.

Elle fut touchée par cet aveu.

— Alors pourquoi moi ? Pourquoi maintenant ?

Il rit.

— Il n'y a que toi pour poser des questions pareilles.

— Je croyais qu'on était simplement amis.

— Vraiment ? Eh bien je…

Il n'eut pas le temps de poursuivre, car Marco le hélait de loin.

— *Ciao*, Sandro !

— *Ciao*, Marco ! répondit-il avec un signe de la main.

Elisabetta battit des paupières. La magie de l'instant s'était envolée. Elle se demanda même si elle n'avait pas rêvé.

Chapitre 2

Marco
Mai 1937

Marco pédalait sur le Lungotevere dei Pierleoni, un large boulevard qui longeait la rive gauche du Tibre. Le soleil avait plongé derrière les arbres, en projetant sur la ville des rayons bruns. À cette heure de la journée, quand les gens rentraient chez eux, les rues grouillaient de vie et l'air sentait les gaz d'échappement. Dans les embouteillages, les conducteurs manifestaient leur impatience en jurant et en klaxonnant. Sur les trottoirs bondés, les travailleurs pressés couraient pour attraper leur tram.

Marco accéléra. Il pensait encore à Elisabetta. C'était devenu une obsession. Il était fou amoureux d'elle, mais elle ne s'apercevait de rien et continuait à le traiter en copain. Quand il avait pris Angela sur son vélo, ça n'avait pas eu l'air de la déranger. D'habitude il savait y faire avec les filles, mais avec elle il se sentait démuni. Il aurait pu en choisir une autre, car elles étaient toutes folles de lui, mais c'était Elisabetta qu'il voulait. Parce qu'elle était belle, mais aussi parce qu'il admirait son caractère passionné, sa force, son feu intérieur. Elle avait des idées sur tout et elle était beaucoup plus intelligente que lui, bien qu'elle ne le lui fît jamais sentir. Il était prêt à tout pour la conquérir. Il était pris dans les filets de l'amour.

Il la revit tout à l'heure, près du fleuve, avec Sandro penché sur elle, comme s'ils étaient en grande discussion, ou peut-être partageant un secret. Un soupçon le traversa et il se sentit un peu envieux de leur complicité, tout le temps à parler de livres et de choses dans le genre. Mais ces deux-là étaient seulement amis, il en était certain. De plus, Sandro n'avait aucune expérience avec les femmes.

Il bifurqua pour prendre le Ponte Fabricio et ses pneus tressautèrent sur la vieille pierre de travertin. Ce pont piétonnier, le plus ancien de Rome, bordé d'un parapet de pierre des deux côtés, reliait l'île Tibérine à Rome et donnait directement dans la rue où il habitait. Il dut éviter des piétons et contourner un chat qui s'était pratiquement jeté sous ses roues. Arrivé au sommet de la légère courbe du pont, il aperçut le *Bar du Giro* tenu par son père et comprit qu'il était en retard pour le dîner en ne le voyant pas en terrasse avec les clients.

Il accéléra jusqu'au pied du pont, dépassa le bar et contourna le pâté de maisons pour s'arrêter devant l'entrée latérale, sur la Piazza San Bartolomeo all'Isola. Il sauta de sa bicyclette, cala sa roue avant dans le porte-vélos et fonça à l'intérieur du bar, bondé à cette heure. Il traversa la salle, grimpa à l'étage, lâcha sa sacoche dans l'entrée et entra dans la cuisine, laquelle était tellement petite qu'une seule casserole d'eau en ébullition suffisait à la saturer de vapeur. Sur le mur trônaient des photos de son père, Beppe Terrizzi, durant le Giro d'Italie, ainsi qu'un calendrier avec des photos de Learco Guerra, le grand coureur cycliste italien. Sur une petite étagère, il y avait aussi une photo encadrée du pape Pie XI, un crucifix en feuille de palmes et une statue en plâtre de la Vierge. La mère de Marco vénérait le Christ, son père vénérait le cyclisme.

— *Ciao*, tout le monde !

Marco alla embrasser ses deux frères aînés, Emedio et Aldo, puis son père, tous trois déjà installés à table.

— Marco !

Emedio lui adressa un sourire. Il ressemblait comme deux gouttes d'eau à leur père, en plus jeune. Il avait comme lui des cheveux bruns bouclés, un front proéminent, des sourcils épais surmontant des yeux noirs comme du charbon, un large nez, une bouche plate. Le père de Marco avait encore la carrure musclée d'un cycliste professionnel, la peau éternellement bronzée et sur la lèvre supérieure une cicatrice faite par une morsure de loup dans la région agricole montagneuse des Abruzzes, où il avait grandi. L'histoire était la suivante : le père de Marco, âgé alors de dix ans, surveillait le troupeau de moutons de ses parents quand un loup avait attaqué une bête. Il s'était jeté sur lui et l'avait mis en fuite. Quiconque connaissait Beppe Terrizzi ne pouvait douter de la véracité de ces faits.

— Salut, mon frère.

Aldo lui fit son drôle de sourire, lèvres closes, pour cacher ses dents de devant qui partaient de travers. Il avait emprunté au Castelicchi son tempérament calme, ses yeux rapprochés et sa fossette au menton, leur signe distinctif. Aldo était le plus petit des fils Terrizzi, mais c'était lui le passionné de vélo et il portait en permanence un maillot blanc trempé de sueur et un short. Sa mère aurait sûrement préféré qu'il se change pour venir à table, mais elle se gardait bien de le faire remarquer. Tout le monde savait qui commandait à la maison et ce n'était pas elle.

— Maman, ça a l'air délicieux, la félicita Marco en se penchant sur elle pour l'embrasser. Tu es la meilleure.

Elle finissait de préparer l'entrée, en versant sur un plat de spaghettis une louche de sauce tomate dans laquelle surnageaient des morceaux blanchâtres de chair de crabe. Des pinces d'un orange vif transperçaient la pulpe rougeâtre. Le mélange des fruits de mer et de la sauce tomate dégageait une odeur incomparable. Marco en salivait d'avance.

— *Ciao*, répondit sa mère en souriant, une lueur chaleureuse dans ses yeux noisette.

La vapeur qui s'élevait de l'évier faisait friser les vrilles noires échappées de sa longue tresse. Elle avait un nez plat, un large sourire, le visage honnête et franc d'une fille de la campagne. Les parents de Marco venaient tous deux d'une famille de paysans et ils avaient grandi dans des masures où l'on cohabitait avec les chèvres et les poules. Après leur mariage, ils étaient venus vivre à Rome, où son père avait profité de sa célébrité de coureur cycliste pour ouvrir un bar sportif, le *Bar du Giro*. Celui-ci était fréquenté par les employés de l'hôpital et les gens du quartier, ainsi que par des fans de cyclisme surnommés *tifosi,* car ils étaient aussi incurables que des malades du typhus.

— Assieds-toi, mon fils, ordonna leur père en accompagnant l'invitation d'un geste de la main.

— Voilà, les garçons.

Leur mère posa le plat de spaghettis près de son mari, qu'elle servit en premier, avant de passer à ses fils. Ils dirent les grâces et tout le monde se mit à manger avec gloutonnerie, sauf Marco qui savoura chaque bouchée, en écoutant d'une oreille distraite leur père qui interrogeait Aldo à propos de ses temps d'entraînement. Emedio avait réussi à échapper à une carrière sportive en choisissant la voie de la prêtrise. Quant à Marco, il aurait bientôt à trouver un subterfuge, mais ce ne serait certainement pas le même qu'Emedio, car il se sentait des obligations envers la gente féminine et plus précisément envers Elisabetta.

Leur mère se tourna vers Emedio, lequel travaillait au Secrétariat du Saint-Siège.

— Alors, quelles sont les nouvelles ?

— Tu as entendu parler de l'encyclique en allemand pour le dimanche des Rameaux ?

— Non. De quoi s'agit-il ?

— Le pape l'a intitulée *Mit Brennender Sorge*. Cela signifie *Avec une brûlante inquiétude*. Elle a été distribuée à près de trente mille églises allemandes et c'est un message direct aux catholiques du pays.

Emedio se pencha vers sa mère.

— Le Cardinal Pacelli a aidé à la rédiger, mais ça, c'est confidentiel.

Elle se passa l'index sur les lèvres comme pour mimer une fermeture à glissière et ses yeux brillèrent. Rien ne lui plaisait autant que les potins du Vatican.

— Cette encyclique a été lue aux fidèles par les prêtres allemands, sans que personne n'ait été prévenu à l'avance. Tu imagines ? Trente mille églises et pas une fuite. Ça a été imprimé et distribué dans le plus grand secret.

— Mais pourquoi en secret ? demanda leur mère en fronçant les sourcils. C'est la parole du Saint-Père.

— Eh bien, il répète une fois de plus que les catholiques allemands doivent suivre les préceptes du Seigneur et pas ceux d'Hitler. En représailles, Hitler a fait arrêter par la Gestapo ceux qui avaient imprimé et distribué l'encyclique en question.

— Mais c'est terrible !

Leur père fusilla Emedio du regard.

— Pas de politique à table, dit-il.

Emedio se tut et leur mère fit la moue. Son mari était un fasciste de la première heure, à savoir qu'il avait adhéré au Parti en 1919, avant la marche sur Rome de 1922 qui avait permis à Mussolini d'être choisi comme Premier ministre par le roi. D'une nature conservatrice, Beppe Terrizzi croyait le Parti fasciste favorable aux petits entrepreneurs et susceptible de ramener la loi et l'ordre en Italie.

Il s'éclaircit la voix.

— Bon, comme je te le disais, Aldo, ce sera une grande année pour le Giro et je sais qui remportera le maillot rose. Je vois Bartali vainqueur pour la seconde fois.

Aldo acquiesça.

— Je suis assez d'accord, mais je parie aussi sur Bini. Et sur Olmo, qui a fait une très belle performance pendant la course Milan-San Remo.

— Tu te trompes, contra leur père.

Il s'interrompit pour boire une gorgée de vin.

— Le Milan-San Remo, c'est pour les fillettes. Et en plus c'est Del qui a gagné. Tu vas perdre ton argent, Aldo.

— Enfin bref, quel que soit le gagnant du Giro, il ne devrait pas accepter d'enfiler un maillot rose. Rose, tu te rends compte ?

Aldo ricana. Marco avait déjà entendu cette remarque. Mussolini avait récemment décrété que le rose était une couleur efféminée, ce qui avait provoqué quelques remous parmi les fascistes et les *tifosi*.

Leur père rit à son tour.

— La couleur du maillot n'est pas le sujet. Ce qui compte, c'est l'exploit sportif. N'est-ce pas, Marco ?

— Oui papa.

— Tu sais Marco, j'étais à la fenêtre tout à l'heure et je t'ai vu arriver quand tu as bifurqué, à la sortie du pont. Tu étais en retard pour le dîner.

— Oui, papa, je sais, je suis désolé.

— Ce n'est pas là que je voulais en venir.

Il posa sur la table ses avant-bras musclés et couva Marco d'un regard devenu intense.

— Tu as très bien roulé. Tu as gardé un bon alignement. Tu as même pris de la vitesse. J'ai été surpris.

Marco le laissa poursuivre, avec un nœud à l'estomac.

— Et j'ai vu aussi ce qui s'est passé avec le chat. Il a déboulé sous tes roues, mais tu l'as évité sans ralentir. Il est temps pour toi de passer aux choses sérieuses. Imagine ce que tu serais capable de faire, entraîné par moi. Tu pourrais porter un jour le maillot rose, gagner le Giro, la course la plus importante d'Italie. Tu aurais ta place dans l'histoire du cyclisme.

— Papa, je ne suis pas à ce niveau-là, protesta Marco qui n'avait pas la moindre envie de devenir un grand coureur cycliste.

— Mais tu peux y arriver. Tu as ça dans le sang.

Aldo fronça les sourcils.

— Et moi, papa ? Je m'entraîne dur.

Leur père se tourna vers Aldo.

— Je t'ai déjà dit que tu ne fais pas assez de muscles. Et que tu ne vas pas assez vite. Tu ne travailles pas assez dur.

— J'essaie.

— Eh bien continue. Prouve-moi que j'ai tort. De toute façon, c'est mieux de miser sur deux poulains, plutôt que sur un seul. Vous pouvez vous entraîner ensemble.

Leur père s'adressa de nouveau à Marco :

— Tu commences ce soir. Compris ?

— Oui papa, répondit Marco.

On ne plaisantait pas avec le cyclisme dans cette maison.

Chapitre 3

Sandro
Mai 1937

Plus tard dans la soirée, Sandro s'installa à la table de la salle à manger avec ses affaires de classe. L'air de la nuit entrait par la fenêtre et le lustre en cristal projetait une douce lumière sur le cahier ouvert devant lui. Ils venaient tout juste de finir de dîner et il était censé travailler, mais son esprit était occupé par Elisabetta. Il avait du mal à se concentrer depuis qu'il était amoureux. Il avait cru comprendre que des tas de gens y parvenaient, mais lui, il était accaparé par l'intensité de cette nouvelle expérience. Avec sa grande intelligence, il avait toujours beaucoup réfléchi. Il se rendait compte à présent qu'il n'avait pas assez ressenti.

Il n'arrêtait pas de repenser au baiser qu'il avait échangé avec Elisabetta et au frémissement qui l'avait secoué en sentant son corps contre le sien. Il aimait tout en elle, à commencer par le regard qu'elle posait sur lui. Depuis qu'on lui avait découvert des capacités intellectuelles au-dessus de la moyenne, le comportement des gens à son égard avait changé – dans le bon ou dans le mauvais sens. Ses professeurs l'adoraient ; ses camarades de classe le trouvaient bizarre. Elisabetta était au-dessus de tout ça. Elle l'appréciait depuis le début pour ce qu'il avait à l'intérieur de lui. Avec elle, il pouvait se montrer tel qu'il était.

Son regard s'égara vers la fenêtre. Les Simone vivaient dans un immeuble donnant sur la jolie place Mattei, dans la partie nord du Ghetto. Leur appartement se trouvait au deuxième étage, diagonalement opposé à l'élégant Palazzo Costaguti, dont il pouvait voir les occupants à travers les fenêtres. Assis à une table, Giovanni Rotoli faisait ses devoirs. À l'étage en dessous, les Narduno, un couple âgé, lisaient ensemble le journal. Le Ghetto était toujours très silencieux la nuit et le seul bruit venant de la place était celui de la Fontaine des Tortues dont l'eau bouillonnait sous leurs fenêtres.

Sandro était heureux de vivre dans le Ghetto de Rome qui abritait l'une des plus anciennes communautés juives d'Occident. Les Juifs étaient arrivés là près de deux mille ans plus tôt, déportés par l'empereur Titus qui avait fait d'eux des esclaves après avoir conquis Jérusalem et pillé le Temple. On pouvait voir dans le Forum un monument à la gloire de cette conquête, l'Arc de Titus, une arche majestueuse que la plupart des Juifs considéraient comme un joug symbolique. Le Ghetto lui-même n'était né qu'en 1555, le pape Paul IV ayant ordonné d'ériger des remparts pour séparer le quartier juif du reste de la ville. La nuit, les portes étaient fermées et gardées par des patrouilles de soldats, aux frais de la communauté juive. À l'époque, les Juifs devaient porter sur leurs vêtements un cercle de couleur jaune. Ils étaient plusieurs milliers à s'entasser dans les cent trente maisons du Ghetto, sur seulement trois hectares. La malaria et d'autres maladies sévissaient dans ce quartier insalubre situé sur un terrain bas qui se retrouvait inondé à chaque crue du Tibre. Les rues étroites et sombres ne laissaient passer que peu de lumière et l'air y circulait mal. Près des portes, on avait construit des églises où les Juifs étaient tenus d'écouter des sermons les pressant de se convertir.

Les murs du Ghetto avaient été démolis en 1888, après l'unification de l'Italie en 1870, au moment où Rome était passée sous la houlette du royaume d'Italie. On avait alors autorisé les Juifs à circuler librement, puis le quartier avait été assaini au moyen d'une digue qui le protégeait des inondations. En 1904 on y avait inauguré la plus grande synagogue de Rome, Tempio Maggiore, reconnaissable de loin par son dôme carré qui la distinguait des centaines d'églises environnantes. Certains prétendaient que Tempio Maggiore était le plus haut bâtiment de Rome, puisque la Basilique Saint Pierre appartenait à la Cité du Vatican. Elle était en tout cas devenue le foyer spirituel de la communauté juive de la ville.

Actuellement, le Ghetto était habité par des Juifs de condition modeste, les riches ayant préféré s'installer dans des quartiers plus cossus. Les parents de Sandro auraient pu déménager, mais leur appartement était dans la famille depuis plusieurs générations de Simone et ils ne l'auraient quitté pour rien au monde.

Les pensées de Sandro furent interrompues par des éclats de voix provenant de la cuisine : sa sœur Rosa se querellait avec leur mère. Massimo, leur père, ferma la porte de son bureau pour ne plus les entendre. Rosa travaillait comme interprète à l'ambassade britannique et elle pouvait se disputer en cinq langues. Soudain, elle sortit de la cuisine, en torsadant nerveusement la masse sombre et brillante de ses cheveux. Rosa était d'une grande beauté, avec des yeux bruns très vifs, un nez droit, des lèvres charnues qui paraissaient encore plus pulpeuses avec du rouge à lèvres. Elle avait dix ans de plus que Sandro et s'habillait toujours avec élégance ; ce soir, elle portait un tailleur bleu ceinturé à la taille.

Elle semblait désemparée. Son regard s'arrêta sur Sandro installé à sa table.

— Elle me rend folle !

— Qu'est-ce qu'il y a ?

— Je veux aller à Londres.

Elle vint s'asseoir près de lui.

— J'ai du temps et je paye avec mon argent, mais elle m'interdit de partir. Je suis une adulte, mais on ne me laisse pas prendre la moindre décision.

— Puisque tu es une adulte, pourquoi demander la permission de partir ?

Rosa hésita.

— Si j'y vais, elle va m'en vouloir.

— Ça lui passera. Vous finissez toujours par vous réconcilier.

— Tu as peut-être raison.

— Bien sûr, que j'ai raison.

Rosa contempla le cahier de Marco.

— Tu travailles sur quoi ? Je peux comprendre ?

— Non.

Sandro se demanda si Rosa serait capable de lui donner des conseils pour Elisabetta.

— Pour tout te dire, je n'arrive pas à faire grand- chose. Je suis amoureux.

— Tu es trop jeune pour être amoureux.

— Tu es trop vieille pour demander la permission.

La répartie fit rire Rosa.

— Tu as l'air bien sérieux. On dirait que ça ne te fait pas plaisir d'être amoureux.

— Qu'y a-t-il de plus sérieux que l'amour ?

Sandro n'ajouta pas qu'Elisabetta était une fille à prendre au sérieux. Le passe-temps favori de sa sœur étant le cynisme, elle n'aurait pas compris.

— D'accord. Tu es amoureux de qui ?

— Elisabetta.

Sandro adorait prononcer ce nom.

— Mais tu es toujours fourré avec elle et avec Marco. On dirait les Trois Mousquetaires. Tu la traites comme un copain.

Rosa le regarda comme s'il avait perdu la tête.

— Toi qui est un génie, tu devrais savoir que ça n'attire pas les femmes !

Sandro se demanda si on pouvait être un génie en matière de femmes. Marco, peut-être…

— Tu aurais un conseil à me donner ?

— Bien sûr.

Rosa se rapprocha.

— Commence par lui dire que tu aimes ses cheveux ou sa robe. Et aussi que tu la trouves jolie. Ça posera les bases et elle commencera à s'intéresser à toi. Ne dis pas tout d'un coup. Répartis tes compliments sur plusieurs jours. Laisse à l'amour le temps de faire son œuvre.

— À t'entendre, on dirait que je vais procéder à un envoûtement.

— Il y a de ça. Et fais-lui un cadeau. Qu'est-ce qu'elle aime ?

— Les journaux.

— Je voulais dire quelque chose de romantique, comme des fleurs.

— Les livres sont romantiques. Elle aime lire.

Rosa leva les yeux au ciel.

— D'accord, un livre. Ensuite, quand tu seras passé par toutes ces étapes, tu pourras lui dire que tu l'aimes et l'embrasser.

Il n'était pas venu à l'esprit de Sandro qu'il était censé faire des cadeaux avant d'embrasser. Apparemment, il y avait une progression à respecter, comme pour une démonstration en mathématiques. Il avait fait les choses dans le désordre. Il se sentit stupide, une sensation nouvelle pour lui et tout à fait désagréable.

—Et si elle me voit seulement comme un ami ?

—Sois optimiste. Tes sentiments ont changé. Peut-être que les siens aussi.

—Et si elle aime quelqu'un d'autre ?

Rosa eut un sourire plein de chaleur.

—Impossible. Qui pourrait être mieux que toi ?

—Marco.

—Oh non…

Le sourire de Rosa s'effaça.

—Marco est amoureux d'elle, lui aussi ?

—Marco est mieux que moi, c'est ça ?

Rosa éclata de rire.

—Mais non, je plaisantais !

—C'est vrai ?

—Oui, je t'assure.

Il ne la crut pas, mais n'insista pas.

Chapitre 4

Marco
Mai 1937

Bien que la nuit fût fraîche, Marco était en sueur. Il avait du mal à suivre Aldo qui fonçait loin devant lui, sans l'attendre. Il le vit bifurquer sur le Lungotevere Aventino, un boulevard pourtant très embouteillé. Pourquoi s'obstinait-il à rouler en solo ? Leur père leur avait appris à s'entraîner selon une méthode éprouvée qui consistait à se relayer pour prendre la tête, afin d'économiser de l'énergie. Il commençait à être à bout de souffle et ses cuisses le brûlaient. Si lui souffrait musculairement, Aldo devait être au bord du malaise.

Il piqua un sprint pour le rattraper.

—Aldo ! Ralentis !

—Non !

Aldo pédalait comme un forcené. Il avait le visage couvert de sueur et le maillot trempé.

—Mais qu'est-ce qui te prend ? Arrête-toi !

—Fous-moi la paix !

Aldo accéléra, Marco en fit autant. Ils filaient comme le vent, à la même hauteur, en une course sans merci. Marco agrippa l'avant-bras d'Aldo et leurs vélos zigzaguèrent dangereusement, mais comme il était meilleur cycliste que son grand frère, il tint bon et celui-ci dut finalement ralentir. Ils s'arrêtèrent en dérapant, frôlant dangereusement les voitures qui les dépassaient à toute allure.

— C'est quoi le problème ? cria Marco d'un ton furieux.

Il haletait, courbé sur son guidon. Il avait un goût de gaz d'échappement dans la bouche.

— Je ne veux pas m'entraîner avec toi !

Les yeux d'Aldo brûlèrent de rage, éclairés par des phares.

— Mais c'est papa qui l'a demandé. Je n'y peux rien. Personnellement, je n'ai aucune envie de devenir cycliste professionnel.

— Tout le monde l'a compris, sauf lui !

— Alors ne t'en prends pas à moi !

Aldo poussa un gros soupir.

— Marco, écoute, je ne voulais pas t'en parler, mais la nuit je ne m'entraîne pas. Je fais seulement semblant. C'est pour ça que je ne progresse pas.

— Qu'est-ce que tu racontes ?

Marco était abasourdi.

— Je ne peux pas rouler avec toi la nuit, je vais ailleurs

— De quoi tu parles ? Et tu vas où ?

Aldo hésita.

— Chez une femme.

— Toi ? Le grand timide ?

Marco éclata de rire.

— Bravo Aldo ! Ça faisait trop longtemps que tu étais célibataire !

La plaisanterie n'eut pas l'air d'amuser Aldo.

— Elle est mariée.

— Mariée ? répéta Marco d'un ton inquiet.

Aldo avait aimé une fois sans être aimé en retour et ça lui avait brisé le cœur. En amour, c'était un grand timide, un naïf et un sentimental. Avec une femme mariée, il allait souffrir. Sans parler du danger que représentait un mari jaloux.

— N'en parle à personne. Ça tuerait maman et papa.

— D'accord, acquiesça Marco.

Telle qu'il connaissait leur mère, il n'y aurait pas assez de neuvaines au monde pour expier le péché d'Aldo.

— Ça dure depuis combien de temps ? voulut-il savoir.

— Six mois. Je l'ai rencontrée par hasard, dans la rue. Son mari travaille la nuit, c'est pour ça que c'est le seul moment où elle peut me voir.

— Tu l'aimes ?

— Profondément. Je suis très malheureux de cette situation, parce que je ne peux pas la voir quand je le voudrais. Mais je ne peux pas m'empêcher de l'aimer. Tu comprends ?

Marco comprenait d'autant mieux qu'il aurait pu dire la même chose à propos d'Elisabetta. Il lui semblait qu'elle avait toujours fait partie de son univers. Si on lui avait demandé depuis quand il était amoureux d'elle, il aurait répondu que ça datait de ce jour où elle était tombée dans ses bras après avoir trébuché alors qu'ils jouaient au foot. Il n'avait que onze ans, mais la chaleur inattendue de son corps l'avait secoué comme une décharge électrique.

Aldo s'agita sur sa selle.

— Je dois y aller. On se retrouve à 22 heures 30. On rentrera ensemble, personne ne se doutera de rien. À tout à l'heure.

— À tout à l'heure.

Partagé entre la fierté et l'inquiétude, Marco suivit du regard le maillot blanc de son frère, jusqu'à le perdre de vue dans le trafic.

Chapitre 5

Aldo
Mai 1937

Après avoir quitté Marco, Aldo prit la Via dei Cerchi. Il n'en revenait pas d'avoir convaincu son jeune frère aussi facilement. N'ayant jamais eu rien à cacher, il se savait piètre menteur. D'un autre côté, il s'était douté que ce grand romantique de Marco prêterait une oreille attentive à une histoire de femme. Marco avait toujours eu beaucoup de succès auprès de la gente féminine. Pas comme lui, Aldo, qui n'avait eu que de mauvaises expériences et préférait les oublier. Il croyait toujours à l'amour et au don de soi, mais sous d'autres formes : l'amour de Dieu, l'amour de la Patrie. Il y avait en lui bien plus que ce que voyait sa famille. Depuis peu, il s'était résolument engagé sur un chemin semé d'embûches. Un chemin exaltant, mais risqué. Il avait même franchi un point de non-retour.

Courbé sur son guidon, il pédalait vers le sud, en direction de la périphérie plus calme de la ville. Bientôt, le trafic se raréfia et les bâtiments furent peu à peu remplacés par des arbres et de la végétation. Il faisait aussi de plus en plus sombre, faute de réverbères. L'air sentait bon l'herbe, le foin et le fumier. Aldo dépassa le Cirque Maxime, désert à cette heure. Puis ce furent les ruines des thermes de Caracalla, gigantesques ombres dressées dans l'obscurité. Il pédalait sans relâche, même s'il commençait à transpirer à grosses gouttes et sentait la sueur qui refroidissait sur son front.

Il atteignit enfin la Voie Appienne, la plus ancienne route de la ville antique. Bien qu'il y eût très peu de circulation, y rouler à vélo était dangereux et il devait faire attention à ne pas coincer ses pneus entre les pavés. De plus, la voie était étroite, conçue à l'origine pour des piétons, des chevaux et des chars. Les branches des arbres formaient par endroit une canopée et Aldo y voyait à peine. Bientôt, il n'y eut plus du tout de lumière, plus de maison, aucun bâtiment. Sans le clair de lune, il n'aurait pas pu s'orienter.

Son maillot était trempé, ses cuisses le brûlaient, son cœur battait à tout rompre, mais il s'efforça de conserver son allure, même si c'était difficile avec le vent qui soufflait plus fort depuis qu'il avait pris un peu d'altitude. Il atteignit bientôt un vaste champ de pâturage près d'une carrière de pouzzolane, une roche volcanique. Selon l'itinéraire qu'on lui avait indiqué, c'était là qu'il devait couper à travers champ, par un chemin de terre. À un certain moment, il repéra un arbre isolé au bord d'un fossé envahi par la végétation : le point de rendez-vous.

Il pédala jusqu'à l'arbre, sauta à bas de sa bicyclette et attrapa sa lampe de poche rangée dans une sacoche, sous la selle. Après l'avoir allumée, il écarta la vigne vierge du fossé. Il y avait là des bicyclettes, comme il s'y était attendu. La sienne alla les rejoindre et il la recouvrit soigneusement ; une précaution sans doute exagérée en pleine campagne, mais on n'était jamais trop prudent. Il fit ensuite trente pas vers le sud, jusqu'à éclairer un endroit où une grande abondance de vigne vierge signalait une entrée. De nouveau, il écarta la végétation, révélant cette fois un tunnel tout juste assez grand pour laisser passer un homme.

Il se baissa, genoux contre la poitrine, un peu comme un coureur dans les *starting-blocks* et s'engouffra dans le tunnel après avoir soigneusement recouvert l'entrée qu'il venait de franchir. Puis il se servit de sa lampe de poche pour éclairer son chemin. Ce tunnel creusé à même la terre menait à une véritable nécropole souterraine comportant des centaines de milliers de tombes remontant aux premiers chrétiens. Certaines entrées n'étaient pas encore répertoriées, ce qui faisait de l'endroit le lieu idéal pour des rencontres clandestines.

Aldo rampa un long moment dans le tunnel, avant de déboucher dans un étroit couloir au sol de terre battue, où il put enfin se redresser. Il était arrivé dans les catacombes et se signa, par respect pour ce lieu sacré. Il faisait très froid et il frissonna dans son maillot humide. Il était entouré de *loculi*, niches funéraires de forme rectangulaire, empilées du sol au plafond et creusées à même le tuf volcanique gris-rouge de la roche. Il s'agissait des tombes des premiers chrétiens que l'on enveloppait dans un linceul avant de les placer dans un logement qui était ensuite scellé, puis muré à la chaux. Ici et là, Aldo repéra des tombes d'enfants.

L'endroit était lugubre, mais Aldo serra les dents. Il avait dix-neuf ans, l'âge de prendre sa vie en main et il était fier d'avoir eu le courage d'écouter ce que lui dictait son cœur, même si cela l'avait conduit dans un tunnel sombre et glacial. Il avait rejoint une cellule d'antifascistes convaincus qui s'opposaient au régime, se posant ainsi en ennemi de l'État. Cela signifiait prendre de gros risques. Les mouchards étaient nombreux dans Rome et on disait que l'OVRA, la police secrète de Mussolini, arrêtait les opposants au régime pour les torturer et les éliminer en toute impunité.

Aldo avait essayé d'être le fils que son père aurait voulu qu'il soit, à savoir un cycliste et un fasciste, mais il avait très vite eu des doutes sur le parti. Cela avait commencé le jour où ils avaient vu des Chemises noires rouer de coups un cordonnier qui avait osé se moquer d'eux. Beppe avait minimisé l'épisode en assurant que cet homme avait eu la malchance de tomber sur des brebis galeuses et que tous les fascistes n'étaient pas des voyous, mais Aldo n'avait pas pu s'empêcher de douter.

Ensuite il avait remarqué que les manuels scolaires étaient devenus des instruments de propagande. Et aussi que Mussolini avait mis le prix des transistors à la portée de toutes les bourses, afin que tout le monde puisse écouter ses discours. Le parti exaltait la *romanità*, autrement dit la fierté patriotique des Romains et aussi l'*italianità*, celle de tous les Italiens. Cela aussi avait troublé Aldo. Il ne croyait pas à une race supérieure. Pour lui, tous les hommes étaient des enfants d'un même dieu qui les aimait tous pareillement. Aldo partageait la foi sincère de sa mère et cela le choquait de voir les fascistes suivre Mussolini comme s'il était le Christ en personne, l'appeler Il Duce, remplacer les Dix commandements par le Décalogue du fasciste. Aucun mortel n'aurait pu effacer Dieu du cœur et de l'âme d'Aldo. Il avait assisté le cœur lourd à l'ascension de Mussolini, en se sentant chaque jour un peu plus opprimé, avec l'impression de vivre en courbant l'échine, jusqu'à ce qu'il décide de redresser la tête et de se battre pour le pays qu'il aimait.

Il tendit l'oreille en entendant les voix de ses camarades, un brouhaha de dialectes, car ils venaient de différents quartiers de Rome et de sa périphérie. Cela faisait six mois qu'ils se réunissaient, mais ils changeaient chaque fois de lieu de rendez-vous, au cas où on les aurait surveillés.

Aldo accéléra encore le pas, tendu vers son but, en direction de la lumière.

Chapitre 6

Elisabetta
Juin 1937

Le soleil matinal filtrait à peine à travers les volets, mais Elisabetta était déjà réveillée. Elle câlinait Rico, son chat tigré. Il avait un museau aux proportions parfaites, ni trop court ni trop allongé. Il avait aussi des yeux verts comme le Tibre et des dents acérées de félin. Chasseur de souris émérite, il lui arrivait de mordiller Elisabetta, mais uniquement par jeu. Il acceptait volontiers les marques d'affection qu'elle lui prodiguait, tout en ayant l'air de considérer qu'elle lui étaient dues, car étant le chat le plus beau et le plus intelligent de toute l'Italie, il revendiquait la première place dans le cœur de sa maîtresse.

Elisabetta sortit de son lit et ôta sa chemise de nuit. Là, elle prit le temps de marquer une pause pour évaluer la croissance de ses seins en les soupesant. Elle les trouva beaux et doux, et aussi plus lourds, à sa grande satisfaction. Quand ils avaient commencé à pousser, on aurait dit deux petites olives, puis ils avaient atteint la taille de deux abricots, de deux citrons, et enfin de deux mandarines. Donc d'un fruit qui justifiait sans le moindre doute le port d'un soutien-gorge.

Elle enfila son uniforme et ouvrit les volets, en respirant le parfum entêtant du jasmin étoilé qui grimpait le long du mur. Sa fenêtre située sur l'arrière de leur immeuble donnait sur de petits jardins remplis de plantes en pot, de fleurs et d'herbes aromatiques. Elle aimait les fleurs et caressait le rêve d'avoir plus tard un jardin, quand elle aurait une maison à elle, pour que Rico puisse mâchonner du persil.

Le ciel était dégagé et le soleil se levait sur la rive gauche du Tibre, au-dessus du Ghetto. Là-bas, Sandro devait être en train de se réveiller. Elle se demanda s'il pensait à elle et au jour où ils s'étaient embrassés. Étrangement, ce baiser n'avait en rien modifié leurs rapports. Avec Marco non plus rien n'avait changé, à part qu'il s'intéressait un peu trop à Angela. Elisabetta commençait à se demander si les garçons valaient vraiment la peine qu'on pense autant à eux.

Elle quitta sa chambre et fila dans la cuisine. Rico lui emboîta le pas, la queue dressée en point d'exclamation, car les chats connaissent l'usage de la ponctuation. Il sauta sur la table pendant qu'elle ouvrait le réfrigérateur, un objet moderne entré dans leur appartement à la mort de leur vieux voisin de palier. Elle y trouva une boîte de sardines et en versa un peu dans la gamelle de Rico, puis écrasa leur chair grise et huileuse avec une fourchette.

Elle mit ensuite le café en route et sortit des biscottes qu'elle disposa sur de petites assiettes. Elle prit son petit-déjeuner pendant que Rico mangeait en ronronnant et mastiquait avec un bruit de linge mouillé sur une planche à laver. Le café était prêt, elle éteignit le feu sous la cafetière moka, et remplit deux tasses pour ses parents.

—Maman ! Le café est servi ! appela-t-elle.

Sa mère, qui devait partir donner des cours de chants, entra aussitôt dans la cuisine. Elle s'appelait Serafina et avait un visage en forme de cœur, avec des yeux d'un bleu étonnamment clair, un nez fin, des pommettes marquées, une petite bouche. Un chignon haut retenait ses boucles brun caramel et sa robe vaporeuse épousait ses jolies courbes. Elle avait encore cette beauté saisissante qui lui avait permis autrefois de poser pour des artistes, et de rencontrer du même coup le père d'Elisabetta qui l'avait engagée comme modèle pour son cours de peinture. Elle avait l'attitude des femmes conscientes de l'effet qu'elles produisent sur les hommes, même si elle s'inquiétait depuis peu d'avoir des rides et passait des heures à se tamponner le pourtour de la bouche avec un chiffon glacé, dans l'espoir de prévenir leur apparition. Elle n'était pas heureuse en famille et sa tristesse était tellement présente que ça en faisait un membre du foyer à part entière.

— Bonjour, dit Elisabetta en lui tendant son café.

Serafina but lentement, les yeux plissés.

— C'est chaud, commenta-t-elle.

— Maman, j'ai vraiment besoin d'un soutien-gorge. Est-ce qu'on ne pourrait pas…

— Non, je t'ai dit non. Arrête de me le demander. À ton âge, mes seins étaient deux fois plus gros que les tiens et je ne portais toujours pas de soutien-gorge.

Elisabetta sentit la chaleur lui monter aux joues. Les seins de sa mère étaient des pamplemousses, mais le problème n'était pas là.

— Les miens sont quand même assez gros pour…

— J'ai dit non. Tu es trop jeune. Le soutien-gorge, c'est pour les femmes, pas pour les jeunes filles.

— Je suis la seule fille de ma classe à ne pas en porter.

— Je ne te crois pas, railla sa mère en reposant son café.

— C'est pourtant vrai. Je vois celui des autres à travers leur chemisier et elles voient à travers le mien que je n'en ai pas. Elles se moquent de moi, maman.

— Ignore-les. Tu n'as pas besoin d'elles. Les femmes sont des créatures jalouses.

Serafina prit une biscotte et alla chercher son sac posé sur une chaise, mais Elisabetta la suivit.

— Maman, s'il te plaît, je ne suis pas trop jeune. Je ne te demande pas de me l'acheter. Le professeur de couture nous a dit que le coton coûtait...

— *Basta*, je suis en retard.

Elle sortit en claquant la porte derrière elle.

Surmontant sa déception, Elisabetta prit la tasse de son père ainsi qu'une biscotte et apporta le tout dans le salon, où il dormait encore sur le canapé. Il avait un visage long et maigre, mal rasé, des cheveux noirs hirsutes. Elle contempla ses mains crispées sur une bouteille de vin vide, des mains restées difformes après une collision à vélo survenue quand elle était encore bébé. Cet accident avait signé la fin de sa carrière de peintre et le début de sa carrière d'alcoolique. Il ne restait de son passé d'artiste que quelques aquarelles du Trastevere qui couvraient les murs de leur appartement, des tableaux aux tons vibrants rendant à merveille le charme de leur quartier et celui de ses ruelles sombres. Elisabetta avait parfois du mal à croire que l'homme qui avait peint cela était le père qui se tenait à présent devant elle. Mais c'était bien lui. Elle s'efforçait de ne pas oublier que ce travail délicat reflétait la beauté de son âme.

— Bonjour papa, réveille-toi.

Elle posa le petit déjeuner sur une table d'appoint.

— J'ai mal à la tête, gémit-il en ouvrant ses yeux noirs injectés de sang.

En la voyant, il lui sourit.

— Comme tu es jolie. Je t'adore, ma chérie.

— Moi aussi, je t'aime, papa ;

Elle le disait du fond du cœur, même si sa mère qualifiait son père d'*ubriacone*, d'ivrogne. Autrefois, ses parents se disputaient souvent, mais depuis quelque temps il n'y avait plus entre eux aucun échange, tant Serafina s'était éloignée de son mari. Elisabetta comprenait la rancœur de sa mère, mais elle ne le partageait pas. Son père avait essayé plusieurs fois d'arrêter de boire et se sentait coupable ne pas y être parvenu. À quoi bon lui en vouloir, quand lui-même se le reprochait aussi durement. Et puis, il l'aimait. Sous l'emprise du vin, les gens disaient la vérité et il n'avait jamais eu pour elle que des mots tendres.

Il lui caressa la joue.

— Ma petite Betta chérie, es-tu heureuse ?

— Oui papa. Tiens, bois ton café.

Elle l'aida à porter la tasse à ses lèvres.

— Délicieux, la félicita-t-il.

Il se redressa un peu.

— Ça va soulager mon mal de tête. Qu'est-ce que je ferais sans ma fille ? Tu es une lionne. Tu es courageuse. C'est le plus important dans la vie, ne l'oublie jamais.

— Je te crois, répondit-elle en souriant.

Elle avait entendu cette phrase un certain nombre de fois.

— Le journal est arrivé ? Qu'est-ce qu'il nous prépare, le voyou en chef ? Des défilés et des marches ? Avec des fusils et des couteaux ? Ces idiots le suivent comme des moutons. Et lui, c'est un loup.

— Chut papa.

Leur appartement se trouvait au rez-de-chaussée et la fenêtre était ouverte, des passants pouvaient entendre.

— Est-ce qu'il fait beau ? Je pourrais peindre une fresque.

Il ferma les yeux.

— Je suis sûr que je ferais un beau tableau. Je le sens. Mes doigts me démangent. Ils réclament un pinceau.

Ça aussi, Elisabetta l'avait souvent entendu.

— Repose-toi, papa.

Parfois elle se demandait si son père parlait de peindre pour lui faire plaisir, ou bien s'il lui arrivait vraiment d'oublier qu'il n'avait pas touché un pinceau depuis des années.

— Je dois aller au lycée. Au revoir. À plus tard.

— Bien sûr ma chérie. Au revoir lumière de ma vie, je t'aime tellement.

— Moi aussi je t'aime, papa.

— Va me chercher une bouteille avant de partir. D'accord ma chérie ?

Chapitre 7

Marco
Juin 1937

Marco contemplait les grains de poussières qui tourbillonnaient dans un rayon de soleil, tandis que ses camarades sortaient leur dissertation de leur sacoche. La salle de classe était étouffante et exiguë, avec pour toute décoration le drapeau italien, un grand crucifix en bois, un portrait du roi Victor-Emmanuel III, et un autre du Duce. Une pancarte proclamait le slogan du Parti fasciste : *CREDERE OBBEDIRE COMBATTERE* – « Croire, Obéir, Combattre ». Ils étaient trente élèves, tous en uniformes.

Leur professeure, Mme Longhi, une femme âgée au chignon gris avec de grosses lunettes, portait une robe noire moulant sa taille épaisse et décorée de l'emblème tricolore de la république d'Italie. Elle leur donna le signal du départ pour chanter *Giovinezza, Jeunesse*, l'hymne du parti. Ils se levèrent sans enthousiasme, habitué à ce rite qui était devenu une sorte de corvée, mais elle ne les réprimanda pas comme elle aurait dû le faire. Marco la soupçonnait de s'être inscrite au parti uniquement pour conserver son emploi, car il avait remarqué qu'elle levait les yeux au ciel devant certaines pages de leurs manuels scolaires. Une blague circulait au sujet de l'adhésion des enseignants au parti : on disait que pour certains le PNF n'était pas le Parti National Fasciste, mais le Par Nécessité Familiale, allusion au fait qu'ils n'étaient inscrits que pour conserver leur emploi afin de subvenir aux besoins de leur famille. Secrètement, Marco se rangeait plutôt dans la catégorie de ceux qui jouaient les bons patriotes par obligation, sauf que lui c'était pour obéir à son père et aussi parce qu'il ne voyait pas pourquoi il aurait fait autrement. Mais tout au fond, il croyait en l'amour, pas en la politique.

Il entonna donc l'hymne, en prenant une voix de stentor, pour faire rire Elisabetta :

La valeur de tes guerriers
La vertu de tes pionniers
La vision de l'Alighieri
Brille aujourd'hui dans tous les cœurs

Il se retourna vers Elisabetta, mais elle ne riait pas : elle regardait du côté des premiers rangs, vers Sandro, avec sur le visage une drôle d'expression qu'il ne lui avait encore jamais vue. Il avait cru pourtant les connaître toutes : elle haussait le sourcil droit quand elle écoutait, fronçait les deux quand elle lisait le journal, et le nez quand elle riait fort. Devant un écran de cinéma, elle prenait souvent un air rêveur et attendri. Un peu comme aujourd'hui devant Sandro.

Il en resta perplexe et se remémora cet après-midi sur les rives du fleuve quand il les avait surpris penchés l'un vers l'autre. Et s'il s'était passé quelque chose entre eux ? S'ils étaient devenus plus que des amis ? Aucun des deux ne lui en avait parlé, mais lui-même n'avait jamais mentionné ses sentiments pour Elisabetta.

Marco n'aurait pas voulu que Sandro devînt son rival. C'était inconcevable qu'une fille se mît un jour entre eux. Pas même si cette fille était Elisabetta.

— Asseyez-vous, je vous prie, ordonna Mme Longhi une fois la chanson terminée. Nous allons commencer. Prenez vos essais.

Cette fois, Marco dut sortir son travail, mais il s'arrangea pour disposer les feuilles de manière à cacher son écriture. Il écrivait trop gros et ses lettres étaient mal formées, comme tracées par un enfant. Ses professeurs le croyaient paresseux ou négligent, mais en vérité c'était bien plus grave que ça. L'écriture et la lecture étaient pour lui une épreuve, encore maintenant. Ses camarades de classe lisaient couramment, mais lui, quand il posait les yeux sur une page, il voyait une suite de gribouillis qu'il devait déchiffrer en s'aidant du contexte ou de ce qu'avaient dit les professeurs. Il ne reconnaissait d'emblée que les mots qui revenaient souvent, comme « Mussolini ». Parfois, il craignait d'avoir une intelligence en dessous de la moyenne et ça lui faisait honte. Ses notes ne cessaient de chuter. L'année précédente, un professeur avait convoqué sa mère pour lui dire qu'il devait travailler plus sérieusement. Elle ne l'avait plus lâché pendant un certain temps et elle avait prié Saint Thomas d'Aquin et Saint Joseph de Cupertino. Pour sa part, Marco lui aurait plutôt conseillé Saint Jude, le saint patron des causes désespérées.

— Bien, reprit Mme Longhi. Qui veut lire son essai à voix haute ?

Marco leva la main, mettant ainsi en pratique un stratagème visant à camoufler ses lacunes. Il s'agissait de se porter volontaire, au lieu d'attendre qu'on le désigne, pour être interrogé quand ça l'arrangeait. Dans ce cas précis, il allait faire semblant de lire son devoir, en suivant les lignes avec les yeux, comme les autres, sauf qu'il se contenterait de développer le texte qu'il avait à peine ébauché à l'écrit. Il adorait être le centre d'attention, ce qui faisait de lui un excellent orateur, et jusque-là aucun de ses camarades n'avait découvert la supercherie. Mais chaque jour il craignait d'être démasqué et de passer du statut de vedette de la classe à celui de bouffon.

Mme Longhi leur avait demandé la veille un court essai exaltant la grandeur de Mussolini. Elle voulait une réflexion originale, une vision personnelle. Pas une vague compilation de ce qu'on trouvait déjà dans les nouveaux manuels scolaires, lesquels montraient un Duce galvanisant les foules, participant à une récolte de blé tout transpirant et le torse nu, affublé de lunettes d'aviateur aux commandes d'un avion, franchissant un obstacle à cheval ; ou encore le présentant en grand nageur, grand marcheur et même, dernièrement, en train de jouer avec un lionceau.

— Très bien, Marco, dit-elle. Venez lire votre texte. Sandro, vous passerez tout de suite après lui.

Marco se levait pour aller se placer près du tableau, quand Mme Longhi prit un air inspiré et inclina la tête, comme quelqu'un qui vient d'avoir une idée.

— Si l'on procédait un peu différemment, pour une fois ? proposa-t-elle. Pourquoi ne pas échanger ? Marco, vous lirez l'essai de Sandro et il lira le vôtre.

— Non, euh...

Marco eut soudain la bouche sèche. Il aurait voulu protester, mais c'était trop tard, car Sandro s'était déjà levé et venait vers lui.

— Tiens Marco, dit-il en lui tendant son devoir.

— J'ai écrit un peu vite, c'est pour ça que c'est brouillon, s'excusa Marco en lui donnant sa copie.

— Mais non, c'est parfait, répondit Sandro en souriant. Ton écriture trahit une personnalité passionnée et énergique.

Marco comprit que Sandro avait décidé de le couvrir.

Depuis son bureau, Mme Longhi leur fit signe de commencer.

— Allez-y, Marco, je vous prie.

— D'accord.

Marco fixait à présent le devoir de Sandro, ne sachant que faire. Il reconnaissait quelques mots, mais il lui était impossible de déchiffrer l'écriture soignée de son meilleur ami. Son cœur se mit à battre la chamade et il déglutit péniblement. Un coup d'œil du côté d'Elisabetta lui apprit qu'elle le regardait avec un sourire doux et attentif sur le visage. Si elle découvrait qu'il ne savait pas lire, ce serait terrible. Elle aimait trop les journaux et les livres pour tomber amoureuse d'un analphabète. Elle aurait pitié de lui. Il serait humilié.

— Marco ? fit soudain Sandro. Si ça ne te dérange pas, c'est moi qui vais commencer.

— Pas de problème, acquiesça Marco, en sentant ses joues s'enflammer.

Sandro s'éclaircit la voix.

— Comme tout le monde le sait, je suis un passionné de cyclisme. Aussi, quand je pense à Mussolini, je le vois un peu comme un cycliste qui doit rester en selle en dépit des accidents du terrain, afin de guider l'Italie...

Subjugué, Marco l'écoutait. Sandro déchiffrait une partie de ses pattes de mouche et inventait le reste à mesure qu'il avançait, en ajoutant sur Mussolini des commentaires auxquels lui-même n'aurait jamais pensé, mais qu'il approuvait entièrement. Seul un véritable ami était capable d'un tel exploit. La classe se montra attentive jusqu'à la fin, puis il fut chaleureusement applaudi.

Leur professeure acquiesça.

— C'était très intéressant, Marco. Vraiment. À présent, à toi de lire le texte de Sandro.

— Certainement.

Sandro venait de lui donner l'exemple. Il ne lui restait plus qu'à improviser.

— Benito Mussolini est un grand homme qui excelle en littérature, mais encore plus en mathématiques. Les mathématiques sont une école de la rigueur, tout comme le fascisme...

Marco poursuivit dans la même veine, en faisant aller et venir ses yeux de gauche à droite sur la feuille, comme quelqu'un qui lit. De temps en temps, Sandro hochait la tête, comme pour appuyer ses propres dires.

Puis Marco s'inclina pour saluer la classe et tout le monde applaudit à nouveau.

— Bravo, les garçons !

Mme Longhi rayonnait.

— Sandro, c'est une analyse pleine de maturité et de profondeur, merci.

Les deux garçons regagnèrent ensemble leur place et Elisabetta leur sourit. Marco se rassit, totalement rassuré. Il avait dû se tromper. Ce fameux jour au bord du Tibre, il ne s'était sûrement rien passé entre Elisabetta et Sandro.

Chapitre 8

Sandro
Juin 1937

Assis près de sa mère, Sandro poussa un soupir d'impatience. Dehors, il faisait nuit. La table était déjà dressée avec leur beau service en porcelaine, l'argenterie, les verres en cristal. Rosa avait invité ce soir son nouvel amoureux, un Anglais rencontré à Londres qu'elle tenait à leur présenter. Sauf qu'ils étaient en retard, tout comme Massimo. Sa mère commençait elle aussi à s'impatienter car, comme elle se plaisait à le répéter : seuls les bébés ont le droit d'arriver avec du retard.

Gemma était une femme élégante. Elle avait mis pour l'occasion une robe fourreau de lin gris, ainsi qu'un collier de perles et des boucles d'oreilles assorties. Ses cheveux grisonnants étaient rassemblés en un gracieux chignon torsadé. Ses yeux gris bleu brillaient derrière des lunettes cerclées de fer perchées sur un long nez. Elle avait un visage oblong et des traits délicats, un long cou à la Modigliani, l'air las d'une femme qui a derrière elle une journée de travail à l'hôpital. Sandro était fier d'avoir une mère médecin, même si les voisins disaient du mal d'elle quand elle avait le dos tourné. On lui reprochait de ne pas rester à la maison, comme toute mère digne de ce nom.

Une délicieuse odeur de conques et de pommes de terre rôties filtrait depuis la cuisine, où leur gouvernante, Cornelia Rossi, préparait le repas.

— Maman, on ne pourrait pas commencer à manger ? demanda Sandro, dont l'estomac gargouillait.

— Bien sûr que non. On va attendre les autres.

— Je ne peux pas garder plus longtemps les *antipasti* au chaud, *Dottoressa*, annonça Cornelia en entrant dans la salle à manger avec un plateau.

C'était une veuve large et courtaude au tempérament enjoué, la soixantaine. Elle avait été la nounou de Sandro, puis était restée comme gouvernante. Il l'aimait comme une seconde mère. Elle avait des yeux noirs soulignés de cernes, un large nez, un sourire omniprésent.

— Je comprends, merci.

La mère de Sandro secoua la tête.

— On va les regarder refroidir, soupira-t-elle.

Cornelia posa le plateau sur la table.

— *Buon appetito* Sandro. J'ai fait des olives *all'ascolana.*

— Merci, dit Sandro.

Cornelia étant originaire d'Ascoli Piceno, elle préparait à merveille la spécialité de la région : des olives panées et frites, fourrées d'une farce épicée comprenant de l'agneau ou du bœuf, du fromage et des légumes.

— Maman, s'il te plaît, je peux au moins en prendre une ?

— Une seule, alors.

Sandro déposa une olive sur sa langue et ce fut une explosion de saveurs. La panelure était fine, parfaitement dorée et croustillante. La farce à la viande était chaude, à la fois sucrée et épicée.

— Délicieux, Cornelia.

— Oui, Cornelia, merci, renchérit sa mère en se servant elle aussi.

— De rien.

Cornelia sourit, puis quitta la pièce.

Gemma se tourna vers Sandro.

— Alors, comment c'était l'école, aujourd'hui ?

— Bien. Enzo, l'assistant de Levi-Civita m'a confié une nouvelle tâche.

— C'est bien, approuva sa mère en mastiquant d'un air songeur. Ça te plaît, ce que tu fais pour lui ?

— Oui, mais c'est difficile.

— C'est à ta portée, assura sa mère en souriant. As-tu rencontré Levi-Civita ?

— Non. Il est toujours dans son bureau et toujours occupé.

— Tu devrais peut-être te manifester auprès de lui. Je suis sûre qu'il serait ravi de faire la connaissance d'un jeune homme aussi brillant que toi.

Sandro ne put s'empêcher de rire.

— Maman, on parle du grand mathématicien qui a trouvé une erreur dans les calculs publiés par Einstein dans la revue scientifique *Entwurf*. Tu crois vraiment qu'il peut s'intéresser à un lycéen de Rome ?

Elle rit à son tour.

— Tu pourrais bien être le prochain Levi-Civita. Tu as pensé à ça ?

— Dans mes rêves, peut-être.

Il ne plaisantait pas, car il l'avait probablement rêvé.

— Tu dois absolument croire en toi. Levi-Civita t'a choisi, ce n'est pas pour rien.

— En même temps qu'un tas d'étudiants du monde entier.

— N'empêche, je suis fière de toi.

Elle lui toucha le bras.

— Je sais que tu trouves que je suis trop sur ton dos, mais ne te méprends pas sur mes intentions. Je ne te pousse pas à aller de l'avant pour satisfaire des ambitions personnelles, mais parce que je considère tes capacités intellectuelles comme un don du Seigneur que tu n'as pas le droit de gaspiller. Tu as sûrement quelque chose à accomplir. À toi de découvrir quoi.

Surpris, Sandro battit des paupières. Il était habitué aux sermons de sa mère, mais celui-ci était d'un genre nouveau. Il ne trouva rien à répondre, mais de toute façon leur conversation en serait restée là, car il y eut du bruit du côté du vestibule. C'était le père de Sandro qui rentrait. Massimo Simone était plus âgé que ne l'étaient les parents de ses camarades, comme en témoignaient ses cheveux noirs clairsemés et méchés d'argent qui semblaient toujours ébouriffés par le vent. Sa petite taille lui ayant valu à l'école le sobriquet de Minimo, il s'était réfugié dans les études et cela l'avait mené à la noble profession d'avocat fiscaliste. Il racontait volontiers ce parcours, afin de montrer comment un handicap pouvait se transformer en avantage, pour peu qu'on y mît du sien.

— Bonsoir ma chérie, bonsoir mon fils.

Il ôta son chapeau et les couva d'un regard vif derrière ses lunettes à double foyer.

— Désolé je suis en retard, mais la réunion à la synagogue s'est prolongée.

Il vint embrasser sa femme.

— Devine qui a été élu au nouveau conseil d'administration ?

— Pas toi, n'est-ce pas ? demande sa femme, d'un ton mi-désapprobateur, mi-indulgent.

— Eh bien oui, c'est moi. On dirait que je peux encore me rendre utile.

Il s'installa, tout en lui adressant un clin d'œil.

— Mais tu es déjà tellement occupé, Massimo !

— Peut-être, mais c'est important et on a besoin de moi.

— C'est formidable, papa !

Sandro était ravi pour son père. La communauté juive de Rome était gouvernée par un conseil de quinze hommes appelés « conseillers », lesquels étaient chargés de l'administration des affaires, du paiement des factures et des recensements. Son père les aidait en ce qui concernait les questions légales et passait de plus en plus de temps à la synagogue. Marco trouva légitime que l'on reconnût officiellement son rôle, même si sa mère avait raison de souligner qu'il était déjà très occupé.

La porte s'ouvrit à nouveau et Rosa apparut enfin au bras d'un grand rouquin. Il avait un regard vif, des yeux bleus, un sourire gentil et des taches de rousseur. Il portait un costume sombre de confection anglaise. Rosa avait mis la robe noire qu'elle réservait aux grandes occasions. Elle semblait particulièrement confiante et rayonnante.

— Maman, papa, désolée, nous sommes en retard. Je vous présente David Jacobs. Il vient d'être engagé à l'ambassade.

— Bienvenue dans notre maison, David.

Leur père se leva pour serrer la main du jeune homme.

— Merci de me recevoir, *Signor* Simone.

David se tourna vers la mère de Sandro et lui adressa un respectueux signe de tête. Sandro le jugea très courtois. Son italien était scolaire et manquait de spontanéité, mais il lui pardonna volontiers ce travers.

— *Dottoressa* Simone, merci à vous aussi.

— Bienvenue, et je vous en prie asseyez-vous. Puis-je servir ? Le repas va refroidir, ajouta-t-elle.

Elle jeta un regard appuyé du côté de Rosa, mais celle-ci ne s'en aperçut même pas et tira une chaise pour David. En s'asseyant, elle adressa un clin d'œil complice à son frère. Elle avait les yeux brillants et il en fut ravi pour elle, mais ne put s'empêcher de lui envier son bonheur. Il n'avait pas encore trouvé le courage de faire un cadeau à Elisabetta. L'avance gagnée le jour du baiser était bel et bien perdue.

Leur père récita une prière pour le repas et leva son verre de vin.

— Rosa, nous fêtons quelque chose, ce soir. Non seulement nous avons un invité à notre table, mais j'ai été élu au conseil d'administration. Je voudrais que nous portions un toast à l'avenir de l'Italie et à Mussolini.

Rosa accueillit la nouvelle avec un rire joyeux.

— Bravo, Papa !

— Voilà qui est surprenant ! lâcha David.

Leur père battit des paupières et Rosa lança un regard d'avertissement à David. Un silence gêné s'ensuivit, durant lequel chacun sirota son vin. La mère de Sandro se mit à servir tout le monde. Puis soudain, David se tourna vers Massimo :

— *Signor* Simone, toutes mes excuses. Je me suis mal exprimé. Ce que je voulais dire, c'est que j'étais étonné de trouver chez un Juif un tel enthousiasme pour le fascisme.

— Merci pour vos excuses, mais je ne m'étais pas senti attaqué, répondit Simone avec un sourire aimable. Quant à votre étonnement... Sachez que de nombreuses familles juives sont fières de soutenir le fascisme. D'après les statistiques, il y a autant de Juifs que de Gentils dans le Parti fasciste.

David se mordilla la lèvre inférieure.

— Mon étonnement vient de l'antisémitisme flagrant d'Adolf Hitler en Allemagne. Cela ne vous inquiète pas, en tant que Juif ?

— Bien sûr que si. C'est très inquiétant. Mais le national-socialisme n'a rien à voir avec nous. Nous sommes des fascistes italiens. Il n'y a pas d'antisémitisme dans le fascisme italien. Le Duce était au pouvoir bien avant qu'Hitler ne fasse son apparition. C'est Hitler qui prend modèle sur Mussolini. Pas l'inverse.

— Mais Hitler est Chancelier d'Allemagne.

Rosa s'agita sur sa chaise et Sandro se demanda si elle n'était pas en train de donner à David des coups de pieds sous la table, comme elle le faisait avec lui quand il était petit.

Son père se racla la gorge.

— La question n'est pas là. L'Allemagne c'est l'Allemagne, l'Italie c'est l'Italie. Nous avons vaincu les Allemands pendant la Grande Guerre. J'ai moi-même servi comme officier dans le 29ème d'infanterie du Piémont et il y a beaucoup de vétérans juifs dans le parti. Nous voulions un leader fort, nous l'avons. Avec Mussolini, l'économie s'est développée. Il a simplifié nos lois fiscales byzantines. Mon cabinet est plus prospère que jamais. Je représente un certain nombre de petits entrepreneurs et je peux vous dire que les affaires vont mieux qu'avant.

Il ramassa sa fourchette.

— Un éminent banquier juif, Ettore Ovazza, encourage les Juifs à soutenir les fascistes. Ma nouvelle fonction va d'ailleurs sans doute m'amener à le rencontrer à Turin.

— Massimo, c'est vrai ? Quand ça ? intervint sa femme.

David fronça les sourcils.

— *Signor* Simone, le problème n'est pas de savoir comment vous vous situez, mais plutôt comment les autres vous perçoivent.

Rosa remua de nouveau sur son siège et cette fois Sandro vit nettement David faire la grimace.

Leur père inclina la tête.

—Je peux vous dire que nos compatriotes italiens nous perçoivent comme des Juifs italiens et ils ont raison. La famille Simone est une des plus anciennes familles romaines. Nos ancêtres sont venus à Rome, non seulement avant le Christ, mais avant la destruction du Temple.

Il posa ses avant-bras sur la table.

—Les Juifs de Rome sont parfaitement assimilés. Le taux de mariages mixtes, cinquante pour cent, en est une preuve flagrante. Nous avons eu un premier ministre juif, Luigi Luzzatti, ainsi qu'un maire de Rome, Ernesto Nathan. Je pourrais continuer longtemps à énumérer les citoyens et dirigeants juifs éminents de cette ville.

Sandro avait déjà entendu ce discours. Son père dressait le compte des Juifs qui avaient réussi, comme il aurait compté les points d'une équipe locale.

—Je suis d'accord avec mon mari, renchérit sa mère.

—Je te remercie d'autant plus de ton soutien qu'il est exceptionnel, commenta son père avec un petit sourire.

La boutade fit rire tout le monde, ce qui détendit l'atmosphère. Leur mère porta son verre de vin à ses lèvres.

—Vous savez, David, je travaille dans un hôpital catholique et jamais je n'y ai perçu la moindre antipathie à mon égard. Et mes collègues juifs vous diraient la même chose.

—Mussolini n'est pas du tout antisémite, renchérit son mari. Sa maîtresse est juive.

—Massimo, je t'en prie, protesta la mère en jetant un coup d'œil inquiet à Sandro.

Mais Sandro savait ce qu'était une maîtresse et d'ailleurs son père poursuivit, comme s'il n'avait pas entendu:

— Il vit avec elle et avec sa fille. C'est Ovazza qui me l'a dit et il connaît personnellement Mussolini. C'est quelque chose, ça, non ?

La mère leva les yeux au ciel.

— En attendant, tu n'iras pas à Turin. Tu n'as pas le temps.

David acquiesça.

— Au temps pour moi, dit-il. Mais vous savez, en tant que Juif, je ne me méfie de l'antisémitisme...

— David, passons à des sujets plus joyeux, interrompit Rosa. Si tu parlais à mes parents de ta famille qui vit dans le Gloucestershire ? Je suis sûre que ça les intéresserait.

Chapitre 9

Elisabetta
Juillet 1937

Après les cours, Elisabetta enfila la robe à carreaux bleue et blanche qu'elle mettait pour travailler au restaurant, tandis que Rico l'observait depuis le lit, les yeux plissés, le regard plein de reproche. Ayant dû terminer ses devoirs et faire à manger pour son père qui était maintenant couché, elle n'avait pas pu accorder à son chat l'attention qu'il méritait.

— Je suis désolée, Rico.

Elle le gratouilla, mais il ne lui pardonna pas assez pour ronronner. Elle sortait de sa chambre, quand sa mère arriva en compagnie de Giulia Martorano, une amie qu'Elisabetta aimait beaucoup. Giulia était aussi chaleureuse et exubérante que Serafina était distante et aigrie. Elisabetta s'était toujours demandée pourquoi Giulia s'obstinait à fréquenter sa mère, laquelle la traitait mal et la tolérait sans vraiment l'apprécier. Giulia avait de grands yeux noirs, des joues pleines, un énorme sourire, le visage encadré par des boucles noires et brillantes. Elle choisissait ses vêtements dans une large palette de couleurs que seule une enseignante en arts plastiques était capable d'assortir : ce jour-là elle avait mis un chemisier imprimé de fleurs roses et rouges, une jupe vert émeraude et un sautoir en verre Millefiori aux tons de l'arc-en-ciel.

Elisabetta les rejoignit dans la cuisine.

— *Ciao* maman, *Ciao* Giulia.

— *Ciao*.

Comme toujours, sa mère était très belle, dans une robe en piqué blanc qui mettait sa silhouette en valeur. Elle posa son sac à main avec un gros soupir. Elisabetta la connaissait bien : ce soupir signifiait qu'elle attendait qu'on lui manifeste de la sollicitude. Elle s'apprêtait à le faire, quand Giulia vint la serrer dans ses bras.

— Comment vas-tu, ma chérie ?

Elles s'embrassèrent de bon cœur.

— Très bien, merci.

Le visage de Giulia s'illumina.

— Tu es de plus en plus belle, Elisabetta. Au fait, je voulais te dire : ta mère m'a fait lire ton essai et je l'ai adoré.

— Oh, comme c'est gentil ! s'exclama Elisabetta, ravie du compliment.

Une semaine plus tôt, elle avait écrit un essai, *De la nécessité d'avoir un chat*, qu'elle prévoyait de soumettre à un journal pour décrocher un stage. L'idée venait de Sandro et elle voulait tenter sa chance, même si elle n'avait jamais rien écrit en dehors des devoirs d'école, à part des lettres à des rédacteurs en chef. Elle aurait aimé se pencher sur un sujet plus sérieux, comme les droits de la femme, mais elle avait remarqué que les rares journalistes femmes se cantonnaient à la vie domestique, aux astuces ménagères, ou aux conseils de beauté. Et puis, les chats, c'était important, du moins pour elle

— J'ignorais que tu possédais des talents d'écrivain, ma chère. C'est intelligent, avec un ton original.

— Tu dis ça parce que tu me connais.

— Pas du tout, assura Giulia en lui tapotant le bras.

— Tu crois que c'est assez bon pour être publié ?

— Absolument. Ils pourraient même te payer.

— Ça m'est égal, ce n'est pas ça qui compte pour moi. Je serais fière de…

— Ça devrait compter, interrompit la mère d'Elisabetta depuis la chaise où elle s'était installée pour se masser les pieds. On a besoin d'argent. Sois un peu pragmatique.

— Je le suis, maman.

— Non, tu ne l'es pas. Tu perds ton temps à l'école.

Elisabetta ne voulait pas se disputer une fois de plus au sujet de l'école. Elle aimait apprendre et tenait à aller au lycée jusqu'à l'obtention de son diplôme de fin d'études secondaires.

— Tu ne seras jamais journaliste, Elisabetta. Ils n'engagent pas de filles. De toute façon, ça paie moins bien que serveuse.

— Mais je ne veux pas être serveuse toute ma vie. Et l'argent n'est pas tout.

— On croirait entendre parler ton bon à rien de père.

Elisabetta rougit. Cela lui faisait honte, quand sa mère dénigrait son père, surtout devant témoin. Serafina ne supportait pas que son mari ne gagne pas d'argent et ne cessait de s'en plaindre, même si c'était le salaire de serveuse d'Elisabetta, et non ses cours de chants, qui payaient leur loyer. Serafina avait rêvé d'être chanteuse lyrique. Sa carrière avortée l'avait rendue amère.

Cherchant sans doute à apaiser les tensions, Giulia fouilla dans son sac pour en sortir l'essai d'Elisabetta.

— Tiens, voilà ton texte, Elisabetta, dit-elle en le lui tendant. Bonne chance. Un conseil : ne le propose pas à *Il Tevere* ni à *Il Popolo*. Les fascistes n'ont que faire du point de vue d'une femme. Et ils ne s'intéressent pas aux chats.

— Merci, répondit Elisabetta.

Puis elle se tourna vers sa mère.

— Et toi, maman, tu en as pensé quoi ?

— Je ne l'ai pas lu. Je t'ai dit que j'étais trop occupée. Tu as fait manger ton père ?

— Oui, il est couché.

— Je m'en doute, soupira sa mère. Ce n'est pas l'heure d'aller au restaurant ?

— Oh oui.

Elisabetta attrapa son sac à main et y glissa son essai.

— Je dois y aller. Au revoir.

Serafina hocha la tête, sans cesser de se masser les pieds.

— Au revoir, ma chérie, dit Giulia en l'embrassant sur la joue. À bientôt, j'espère.

— Oui, à bientôt.

Elisabetta quitta la maison. Une fois dehors, elle se sentit de meilleure humeur, car il était impossible d'être morose en traversant ce Trastevere qu'elle aimait tant, avec ses petites maisons aux façades pastel qui avaient chacune leur particularité : un balcon en fer forgé sur lequel tombait du lierre, une niche votive abritant une statue de la vierge, une fenêtre aux lumières joyeuses et colorées. On se sentait plus libre ici que dans d'autres quartiers de Rome, parce que les bâtiments moins imposants laissaient voir de larges portions de ciel bleu. Au crépuscule, ce bleu devenait presque transparent et l'on devinait derrière les étoiles qui attendaient pour briller.

Elisabetta arriva sur la place de la basilique Santa Maria del Trastevere. L'éclairage de ses arches illuminait sa magnifique corniche et ses mosaïques dorées. Le soir, de nombreux couples se promenaient ici main dans la main, vêtus de leurs plus beaux habits, et s'asseyaient sur les marches de la fontaine pour s'embrasser. Les filles déambulaient pour se montrer et les garçons faisaient de leur mieux pour satisfaire ce caprice.

À présent, quand Elisabetta embrassait son oreiller, elle pensait tantôt à Marco, tantôt à Sandro. Mais après avoir fait l'expérience d'un vrai baiser, même avec son imagination débordante, elle trouvait le tissu de coton bien fade, comparé à la bouche chaude et humide d'un garçon. Malheureusement, Sandro n'avait plus cherché à l'embrasser. Quant à Marco, il était accaparé par Angela et les autres qui lui couraient toutes après. Côté amitiés féminines, ce n'était guère mieux. Les moqueries à propos du soutien-gorge s'étaient aggravées : Angela l'avait surnommée « pièce de monnaie » sous prétexte que l'on voyait ses mamelons à travers son chemisier. À cause d'elle, Elisabetta gardait le plus possible ses livres et sa sacoche devant ses seins.

Elle prit à gauche et se fraya un chemin dans les rues étroites menant au restaurant *Casa Servano,* où elle travaillait. Vu de l'extérieur, l'endroit ne payait pas de mine. Il s'agissait d'une vieille maison reconvertie en restaurant, avec une affreuse porte en bois brun dans une façade de stuc gris craquelée, avec une seule fenêtre. Il n'y avait ni enseigne ni menu à l'extérieur, mais le *Casa Servano* était connu des gens du quartier pour servir les meilleures pâtes fraîches de Rome. Une réputation qui n'était pas usurpée, Elisabetta pouvait le confirmer.

Quand elle arriva, la salle était vide car ils n'avaient pas encore ouvert. Il y avait en tout dix tables, plus un bar sur la droite, avec des tabourets. Le plafond était en taule gaufrée, les murs de stuc blanc exhibaient pour toute décoration des portraits de la famille Servano, propriétaire des lieux depuis des générations. Celui de Nonna Servano, la matriarche, y trônait en bonne place.

— *Ciao*, Elisabetta.

Paolo, le fils de Nonna, lui souriait depuis le bar où il essuyait des verres à vin. Il était petit, maigre et presque chauve, bien qu'il eût à peine plus de quarante ans. Il était également d'un naturel jovial, qualité précieuse quand on tenait un restaurant.

— *Ciao*, Paolo ! Alors, elle est de bonne ou de mauvaise humeur, aujourd'hui ?

— Plutôt bonne. Je parie pour des *agnolotti*.

— Je dirais plutôt des *tortellini*.

Leur jeu était de deviner les pâtes que Nonna préparerait. Quand elle était dans un bon jour, elle optait pour des *ripiena*, c'est-à-dire des pâtes farcies, *ravioli, tortellini, caramelle* ; l'équivalent pour elle d'un cadeau emballé dans de la pâte. Mais si elle était dans un mauvais jour, les clients devaient se contenter de *bigoli* ou de *tagliatelle.* Ceux qui avaient la chance d'obtenir une table au *Casa Servano* mangeaient docilement ce qu'on leur servait, car, comme le disait Nonna : « c'est le pilote qui fait voler l'avion ».

Elisabetta poussa la porte battante donnant dans la cuisine, où elle fut accueillie par de délicieux arômes. Penchée au-dessus d'une grosse marmite, Sofia, la femme de Paolo, touillait une épaisse sauce tomate contenant de la viande, du basilic frais, des feuilles de lauriers, de l'oignon et de l'ail. Vito, le cousin, faisait revenir de l'ail. Nino, un autre cousin, découpait un bar en filets, tandis que Giovanni, un cousin lui aussi, mais au second degré, ôtait de la moelle chaude d'un os. Un nuage de vapeur s'élevait d'une énorme casserole d'eau bouillante. Dans la cuisine, on avait toujours les sinus dégagés.

Après avoir salué tout le monde, Elisabetta alla droit au garde-manger, où Nonna Servano était en train de confectionner les pâtes du jour, installée sur une chaise à haut dossier devant une table en bois. Sa présence régalienne transformait ce réduit en salle du trône. Elle avait une petite tête en forme d'œuf de caille, de fins cheveux blancs noués en chignon. Derrière des lunettes cerclées d'acier perchées sur un nez en forme de bec, on apercevait des yeux noirs souffrant d'un début de cataracte. Les profondes rides autour de ses fines lèvres se déployaient jusqu'à ses joues, tels les plis d'une draperie, et plissaient encore plus, comme mus par un élastique, quand elle se concentrait sur son travail. Elle portait une robe noire traditionnelle, un collier en or avec un crucifix en or filigrane, des boucles d'oreilles de corail en forme de gouttes qui lui allongeaient les lobes. Nonna était frêle d'apparence, mais de solide constitution, et bien que ne mesurant pas plus d'un mètre quarante-neuf, elle ne semblait pas petite. Elle faisait plus que ses soixante-sept ans, mais l'âge n'avait en rien diminué ses facultés. Au contraire, elle prétendait qu'il les avait aiguisées et personne n'aurait osé la contredire.

— *Ciao*, Nonna. Qu'est-ce que vous nous préparez, pour ce soir ?

Elisabetta embrassa les deux joues de Nonna qui étaient douces comme de la farine tamisée.

— Des *cappelletti*. Assieds-toi, ma fille. Tu me déranges, à rester plantée devant moi comme un lampadaire.

Elisabetta s'assit. Donc Nonna était de bonne humeur, mais les pronostics de Paolo étaient faux, de même que les siens. Sur le plateau de bois de la table saupoudré d'une fine couche de farine, Nonna avait étalé des feuilles de pâtes jaunies à l'œuf. L'une de ces feuilles était déjà découpée en petits carrés et le couteau qui avait servi à cette opération était posé de côté, près d'un rouleau à pâtisserie en bois couvert de farine, assez long pour servir de matraque. Au centre de chacun des carrés, Nonna avait déposé un peu de *ricotta* piquante. Le tout n'allait pas tarder à prendre sa forme définitive sous ses doigts encore experts en dépit d'une arthrite sévère, sans doute due aux nombreuses années passées à effectuer cette même tâche.

— Regarde, dit Nonna.

Elle prit un carré et le plia en triangle.

— Laisse dépasser légèrement l'un des bords, ils ne doivent pas correspondre. Puis presse-les l'un contre l'autre pour les sceller.

Elle appuya doucement sur la pâte du bout des doigts, y laissant à peine son empreinte.

— Tu as vu ?

— Oui.

En observant Nonna, Elisabetta avait appris qu'il existait une grande variété de pâtes et à chacune sa sauce. La sauce tomate pulpeuse convenait aux pâtes courtes, généralement fabriquées en usine. Les pâtes « maison », fraîches, *fatta a mano*, ne se servaient jamais avec de l'huile, qu'elles absorbaient trop. Les *cavatelli* à bord roulé et les *radiatori* étaient parfaites avec de la sauce tomate liquide ou en bouillon, car elles ne s'imbibaient pas.

— Maintenant, je replie.

En quelques gestes parfaitement maîtrisés, elle plia et replia le triangle en le tenant entre le pouce et l'index, confectionnant un cercle parfait surmonté d'un triangle au sommet, le tout rappelant la forme d'un chapeau de cardinal, d'où le nom de *cappelletti*.

— Eh bien c'est comme ça que je plie les serviettes en papier, non ? demanda Elisabetta.

Elle vit passer devant ses yeux l'image de Sandro lui confectionnant un chapeau avec son journal, sur la rive du Tibre.

— Pas du tout. Tu n'as pas bien regardé. Je ne peux tout de même pas m'arrêter en cours de route pour t'expliquer chaque étape. La pâte risquerait de durcir.

Nonna prit un autre carré.

— J'ai quelque chose d'important à te dire. Je t'ai fait une grande faveur. J'ai invité quelqu'un d'important à dîner chez nous ce soir.

— Qui ?

— Quelqu'un qui pourrait compter pour ton avenir.

— C'est-à-dire ?

Elisabetta s'était habituée aux déclaration sibyllines de Nonna qui était aussi un peu la sorcière du *Casa Servano*.

— Moro Gualeschi, un nom qui te dit sans doute quelque chose.

— Bien sûr qu'il me dit quelque chose !

Elisabetta avait une grande admiration pour Gualeschi, dont elle lisait chaque jour les articles.

— Il écrit pour des journaux de gauche. Comment vous le connaissez ?

— Je connais tout le monde, ou plutôt, tout le monde me connaît, rétorqua Nonna en continuant à plier ses *capeletti*. De gauche, de droite ou du centre, peu importe. La politique, ça va, ça vient. Et tu sais ce qui reste ?

— L'amour ?

— Non ma chère. Il reste la *pasta*. *Sapore, sapere*. Goûter, c'est connaître. Celui qui n'a pas goûté mes pâtes ne me connaît pas. Et celui qui n'a jamais dîné chez nous ne connaît pas le Trastevere. Gualeschi adore les pâtes farcies, donc je sais que c'est un homme qui a de l'appétit et qui savoure la vie. J'ai d'ailleurs failli lui faire des *cappellacci dei briganti*.

— Pourquoi ?

— Parce qu'ils ont la forme du chapeau à large bord que portaient les brigands après l'Unification. J'ai changé d'avis parce que j'ai pensé qu'il n'apprécierait pas la plaisanterie. Les communistes n'ont pas beaucoup d'humour.

Nonna plia un autre carré du bout de ses doigts couverts de farine. Les *cappelletti* jaunes s'alignaient peu à peu devant elle, comme au garde à vous, attendant ses ordres.

L'instant d'après, la porte s'ouvrit et Paolo entra dans la cuisine.

— Il est arrivé, maman, annonça-t-il.

Elisabetta se leva d'un bond.

— Gualeschi est là ? Dans la salle ? Je peux aller lui parler ?

— Tu *dois* y aller, corrigea Nonna.

— Merci ! s'écria Elisabetta.

— Fais-moi honneur, recommanda Nonna.

Elle lui adressa un regard en biais à travers ses paupières tombantes.

— Au fait, tu devrais porter un soutien-gorge.

Elisabetta rougit

— Mais justement, c'est ce que j'essaye d'expl…

— Bon écoute, j'ai dit à Gualeschi que tu avais écrit un article et il a accepté de le lire.

— Mon article ? Comment avez-vous su que j'avais écrit un article ?

— Tu n'en as jamais fait un mystère et je ne suis pas sourde. Propose de le lui envoyer.

— Je l'ai avec moi, dans mon sac.

— Alors tu vas pouvoir le lui donner tout de suite.

— Vous croyez vraiment que je devrais ?

— Je viens de te le dire.

Nonna secoua ses doigts couverts de farine.

— Je lui ai assuré que tu avais un vrai talent pour écrire.

— Vous n'avez rien lu de moi !

— Tu as lu ce qu'on publie en ce moment ?

Nonna confectionna un autre *cappelletto*.

—Je lui ai conseillé de t'engager immédiatement. Les gens s'intéressent à ce que pensent les jeunes. Ils ont tort, à mon humble avis, mais c'est comme ça… Ton âge est un argument en ta faveur.

Elle nettoya de nouveau ses doigts noueux couverts de farine.

—Va lui parler. Évite les digressions, va droit au but. Tu es souvent trop bavarde.

—Merci, merci !

Elisabetta alla chercher son article et se dirigea vers la porte qui donnait dans la salle.

—Nonna, au fait, à quoi il ressemble ?

—À un *rigatone.*

Elisabetta s'empressa de pousser la porte et scanna la salle du regard. Il y avait en majorité des couples, mais elle repéra près de la porte un homme seul aux cheveux noirs avec de grosses lunettes, petit et large. Gualeschi, sûrement. Et en effet, il ressemblait à un *rigatone.*

Elle alla droit à sa table. Son cœur se mit à battre la chamade quand elle songea qu'elle était peut-être en train de faire ses premiers pas vers le métier dont elle rêvait depuis toujours. Peut-être raconterait-elle plus tard à ses confrères journalistes les circonstances de sa rencontre avec Gualeschi, à table, autour d'un bon repas, en riant de bon cœur. Sandro n'était pas le seul à pouvoir espérer un brillant avenir. Elle aussi y avait droit.

Et ça commençait maintenant.

Elle avait rejoint la table de Gualeschi.

—*Signor* Gualeschi, je me permets de me présenter, Elisabetta d'Orfeo. J'ai une grande admiration pour ce que vous écrivez et je vous lis tous les jours. Votre article d'hier était particulièrement intéressant.

Elle se souvint du conseil de Nonna : aller droit au but.

— Je sais que je parle un peu trop, s'excusa-t-elle. Mais c'est que les pensées se bousculent dans ma tête.

— Complimenter un écrivain sur ce qu'il écrit n'est jamais une manœuvre maladroite, commenta-t-il en battant des paupières derrière ses lunettes.

Il avait l'air amusé.

— Mais les gens passent sûrement leur temps à vous féliciter.

— Pas assez à mon goût, et surtout de manière trop vague. Ma mère trouve que mon appartement est trop grand, mais je le remplis avec mon égo.

Gualeschi pouffa de rire.

— Quoi qu'il en soit, je vous remercie pour ces aimables éloges. Je crois savoir que vous avez écrit un article que vous souhaitez me soumettre. Vous pouvez l'envoyer à mon attention au journal.

— Je l'ai avec moi, en fait.

Elisabetta tendit son essai et Gualeschi l'accepta avec un sourire.

— Parfait, dit-il. Je vais le lire pendant mon repas et nous pourrons en discuter après, si vous avez un petit instant.

— J'en serais ravie, répondit Elisabetta.

Soudain, la porte du restaurant s'ouvrit à la volée et le battant alla bruyamment claquer contre le mur, en faisant trembler les photographies encadrées. Le père d'Elisabetta apparut dans l'embrasure de la porte. Il était tellement ivre qu'il devait se tenir au mur pour ne pas tomber.

— Papa.

Le visage d'Elisabetta s'enflamma. Son père fit un pas vers eux. Gualeschi grimaça et eut un mouvement de recul.

— Betta, ma chérie, comme tu es belle ! Je venais te demander si tu n'avais pas quelques lires pour moi.

Elisabetta se sentit atrocement mortifiée. Pas devant Gualeschi !

— Papa, non, s'il te plaît, supplia-t-elle.

— Juste quelques lires, pour un verre de rouge. À moins que tu ne m'en offres un ici, sur le compte de la maison ?

Il balaya la salle du regard et avança en titubant ; les clients se retournèrent pour le regarder. Puis il trébucha et Elisabetta eut juste le temps d'ouvrir les bras pour le rattraper. Il s'effondra sur elle comme un poids mort, lui faisant perdre l'équilibre.

— Oh non ! gémit-elle en luttant pour rester debout.

Gualeschi se leva d'un bond pour l'aider à soutenir son père.

— Permettez-moi, dit-il en lâchant l'article.

— Ma Betta est la plus belle et la plus intelligente, marmonna son père, à moitié inconscient. Je l'aime tant, c'est mon ange chéri. Puis il se mit à tousser.

Elisabetta sut d'instinct ce qui allait se passer.

L'instant d'après, son père vomissait sur elle et sur Gualeschi.

Et sur son essai, qui gisait au sol, totalement oublié.

Chapitre 10

Marco
Juillet 1937

Aldo étant parti rejoindre sa maîtresse cachée, Marco roulait seul sous le ciel nocturne le long du Lungotevere Aventino. La pleine lune était ronde comme une roue de bicyclette, les lampes brillaient sur les rives du Tibre. Une brise charriant des odeurs de poisson montait du fleuve et le bruit de son souffle avait quelque chose d'apaisant.

Marco aperçut une *gelateria* et décida de s'y arrêter. À l'intérieur, quelques personnes faisaient la queue. C'était très éclairé et ça sentait le fruit frais, le sucre et la crème. Une étincelante vitrine en aluminium occupait presque tout l'espace. Deux jolies filles servaient les glaces à la cuillère.

Sur chacun des monticules de glace, une étiquette indiquait le nom du parfum, mais Marco n'avait pas besoin de lire, il se fiait à la couleur. Il y avait le vert de la pistache, le brun profond du chocolat, le jaune si gai du sorbet à l'ananas. Il hésitait toujours entre plusieurs saveurs. Sa préférée du moment était la noisette et avant cela il y avait eu *fior di latte,* fleur de lait, une glace à la vanille à base de crème fraîche. Elisabetta, elle, prenait toujours un cône au chocolat.

— Vous désirez ? demandèrent à l'unisson les deux serveuses quand vint le tour de Marco.

— Je n'arrive pas à me décider, soupira-t-il.

— Nous terminons toutes les deux à vingt-trois heures, répondit l'une d'elles avec un sourire coquin.

Sa camarade rougit.

— Teresa !

— C'est une proposition très généreuse, rétorqua Marco en riant.

Ben que généreuse, la proposition ne le tenta pas et il interpréta son détachement comme un signe de maturité. Ou bien comme une preuve qu'un célibat prolongé vous détraquait le cerveau. Pour la glace en tout cas, il finit par arrêter son choix en l'honneur d'Elisabetta.

— Je vais prendre un cône avec deux boules chocolat.

Il paya et partit en emportant son cornet. Il pouvait tenir le guidon d'une seule main et sauta sur sa bicyclette, tout en commençant à lécher le chocolat, qui était crémeux et sucré à souhait. Au bout de quelques instants, comme ça commençait à fondre, il décida de chercher un endroit pour s'arrêter. Il se trouvait à présent dans le centre historique, le plus vieux quartier de Rome, près du Forum, sur Via dell'Impero. On mettait en ce moment à jour de nouvelles ruines, selon les grands projets de Mussolini. Le trafic était réduit autour de la zone en cours d'excavation, aussi Marco roula dans cette direction, pour chercher le calme et un silence relatif.

Il se trouva bientôt devant la palissade de bois qui entourait les fouilles – une barrière surtout symbolique, comme souvent dans cette ville. Il descendit de sa bicyclette, la cala contre les lattes de bois, escalada une porte et chercha un endroit où s'asseoir. Le site des fouilles était un gigantesque trou de forme carré, étayé par des planches de bois en guise de murs de soutènement. Au fond du trou, un sol de marbre gris-blanc scintillait à la lumière de la lune.

Marco s'installa au bord du trou pour déguster sa glace. Il avait souvent traversé ce quartier, mais c'était la première fois qu'on y faisait des fouilles. Ses yeux s'habituant peu à peu à l'obscurité, il repéra une corde tendue entre des traverses et décida qu'il y avait moyen d'aller voir ça de plus près. Aussi, une fois sa glace terminée, il s'accrocha à la corde et se laissa glisser. Plus il s'enfonçait, plus ça sentait la terre, plus l'air était frais, plus les bruits de la ville semblaient lointains.

Tout au fond, le sol de marbre reflétait les rayons de la lune, créant une brume spectrale dans laquelle les fantômes des Anciens semblaient prendre forme. Il s'émerveilla du phénomène et les petits cheveux de sa nuque se dressèrent quand ses pieds touchèrent le sol. Ému et impressionné, il se tint un instant sans bouger dans la douce lueur qui baignait les lieux.

Puis il se mit à avancer entre les massives colonnes couchées, s'arrêtant de temps à autre pour observer les motifs floraux et les fragments de lettres gravés dans leur marbre. Il ne lisait pas le latin, pas plus que l'italien, mais pour une fois, il ne se sentit pas frustré de ne pas déchiffrer une écriture. Il glissa un doigt dans une lettre pour évaluer sa profondeur et celui-ci s'enfonça jusqu'à la première phalange.

Il retira sa main, saisi d'admiration. Il avait appris à l'école l'existence de la Rome souterraine, une ville sous la ville, et l'on voyait partout affleurer à la surface les preuves disséminées de son existence. Mais ce soir, en ce lieu magique, la Rome antique était pour lui plus palpable qu'elle ne l'avait jamais été. Il en saisissait enfin la portée et son esprit s'envola. Ses ancêtres avaient ciselé ces lettres, sculpté ces colonnes, construit ce magnifique édifice. Il ne savait pas lire aussi bien que ses camarades de classe, mais il n'en était pas moins un héritier de cette grande civilisation.

Il était un fils du *Latium*. Un enfant de Rome. Il se tint un long moment debout, fort de cette conviction, baigné dans le clair de lune.

Chapitre 11

Aldo
Juillet 1937

À l'autre bout de la ville, Aldo avait enfin atteint l'extrémité du couloir glacial des catacombes et rejoignait les camarades de sa cellule antifasciste. Ils s'étaient réunis dans un *cubiculum*, une petite pièce carrée réservée aux tombes d'une même famille, assis par terre en rond autour de quelques bougies, avec des bouteilles de Chianti et des miches de pain à partager. Il y avait là des hommes d'âges différents, mais tous arboraient une expression grave et tendue car ils savaient risquer leur vie en assistant à cette réunion. Par mesure de sécurité, ils se connaissaient uniquement par ce qu'ils appelaient leurs noms de bataille, sortes de surnoms inspirés le plus souvent d'une particularité physique, d'un trait de personnalité ou d'une manie, comme « Yeux d'Insecte », « Joufflu », « Dent Cassée », « Mangeur de Pommes », « Fumeur de Pipe ». Et parfois plus recherchés, comme « le Français » ou « le Tsar ».

Aldo s'appelait « le Muet » et leur meneur s'était présenté sous le nom de « Uno ». Aldo ne savait rien de lui, mais à ses manières et à sa façon de s'exprimer, il devinait un intellectuel issu d'un milieu privilégié. Uno était grand et maigre, avec des yeux bruns réfléchis derrière des lunettes à monture d'écaille. Son nez fin était enchâssé dans un visage lisse aux pommettes hautes et aux lèvres fines. Il s'exprimait dans un italien parfait, sans le moindre soupçon de dialecte, bien qu'Aldo lui trouvât parfois des inflexions milanaises, ou en tout cas entendues chez des clients du bar venant de Milan. Il se sentait donc géographiquement inférieur à lui, car les snobs prétendaient que Rome n'était qu'une ville méditerranéenne, tandis que Milan était européenne.

— *Ciao*, le Muet.

Uno se leva pour lui serrer la main. Les autres l'imitèrent.

— Tiens, le Muet.

La compagne d'Uno, qu'ils appelaient Silvia, lui tendit une bouteille de vin en souriant. C'était la seule femme de leur cellule antifasciste et elle intimidait Aldo, comme la plupart des personnes de sexe féminin plus âgées que lui, et ce d'autant plus qu'elle était jolie. Elle portait une robe mauve bien coupée. Ses yeux bleus, tout comme ses cheveux blonds et raides, indiquaient des ascendants originaires du nord de l'Italie. Elle aussi devait être milanaise, mais Aldo n'avait pas pu le vérifier à son accent car elle ouvrait rarement la bouche. Uno parlait pour eux deux.

— *Grazie*, dit Aldo.

Il s'installa sur le sol froid et dur de la crypte.

Uno resta debout. Les bougies posées à terre éclairaient à peine son visage et allongeaient démesurément son ombre sur le mur.

— Maintenant que nous sommes au complet, je tiens tout d'abord à vous dire que cette réunion est d'une importance capitale. Nous nous sommes contentés jusque-là d'actes de rébellion contre le régime, consistant à imprimer et à distribuer des tracts pour rallier des citoyens à notre cause. Parfois nous sommes allés jusqu'au sabotage en endommageant des voitures, des fournitures et d'autres équipements. Mais j'en suis venu à penser que ces actes n'étaient que du vandalisme et ne menaient à rien. J'ai de nouveau projets, que je souhaite vous exposer ce soir.

— Oui, c'était du vandalisme, rien de plus ! vociféra Grande Gueule.

Yeux d'Insecte et le Tsar échangèrent des regards entendus avant de hocher la tête d'un air pénétré. Aldo n'était pas certain d'être d'accord avec Uno. Pour l'instant, sa participation aux actions s'était bornée à une distribution de tracts, mais rien qu'avec ça, il estimait avoir pris de gros risques. Sur le moment, il en avait transpiré d'angoisse. Ça suffisait pour se faire arrêter. Et de plus, qu'aurait dit son père ?

Uno marqua une pause.

— Mes amis, nous sommes sur le point de passer à un autre stade de la résistance et de franchir un cap qui permettra de libérer l'Italie de la tyrannie du fascisme. J'ai décidé d'appeler notre prochaine opération : l'opération « Première Frappe ».

Les hommes se penchèrent en avant et prirent un air attentif. Aldo sentit de nouveau circuler dans le groupe la dangereuse tension sous-jacente qui l'inquiétait depuis un certain temps. Il était le dernier arrivé dans cette cellule, recruté par Dent Cassée qu'il avait rencontré par hasard dans la rue. Il commençait à se rendre compte qu'Uno, et d'autres, avaient des opinions un peu trop extrémistes à son goût. Il but une gorgée de Chianti, histoire de calmer un peu son angoisse.

Uno se redressa.

— Nous pouvons maintenant passer à la phase supérieure. J'ai des raisons de croire que le commandant Spada, qui dirige la section locale du Parti fasciste, va bientôt prendre sa retraite.

Il est question d'organiser une grande fête en son honneur au restaurant *Bella Donna*, près du Palazzo Braschi.

Un frisson d'excitation parcourut les hommes et Grande Gueule s'écria :

— Comment sais-tu tout ça, Uno ? L'information est fiable ?

— Oui, elle l'est, répondit Uno. Évidemment, pour votre propre sécurité, il m'est impossible de vous dire d'où je la tiens, ajouta-t-il, les sourcils froncés. Mais sachez que tout le gratin du parti sera là. C'est une opportunité que nous ne pouvons pas laisser passer. Je propose d'attaquer pendant cette fête, pour les éliminer tous en même temps

— Bravo ! approuva Grande Gueule.

Les autres manifestèrent leur approbation par des éclats de voix et ce fut comme si toute la pression du groupe était libérée d'un seul coup, comme si on avait ouvert la soupape d'une machine à vapeur.

Aldo ne se joignit pas à eux. Il avait le ventre noué. Cette opération Première frappe impliquait des assassinats, purement et simplement. Or, tuer était un péché mortel. Aldo n'avait jamais eu recours à la violence, il n'avait pas envie de le faire, et il n'était pas sûr d'en être capable. Il but une gorgée de vin supplémentaire, sans grand résultat.

Uno fit taire le groupe et son visage s'assombrit.

— Ce n'est pas pour tout de suite, mais il va nous falloir du temps pour bien préparer notre opération. Nous sommes pour le moment vingt-et-un. J'espère que nous serons plus nombreux d'ici-là. Nous sommes prêts en tout cas à relever ce défi. Les détails de mon plan, vous les connaîtrez le moment voulu. Nous allons nous répartir les tâches, nous entraîner au maniement des armes et répéter chaque phase. Nous mettrons toutes les chances de notre côté pour accomplir notre mission, tout en assurant notre sécurité. Notre but, c'est la victoire sans perdre un seul homme. Vous êtes partants ?

— Oui ! hurla de nouveau Grande Gueule.

Tout le monde lui fit écho, sauf Aldo.

Uno hocha la tête, le sourire aux lèvres.

— Sachez que votre enthousiasme me va droit au cœur. Bien entendu, je n'en voudrais pas à ceux qui n'auraient pas envie d'aller plus loin. Nous acceptons les divergences d'opinions, contrairement à ceux que nous combattons. S'il y a parmi vous quelqu'un qui n'est pas d'accord, j'aimerais qu'il s'exprime afin que nous puissions en débattre posément.

— Moi je suis d'accord, lança Grande Gueule.

Et les autres de hurler qu'ils étaient d'accord eux aussi, poing levé, en remuant tellement d'air que les flammes des bougies vacillèrent.

Uno leva un doigt.

— Très bien, mais j'aimerais que chacun de vous me le confirme individuellement. L'unanimité est très importante, car ce soir nous scellons un pacte sacré. Grande Gueule, tu es donc d'accord ?

— Oui, je l'ai déjà dit. Oui !

— Très bien. Yeux d'Insecte ?

Uno se tourna vers Yeux d'Insecte, qui répondit à son tour par l'affirmative, et il continua ainsi en parcourant le cercle, posant la question à chacun des hommes et obtenant de chacun un franc « oui ».

Le tour d'Aldo approchait et il se sentait de plus en plus fébrile. Le meurtre allait à l'encontre de tous les principes qu'on lui avait inculqués et il craignait pour le salut de son âme. Il avait été enfant de chœur, il avait un prêtre dans la famille. Il était habité d'une foi sincère et allait tous les matins à la messe avec sa mère. Il ne se voyait pas tuer l'un de ses semblables.

Uno le regarda.

— Le Muet ? Tu es d'accord ?

Aldo hésita.

— Uno, ce serait vraiment une escalade dans la violence, tu ne crois pas ?

— Je le sais. Alors, tu es d'accord ou pas ?

— Eh bien, c'est que je me sens pris au dépourvu. J'essaye de me faire une opinion.

— Dis-nous le fond de ta pensée.

Uno lui sourit et Aldo se rendit compte que tout le monde se tournait vers lui, aussi il cessa de se torturer intérieurement et décida de s'exprimer en son âme et conscience.

— Uno, je crois en notre cause, mais je suis un homme de foi. Le meurtre est un péché mortel. Il désobéi à l'un des dix commandements « Tu ne tueras point ». J'aime le Seigneur et je respecte ses commandements.

Uno battit des paupières et les hommes se tassèrent, les sourcils froncés.

— Lâche ! cria Grande Gueule.

Uno lui jeta un regard sévère.

— Pas d'insultes. Laissons-le parler.

Grande Gueule se renfrogna.

— Je ne suis pas un lâche, assura Aldo, tout en remerciant intérieurement leur chef de l'avoir défendu. Mais distribuer des pamphlets antifascistes est une chose, assassiner en est une autre.

Les hommes se figèrent et Aldo sentit que l'argument avait porté.

Uno hocha pensivement la tête.

— Le Muet, je respecte ta religion et nos camarades aussi, car nous sommes tous croyants. Cependant, l'Église enseigne que tuer n'est plus un péché quand cela devient nécessaire dans une guerre juste. Et c'est exactement le cas aujourd'hui. Nous sommes engagés dans une juste guerre contre le fascisme.

Uno avait conservé un ton égal, sans la moindre agressivité et il regardait les hommes du cercle, s'adressant à eux aussi.

— Chaque jour, Mussolini et son régime oppriment nos concitoyens et conduisent notre pays bien-aimé sur le chemin de la guerre. Et cette guerre ne sera sûrement pas juste. L'Éthiopie n'était pas une guerre juste, il me semble. De plus, Mussolini a utilisé du gaz moutarde contre des civils, ce qui est une atrocité. Son but, c'est de tuer tous ceux qui ne le suivent pas, de les détruire.

Les hommes acquiescèrent en silence.

— Il faut penser à toutes les vies que nous allons sauver, à toutes les pertes humaines que nous allons éviter avec l'opération Première frappe. Le QG du Palazzo Braschi est la plus grosse antenne du parti dans tout le pays. Vous imaginez le bien que nous ferons en coupant ainsi la tête du serpent ? Peut-on imaginer guerre plus juste ?

Ce discours plongea Aldo dans un abîme de perplexité. Il était déchiré. Son cerveau lui disait qu'Uno avait peut-être raison, mais sa foi persistait à désigner le meurtre comme le plus terrible des péchés. Il aurait voulu avoir le temps de prier et de méditer sur le sujet. Jamais il ne s'était senti aussi confus. D'un autre côté, il avait du mal à assumer le rôle du mouton noir en s'opposant à Uno. Les autres le considéraient à présent d'un air méfiant, même Dent Cassée. Il se sentit jugé et craignit qu'on ne le considère comme un traître. Alors il céda à la pression. Ce n'était ni le moment ni l'endroit pour une crise de conscience.

— Tu as raison, Uno. Je comprends ton point de vue, parvint-il à dire.

— Je t'ai convaincu du bien-fondé de notre cause ?

— Oui, absolument.

Le visage d'Uno s'illumina.

— Dans ce cas, allons de l'avant. Comme un seul homme.

— Bravo ! hurlèrent en chœur tous les hommes, avec des visages pleins d'ardeur, en brandissant de nouveau leurs poings.

Uno les fit taire en levant l'index.

— Parlons à présent des détails pratiques. La première étape consistera à nous procurer des armes en nombre suffisant. On peut me vendre des pistolets à Orvieto, mais je ne vous en dirai pas plus. Nous avons l'argent et une rencontre sera programmée dans les mois à venir.

Une autre vague d'excitation parcourut le groupe, mais Aldo eut la sensation que la situation devenait totalement incontrôlable. Il regrettait déjà d'avoir dit qu'il approuvait l'opération Première Frappe et ne se voyait toujours pas en train de viser la poitrine d'un être humain. Suprême ironie, c'était à la Ballila, avec les fascistes, qu'il avait appris les rudiments du maniement des armes. Par ailleurs, il tirait très mal.

Uno poursuivit.

— Je porterai moi-même l'argent quand je jugerai que c'est sans danger. Mais nous ne ferons pas tout de suite l'échange avec les pistolets. Si j'étais arrêté, les fascistes auraient la preuve d'une transaction argent contre arme, totalement illégale. C'est pourquoi il faudra faire la transaction en deux étapes. L'argent transitera d'abord, les armes ensuite.

— Très bien pensé, Uno, approuva Grande Gueule.

Aldo se demanda combien coûtaient les pistolets et d'où sortait l'argent qui servirait à les payer, mais personne ne posa la question à Uno.

— Donc, quand j'aurai remis l'argent, il faudra quelqu'un pour aller à Orvieto récupérer les armes.

Uno regarda les hommes un par un, et bien que son visage fût dans l'ombre, les flammes des bougies se reflétaient dans les verres de ses fines lunettes.

— Ce sera une mission importante et dangereuse. Celui que nous enverrons risquera l'arrestation. Il ne pourra pas voyager en train, car la police surveille les gares. Le plus discret serait d'y aller à bicyclette. C'est une longue distance, donc il nous faut un sportif. Un cycliste. Qui pourrait s'en charger ?

Les hommes se regardèrent, puis toutes les têtes se tournèrent vers Aldo.

Uno lui adressa un sourire encore plus chaleureux que de coutume.

— Le Muet, tu viens à nos réunions en tenue de cycliste et tu as un très bon vélo. Tu es jeune et en excellente condition physique. Serais-tu, par hasard, un cycliste amateur ?

— Oui.

Le cœur d'Aldo battait si fort qu'il ne s'entendit pas répondre. Il s'était mis dans une situation épouvantable. Après ses récentes objections, il devait prouver sa loyauté. De plus, les arguments d'Uno l'avaient ébranlé. Car leur cause était juste. Indéniablement.

— Le Muet, es-tu volontaire pour aller chercher les armes le moment venu ?

Aldo eut soudain la bouche sèche. Il réfléchissait à toute vitesse. Après tout, c'était une guerre. Une guerre juste. Et sans doute était-il temps d'agir. Peut-être qu'il devait s'imposer, comme les autres. Il les avait rejoints par amour de la patrie. Il lui fallait maintenant trouver le courage de se battre, tout comme son père l'avait fait pendant la Grande Guerre. Il ne devait pas oublier qu'il était un fils du *Latium*. Un enfant de Rome.

— Oui, je me porte volontaire, répondit-il au bout d'un instant. Pour l'Italie.

Chapitre 12

Elisabetta
Juillet 1937

Elisabetta traversait la Piazza Santa Maria del Trastevere en soutenant son père, avec sa robe maculée de vomi. Elle était abattue chaque fois qu'elle revoyait l'expression écœurée de Gualeschi. Elle venait de gaspiller la chance de sa vie. Jamais elle ne travaillerait pour son journal. De plus, tout le monde savait maintenant qu'elle était une fille d'alcoolique.

Elle avait honte et elle en voulait à son père, mais en même temps elle était culpabilisée de lui en vouloir.

Les nombreux promeneurs venus profiter sur la place de la douceur de cette nuit d'été se retournaient sur leur passage en échangeant tout bas des commentaires. Elle aperçut des camarades de classe et détourna la tête, en espérant qu'elles ne l'avaient pas reconnue. Par chance, Marco et Sandro n'étaient pas dans les parages. Elle aurait été mortifiée qu'ils la surprennent ainsi.

Après avoir quitté la place, ils durent se mêler à la foule qui encombrait les trottoirs des rues et les terrasses des restaurants. Là encore, il fallut affronter des regards intrigués ou désapprobateurs, car leur couple titubant attirait l'œil. Heureusement, leur immeuble fut bientôt en vue. Avec sa façade jaune citron et sa glycine qui entourait la porte d'entrée, il plaisait aux touristes. Comme la plupart du temps, il y avait ce soir-là un petit groupe qui se faisait photographier devant la porte, sous le luminaire en laiton.

Quand elle s'approcha avec son père, les touristes eurent l'air choqué et les montrèrent du doigt. Elle ne comprit pas ce qu'ils disaient, mais ce n'était pas difficile à deviner. Aussi passa-t-elle devant eux la tête haute et, après s'être débattue avec la poignée qu'elle dut actionner d'une main, elle s'engouffra dans le vestibule avec son père et referma précipitamment derrière eux.

Elle parvint à le faire avancer jusqu'au seuil de l'appartement, où elle le laissa doucement glisser à terre pour souffler un peu. Malheureusement, il s'endormit sur le champ, le dos calé contre le mur. Il était trop lourd pour qu'elle le soulève sans l'aide de sa mère, aussi elle déverrouilla la porte et entra en l'appelant. La cuisine était vide, Serafina avait dû se coucher. Rico était assis sur un rebord de fenêtre, il se leva, la queue recourbée en forme de point d'interrogation.

— Maman, il faut que tu m'aides à faire rentrer papa !

Serafina apparut sur le seuil de sa chambre, maquillée, vêtue de sa plus jolie robe noire.

— Comment se fait-il que tu rentres si tôt ? demanda-t-elle.

— Papa est venu au restaurant.

Elisabetta remarqua une valise sur le lit.

— Tu vas quelque part ?

— Oui, répondit Serafina en se détournant pour attraper sa valise. Je pars

— Qu'est-ce que tu dis ? demanda Elisabetta d'un ton affolé. Tu pars où ?

— Ça ne te regarde pas.

Serafina se raidit et évita son regard.

—Je ne peux plus rester ici.

—Comment ça tu ne peux plus rester ? Où est-ce que tu vas ?

Les yeux d'Elisabetta se posèrent sur le gramophone, la seule chose à laquelle sa mère tenait vraiment en ce bas monde. Elle l'avait rangé dans sa boîte et il attendait, posé près de la valise, à côté du lit.

—Je pars, c'est tout.

—Tu pars ? De la maison ? Pour de bon ?

Elisabetta secoua la tête, incrédule.

—Tu ne peux pas faire ça.

—Il le faut. C'est ma dernière chance d'être heureuse, je ne vais pas la laisser passer.

Elle empoigna la valise et le gramophone, qu'elle emporta dans la cuisine.

—Qu'est-ce que tu veux dire par là ? insista Elisabetta en la suivant, saisie d'effroi.

—J'ai donné mes meilleures années à ton père. Mais c'est fini. Fini.

Elle prit son sac et ajouta :

—Si tu es intelligente, mon erreur te servira de leçon. Ne te trompe pas de mari

—Maman !

Elle voulut retenir sa mère par le bras, mais celle-ci se dégagea avec une telle violence, qu'elle faillit lâcher le gramophone.

—Elisabetta, laisse-moi partir.

—Mais tu ne peux pas partir comme ça !

—Bien sûr que je peux, ma décision est prise, rétorqua-t-elle en posant un regard méprisant sur l'ivrogne qui dormait devant leur porte.

—Tu ne peux pas laisser papa, c'est ton mari !

— J'en ai assez fait pour lui.

— Et moi ? protesta Elisabetta avec des larmes d'angoisse. Qu'est-ce que tu fais de moi ? Tu ne peux pas me laisser.

— Désolée, mais je n'ai pas le choix. Tu peux te débrouiller seule. Tu es une jeune femme, à présent. C'est toi-même qui me l'as dit.

— Quoi ? Quand ?

Elisabetta fouilla dans sa mémoire. De quoi parlait donc sa mère ? Était-ce une allusion au soutien-gorge ? Sa mère partait parce qu'elle avait réclamé un soutien-gorge ?

— Au revoir, lâcha sèchement Serafina.

Elle lui tourna le dos et fila dans le vestibule, mais Elisabetta lui emboîta le pas et la saisit de nouveau par le bras pour l'obliger à lui faire face.

— Maman, tu ne m'aimes pas ?

— Si.

— Mais pas assez pour rester ?

Le regard de sa mère se durcit et ses lèvres parurent se sceller.

Elisabetta éclata en sanglots et cessa d'insister. Serafina se détourna et partit sans un mot.

Chapitre 13

Marco
25 juillet 1937

Marco et Aldo travaillaient ensemble derrière le comptoir car c'était un grand jour au *Bar du Giro*. En plus des habitués, il y avait Sandro et son père, des fonctionnaires du parti, et bien sûr des *tifosi*. La dernière étape du tour de France touchait à sa fin et le vainqueur allait bientôt franchir la ligne d'arrivée. L'événement était retransmis en direct à la radio et tout le monde écoutait en retenant son souffle. Enfin, le présentateur hurla que Roger Lapebie, un Français, venait de gagner l'étape et de remporter le Tour. L'Italien Mario Vicini se classait deuxième.

Les cris et les injures fusèrent : « *Mamma mia* ! », « C'est pas croyable ! ».

Effondrés, la plupart des clients contemplaient leur verre de vin d'un air atterré.

— Comment ça se fait qu'il a perdu, Beppe ? demanda l'un d'eux au père de Marco. Bartali était le meilleur. On nous a volé le titre.

— Absolument ! approuva Beppe, debout parmi les tables, l'air renfrogné. D'abord, Bartali aurait dû gagner. Il a gagné le Giro l'année dernière. C'était sa course, tout le monde est d'accord là-dessus. Mais après la huitième étape, sa blessure l'a handicapé. Il a fait ce qu'il a pu, mais il n'a pas réussi à conserver son avance. Ça a été la fin pour lui, mais ce n'est pas la fin pour l'Italie, pas vrai ?

— Non, non, l'Italie est loin d'être finie.

— On a un nouveau champion, Mario Vicini !

— C'était son premier Tour de France et il n'a encore jamais participé au Giro, c'est ça, Beppe ?

— Exact, approuva le père de Marco. Mario Vicini, originaire de la province d'Émilie-Romagne, s'est inscrit au Tour de France sans être affilié à aucune équipe. Mais étape après étape, il a prouvé sa valeur et il termine deuxième au classement général.

Il leva son verre.

— À Vicini ! lança-t-il.

— À Vicini ! renchérirent les clients en trinquant.

Beppe acquiesça.

— Vicini aurait dû gagner et Lapebie a triché pendant les étapes de montagne.

— Oui, Lapebie a triché !

— Il paraît que des spectateurs l'ont poussé dans les montées.

— Oui, moi aussi j'ai entendu dire ça ! Les juges l'ont même pénalisé !

— Oui, mais il n'avait rien demandé. C'est ce qu'il a dit.

— Je vais vous donner mon point de vue d'avocat sur la question, intervint Massimo depuis la table qu'il partageait avec Sandro. À sa demande ou non, Lapebie a été poussé par des gens qui se trouvaient sur le bas-côté. C'est contraire au règlement, donc il aurait dû être disqualifié.

— Tout à fait d'accord avec ce point de vue, *Signor* Simone ! déclara l'officiel du parti qui accompagnait Massimo et Sandro.

— Lapebie a été victime de sabotage ! cria quelqu'un. J'ai entendu dire qu'on avait scié son guidon !

Un chœur de protestation s'éleva pour signifier à ce client qu'il était non seulement dans l'erreur, mais, encore plus grave, déloyal envers l'Italie, pour ne pas dire traître. Celui-ci protesta vigoureusement et Marco sentit que l'ambiance tournait au vinaigre, car l'alcool et la défaite font rarement bon ménage.

Il leva son verre de vin.

— Cessons de nous disputer et buvons à l'Italie ! proposa-t-il.

— À l'Italie ! s'écrièrent en chœur les clients en levant eux aussi leurs verres.

— Mes amis, poursuivit Marco, peu importe qu'on nous ait ou non volé le titre aujourd'hui. Nous autres, Italiens, possédons tant de belles choses, surtout ici, à Rome. Tant de trésors que personne ne pourra jamais nous prendre !

— Bien dit, Marco ! le félicita Massimo, tandis que Sandro lui souriait.

Se sentant soutenu, Marco s'enflamma, en dépit du regard ahuri d'Aldo qui semblait se demander s'il n'avait pas perdu la tête.

— Après tout, on s'en fiche de savoir qui a gagné le Tour de France. Ce qui compte, c'est le Giro ! Nous ne sommes pas français, nous sommes italiens !

Un joyeux brouhaha éclata dans la salle.

— C'est vrai ça, on a notre propre tour.

— Oui, et il est plus difficile et plus équitable.

— Les Italiens ne trichent pas. Ils sont courageux.

— Et noud avons Rome, une ville exceptionnelle qui regorge de trésors ! reprit Marco.

Il songeait aux fouilles près du Forum qui l'avaient tant ému.

— Des trésors que nous côtoyons tous les jours, sans prendre le temps de les regarder et de les apprécier.

Un murmure approbateur s'éleva dans la pièce.

Marco désigna d'un geste la porte ouverte.

— Par exemple, juste devant ce bar, se trouve le Ponte Fabricio. Une passerelle construite par les Romains et toujours en service ! C'est un précieux héritage des temps anciens, antérieur au Christ lui-même ! Et cette merveille, c'est à nous les Romains qu'elle appartient.

Un concert d'applaudissement et des hochements de tête saluèrent ces paroles.

— Et la colonne de Trajan, dressée vers le ciel ! Vous avez déjà prêté attention à ses bas-reliefs ? Ils racontent une histoire ! Quelqu'un les a sculptés ! Et qui ? Des Romains ! Nous, les Romains !

Galvanisé par l'enthousiasme des clients, Marco ne s'arrêtait plus.

— Et le Colisée, le plus grand amphithéâtre construit dans l'Empire romain. Avez-vous remarqué l'ingéniosité de son architecture ? On dirait une grande coupe de ciel romain.

— Il a raison !

— C'est un brillant jeune homme, ce Marco.

— Et un patriote !

— Il paraît qu'il est doué pour le vélo !

Marco rougit.

— Voilà ce que je pense, vous tous : notre ville était là avant toutes les autres ! Nous avons été les premiers pour tout ce qui était important ! La civilisation occidentale, c'est nous. Alors qu'est-ce que ça peut faire qu'on nous vole la première place d'une petite course de vélos ?

Tout le monde applaudit, même Aldo, cette fois.

Marco remercia son auditoire en saluant de la tête, puis il aperçut son père qui lui faisait signe depuis le fond de la salle, l'air sombre. Il se faufila parmi les clients pour le rejoindre. Beppe l'entraîna dans le couloir, le fit entrer dans la réserve et ferma la porte derrière eux.

— Marco, tu as perdu la tête ? « Une petite course » ? Aurais-tu oublié que le cyclisme est notre fonds de commerce ?

Il lui donna une tape sur la tempe.

— J'ai fini vingtième du Giro, tu l'as oublié, ça aussi ? Et ça a été la plus grande fierté de ma vie !

— Papa ! protesta Marco, piqué dans son orgueil. Moi j'ai dit ça pour calmer l'ambiance. Je voulais aider.

Soudain, la porte s'ouvrit. Massimo se tenait sur le seuil, tout sourire, accompagné de l'officiel du parti qui était à sa table.

— Beppe, pardon si je dérange, mais je voulais te présenter le commandeur Buonacorso, chef de la section locale du Parti fasciste. Il tenait à te rencontrer.

— Enchanté, commandeur Buonacorso, déclara Beppe en tendant sa main.

— De même, Beppe. Et appelez-moi Romano, s'il vous plaît.

Buonacorso serra la main du père de Marco en affichant un sourire de politicien. Il avait de petits yeux brun-noir, une moustache luisante en forme de crayon et un vilain nez en bulbe. Il était de taille moyenne, assez sportif et très soigné, avec les plis de son uniforme bien marqués.

— Romano, qu'est-ce qui me vaut le plaisir de vous être présenté ?

— Votre fils Marco est un jeune homme remarquable. J'ai une proposition à lui faire.

Chapitre 14

Sandro
Août 1937

Sandro attendait avec impatience le début de la conférence du professeur Levi-Civita. Bien que l'on fût en été, le grand amphithéâtre de la Sapienza était plein à craquer. Il y avait des membres de l'administration, des professeurs, et bien sûr tout le personnel des départements de Mathématiques et de Physique. Sandro était fier d'être assis avec Enzo et les étudiants diplômés. À l'université, on se sentait tout de suite plus adulte qu'au lycée et il côtoyait les plus brillants mathématiciens et physiciens de son temps. Pour une fois, il n'était pas la personne la plus intelligente de l'assemblée et cette idée l'électrisait. Il lui restait tant de choses à apprendre, que tous ces gens pouvaient lui enseigner. Un jour, il apporterait sa contribution personnelle aux mathématiques italiennes. Il prit conscience que sa mère ne s'était pas trompée et comprit ce qu'elle avait voulu dire : le Seigneur lui avait fait don de sa grande intelligence pour qu'il en fasse quelque chose. Contribuer par exemple à la grandeur de son pays.

Levi-Civita entra sur scène et se dirigea vers le pupitre, sous les applaudissements fervents du public. Sandro n'avait aperçu qu'une ou deux fois le grand mathématicien et il fut aussitôt charmé par son style et son allure. Levi-Civita sourit avec modestie, puis régla le microphone plus bas, car il était vraiment petit et mesurait à peine plus d'un mètre cinquante. Il avait des cheveux argentés qui commençaient à se clairsemer, un fin visage ovale, des yeux pétillants derrière des lunettes rondes. Il portait un costume démodé à fines rayures, avec de larges revers et un col mao, agrémenté d'un foulard de soie.

Il se mit à parler, d'une voix tellement basse et posée que ses auditeurs se penchèrent en avant, comme pour mieux l'entendre. De son côté, Sandro l'écoutait, totalement envoûté. Il était par moments un peu perdu, mais il resta concentré et ne prit pas de notes pour ne pas risquer de perdre le fil. Au bout d'un certain temps, Levi-Civita se tourna vers le tableau noir et se mit à griffonner des calculs, sans cesser de parler. L'esprit de Sandro était sollicité comme jamais. Quand la conférence prit fin et que Levi-Civita salua son public à l'ancienne, en s'inclinant, Sandro était tellement excité d'avoir autant appris, qu'il en avait presque le vertige.

Il se leva d'un bond pour applaudir chaudement le professeur, lequel eut droit par ailleurs à une ovation debout de quinze minutes. Puis des enseignants et quelques personnalités grimpèrent sur scène pour lui parler, tandis que les étudiants se déversaient dans les allées en direction des sorties, où des queues se formaient déjà. Mais Sandro n'était pas pressé, il voulait rester dans la salle, s'imprégner aussi longtemps que possible de cette merveilleuse expérience.

— Sandro, viens, appela Enzo en lui touchant le bras.

— J'arrive, répondit Sandro à contrecœur.

Il avait suivi Enzo vers une sortie latérale, quand il entendit quelqu'un dire : « Je préfère crever plutôt que d'applaudir un sale Juif ».

Il s'arrêta pour chercher du regard celui qui avait osé proférer une telle horreur, mais dans cette foule en mouvement, ce n'était pas facile.

Ses soupçons se portèrent sur deux étudiants qui semblaient assez âgés pour être déjà diplômés. Étant proches de lui, ils étaient des coupables tout désignés.

— Qu'est-ce que vous avez dit ? leur demanda-t-il.

— Rien répondit l'un d'un ton nonchalant.

L'autre haussa les épaules.

— Quelqu'un vient de traiter le professeur de sale Juif, insista Sandro.

Le simple fait de répéter l'insulte lui laissa un goût amer dans la bouche. Il était plus jeune que ces deux-là, mais la colère lui donna du courage.

— Est-ce que c'était l'un de vous ?

Le premier secoua la tête.

— On n'a rien dit, nia-t-il.

— Sandro laisse tomber, intervint Enzo en le tirant pour le faire avancer.

— Non je ne laisse pas tomber, rétorqua Sandro sans quitter du regard les deux étudiants. Vous n'avez peut-être rien dit, mais vous avez au moins entendu, comme moi.

— On n'a rien entendu non plus

Ils filèrent sur la gauche et Sandro abandonna. Il n'était sûr de rien, donc inutile de les accuser davantage. Il balaya le public du regard, atterré à l'idée que cette assemblée aussi érudite que distinguée dissimulait une personne capable de proférer une insulte d'une telle bassesse. Il ne s'était jamais vraiment demandé à quoi pouvait ressembler un antisémite, mais il comprit à cet instant que rien ne le distinguait de monsieur Tout-le-Monde.

— Viens.

Enzo le poussa hors de l'auditorium et ils regagnèrent le hall d'entrée où un flot d'étudiants prenait la direction de la sortie du bâtiment.

Mais Sandro n'avait pas envie de faire comme s'il ne s'était rien passé.

— Enzo, tu n'as pas entendu ?

Enzo consulta sa montre.

— Bon, il faut que je rentre. Et toi, tu dois aller chercher ton prochain devoir.

— Ça ne te surprend pas ?

Enzo haussa les épaules.

— Plus maintenant. De toute façon, le professeur se présente comme agnostique et sa femme est catholique.

— Et alors ? Ce n'est pas la question.

Sandro ne s'était jamais demandé si Levi-Civita était juif. Mais à présent, oui, il remarquait que son patronyme l'était.

— Bon, viens, on va discuter de ça en privé.

Enzo prit Sandro par le bras et l'entraîna sur le côté, contre un mur.

— C'est à cause de ses prises de position politiques, expliqua-t-il.

— Ses prises de position ? Mais qui les connaît ?

— Il y a six ans, les professeurs d'université ont dû signer un serment de loyauté au fascisme. Ceux qui refusaient étaient virés.

Enzo prenait soin de parler à voix basse.

— Seuls douze sur mille deux cents ont refusé de signer. Vito Volterra, le père, était l'un d'entre eux. Volterra était socialiste et membre du Parlement, donc il ne pouvait pas signer. Résultat, il a été viré.

— Qu'est-ce que ça a à voir avec Levi-Civita ?

— D'après la rumeur, il aurait adressé une lettre au recteur de l'université exposant que les mathématiques n'avaient aucun rapport avec la politique et qu'il ne voyait pas pourquoi il devait faire état de ses convictions politiques. Il paraît que ça a provoqué une certaine agitation. Au bout du compte, il a signé le serment, pour conserver son poste.

— Mais il a raison. La politique n'a rien à voir avec les mathématiques. Cet homme est agnostique, autant en politique qu'en religion, c'est ça qu'il faut en conclure. C'est cohérent.

— En attendant il est soupçonné d'avoir des sympathies de gauche et son passé témoigne contre lui. Tout le monde sait qu'en 1925 il a signé la lettre de Benedetto Croce contre le fascisme. Lettre qui a été publié dans un journal.

— Et alors ?

Sandro avait entendu parler de cette infâme lettre par son père, qui l'avait bien sûr désapprouvée.

— Des centaines de professeurs d'université, de journalistes, et d'artistes ont signé cette lettre. Ce n'est pas comme si Levi-Civita était le seul.

— J'essaye juste de te faire comprendre que les fascistes ne l'admirent pas autant que toi et moi.

Sandro ne sut pas quoi répondre, puisqu'il était lui-même fasciste.

— Mais quel rapport avec le fait qu'il soit juif, de toute façon ?

— La plupart des Juifs sont antifascistes, n'est-ce pas ?

— Non, pas tous, répondit Sandro

Il hésita. Il avait failli répondre qu'il était juif et fasciste, mais il se retint. Il ignorait si Enzo était fasciste, même s'il supposait que oui. Il supposa également que c'était un Gentil, puisque l'insulte contre le professeur ne l'avait pas choqué plus que ça. Il y avait probablement des élèves et des professeurs juifs dans le département de Mathématiques, mais il n'avait jamais pris le temps de s'appesantir sur la question. Soudain, il voyait à quel point la politique et la religion pouvaient parfois se mêler, bien qu'elles n'eussent rien à voir l'une avec l'autre.

— Je dois y aller, reprit Enzo. Tu trouveras ton prochain devoir dans ma boîte à lettres. À plus tard.

Il partit précipitamment en direction de la porte d'entrée.

Sandro retourna dans le couloir et prit à gauche pour se rendre dans la salle du courrier, une petite pièce carrée tapissée du sol au plafond de boîtes à lettres en bois, comportant chacune une fenêtre vitrée et une étiquette avec le nom de son propriétaire. Sandro ouvrit celle d'Enzo, récupéra l'enveloppe qui lui était destinée et la glissa dans son sac à dos. Il allait quitter la pièce, quand il eut une idée.

Il se mit à lire les étiquettes sur les boîtes, jusqu'à trouver le nom qu'il cherchait. Puis il sortit un cahier et un crayon de son sac à dos, déchira une page, et écrivit.

Cher Professeur Levi-Civita,
C'est sans doute présomptueux de ma part de vous écrire, mais c'est plus fort que moi, car je viens d'assister à votre conférence, dont je sors transporté. Je tiens à vous dire que j'admire votre génie, tout comme je vous admire en tant qu'homme. C'est un honneur pour moi de travailler pour vous, même à mon humble niveau, car je ne suis qu'un élève de lycée supervisé par Enzo Vigorito.
Je reste votre dévoué serviteur,
Alessandro Simone

Il plia le message, le glissa dans la boîte à lettres du professeur et partit.

Chapitre 15

Marco
Août 1937

Avec cette chaleur, Marco étouffait sous l'épais tissu râpeux de sa chemise noire, mais il avait tenu à mettre son uniforme de la Balilla pour cet entretien au QG du Parti fasciste. Le jour de l'arrivée du Tour de France, séduit par sa tirade patriotique, le commandeur Buonacorso avait proposé de le prendre comme assistant. Conscient de la chance que cela représentait de travailler pour le parti, Beppe avait aussitôt donné son accord. Marco avait hâte de savoir en quoi consisterait son travail, même s'il se doutait qu'il ferait le larbin. N'ayant pas la fibre politique, il n'était pas excité à l'idée de servir le fascisme. Il se sentait par contre fortement motivé par la paye, qui serait bien plus intéressante qu'au bar.

Il traversa à la hâte la Piazza Navona, en direction du Palazzo Braschi, le siège du parti étant installé dans ce qui avait été la majestueuse demeure des Braschi, une famille d'aristocrates. Le palais donnait sur le côté sud de la place et s'élevait sur plusieurs étages, avec une belle façade de pierre grise aux étages supérieurs et de brique ocre au rez-de-chaussée. Son entrée voûtée donnait sur un patio bordé de gracieuses arches, suffisamment larges pour laisser passer les calèches d'autrefois tirées par des chevaux.

Marco n'avait jamais pénétré à l'intérieur de ce palais et c'est avec une certaine appréhension qu'il s'approcha de la porte principale, flanquée de deux gardes armés. Il échangea avec eux le salut fasciste et se heurta au bout de quelques mètre à deux autres gardes encadrant une autre entrée, vitrée celle-là. Après un nouvel échange de salut, ceux-ci lui demandèrent son nom et le conduisirent à un bureau où on l'enregistra, avant de l'envoyer au dernier étage. Il se sentit vaguement intimidé en arrivant aux pieds de l'imposant escalier de marbre gris et admira au passage ses paliers décorés de triangles de marbre noir soulignés d'un liseré doré. Il faillit trébucher en levant le nez vers la coupole du plafond décorée de motifs floraux. Son *oculus* ouvert sur le ciel, comme un œil qui le surveillait, l'impressionna tout particulièrement.

Au dernier étage, il trouva un autre bureau d'accueil dans une petite pièce. Il y avait du marbre multicolore au sol et au plafond des frises peintes représentant des lions, des angelots, des déesses et des dieux romains. Enfin, on le fit entrer dans une vaste pièce où trônait un grand bureau de bois sculpté encombré de documents rassemblés en piles bien nettes. Le commandeur Buonacorso se tenait derrière ce bureau, en uniforme noir, avec deux officiers, l'un plus jeune que lui et l'autre plus âgé.

—Duce, dit Marco en saluant.

Buonacorso lui rendit son salut et vint vers lui avec son étrange sourire en coin.

—Repos, Terrizzi, ordonna-t-il en lui tendant la main. Je te présente les deux officiers avec lesquels je travaille.

Il les désigna d'un geste.

—À ta gauche, le commandant Spada et à ta droite le commandant Terranova. Messieurs, voici le jeune Marco Terrizzi.

— Terrizzi, fit le commandant Spada avec raideur.

Il avait le front dégarni, un visage profondément marqué, des sourcils gris et broussailleux, et un reste de cheveux gris taillé en brosse. Il arborait un air grincheux et son dos courbé le faisait ressembler à une crevette cuite.

— Bienvenue, Terrizzi.

Marco serra la main du commandant Terranova. Il avait de grands yeux marron clair, un nez fort, des lèvres pleines et d'épais cheveux bruns frisés. Il était costaud et semblait à l'étroit dans son uniforme. Marco apprécia son allure détendue et bienveillante. Il souriait volontiers, en dépit de ses dents mal alignés.

— Assieds-toi, Marco, je t'en prie.

Buonacorso désigna les luxueux fauteuils placés devant le bureau.

— Merci.

Marco s'installa. Buonacorso et les deux autres en firent autant.

— Marco, j'ai parlé à ces messieurs de la fierté d'être romain que tu as si bien exprimée l'autre jour dans le bar de ton père, commença Buonacorso en hochant la tête. Nous avons pris nos renseignements sur toi auprès du capitaine Finestra, de ton unité de la Balilla. Il dit que tu es très apprécié de tes camarades et que tu es aussi un excellent sportif. Marco, est-ce que ça t'intéresserait de travailler pour nous ?

— Oui, bien sûr.

Buonacorso s'adressait à lui avec un grand respect. C'était nouveau pour lui et très flatteur.

— Tu vas devoir prouver que tu possèdes bien toutes les qualités nécessaires, Terrizzi, ajouta Spada, le visage fermé. Depuis que je suis ici, j'ai vu passer beaucoup d'assistants, mais aucun ne s'est montré à la hauteur. Même ceux qui étaient parfaits dans la

Balilla ne prenaient pas suffisamment notre doctrine au sérieux. Je pense que tu vois de quoi je parle. Une bande de plaisantins.

— Oui.

Marco voyait d'autant mieux qu'il faisait partie des plaisantins, ayant souvent tourné en dérision les exercices paramilitaires qu'on leur imposait.

Buonacorso hocha la tête.

— Comme le fait remarquer le commandant Spada, tout le monde n'est pas à la hauteur de la tâche. Je ne sais pas pourquoi nous n'attirons pas suffisamment de jeunes hommes comme toi. Tu aurais une idée sur la question ?

Marco avait une idée. Il lui suffisait de parler de sa propre expérience.

— C'est parce que la doctrine fasciste est enseignée à l'école. Du coup, pour certains, elle devient une matière comme une autre.

— Je comprends. Tandis que toi, tu as un père qui te l'as enseigné autrement, c'est ça ?

— C'est ça, répondit Marco.

Ce commandant n'avait pas besoin de savoir que Beppe Terrizzi parlait plus souvent de cyclisme que de politique.

Spada intervint à nouveau :

— Tout ça, ce sont des lieux communs. Voyons plutôt ce que tu sais vraiment, Terrizzi. Connais-tu le Décalogue ?

— Je le connais.

Spada croisa les bras.

— Récite-le.

Marco n'hésita pas. Le Décalogue du Jeune Fasciste était un ensemble de dix préceptes calqués sur les Dix Commandements et il les connaissait par cœur pour les avoir maintes fois entendus à l'école et aux réunions de la Balilla.

— Premier décalogue : Servir Dieu et la patrie. Les autres attachements et devoirs passeront après. Deuxième décalogue : Celui qui n'est pas prêt à se donner corps et âme à la patrie et à servir le Duce sans discuter ne mérite pas de porter la chemise noire, car le fascisme n'admet pas la foi tiède ni les demi-mesures. Troisième décalogue…

Marco poursuivit ainsi jusqu'à la fin, sans la moindre erreur.

— Bravo, approuva Buonacorso en souriant.

— Oui, bravo, renchérit Terranova avec un signe de tête.

Mais Spada plissa ses petits yeux tombants.

— Est-ce que ces mots ont vraiment un sens pour toi, mon garçon ? Ou bien est-ce que tu te contentes de les réciter par cœur sans y réfléchir ?

— Ces mots ont du sens pour moi.

Marco n'hésita plus. Il avait l'impression de savoir ce que ces trois-là voulaient entendre. Il se rendit compte qu'il lisait parfaitement les gens, même s'il était incapable de lire un livre.

— Je sais ce que le fascisme a fait pour l'Italie, en particulier pour la jeunesse. Tout le monde n'a pas un père comme le mien, qui prend le temps d'éduquer ses enfants, de modeler leur esprit et de forger leur caractère.

Buonacorso hocha la tête.

— C'est tout à fait exact.

Spada se pencha, les sourcils froncés.

— Que veux-tu dire par là, mon garçon ?

Marco éprouva le besoin de déglutir.

— De même que le Duce est un père pour notre pays, le régime fasciste peut devenir le père que certains n'ont pas eu, en les éduquant et en faisant d'eux de bons patriotes. Le fascisme construira une Italie plus forte, avec des hommes forts.

Buonacorso rayonnait.

— Marco, je leur avais dit que tu étais un jeune homme remarquable et tu viens de le prouver. N'est-ce pas, messieurs ?

— En effet, approuva Terranova en souriant.

— C'est possible, nous verrons, marmonna Spada avec une petite crispation de la lèvre supérieure. C'est à vous de voir, Romano, car ce n'est pas pour moi qu'il travaillera, puisque je vais bientôt partir.

Buonacorso se tourna vers Marco.

— Tu es engagé, mon garçon.

— Merci, merci beaucoup.

Marco sentit quelque chose enfler dans sa poitrine, comme s'il avait obtenu pour une fois une bonne note.

— Tu viendras tous les jours jusqu'à la rentrée. Et ensuite tu viendras l'après-midi, après tes cours. Tu seras chargé de diverses menues tâches, notamment de coursier, et tu m'accompagneras en tant qu'assistant.

— Ça me convient tout à fait.

Marco eut la sensation qu'un monde nouveau s'ouvrait à lui ; un monde qui comptait plus que l'école et dans lequel il avait enfin une chance de réussir.

— Et bien entendu, tu seras payé.

— Merci ! répondit Marco.

Il se sentit fort et capable, un sentiment nouveau pour lui, et ce fut avec assurance qu'il serra la main que lui tendait Buonacorso pour sceller leur accord.

Chapitre 16

Elisabetta
Septembre 1937

C'était le jour de la rentrée. En soutien-gorge et jupe noire, Elisabetta évaluait sa silhouette devant le miroir. Ce soutien-gorge tout neuf était une déception. Bien que joliment festonné sur le dessus, les bonnets étaient en forme de cônes et elle ne les remplissait pas jusqu'au bout, de sorte que leur extrémité pointue se recroquevillait comme un froncement de sourcil. La vendeuse lui ayant assuré que la coupe était correcte, Elisabetta ne pouvait qu'en conclure que le problème venait de la forme de ses seins. Elle aurait bien voulu avoir quelqu'un pour la conseiller, mais sa mère n'était pas revenue à la maison.

— Rico, qu'est-ce que tu en penses ? demanda-t-elle.

Rico la contempla avec une sympathie muette.

Elisabetta se tourna de nouveau vers son reflet. Elle envisagea brièvement de remplir les bonnets avec des chaussettes, mais ça n'aurait probablement fait qu'empirer les choses. Elle enfila donc le chemisier blanc de son uniforme de la Balilla et nota avec satisfaction après l'avoir boutonnée qu'on devinait les contours du soutien-gorge, preuve qu'elle en portait un. L'épais coton blanc des bonnets masquant ses mamelons, les autres filles allaient peut-être arrêter leurs commentaires désobligeants. Elle termina de s'habiller, servit à manger à Rico et à son père, puis les embrassa tous les deux en guise d'au revoir.

Elle attrapa sa sacoche, quitta l'appartement et sortit. Dehors il y avait du soleil, la rue était bruyante et animée, déjà pleine de travailleurs et de joyeux étudiants dont les uniformes formaient un motif changeant en noir et blanc. La douce fraîcheur de la brise d'automne était revigorante. Elisabetta avait hâte de retrouver l'école et les cours, hâte de passer plus de temps avec Marco et Sandro. Ils s'étaient vus par intermittence durant l'été, bien sûr, mais il ne s'était rien passé de particulier, à part dans son imagination. Il lui semblait que cela faisait une éternité que Sandro l'avait embrassée et elle se demandait si l'amour fonctionnait ainsi, avec des hauts et des bas. Elle comptait sur son nouveau soutien-gorge pour changer la donne.

Elle marchait d'un pas alerte, le long des rues bordées de lauriers roses ou blancs plantés dans des pots d'argile, et de verdoyants auvents de lierre courbés sous le poids des feuilles. Derrière le stuc coloré des façades qui s'écaillaient, on voyait parfois pointer la brique, ce qui rajoutait encore au charme des maisons, du moins à ses yeux. L'épicerie et la fromagerie étaient déjà en train d'ouvrir et leurs volets métalliques s'enroulèrent avec fracas. Un vendeur de journaux lança la pile des quotidiens du jour devant le bureau de tabac et celle-ci atterrit avec un bruit sourd. Depuis le malheureux épisode avec Gualeschi, Elisabetta n'avait plus acheté un journal et elle avait cessé d'écrire. Nonna n'avait jamais abordé l'épisode avec elle. Quant à Paolo, il posait parfois sur elle un apitoyé qui la couvrait de honte.

Elle arriva à l'heure au lycée, un bâtiment de stuc gris indescriptible entouré d'un muret, dont l'entrée donnait sur une petite place pavée. Des élèves y étaient rassemblés et bavardait en attendant la première cloche.

— Elisabetta ! appela Marco derrière elle.

Il arrivait sur sa bicyclette et sauta à terre en souriant, plus beau que jamais dans son uniforme noir, bien qu'il ait un peu forci. Ses cheveux noirs étaient luisant de brillantine. Avec sa peau bronzée, son sourire semblait encore plus éblouissant.

— *Ciao* !

Il l'embrassa sur les deux joues et son odeur de pommade mit les sens d'Elisabetta en émoi.

— Tiens, voilà notre Sandro ! s'exclama-t-il en souriant. Salut frère !

— *Ciao*, les amis !

Comme Marco, Sandro s'était déplacé à bicyclette et vint embrasser Elisabetta sur les deux joues.

Lui, il sentait le savon et cela émut pareillement Elisabetta. Son visage avait changé : il s'était allongé, ce qui faisait ressortir ses yeux bleus au regard intelligent. À part ça, lui aussi avait forci et remplissait mieux son uniforme.

— Si on se retrouvait au bord du fleuve, après les cours ? proposa-t-il.

Marco acquiesça.

— Excellente idée. Elisabetta, tu peux venir ou tu travailles ?

— Je travaille, mais plus tard, répondit joyeusement Elisabetta. Je serai là.

Sandro posa une main sur son épaule.

— Je t'apporterai des *supplì*, comme la dernière fois. Tu t'en souviens ?

— Oui, répondit Elisabetta, prise de court.

— De quelle dernière fois vous parlez ? demanda Marco.

Mais Sandro n'eut pas le temps de répondre, car la cloche se mit à sonner. Ils se dirigèrent tous les trois dans le bâtiment, laissant la question en suspens.

Après les cours, Elisabetta alla donc s'installer sur l'herbe douce de la rive, là où ses camarades de classe avaient l'habitude se réunir. Rien n'avait changé. Le Ponte Rotto occupait toujours la place qui était la sienne depuis des siècles et l'eau vert jade du Tibre coulait autour de son unique arche. Elle avait ouvert son manuel de latin pour faire un exercice qu'elle avait finalement délaissé et le soleil l'aveuglait tant qu'elle n'arrivait plus à lire les pages. Elle aurait bien voulu un chapeau en papier, mais elle n'avait pas de journal et d'ailleurs Sandro n'était pas encore arrivé.

De son côté, Marco paradait pour Angela sur son vélo, mais cette fois Elisabetta eut la nette impression qu'il essayait de la rendre jalouse. Si c'était le cas, eh bien, il y arrivait. Elle se sentait perdue sans la rubrique « Conseil » de son magazine féminin. Les autres garçons jouaient au ballon, les filles bavardaient en groupe. Elisabetta n'était toujours pas la bienvenue parmi elles, mais plus personne ne la taquinait, c'était déjà un progrès.

Soudain, elle aperçut Sandro qui venait dans sa direction, un sac en papier marron à la main, probablement les *supplì* qu'il lui avait promis. Elle tâcha de ne pas se faire trop d'illusions : les garçons faisaient ce genre de gestes sans aucune arrière-pensée et vouloir à tout prix leur donner un sens revenait à courir le risque de vivre dans une perpétuelle et inutile agitation sentimentale. Elle chassa donc de son esprit l'association *supplì*-baiser.

— Ciao ! lui cria-t-elle, comme il s'approchait.

— J'ai apporté des *supplì,* annonça-t-il en s'asseyant à côté d'elle.

Il ouvrit le sac, en sortit les *supplì* enveloppés dans du papier sulfurisé et lui en tendit un avec une serviette.

— Merci, dit-elle en le prenant.

Il était tiède entre ses doigts. Elle se sentit heureuse, mais tenta de contenir le sentiment d'euphorie qui l'envahissait. Elle prit une bouchée. Ça avait le goût du fromage et de la farce.

De son côté, Sandro mâchait consciencieusement et des gouttes d'huile d'olive brillèrent sur ses lèvres. Elle était hypnotisée par sa bouche. Allait-il l'embrasser de nouveau ? Il s'était assis tout près d'elle, hanche contre hanche et elle en avait des frissons, bien qu'elle s'efforçât de mener avec lui une conversation normale.

— Alors, ça te plaît, la Sapienza ?

Sandro haussa les épaules.

— Je fais mes devoirs et je les rends, mais je n'ai aucun retour, personne pour me dire si je m'en sors bien ou pas.

— Je vois ce que tu veux dire. C'est pareil pour moi au restaurant.

Sandro continuait à mâcher son supplì.

— C'est absolument délicieux, commenta-t-il. Est-ce que c'est vraiment possible de se sentir comblé rien qu'en mangeant un truc divinement bon ?

— Bien sûr.

— Je veux dire en mangeant un truc divinement bon et en bonne compagnie, précisa-t-il avec un sourire en coin.

— Oui, c'est aussi ce que je ressens.

Une fois de plus, elle fit l'effort de tempérer son enthousiasme.

— Où est ton journal ? demanda-t-il en inclinant légèrement la tête. Ton point de vue sur les nouvelles du jour m'a manqué.

— J'ai arrêté de lire les journaux. Ils ne publient plus que de la propagande et ça me met en rage.

Elle avait trop honte pour lui parler du déplorable épisode avec Gualeschi.

— En ce moment, je ne lis que des romans. Essentiellement de Grazia Deledda. C'est une auteure merveilleuse.

— J'ai entendu parler d'elle, mais je ne l'ai pas lue. De quoi parlent ses livres ?

— De famille et d'amour. Les gens disent que c'est une littérature pour femmes, mais je ne suis pas d'accord.

— Moi non plus. La famille et l'amour, ça concerne tout le monde.

— J'apprends beaucoup en la lisant.

Elisabetta s'anima car elle savait que Sandro aimait lire, lui aussi.

— Elle est décédée récemment. Son dernier roman, *Cosima*, a été publié après sa mort. Elle a eu le prix Nobel de littérature, tu le savais ? C'était la première fois qu'un Nobel était attribué à une femme italienne.

— Et tu seras la seconde ?

— Ha...

Elisabetta rougit.

Il haussa de nouveau les épaules.

— Tu devrais écrire un roman. Je parie que tu en es capable.

— Tu crois vraiment ? Ce n'est pas un peu trop ambitieux ?

— Pas du tout, assura-t-il en souriant. Tu peux écrire tout ce que tu veux. J'ai confiance en toi. Ils en disent quoi, tes parents ?

Elisabetta hésita.

— Euh… Mon père me conseillerait sûrement de me lancer. Quant à ma mère, eh bien, elle est partie cet été. Elle a dit qu'elle n'était pas heureuse à la maison et qu'elle ne voulait plus rester.

— Oh non…

Le visage de Sandro se décomposa et il lui toucha l'épaule.

— Je suis vraiment désolé. Qu'est-ce qu'il s'est passé ? Elle s'est disputée avec ton père ?

— Non, pas vraiment, elle a juste dit qu'il fallait qu'elle parte.

Elisabetta préféra ne pas mentionner l'alcoolisme de son père, car c'eût été ajouter à sa honte. Sandro n'aurait pas compris, il venait d'une famille respectable, avec un père avocat, une mère médecin et aucun ivrogne. Elle avait fini par comprendre qu'elle venait d'un milieu social défavorisé. Il avait fallu pour cela le départ de sa mère.

— Quand est-ce qu'elle reviendra ?

— Je ne pense pas qu'elle revienne un jour.

Sandro fronça les sourcils et lui adressa un regard encourageant.

— Je suis sûr qu'elle reviendra.

— Non, elle ne reviendra pas.

À l'expression sincère et naïve de Sandro, elle vit qu'il ne pouvait concevoir qu'une mère abandonne sa famille, parce que sa mère à lui n'aurait jamais fait ça.

— Comment tu le sais ?

Elle eut le cœur brisé en revoyant le détail qui lui avait permis de comprendre que sa mère ne reviendrait pas.

— Elle a emporté son gramophone, l'objet auquel elle tient le plus au monde.

— Et ça va, tu t'en sors ? demanda Sandro, perplexe.

— Ça va, répondit Elisabetta.

Mais elle avait à présent une douleur sourde dans la poitrine. Les questions de Sandro la replongeaient dans son malheur, tout en lui donnant le recul pour en prendre pleinement conscience. Elle revit sa mère passant la porte, comme si la scène se déroulait à l'instant même. Des larmes lui voilèrent les yeux, elle les chassa en battant des paupières.

— Attention ! cria Marco en faisant un dérapage contrôlé qui projeta vers eux une gerbe de cailloux.

Son sourire s'envola quand il vit les larmes d'Elisabetta.

— Betta, qu'est-ce qui ne va pas ?

Elle s'essuya les yeux. Ce n'était pas comme ça qu'elle avait imaginé sa journée de rentrée. Pas du tout.

Sandro répondit à sa place.

— Sa mère a quitté la maison pendant l'été.

— Non !

Les yeux de Marco brillèrent d'indignation et il haussa ses épais sourcils.

— Quel genre de mère... C'est une honte !

Elisabetta fit la grimace.

— Je préfère ne pas en parler.

— Ta mère ne mérite pas une seule de tes larmes, déclara Marco en se penchant vers elle. Tu entends ? Pas une seule.

Il la tira par le bras pour l'obliger à se mettre debout.

— Viens, je t'emmène faire un tour. Grimpe sur mon guidon. Tu as besoin qu'on te remonte le moral.

— Non, Marco ! protesta Sandro.

Il se leva et agrippa l'autre bras d'Elisabetta, comme pour la retenir.

— Tu ne vois pas qu'elle est bouleversée ? Ce n'est pas le moment.

— Marco, j'ai peur de grimper sur le guidon, protesta Elisabetta.

Ils la tiraient chacun de leur côté. Ils se battaient pour elle, mais pas comme elle l'aurait voulu.

— Boh ! protesta Marco avec vague signe de la main. Sandro, il faut absolument qu'on lui change les idées. Elisabetta, si tu as peur sur le guidon, monte sur la selle. Et je n'accepte pas les refus.

Il souleva Elisabetta et l'installa sur la selle. Sandro n'eut pas le temps de réagir, il avait sauté sur les pédales et démarrait.

— Accroche-toi à moi ! cria-t-il à Elisabetta.

— Marco, ne va pas si vite ! supplia-t-elle en s'agrippant à sa taille.

— Serre-moi plus fort, ordonna-t-il.

Il redoubla d'effort et ils prirent de la vitesse, roulant le long du fleuve.

— Voilà, c'est parti. On vole !

Elisabetta s'agrippa encore plus fort à Marco. Cette soudaine intimité physique lui donnait le vertige. Sur cette selle, les cheveux au vent, elle se sentit soudain plus libre et plus légère que jamais, les épaules soulagées d'un fardeau qu'elle avait porté sans le savoir. Et c'était incroyablement bon. Ils roulaient à toute allure au bord de l'eau, les arbres défilaient, les oiseaux volaient autour d'eux, le soleil brillait au-dessus de leurs têtes. Elle sentit pour une fois ce que c'était que de vivre sans honte à porter, seulement vivre sa vie, ou, mieux encore, vivre la vie des autres jeunes filles, celles qui avaient des familles respectables et des seins qui remplissaient les soutiens-gorge.

— Ça faisait longtemps que j'avais envie de te faire grimper sur cette bicyclette ! cria Marco avec un rire joyeux.

Elle rougit de bonheur. En jetant un coup d'œil derrière eux, elle aperçut Sandro au loin, la main en visière au-dessus des yeux. Cela lui fit un peu mal de l'abandonner, mais c'était tellement agréable d'être enlevée par Marco et de se laisser gagner par sa joie communicative. Sans plus se soucier de rien.

Chapitre 17

Marco
Septembre 1937

La foule avait envahi la Stazione Termini, la musique des orchestres résonnait dans le hall, les drapeaux et les bannières s'agitaient en tous sens. Après une semaine passée à Berlin avec Hitler, Mussolini était attendu à Rome d'un instant à l'autre. Un peu partout dans Rome, des rassemblements et diverses manifestions étaient prévus pour célébrer son retour. Mais seuls les dignitaires, les officiels et les hauts gradés du Palazzo Venezia, c'est-à-dire les membres les plus importants du gouvernement et du Parti fasciste étaient autorisés à attendre le Duce à l'intérieur de la gare. Ils étaient donc tous réunis pour l'accueillir à sa descente du train. Et Marco était là aussi, dans les derniers rangs, avec Spada, Buonacorso et Terranova.

— Voilà, mon commandant.

Marco ouvrit une bouteille d'eau pour servir un verre à Spada, lequel avait été pris d'une soif aussi soudaine qu'urgente. Il était de fait au service du vieil homme, car celui-ci avait tout le temps besoin de quelque chose, tandis que Buonacorso le sollicitait rarement. Spada semblait tester sa patience. Il buvait son espresso brûlant et son thé tiède. Ses biscuits à l'anis devaient être frais du matin et encore chauds.

Il plissa les yeux en scrutant la bouteille.

— C'est bien de l'eau pétillante, comme j'avais demandé ?

— Oui mon commandant, elle est pétillante.

Marco lui mit la bouteille sous le nez, mais Spada se contenta de froncer les sourcils.

— Tu ne t'imagines quand même pas que je peux lire l'étiquette avec ce soleil ? Avec ma vue ?

— Désolé, mon commandant.

— Tu sais que l'eau pétillante facilite ma digestion ?

— Oui mon commandant, répondit docilement Marco en dissimulant son dégoût.

Après avoir bu un verre d'eau gazeuse, Spada éructait en général un rot fétide.

— Dépêche-toi, mon garçon. Je peux à peine déglutir, tellement je suis desséché.

— Voilà.

Marco tendit le verre au vieil homme, lequel le prit, mais ne le but pas.

— Es-tu bien sûr que le verre est propre, mon garçon ? Je déteste les verres poussiéreux.

— Oui, il est bien propre.

— Parce qu'il ne faudrait pas que j'avale de la poussière, ce serait terrible pour ma gorge.

— Je m'en doute. Il n'y a pas de poussière dans ce verre.

— Tu l'as essuyé ?

— Évidemment, assura Marco, qui n'avait rien essuyé du tout.

Spada but enfin quelques gorgées et Marco tenta de se consoler en se répétant que le vieux allait bientôt prendre sa retraite.

Il comptait les jours jusqu'à ce moment béni. Leur section du parti avait prévu une réception dans un restaurant local pour l'occasion. Marco s'apprêtait à fêter ça toute la nuit.

Buonacorso se tourna vers Terranova.

—Ce voyage du Duce a été un franc succès, n'est-ce pas ? Les articles de journaux étaient très favorables et les photos excellentes.

—Je suis tout à fait d'accord, répondit Terranova en souriant.

—Pas moi, intervint Spada.

Il renifla, son verre d'eau à la main.

—Je n'aimerai jamais les allemands et croyez-moi, c'est réciproque. Ils nous considèrent comme inférieurs à eux. Je ne leur fais pas confiance.

Buonacorso balaya ces arguments d'un geste de la main.

—Le séjour du duce à Berlin a duré près d'une semaine, Spada. C'est du jamais vu. Parades, visites, et pour finir un grand discours dans le stade olympique. Un million de spectateurs, malgré la pluie. Le Duce a parlé en allemand, n'est-ce pas incroyable ?

—Oui, et ils se sont moqués de son accent, ces salauds. Au lieu de crier « Duce », ils ont crié « Dusche ». Ça veut dire « la douche » en allemand, et il pleuvait.

Spada ricana.

—Je déteste leur langue. Tous ces claquements, ça me donne mal à la tête. Dieu merci, je n'entends plus aussi bien qu'avant.

—Ne soyez pas si négatif, Spada. Ayez un peu l'esprit ouvert.

—Trop tard. Le national-socialisme a tout copié sur nous. Les organisations pour la jeunesse, le ministère de l'Éducation du peuple et de la Propagande, tout ça, nous l'avons fait avant eux. Ils nous imitent. C'est comme ça depuis le début. Hitler s'est inspiré de la marche sur Rome pour le putsch de Munich, et ça lui a valu la prison. Ils nous ont volé l'ancien salut romain pour leur *Sieg Heil.*

— Et nous on leur a piqué le pas de l'oie et on l'a appelé le « pas romain », contra Buonacorso en ricanant. Je ne suis pas inquiet. Le Duce est beaucoup trop intelligent pour Hitler. Il a plus de force dans son petit doigt qu'Hitler n'en a dans tout le corps. C'est grâce à l'agression italienne contre l'Éthiopie que nous avons gagné la guerre. Mussolini va utiliser les nazis pour servir nos objectifs, vous verrez.

— Espérons-le, rétorqua Spada.

Marco se promit de ne pas oublier cet échange.

En travaillant ici, il en apprenait beaucoup sur le Parti fasciste, il rencontrait des officiels importants et prenait soin de mémoriser chaque nom, chaque fait, chaque chiffre. Il avait même réussi à cacher qu'il ne savait pas lire quand on lui avait demandé d'organiser un système de fichier pour les factures. Il s'en était très bien sorti : ne pouvant lire la facture ou le nom du vendeur, il avait choisi un classement par tailles, formes et couleurs dans lequel il se retrouvait très bien. Par ailleurs on ne lui demandait jamais de prendre des notes, son chef ayant pour cela une secrétaire, une rousse aussi jolie qu'Elisabetta.

Il aurait bien voulu se sortir Elisabetta de la tête, mais impossible. Il se rendait compte qu'au lieu d'essayer de la rendre jalouse, il aurait dû adopter une tactique plus directe. Il avait trop longtemps attendu qu'elle se jette à son cou, comme Angela et les autres filles, et ça n'était pas près de se produire. Il devait se montrer plus agressif, comme le Duce avec l'Éthiopie, et aborder les choses comme s'il était en campagne, par temps de guerre.

Pour faire sa conquête, il devait se montrer plus combatif.

Il était temps de lancer une véritable offensive.

Chapitre 18

Aldo
Octobre 1937

Assis par terre, adossé dos au mur glacial de la crypte, Aldo tâchait de dissimuler son angoisse. Il avait du mal à se concentrer sur la conversation, laquelle tournait autour des détails de l'opération Première Frappe. Ces derniers mois, il n'avait cessé de se torturer au sujet de l'attaque prévue le jour de la fête en l'honneur de Spada, car, par un horrible coup du sort, Marco travaillait désormais au quartier général du Parti fasciste pour de hauts gradés, ce qui signifiait qu'il serait présent le jour de l'attaque, aux côtés de leurs cibles.

Aldo cherchait désespérément un moyen de mettre son frère hors de danger, mais il ne trouvait rien. La nuit, il se tournait et se retournait dans son lit. Certains jours il n'arrivait même pas à garder un repas. Il avait perdu du poids et de la masse musculaire. Son père lui conseillait de manger du foie, sa mère craignait qu'il ne couve quelque chose, Marco croyait à un chagrin d'amour. Tous les soirs à l'heure du dîner, son frère amusait sa famille avec des histoires drôles mettant en scène Spada ou un autre de ses supérieurs, mais lui, ça ne le faisait pas rire, ça exacerbait son angoisse. Il avait tenté de le convaincre d'abandonner son poste, en lui faisant valoir que c'était ennuyeux et dégradant de jouer les larbins, mais ça n'avait pas marché. Marco était trop content de son salaire. De plus, Aldo sentait bien qu'avec ce nouveau travail son jeune frère gagnait en assurance et en estime de soi. Au point que c'en était alarmant.

Au début, ça l'avait perturbé d'avoir des convictions politiques diamétralement opposées à celles de sa famille, mais depuis qu'il savait la vie de Marco menacée par l'opération Première frappe, c'était devenu le cadet de ses soucis. Le matin, à la messe, il priait pour que le Seigneur l'aide à trouver une échappatoire, ou au moins lui envoie un signe, mais pour l'instant celui-ci ne s'était pas manifesté.

Il avait envisagé toutes les solutions, mais aucune ne convenait. Il ne pouvait pas révéler à Marco qu'il était antifasciste, de peur de le compromettre. Il ne pouvait pas non plus quitter les antifascistes, car un fois exclu de l'opération Première frappe il n'aurait plus accès aux informations cruciales qui pouvaient lui permettre de protéger Marco le moment venu. Bien entendu, ses camarades ignoraient tout du conflit intérieur qui l'agitait. Ne connaissant pas sa véritable identité, ils ne pouvaient pas savoir que son frère travaillait au QG des fascistes.

—Calmez-vous, était en train de dire Uno. Le compte à rebours est lancé et on sera prêts le moment venu. Depuis notre dernière réunion, j'ai avancé. J'ai payé les armes. Nous venons de faire notre premier pas.

La nouvelle donna la nausée à Aldo. Ce premier pas était aussi un pas vers son voyage à Orvieto, puisqu'il s'était porté volontaire pour aller chercher les armes qui pouvaient tuer son frère. Il sentit le sang quitter son visage et songea qu'il devait ressembler aux fantômes de la crypte. Heureusement, personne n'avait dû le remarquer car on ne faisait pas attention à lui. De plus, ses camarades étaient survoltés par l'annonce d'Uno.

—Et s'ils décident de nous rouler ? cria Grande Gueule.

—Ça n'arrivera pas, je vous le promets. Je connais personnellement les gens d'Orvieto et je me porte garant pour eux. En ce qui concerne le calendrier, vous savez bien que nous avons dû attendre septembre à cause du voyage de Mussolini à Berlin. Comme il prenait le train depuis Rome, tout le trajet était surveillé et protégé par l'armée, par l'OVRA et par les Chemises noires. C'était trop dangereux d'envoyer le Muet au nord d'Orvieto.

Les commentaires fusèrent.

—Ce voyage, c'était de la propagande !

—Il y avait plus de photos que de gens !

Uno secoua la tête.

—Très juste. Cette visite de Mussolini en Allemagne était une mise en scène, mais elle a aggravé l'instabilité sur la scène mondiale. Avec l'accord entre les États-Unis et le Japon contre les Russes, la menace d'une guerre s'accroît.

—Qu'il aille se faire foutre ! hurla quelqu'un.

Aldo fut choqué par tant de vulgarité, mais Uno se contenta de rire.

—Tout à fait d'accord, mon ami. Cependant, j'ai pris une autre décision. Même si Mussolini est de retour, mieux vaut attendre encore un peu avant d'envoyer le Muet chercher nos armes.

Aldo récita mentalement une prière de remerciement, en se demandant s'il c'était là le signe de Dieu qu'il avait tant attendu. Ce délai allait lui donner un répit temporaire, du temps pour réfléchir et trouver un moyen de se sortir de cette situation. Il afficha une expression déçue pour ne pas éveiller les soupçons et aussi pour faire écho à la désapprobation générale.

— Pourquoi attendre ? hurla Grande Gueule.

Plusieurs voix renchérirent.

— Pourquoi ce retard ?

— On veut nos armes ! On veut avoir le temps de s'entraîner. Ça fait trop longtemps que je n'ai pas tiré !

Uno fit la moue.

— Mettez les choses en perspective et dans leur contexte. Mussolini a adhéré au pacte anti-Komintern et l'Italie est officiellement alliée à l'Allemagne. Mussolini et Hitler se présentent comme les défenseurs des valeurs occidentales contre la menace des Soviétiques. Mais nous, on sait ce qu'il en est.

— La menace, c'est eux, hurla le Tsar. Pas le bolchevisme !

Uno approuva d'un signe de tête.

— Camarades, il faut attendre que les choses se tassent pour que le Muet puisse voyager.

Il tourna son regard vers Aldo.

— Le Muet, je sais que tu es prêt à partir, mais il n'est pas question de te faire prendre des risques inutiles. Tu comprends mon point de vue ?

— Oui, Uno, je comprends, répondit Aldo en s'efforçant de dissimuler son soulagement. Je suis d'accord avec toi. Il vaut mieux être prudent maintenant, pour assurer notre succès plus tard

— Exactement.

Uno fronça les sourcils.

— Au fait, tu as perdu du poids. Il faut que tu restes en forme, on compte sur toi.

Uno se tourna vers ses camarades.

— En ce qui concerne la fête en l'honneur de Spada, j'ai de nouvelles informations. Ce sera un événement officiel, donc les familles ne seront pas conviées. Il n'y aura même pas celle de Spada. J'avoue que pour moi c'est une bonne nouvelle. Nous ne voulons pas avoir sur les mains le sang des femmes et des enfants. On n'y touche pas.

— Oui, d'accord, d'accord ! répondirent les hommes. On n'est pas des bêtes sauvages. On n'est pas comme eux.

Aldo fit de son mieux pour dissimuler sa réaction. On ne touchait pas à la famille des autres, mais à la sienne, oui. Si l'attaque se déroulait comme prévu, il deviendrait complice du meurtre de son frère. C'était impensable.

— Je sais de source sûre que Spada est veuf, poursuivit Uno. Et qu'il n'a plus aucun contact avec sa fille unique. D'après ce que j'ai compris, ce vieux schnock est encore plus égoïste que la plupart des fascistes.

Les hommes pouffèrent, Grande Gueule plus fort que les autres. Aldo songea à Marco, qui endurait tous les jours l'égoïsme de Spada.

— Il mérite ce qui va lui tomber dessus ! Tous tant qu'ils sont, ils n'auront que ce qu'ils méritent !

Aldo frissonna. Il lui restait un dernier espoir, aussi il se força à demander.

— Uno, quels seront les officiers présents ?

— Ils seront tous là, parce que Spada est le plus ancien. Il y aura les huiles : Buonacorso, Terranova, DeNovo, et Medaglio seront là, c'est sûr. Buonacorso est notre cible principale, c'est lui l'étoile montante du Parti fasciste, celui qui remplacera Spada.

Cette information confirma les pires craintes d'Aldo, mais il parvint à conserver une expression neutre. Si Buonacorso était présent, Marco l'accompagnerait. Il ne lui restait plus beaucoup de temps. Il devait se débrouiller, d'une manière ou d'une autre, pour que son frère soit épargné. Il allait prier encore pour qu'il démissionne de son poste avant la date fatidique. Chercher de nouveau à l'en convaincre.

Uno se redressa.

— Les événements ont pris un dangereux tournant. Nous devons agir avec prudence. Les forces ennemies se liguent contre nous, aussi nous devons faire bloc contre elles ! Tous unis !

— Tous unis ! Tous unis ! scandèrent les hommes en tapant du pied.

Dissimulant son désespoir, Aldo se joignit à eux.

Chapitre 19

Sandro
Décembre 1937

Sandro n'avait jamais assisté à un grand rassemblement fasciste de nuit et il était stupéfait par l'ampleur de la manifestation. D'après la rumeur, près d'un millier de personnes avaient envahi la Piazza Venezia et on devinait dans l'obscurité une foule compacte, balayée par un unique projecteur. Des Chemises noires armées attendaient, en formation, telles des ombres noires barrés de ceintures blanches. On entendait des roulements de tambours, des soldats agitaient des bannières et hissaient des drapeaux fascistes.

Quant au public, il s'était faufilé partout, occupant le moindre interstice entre deux bâtiments, debout sur les barrières, agrippé aux socles des lampadaires. Le grand escalier du Vittoriano, cet imposant monument à la gloire de Victor Emmanuel II, était tellement noir de monde qu'on n'en distinguait plus les marches en marbre blanc de Breschia. Bien entendu, le monde grouillait aussi autour du Palazzo Venezia, où se trouvait le siège du gouvernement italien. Mussolini en personne allait bientôt apparaître au balcon. Il devait annoncer que l'Italie se retirait de la Société des

Nations à cause des sanctions qui lui étaient infligées à la suite de son intervention en Éthiopie. Le père de Sandro était d'accord avec Mussolini : ces sanctions étaient injustes.

Les gens attendaient, épaule contre épaule, dans leurs lourds manteaux, en scandant « Duce ! Duce ! Duce ! ». Toutes ces voix criant à l'unisson résonnaient aux oreilles de Sandro et il se mit à crier lui aussi, de plus en plus excité. Il était venu sur la place avec son père et quelques membres haut placés du Conseil de la Communauté israélite, qu'il avait pour l'instant perdus de vue. Marco assistait probablement à ce rassemblement, avec son chef et d'autres membres du QG, mais il n'avait pas réussi à le repérer.

Soudain, Mussolini apparut au balcon, éclairé par un projecteur. Sandro sentit comme une décharge électrique le traverser. À cette distance, il ne voyait qu'une silhouette, mais peu lui importait car il connaissait chaque trait du Duce, grâce aux manuels, aux journaux, aux films d'actualités, aux affiches, aux billets de banque et aux pièces de monnaie. Et aussi aux médailles à son effigie que son père collectionnait dans des enveloppes en papier cristal. Mussolini avait un visage particulièrement mélodramatique : un regard noir et féroce sous un front proéminent, des sourcils expressifs, un nez fort, une bouche large et audacieuse. Et aussi un menton volontaire, avec la mâchoire pugnace d'un bulldog.

Les gens se mirent à scander plus fort « Duce ! » et à agiter frénétiquement bannières, drapeaux, casquettes et fez. Sandro se laissa emporter par l'enthousiasme de cette foule en délire, puis soudain le Duce réclama le silence et débuta son discours.

— Chemises noires ! hurla-t-il, la voix amplifiée par les haut-parleurs. La décision historique que le Grand Conseil a acclamée et que vous avez accueillie de votre cri le plus enthousiaste ne pouvait plus être retardée davantage. Nous avons voulu, pendant de longues années, offrir au monde un spectacle de patience inouïe. Nous n'avons pas oublié et nous n'oublierons pas la tentative monstrueuse d'étranglement économique du peuple italien perpétrée à Genève.

La foule gronda, indignée, et Sandro gronda avec elle.

Mussolini leva les mains.

—Mais d'aucuns pensaient, à un certain moment, que la Société des Nations aurait accompli un geste de réparation qui nous était dû. Elle ne l'a pas fait. Elle n'a pas voulu le faire. Les bonnes intentions de certains gouvernements se noient dès que leurs délégués entrent en contact avec ce milieu pestilentiel qu'est le Sanhédrin de Genève, manœuvré par des forces troubles, occultes, ennemies de notre Italie et de notre révolution.

L'exaltation de Sandro retomba d'un seul coup. Le mot « sanhédrin » désignait à l'époque gréco-romaine l'autorité religieuse juive suprême. Il n'avait encore jamais entendu le Duce faire allusion aux Juifs comme à une force hostile. Il parcourut du regard le peuple qui hurlait dans l'obscurité. Cette référence semblait n'avoir choqué personne. Les regards de la foule idolâtre étaient toujours dirigés vers le balcon.

Mussolini leva les mains et écarta les bras.

—Dans ces conditions, notre présence à Genève n'était pas tolérable plus longtemps. Elle blessait notre doctrine, notre style, notre tempérament de soldat. L'heure approchait où il faudrait choisir entre les termes de ce dilemme : à l'intérieur ou dehors.

—À l'intérieur ?

—Non ! cria la foule, mais cette fois Sandro ne se joignit pas à elle.

—Dehors ? demanda Mussolini.

—Oui, hurla la foule.

Sandro contempla les gens autour de lui. Dans la pénombre, leurs visages déformés par une joie furieuse avaient quelque chose d'effrayant. Ils semblaient retrousser les lèvres et montrer les dents comme des chiens hargneux.

Mussolini poursuivit son discours, mais Sandro considérait à présent le Duce et la foule d'un œil neuf. Il repensa à la conférence de Levi-Civita, quand quelqu'un avait traité le professeur de « sale Juif », avec du venin dans la voix. Sandro n'avait jamais eu la sensation que le fait d'être un Juif le distinguait de ses compatriotes italiens, mais il se demandait à présent s'il n'avait pas péché par excès de naïveté.

Quand Mussolini termina son discours, l'enthousiasme de Sandro s'était envolé. Autour de lui, les gens hurlaient, pleins de rage et de haine, mais il n'avait plus envie de participer à cette démonstration massive de puissance, de pouvoir et d'émotion collective. Il avait à présent la sensation d'un danger sous-jacent, comme s'il craignait que cette foule exaltée ne se retournât contre lui.

— Papa ! cria-t-il, bien qu'il sût que sa voix serait noyée dans le brouhaha ambiant.

Il chercha son père du regard, mais ne le vit pas. Leur appartement n'était qu'à trente minutes à pied. Il se détourna du Palazzo Venezia et joua des coudes pour quitter la place.

Après le rassemblement, Sandro s'installa à la table de la salle à manger, ses feuilles étalées devant lui. Il était censé travailler, mais il s'inquiétait car son père n'était pas rentré. Il ignorait si Rosa avait assisté au discours de Mussolini, mais elle n'était pas rentrée non plus. Sa mère travaillait encore à l'hôpital et Cornelia était repartie chez elle.

La fenêtre était fermée à cause du froid, mais il voyait à travers les carreaux le flot ininterrompu de ceux qui traversaient la Piazza Mattei pour rentrer chez eux après le rassemblement. Il y avait une majorité d'habitants du Ghetto, mais aussi des gens qui ne faisaient que passer et parmi eux des Chemises noires qui chahutaient en groupe, en buvant du vin à même la bouteille.

Sandro entendit parler dans l'escalier et reconnut la voix de son père et celle de Rosa. Il se tourna vers la porte au moment où ils entraient dans l'appartement. Ils étaient en train de se disputer.

—Mais écoute-moi un peu, Rosa, tu n'as pas toutes les réponses.

Leur père enleva son chapeau et son manteau, mais Rosa garda son manteau de laine rouge.

—Papa, je sais de quoi je parle. Comment faire pour te convaincre ?

—Le convaincre de quoi ? demanda Sandro en se levant. Rosa, tu étais Piazza Venezia, toi aussi ?

—Oui.

Les beaux yeux de Rosa brûlaient de colère.

—J'y suis allée avec David et mon amie Olinda Miller de l'ambassade. C'était consternant.

—Pas du tout, railla leur père. Pourquoi faut-il que tu prennes toujours tout au tragique, ma chérie ?

Sandro s'approcha d'eux.

—Moi aussi j'ai trouvé ça dérangeant. Vous parlez de ce que Mussolini a dit à propos du Sanhédrin de Genève, c'est ça ?

—Entre autres, répondit Rosa. C'est tout le discours qui m'a dérangée. L'Italie est mise au ban de la Société des Nations depuis qu'elle a attaqué l'Éthiopie. Nous avons même eu une sanction. Et tout ce que Mussolini trouve à faire, c'est de se retirer ? Et après, on fait quoi ? On se retire aussi du monde civilisé ? Et on se bat pour détruire la démocratie en Espagne !

Leur père fronça les sourcils.

—Rosa, tu es trop influencée par ton Anglais. S'il te plaît, rappelle-lui que le Lord Chamberlain a des liens avec Mussolini et Hitler.

— Toutes les ambassades ne sont pas d'accord avec lui et David pense que jouer l'apaisement n'est pas la bonne tactique.

— Papa, je suis inquiet moi aussi, intervint Sandro.

— Tu as tort.

L'expression de leur père se radoucit.

— Tu t'attaches trop aux mots. Ce n'est pas comme ça qu'il faut écouter un discours du Duce. Il a parlé avec beaucoup d'émotion, c'est son style. Personne ne me convaincra que le Duce est antisémite. Il ne l'est pas. Quand il rentre chez lui, il retrouve sa maîtresse juive.

Rosa prit un air peiné.

— Tu cherches tout le temps à le justifier. Tu es plus loyal envers lui qu'il ne l'est envers toi. Envers nous.

— C'est faux. Depuis 1922, il a prouvé qu'il était un chef solide. Il est loyal envers la communauté juive, envers les patriotes, envers les vétérans... Et moi je suis juif, patriote et vétéran de guerre.

— Papa, regarde l'avenir, pas le passé. Regarde où nous allons. Le bruit court qu'Hitler viendrait à Rome, au printemps prochain.

— Et alors ?

— Et alors, ce n'est pas bon signe. Ça fait des mois que je vous le dis, à maman et à toi, mais vous ne voulez pas m'écouter. C'est le moment.

— Le moment de quoi ? demanda Sandro confus. De quoi tu parles, Rosa ?

— Ne réponds pas.

Leur père leva la main, pour faire taire Rosa.

— Inutile d'inquiéter ton frère.

Rosa se tourna vers Sandro.

— Sandro, tu es assez grand pour savoir. J'ai dit à papa et à maman que je commence à croire qu'on devrait émigrer.

— Émigrer ? répéta Sandro d'un ton incrédule. Tu veux dire quitter l'Italie ? Quitter Rome ?

— Voilà ! s'exclama leur père en levant les bras au ciel. Tu perturbes ton frère pour rien !

— Mais on est chez nous, dans notre maison, protesta Sandro.

Il pensa à Elisabetta, à Marco, à la Sapienza, à Levi-Civita. Il avait toujours vécu à Rome, sa vie était à Rome, son avenir était à Rome.

Rosa le regarda bien en face.

— David pense que les Juifs sont menacés et que c'est dangereux pour eux de rester ici. Et il n'est pas le seul. En ce moment, des Juifs quittent l'Allemagne et la Pologne pour s'installer au Royaume-Uni, en Suisse, aux États-Unis, et même en Palestine. Il y a une organisation qui les aide.

Ses yeux se voilèrent et Sandro comprit soudain l'énormité de ce qui allait se passer.

— Tu vas partir, Rosa ?

Elle acquiesça d'un signe de tête.

— Ça risque de prendre des mois, peut-être même un an, pour aboutir, mais David pense pouvoir me trouver un travail dans une organisation humanitaire à Londres. Il pourrait te faire entrer en Angleterre, toi aussi. De même que papa et maman.

J'essaye de les convaincre d'accepter. Il faut qu'ils se décident maintenant.

Sandro prit conscience que tout cela se tramait dans son dos depuis quelque temps.

—Mais c'est fou. Je ne veux pas partir, et je ne veux pas que tu nous quittes. On est ta famille.

—Je sais, c'est pour ça que je voudrais les convaincre de…

Leur père l'interrompit.

—Rosa, ta mère et moi nous n'avons pas besoin que nos enfants nous disent quoi faire. Le fascisme ne deviendra pas antisémite. Des Juifs viennent se réfugier en Italie. Pourquoi feraient-ils ça, si ce n'était pas sûr ?

—Ils font la même erreur que toi, papa.

—Non, c'est toi qui te trompes et qui a une réaction excessive. Tu te laisses trop influencer par David. On vit ici. On est Romains, depuis des générations et des générations.

Rosa secoua la tête.

—Le passé ne doit pas t'empêcher d'avancer.

—Il ne m'empêche pas d'avancer. Il me soutient. Il me donne de la force, tout comme mon pays et ma religion. Tout cela forme un tout qui fait partie de moi et de notre famille.

—Papa, on ne peut pas discuter avec toi.

Rosa se détourna, attrapa son sac à main et se dirigea vers la porte.

—Je vais chez David. Je rentrerai tout à l'heure.

—Rosa, attends !

Sandro se précipita à sa suite et dévala l'escalier derrière elle.

—Je voudrais que tu m'en dises un peu plus.

—Plus tard ! répondit Rosa sans se retourner.

Elle avait déjà atteint le rez-de-chaussée et franchissait le portail.

Sur la Piazza Mattei, Sandro se retrouva au milieu d'un groupe de jeunes gens ivres, aux rires gras et déplaisants. Des Chemises noires… Ils s'étaient arrêtés devant la belle Fontaine des Tortues et les lumières qui venaient de son bassin éclairaient leur visage par en dessous en leur donnant des allures de masques de carnaval.

Sandro chercha Rosa du regard, mais un des garçons le bouscula sans s'excuser, tandis qu'un autre urinait dans la fontaine.

Il en fut ébranlé.

Sa sœur voulait quitter Rome, sa famille risquait d'être séparée, un vent de folie soufflait sur son pays.

Renonçant à rattraper Rosa, il se détourna et s'engouffra dans son immeuble.

Chapitre 20

Elisabetta
Janvier 1938

Le service du dîner battait son plein au *Casa Servano.* Elisabetta sortit de la cuisine avec une carafe de vin rouge, s'arrêta pour remplir les verres d'un couple qui se trouvait sur son chemin, puis scanna la salle du regard. Ses yeux s'arrêtèrent sur Sandro, installé à une table à l'autre bout de la pièce. Que faisait-il là ? Leurs yeux se rencontrèrent et une bouffée de joie la submergea quand il lui sourit. Elle ne put s'empêcher de remarquer qu'il s'était mis sur son trente et un : il portait un pantalon bien coupé et un superbe pull bleu avec une veste, ainsi qu'une grande écharpe jeté négligemment autour de son cou. Il ressemblait à un étudiant.

Elle alla le rejoindre.

— Sandro, qu'est-ce que tu fais ici ?

— J'avais faim, répondit-il avec un grand sourire.

— Vraiment ? demanda-t-elle d'un ton circonspect.

— En fait, je voulais te voir seule, et comme tu travailles beaucoup, je suis venu ici.

Il sortit de son sac à dos un paquet emballé dans du papier argenté et le lui présenta.

— J'ai un cadeau pour quoi

— Comme c'est gentil ! En quel honneur, ce cadeau ?

— Pour te faire plaisir. Il faut une autre raison ?

— Oh, Sandro, murmura Elisabetta, en sentant un petit frisson la parcourir.

Elle défit le papier et découvrit un exemplaire de *Cosima*, de Grazia Deledda.

— Oh là… J'avais justement envie de le lire.

— Je sais, tu me l'avais dit. Maintenant, ouvre à la page trente-sept.

Elisabetta alla à la page trente-sept, où elle trouva un prospectus du département de Littérature de la Sapienza qu'elle parcourut du regard.

— Qu'est-ce que c'est ? L'annonce d'une conférence sur Deledda ?

— J'ai pensé qu'on pourrait y aller ensemble.

— Pour de bon ? demanda Elisabetta, dont le cœur s'emballa.

Sandro était en train de lui proposer un rendez-vous. Son premier rendez-vous avec un garçon.

— Ce serait merveilleux, murmura-t-elle. Et…

Elle n'eut pas le temps de finir sa phrase car elle fut distraite par des cris venus de la rue. On aurait dit que quelqu'un l'appelait… Elle se figea, craignant que ce ne fût de nouveau son père. Quelques clients tournaient déjà la tête en direction du bruit. Le couple âgé qui occupait la table près de la fenêtre regardait dehors.

Paolo se précipita vers eux et Elisabetta en fit autant.

Mais une fois devant la fenêtre, elle découvrit une scène digne d'un vieux film d'amour. Marco se tenait sous la lumière d'un réverbère, dans son uniforme noir, un bouquet de roses rouges à la main. Quand il la vit, il lui fit un sourire éblouissant, puis il posa un genou à terre et entonna *Chitarra Romana*, une chanson d'amour populaire parlant d'une jeune femme du Trastevere :

Sous un manteau étoilé
Rome dans toute sa beauté.

Elisabetta l'écouta bouche bée, totalement abasourdie. Il chantait bien, avec des accents de sincérité touchants, pas du tout comme au lycée quand il faisait le clown. Elle eut même la nette impression qu'il avait répété. Jamais elle n'aurait osé rêver que quelqu'un lui ferait un jour une sérénade. À part ça, le moment était très mal choisi. Elle avait passé des mois à se demander lequel des deux se déciderait à la considérer comme une petite amie potentielle et voilà qu'ils dévoilaient leur jeu le même soir.

Une vague d'excitation parcourut le restaurant. Les clients échangèrent tout haut des commentaires :

— Quel beau jeune homme !

— Il chante pour la serveuse !

— Toi, tu ne m'as jamais fait de sérénade !

Dehors, les passants s'arrêtaient pour regarder Marco, qui ouvrait à présent les bras pour entamer à pleins poumons un nouveau couplet. Elisabetta était toute rougissante de plaisir, bien qu'elle se sentît atrocement gênée. Elle venait d'accepter un rendez-vous avec Sandro. Le geste extravagant et romantique de Marco tombait mal. Du coin de l'œil, elle vit que Sandro se levait de table pour rejoindre les clients agglutinés derrière elle.

Une fois sa chanson terminée, Marco entra dans le restaurant, son bouquet à la main. Quand il poussa la porte, un concert d'applaudissement éclata dans la salle. Il accepta l'hommage d'un bref signe de tête, puis chercha Elisabetta du regard.

—La maison offre une tournée ! s'exclama Paolo, emporté par l'enthousiasme général.

Les clients applaudirent et retournèrent à leur table.

Les yeux brillants, Marco s'avança vers Elisabetta et lui tendit le bouquet de roses en s'inclinant :

—C'est pour toi, dit-il.

—Merci.

Elle accepta les roses et respira leur parfum pour cacher son trouble.

Sandro vint se placer à côté d'elle en gloussant.

—Quel spectacle, mon ami ! s'exclama-t-il.

Marco éclata de rire.

—*Ehi,* qu'est-ce que tu fais là, toi ?

Sandro haussa les épaules, en souriant.

—Pas trop mal, ton tour de chant.

—Merci, répondit Marco en s'inclinant de nouveau. Elisabetta, je voudrais t'inviter à dîner. Accepterais-tu de sortir avec moi un soir, par exemple quand tu auras ton prochain jour de congé ?

—Oh là ! s'exclama Elisabetta.

Elle était prise entre deux feux. Marco et Sandro arboraient un petit sourire ironique, comme s'ils voyaient surtout le comique de la situation, mais elle n'avait pas envie de rire et se sentait très mal à l'aise, avec le livre de Sandro dans une main et le bouquet de Marco dans l'autre. Elle découvrait ce soir qu'être courtisée par deux garçons était pire que d'être ignorée par eux. Flirter avec ses vieux camarades comportait un certain nombre de risques. Pour commencer, elle perdrait l'amitié de celui qu'elle n'aurait pas choisi. Quant à l'autre, si elle finissait par lui briser le cœur, elle le perdrait aussi. Jamais elle n'aurait imaginé que la situation pût être aussi compliquée.

Sandro pouffa de nouveau.

—Marco, elle ira au restaurant avec toi, quand elle y sera allée avec moi.

—Ou l'inverse, répliqua Marco.

Sandro haussa les épaules.

—D'une façon ou d'une autre, il faudra bien qu'elle mange.

—Euh, oui Marco, c'est d'accord, répondit Elisabetta qui ne savait plus où elle en était.

Heureusement, Paolo lui faisait signe de se remettre au travail. Elle se tourna vers ses deux soupirants.

—Merci beaucoup à tous les deux. Je dois y aller.

Après leur départ, elle alla se réfugier dans la cuisine et Nonna l'appela dans le garde-manger où elle était assise, ses doigts noueux couverts de farine, en train de terminer le dernier lot de pâtes de la soirée. Ils servaient aujourd'hui des *spaghetti alla chitarra*, que l'on confectionnait au moyen d'une « guitare à pâtes », un ensemble de fil coupants tendus sur un cadre métallique, au-dessus d'un réceptacle en bois. Les pâtes étaient noires, car parfumée à l'encre de seiche. Seuls les fins gourmets aimaient les pâtes à l'encre de seiche, mais au *Casa Servano*, on n'acceptait que les fins gourmets.

—Oui ? demanda Elisabetta en s'approchant.

—Qu'est-ce qui s'est passé dans mon restaurant ? Deux garçons sont venus te faire la cour ?

Elle drapa une feuille de pâte sur les fils de la *chitarra*.

—Assieds-toi.

Elisabetta obéit.

—Je suis désolée, je ne savais pas qu'ils venaient, je n'avais pas…

—Ils te plaisent ?

— Oui, je les aime bien, je les connais très bien tous les deux, ils sont adorables. L'un est très sérieux, l'autre un peu plus fou, et...

— C'est bon, c'est bon… Pourquoi faut-il toujours que tu donnes autant de détails inutiles ?

— Pardon, murmura Elisabetta.

Elle tentait de se calmer, mais n'y parvenait pas.

— Entre les deux, je n'arrive pas à choisir, avoua-t-elle.

— Et ta mère, qu'est-ce qu'elle en dit ?

Elle hésita. Après l'horrible soirée où son père était venu au restaurant, elle avait eu trop honte pour avouer à Nonna que sa mère avait quitté le domicile conjugal.

— Eh bien, euh, elle est partie.

— Quoi ?

Nonna leva les yeux et fronça les sourcils derrière ses lunettes. Tout à coup, elle avait l'air féroce.

— Ta mère vous a quitté ? Elisabetta, pourquoi tu ne m'as rien dit ?

Elisabetta ne trouva rien à répondre.

— Je vais bien. Il y a mon père à la maison.

Nonna ricana

— Je vois. Tu t'en sors ?

— Ne parlons pas de ça maintenant.

— Mais pourquoi me l'avoir caché ? Tu ne sais pas que je peux t'aider ?

Nonna pinça les lèvres, ce qui creusa les rides autour de sa bouche.

— Si ta mère n'est plus là, tu as besoin de mon avis, à propos de ces deux garçons. Ne choisis pas. Tu peux très bien les voir tous les deux.

— Je ne peux pas. Ils sont très amis.

— Et alors ?

Nonna passa un rouleau en bois sur la pâte jusqu'à ce que les fils la coupent, puis elle fit tomber les lanières ainsi obtenues dans le réceptacle de bois.

— Tu n'es pas mariée, il me semble. Alors pourquoi te comporter comme si tu l'étais ?

— Je ne voudrais pas que l'un des deux souffre.

— Écoute bien ce que je vais te dire, Elisabetta.

Les yeux tombants de Nonna cherchèrent les siens.

— Les temps ont changé. Je me suis mariée à seize ans. Heureusement pour moi, mon mari a compris que j'étais une femme indépendante. C'est ce qui a permis à notre mariage de fonctionner. Préserve-toi. Préserve ton indépendance. Là-dedans.

Elle posa un doigt sur sa tempe, y laissant une empreinte de farine.

— Tu dois prendre ta vie en main et lui donner la forme qui te convient, exactement comme avec une boule de pâte. Choisis un homme quand tu seras prête. Pas une seconde plus tôt.

— Mais comment faire pour choisir entre les deux ?

— Ton cœur sait déjà lequel des deux tu aimes vraiment. Il te dira son secret quand tu seras prête à l'entendre.

Nonna souleva le cadre métallique de la *chitarra*, révélant ainsi des pâtes à l'encre de seiche à la forme parfaite dans le plateau inférieur en bois.

— Vraiment ?

— Douterais-tu de ma sagesse ? demanda Nonna, en séparant les brins noirs du bout de son ongle recourbés. Bien... Parle-moi maintenant de ces deux garçons, mais sans trop délayer, s'il te plaît. Réfléchis d'abord et parle ensuite.

— Celui qui m'a apporté un livre s'appelle Sandro. Il est très gentil et très intelligent. Nous avons des discussions passionnantes. En plus il sait écouter.

— Oh oui, pour ça, il te faut un garçon capable d'écouter, ricana Nonna. Il vient d'une bonne famille ?

— Oui.

— Il s'appelle ?

— Simone.

— Sa mère, c'est la femme qui est docteur ?

— Oui.

— Très bien. Et celui qui se prend pour Caruso ?

Elisabetta sourit.

— C'est Marco. Son père possède le bar sur l'île Tibérine.

— Le *Bar du Giro* ? Son père, c'est Beppe Terrizzi ?

Nonna avait soudain l'air tendue.

— Oui, pourquoi, quel est le problème ?

— Un Terrizzi, ce n'est pas pour toi.

— Pourquoi ?

— Parce que je te le dis, Elisabetta, répondit Nonna avec une sécheresse de ton qui ne lui ressemblait pas. Tu peux me croire. À présent, retourne travailler.

Chapitre 21

Marco
Janvier 1938

Marco avait quitté le *Casa Servano* en même temps que Sandro et ils traversaient ensemble le Trastevere. Bien que la nuit fût fraîche, il y avait un monde fou dans les rues, ainsi que dans les bars et les restaurants, car Romains et touristes se promenaient volontiers dans ce quartier pittoresque. Marco réfléchissait. Une explication s'avérait nécessaire, mais il ne savait pas par quoi commencer. Sandro avait eu la même idée que lui, le même soir, ce n'était vraiment pas de chance ! Il y avait à présent entre eux une certaine gêne. Sandro ne lui avait jamais soufflé mot de ses intentions envers Elisabetta, mais pour être honnête, lui non plus n'avait rien dit de la sérénade. Il ne pouvait donc pas lui reprocher d'avoir fait des cachotteries.

— Eh bien, lâcha-t-il en haussant les épaules. Je ne m'attendais pas à te voir là-bas.

— C'est moi, qui ne m'attendais pas à te voir là-bas.

Sandro se mit à rire et Marco l'imita. Il était de nouveau à l'aise. L'humour était un excellent moyen de détendre l'atmosphère.

Sandro se tourna vers lui.

—Dois-je comprendre que tes sentiments pour Elisabetta ont changé de nature ?

Marco acquiesça.

—On a bon goût tous les deux.

—Par contre, pour ce qui est de choisir notre moment, on a des progrès à faire.

Marco remarqua que Sandro était particulièrement bien habillé.

—Tu as pris un bain ?

Sandro sourit.

—Oui.

—Et tu as mis une écharpe ?

—Ils en portent tous une, à la Sapienza.

—Je veux bien te croire. C'est très élégant.

—Merci. Mais moi, je n'ai pas chanté. Une sérénade ! Tu n'y es pas allé de main morte !

—Je sais. Je suis plutôt direct, en ce moment. Dommage, je n'avais pas de guitare. La chanson parlait de guitare, ç'aurait été mieux avec une guitare.

—Mais le bouquet de fleurs, c'était une bonne idée.

—Oui, mais toi tu lui as offert un livre. Elle adore les livres.

Il rougit. Sur ce terrain il ne pouvait pas rivaliser avec Sandro. Il aurait été curieux d'en savoir plus au sujet de ce livre, mais ne voulut pas s'abaisser à demander.

—Donc tu fais la cour à Elisabetta ? C'est ce que je dois comprendre ?

—Toi aussi, tu lui fais la cour. En chantant faux.

—Comment oses-tu ? protesta Marco en riant. J'ai très bien chanté.

Sandro hocha la tête.

— Comme un chat de gouttière.

Marco tressaillit, feignant d'être offensé.

— Je chante avec tout mon cœur.

— Tu mets toujours tout ton cœur dans ce que tu fais.

— Parfaitement ! s'exclama Marco en levant les bras dans un geste plein d'un enthousiasme exagéré qui se voulait comique. C'est ça qui me rend irrésistible.

Puis soudain, il redevint sérieux.

— Comment on va faire, Sandro ? Tu es mon meilleur ami et on veut la même fille.

— Que voudrais-tu qu'on fasse ? demanda Sandro en haussant les épaules.

— Ça me semble évident.

Marco lui lança un regard narquois.

— Elisabetta est prise, passe à autre chose.

Sandro pouffa.

— Désolé, mais non. Mon cœur a choisi. C'est elle qu'il veut.

— Tu ne peux vraiment pas en courtiser une autre, Sandro ?

— Non. Une autre, ça ne m'intéresse pas. Je veux Elisabetta.

— Depuis quand ?

Sandro haussa les épaules.

— Est-ce que tu l'as embrassée, au bord du fleuve, le jour où Angela est montée sur ma bicyclette ?

— Oui, et elle m'a rendu mon baiser, répondit Sandro avec un clin d'œil. Mais et toi, Marco ? Tu ne pourrais pas en chercher une autre ? Tu les rends toutes dingues. Elles se pâment devant toi.

— Possible, mais c'est Elisabetta que je veux. Je te suggère d'ailleurs de te désister, avant d'être totalement ridiculisé.

Sandro ouvrit de grands yeux, de manière dramatique.

— Moi ?

— Oui, sacrifie-toi sur l'autel de l'amour. Ce serait un noble geste qui te ressemblerait assez.

Il se mit à applaudir.

— Bravo, noble Sandro !

— Tu te charges de lui annoncer qu'on a décidé à sa place ? demanda Sandro.

— Très bonne remarque.

Ils continuèrent à marcher un moment en silence, puis Sandro reprit la parole.

— Notre amitié est assez solide pour résister à cette épreuve, tu ne crois pas ?

Marco prit le temps de réfléchir, car c'était une question sérieuse.

— Absolument, répondit-il au bout d'un instant.

— Cette compétition amicale ne me pose pas de problème, affirma Sandro. Et à toi ?

— À moi non plus. Si je dois avoir un rival, autant que ce soit toi. Au moins, je sais que tu la mérites.

— C'est exactement mon point de vue. Alors, que le meilleur gagne ?

Ils se serrèrent la main.

— Tu sais bien que c'est moi qu'elle va choisir, conclut Marco avec un sourire en coin. Je ne vois pas comment il pourrait en être autrement.

— Incroyable, s'esclaffa Sandro. J'étais en train de penser qu'elle ne pouvait choisir que moi.

Marco rit avec lui.

— On a décidément beaucoup de points communs, tous les deux. Et si on était amis ?

— Bonne idée ! s'exclama Sandro.

Il prit Marco par les épaules et ils s'éloignèrent ensemble

Chapitre 22

Elisabetta
Janvier 1938

Elisabetta avait rendez-vous Piazza Navona avec Marco, mais il n'était pas encore arrivé. Un coup d'œil à son reflet dans une vitrine la rassura sur le fait qu'elle était plutôt jolie dans son manteau de toile bleu foncé. Elle avait mis sa plus belle robe et des escarpins marrons qu'elle avait nettoyés avec un chiffon humide pour leur donner un coup de jeune. Sophia, la femme de Paolo, lui avait prêté un rouge à lèvres rosé qui lui donnait l'impression d'être tout à coup une adulte. Elle avait frisé ses cheveux et mit une touche du parfum français laissé par sa mère, celui qui s'appelait *Habanita*. L'odeur l'avait d'abord rendue nostalgique, mais ce petit accès de mélancolie n'avait pas duré. Elle devait oublier sa mère.

La foule des noctambules de la Piazza Navona était très différente de celle du Trastevere. De ce côté du Tibre Rome était plus vibrante, plus excitante et plus cosmopolite. Les femmes portaient des chapeaux de feutre à la dernière mode, avec de longues plumes, les hommes des costumes si bien ajustés qu'on aurait dit qu'ils étaient nés avec. Autour d'Elisabetta, on parlait un peu toutes les langues et cela lui rappela qu'elle vivait dans l'une des plus célèbres capitales du monde. Elle se demanda si elle pourrait un jour habiter ce quartier, parmi la classe aisée. Avec un beau manteau et de belles chaussures, pour ne pas se sentir trop décalée. Sauf que pour en arriver là, il lui faudrait d'abord modeler autrement sa vie, comme on le faisait pour la pâte, ainsi que le lui avait expliqué Nonna. Malheureusement, ce projet n'était pas à sa portée. Ne pouvant quitter son emploi de serveuse, elle ne risquait pas d'apprendre un autre métier.

— Elisabetta !

Marco avançait vers elle dans son uniforme noir, tellement beau que les filles se retournaient sur son passage.

— Bonsoir ! lui répondit Elisabetta.

Et son cœur eut un petit sursaut.

— Tu es superbe ! dit-il.

Il l'embrassa sur les deux joues, en se collant à elle plus que de coutume. Il sentait fort une odeur épicée. Il avait dû s'asperger d'eau de toilette.

— Merci, dit-elle.

— N'est-ce pas que c'est magnifique, ici ? demanda-t-il en ouvrant grand les bras, comme si la Piazza Navona lui appartenait. J'adore cet endroit.

— Oh, oui, c'est formidable. Je n'ai jamais vu autant d'étoles de fourrure.

— Tu en as vu combien ?

— Quatorze.

Il sourit.

— Tu les as vraiment comptées ?

— Oui.

Il eut un petit rire.

— Viens je vais te faire visiter le Palazzo Braschi, puis on ira dîner.

Il la prit par la main, comme si c'était la chose la plus naturelle du monde, et ils marchèrent côte à côte en direction du palais, sublime avec sa façade de pierre couleur ambre et ses hautes fenêtres éclairées de l'intérieur. La gracieuse arche de l'entrée était flanquée de deux gardes en uniforme armés de longs fusils. Elisabetta trouva qu'ils détonaient un peu dans cet élégant décor.

— Tu imagines ce que ce serait d'habiter ici ? C'était le palais d'une famille noble et maintenant c'est notre quartier général. Quand tu verras l'intérieur, tu vas être éblouie.

— Tu es sûr qu'on a le droit, à cette heure-ci ?

— Ne t'inquiète pas, tu es avec moi.

Marco salua les deux gardes.

— Giuseppe, Tino, voici Elisabetta. N'est-ce pas qu'elle est belle ?

— C'est le moins qu'on puisse dire, répondit le premier garde en saluant à son tour.

— Tu es un homme chanceux, commenta le second.

— Ça je le sais.

Marco fit passer Elisabetta entre eux et elle se trouva dans un hall impressionnant, avec une belle entrée vitrée et deux autres gardes en uniforme qui saluèrent eux aussi Marco.

— Messieurs, dit-il en leur rendant leur salut, je vous présente ma belle Elisabetta. On a le droit de regarder, mais pas de toucher.

— Bonsoir, Elisabetta ! lança l'un d'eux, tandis que Marco échangeait des bourrades amicales avec l'autre.

— Poussez-vous de là, j'emmène cette jolie fille au dernier étage.

— Mais enfin, Marco ! Si tu veux faire bonne impression, ce n'est pas au bureau qu'il faut l'emmener, mais au restaurant.

— Tu n'y connais rien, espèce d'ancêtre, répliqua Marco. Ton dernier rendez-vous, c'était dans la Rome antique. Toi, tu l'as emmenée au Colisée !

Ils éclatèrent tous de rire et Marco entraîna Elisabetta dans le grand escalier de marbre. Tandis qu'ils montaient, il commenta pour elle les sculptures des paliers, les subtils détails des moulures de marbre, les fleurons de la coupole et surtout son oculus ouvert sur la nuit d'un noir d'encre.

— Pas vrai que c'est très beau ?

— Oui, mais est-ce qu'on a le droit de monter ?

— Je te l'ai déjà dit. Oui, ça ne pose pas de problème. Les chefs sont partis.

Ils avaient atteint le dernier étage et Marco la fit entrer dans une antichambre sur la droite, où elle fut éblouie par le marbre brillant des sols, les frises peintes et les plafonds voûtés, même si les drapeaux fascistes et toutes ces photos de Mussolini gâchaient un peu l'harmonie de l'ensemble. Jamais elle n'avait pénétré dans un bâtiment aussi vaste et elle avait du mal à imaginer que l'endroit ait pu être occupé autrefois par une seule famille.

— Salut, Marco ! s'exclama un garde posté à l'entrée d'un bureau, près d'une arche.

— Salut, Benedetto. Je te présente ma belle Elisabetta ! Je veux lui montrer le bureau de Buonacorso.

Le garde leur ouvrit la porte en grand.

— Passez, je vous en prie, Commandeur Terrizzi !

— Ah, enfin le respect que je mérite, commenta Marco en riant.

Il entraîna Elisabetta dans une immense pièce occupée par un énorme bureau en acajou sculpté, surmonté du drapeau italien. Sur les murs de plâtre, entre les appliques en cuivre, on avait disposé des tableaux à l'huile représentant des paysages, tandis que le plafond à caissons était recouvert de fresques bucoliques. Face au bureau, entre les gigantesques portes-fenêtres vitrées allant jusqu'au plafond, se trouvaient les portraits du roi Victor Emmanuel III et de Mussolini,

Elisabetta entendit la porte se fermer derrière eux avec un son métallique.

Ils étaient seuls dans la pièce.

— Tu l'as fait exprès ? demanda-t-elle.

— Bien sûr, je ne suis pas un amateur.

Son expression redevint sérieuse et elle se demanda s'il n'allait pas l'embrasser, mais il la poussa vers le bureau :

— Viens. Je tiens à ce que tu essayes le fauteuil de mon patron.

Il tira le fauteuil en question, rembourré et recouvert d'un cuir rouge et brillant.

— Assieds-toi et fais comme si tu étais le commandeur Buonacorso.

Elisabetta prit place devant le bureau. Le plateau de bois était lisse, bien ciré et on y avait disposé avec soin deux téléphones, un ensemble de luxueux stylos laqués et une horloge dorée. À part ça, rien ne traînait.

— Donne-moi un ordre, comme mon patron.

Il s'assit en face d'elle et fit mine de prendre des notes sur un bloc-notes imaginaire.

— Je suis prêt à obéir.

Elisabetta gloussa.

— D'accord. Pourquoi pas ? Pour commencer, je vais te demander d'avoir une attitude correcte.

— Non, jamais.

Il fit cette fois mine de lancer son bloc-notes en l'air, puis se leva d'un bond et contourna le bureau pour prendre la main d'Elisabetta et l'entraîner vers les portes vitrées qui donnaient sur le long balcon filant dominant la Piazza Navona.

—Suis-moi, dit-il.

—Marco, vraiment?

Sur le seuil, elle hésita. Le balcon avait un sol carrelé et une large balustrade de marbre blanc, mais il était si haut.

—Viens, tu ne risques rien, insista-t-il en la tirant par le bras. Et la vue est incroyable.

Elle avança précautionneusement pour se pencher par-dessus la balustrade. Les gens sur la place n'étaient plus que de minuscules silhouettes autour des trois belles fontaines dont l'eau rougeoyait à cause de l'éclairage. Au centre de la place s'élevait l'obélisque égyptien, éclairé lui aussi par des lampes installées à sa base qui faisaient ressortir ses bas-reliefs. De superbes bâtiments de trois et quatre étages bordaient la place, avec des restaurants au rez-de-chaussée et des tables en terrasse. À sa gauche, elle apercevait l'imposante église Sainte Agnès, avec son dôme et ses deux tours campaniles qui brillaient d'un blanc argenté dans la nuit noire. Elle avait l'impression d'avoir Rome à ses pieds.

—N'est-ce pas que c'est beau? demanda Marco en se penchant, les avant-bras posés sur la balustrade.

—Oui, vraiment, répondit Elisabetta.

Elle se sentit émue, parce qu'elle était seule avec lui. Mais peut-être était-ce simplement parce qu'il lui faisait vivre cette expérience hors du commun. Elle aurait été bien en peine de le dire et au fond ça n'avait aucune d'importance.

—Je suis content que tu sois là, *cara*.

Il lui sourit et dans ses traits elle vit à la fois le petit garçon de son enfance et le jeune homme qu'il était devenu; comme si elle découvrait qui il était vraiment, après tout ce temps.

Prise d'une impulsion, elle se pencha vers lui pour l'embrasser, se rendant compte aussitôt après qu'elle ne savait pas prendre l'initiative. Elle posa donc simplement sa bouche sur la sienne et attendit. Il avait des lèvres tièdes et douces. Et quand il les entrouvrit, elle respira son souffle. Elle se sentit aussitôt transportée vers un endroit inconnu qui lui donna le vertige, mais cela non plus n'avait pas d'importance. Puis il s'anima et la prit dans ses bras pour l'embrasser vraiment, avec autant de fougue que d'assurance, comme quelqu'un qui a de l'expérience. Il n'en était pas à son premier baiser, ça se voyait, elle s'efforça de l'imiter pour faire aussi bien que lui. Jamais elle n'avait été prise d'une telle fièvre. Parce que Marco était beau. Et aussi parce qu'ils se trouvaient sur un magnifique balcon dominant la ville magique, folle et chaotique, qui les avait vus naître tous les deux.

— Tu me fais confiance ? murmura-t-il en la libérant de leur étreinte.

Elle se sentait vaguement étourdie et supposa que c'était normal après un baiser.

— Oui, pourquoi ?

— Regarde.

Il grimpa sur la balustrade et se mit debout sur la rambarde de pierre.

— Marco, non !

Elle poussa un cri apeuré, bien qu'elle fût habituée depuis leur enfance à ses folies acrobatiques. Il ne pouvait pas voir une barrière sans tenter de l'escalader, ni une branche sans essayer d'y grimper.

La balustrade était suffisamment large pour qu'il pose ses deux pieds côte à côte, mais pas beaucoup plus. Il n'avait autour de lui que l'obscurité de la nuit et les étoiles. Au moindre déséquilibre, il irait s'écraser Piazza Navona.

Mais il n'avait pas peur, il souriait, et la lumière ambiante soulignait la courbe de ses pommettes. Il avança une main vers Elisabetta.

—Viens, monte avec moi.

—Non, c'est dangereux !

—S'il te plaît !

—Non, je ne peux pas.

—C'est assez large. Tu peux poser tes deux pieds, ce n'est pas une question d'équilibre. Je le fais tout le temps.

—Tu le fais ? Ton chef est d'accord ?

—Je ne le fais pas devant lui, évidemment. Allez, grimpe !

—Ça fait quel effet ? demanda-t-elle en s'approchant de la rambarde.

D'un côté elle avait envie de tenter l'expérience, mais d'un autre elle aurait préféré passer à autre chose. Peut-être à un second baiser.

—Tu dois le découvrir par toi-même.

Marco gardait la main ouverte, les doigts tendus vers elle et elle repensa à ce jour où il l'avait installée sur la selle de son vélo pour l'emmener en promenade, presque de force. Cette fois, il n'avait pas l'intention de la forcer, mais elle se sentait attirée, elle avait envie de dire « oui », et elle mit finalement sa main dans celle de Marco.

—Maintenant pose ton autre main sur la balustrade, ordonna-t-il. Et grimpe lentement.

—Tu en parles comme si c'était facile.

Son cœur se mit à battre la chamade, mais elle n'aurait pas su dire si c'était d'excitation, de peur, ou les deux.

—C'est facile, tu peux y arriver. Tu peux, si tu le décides.

Il était d'un calme étrange, inhabituel.

— Tu es la fille la plus courageuse que je connaisse. Rien ne t'arrête.

— Marco…

Elle ne savait plus quoi dire et, tout en ayant conscience de faire une chose insensée, elle posa sa main sur la pierre dure de la rambarde et grimpa dessus en position accroupie.

— C'est bien, la félicita Marco. Maintenant regarde-moi et redresse-toi lentement. Ne regarde pas en bas. Ne quitte pas mes yeux.

Elle leva la tête vers Marco, qui tenait toujours sa main par le bout des doigts. Il avait un regard sombre et brûlant, ses prunelles étaient deux charbons ardents. Elle obéit docilement et le vit sourire à mesure qu'elle se redressait. Une fois debout, elle lui rendit son sourire et ils restèrent ainsi un instant, les yeux dans les yeux, en se tenant à peine la main, en équilibre sur une balustrade au-dessus de la Piazza Navona.

— Alors, qu'est-ce que tu ressens ? demanda Marco.

— Je ne sais pas.

Le cœur d'Elisabetta était si plein d'émotions qu'elle ne pouvait pas les analyser, surtout pas en étant aussi haut perchée au-dessus du sol.

— Tu veux que je te dise ce que je ressens en ce moment ? insista-t-il.

— Oui. Qu'est-ce que tu ressens ?

— De l'amour, répondit Marco.

Puis il se pencha vers elle pour l'embrasser.

Chapitre 23

Elisabetta
Février 1938

Assise à côté de Sandro, Elisabetta attendait le début de la conférence sur Deledda. Elle ne se sentait pas du tout à sa place à la Sapienza, dans cet amphithéâtre au plafond voûté comme une église, parmi les professeurs et les étudiants. Elle portait le même manteau, la même robe, les mêmes chaussures et le même parfum que le jour de son rendez-vous avec Marco. Elle avait mis également le même rouge à lèvres, sauf que cette fois Sofia lui avait donné le tube. Elle détonait à côté des autres femmes du public, par ailleurs peu nombreuses, qui ressemblaient toutes à des intellectuelles, avec des lunettes à monture noire, des lorgnettes, des porte-documents en accordéon. L'une corrigeait des copies dactylographiées à l'aide d'un crayon rouge, une autre lisait un épais roman ; elles avaient l'air savantes et Elisabetta eut un pincement au cœur en se demandant si cette conférence resterait à tout jamais son unique expérience du milieu universitaire.

— Tout va bien ? demanda Sandro en lui jetant un coup d'œil.

— C'est intimidant.

— Détends-toi.

Il posa une main sur la sienne et elle se sentit aussitôt apaisée. C'était très agréable, comme un toit qui l'aurait protégée.

Le silence s'installa dans le public quand le professeur Oreste Lucci, portant lunettes et costume sombre, s'avança vers le pupitre.

—Mesdames et messieurs, merci d'être là. Cette conférence sera consacrée à la regrettée Grazia Deledda, prix Nobel de littérature, décédée avant la publication de *Cosima,* dont nous allons parler aujourd'hui. Nous l'avons perdue, mais elle nous a laissé cette lecture merveilleuse et complexe, pour le moins troublante.

Elisabetta fut aussitôt captivée. Elle avait beaucoup aimé *Cosima* et s'y était d'autant plus intéressée qu'il s'agissait d'une œuvre largement autobiographique.

Le professeur Lucci poursuivit :

—La publication de Cosima étant récente, les critiques et les études manquent encore. Je ne vais pas ce soir m'attacher à l'intrigue : une enfant qui trouve peu à peu sa voix d'écrivain et devient une célèbre romancière. Je la juge assez prosaïque et ce n'est pas ce qui fait la spécificité de ce roman.

Elisabetta tressaillit. Elle ne trouvait pas l'intrigue prosaïque, mais au contraire captivante et originale. C'était pour elle l'intérêt principal du roman.

—J'aimerais me concentrer sur les difficiles relations familiales qui sont au cœur de *Cosima*.

Le professeur Lucci ajusta ses lunettes.

—Cosima est sous la férule de ses deux frères. Andrea, qui est un tyran, et Santus, un alcoolique. Ce roman illustre parfaitement les fléaux contemporains et montre comment ils peuvent détruire une famille et la défigurer au point de la rendre méconnaissable.

Elisabetta se crispa.

— L'alcoolisme de Santus souille la vie de Cosima. Le médecin nous présente cet alcoolisme comme une maladie, mais je trouve personnellement que Santus est surtout un égoïste. On peut réellement douter de son amour pour sa famille. Il ne se soucie que de lui-même.

Elisabetta sentit sa poitrine se nouer. Elle ne put s'empêcher de penser à son père alcoolique qui lui manifestait chaque jour un amour inconditionnel. Et à sa mère, qui ne l'avait pas suffisamment aimée pour rester près d'elle.

— Pensez au passage où Santus est pris de *delirium tremens*. Il est pâle et tremble de façon incontrôlable, avec « ses grands yeux métalliques, hallucinés ». Il croit que des assassins se cachent sous son lit, il voit des murs qui grouillent de serpents. Cette description est révolutionnaire par son réalisme.

Elisabetta se souvenait parfaitement de ce passage, dont la véracité et la précision l'avaient horrifiée. Quand son père avait essayé d'arrêter de boire, il avait eu des crises de manque, accompagnées d'hallucinations où il voyait des démons, des esprits maléfiques ou des fascistes venus pour le tuer. Une nuit, il avait tenu des propos tellement incohérents qu'elle avait cru pour de bon qu'il perdait la tête. Ce souvenir lui fit monter les larmes aux yeux.

C'en était trop. Elle ne voulait pas en entendre plus.

Elle se leva de son siège et se fraya un chemin vers l'extrémité de la rangée. Elle entendit que Sandro se levait aussi, mais ne se retourna pas. Quelques têtes se tournèrent vers elle quand elle remonta l'allée, mais elle n'en tint pas compte et se dépêcha de quitter l'auditorium. Elle traversa le hall d'entrée en courant et franchit les portes. Une fois dehors, elle descendit l'escalier quatre à quatre, en respirant à pleins poumons l'air frais de la nuit.

— Elisabetta, qu'est-ce qui se passe ?

Sandro l'avait rejointe. Il la prit par les épaules.

— Je suis désolée, je ne pouvais pas rester, dit-elle en s'essuyant les yeux. J'espère que je ne t'ai pas fait honte.

— Pas du tout. Qu'est-ce qu'il y a ? Viens t'asseoir.

Il la guida vers un banc à l'écart du chemin, derrière des buissons.

Une fois assise, elle tenta de se ressaisir, tandis qu'il lui frictionnait le dos.

— Qu'est-ce qui t'a perturbé ? C'est moi ?

— Non, ce n'est pas toi. Ce n'est rien.

Elle ne voulait pas le mettre mal à l'aise en lui parlant de son père alcoolique, ou de l'abandon de sa mère.

— Ce livre t'a bouleversé, c'est ça ? Moi, j'ai dû le poser en lisant certaines pages.

— Tu as lu *Cosima* ?

— Bien sûr. Puisqu'on devait assister à cette conférence. Je voulais pouvoir en parler avec toi.

— C'est vraiment très gentil de ta part.

Elle se sentit un peu rassérénée et s'essuya de nouveau les yeux.

— Je me suis identifié à Antonino, le brillant et beau jeune homme dont Cosima tombe amoureuse.

Sandro sourit.

— Même si Cosima lui reproche d'avoir toujours le nez dans ses livres. Quand j'ai lu ça, je me suis dit : « Oh non, j'espère que ce n'est pas ce qu'Elisabetta pense de moi ».

— Non.

Elle lui sourit en retour.

— Antonino est intelligent et je comprends pourquoi il plaît à Cosima.

— Tant mieux.

Sandro lui prit la main.

— Je savais que tu aimerais ce roman. Tu te souviens quand elle dit être captivée par la « magie » des mots ?

— Oui.

Elisabetta se souvenait bien sûr de ces lignes qui avaient touché en elle une corde sensible. Comme Sandro la connaissait bien ! Elle eut pour lui une bouffé d'affection et de reconnaissance.

Sa main était au chaud dans la sienne et elle n'avait pas envie de la lui retirer.

— Et quand Deledda dit que Cosima possède un instinct d'Amazone ? Toi aussi, tu as ça. Tu as cette force. Tu l'as toujours eu. Qu'est-ce qui t'a poussé à fuir la conférence, Elisabetta ? C'est parce qu'il parlait de l'alcoolisme de Santus ?

L'expression de Sandro s'adoucit.

— Ça t'a fait penser à ton père ?

— Tu es au courant ?

Elle se sentie mortifiée. La chaleur lui monta au visage, elle eut de nouveau les larmes aux yeux. Elle aurait dû se douter qu'il savait, pour son père.

— Écoute Elisabetta…

Il la serra contre lui.

— Tu ne dois pas culpabiliser au sujet de ton père. Je ne vois pas Santus comme un égoïste.

— Tu penses que le professeur se trompe ?

— Je ne suis pas d'accord avec lui. Je suis capable d'avoir ma propre opinion sur ce livre. Et toi aussi. Chacun a le droit d'interpréter à sa façon. Il me semble en tout cas que le portrait que Deledda fait de Santus est plus vrai que nature.

— C'est aussi mon avis. Elle dit de lui qu'il est « bon et doux, au fond, et le premier à être mortellement triste de son vice ». C'est aussi le cas de mon père.

Elisabetta prit conscience qu'elle parlait pour la première fois avec quelqu'un du problème de son père.

— Il se sent terriblement coupable de boire autant et il m'aime, je le sais, ajouta-t-elle.

— Je n'en doute pas, assura Sandro en lui pressant de nouveau la main. On ne va pas retourner à l'intérieur pour écouter la suite de cette conférence. J'en ai appris assez ce soir.

— D'accord, répondit Elisabetta, soulagée. Et qu'est-ce que tu as appris ?

— Beh… J'ai toujours préféré les mathématiques à la littérature, parce que je trouve qu'on peut interpréter un roman de plein de manières différentes.

Il leva les yeux vers les étoiles.

— Et jusqu'à ce soir, ça me dérangeait. À présent, j'ai changé d'avis, je pense que c'est une bonne chose.

— Comment ça ?

Elisabetta posa sa tête sur l'épaule de Sandro. Elle sentait la chaleur de son cou et les vibrations de sa gorge quand il parlait. Il avait un souffle dans la voix et cela lui donnait une grande douceur, un son unique. Elle n'avait jamais pensé qu'on pût préférer une voix à toutes les autres, mais celle de Sandro lui faisait l'effet d'une musique.

— La subjectivité de l'interprétation d'un roman laisse une marge de liberté au lecteur. Il peut penser par lui-même, élargir à une réflexion plus élevée et plus universelle. Et ça, ce n'est pas avec cette conférence que je l'ai appris. C'est avec toi.

— Non, je ne te crois pas.

— Je ne te mentirais pas, jamais. J'aime parler avec toi.

— Moi aussi, j'aime parler avec toi.

Elle se blottit tout contre lui. Elle aurait voulu rester là toujours, confortablement installée sur un banc, sous une gerbe d'étoiles blanches dans un ciel noir. Sandro appartenait désormais au monde du campus. Il avait accès aux grands amphithéâtres comme celui de la conférence, aux bibliothèques et aux salles de classe qu'elle ne verrait jamais, aux professeurs qu'elle ne rencontrerait jamais, à des manuels qu'elle n'utiliserait jamais. Mais avec lui, même ici, elle se sentait à sa place.

— Peu importe notre famille, reprit Sandro en se déplaçant un peu pour la regarder, un froncement de sourcils barrant son front. Ce qui compte, c'est ce que nous sommes. Notre famille, c'est notre passé. Nous devons aller vers l'avenir.

Elle battit des paupières, le cœur soudain plus léger.

— Toi et moi, nous avons une vie propre et le droit d'en faire ce que nous voulons. Un jour si tu le veux bien, nous choisirons un chemin ensemble.

Il chercha son regard, avec un sourire empreint de gravité.

— Je sais que nous avons d'abord été amis. Mais je suis tombé amoureux de toi.

— C'est vrai ? demanda Elisabetta, le souffle coupé.

Il l'embrassa doucement et elle sentit la chaleur de sa bouche contre la sienne, comme la première fois au bord du fleuve. Il n'embrassait pas du tout comme Marco. Il y avait dans son baiser moins de fougue, plus de maladresse. Mais en le lui rendant, elle eut la sensation de savoir ce qu'il pensait, comme s'ils communiquaient sans avoir besoin de parler.

Cela lui plut en tout cas de penser que les baisers étaient tous différents et que chaque garçon avait sa façon d'embrasser. Avec ce baiser, Sandro répondait à sa question : il lui confirmait qu'il était amoureux d'elle pour de bon. Et cela la remplissait de joie, autant que quand Marco lui avait avoué son amour sur la rambarde surplombant la Piazza Navona.

Elle ne savait pas si elle aimait Sandro, Marco, ou les deux. Aussi elle ne chercha pas à résister et se laissa aller à ses sensations.

En attendant le jour où son cœur lui livrerait enfin son secret, elle allait profiter des baisers.

Chapitre 24

Marco
Mars 1938

Marco passa sous la glycine qui ornait l'entrée d'Elisabetta et entra dans le vestibule de son immeuble. Elle avait dit qu'elle serait chez elle et il venait lui offrir un bouquet de roses. Il frappa à la porte de son appartement, mais ce fut son père qui ouvrit. Ludovico d'Orfeo battit des paupières en le découvrant sur le seuil. Il avait l'air endormi, comme s'il venait de se lever. Il était torse nu et portait un pantalon trop large à la taille. Il avait les cheveux gras, la barbe mal taillée. Une fois de plus, Marco eut l'impression qu'il avait bu.

— Marco !

Ludovico lui jeta un regard hostile, en vacillant un peu.

— Qu'est-ce que tu veux ?

— Bonsoir, *Signor* d'Orfeo. Pardon de vous déranger…

— Des fleurs ? Pour quoi faire ?

Il empestait le vin, pas de doute.

— C'est pour Elisabetta. Est-ce que…

— Non, elle n'est pas là !

Puis il explosa, visiblement furieux. Il arracha le bouquet des mains de Marco et le jeta au sol. Des pétales s'éparpillèrent.

— *Signor* d'Orfeo, qu'est-ce qui vous prend ?

— Tu couches avec ma fille ?

— Non, pas du tout ! protesta Marco d'un ton choqué.

— Ne mens pas ! Est-ce que tu couches avec ma fille ?

— Mais non, je vous le jure.

— Alors pourquoi tu lui apportes des fleurs ?

— Je suis amoureux d'elle.

— Non ! Non ! Pas ça ! hurla le père d'Elisabetta en postillonnant de rage. Tu n'es pas amoureux d'elle ! Il n'est pas question que tu l'aimes ! Je ne le permettrai pas ! Jamais !

— Pourquoi vous dites ça ?

Marco ne comprenait pas d'où pouvait venir une telle animosité à son égard.

— Je vous assure que mes intentions sont honorables, bredouilla-t-il.

— Honorables ! Les Terrizzi n'ont pas d'honneur ! Ton père a couché avec ma femme, tu le savais ?

Marco en eut le souffle coupé. C'était impossible, son père connaissait à peine les parents d'Elisabetta. Ce type racontait n'importe quoi.

— Pas la peine de prendre cet air ahuri. Je ne dis que la vérité. Ton père a couché avec ma femme ! Tout le monde le sait, sauf ma fille et toi ! Le grand Beppe Terrizzi n'est pas l'honnête homme qu'il prétend être ! Je suis peut-être un ivrogne, mais je suis un honnête homme ! Pas un vaurien !

— Ce n'est pas... possible, balbutia Marco d'une voix étouffée.

— Oh si, c'est possible ! Ton père a perverti ma femme ! Après lui, elle n'a jamais été la même ! Elle a enchaîné les amants ! Pour moi et pour ma famille, ça a été le début de la fin !

Marco s'écarta lentement de lui.

— Mon père n'aurait jamais trompé ma mère, protesta-t-il.

— Les Terrizzi ont perverti ma femme, mais ils ne pervertiront pas ma fille. Hors de chez moi ! Et ne t'avise pas de répéter ça à Elisabetta, ou je t'étrangle de mes propres mains.

Il montra à Marco ses mains noueuses.

— Elles sont encore capables de t'étrangler ! N'en doute pas ! Et ne la revois jamais !

Marco se détourna et franchit le seuil en courant.

Deuxième partie

« Rome est la ville des échos, la ville de l'illusion et la ville du désir. »

Giotto di Bondone

« Rome est notre point de départ et de référence. Elle est notre symbole, ou si l'on préfère notre mythe. Nous rêvons l'Italie romaine, c'est-à-dire sage et forte, disciplinée et impériale. Beaucoup de ce qui fut l'esprit immortel de Rome resurgit dans le fascisme : romain est le faisceau du licteur, romaine est notre organisation de combat, romain est notre orgueil et notre courage : civis romanus sum. »

Benito Mussolini, 21 avril 1922,
Opera Omnia 18, 160-161

Chapitre 25

Marco
Mars 1938

Marco s'éloignait de la maison d'Elisabetta en pédalant frénétiquement. Il était déjà dégoulinant de sueur, mais il accéléra pour doubler les voitures. Il avait l'impression de devenir fou. Non, son père n'avait pas pu tromper sa mère. Encore moins avec la mère d'Elisabetta. Il prit la direction du Borgo, en bordure des murs du Vatican, pour aller voir Emedio. En raison de son caractère posé et responsable, l'aîné des fils Terrizzi était depuis toujours le confident de leur mère. En famille on disait volontiers qu'il était *né* prêtre. Il avait une oreille bienveillante et attentive, on lui parlait. Lui, il saurait la vérité. Marco en était certain.

Son cerveau en ébullition cherchait fébrilement une explication. La plus évidente, c'était qu'il avait eu affaire à des élucubrations d'ivrogne. Les alcooliques finissaient tôt ou tard par délirer. Marco avait vu parmi les habitués du bar des hommes qui consommaient verre après verre, dès le matin, et en commandaient parfois deux en même temps. Le cerveau du *signor* d'Orfeo était imbibé de vin, complètement détraqué. Beppe Terrizi était un homme honnête, un homme de vertu, son héros. Il n'avait que des raisons de l'admirer. Il avait été un grand coureur cycliste, il avait servi avec courage sur le front d'Isonzo. Enfin, après son passé de sportif et de soldat, il avait réussi sa reconversion en montant un commerce qui faisait vivre toute sa famille.

Les jambes de Marco pédalaient à toute allure, les idées défilaient dans son crâne. Ses parents étaient amoureux l'un de l'autre, il en avait eu maintes fois la preuve. Il leur arrivait d'échanger de petits baisers en cachette. Il avait surpris son père en train de pincer les fesses de sa mère. Il sentait parfois entre eux la passion du désir et la nuit il les avait déjà entendus faire l'amour. Au bar, ils travaillaient en bonne intelligence, lui en salle et elle dans la cuisine. Ils se soutenaient mutuellement. Leur mariage était pour lui un modèle. Il avait toujours rêvé de former avec Elisabetta un couple comme le leur.

Il arriva enfin là où vivait Emedio, dans un quartier de beaux immeubles et de rues bordées d'arbres à l'épais feuillage. En raison de sa proximité avec le Vatican, on y croisait bon nombre de prêtres en soutane noire et de nonnes en habit noir ou bleu. Le crépuscule qui tombait doucement ajoutait encore à l'impression paisible qui se dégageait de l'endroit. Mais cette atmosphère n'eut malheureusement aucun effet sur l'état d'esprit de Marco.

Il remonta à vive allure la Via Bonifacio VIII et vit de loin qu'il y avait de la lumière derrière les carreaux d'Emedio. Il traversa le carrefour et l'appela, tout en sautant à bas de sa bicyclette. L'instant d'après, Emedio s'accoudait à sa fenêtre en arborant un grand sourire.

— Je descends tout de suite, cria-t-il. J'allais justement sortir.

— Dépêche-toi !

Marco aurait voulu rester calme, mais dès qu'Emedio apparut sur le seuil, il se lança dans un récit agité de l'affaire, sans même lui laisser le temps de sortir sur le trottoir. Emedio l'écouta avec son habituelle expression recueillie et, quand Marco eut terminé, il le regarda droit dans les yeux.

— Emedio, ce n'est pas vrai, n'est-ce pas ?

— Marco, commence par te calmer.

— Je veux que tu me dises que ce n'est pas vrai.

— Calme-toi, répéta Emedio, en tentant de lui prendre le bras.

Marco se dégagea d'un coup sec.

— Réponds à ma question, Emedio ! protesta-t-il.

— Marchons un peu, tu veux bien ? J'ai besoin de cigarettes et je trouve que mes voisins en ont assez entendu.

Il se mit à avancer et Marco le suivit, en poussant sa bicyclette.

— Alors ? demanda-t-il.

— C'est vrai.

Marco eu l'impression de recevoir un coup en pleine poitrine. Il s'arrêta net.

— Je ne peux pas le croire. Comment tu le sais ?

— Maman me l'a dit.

Marco ressentit une vague de sympathie pour sa mère.

— Comment elle l'a appris ?

— Elle les a surpris au lit.

— Non ! s'exclama Marco, d'un ton atterré.

C'était affreux, mais au point où il en était, il voulait la suite.

— Ça s'est passé quand ? Comment ils se sont rencontrés ?

— Viens, Marco. Marchons.

Emedio se remit à avancer, tête baissée, les mains jointes derrière le dos. À chacun de ses pas, le rebord de sa soutane noire se soulevait.

— Ça s'est passé quand tu étais bébé, c'est tout ce que je sais. Maman n'avait pas envie d'en dire plus et je n'ai pas voulu la harceler de questions.

— Je ne peux pas le croire.

Marco se passa la main dans les cheveux. En dépit de la présence bienveillante de son grand frère, il se sentait brusquement terriblement seul.

— Est-ce que papa sait que tu que tu es au courant ?

— Non. On n'en a jamais parlé tous les deux. Depuis que je suis prêtre, je suis la boussole spirituelle de maman avant d'être son fils. Elle m'a raconté ça il y a des années, en précisant que c'était derrière eux depuis longtemps.

— Aldo est au courant ?

— Non. Surtout, ne lui en parle pas. Maman ne veut pas. Pour elle, c'est du passé.

— Pourquoi tu ne m'as rien dit ?

— Elle m'a demandé de n'en parler à personne et je savais que tu le prendrais mal.

— C'est normal, tu ne crois pas ? s'énerva Marco.

— Possible, mais j'avais peur de ta réaction. De toute façon, tu étais trop jeune à l'époque.

— Et dire que papa ne cesse ne se placer au-dessus de nous ! Il se présente comme un être parfait, qui n'a jamais commis la moindre faute !

— Eh bien tu sais maintenant que ce n'est pas le cas et tu dois l'accepter.

Il se tourna vers lui et le regarda droit dans les yeux.

— Tu n'es plus un gamin naïf. Tu sais qu'il arrive aux hommes mariés de fauter.

— Pas notre père ! Je n'arrive pas à croire qu'il ait trompé *maman* !

Il agita son poing fermé.

— J'ai bien envie de lui dire que je suis au courant ! Il mériterait mon poing dans la figure !

— Je t'en prie ne fais pas ça ! supplia Emedio avec une grimace, tandis qu'ils passaient sous un arbre. Ça ferait beaucoup de peine à maman.

Marco dut convenir qu'il avait raison.

— Mais comment a fait maman pour surmonter ça ? Comment a-t-elle fait pour lui pardonner ?

— La foi.

— On dirait que pour toi, la foi est la réponse à tout, commenta Marco d'un air pensif.

— C'est le cas, répondit Emedio d'un ton amusé. J'ai dédié ma vie à ma foi. Pour moi, elle est la réponse à tout. J'ai foi en Dieu. Je crois au pardon et au pouvoir rédempteur de l'amour.

— *Basta !* s'exclama Marco en levant les bras au ciel. Je ne comprends pas que tu prennes la chose aussi calmement. En tant que prêtre, ça ne te révolte pas ? Quand je pense qu'il voudrait se faire passer pour le père de famille parfait et qu'il prétend être un bon fasciste, respectant la loi et l'ordre...

— La perfection n'est pas de ce monde. Mon Père parfait, c'est celui qui est au ciel. L'autre tient un bar et c'est un être humain qui commet des erreurs. De plus, être fasciste n'est pas une garantie de rectitude morale. Au contraire.

— Oh mais oui, c'est vrai ! s'énerva Marco. J'avais oublié que tu nous détestais, maintenant.

— Je ne déteste personne.

Emedio bifurqua sur la Via di Porta Cavalleggeri, l'artère principale du quartier, une rue de bureaux et de magasins.

— Mussolini croit que la guerre est une force, mais je sais que c'est le contraire. Tous les chrétiens le savent.

Il désigna d'un geste la Basilique Saint Pierre.

— Regarde, tu ne trouves pas qu'il n'y a rien de plus beau ?

Marco leva les yeux vers le dôme illuminé qui diffusait une douce lueur ivoire contre le ciel du crépuscule, sous une lune aussi ronde et blanche qu'une hostie. En d'autres circonstances, il aurait trouvé cette vision réconfortante, mais pas ce soir. Ce soir, rien n'aurait pu l'apaiser.

— Marco, mon Dieu est un dieu d'amour et de paix. Je ne peux pas être fasciste, car je vénère le prince de la paix.

— Tandis que moi je vénère celui de la guerre, c'est ça que tu penses ?

— Ne parlons pas politique quand je suis en manque de cigarette.

Emedio fit la moue.

— Qu'est-ce que tu vas faire, pour Elisabetta ?

— Qu'est-ce que je vais faire pour Elisabetta ? Elle n'est pas au courant de cette histoire et je n'ai pas l'intention de lui en parler, si c'est ce que tu me demandes.

— Non, ce n'est pas ce que je te demande. Je te demande si tu vas continuer à la fréquenter.

— Bien sûr que je vais continuer à la fréquenter.

Emedio s'arrêta de marcher.

— C'est impossible, Marco. Vous pouvez être amis, mais pas plus.

— Mais je l'aime, protesta Marco, qui s'était arrêté à son tour.

Emedio fronça les sourcils.

— Tu imagines Elisabetta à notre table, au repas du dimanche ? Tu crois que maman à envie de servir à table la fille de l'ancienne maîtresse de son mari ? Et pense aussi à papa. Il paraît qu'Elisabetta ressemble à sa mère. Franchement, ce serait malsain pour lui.

— Papa n'aurait que ce qu'il mérite !

Marco se sentait déchiré.

— J'aime Elisabetta depuis très longtemps, avoua-t-il.

— Mais maintenant que tu connais la vérité, tu dois admettre que rien n'est possible entre vous.

— Je ne peux pas renoncer à elle, insista Marco.

Il comprenait les arguments d'Emedio, mais se passer d'Elisabetta était au-dessus de ses forces.

— Ils auraient dû m'empêcher de la fréquenter quand nous étions enfants, protesta-t-il. Intervenir plus tôt.

— Vous étiez dans la même classe, personne n'y pouvait rien. Ils ont pensé qu'en essayant de vous séparer, ils risquaient de donner encore plus d'importance à votre amitié.

Le ton d'Emedio se radoucit.

— Écoute, tu es jeune. Tu peux avoir toutes les filles que tu veux. Ne me dis pas qu'Elisabetta compte à ce point pour toi.

— C'est pourtant le cas.

— Jusqu'où c'est allé, entre vous deux ?

— Comment oses-tu me demander ça ? s'exclama Marco d'un ton offensé. Pas aussi loin que ta question le sous-entend.

— Tu es en train de me dire que tu es capable d'attendre une femme ?

Emedio haussa l'un de ses épais sourcils noirs.

— Je ne te crois pas.

Marco se renfrogna.

— Tu n'as pas le droit de m'obliger à renoncer à Elisabetta.

— Bien sûr que non. Mais tu dois y renoncer de toi-même.

— Je ne le ferai pas. Sandro la veut aussi, tu sais. Si ça peut te rassurer...

Les plis sur le front d'Emedio disparurent.

— Laisse-la à Sandro, il serait parfait pour elle.

— Moi aussi je serais parfait pour elle. Qu'est-ce qui te fait croire le contraire ?

Marco se crispa.

— Tu me vois comme un gamin, mais tu te trompes. Je travaille pour le Parti fasciste. On me respecte. Je fréquente des gens haut placées au Palazzo Braschi. Et petit à petit, je monte en grade.

Emedio fit la moue.

— Pardon, si je ne te fais pas le salut militaire.

— Fais attention à ce que tu dis.

Marco regretta ces mots aussitôt après les avoir prononcés. Emedio fronça les sourcils.

— C'est ton côté sombre qui parle.

— Je n'ai pas de côté sombre.

— Tout le monde en a un. Depuis que tu travailles avec les fascistes, tu n'entends plus la voix de Dieu.

Marco n'était pas venu pour que son frère lui fasse la morale. Il s'écarta d'Emedio et grimpa sur sa bicyclette.

— Au revoir, lâcha-t-il.

— Marco, attends !

Mais Marco s'éloignait déjà en pédalant de toutes ses forces, sans même savoir où il allait. Tout ce qu'il avait cru savoir à propos de sa famille était faux. Son monde venait d'éclater en mille morceaux. S'il ne pouvait pas se fier à son propre père, alors il ne pouvait plus se fier à rien.

Chapitre 26

Sandro
Avril 1938

C'était la première nuit de Pessah. En arrivant chez lui, Sandro trouva sa famille en pleine préparation du seder. Il arrivait tout droit de la Sapienza avec une grande nouvelle qu'il se réjouissait d'annoncer en présence de Rosa. La table de la salle à manger était dressée comme il se devait pour un jour de fête : nappe, porcelaine, verres en cristal, argenterie. Sa mère était en train de placer un vase de fleurs au centre de la table. La radio diffusait doucement un concerto pour violon de Vivaldi.

— *Pessah Sameah*, Sandro ! lança son père, tout en jetant un coup d'œil dans le miroir pour redresser sa cravate.

Rosa et David, qui apportaient le vin sur le buffet, lui souhaitèrent eux aussi un joyeux Pessah.

— *Pessah Sameah*, tout le monde !

Sandro accrocha sa sacoche au portemanteau, puis alla embrasser son père et sa sœur. Rosa portait un tailleur bleu foncé qui mettait en valeur le brun-roux de ses cheveux. Elle s'était maquillée avec soin et avait eu la main un peu plus lourde que d'habitude côté parfum.

— Tu sens exceptionnellement bon, ce soir la taquina Sandro.

— Toi par contre, tu sens exceptionnellement mauvais, répondit-elle du tac au tac en souriant.

— Sandro, content de te voir.

David lui serra la main et Sandro le trouva sympathique, même s'il avait l'air un peu guindé dans son costume en tweed. Jamais un Romain n'aurait mis un costume pareil, surtout au printemps.

Leur mère vint l'embrasser. Elle portait un tailleur gris avec un collier de perles et des boucles d'oreilles assorties. Ses cheveux argentés rassemblés en torsade lui donnaient une allure distinguée. Cornelia, leur employé de maison, entra avec un plateau de *harosset*, une purée de dates, de raisins, d'oranges et de figues – le met traditionnel pour débuter le repas de Pessah et qui symbolisait le mortier utilisé par les esclaves hébreux en Égypte.

— Ça a l'air délicieux, Cornelia ! s'exclama Sandro.

Cornelia accepta le compliment avec un hochement de tête.

— On mange des lasagnes de légumes et d'agneau, et ensuite du poisson *in carpione*, mariné dans le vinaigre, comme tu l'aimes.

— Formidable ! Et maintenant venez tous, j'ai quelque chose à vous montrer.

Sandro tira une enveloppe de sa poche de veste, en rougissant de plaisir.

— C'est une lettre du professeur Levi-Civita. Je lui ai écrit et il m'a répondu. Regardez.

— Fais voir !

Son père se précipita pour regarder par-dessus son épaule. Sa mère, sa sœur et David se groupèrent autour de lui.

— « Cher Alessandro, je te remercie pour ton message », lut Sandro à voix haute. « J'ai vu ton travail, que j'ai trouvé excellent.

Tu es un grand espoir pour l'avenir des mathématiques italiennes. Dès que tu auras terminé le lycée, j'envisage de te proposer un poste qui te permettra d'être directement sous ma responsabilité. J'espère te rencontrer bientôt, quand je serai un peu moins occupé. Je ne manquerai pas de te contacter. Meilleures salutations, Levi-Civita ».

Massimo lui tapota le dos.

— Félicitations mon fils ! C'est formidable ! Tu es sur la bonne voie !

— C'est merveilleux ! s'exclama sa mère en pressant ses mains l'une contre l'autre, signe chez elle d'une grande joie. Je suis fière de toi, Sandro ! Je te l'avais dit !

— C'est génial ! renchérit David en souriant.

— *Bravissimo !* s'exclama Cornelia, rayonnante.

— Doit-on maintenant t'appeler « Monsieur l'Avenir des Mathématiques Italiennes » ? le taquina Rosa.

Il sourit, tout en rangeant la lettre dans sa poche de poitrine.

— Essaye plutôt : « Docteur de l'Avenir des Mathématiques Italiennes ».

Ils partirent tous d'un grand éclat de rire.

— Sandro, les nouveaux clients de ton père, les Ferrarra, vont se joindre à nous ce soir, annonça sa mère. Tu m'autorises à leur parler de la lettre de Levi-Civita ?

— Y a-t-il un moyen de t'en empêcher ? rétorqua Sandro.

De nouveau, tout le monde se mit à rire.

— Ça fera bonne impression. Il y aura leur fille, Rachele. Elle a ton âge et c'est une élève brillante, ça vous fait un point commun.

— Mon fils, j'ai vu sa photo, commenta son père, avec un clin d'œil derrière ses lunettes. C'est une vraie beauté.

Sandro se rendit compte que ses parents jouaient les entremetteurs. Celui lui déplaisait de les décevoir, mais il n'était pas question pour lui d'entrer dans leur jeu.

— Maman, papa, je ne veux pas que vous me présentiez des jeunes filles.

— Ne sois pas timide, protesta sa mère avec un sourire encourageant. Tu es en âge de fréquenter une fille et tu fais un très bon parti, avec ce brillant avenir qui s'ouvre devant toi.

Son père acquiesça.

— Elle a raison, Sandro. Nous n'avons jamais voulu que tes capacités intellectuelles, aussi exceptionnelles soient-elles, t'empêchent d'avoir une vie normale. Tu travailles beaucoup, c'est bien, mais il est temps pour toi de t'intéresser aux jeunes filles. Tu as le droit comme tout le monde de fonder un jour une famille.

Sandro hésita.

— Mais je fréquente déjà quelqu'un. Elisabetta.

Son père fronça les sourcils.

— D'Orfeo ?

Leur mère battit des paupières.

— Elisabetta est ton amie d'enfance. Nous parlons d'une jeune fille avec qui tu pourrais avoir une relation amoureuse.

Leur père acquiesça.

— Le père de Rachele possède une usine de céramique qui marche bien. Ils vivent en banlieue, c'est une famille charmante.

Sandro sentit sa poitrine se nouer. Il aurait bien voulu faire plaisir à ses parents, mais c'était impossible.

— Je suis désolé, mais je ne veux personne d'autre qu'Elisabetta.

Le sourire de leur mère commença à s'effacer.

— Ça dure depuis quand ?

— Sandro, on ne s'en doutait pas du tout, ajouta son père, visiblement déconcerté. J'ai toujours pensé qu'Elisabetta et toi étiez simplement amis.

— Au début. Et puis ça a changé. Mes sentiments pour elle…

— Mais elle n'est pas juive, interrompit son père du ton dont on énonce une évidence.

— Oui. Et alors ?

Sa mère hocha la tête et ses pendentifs d'oreilles s'agitèrent.

— Sandro tu ne peux pas avoir une relation sérieuse avec une fille qui n'est pas juive.

— Et pourquoi ça ? demanda Sandro.

La réaction fut unanime. Son père se tassa sur lui-même, sa mère fit la moue, Rosa demeura silencieuse, David baissa les yeux. L'ambiance de fête s'évapora et Cornelia s'enfuit vers la cuisine. Les violons de Vivaldi n'avaient plus le moindre pouvoir apaisant.

— Sandro, c'est tout simplement impossible, expliqua leur père en fronçant les sourcils dans une mimique attristée. Le judaïsme, c'est important pour nous. Nous avons été élevés dans la foi. Tu es croyant, toi aussi, non ?

Sandro ne s'était encore jamais posé la question de la religion d'Elisabetta. Il s'était uniquement concentré sur le moyen de conquérir son cœur.

— Oui, bien sûr, c'est important pour moi aussi.

— Dans ce cas, pourquoi tu n'as pas cherché une fille juive ? demanda leur mère, en fronçant les sourcils.

— Je ne cherchais pas de fille du tout. C'est arrivé comme ça, le jour où j'ai obtenu le stage avec Levi-Civita. J'étais avec Elisabetta au bord du fleuve et je me suis rendu compte que j'avais des sentiments pour elle. Je l'ai compris, parce qu'après te l'avoir dit, maman, c'était à elle que j'avais envie d'annoncer la grande nouvelle.

Le froncement de sourcils de leur mère demeura en place.

—Mais tu ne pourrais pas avoir des sentiments pour une jeune fille juive?

—Je pourrais, mais ce n'est pas ce qui s'est produit. Ça m'est égal qu'Elisabetta ne soit pas juive. Elle est Elisabetta et c'est tout ce qui compte. Le reste se règlera naturellement.

—Quand? rétorqua leur père.

—Comment? renchérit la mère.

—Je n'en sais rien, répondit Sandro d'un ton affligé. Tout ce que je sais, c'est que je suis tombé amoureux d'elle.

—Tu quoi?

Les yeux de Massimo lancèrent des éclairs.

—Tu es vraiment amoureux! s'exclama sa mère. Tu l'aimes! Mais ce n'est pas possible!

Rosa intervint, en posant une main sur le bras de leur père.

—Papa, pour l'instant il n'y a aucune raison d'en faire toute une histoire. Ce n'est pas parce que Sandro est amoureux d'Elisabetta, qu'il va forcément l'épouser.

—Je ne suis pas d'accord, rétorqua leur père. Tu connais Sandro. C'est un jeune homme sérieux et constant. Il ne va certainement pas papillonner de tous les côtés.

Leur mère haussa un sourcil.

—Rosa, tu n'as pas entendu ce que ton frère a dit? Il est vraiment amoureux d'Elisabetta.

Sandro fut reconnaissant à Rosa d'avoir tenté de lui venir en aide, mais malheureusement son intervention n'avait fait qu'empirer les choses. L'idée du mariage ne l'avait jamais effleuré et cette discussion était totalement déplacée. D'un autre côté, il ne pouvait pas prétendre qu'il *ne voulait pas* épouser Elisabetta.

Son père se tourna vers lui.

—Mon fis, si tu épouses Elisabetta, tes enfants ne seront pas juifs, sauf si elle se convertit. Est-ce qu'elle est prête à se convertir ?

Sandro eut soudain la bouche sèche.

—Je n'en sais rien. On n'a encore jamais parlé de ça.

—Vos enfants devront être juifs. Ta mère et moi, nous voulons des petits-enfants juifs. Tu sais combien notre lignée est importante pour nous. Notre famille a une histoire ici. Dans cette ville, nous sommes l'Histoire.

Rosa se tourna vers leur père.

—Mais papa, Elisabetta est une fille charmante. La dernière fois que je suis venue dîner avec David, tu as eu l'air de dire que tu approuvais les mariages mixtes, tu t'en souviens ?

Leur père se rebiffa.

—Je parlais en général. Je ne parlais pas de mon propre fils.

Sandro leva les yeux au ciel. Son père était un être rationnel, mais cette réponse ne l'était pas. Il crut même y déceler une certaine dose de mauvaise foi.

—Et alors ? protesta-t-il. Qu'est-ce que ça change, que ce soit moi ?

—Nous, les Juifs, nous devrions éviter de nous marier avec des gens qui ne le sont pas. Nous ne sommes déjà pas très nombreux.

Leur père fit la moue.

—Fils, nous t'interdisons de fréquenter Elisabetta.

Sa mère se redressa.

—Ton père a raison. Tu peux être amie avec elle, mais rien de plus.

Sandro échangea un regard entendu avec Rosa. Il se demanda si elle pensait comme lui à cette fois où il lui avait fait remarquer qu'on ne demandait pas la permission quand on était adulte.

— Maman, papa, ça me déplaît de vous contrarier, mais je continuerai à la voir.

Soudain un bruit de voix leur parvint depuis la cage d'escalier. Ils échangèrent des regards consternés.

— *Pessah Sameah*, cria quelqu'un par-dessus les coups frappés à la porte. C'est nous, les Ferrara !

Chapitre 27

Marco
Avril 1938

Marco patientait dans la salle d'attente de monsieur Livorno, le proviseur du lycée. Ses deux secrétaires, Edda et Natalina, deux femmes d'âge mûr, tapaient comme des mitraillettes sur les touches de leurs Olivetti. La pièce ressemblait aux autres salles de l'école, avec de vieux meubles en bois, des piles de dossiers, des tableaux d'affichage, et bien sûr l'inévitable drapeau italien accompagné des portraits encadrés du roi Victor Emanuel III et de Mussolini. La lumière du soleil luttait pour se frayer un chemin à travers les vitres sales des fenêtres et l'air empestait la fumée de cigarette.

Marco s'agita sur le siège en bois de sa chaise. Le roi, Mussolini, monsieur Livorno… Toutes ces figures paternelles lui rappelaient à présent ce père qu'il n'osait plus regarder dans les yeux depuis qu'il le savait infidèle. Il était malheureux, à la dérive, sans héros à admirer. Il n'avait plus de père, plus de chef, et il lui était décidément impossible de trouver un sens à l'attitude de Beppe. Comble du malheur, il ne pouvait s'épancher auprès de personne : il ne parlait plus à Emedio, il n'avait pas le droit de le dire à Aldo et il avait trop honte pour raconter ça à Sandro.

La cloche sonna pour annoncer la fin de la journée de cours et tout le bâtiment se mit à résonner du bruit des conversations, des rires et des cris. À travers la porte à demi-vitrée, Marco vit passer dans le couloir la horde des élèves qui se dirigeaient vers la sortie. Soudain, il aperçut Elisabetta. Elle était avec Sandro.

Il se redressa sur son siège, pris d'impatience. Il n'aimait pas laisser Elisabetta seule avec Sandro. Dans l'enceinte du lycée, ils étaient toujours tous les trois. Ensuite, ils se séparaient. Elisabetta travaillait au restaurant, Sandro à la Sapienza et lui au Palazzo Braschi. Leurs longs moments de liberté au bord du fleuve n'étaient plus qu'un souvenir.

Monsieur Livorno apparut, entre les doigts une cigarette dont la cendre tomba par terre.

— Marco Terr...

— Oui monsieur ! Je suis là.

Marco se leva d'un bond et passa devant lui pour entrer dans son bureau, une petite pièce saturée de fumée et encombrée de paperasse, de dossiers scolaires et de cahiers. Il s'installa sur une chaise sans y être invité. Derrière le siège de Livorno il y avait une étagère chargée de livres et de photos encadrées – celles de sa famille et celle d'un poney brun et blanc.

Livorno ferma la porte et prit place dans son fauteuil en écrasant méticuleusement sa cigarette dans un cendrier déjà plein qui menaçait de déborder. Une touffe de cheveux blancs encadrait son visage. Ses grosses lunettes perchées sur son nez de faucon faisaient ressortir des yeux noirs aux paupières lourdes. Il était vieux et maigre. Il portait un costume de gabardine élimé, avec un emblème tricolore épinglé sur le revers.

—Monsieur Livorno, j'espère qu'il n'y en a pas pour trop longtemps.

Marco espérait rattraper Elisabetta et Sandro.

—Je suis en retard pour mon travail.

—Quel travail ? demanda Livorno de sa voix rauque de fumeur.

—Je travaille au quartier général du parti, après les cours. En tant qu'assistant du commandeur Buonacorso.

—Eh bien ce commandeur je-ne-sais-pas-qui devra attendre.

Le proviseur Livorno posa ses mains déformées par l'arthrose sur un épais dossier en papier kraft.

—Marco, j'ai examiné ton dossier scolaire et je suis inquiet. Tes notes ne cessent de baisser, et cela depuis longtemps. Tes professeurs sont persuadés que tu bâcles ton travail et que tu ne prends jamais la peine de te relire.

Marco avait déjà entendu ce discours et il se demanda combien de fois il lui faudrait encore le supporter.

—Et surtout, ils ont remarqué que ton niveau de lecture ne correspondait pas à celui d'un lycéen. En relisant certains de tes récents devoirs, j'ai même personnellement des doutes sur le fait que tu saches lire.

La poitrine de Marco se noua. Il se sentit exposé, pris au piège. Le rouge de la honte lui monta au visage.

—Ce problème aurait dû être pris en main depuis longtemps, mais bon, je n'étais pas là et je ne peux pas savoir pourquoi ça n'a pas été fait. Il me semble en tout cas que les signalements précédents n'ont pas correctement évalué tes difficultés. Je crois qu'elles ont une explication physiologique, aussi j'ai rédigé une lettre que tu dois donner à tes parents.

Le proviseur Livorno ouvrit le dossier en papier kraft et en sortit une feuille qu'il tendit à Marco par-dessus le bureau.

— Pourquoi voulez-vous que je donne ça à mes parents ? demanda Marco.

Il jeta un vague coup d'œil à cette lettre qu'il ne pouvait pas lire et se demanda même si Livorno n'était pas en train de le tester.

— Ils doivent la signer. J'aimerais qu'ils acceptent que tu voies un neurologue, pour une évaluation.

— Un neurologue ? répéta Marco, stupéfait.

Il croyait avoir touché le fond au lycée, mais apparemment il s'était trompé.

— Ce n'est pas un médecin du cerveau, un neurologue ?

— Eh bien, oui, dans un sens...

— Mon cerveau fonctionne parfaitement bien. Je ne suis peut-être pas aussi intelligent que certains, mais mon cerveau est normal.

— Tu n'as pas compris.

Livorno souleva ses grosses lunettes.

— Je ne dis pas que ton cerveau ne fonctionne pas bien. Au contraire, la plupart de tes professeurs ont remarqué que tu avais une excellente mémoire, que tu étais capable de résoudre un problème et que tu avais l'esprit vif. Le neurologue chez lequel je t'envoie est spécialisé dans un domaine relativement nouveau, en rapport avec les difficultés d'apprentissages et...

— Ce n'est pas parce que quelqu'un ne sait pas lire que son cerveau a un problème.

Marco se leva d'un bond, mortifié.

— Je roule plus vite à vélo que tous ceux que je connais, mais on ne considère pas que les gens qui vont plus lentement que moi ont un problème aux jambes, non ?

— Marco tu n'as pas compris, ce n'est pas ce que je voulais dire.

— D'un côté, vous me dites que j'ai l'esprit vif et de l'autre que quelque chose ne fonctionne pas bien dans mon cerveau. Il faudrait savoir. Comment ferais-je pour résoudre des problèmes, si mon cerveau ne fonctionnait pas normalement ?

— Marco assieds-toi et laisse-moi t'expliquer. Tu risques de rester en échec scolaire si on ne prend pas le problème à bras le corps et…

— Non !

Marco chargea sa sacoche sur son épaule.

— Là où je travaille, on est très content de moi. J'ai mis sur pied un système de classement pour nos factures. On me confie des communications confidentielles. Je suis le plus jeune assistant du Palazzo Braschi. Aucun lycéen n'a jamais occupé un tel poste, vous le saviez ?

— Marco, je suis sûr que...

— Vous croyez que je n'ai pas remarqué votre attitude désinvolte quand j'ai parlé de mon chef ?

Galvanisé par la colère, Marco retrouva son assurance.

— Estimez-vous heureux que je ne vous signale pas au commandeur Buonacorso. Vos paroles irrespectueuses sont à la limite de la trahison.

Monsieur Livorno pâlit, Marco s'enhardit. Et soudain, il prit une décision.

— Je ne veux pas de votre lettre et ne vous avisez surtout pas de l'envoyer à mes parents. Ils la jugeraient aussi insultante que moi. J'en ai fini avec l'école. Vous ne me reverrez plus.

— Pardon ? bredouilla Livorno en ouvrant des yeux affolés.

Marco se dirigea vers la porte.

— Mon enfant, tu ne vas quand même pas partir, protesta Livorno en se levant de son siège.

— Au revoir.

Marco quitta le bureau et fila vers la sortie, le cœur battant sous l'effet de l'adrénaline. Jamais de toute sa vie il n'avait vécu une telle humiliation et il remercia Dieu que personne n'ait été témoin de son entretien avec Livorno. Il se demanda brièvement si les secrétaires savaient, puis songea que l'une d'entre elles avait forcément tapé la lettre.

Les larmes lui montèrent aux yeux, mais il refoula ses émotions et scruta la cour du lycée pour chercher du regard Elisabetta et Sandro. Ils n'étaient pas là. Sandro avait dû accompagner Elisabetta jusqu'au *Casa Servano*, en marchant à côté d'elle avec sa bicyclette.

Il alla chercher la sienne et partit aussitôt. Jamais plus il ne remettrait les pieds dans ce lycée. Au moins, il n'aurait plus à camoufler son incapacité à lire. Fini les stratégies compliquées. Il se sentit libre et incroyablement léger. Il avait hâte de savoir ce que l'avenir lui réservait.

Dans le Trastevere, il repéra Elisabetta et Sandro qui discutaient devant le fromager. En les voyant ainsi, il prit conscience qu'ils passeraient désormais beaucoup de temps seuls tous les deux, ou du moins sans lui, puisqu'il quittait le lycée. Sandro allait forcément gagner du terrain.

Il les rejoignit, avec cette préoccupation en tête.

— Elisabetta, Sandro !

Ils l'accueillirent en souriant. Elisabetta portait une robe jaune et se tenait à côté d'un grand pot d'argile planté de mufliers colorés. Elle était éblouissante, lumineuse comme le soleil.

— Qu'est-ce qu'il te voulait, Livorno ? demanda-t-elle en inclinant la tête de côté.

Marco ralentit et parvint à sourire, pour ne pas perdre contenance.

— Devinez quoi… Je viens de lui annoncer que je quittais le lycée.

— Quoi ?

Une lueur inquiète passa dans les beaux yeux d'Elisabetta.

— Tu veux dire, pour de bon ?

Sandro fronça les sourcils.

— Tu es sûr de vouloir faire ça ? demanda-t-il. Pourquoi ? Qu'est-ce qui te prend ?

Marco descendit de vélo, un sourire toujours plaqué sur le visage.

— Il m'a convoqué pour m'interroger sur mon travail avec Buonacorso et moi j'ai dit que ça me plaisait énormément. Et du coup je me suis rendu compte que ça me convenait beaucoup mieux que l'école.

Elisabetta battit des paupières.

— Mais ce n'est pas une raison pour quitter le lycée, non ?

— C'est vrai, renchérit Sandro. Surtout si près de l'examen final.

Elisabetta semblait sincèrement inquiète, tout comme Sandro, son meilleur ami et pourtant rival en amour. Leur sollicitude avait quelque chose d'émouvant et Marco eut envie de les embrasser, mais il se retint car il était censé prendre l'affaire à la légère.

— Je sais, mais je n'ai pas envie d'attendre. Ça me semble logique d'arrêter maintenant. Je suis bien payé et je le serai encore mieux quand je ferai plus d'heures. Après mon diplôme, j'aurais de toute façon cherché du travail. Alors je ne vois pas pourquoi je ne commencerais pas tout de suite.

— Je te comprends, acquiesça Elisabetta. L'argent, ça compte. Je vais essayer de rester jusqu'à l'examen final, mais je ne suis pas certaine d'y arriver.

— Mais, Marco, que va dire ton père ? demanda Sandro en cherchant son regard.

Comme chaque fois qu'il pensait à son père en ce moment, Marco sentit la flamme de la colère lui brûler la poitrine.

— Je vais lui expliquer, mais honnêtement, je me fiche de ce qu'il pense. Je grandis, j'ai le droit de prendre certaines décisions qui ne concernent que moi. Tu comprends ?

— Oh, ça oui, je comprends ! s'exclama Sandro.

Son visage se ferma.

— Je me suis fait la même réflexion, il y a quelque temps. On ne peut pas obéir à nos parents toute notre vie. À un moment donné, on doit agir selon nos propres valeurs. Et tant pis si ça ne leur plaît pas.

De la part de Sandro qui se montrait d'ordinaire tellement soucieux de plaire à ses parents, le commentaire avait de quoi surprendre. Mais Marco se sentit approuvé. Elisabetta demeura silencieuse. Elle, cela faisait longtemps qu'elle était adulte et qu'elle devait prendre ses décisions. Elle n'avait plus de mère. Elle devait subvenir à ses besoins et à ceux d'un père alcoolique. Il eut pour elle un élan de compassion et ne l'en aima que plus fort.

Sandro jeta un coup d'œil à sa montre.

— Je suis en retard, je dois aller travailler.

— Moi aussi, déclara Elisabetta en hochant la tête.

Le regard de Marco passa de l'un à l'autre. Il lui était soudain venu à l'esprit que sa décision de quitter l'école allait l'aider à remporter le cœur d'Elisabetta. Bientôt il gagnerait sa vie et si elle était d'accord, il pourrait l'aider financièrement, peut-être même subvenir à ses besoins. Il se garda bien d'en parler devant Sandro, pour ne pas lui faire de peine. Aimer la même fille que son meilleur ami, c'était compliqué.

Et ça ne pouvait que se compliquer encore avec le temps.

Chapitre 28

Elisabetta
19 juin 1938

Elisabetta sortit des cuisines avec une assiette de *fettuccine* à la romaine, des pâtes à la sauce tomate servies avec des saucisses et des côtelettes. Le plateau trop chaud lui brûlait un peu l'avant-bras, mais le *Cacciatore* était le restaurant le plus chic du Trastevere et il n'était pas question de circuler en courant. On venait de l'engager pour des extras, grâce à son expérience de serveuse et surtout à l'intervention de Nonna. Elle lui en était reconnaissante, car ici elle gagnait plus qu'au *Casa Servano* et elle pouvait emporter des restes pour son père et pour Rico.

Elle traversa la salle, qui était pleine à craquer. Il y avait six autres serveuses, plusieurs garçons chargés de débarrasser, plus un sommelier. L'espace résonnait des conversations et des cliquetis de vaisselle. Une odeur de *braciola* grillée, la spécialité de la maison, emplissait l'air. Aujourd'hui, elle espérait avoir de gros pourboires, car l'Italie venait de remporter la coupe du monde de football et les Romains faisaient la fête. Le *Cacciatore*, était un établissement pour clientèle aisée, on y mangeait bien, dans un cadre décoré à la perfection – nappes blanches et tournesols en milieu de table, renouvelés chaque jour. De grande baies vitrées, bordées à l'extérieur par une glycine, laissaient entrer le soleil.

— Voici vos pâtes, monsieur. Bon appétit.

Elisabetta déposa l'assiette sur une table occupée par un couple et deux jeunes garçons.

— Merci, répondit l'homme en hochant la tête.

— Désirez-vous autre chose ? demanda-t-elle en se délestant du plateau vide sur le comptoir.

— Non merci, répondit l'homme.

Elle s'assura d'un coup d'œil circulaire que tout se passait bien aux tables dont elle avait la charge. Un groupe de six personnes s'installaient près de la baie vitrée et en y regardant de plus près elle vit qu'il s'agissait de Sandro et de ses parents. Ils étaient en compagnie d'un couple et d'une jolie fille qui avait à peu près son âge. Sandro était en train de sourire à la fille et son beau visage rayonnait de vie. La fille lui rendit son sourire.

Elisabetta eut un coup au cœur. Sandro ignorait qu'elle travaillait ici aujourd'hui et ne lui avait pas parlé de ce dîner. Elle se demanda s'il y avait quelque chose entre cette fille et lui. Peut-être en avait-il eu assez d'attendre qu'elle fasse son choix. Il avait pourtant dit qu'il l'aimait et le Sandro qu'elle connaissait était fidèle à sa parole.

Elle attendit, réticente à les servir. Sandro s'était assis à côté de la fille et lui faisait la conversation. Elle avait des yeux d'un marron chaud, des cheveux noirs et brillants, une robe bleue à la coupe ajustée. Les deux familles fêtaient ensemble la victoire de l'Italie à la coupe du monde. Tout le monde était bien habillé et portait l'écharpe bleue des Azzurri. Ils formaient un groupe sophistiqué, de gens visiblement aisés et respectables.

Le gérant du restaurant fit signe à Elisabetta de s'occuper de leur table. Elle se prépara à affronter cette épreuve et s'avança en sortant son carnet de la poche de son tablier.

— Bonjour, bienvenue au *Cacciatore*, déclara-t-elle avec un sourire professionnel.

Les Simone lisaient leurs menus. Leur ami, assis en tête de table, leva les yeux.

— Merci, nous fêtons la victoire de l'Italie ! C'est une double victoire pour nous ! Quelle journée pour les Azzurri et les Chemises noires, n'est-ce pas ?

— Oui, quelle journée ! approuva-t-elle.

Elle se força à sourire.

— Puis-je vous apporter de l'eau ? Plate ou gazeuse ?

— Nous voudrions une bouteille de votre meilleur prosecco ! En l'honneur de la chance que nous avons de de vivre au temps de Meazza, ce grand joueur !

— Je vous envoie tout de suite le sommelier.

Elisabetta jeta un coup d'œil du côté de Sandro qui était plongé dans la lecture de son menu et n'avait pas encore levé la tête. Par contre, le *Signor* Simone et sa femme qui l'avaient reconnue affichaient une expression à la fois surprise et contrariée.

Le *Signor* Simone lui adressa un sourire crispé.

— Elisabetta, quel plaisir de te voir

Sa femme sourit à son tour, tout aussi crispée.

— Oui, c'est un plaisir. Je te présente nos amis, les Ferrara.

Sandro leva enfin les yeux.

— Elisabetta ? s'exclama-t-il d'un air ravi. Je ne m'attendais pas à te voir ici !

Elle songea avec un peu d'aigreur, qu'en effet, il ne s'y était certainement pas attendu.

— Contente de te voir, dit-elle.

Le *Signor* Ferrara regarda autour de lui.

— Oh, Sandro, vous connaissez notre serveuse ?

Elisabetta retint son souffle en attendant la réponse de Sandro. Elle aurait voulu pouvoir se réfugier en cuisine.

Le *Signor* Simone intervint.

— Oui, c'est Elisabetta d'Orfeo. Une camarade de classe de Sandro.

Sa femme acquiesça.

— Elisabetta a grandi avec Sandro, ils sont amis d'enfance.

— C'est un peu plus que ça, corrigea Sandro en s'adressant au *Signor* Ferrara, sans se départir de son sourire. Elisabetta n'est pas seulement mon amie d'enfance. Je suis amoureux d'elle et j'espère qu'un jour elle acceptera d'être ma petite amie.

Elisabetta eut un rire gêné et une bouffée de joie l'inonda. Sandro avait ouvertement parlé en sa faveur, alors qu'il aurait très bien pu se taire. Au regard intense qu'il posa sur elle, elle sentit la force du lien qui les unissait.

— Elisabetta, permets-moi de te présenter.

Il désigna d'un geste les gens autour de la table.

— Tu connais mes parents, poursuivit-il. Nos invités sont des clients de mon père, les Ferrara. Et voici leur fille, Rachele.

— Ravie de faire votre connaissance, déclara Elisabeth aux Ferrara.

— De même, répondit le *Signor* Ferrara en hochant poliment la tête.

— Oui, de même, renchérit sa femme.

— *Ciao*, Elisabetta, dit Rachele avec un gentil sourire.

— *Ciao*, répondit aimablement Elisabetta.

— Content d'avoir éclairci ce point ! commenta Sandro en lui adressant un clin d'œil.

— Le prosecco, je vous l'offre ! lança-t-elle joyeusement. Elle avait soudain le cœur incroyablement léger.

Chapitre 29

Marco
14 juillet 1938

Le soleil matinal entrait par l'arche de pierre du Palazzo Braschi. Marco prit un carton et le porta à l'intérieur dans le hall d'entrée, en transpirant sous l'effort. Son uniforme de laine était une torture par cette chaleur et bien sûr c'était toujours lui qui devait porter les paquets les plus lourds, sous prétexte qu'il était le plus jeune et le plus costaud. Les deux soldats de faction, Giuseppe et Tino, lisaient ensemble le journal, leurs deux têtes penchées en avant, le gland noir de leur fez devant le visage.

—Marco, tu as lu cet article ? demanda Giuseppe.

Tino secoua la tête, tout en poursuivant sa lecture.

—*Madonna*, c'est une grande nouvelle !

Marco ajouta son carton à la pile qui attendait déjà près de l'ascenseur, dans le petit couloir derrière la zone d'accueil.

—Regarde.

Giuseppe lui montra la première page, mais Marco détourna le regard, car il ne pouvait pas lire un mot.

—Lis-moi ça à haute voix, pour que je puisse continuer à travailler, tu veux bien ?

— D'accord. C'est une lettre appelée *Manifeste des scientifiques racistes*, signée par quarante-deux scientifiques. Au début, ça parle de trucs évidents. Je cite : « il existe plusieurs races humaines ». Et au paragraphe six, c'est écrit : « il existe une race italienne ».

Giuseppe continua à lire à haute voix.

— Ensuite « les Italiens d'aujourd'hui ont le même sang que les générations d'Italiens qui peuplent le pays depuis des millénaires. Cette ancienne pureté du sang atteste de la noblesse du peuple italien ».

— Ça c'est bien vrai, approuva Marco en prenant un autre carton.

— Vive l'Italie ! s'écria Tino en levant le poing.

Giuseppe reprit.

— « La race italienne a beau être d'ascendance aryenne et nordique, cela ne signifie pas que les théories allemandes doivent être appliquées en Italie… ».

Tino haussa un sourcil.

— Bien sûr que non. Hitler aimerait pouvoir être le Duce.

Marco posa un carton de plus sur la pile. Il n'aimait pas Hitler, mais il gardait ça pour lui, surtout depuis le rassemblement de la Piazza Venezia. On parlait de plus en plus de guerre au travail, mais personne ne savait si l'Italie allait choisir le camp de l'Allemagne ou celui de la Grande-Bretagne. Malgré la visite d'Hitler à Rome, l'Italie avait signé en avril un accord avec les Anglais. Tout le monde au Palazzo Braschi retenait son souffle pour voir de quel côté allait pencher l'Italie. Marco avait l'impression que ce pays était un peu dans la position d'Elisabetta : incapable de choisir entre deux prétendants.

Giuseppe s'éclaircit la gorge.

— Et maintenant la grande nouveauté de ce manifeste, au paragraphe neuf : « Les Juifs ne sont pas de race italienne ».

— Quoi ?

Marco ne comprit d'abord pas ce que ça voulait dire. Il s'arrêta de charrier ses cartons.

— Tu es certain d'avoir bien lu ? Bien sûr que les Juifs appartiennent à la race italienne. Ce sont des Juifs italiens.

— Plus maintenant.

Tino haussa un sourcil.

— C'est écrit là, noir sur blanc dans ce manifeste. C'est sûrement la position du parti à compter d'aujourd'hui. Ce manifeste n'aurait pas été publié sans l'approbation des huiles du Palazzo Venezia.

— Mais ce n'est pas possible, protesta Marco. Le Duce ne ferait pas ça. Les Juifs ont toujours été considérés comme des Italiens à part entière. Le parti n'a jamais eu d'autre position.

— C'est en train de changer, Marco.

Tino lui lança un regard d'avertissement.

— C'est ce que Giuseppe essaie de t'expliquer.

Giuseppe fronça les sourcils, penché sur le journal.

— Attendez, laissez-moi finir. C'est écrit aussi « Les Juifs représentent la seule population qui n'a jamais été assimilée en Italie, car ils ne sont pas de race européenne et sont de ce fait radicalement différents des Italiens ».

— Mais c'est faux.

Marco était sous le choc. Il songea à Sandro, qui serait horrifié par ce manifeste.

— Les Juifs ne sont pas différents de nous. Ils sont nés en Italie. Ce sont des Italiens et des Européens. Mon meilleur ami est juif.

— Marco, ça suffit.

Tino baissa la voix.

—À partir de maintenant, tu as intérêt à garder pour toi ce genre de commentaires. Tu comprends ?

—Il a raison, Marco, renchérit Giuseppe en levant les yeux de son journal, les lèvres pincées.

—Bon, assez parlé politique.

Marco jugea prudent de ne pas leur montrer à quel point il était perturbé par ce que venait de lire Giuseppe.

—Et si j'allais nous chercher des biscuits à l'anis ? Je connais une très bonne boulangerie pas loin d'ici. En vélo, je n'en ai pas pour longtemps. Qu'est-ce que vous en dites ?

—Excellente idée, répondit Tino, en acquiesçant.

Le visage de Giuseppe s'éclaira.

—Je suis d'accord.

—Je vais chercher ma bicyclette, déclara Marco en disparaissant.

Après avoir acheté les biscuits à l'anis qui lui servaient d'alibi, Marco fit un détour par le Ghetto, lequel n'était pas loin du Palazzo Braschi. Il voulait absolument parler à Sandro et espérait arriver chez lui avant son départ pour la Sapienza. Piazza Mattei, un groupe d'hommes commentaient le manifeste, journaux à la main. Il reconnut le vieux *Signor* Narduno et l'*Ingegnere* Rotoli, mais ceux-ci, absorbés dans leur conversation, le remarquèrent à peine.

Marco comprenait qu'ils soient outrés. C'était scandaleux, ces soi-disant scientifiques décrétant d'un trait de plume que les Juifs italiens n'étaient plus italiens. Il espéra que le Duce ne tarderait pas à se désolidariser publiquement de ce manifeste.

Il descendit de sa bicyclette et leva les yeux vers l'appartement de Sandro. Celui-ci habitait un immeuble bien entretenu, avec une façade ocre et des volets peints du traditionnel vert foncé. C'était l'un des plus beaux bâtiments de cette place tranquille et élégante, agréablement ombragée en été, au centre de laquelle trônait une fontaine encore alimentée par un ancien aqueduc romain : la Fontaine des Tortues, ainsi nommée en raison des quatre tortues perchées sur la vasque de marbre blanc installée à son sommet et dont les becs pulvérisaient dans l'air quatre jets puissant retombant en fines gouttelettes rafraîchissantes.

— Sandro ! appela Marco en direction de la fenêtre ouverte, comme il en avait l'habitude.

Le visage de Sandro apparut.

— Je descends tout de suite !

Marco appuya sa bicyclette contre le mur et attendit. Sandro ne tarda pas à se montrer, vêtu d'une chemise blanche, d'un beau pantalon et de chaussures de cuir. En somme bien habillé, comme chaque fois qu'il allait à la Sapienza. Ils se saluèrent chaleureusement, puis Marco demanda :

– Tu as un peu de temps devant toi ? Je me suis éclipsé du travail pour te voir.

— Bien sûr.

Sandro lui désigna la fontaine et ils allèrent s'asseoir tous les deux sur le bord.

— J'ai des biscuits à l'anis, proposa Marco. Tu en veux ?

Il sortit de sa sacoche la boîte de biscuits et l'ouvrit, libérant une odeur d'anis fraîchement cuit. Sandro se servit.

— Tu as vu le manifeste dans le journal ?

— Oui, c'est choquant et insultant.

Sandro fronça les sourcils, les lèvres crispées.

— Ils peuvent raconter ce qu'ils veulent, je suis italien.

— Mais bien sûr que tu es italien.

Marco eut mal pour Sandro. Il n'avait soudain plus envie de biscuit.

—Il n'y a rien de scientifique derrière tout ça.

—Je le sais, ça n'a aucun sens. Ce n'est pas juste, ce qui vous arrive. Mais je suis sûr que ce sera bientôt désavoué par le Parti fasciste. Officiellement.

Sandro poussa un gros soupir.

—C'est ce que pense mon père. Il dit que c'est de la pure propagande, mais j'ai bien l'impression que Mussolini ressemble de plus en plus à Hitler.

—Il ne peut pas prendre ce chemin.

Cette simple idée donna la nausée à Marco.

—*On* ne peut pas prendre ce chemin.

—Mon père dit que ce manifeste ne concerne pas les Juifs fascistes. Il nous voit comme une exception.

—Le manifeste ne mentionne aucun exception, il me semble.

—Non, mais mon père dit qu'il n'a pas force de loi. Tu le connais... Toujours à voir les choses du bon côté et à espérer que tout ira pour le mieux.

Sandro secoua la tête, tout en mastiquant son biscuit.

—Alors qu'est-ce qu'on peut faire ? demanda Marco.

—Rien, murmura Sandro en détournant les yeux.

Marco eut vraiment de la peine pour lui.

—Ce manifeste sera désavoué, insista-t-il. Tu es italien et c'est tout.

—C'est... C'est de l'antisémitisme.

Sandro se tut. Le mot tomba entre eux de tout son poids et Marco sentit à quel point il pesait lourdement, même pour lui qui n'était pas juif.

—Tu as raison. Si j'entends quoi que ce soit de nouveau à ce sujet au travail, je te le ferai savoir.

— Merci, soupira Sandro.

— Comment ça se passe, à la Sapienza ?

— C'est extraordinaire. Très motivant. J'apprends tous les jours quelque chose.

Marco secoua la tête.

— Et pour ce qui est de l'amour, on est dans une impasse, dit-il. Elisabetta n'a toujours pas choisit entre nous deux.

Sandro mordit dans son biscuit.

— On ne peut pas la harceler. Elle est tellement occupée et elle porte un tel fardeau.

— C'est vrai. Ça me fait mal pour elle.

— Moi aussi, soupira Sandro. Je pense à elle tout le temps.

— Tu n'es pas le seul, assura Marco en levant les yeux au ciel. Pas moyen de l'oublier. Pourtant, je t'assure, il y a des fois où je me dis que ça m'arrangerait.

— C'est pareil pour moi. Ça me gêne dans mon travail, pour me concentrer. Je n'arrête pas de penser à elle.

— Oh, ça, je comprends ce que tu veux dire. Le soir, quand je passe en vélo, je jette un coup d'œil dans le restaurant pour essayer de l'apercevoir. C'est pitoyable.

Sandro sourit.

— Et tu n'as toujours personne d'autre ? Il n'y a pas une autre fille qui te plaît ?

Marco lui sourit en retour.

— Non, pas une seule. Je vis comme un prêtre. Je suis le second Père Terrizzi.

Sandro éclata de rire.

— Mais regarde-nous un peu. Malades d'amour. En train de soupirer après la même femme.

— Eh oui, soupira Marco, frustré.

— Bon, je dois y aller, annonça Sandro en jetant sa sacoche sur son épaule.

— Ça m'a fait plaisir de te voir, dit Marco.

— À moi aussi.

Ils s'embrassèrent. Marco prit soudain conscience que cette rivalité avec Sandro ne l'amusait plus du tout. Il venait de comprendre qu'il serait perdant, même si c'était lui qu'Elisabetta choisissait.

Car il perdrait alors Sandro.

Chapitre 30

Elisabetta
Août 1938

— Papa, réveille-toi.

Elisabetta posa le café de son père à côté du canapé et se pencha pour l'embrasser sur la joue. Il sentait mauvais et aurait eu besoin d'un bain. Il portait les mêmes vêtements depuis plusieurs jours, bien qu'elle lui eût fait remarquer plusieurs fois qu'il était temps d'en changer. Il avait beaucoup maigri et son visage mal rasé avait pris une teinte jaunâtre. Le médecin lui avait diagnostiqué une cirrhose du foie, en lui recommandant d'arrêter l'alcool. Depuis, elle refusait de lui acheter des bouteilles, mais il sortait la nuit pour boire, quand elle travaillait.

— Papa, je t'apporte ton café.

Elle lui tapota le bras.

— Hein ?

Il remua et entrouvrit les paupières. Ses yeux injectés de sang se posèrent sur le visage d'Elisabetta, mais son regard demeura flou.

— Elle était belle... son allure... ses yeux, d'un bleu parfait...

— Papa, réveille-toi.

Elisabetta crut qu'il dormait les yeux ouverts.

— Elle était innocente et pourtant… lucide… gracieuse et belle… il adorait les femmes, les belles femmes.

— De quoi tu parles ?

Elle commençait à s'inquiéter sérieusement. Son père la regardait sans la voir. Ça ne lui était jamais arrivé, même quand il se réveillait encore soûl.

— Regardez-la, ils sont bleus... plein de maturité, mais innocents... et le bleu est la couleur de la vérité.

— Papa, réveille-toi.

Elle le secoua doucement.

— Seul Raphaël pouvait le faire... et *la Madone à la prairie...* un chef d'œuvre… ce sfumato, un exemple parfait…

Elisabetta comprit qu'il parlait du peintre Raphaël et du sfumato, un modelé vaporeux destiné à estomper les ombres sur une toile. Il avait toujours apprécié le sfumato de Raphaël, mais pourquoi parler de ça au réveil ? Elle eut soudain le sentiment que quelque chose n'allait pas, et juste au moment où cette pensée la traversait, les yeux de son père se révulsèrent et sa tête s'affala sur le côté.

— Papa !

Elle le secoua frénétiquement.

— Réveille-toi ! Réveille-toi !

— Je vais bien, marmonna-t-il en battant des paupières.

— Est-ce que je dois appeler le docteur Pastore ?

— Non, non.

Il lui adressa un vague signe de la main, mais demeura à moitié dans les vapes. Il avait véritablement très mauvaise mine. Il n'était plus jaune, mais gris. Elle prit une décision.

— Papa, je vais chercher le docteur. Je reviens tout de suite.

Elle se leva d'un bond, comme mue par un ressort et sortit de la pièce en courant. Le cabinet du médecin n'était qu'à quelques pâtés de maisons. Cet étrange évanouissement pouvait être le signe de quelque chose de plus grave et il n'était pas question de le négliger.

Une fois dehors, elle se mit à courir aussi vite qu'elle le pouvait, le cœur au bord des lèvres. Sur son chemin, les gens s'écartaient et les enfants s'agrippaient aux jupes de leur mère.

Elle eut vaguement conscience qu'on devait la prendre pour une folle, mais n'y prêta aucune attention et continua à courir à perdre haleine. Enfin, elle aperçut la petite maison de briques aux géraniums roses où recevait le médecin. Elle traversa la rue sans regarder, se jetant presque sous les roues d'un vélo, mais parvint à éviter l'accident.

Quand elle ouvrit à la volée la porte du cabinet, les deux hommes qui patientaient dans la salle d'attente levèrent la tête de leur journal en sursautant.

La réceptionniste de l'accueil fronça les sourcils.

— Qu'est-ce que vous...

— Où est le Dr Pastore ? Mon père a besoin d'aide...

— Désolée, le docteur est en consultation.

— Je ne peux pas attendre !

Elle passa devant l'accueil, fila dans le couloir et alla pousser la porte qui se trouvait tout au bout, sans même frapper. Le Dr Pastore, un petit homme chauve à lunettes, était en train d'ausculter un homme âgé, assis tout habillé sur la table d'examen.

— Elisabetta ? s'étonna-t-il.

— Docteur, il faut que vous veniez !

— Qu'est-ce qui te prend ?

— Mon père s'est réveillé et il ne fait que dire des mots sans suite ! Vous devez venir l'ausculter !

— Sors immédiatement de mon cabinet ! protesta le médecin en levant les bras au ciel. Tu ne vois pas que je suis avec un patient ? Tu n'as pas le droit d'entrer.

— Mais mon père a vraiment un problème, j'en suis sûre ! Je vous en prie, il ne peut pas attendre.

Elle lui agrippa le bras, mais il se dégagea d'un geste brusque. Quant au patient, il se laissa glisser à bas de la table d'examen et s'éloigna prudemment.

— Il peut attendre. Calme-toi. Sa maladie évolue lentement. Il aura des crises de temps en temps car son foie ne filtre plus l'ammoniaque qui s'accumule dans le sang. C'est normal que cela altère par moment son état mental. C'est ce qu'on appelle la cirrhose décompensée. Il n'y a pas de quoi s'affoler. Et maintenant, sors d'ici.

— Il faut que vous veniez avec moi, c'est une urgence !

— Non, ça n'en est pas une !

— Je vous assure que oui !

— Rentre chez toi, je passerai à l'heure du déjeuner. Tu vois bien que j'ai des patients dans la salle d'attente.

— Non, venez maintenant !

Elisabetta entendit qu'une infirmière entrait derrière elle, prête à intervenir, sans doute.

Le Dr Pastore poussa un gros soupir.

— Bon, d'accord. Dès que j'en aurai fini avec ce patient, je viendrai. Je ne peux pas faire mieux. Et maintenant pars, où je te fais jeter dehors.

— Merci, mais faites vite !

Elisabetta fit demi-tour, passa devant l'infirmière qui la toisa d'un air désapprobateur, puis sortit précipitamment pour retourner chez elle ventre à terre.

— Papa !

Elle traversa la cuisine pour rejoindre le salon. Son père était toujours allongé sur le canapé, couché sur le côté.

— Papa, le docteur va venir. Je veux qu'il t'examine.

— Je vais bien, Elisabetta.

Son père ouvrit des yeux humides de larmes.

— Papa, tu as mal ?

— Non, non.

— Qu'est-ce qu'il y a ? Pourquoi tu pleures ?

— Ma fille chérie, ma petite, je t'aime.

— Moi aussi je t'aime.

Il ne délirait plus, mais il était toujours d'une étrange pâleur grisâtre. Elle lui montra son café en train de refroidir.

— Tu veux ton café ? Tu as faim ?

— Non, je ne veux rien. Je ne me sens pas très bien.

Il ferma les yeux et elle le serra dans ses bras, comme si elle craignait le pire. Comme pour le retenir.

— Le médecin arrive. Tu vas t'en sortir.

— Elisabetta, je suis vraiment désolé d'avoir été un père aussi minable. Tu le sais, n'est-ce pas ?

Elle en eut la gorge nouée par l'émotion.

— Ne dis pas ça. Tu es un père merveilleux.

— Pas du tout. J 'ai besoin que tu me pardonnes. Dis-moi que tu me pardonnes.

— Qu'est-ce tu racontes ? demanda-t-elle, saisie d'effroi. Pourquoi veux-tu que je te pardonne ?

— J'en ai besoin, c'est important. Dis-moi que tu me pardonnes, ma chérie. Je me sens si mal, je veux partir, je dois partir. Mais j'ai besoin d'entendre que tu me pardonnes. Est-ce que tu me pardonnes ?

Elle eut envie de pleurer. Son père lui demandait la permission de mourir.

— Papa, je ne peux pas te répondre. Je ne veux pas que tu partes.

— Betta, dis-moi que tu me pardonnes et laisse-moi partir.

Il posa une main sur son bras et cette fois elle laissa couler ses larmes. Elle n'avait plus que lui au monde et elle était en train de le perdre.

— Papa, s'il y a quelque chose à pardonner, je te pardonne.

L'expression de son père changea aussitôt. Les plis qui barraient son front s'effacèrent et pour la première fois depuis longtemps un vrai sourire apparut sur ses lèvres. Il battit des paupières et posa sur elle un regard tellement bienveillant qu'elle se sentit remplie de l'amour qu'il avait pour elle.

— Papa, ne me laisse pas seule.

Une dernière fois, il la regarda. Puis il s'éteignit et elle ne vit plus dans ses yeux que le reflet de son propre cœur brisé. Son père n'était plus de ce monde.

— Papa !

Elle le secoua, mais il n'eut aucune réaction. Il demeura couché, la tête sur le côté, le cou étiré, incliné dans un angle bizarre. Les muscles de son visage se relâchèrent, sa bouche s'ouvrit, il demeura la mâchoire pendante, comme désarticulée. Son bras gauche glissa le long du canapé.

Elisabetta éclata en sanglots. Et alors qu'elle serrait dans ses bras le corps de ce père tant aimé, elle sentit son âme s'envoler vers le ciel, là où on l'attendait pour vivre enfin dans le bleu de Raphaël.

Chapitre 31

Elisabetta
Août 1938

Il régnait cette après-midi-là une chaleur sèche et étouffante. Sous un soleil implacable, Elisabetta écoutait le prêtre réciter les dernières prières avant l'inhumation. Le cimetière du Verano, vieux de près de dix-neuf siècles, l'un des plus beaux du monde, vaste musée à ciel ouvert de monuments et d'œuvres d'art, était l'endroit idéal pour enterrer son père. Tout à côté de sa tombe, s'élevait la statue de marbre d'un ange au repos, au-dessus de la pierre tombale d'une certaine famille DiGiulio.

Sa pierre à lui était petite et de marbre gris, car elle n'avait pu lui offrir mieux. Les beaux mausolées des familles riches se trouvaient dans une autre section, son père était inhumé au milieu de modestes tombes, quelques-unes marquées de grandes pierres sculptées comportant des portraits funéraires peints à l'émail. Du temps de sa gloire, il aurait lui-même peint de bien meilleurs portraits.

Elle se tenait tête basse, mal fagotée dans une robe noire ayant appartenu à sa mère. Toute la matinée, elle avait espéré que celle-ci aurait lu l'avis de décès dans le journal et se montrerait à l'église ou au cimetière, mais il ne s'était rien produit de tel. Elle s'en voulait à présent de s'être fait une fois de plus des illusions à son sujet.

Quand son père était mort, elle avait d'abord pleuré toutes les larmes de son corps, mais elle avait dû se ressaisir pour envoyer les avis de décès, commander les fleurs, trouver un prêtre et une entreprise de pompes funèbres, organiser l'ensemble de la cérémonie. Ses économies n'y suffisant pas, un fonds pour les indigents avait aidé à payer une partie de l'enterrement et avait eu la bonté de lui accorder un prêt pour le reste.

Marco se tenait à sa droite et Sandro à sa gauche. Elle était touchée qu'ils soient venus tous les deux. Marco avait pris une demi-journée de congé et il était en uniforme. Sandro avait mis sa veste noire, car il devait partir ensuite à la Sapienza. Nonna se tenait derrière eux avec Paolo et Sofia, son fils et sa bru. Il y avait aussi quelques compagnons de beuverie de son père qui avaient voulu l'accompagner jusqu'à sa dernière demeure, ceux-là même qui l'avaient encouragé à boire, réduisant ainsi à néant ses efforts pour l'aider, y compris après qu'on eut diagnostiqué sa cirrhose. Elle ne put s'empêcher d'éprouver du ressentiment envers eux.

Le prêtre acheva sa prière et tout le monde fit le signe de la croix. Elisabetta prit conscience que le moment était venu de dire un ultime adieu à son père. Des larmes brouillèrent sa vision, mais elle parvint à se maîtriser et à lui dire combien elle l'aimait. Pour toujours.

— Le Seigneur soit avec vous, déclara le prête en s'avançant vers elle, tandis qu'elle refermait son bréviaire.

Elle le remercia chaleureusement d'avoir accepté d'officier, bien qu'il ne les eût jamais vus à la messe.

— Nonna, merci d'être venue.

Nonna la serra avec une force surprenante et s'écarta d'elle avec des yeux que les larmes faisaient briller.

— Toutes mes condoléances, murmura-t-elle en tamponnant avec un mouchoir l'humidité sous ses lunettes.

— Merci d'être venus, Paolo et Sofia.

Paolo hocha la tête.

— N'hésite pas à prendre quelques jours de congés.

— Non, ça va aller. Je serai là demain.

Elle avait besoin de l'argent qu'elle gagnait au restaurant, mais c'eût été indécent d'en parler en public.

– À demain, alors, déclara Nonna.

À sa moue, Elisabetta vit qu'elle avait compris.

Après le départ des Servano, Elisabetta alla vers les amis de son père et, par respect pour lui, les remercia d'être venus.

— Elisabetta, on est vraiment désolés pour toi, dit Marco en lui saisissant un bras.

— Oui, on est désolés, renchérit Sandro en saisissant l'autre.

— Merci à vous deux, dit-elle.

Ils étaient adorables, mais elle n'aimait pas les voir rivaliser pour la consoler.

— Je vais surmonter ça. Vous ne devez pas aller travailler ?

Marco lui pressa gentiment le bras.

— Malheureusement, oui.

— Pas moi, pas encore, répondit Sandro.

Marco lui jeta un coup d'œil.

— Occupe-toi d'elle, d'accord ? Il ne faut pas la laisser seule.

— Ne t'en fais pas pour ça, acquiesça Sandro.

Marco l'embrassa sur la joue et partit.

Elisabetta s'était assise avec Sandro sur un banc du cimetière, à l'ombre d'un pin parasol. Ils étaient entourés de pierres tombales, de monuments et de tombeaux de famille alignés en rang serrés parmi les lauriers roses, les cyprès et les palmiers. Les allées entre les tombes étaient couvertes de cailloux jaunes. Ici et là, un petit lézard vert traversait au soleil, avant de disparaître sous un buisson.

Ses larmes avaient cessé de couler et elle était assommée de chagrin. Près d'elle, Sandro conservait un silence bienveillant et amical. La tombe de son père se trouvait à quelques rangées de là et elle n'arrivait pas à encore à s'en éloigner. C'était dur de le quitter. Était-elle juste supposée se lever et partir ?

Elle s'essuya le visage avec son mouchoir.

— Désolée de te retarder, Sandro. Tu peux y aller, si tu veux.

— Non, pas de problème.

— Il n'était pas un père parfait, je le sais.

— Il n'y en pas beaucoup, des pères parfaits.

— Il y a au moins le tien, lâcha Elisabetta. C'est un avocat, un homme important. Tout le monde l'admire.

— C'est vrai que j'ai de la chance de l'avoir comme père. Mais il n'est pas parfait.

Sandro marqua une pause.

— Comment tu vas faire, maintenant, toute seule ? Est-ce que je peux t'aider ? Si tu as besoin de quoi que ce soit…

— Non, j'ai déjà prévu de déménager. Le loyer représente la plus grosse partie de nos… pardon, de mes dépenses. Et je n'ai besoin que d'une chambre.

— Tu restes dans le Trastevere, bien sûr.

— Oui. J'ai cherché dans le coin, mais pour l'instant je n'ai pas trouvé de propriétaire prêt à accepter Rico.

— C'est ton petit compagnon, je comprends que tu ne veuilles pas le laisser derrière toi.

— Exactement.

— Peut-être qu'un jour, je serai moi aussi ton compagnon. Je veux bien être numéro deux, après lui. Mais pas numéro trois, ajouta-t-il avec un petit sourire.

Elle comprit qu'il faisait allusion à Marco et cela la mit mal à l'aise, aussi elle changea de sujet.

— Sandro, pourquoi dis-tu que ton père n'est pas parfait ? Je croyais que tu l'admirais sans réserve.

— Que je l'admirais sans réserve ?

Il fit la moue et prit le temps de réfléchir.

— Non, pas vraiment. Je l'aime et je le respecte, mais on ne peut pas dire que je l'admire sans réserve. C'est quelqu'un d'autre, que j'admire sans réserve.

— Le professeur alors. Levi-Civita ?

— Non, pas lui.

— Mais qui, alors ?

— Toi, Elisabetta. C'est toi que j'admire. Tu es mon héroïne.

— Moi ? Mais je ne suis qu'une simple serveuse.

Elle leva les yeux vers lui pour voir s'il plaisantait, mais il arborait une expression grave et sincère.

— Tu ne te rends pas compte à quel point tu es formidable. Tu t'adaptes et tu réagis, quoi qu'il en coûte. Tu as tenu le coup après le départ de ta mère, tu tiendras le coup maintenant que ton père est parti. Je ne connais personne qui puisse faire ça, à part toi.

Elle eut la bouche sèche et ne trouva rien à répondre, mais elle dut admettre que ces paroles avaient produit leur effet et qu'elle se sentait plus forte, bien que fût le pire jour de sa vie.

Chapitre 32

Elisabetta
Août 1938

Perdue dans ses pensées, assise à la table de la cuisine, Elisabetta regardait manger Rico. Elle n'avait pas eu la force d'ôter la robe noire qu'elle portait pour l'enterrement. Le chat mastiquait avec un bruit mouillé qui résonnait dans l'appartement vide. L'absence de son père se faisait cruellement sentir. Il avait été un compagnon agréable. Maintenant qu'elle n'avait plus à prendre soin de lui, elle se sentait désœuvrée.

Des coups frappés à la porte la firent sursauter. Elle se leva et traversa la cuisine pour aller ouvrir. Sur le seuil, elle eut la surprise de trouver Marco, tout sourire, en uniforme.

— Marco ?

— Viens, Elisabetta. Je t'emmène.

— Quoi ? Où ça ?

— Viens ! Ne pose pas de questions.

Il lui prit la main et l'entraîna dans le couloir, puis dans la rue, laquelle était pratiquement bloquée par un élégant coupé décapotable noir, avec une grille chromée brillante au niveau de la calandre, des garde-boues aux lignes courbes et encore du chrome brillant sur les côtés.

— Tu sais à qui est cette voiture ? demanda-t-elle, interloquée.

— Oui, c'est celle de mon chef.

Il lui ouvrit la porte du passager avec un grand geste théâtral.

— Elle est belle, non ? C'est la Lancia Astura, dessinée par Pinin Farina. Monte, je t'emmène faire un tour.

— Tu sais conduire ?

— On m'a appris. C'est facile.

— C'est illégal. Il faut avoir vingt et un ans, pour avoir le droit de conduire. Et un permis.

— Elisabetta, je travaille pour le Palazzo Braschi. La loi, c'est nous. Et maintenant monte, s'il te plaît.

Il désigna la porte du passager et elle avança vers la voiture, dans laquelle elle s'installa avec réticence. Elle fut surprise par la puissante odeur de cuir qui émanait des sièges. Bien sûr, elle était déjà montée dans une voiture, mais pas luxueuse comme celle-ci. Elle posa un regard émerveillé sur le tableau de bord couvert de cadrans et de boutons mystérieux.

— C'est parti, lança Marco en se glissant derrière le volant.

Il claqua sa portière, mit le moteur en route et s'engagea dans le dédale des petites rues du Trastevere.

— Mon patron aime les voitures, il en a trois. Je suis chargé de les faire réviser et de les entretenir. Il paraît que le Duce a un faible pour les Alfa Romeo. Les berlines comme celle-là, il ne les utilise que pour les déplacements officiels. Et cette voiture en particulier, c'est un petit bijou. C'est la seule qui soit décapotable.

— Ton patron sait que tu l'as prise ?

— Il n'est pas en ville.

Marco exultait, mais de son côté elle était gênée de se montrer en décapotable dans son quartier, le jour de l'enterrement de son père. Que penserait les voisins s'ils la voyaient ?

— Tout le monde nous regarde.

— Ils sont jaloux, rétorqua Marco en haussant les épaules.

— Non, ils pensent que tu travailles au gouvernement.

— C'est le cas.

Marco jeta un coup d'œil de son coté, avec une expression attendrie.

— Tu as eu une dure journée et tu as besoin de te changer les idées. On va aller sur le Lungotevere pour rouler plus vite.

— Je n'ai pas tellement envie de rouler plus vite.

— Parce que tu ne sais pas de quoi tu parles, rétorqua-t-il avec un petit sourire malin.

Sitôt arrivé sur le lungotevere Sanzio, il prit de la vitesse. Elle plaqua instinctivement ses mains sur ses cheveux, pour ne pas être décoiffée. Il profita d'un arrêt au feu rouge, pour se tourner vers elle.

— Ce n'est que le début, dit-il. Mais tu vas voir, ça va te plaire, tu vas adorer la sensation du vent.

— On ne va pas s'entendre parler.

— C'est vrai, mais il y a certaines choses qu'on ne peut pas faire en parlant.

Il se pencha vers elle et déposa un baiser sur ses lèvres.

Elle secoua la tête.

— J'aurais dû me douter que tu en profiterais.

— Mais tu ne t'en es pas doutée. Tu ne sais pas tout, ma chère. Et moi je sais beaucoup de choses que tu ignores et que j'ai hâte de t'apprendre. N'est-ce pas que ce serait merveilleux, de vivre à mes côtés en apprenant des tas de nouvelles choses ?

Elisabetta se sentit tout à coup brûlante. Elle ne s'était pas attendue à une déclaration de ce genre dans une décapotable, le jour de l'enterrement de son père. Mais c'était Marco. Imprévisible, spontané et direct. La vie avec lui était une aventure permanente et il avait le don de lui remonter le moral.

Le feu passa au vert et la voiture bondit en avant. Ils ne tardèrent pas à quitter le Trastevere et elle se surprit bientôt à apprécier la promenade. Ils prirent vers le sud. Le puissant moteur rugissait. Elle avait renoncé à plaquer ses cheveux qui lui fouettaient sauvagement le visage. Après cette journée éprouvante émotionnellement, c'était bon de se vider la tête en regardant défiler les ombres et les lumières des immeubles, des ruines antiques et des imposants bâtiments officiels. Dès qu'ils quittèrent la ville, ses dernières résistances tombèrent. Elle voulait vivre, voir la fin de ce jour maudit où elle avait enterré son père.

Les bâtiments firent place aux champs. La puanteur de l'essence fut remplacée par des odeurs de terre et de fumier. Elisabetta renversa la tête sur le cuir de son siège et leva les yeux vers le ciel nocturne. La nuit sombre de la campagne l'enveloppait d'une agréable obscurité.

Dans cette voiture qui filait comme le vent, elle eut soudain la sensation de traverser l'espace et le temps avec Marco. Les larmes lui vinrent aux yeux. Elle songea à son père et se demanda où il était. Peut-être en route pour les cieux, suspendu comme elle entre deux lieux et deux instants. Elle aurait tant voulu le voir une dernière fois.

La voiture ralentit, Marco se gara sur le bas-côté. Elle se demanda pourquoi et se tourna vers lui en s'attendant à le trouver tout sourire, exalté par leur aventure. Mais à la faible lueur dispensée par le tableau de bord, elle vit qu'il la contemplait d'un air grave et attristé.

— Marco, qu'est-ce qu'il y a ?

— Je suis vraiment désolé pour ton père. Je ne peux pas imaginer ce que tu ressens, mais je me doute que tu dois t'inquiéter pour pas mal de choses, surtout pour l'argent. C'est le cas, non ?

— C'est gentil de t'en préoccuper, mais je sais quoi faire.

— Elisabetta, tu n'es pas obligée de tout assumer seule. Je t'aime et je vais t'aider. Je te donnerai de l'argent si tu en as besoin. Je ferai ce qu'il faut pour te faciliter la vie.

Elle fut émue.

— Marco, non, je n'ai pas besoin de ton argent.

— Tu ne seras plus jamais seule à affronter les épreuves, sache-le, insista-t-il. Pas tant que je serai en vie.

Cela lui fit du bien d'entendre ça, parce que justement elle se sentait plus seule que jamais. Son cœur eut un élan vers Marco et elle se pencha pour l'embrasser. Il lui rendit son baiser avec une tendresse infinie qui l'émut plus que tout. Puis il la lâcha et cala délicatement une mèche de ses cheveux derrière son oreille.

— À toi, maintenant, dit-il.

Il se souleva pour atteindre sa portière et l'ouvrit en lui faisant signe de descendre de voiture.

— Tu vas prendre ma place.

Elle se rebiffa.

— Marco, tu es fou ! Je ne sais pas conduire.

— C'est facile. Des tas d'idiots conduisent tous les jours.

— Eh bien pas l'idiote que tu as devant toi.

— Allez ! insista-t-il. C'est l'endroit idéal pour apprendre.

Il désigna d'un large geste la route de campagne sur laquelle ils se trouvaient, une ligne noire qui semblait s'enfoncer au cœur de la nuit.

— Il n'y a pas d'autres voitures et tu n'auras qu'à rouler tout droit.

— Marco, non.

— Elisabetta, qu'est-ce que je t'ai dit ? Tu peux tout faire. Allez, viens.

Marco sortit de la voiture et en fit le tour pour venir du côté passager. Là, en dépit de ses protestations, il souleva Elisabetta de son siège et la porta jusqu'à celui du conducteur, avant de claquer la portière sur elle.

— Marco, je ne sais pas conduire ! protesta-t-elle de nouveau, mais cette fois en posant ses mains sur le volant. Je ne peux pas faire ça.

— Si, tu peux. Je vais t'aider.

Il sauta dans le siège passager, où il atterrit avec un grognement. Ils éclatèrent de rire tous les deux.

— Tu es fou !

— Tu es trop sage. Tâte le sol avec tes pieds. Il y a une pédale d'accélérateur sur la droite et une pédale d'embrayage sur la gauche.

Elle tâtonna pour trouver les pédales, puis posa ses pieds dessus.

— Ça y est, dit-elle.

— Bravo ! Maintenant tu appuies avec le pied droit pour donner de l'essence au moteur et avec le pied gauche, pour engager une vitesse.

— En même temps ?

— Quand je te le dirai. Pour l'instant, pied droit sur l'accélérateur, pied gauche relevé. Je m'occuperai du reste.

— C'est quoi le reste ?

— La boîte de vitesse. Ne t'inquiète pas de ça.

— Tu vois, ce n'est pas aussi facile que tu le disais

— Au début seulement. Tu vas t'y habituer.

— On y va maintenant ?

— Oui, maintenant.

Elisabetta enfonça son pied droit et lâcha la pression avec le gauche. La voiture tressauta et fit un bond en avant, tandis que le moteur hurlait, comme à l'agonie.

— Oh non ! Qu'est-ce que j'ai fait ? C'est grave ?

— Mais non, pouffa Marco. Essaie encore. Prête ? Maintenant !

Elisabetta recommença la manœuvre, avec le même résultat, mais elle ne se laissa pas démonter. À présent, elle voulait y arriver.

— Encore ! s'exclama-t-elle.

— D'accord. Maintenant !

Elle tenta de nouveau et cette fois, après un hoquet, la voiture se mit à rouler.

— Oh, tu as vu ! Ça a marché !

— Continue, appuie sur l'accélérateur !

Marco parlait fort pour être entendu par-dessus le moteur.

— Et l'embrayage ?

— Attend que je te le dise !

Elisabetta appuya sur l'accélérateur, agrippée au volant. Les phares de la voiture projetaient des cônes de lumière dans l'obscurité. Elle n'osait regarder ni à gauche ni à droite pour rester bien concentrée sur sa conduite. La sensation grisante de prendre de la vitesse lui arracha un sourire. Puis le moteur se mit à gémir comme un chat à qui l'on marche sur la queue.

— Débraye encore ! Maintenant !

Elle n'y comprenait plus rien.

— Mais j'ai déjà appuyé.

— Relâche et appuie de nouveau ! Maintenant !

Elle s'exécuta et cela dut fonctionner car la voiture accéléra.

— J'ai réussi ! s'exclama-t-elle, au comble de l'excitation.

— Mets les gaz !

— On va où ?

— En avant !

— Tu me promets qu'il n'y a aucun risque ?

— Aucun risque, ça n'existe pas !

Elle éclata de rire, tout en mettant les gaz. De temps en temps, quand Marco le lui demandait, elle appuyait sur l'embrayage. Ils volaient sur la route, soulevant des gerbes de gravier et de terre. Elle était enivrées par la vitesse et par la sensation de puissance qu'elle lui procurait.

C'était étourdissant de foncer dans cette grosse décapotable noire qui l'emmenait vers l'inconnu. Un peu comme dans la vie, quand on avance sans savoir ce qui vous attend. Elle accéléra encore. Elle avait les commandes. Elle était une femme libre. Une Romaine libre. Et tout ça c'était grâce à Marco.

Avec lui, elle était bien. Mais elle était bien aussi avec Sandro. Était-elle en train de tomber amoureuse des deux ? De Sandro et de Marco ? Et si oui, comment allait-elle choisir ?

Pour le savoir, elle devait accepter d'aller vers l'inconnu.

Chapitre 33

Sandro
5 septembre 1938

Sandro cala sa bicyclette sur le rack déjà plein de la cour du lycée. C'était le jour de la rentrée et tous les élèves étaient dehors, rassemblés par petits groupes. Ils auraient dû bavarder, rire et s'amuser, mais ils étaient au contraire silencieux et anormalement sombres. Sandro pensa d'abord à chercher Elisabetta. Il scanna la foule du regard, mais elle n'était pas encore là.

Il repéra des camarades de classe, Carlo, Ezio et Vittorio, qui se tenaient en cercle et lisaient une sorte de prospectus. Il les rejoignit.

— *Ciao*, lança-t-il, heureux de les voir. Vous avez passé de bonnes vacances ?

Ils levèrent les yeux de leur papier et le considérèrent d'un air abasourdi, mais aucun d'eux ne lui répondit.

— Qu'est-ce qu'il y a ? demanda-t-il, perplexe.

Carlo fronça les sourcils.

— Le gouvernement a adopté des « lois raciales », c'est le terme consacré, quoi qu'il mette là-dessous.

—« Des lois raciales » ? répéta Sandro d'un ton incrédule. Qu'est-ce que ça veut dire ?

—On ne comprend pas bien, répondit Ezio avec une crispation de la bouche. C'est horrible. Apparemment, les Juifs vont être renvoyés des écoles. Les professeurs, comme les élèves.

—Tu plaisantes ?

Sandro ne comprenait pas. La blague n'était pas drôle.

—Non, je ne plaisante pas. Monsieur Livorno va sortir d'une minute à l'autre pour nous expliquer ce papier. Tiens, regarde.

Vittorio lui tendit le prospectus.

—La première partie concerne les enseignants.

Sandro lut en silence : « Mesures pour la protection de la race dans les écoles fascistes ». C'était le titre. Il poursuivit sa lecture.

Article 1

L'accès aux fonctions d'enseignant dans les écoles d'État ou rattachées à l'État, de tous types et de tous niveaux, ainsi que dans les écoles non gouvernementales reconnues par l'État, est interdit à toutes les personnes de race juive, même si elles ont été admises à un concours de recrutement antérieurement au présent décret ; leur est également interdit l'accès aux bourses universitaires, ainsi que l'obtention du certificat d'aptitude à l'enseignement universitaire.

Sandro s'interrompit pour les interroger du regard, totalement sidéré.

—Les Juifs ne peuvent plus être enseignants ? C'est insensé ! Et que vont devenir ceux qui sont en poste ?

Carlo secoua la tête.

—D'après ce qu'on comprend, ils seront renvoyés.

Le visage d'Ezio se décomposa.

—Madame Longhi pleure. Tous les professeurs sont bouleversés. Personne ne sait ce qui se passe ni pourquoi.

Sandro n'écoutait plus. Il lisait de nouveau.

Article 2

Il est fait interdiction aux élèves de race juive de s'inscrire dans des écoles reconnues par l'État, de tous types et de tous niveaux.

Sandro poussa un cri étouffé. S'il n'avait pas vu de ses yeux, les mots imprimés noir sur blanc, il n'y aurait pas cru.

—Je ne comprends pas. Je suis déjà inscrit à l'école. Je rêve ou quoi ? C'est vraiment une loi ? Je n'ai plus le droit d'aller au lycée ?

—On dirait bien, murmura Carlo. Je ne sais pas pourquoi ils font ça. Il n'avait jamais été question d'un truc pareil. Ce n'est pas juste d'écarter les Juifs de cette manière, sans aucune raison.

—Ce n'est pas possible !

Les pensées se bousculaient dans la tête de Sandro.

—Je suis Juif, alors je ne peux plus aller en cours ? Et qu'est-ce que je fais ? C'est mon lycée ! C'est ici que je suis inscrit ! Je passe mon diplôme à la fin de l'année. Est-ce que ça veut dire que je ne vais pas me présenter au diplôme de fin d'études ? Je suis mis à la porte de mon lycée ?

—On ne sait pas, répondit Vittorio en fronçant les sourcils. Je suis vraiment désolé, Sandro. Livorno va peut-être nous expliquer tout ça. Pour nous, c'est incompréhensible.

—Mais c'est fou !

Sandro était sous le choc. Il avait prévu d'entrer à la Sapienza pour suivre un cursus de premier cycle en mathématiques, puis un deuxième cycle. Il voulait étudier le plus possible, enseigner, publier des articles. Il voulait apporter sa pierre à l'édifice du savoir, comme le professeur Levi-Civita. Il avait des tas de projets, mais si on l'empêchait d'obtenir son diplôme de fin d'études, tout ça tombait à l'eau. Soudain, il eut l'impression qu'on le privait d'avenir.

Il jeta un coup d'œil incrédule autour de lui. Son regard angoissé chercha les autres étudiants juifs, bien qu'il dût réfléchir pour savoir qui l'était et qui ne l'était pas. Jusque-là, cela n'avait jamais eu pour lui la moindre importance, pas plus que pour les autres élèves, et il ne voyait pas pourquoi ça aurait dû changer du jour au lendemain. Il repéra Giulia et Carlotta, qu'il connaissait de vue car elles fréquentaient comme lui la synagogue. De grosses larmes roulaient sur leurs joues. Elles avaient visiblement fini de prendre connaissance du prospectus qu'elles tenaient à la main.

Ezio et Carlo ne disaient plus rien. Il se remit à lire. Il voulait tout savoir de ces lois. L'Article 3 annonçait que les enseignants juifs étaient suspendus.

Article 4
À compter du 16 octobre 1938, les Juifs membres d'académies, instituts et associations scientifiques, littéraires ou artistiques, seront rayés de ces institutions.

L'esprit de Sandro vacilla. Levi-Civita était juif, et si les Juifs ne pouvaient plus enseigner, cela signifiait que le professeur serait lui aussi suspendu. C'était impensable. Après les cours de la matinée, il était censé aller à la Sapienza. Mais apparemment il n'y trouverait plus Levi-Civita ni aucun autre professeur ou étudiant juif.

Soudain, une rumeur s'éleva parmi le groupe des lycéens et toutes les têtes se tournèrent vers l'entrée du bâtiment. Monsieur Livorno, leur proviseur, venait d'apparaître, avec les enseignants groupés derrière lui. Ses cheveux blancs flottaient dans la brise.

Derrière ses lunettes, son regard était solennel. Il se tenait courbé dans son costume trois pièces. Ses collègues semblaient désemparés et nombre d'entre eux avaient les yeux bouffis, comme s'ils avaient pleuré.

—Jeunes gens!

Livorno leva les mains pour réclamer le silence.

—S'il vous plaît, j'ai besoin de votre attention!

Sandro sentit que quelqu'un lui touchait le bras. Elisabetta était là, près de lui. Elle lui prit la main sans un mot. Elle semblait atterrée.

Livorno fit le salut fasciste et tout le monde le lui rendit, puis il se mit à parler.

—Vous avez pris connaissance de la nouvelle loi. Il s'agit d'un décret royal, le décret 1390. Je suis réellement au regret de vous annoncer qu'en application de cette loi, les étudiants juifs ne sont plus autorisés à fréquenter ce lycée. De même que les enseignants juifs ne sont plus autorisés à y enseigner.

—Monsieur Livorno, ce n'est pas normal! cria Sandro, furieux. Cette loi est inique! Vous ne pouvez pas faire ça!

D'autres étudiants se joignirent à lui:

—C'est injuste!

—Oui, c'est injuste!

—Pourquoi ils font ça?

—C'est mon lycée!

—Vous devriez refuser d'appliquer cette loi, monsieur!

—Je vous en prie, calmez-vous!

Livorno leur fit de nouveau signe de se taire.

—On nous a demandé de n'exprimer aucune opinion au sujet de cette loi, aussi je me garderai bien de le faire. On nous également demandé de veiller à ce qu'elle soit appliquée, aussi nous y veillerons. Par ailleurs, sachez que les Juifs seront autorisés à monter leurs propres écoles.

— Monter nos propres écoles ? l'interpella Sandro. Mais comment va-t-on s'y prendre ? C'est délirant !

Le visage buriné de Livorno se décomposa.

— On nous a assuré que des fonds seraient débloqués pour la communauté juive dans ce but. Je vous le redis, nous sommes vraiment désolés.

— Et comment ça va se passer, pour le diplôme de fin d'année ? demanda Sandro.

D'autres étudiants se firent aussitôt l'écho de cette inquiétude.

Les yeux de Livorno s'embuèrent derrière ses lunettes.

— Je vous présente mes excuses. J'ai bien peur de ne pas pouvoir en dire plus. C'est la loi, je dois l'appliquer. Je n'ai aucune marge de manœuvre.

La cloche sonna pour annoncer le début des cours, mais personne ne bougea. Sandro se figea, sans savoir s'il devait rester ou partir. C'était son lycée. Il était venu ce matin plein d'entrain à l'idée de retrouver Elisabetta et d'entamer une nouvelle année scolaire, la dernière avant le diplôme de fin d'études secondaires.

— Je vais vous demander de rentrer en classe, car nous devons commencer la journée, appela Livorno. À tous nos élèves juifs, nous souhaitons bonne chance dans tout ce qu'ils entreprendront à l'avenir. Les autres sont priés de se dépêcher d'entrer dans le bâtiment.

Carlo, Ezio, Vittorio, avancèrent lentement, comme à regret, sans oser le regarder. Elisabetta le prit dans ses bras.

— Sandro, je suis tellement désolée.

— Ils ne peuvent pas vraiment faire ça, n'est-ce pas ?

— Je… Je ne sais pas.

Sandro la lâcha.

— Va, murmura-t-il. Tu dois rejoindre les autres.

— Non, je veux rester avec toi.

— S'il te plaît, non. Tu dois y aller.

— Je reste avec toi.

Elle lui prit la main, mais il se dégagea.

— On se verra plus tard, promit-il.

La dernière sonnerie venait de retentir. Livorno apostropha les retardataires.

— Ceux qui en ont le droit doivent entrer. On nous a demandé de commencer à l'heure. Nous ne devons pas prendre de retard.

Sandro tenta d'encaisser le choc.

— Rentre, insista-t-il. Il faut que j'aille à la Sapienza pour savoir ce qu'il se passe pour Levi-Civita.

Il l'embrassa sur la joue.

— On se voit dès que possible, insista-t-elle.

— Bien sûr.

Elle se détourna à contrecœur et se dirigea vers l'entrée du lycée avec les autres Gentils. Au dernier moment, elle se retourna pour le regarder et il vit combien elle souffrait pour lui. Aussi il prit un air courageux et la salua de la main. Elle gravit les marches du lycée avec la foule des élèves et il ne resta plus dans la cour que les Juifs. Carlotta, Malka, Giulia, et d'autres dont il ne connaissait pas les noms. Tous en larmes et complètement déboussolés.

Les portes du lycée se refermèrent. Sandro demeura muet de stupeur, dehors avec les autres. Par les fenêtres du bâtiment, ils entendaient les bavardages de leurs camarades. Une fois en classe, ils allaient chanter *Giovinezza*. Lui aussi l'avait chanté. Pendant des années. Tous les matins. Mais aujourd'hui, les fascistes lui interdisaient l'accès à son lycée. Ils le séparaient de ses amis et de la fille qu'il aimait.

— Qu'est-ce qu'on fait maintenant? demanda Giulia qui s'approchait de lui en s'essuyant les yeux.

— Je ne sais pas, répondit-il. Moi, je dois y aller.

Il se détourna et alla chercher sa bicyclette sans ajouter un mot.

Sandro pédalait de toutes ses forces. Jamais il n'avait roulé aussi vite. C'était l'heure de pointe et il zigzaguait pour éviter les voitures, les trams, les autres bicyclettes. Comme tous les matins, les gens commençaient leur journée. Personne ne semblait se soucier du sort des Juifs de Rome dont la vie venait de basculer.

Il arriva à la Sapienza en un temps record et prit le chemin goudronné qui traversait le centre du campus. Une foule d'étudiants y circulaient déjà, en bicyclette comme lui ou bien à pied. Il passa devant le nouveau bâtiment administratif, un édifice massif construit sous Mussolini. Jusque-là, ce bloc monolithique lui avait paru beau et imposant. Il le voyait aujourd'hui d'un œil neuf. Il lui fit presque peur.

Il bifurqua ensuite dans l'allée menant au bâtiment rond et ultramoderne du département de Mathématiques, devant lequel s'était agglutinée une foule passablement agitée. Il sauta à bas de sa bicyclette juste au moment où des étudiants quittaient le bâtiment avec leurs affaires, l'air abattus et désemparés.

Cette scène le plongea dans un état de sidération. À côté de lui, un garçon corpulent observait la scène en silence, visiblement sous le choc lui aussi.

— Pardon, mais, ils s'en vont à cause de la nouvelle loi?

— Oui, les étudiants juifs ont été renvoyés ce matin. Les professeurs juifs ont reçu des lettres de licenciements, donc ils doivent eux aussi partir. Le programme des cours est complètement chamboulé. Personne ne sait quoi faire. C'est un coup dur pour tout le monde.

— Et Levi-Civita ? Est-ce que tu sais s'il est déjà parti ?

— Levi-Civita ? Tu as Levi-Civita comme professeur ?

Les yeux sombres de l'étudiant s'illuminèrent.

— Je suis Franco Dutolo.

Sandro lui tendit la main.

— Tu prends quel cours, avec Levi-Civita ? demanda Franco.

— Je ne prends pas son cours. Je suis intégré à une étude indépendante.

— Je ne l'ai pas encore vu, mais je viens juste d'arriver. Je suis sur liste d'attente pour son séminaire. Ou plutôt j'étais. Je viens de l'université de Padoue. Levi-Civita y a enseigné pendant des années. Tout le monde l'adorait. Il emmenait les étudiants en séjour dans les Alpes.

Franco détourna les yeux de ceux qui partaient et secoua la tête.

— C'est vraiment écœurant, ces histoires de religion. Je n'aurais jamais cru qu'une chose pareille puisse arriver. Il ne va plus rester personne dans notre département de Mathématiques. Les professeurs Voltera et Castelnuova sont déjà partis. Crois-le ou non, il y a des étudiants qui les ont hués.

Sandro tressaillit. Tout ça était consternant.

— J'ai entendu dire qu'ils ont refusé ce matin l'entrée de la bibliothèque au professeur Enriques.

Les yeux de Franco s'enflammèrent d'indignation.

— Ils ont jeté dehors l'un des meilleurs mathématiciens de ce siècle. Comme un malpropre.

— C'est terrible !

Sandro regarda passer des assistants. Certains étaient abasourdis. D'autres pleuraient.

— Tu te rends compte que c'est pareil dans toutes les universités du pays ? À Padoue, à Bologne, à Turin, à Ferrara, à Milan.

— Il faut que j'entre dans le bâtiment.

— Non, ne fais pas ça. C'est interdit. On doit attendre à l'extérieur.

Mais Sandro ne suivait plus les règles. Il laissa son vélo près de l'entrée, se fraya un chemin à travers la foule et se précipita dans le bâtiment, le cœur au bord des lèvres. Dans le hall, c'était le chaos. Les gens discutaient, pleuraient, se jetaient dans les bras les uns des autres. Quelques professeurs essuyaient discrètement des larmes.

Sandro prit à droite. Il voulait voir une dernière fois Levi-Civita, lui dire au revoir et merci. Il dut jouer des coudes parmi une foule compacte et aperçut enfin Enzo, devant le bureau du professeur.

— Enzo !

La porte de Levi-Civita était ouverte sur une pièce vide.

Enzo lui jeta un regard désolé.

— Tu l'as manqué de peu, il vient de partir. J'étais sûr que tu viendrais. J'espérais que tu serais là à temps.

Sandro eut la gorge nouée. Il était submergé par les émotions qu'il refoulait depuis l'annonce de ces lois. Il avait envie de s'effondrer et de pleurer. Pas seulement sur son sort, mais aussi sur celui du professeur et de tous les autres.

— Je suis vraiment désolé pour cette… loi, renifla Enzo. Évidemment, ça me dégoûte… C'est de la discrimination et on devrait l'annuler, mais je sais que ça ne t'aide pas beaucoup que je dise ça. Tu étais un étudiant brillant. C'est toi qui m'as appris des choses, et pas l'inverse.

— Merci, répondit Sandro en déglutissant péniblement car ces mots gentils ne faisaient que l'attrister un peu plus. Comment allait le professeur ? Il était bouleversé ?

– Oui, mais il a gardé la tête haute. C'est un cauchemar. Nous perdons tout le monde.

— Où est-il allé ?

Sandro luttait intérieurement pour conserver son calme.

— Je ne sais pas. C'est la panique. Personne ne comprend rien à ce qui nous arrive.

Enzo se passa la main sur le visage.

— Il paraît que ces lois concernent une centaine de professeurs à travers tout le pays. C'est tellement stupide et injuste, ça ne peut que faire du mal à l'Italie. On va perdre les meilleurs. Ça n'a aucun sens.

Sandro ne trouva rien à lui répondre. Il allait quitter la Sapienza pour ne plus y revenir. Il ne travaillerait pas pour Levi-Civita. Il n'enseignerait pas ici. Il n'apporterait sans doute jamais sa contribution aux mathématiques italiennes.

— Et toi, ça va aller ? lui demanda Enzo.

— Qu'est-ce que ça peut bien faire, maintenant ? rétorqua Sandro d'un ton morne.

Chapitre 34

Elisabetta
5 septembre 1938

Après les cours, Elisabetta se rendit au *Casa Servano.* Elle alla directement dans la cuisine, qu'elle trouva comme d'habitude embuée, et accrocha son sac près de l'entrée du garde-manger. Nonna était installée à la table habituelle, sa tête argentée penchée sur quatre longues bandes d'une pâte souple saupoudrée de farine qu'elle coupait en petits morceaux, pour former de petites boules en forme d'oreillers.

Elle avait donc opté pour des gnocchis, mais Elisabetta n'avait pas vu Paolo derrière le bar pour parier avec lui, et de toute façon elle n'était pas d'humeur. Elle se faisait du mauvais sang pour Sandro. Au lycée, la journée avait été un cauchemar. tout le monde, enseignants et étudiants, était bouleversé et en colère.

— *Ciao.*

Elle alla embrasser Nonna sur les deux joues, en respirant son odeur familière de farine et d'eau de rose.

— Tu as entendu parler de ce qui est arrivé aux Juifs, aujourd'hui ?

— Qu'est-ce que tu crois ? Que je vis dans une grotte ? Mussolini s'en prend aux Juifs et Trastevere est en larmes ! Jeter les enfants hors de leurs écoles ! Mettre les enseignants au chômage ! Cet homme est un monstre, un fléau ! Quant à toi…

Elle leva les yeux de ses pâtes, la bouche crispée en une légère moue.

— Assieds-toi.

— Moi ? Euh, oui, d'accord… répondit Elisabetta en s'exécutant. Ça a un rapport avec les lois raciales ?

— C'est bien mon journal, non ? demanda Nonna en désignant le journal de la veille posé sur une chaise.

— Oui.

— Je suis furieuse contre toi.

— Pourquoi ?

Nonna appuya l'index et le majeur dans un coussin de pâte pour creuser une fossette en son centre, puis elle le fit rouler un peu plus loin d'une pichenette et passa au suivant.

— Tu as écrit sur mon journal ?

Elisabetta avait en effet encerclé des annonces de chambres à louer.

— Euh, oui. Je suis désolée.

— Tu cherches un endroit où habiter ?

— Oui.

— Et tu n'as pas pensé à me demander ?

Nonna envoya rouler un autre coussinet de pâte.

— J'ai été horriblement vexée. Il ne t'est pas venu à l'idée que je pouvais avoir une chambre pour toi ? Tu ne sais pas que j'ai les moyens ? Que je suis propriétaire ? Et que j'ai une très jolie chambre dans un de mes immeubles ? Avec une salle de bain.

— Pour moi ?

—Évidemment, pour toi, grommela Nonna en se renfrognant, d'un ton de plus en plus exaspéré.

Elisabetta n'était pas sûre de bien comprendre. Ça ressemblait à une offre, du moins dans le style de Nonna.

—Eh bien, merci, alors. Le loyer est de combien ?

Nonna leva la tête vers elle et ses yeux lancèrent des éclairs derrière ses lunettes.

—Elisabetta, tu me prends pour qui ?

Elisabetta en fut bouleversée.

—Vous ne voulez pas que je paye ? Je ne peux pas accepter.

—Dans ce cas, je vais te renvoyer. Tu peux dire adieu au *Casa Servano* et à Nonna.

—Non ! protesta Elisabetta, confuse.

—Tu veux rester ? Dis-moi oui. Tu n'es quand même pas incapable de dire « oui » ?

—Non, euh… Oui ! s'exclama Elisabetta.

Elle était reconnaissante à Nonna de son insistance, sauf que ce n'était plus une conversation, mais un champ de mines.

—Merci, Nonna, merci ! Elle se trouve où, cette chambre ?

—Au numéro 28 de la Via Forata.

Elisabetta battit des paupières.

—C'est là que vous vivez, n'est-ce pas ?

—Eh bien oui, je t'ai dit que j'étais propriétaire. Tu n'écoutes pas quand je parle ?

Nonna fit rouler un autre gnocchi sur la table saupoudrée de farine.

—J'habite au rez-de-chaussée. Tu seras à l'étage, avec ta propre salle de bain.

—C'est merveilleux, merci !

Elisabetta se sentit immensément soulagée. Cette offre inespérée lui ôtait un grand poids. Elle se sentait comme quelqu'un qui plonge dans un bain chaud après une dure journée de labeur. Mais elle n'était pas encore tirée d'affaire, car Nonna continuait à la fixer d'un air féroce, couteau en main.

— Il y a quand même un petit problème : ton chat.

— Comment savez-vous que j'ai un chat ?

Elisabetta éprouva le besoin de déglutir. Il était hors de question qu'elle abandonne Rico. Elle préférait renoncer à la chambre.

— Tu crois que je ne te vois pas emporter des restes de poisson ? Ou que je ne t'entends pas sans cesse raconter combien il est intelligent, beau et affectueux ?

— Est-ce que peux l'emmener ?

— Il ne fait pas pipi partout ?

— Non.

Nonna la dévisagea un instant, comme si elle réfléchissait.

— Dans ce cas, c'est d'accord, dit-elle enfin.

Elisabetta se jeta à son cou.

— Mais s'il fait pipi, je te préviens, je lui coupe les gnocchis.

Chapitre 35

Sandro

5 septembre 1938

— Rosa !

Sandro leva les yeux de son cahier. Il était agréablement surpris de la visite de sa sœur car elle ne passait pas souvent les voir depuis qu'elle avait emménagé dans un appartement avec des colocataires. Elle traversa la salle à manger, posa son sac à main et le prit dans ses bras. Elle portait son costume tailleur brun, elle avait relevé ses cheveux en torsade. Il respira une bouffée de son parfum fleuri.

— J'ai appris ce qui s'était passé au lycée, Sandro. Je suis horrifiée.

— C'était pareil à la Sapienza. Levi-Civita a dû partir. Je suis arrivé trop tard pour lui dire au revoir.

— Oh non… Tout ça a dû te faire un choc.

— J'essaye de ne pas me laisser abattre. De garder le cap.

— Ce n'est pas facile de garder le cap dans des conditions pareilles, rétorqua Rosa les sourcils froncés, d'un ton plein de compassion. Mussolini s'est retourné contre nous. Le manifeste et les lois raciales montrent qu'il ne veut plus de Juifs en Italie. Il va nous mener la vie dure et nous serons obligés de partir.

— Mais pourquoi, d'après toi ? Pourquoi maintenant, après tout ce temps ?

— C'est justement ce qu'on trouve très inquiétant, David et moi. Mussolini a choisi de se ranger du côté d'Hitler, et si Hitler est contre les Juifs, Mussolini l'est aussi.

Elle posa tendrement une main sur son bras.

— Je sais que tu aimes beaucoup papa, et moi aussi je l'aime. Mais il ne voit pas ce que je vois à l'ambassade.

Sandro ne savait plus qui croire, de sa sœur ou de son père.

— Il connaît des gens dans le parti et il lit les journaux, contra-t-il.

— Il ne lit que des journaux fascistes et ne fréquente que des fascistes qui ne diront jamais un mot contre Mussolini, quoi qu'il fasse.

Elle lui pressa le bras.

— De plus, tu n'es pas obligé de penser comme papa. Le fascisme est maintenant notre ennemi. Les Juifs devraient quitter le parti, avec ce qui s'est passé aujourd'hui. Ces lois raciales, c'est la goutte d'eau qui fait déborder le vase. Ils t'ont mis à la porte de ton lycée, c'est scandaleux !

— Papa dit que ce sera temporaire.

— Il se trompe. Sandro, tu dois réfléchir par toi-même.

— Rosa !

Leur mère venait d'entrer dans la pièce et vint embrasser Rosa sur les deux joues. Puis leur père entra à son tour.

— Quelle belle surprise ! s'exclama-t-il en tendant les bras à sa fille.

Sandro leur trouva à tous les deux un sourire forcé. Ils avaient passé la soirée enfermés dans le bureau de leur père, à discuter.

— Quelle journée terrible ! s'exclama Rosa. Je suis horrifiée.

— Nous aussi, répondit sa mère d'un ton posé. Mais votre père cherche des solutions. Tu restes manger avec nous, n'est-ce pas ?

— C'est mon dîner de consolation, Rosa, intervint Sandro. Cornelia m'a promis de la friture.

Le rire de Rosa distilla un peu de joie dans cette atmosphère tendue.

— Je serais ravie de rester, dit-elle.

— Parfait. Assieds-toi. Je vais te chercher une assiette.

Leur mère se détourna et partit en direction de la cuisine.

— Oui, asseyez-vous, tous les deux.

Leur père s'avança vers la table et servit un verre de vin qu'il proposa à Rosa.

— Comment ça va, de ton côté ? demanda-t-il.

— Ça allait bien jusqu'à aujourd'hui soupira-t-elle.

Elle accepta le verre et prit une chaise.

— Papa, de quelles solutions parlait maman ? demanda-t-elle en s'asseyant. Qu'est-ce qu'on peut faire pour contrer ces lois raciales ?

— On doit essayer d'aller de l'avant et surtout ne pas se laisser abattre. Des dispositions ont été prises pour que le gouvernement finance des écoles juives.

— Mais qu'est-ce que tu penses du parti fasciste ? Toi qui lui étais tellement loyal. Ne me dis pas que tu n'as pas été choqué ? C'est un sacré changement de politique, non ?

— Comme je l'ai dit à Sandro, je suis choqué par les lois raciales. Mais je les ai épluchées, j'ai parlé aux membres du Conseil de la Communauté israélite et j'ai déjà passé quelques coups de fils.

Rosa fronça les sourcils.

—C'est horrible, rien ne peut réparer une chose pareille, papa.

—On étudie déjà la possibilité de louer un local pour dispenser les cours. Des membres de notre communauté se sont portés volontaires pour enseigner. Nous comptons parmi nous un certain nombre d'enseignants et de professionnels qui peuvent nous aider.

—Mais…, commença Rosa.

Leur père la fit taire en levant la main.

—Les enseignants juifs qui ont été remplacés aujourd'hui ont appelé la synagogue, pour chercher du travail. Nous dressons une liste pour savoir combien de personnes nous pouvons embaucher. J'ai suggéré de prendre Mme Longhi, la professeure de mathématiques de Sandro. Sandro pourra aider à l'enseignement de l'arithmétique aux plus jeunes élèves. Il a toujours voulu enseigner, donc on peut même voir ça comme une opportunité pour lui.

—Une opportunité? répéta Rosa d'un ton montrant qu'elle ne partageait pas ce point de vue.

Leur mère revenait avec une assiette et des couverts qu'elle posa devant elle.

—Oui, répondit fermement leur père. Évidemment, c'est une situation très défavorable, mais nous devons en tirer le meilleur parti. Il n'y a aucune raison pour que Sandro et les autres perdent leur temps, car ils pourront se présenter à l'examen d'État à la fin de l'année scolaire. Et s'ils réussissent, ils auront leur diplôme.

—Donc, ça, c'est prévu.

—Oui. Ce qui compte à présent, c'est que nos enfants puissent poursuivre leurs études.

Massimo donna une grande tape amicale sur l'épaule de Sandro.

— Évidemment, ce problème ne concerne pas uniquement le lycée de Sandro. D'après nos premières estimations, environ six mille étudiants juifs sont concernés, cent soixante-dix enseignants du secondaire et une centaine de professeurs d'université. Nous allons donc nous adapter pour que les élèves reçoivent un enseignement décent. Après tout, nous, les Juifs, nous sommes des spécialistes de la survie.

— Bien dit, mon cher, approuva leur mère.

Au même instant, Cornelia entra dans la salle à manger avec un plat d'artichauts frits, une spécialité juive. Les yeux de Sandro s'illuminèrent.

— Mille merci et bravo, Cornelia.

— Tout spécialement pour toi, répondit Cornelia en déposant le plat devant lui.

Ça avait l'air succulent. Les artichauts étaient recouverts d'une fine panelure assaisonnée de gros flocons de sel de mer et arrosée d'un filet d'huile d'olive citronnée qui les faisait briller. Sandro attendit pour se servir que leur père ait récité une prière de remerciements pour le repas.

— Mmm, commenta-t-il dès la première bouchée. Je suis officiellement consolé.

— Tant mieux.

Cornelia lui tapota l'épaule et repartit dans la cuisine.

Rosa s'éclaircit la voix.

— Je sais que la journée à déjà été riche en surprise, mais je dois vous annoncer quelque chose, alors autant le faire tout de suite. Ma candidature pour travailler dans une organisation humanitaire a été acceptée et les papiers son prêts. Je vais émigrer avec David, tout est prévu. J'aurais voulu vous le dire à un autre moment, mais je pars à la fin de la semaine.

Sandro en resta stupéfait et une immense tristesse l'envahit. Au fond, il n'avait jamais cru que sa sœur irait jusqu'au bout d'une telle démarche. Il ne savait pas quoi dire. C'était un coup dur, mais il le garda pour lui.

— Si vite ? s'exclama leur mère en portant une main devant sa bouche, comme pour étouffer un cri.

Le visage de leur père s'affaissa.

— C'est un peu soudain, non ?

— Pas vraiment, répondit doucement Rosa. Ça fait longtemps que je me prépare et que j'attends. Ça me fait mal de partir sans vous tous, mais j'ai trop peur de rester. J'ai peur aussi pour vous.

— Tu n'as pas à t'en faire pour nous, déclara posément leur père. On vit et on travaille ici.

— On doit rester, Rosa, renchérit leur mère.

Sandro baissa les yeux vers son assiette. Cela lui coûtait de se séparer de sa sœur, mais, tout comme ses parents, il ne pouvait envisager de quitter Rome. D'un autre côté, Rosa n'avait pas tort : les événements de la journée avaient ébranlé sa confiance et il n'était pas loin de se sentir en danger.

— Écoutez-moi, une dernière fois, insista Rosa en se penchant vers lui. J'ai peur, parce que je pense que le moment viendra où vous ne pourrez plus partir, même si vous le souhaitez. J'ai entendu des choses à l'ambassade et je sais que vous allez dire que ce n'est pas officiel, mais c'est fiable. Les Juifs de toute l'Europe fuient les nazis. Vous dites que des Juifs viennent se réfugier en Italie et vous avez raison, mais ils se rendront bientôt compte qu'ils ont commis une erreur. Ceux qui réagissent vite ont encore une chance de partir. Plus vous retardez le moment du départ et plus ce sera difficile et dangereux.

— Dangereux ? railla leur père.

— Oui, papa.

Elle fit la moue.

— Certains pays ont déjà pris des mesures pour bloquer l'entrée des réfugiés. Les États-Unis ont des quotas pour accueillir les Juifs et ils ne cessent de mettre des restrictions. Les procédures de leur département d'État sont très longues. Et même pour ceux qui obtiennent un visa, il faut une certaine somme pour quitter l'Italie. Ceux qui n'ont pas de quoi subvenir à leurs besoins ne sont acceptés nulle part.

Leur père prit un air incrédule et leur mère haussa un sourcil, mais Rosa ne leur laissa pas le temps de parler.

— Personne ne veut plus accueillir les Juifs. Pas même les Britanniques. Il faut sortir des sommes astronomiques pour obtenir un visa pour la Palestine. Si je n'avais pas été employée à l'ambassade, je n'aurais peut-être pas pu partir. Je vous en prie, venez avec moi, c'est votre dernière chance.

— Non, merci, répondit leur père en secouant la tête. On t'a déjà dit non.

— Je regrette, mais non, renchérit leur mère.

Sandro eut le cœur serré en voyant sa sœur au bord des larmes. Il l'aimait, alors il sut ce qu'il fallait dire.

— Rosa, je comprends que tu veuilles partir. C'est ta vie. Si tu penses que tu dois le faire, fais-le.

— Merci.

Elle lui adressa un sourire tremblotant, puis reporta son attention sur leurs parents.

— Et il y a encore une chose que vous devez savoir. Je me suis mariée avec David à Londres la semaine dernière. Je suis sa femme.

— Quoi ?

Leur père en resta bouche bée.

— Tu t'es mariée ?

— Rosa ?

Leur mère ouvrit des yeux ronds derrière ses lunettes.

— Mon Dieu ! Pourquoi tu ne nous en as pas parlé ?

Sandro ne trouva rien à dire tant il était surpris.

Mais Rosa ne se laissa pas démonter par leur réaction et prit la main de leur mère dans la sienne.

— Maman, il n'est pas italien et je savais que vous ne seriez pas d'accord. Sauf que… D'après le manifeste pour la défense de la race, nous ne sommes pas italiens non plus, puisque nous sommes juifs. Donc tu vois papa, cette objection est totalement dépassée et absurde. Tu t'en rends compte, au moins ?

Massimo croisa les bras.

— Non, dit-il sèchement. Le manifeste n'a pas force de loi. Personne ne peut nier l'histoire. Nous sommes des Juifs italiens. Nous sommes romains.

Leur mère secoua la tête, toujours sous le choc.

— Tu aurais pu nous le dire, Rosa. Nous prévenir. Nous n'étions même pas à ton mariage !

Rosa prit un air résigné.

— Je savais que vous tenteriez de me faire revenir sur ma décision et je voulais éviter une discussion pénible. De toute façon, je devais me marier là-bas pour augmenter mes chances d'être accepté par les services de l'immigration.

Sandro comprenait la démarche de sa sœur et il ne lui en voulait pas, même s'il aurait aimé lui aussi assister à son mariage. Ce qui lui brisait le cœur, c'était de penser qu'elle allait partir. Les émotions bouillonnaient en lui. Tout allait mal. Son père était en colère, sa mère était bouleversée, il avait hâte que cette affreuse journée se termine enfin.

Leur père secoua la tête.

— Rosa, il n'est pas italien. Comment as-tu pu ?

— On s'aime, papa.

Rosa fronça les sourcils.

— C'est un homme merveilleux. On s'est mariés au cours d'une cérémonie juive, en présence de ses parents et de son frère.

— Ça ne fait pas de lui un Italien ! rétorqua leur père en levant les bras au ciel. Ta mère et moi, nous voulions des petits-enfants italiens.

Cette fois, Sandro ne put se retenir.

— Mais qu'est-ce que ça peut faire, papa ? D'abord tu dis que je dois arrêter de fréquenter Elisabetta parce qu'elle n'est pas juive. Maintenant c'est Rosa qui n'aurait pas dû épouser David parce qu'il n'est pas italien !

Leur père tourna vers lui un regard choqué et blessé.

— Ta mère et moi avons des souhaits pour vous deux et c'est notre droit. Qu'est devenu le respect que l'on doit à son père, mon fils ?

— Je te respecte, bien sûr.

Rosa lui avait conseillé de penser par lui-même. Elle avait raison, il en avait conscience aujourd'hui plus que jamais.

— Mais j'ai le droit d'être en désaccord avec toi. Ce qui s'est passé aujourd'hui montre que tu as tort de nous considérer comme des gens à part. C'est ce que font les fascistes, en m'interdisant mon lycée sous prétexte que je suis juif. Notre gouvernement essaye de nous mettre à l'écart avec des lois iniques et scandaleuses. La bonne réponse n'est sûrement pas de nous considérer comme différents.

Leur mère se leva, les sourcils froncés, le front plissé, les poings crispés sur sa serviette de table, visiblement secouée. On voyait qu'elle se retenait de pleurer.

— Vos discussions ne m'intéressent pas, déclara-t-elle. Moi, je voulais assister au mariage de ma fille. C'est trop tard, c'est irrattrapable.

Elle plaqua sa serviette sur son nez et éclata en sanglots silencieux. Puis elle se détourna brusquement et sortit de la pièce. Rosa se précipita à sa suite.

Sandro et son père restèrent seuls. Il y eut un long moment au cours duquel aucun d'eux ne chercha à combler le vide du silence. Sandro contemplait fixement son assiette en tentant de mettre de l'ordre dans ses émotions. C'était la deuxième fois qu'il s'opposait ouvertement à son père.

Il aurait voulu se réconcilier avec lui, mais quand il leva les yeux, il rencontra un regard plein de reproches qui le dissuada d'essayer. Il y avait des larmes derrière les grosses lunettes de Massimo. Sandro se sentit coupable. Il n'avait jamais vu son père pleurer.

— Papa ? dit-il en se levant.

Mais son père lui fit signe de rester assis.

— Quand tu auras des enfants, tu comprendras, dit-il sèchement.

Chapitre 36

Aldo
Octobre 1938

Le *Bar du Giro* était plein. Aldo était préposé à la machine à café et se tenait derrière le comptoir avec Letizia, leur barmaid, une jeune femme plus âgée que lui. Son père était à l'extérieur avec les clients en terrasse, occupé à chasser l'accordéoniste et le photographe qui essayaient de soutirer de l'argent aux touristes. Marco servait une tablée de jolies infirmières. Aldo l'observa, non sans un certain amusement. Il lui enviait un peu son charme et son aisance avec les femmes, mais il l'aimait trop pour le jalouser vraiment.

— Deux cafés serrés, annonça Letizia.

Aldo attrapa une tasse et actionna la manette de l'impressionnante machine à café Victoria Arduino, surmontée de son aigle étincelant. Il fit couler une tasse, tandis que ses pensées vagabondaient dans la même direction que d'habitude – à savoir vers les dangers des projets de sa cellule antifasciste. La fête en l'honneur de Spada approchait et il avait de plus en plus peur pour Marco. À son grand désarroi, le groupe répétait l'attentat à chaque réunion, avec des bâtons en guise de fusil, car on ne l'avait pas encore envoyé chercher les armes à Orvieto. Chaque matin et chaque soir, il priait pour que Dieu lui vienne en aide.

Il tendit un premier café à Letizia et prépara le second, l'esprit totalement ailleurs. Ayant échoué à convaincre Marco de quitter son travail, il avait pensé à une autre manière de procéder. Ça paraissait fou, mais il envisageait de servir à son jeune frère de la viande de porc avariée le jour J, afin qu'il ne soit pas en état de se déplacer. Le problème, c'était que Marco avait un estomac en béton et qu'il faudrait plus qu'un petit dérangement gastrique pour l'empêcher d'assister à cette fête. Il allait devoir manger pas mal de porc pour être suffisamment malade, mais Aldo n'avait pas non plus envie de l'envoyer à l'hôpital…

Il tendit la seconde tasse à Letizia, tout en jetant un coup d'œil à l'extérieur. Son regard s'arrêta sur une femme blonde en train de s'asseoir en terrasse. Il la reconnut aussitôt. C'était Silvia, la femme d'Uno.

Il baissa la tête, pour cacher son visage. Son cœur se mit à battre la chamade. Silvia ne se doutait pas qu'il travaillait ici. Si elle le voyait, elle connaîtrait sa véritable identité.

— Un café sans mousse, demanda Letizia.

Aldo ne songeait plus qu'à se mettre à l'abri du regard de Silvia.

— Letizia, tu peux prendre ma place un moment ? Je dois aller aux toilettes.

— Bien sûr, répondit celle-ci.

Il abandonna sa place derrière le comptoir. Il était sur le point de disparaître dans l'arrière-salle, quand il se rendit compte que c'était trop tard. Silvia s'était levée et parlait avec son père, sans doute pour lui demander où se trouvaient les toilettes. L'instant d'après, elle entrait dans la salle.

Aldo eut soudain la bouche sèche. Il ne fallait pas qu'elle le voie. Par ailleurs, Marco regardait en ce moment la jolie femme habillée d'une robe bleue qui collait à son corps gracile. Il ne fallait surtout pas qu'il aborde Silvia. Tel qu'Aldo le connaissait, il chercherait à l'impressionner en se vantant de travailler au quartier général fasciste. Et ce serait la catastrophe.

Aldo se figea. Silvia venait dans sa direction. Il détourna la tête et fit mine de s'adresser à un client, tout en priant pour qu'elle ne l'ait pas remarqué. Mais il vit avec horreur du coin de l'œil qu'elle le regardait fixement et ralentissait le pas en passant à sa hauteur.

Résigné, il tourna la tête vers elle. Bizarrement, elle n'avait pas l'air surprise de le voir et lui adressa un discret hochement de tête, comme pour lui demander de la suivre. Puis elle alla au fond, dans l'étroit couloir donnant accès à la réserve et aux toilettes. Heureusement, Marco, sollicité par un client, n'avait heureusement rien vu de ce petit manège.

Aldo suivit donc Silvia, l'esprit en ébullition. Dans le couloir, elle l'attendait.

— Il faut que je te parle, dit-elle dans un souffle.

— D'accord, dans la réserve.

Il la fit entrer dans le réduit sous l'escalier, là où ils stockaient les boissons et les produits d'épicerie. Puis il ferma la porte sur eux et alluma la lumière.

— Silvia, que fais-tu ici ?

— C'est Uno qui m'envoie te parler, Aldo.

Aldo fut surpris.

— Mais tu connais mon nom ? Et tu savais où je travaillais ?

— Uno t'a trouvé parce qu'on avait besoin de te parler. C'est urgent.

Aldo eut un mouvement de recul.

— Il m'a trouvé comment ?

— Il a ses contacts.

Aldo s'efforça de masquer son inquiétude.

— Je croyais que nos identités restaient secrètes. Qu'on se faisait confiance. On n'était pas censé s'espionner entre nous.

— Je suis d'accord avec toi sur le principe, mais là il s'agissait d'une situation exceptionnelle. Uno prend beaucoup de risques, il doit se montrer très prudent. C'est pour ça que c'est moi qui viens te voir et pas lui.

Le front de Silvia se plissa.

— Crois-moi, il a de bonnes raisons de procéder comme il le fait. Mais je ne veux plus rien te cacher, aussi je peux te dire que nous savons que ton père est un fasciste convaincu.

Aldo remercia le ciel. Apparemment, ils ne savaient pas pour Marco. Il reprit ses esprits.

— Je suis sûr que je ne suis pas le seul de notre cellule à avoir un fasciste convaincu pour père. Ça ne m'empêche pas d'avoir mes opinions et d'être loyal à notre cause.

— On le sait et ce n'est pas pour ça que je suis là. Je viens te demander de partir ce soir pour Orvieto.

— Ce soir ?

Aldo eut du mal à déglutir.

— Pourquoi ce soir ? Qu'est-ce qu'il s'est passé ?

— Il y a du nouveau, c'est tout ce que je peux dire.

Aldo aurait voulu repousser le délai. Plus il tardait à récupérer les armes, mieux c'était.

— Je ne suis pas sûr d'être prêt, murmura-t-il.

— Pourquoi ?

Il chercha un mensonge, mais il ne savait pas mentir.

— Ce soir, c'est court.

— On ne peut pas faire autrement.

— Mais il faut que je me prépare.

— Qu'est-ce que tu dois préparer ?

— Ma bicyclette. J'ai des réglages à faire.

— Elle est cassée ?

— Non, enfin, elle n'est pas cassée, mais...

— Aldo, tu as peur ? C'est ça ?

Silvia plissa ses yeux bleus et posa sur lui un regard méfiant.

— C'est pour ça que tu as maigri comme ça ? Parce que tu es dévoré d'angoisse ?

— Oui, avoua Aldo.

Avec elle, c'était inutile de tricher, elle était beaucoup trop intelligente.

— Je ne voulais pas le dire devant les autres, avoua-t-il.

— Je m'en doutais, tu sais. Je perçois des choses qui échappent à mon mari.

Elle lui tapota le bras.

— Reprends-toi. Sois courageux. C'est dangereux, mais les risques sont calculés. Tu as dit que tu irais, tu dois tenir parole. Mon mari ne peut pas tout prendre en charge. Fais ta part.

— D'accord, céda Aldo.

De toute façon, ce soir ou un autre soir, lui ou un autre… Leur groupe allait se procurer des armes. De plus, la date de la réception en l'honneur de Spada était fixée et ne dépendait pas de son voyage à Orvieto.

— Bravo, approuva Silvia avec un bref sourire. Pars à la tombée de la nuit et sois de retour demain matin. Notre contact t'attendra dans une taverne appelée *Piccolo's* sur Via del Duomo, près du Corso Cavour.

— Comment le reconnaîtrai-je ?

— On l'appelle Fabio et il portera une casquette à carreaux. Il doit te donner un paquet de six pistolets. Rentre directement à

Rome et place-les dans un trou dans le sous-bois près des thermes de Caracalla, à l'intersection de Viale delle Terme di Caracalla et de Via Antoniniana. Tu connais ?

— Non.

— Peu importe, tu trouveras facilement. Si pour une raison ou une autre, tu te sens en danger, cache-toi immédiatement sur place et attends la nuit suivante pour repartir. Ne cherche surtout pas à retourner vers notre contact d'Orvieto. Compris ?

— Oui.

— Bonne chance.

Silvia ouvrit la porte de la réserve et partit. Aldo soupira. Sa poitrine lui semblait soudain trop petite et il ne parvenait plus à remplir ses poumons, lui qui avait toujours eu du souffle. Il attendit cinq minutes pour retourner dans la salle.

Marco vint aussitôt vers lui, un petit sourire aux lèvres.

— Aldo, c'était elle ?

Aldo comprit que son frère prenait Silvia pour sa maîtresse cachée, ce qui l'arrangeait bien.

— Euh, oui, bredouilla-t-il.

— C'est une superbe blonde, dis-donc !

— Merci !

Il lui vint soudain à l'esprit qu'il ne rentrerait pas de la nuit s'il devait aller à Orvieto.

— Elle est venue m'annoncer que son mari s'était absenté et que je pouvais passer la nuit avec elle. Tu voudrais bien couvrir mon absence ?

— Oui, bien sûr. Ne t'en fais pas. Je dirai à papa que tu te sentais en forme et que tu as décidé de travailler ton endurance. Ils ne t'attendront pas pour se coucher. Mais arrange-toi pour rentrer avant qu'ils ne se lèvent demain.

— Parfait, répondit Aldo, en se forçant à sourire.

Par une étrange ironie du sort, son petit frère était en train de l'aider à obtenir les armes qui seraient bientôt pointées contre lui.

— Maintenant, dis-moi.

Marco se pencha vers lui, les yeux brillants.

— Vous avez fait quoi, dans la réserve ? Vous avez fait votre affaire ? Si vite ?

— Marco, enfin !

Aldo pouffa, bien qu'il se sentît gêné.

— Eh bien quoi, c'est possible. Je le sais, pour l'avoir expérimenté.

Pour toute réponse, Aldo se contenta de lui donner une bourrade.

Le crépuscule tombait peu à peu. Aldo avait quitté Rome et roulait vers le nord en empruntant de petites routes. Il gardait un œil sur les voitures, pour être certain qu'on ne le suivait pas, mais il ne se sentait pas en danger. Il pensait à Marco. Plus il avançait, plus il se torturait, car chaque tour de roue le rapprochait de ce qu'il redoutait. Il devait sauver Marco et pour l'instant il n'avait rien trouvé de mieux que le porc avarié.

Après avoir roulé plus de trois heures, il atteignit enfin la ville médiévale d'Orvieto. Dans un dédale de rues pavées, il trouva le *Piccolo's*, un bar miteux dans une étroite ruelle commerçante dont les boutiques étaient fermées à cette heure. Tout était sombre, à part la taverne dont l'éclairage projetait sur le trottoir une zone de lumière ovale. Affalé contre un mur, un homme portant une casquette à carreaux buvait du vin à même la bouteille. C'était sûrement Fabio, qui se faisait passer pour un ivrogne. Par terre près de lui, gisait un volumineux paquet enveloppé dans du papier, noué par une ficelle. Les pistolets.

Aldo ralentit, tout en jetant un coup d'œil autour de lui pour être sûr que personne ne le regardait. La rue était totalement déserte, il n'y avait personne en vue. Un chien aboya au loin. À part ça, c'était calme et silencieux.

Puis Fabio se leva en chancelant et s'éloigna en faisant mine de s'appuyer au mur pour ne pas tomber.

Aldo n'hésita pas. Il roula vers le paquet et se pencha pour le ramasser, sans même s'arrêter. C'était lourd. Il fit quelques mètres et s'arrêta pour le glisser dans la pochette de son guidon.

Son cœur battait à présent la chamade. Il avait les pistolets, plus moyen de revenir en arrière. Il pria pour demander pardon au Seigneur et se promit de trouver le moyen de sauver Marco. Il ne lui restait plus à présent qu'à rentrer à Rome le plus vite possible.

La rue était toujours déserte et il n'y avait apparemment aucun danger, mais il préféra rouler encore quelques minutes dans la même direction, avant de faire demi-tour pour retourner d'où il venait, les muscles crispés, en jetant des regards inquiets autour de lui.

Il quitta bientôt Orvieto et tâcha de pédaler de plus belle, filant dans la nuit noire, car il avait encore un long chemin à parcourir. La route serpentait, les pistolets s'entrechoquaient dans la pochette chaque fois qu'il roulait sur une bosse.

Il se courba sur le guidon pour minimiser sa résistance à l'air. Bientôt, il traversa des pâturages où paissaient des chevaux et des bovins. Les phares d'une voiture l'éclairèrent, mais il y prêta à peine attention. Il accéléra, la voiture fit de même, mais resta derrière lui. C'était étrange. Il fit signe au conducteur de le dépasser, mais celui-ci n'en fit rien.

Cette fois Aldo s'inquiéta.

La voiture le talonnait sur sa droite et l'inondait de la lumière de ses phares. En jetant un coup d'œil par-dessus son épaule, il vit qu'il s'agissait d'une grosse berline sombre et en fut saisi d'effroi. Il tenta de se convaincre que ça ne voulait rien dire et ralentit de nouveau. La voiture ralentit en même temps que lui. Il accéléra et elle accéléra, toujours sans le doubler.

La peur déferla en lui et prit le dessus sur son corps épuisé. La berline s'approcha de son pneu arrière, puis s'en écarta, puis revint, jouant avec lui. La peur lui donna un regain d'énergie et il se mit à pédaler encore plus vite. La berline roulait à présent si près de lui qu'il sentait la chaleur de son moteur. Il entendit des rires d'hommes. Au mieux, il s'agissait de soulards qui avaient décidé de s'amuser à ses dépens. Il était seul, à leur merci.

La berline se rapprocha encore de lui en rugissant. Il n'avait aucune chance de la distancer, mais tenta encore d'accélérer, le cœur battant, pris d'une terreur sans nom. Soudain, une bouteille heurta son épaule, exploit qui fut salué par un éclat de rire provenant de l'habitacle. Déstabilisé par le choc, Aldo donna un coup de guidon et son pneu avant fit une embardé, mais il parvint à maîtriser son vélo et à éviter la chute.

Il chercha du regard une échappatoire. Peut-être pouvait-il couper à travers la campagne pour semer ses poursuivants ? Malheureusement, il se trouvait sur un long tronçon de route bordé de clôtures et il n'eut d'autre choix que de poursuivre son chemin. Il se demanda si les hommes de la berline connaissaient la route et avaient choisi à dessein cet endroit pour le harceler. Il ne lui restait plus qu'à espérer qu'ils finiraient par se lasser de leur petit jeu.

Le vent le frappait de plein fouet, les nuages semblaient s'agglutiner pour lui cacher la lune. À un moment, il prit un virage à droite et là, au sortir du tournant, il se trouva face à une file de berlines arrêtées dans le sens inverse, tous feux éteints. Il comprit qu'on lui avait tendu une embuscade.

Quand il freina, les voitures allumèrent leurs phares, l'inondant de lumière. Aveuglé, il dérapa et tomba. Le paquet contenant les armes fut projeté hors de la pochette. Il roula sur l'asphalte râpeux de la route qui déchira ses vêtements et lui écorcha les membres. Ça faisait atrocement mal. Il n'arrivait plus à penser.

Le vélo s'arrêta dans un fossé herbeux, après avoir heurté un poteau de clôture. Il eut une odeur de fumier dans les narines et entendit un galop de sabots, comme un roulement de tonnerre – des chevaux qui s'enfuyaient.

Il lutta pour ne pas perdre conscience. Il avait mal partout, quelque chose de chaud coulait sur son visage et il sut que c'était son sang. Il lutta pour ouvrir les yeux et aperçut au-dessus de lui une rangée de silhouettes sombres et menaçantes qui brandissaient de longues massues.

Des fascistes. Il avait été suivi. Quelqu'un avait eu vent de l'opération Première Frappe préparée par sa cellule.

Son cœur se mit à cogner, sous l'effet de la terreur. Il tenta de se relever, mais ses jambes se dérobèrent. Une douleur explosa dans son genou droit. Il avait sûrement quelque chose de cassé. Il bascula en avant et s'effondra au sol. Il sentit l'odeur métallique de son sang et se rendit compte qu'il baignait dedans.

Les hommes s'approchèrent en ricanant et en l'insultant.

— Cochon de bolchevique !

— Tu es en état d'arrestation, sale communiste !

— Je vois un pistolet, pas vous ?

— Oui, je le vois aussi !

— On est bien obligés de se défendre !

Aldo comprit que ces hommes n'avaient pas l'intention de l'arrêter et qu'ils allaient le tuer. Il tenta de ramper pour leur échapper. Ses jambes le brûlaient. Il haletait et poussait des grognements de bête en se traînant à terre, griffant le sol devant lui.

—Allez mon gars, essaye de t'échapper ! Qu'on s'amuse un peu !

Une massue s'abattit sur son dos. Il entendit craquer son omoplate et le sentit se briser. Une douleur terrible le transperça. Il se retint de pleurer. Il voulait mourir avec dignité.

—Allez, lève-toi et cours, espèce de bon à rien !

Les hommes se mirent à le rosser de coups, lui cassant les côtes, un coude, les jambes. Quelqu'un lui donna un coup de pied à la tête qui le laissa à moitié évanoui.

Soudain, il cessa d'avoir mal et comprit que la vie le quittait. Il récita mentalement le « Je vous salue Marie ». L'heure de sa mort était venue, son âme se libéra. Il flottait maintenant au-dessus du corps d'un jeune homme rossé de coups par des fascistes, au bord d'une route de campagne.

Il pensa qu'il aimait sa famille. Il regretta d'avoir toujours caché qui il était vraiment.

Il regretta de ne pas avoir eu le temps de connaître l'amour d'une femme, car il aurait été le plus dévoué des maris.

Il regretta de mourir si jeune, en ayant si peu vécu.

Mais il n'avait pas peur, car il savait aller vers une vie meilleure, une vie éternelle, dans le sein d'un Dieu juste et aimant.

À l'instant de son tout dernier souffle, sa dernière pensée fut pour son cher Marco qu'il ne serait plus là pour protéger.

Chapitre 37

Marco
Octobre 1938

C'était une matinée plutôt calme au *Bar du Giro.* Marco servait avec Letizia derrière le comptoir. Au réveil, ses parents s'étaient étonnés, puis inquiétés, de l'absence d'Aldo, si bien qu'il avait dû tout leur avouer à propos de sa maîtresse. À présent, les deux fils Terrizzi étaient en disgrâce : Marco pour avoir menti et Aldo parce qu'il fréquentait une femme mariée. Marco frémissait de rage chaque fois qu'il pensait à la réaction de son père. Il n'en revenait pas de tant d'hypocrisie.

En levant les yeux, Marco eut la surprise de voir entrer son chef, le commandeur Buonacorso, en compagnie de son père. Sa première idée fut que Buonacorso s'était déplacé pour lui annoncer une promotion, car il était content de son travail. Comme son père lui faisait signe de les rejoindre, il demanda à Letizia de le remplacer à la machine à café, puis sortit de derrière le comptoir.

—Content de vous voir, commandeur, dit-il.

Buonacorso hocha la tête, avec une expression particulièrement sinistre.

—Je suis venu ici pour vous parler, à toi et à tes parents.

Marco suivit son père et Buonacorso dans la cuisine, laquelle occupait l'extrémité d'un petit couloir. En les voyant arriver, sa mère abandonna la cuisinière et s'essuya les mains sur son tablier.

— Commandeur, ça fait plaisir de vous voir, dit-elle en venant vers eux. Je peux vous offrir un petit-déjeuner ?

— Non, merci, *signora*.

Buonacorso ôta son chapeau.

— Marco, il y a de quoi s'asseoir ?

— Oui, commandeur.

Marco attrapa un vieux tabouret et le poussa vers son patron.

— Asseyez-vous, je vous en prie.

— Non, c'est pour ta mère, répondit Buonacorso.

Il désigna le tabouret d'un geste.

— *Signora*, s'il vous plaît. Asseyez-vous.

— Merci, c'est très aimable à vous.

Sa mère s'installa sur le tabouret, visiblement impressionnée par les bonnes manières du commandeur.

Buonacorso se racla la gorge.

— Beppe, Maria, Marco, croyez-bien que je le regrette, mais j'apporte une terrible nouvelle. Il n'y a pas moyen de vous l'apprendre en douceur, aussi j'irai droit au but. J'ai le regret de vous annoncer que votre Aldo est mort. C'était un antifasciste et il été tué alors qu'il transportait des pistolets, sans doute pour sa cellule.

Marco poussa un cri étouffé. Il était horrifié. Ce n'était pas possible. Il ne pouvait pas croire ce qu'il venait d'entendre.

— Non, protesta son père d'une voix rauque. Vous devez vous tromper. Ça ne peut pas être lui.

Maria porta une main à sa bouche et ses yeux s'agrandirent d'horreur, mais elle n'émit pas un son.

— C'est arrivé cette nuit, à la sortie d'Orvieto, reprit Buonacorso. Aldo a été arrêté alors qu'il roulait vers le sud, en direction de Rome. Il transportait sur sa bicyclette cinq pistolets dans un paquet. Il en avait aussi sur lui. Il a tenté de résister à l'arrestation et a tiré sur les officiers. Il en a manqué un de peu. Ceux qui l'ont tué étaient en état de légitime défense.

— Vous devez vous tromper, répéta Beppe, en secouant la tête, tandis que sa femme enfouissait son visage dans ses mains.

L'esprit de Marco tournait à toute allure. Sa lèvre inférieure trembla. Il dut s'éclaircir la gorge pour retrouver sa voix.

— Commandeur, il doit y avoir une erreur. Aldo était hier soir avec sa maîtresse et je suis tout à fait certain qu'il est encore avec elle. Je vous assure qu'il va rentrer d'un moment à l'autre.

— Marco, il n'y a pas d'erreur. Ce sont les faits.

— Mais il est avec une femme, je le sais ! Il est allé la retrouver hier soir. Il la voit la nuit, quand il est censé s'entraîner. Il est amoureux d'elle et…

— Il n'allait pas retrouver une maîtresse le soir, Marco.

Buonacorso fronça les sourcils.

— Je n'ai pas le droit de vous divulguer les détails, mais l'OVRA surveillait depuis un certain temps la cellule antifasciste à laquelle il appartenait. Les traîtres se retrouvaient la nuit dans les catacombes. Aldo avait déjà été identifié comme l'un des leurs et assistait régulièrement à leurs réunions.

Marco ouvrit la bouche pour protester, mais cette fois il fut incapable de prononcer un mot. Aldo était parti. Ses yeux s'emplirent de larmes. Il entendait à peine le commandeur qui poursuivait ses explications.

— On est en train de ramener son corps à Rome. Il avait hier soir sa carte d'identité sur lui. Beppe, vous devez venir l'identifier et signer un formulaire. Toutes mes condoléances.

Beppe conserva son calme. À part son expression étrangement figée, il avait l'air normal.

— Commandeur Buonacorso, je vous assure que mon fils Aldo n'est pas un traître. Il aimait Mussolini et son pays. Vous savez que je suis un fasciste de la première heure et que j'ai élevé ma famille dans le respect du fascisme. Mes fils sont loyaux envers le parti.

— Beppe, je comprends que ce soit un choc, aussi je n'en dirai pas plus. Je vais maintenant prendre congé de vous, afin de vous laisser pleurer votre Aldo.

Buonacorso remit son chapeau.

— Pour des raisons de sécurité, nous ne communiquerons pas les détails de cette affaire à la presse. La version officielle sera qu'Aldo est mort dans un accident de bicyclette et que son corps a été retrouvé par la police.

La fumée d'encens épaississait l'air. Marco était assis face à l'autel, dans son uniforme noir. La messe pour l'enterrement d'Aldo était presque terminée, mais il n'en avait pas entendu un seul mot. L'icône colorée d'une Madone à l'Enfant se détachait sur le lapis lazuli et semblait s'animer sous la lumière vacillante des bougies. Le latin psalmodié du père Donato bourdonnait à ses oreilles. De temps en temps un membre, de l'assemblée toussait.

Marco avait beaucoup pleuré ces derniers jours, de même qu'Emedio et leur mère, mais leur père n'avait pas versé une larme. Pas même après avoir vu le corps d'Aldo couvert de blessures par balles et de traces de coups, comme si la police s'était acharnée sur son cadavre. Beppe avait surtout honte qu'Aldo soit mort en antifasciste et Marco avait du mal à le lui pardonner. Lui, il pleurait son frère en dehors de toute considération politique, simplement parce qu'il l'avait beaucoup aimé.

Il se revit enfant, jouant au ballon avec lui sur la place San Bartolomeo all'Isola. Ou bien se pelotonnant contre lui la nuit quand il avait peur, car ils avaient longtemps dormi dans le même lit. Aldo lui avait appris comment réparer un pneu, comment faire fonctionner la machine à café. Il lui était impossible d'imaginer la vie sans la présence tranquille et constante de ce frère qui avait été pour lui un socle, tout autant que les pavés qu'il sentait sous ses pieds.

La messe prit fin et le père Donato agita un encensoir en argent suspendu à une chaîne, laissant derrière lui des traînées de fumée grise. Marco quitta le banc et alla s'aligner près du cercueil d'Aldo avec son père et les autres hommes qui devaient le porter. Ils le hissèrent sur leurs épaules en murmurant « un, deux, trois », et sortirent lentement, en suivant un rayon de soleil au milieu de l'allée.

Une fois dehors, ils chargèrent le cercueil dans le corbillard qui attendait. Les gens qui avaient assisté à la messe quittèrent à leur tour l'église et Marco remarqua parmi eux Elisabetta, en compagnie de Sandro et de ses parents. Les larmes de ses beaux yeux noirs lui allèrent droit au cœur. Il fit un pas vers elle, mais la voix tonitruante de son père le rappela à l'ordre.

— Marco, non, monte dans la voiture !

Marco se retourna. Beppe venait vers lui, le visage écarlate.

— Monte dans la voiture ! répéta-t-il en lui agrippant l'épaule. Je te rappelle que c'est l'enterrement de ton frère !

— Mais Papa...

Beppe le gifla. Il demeura interdit, la main sur la joue. Elisabetta poussa un cri étouffé. Emedio s'écarta, en entraînant leur mère avec lui. Les Simone s'éloignèrent.

Et brusquement, Marco se révolta :

— Tu veux me dicter ma conduite, mais je sais ce que tu as fait ! hurla-t-il. Je sais qui tu es ! Je sais tout !

Pour toute réponse, Beppe le gifla de nouveau. Cette fois il recula en titubant, à moitié sonné. Sa mère, poussa un cri horrifié. Emedio protesta. Quelques personnes lui firent écho.

Mais Marco n'avait que faire de l'opinion des autres et il ne pouvait plus refouler toute la colère qu'il avait accumulée contre son père. Il se jeta violemment sur lui et le frappa à la tempe. Beppe recula avec de grands moulinets de bras, le temps de rétablir son équilibre, puis il se reprit et fonça en avant, avec la force d'un train de marchandises. Sous la violence de l'impact, Marco faillit tomber. Emedio, Sandro, Massimo et quelques autres intervinrent pour séparer le père et le fils. Ils parvinrent tant bien que mal à les maîtriser.

Au milieu de tout ce chaos, Marco prit soudain conscience qu'il n'était plus sous la coupe de son père. Il était devenu un homme et plus rien entre eux ne serait jamais pareil.

Chapitre 38

Massimo
Novembre 1938

Massimo grimpa en courant l'escalier de la synagogue. Une autre série de lois raciales avaient été publiées le matin même et le Conseil était en effervescence. Il atteignit la salle de conférence, une grande pièce bordée d'étagères chargées de livres et occupée en son centre par une longue table entourée de chaises. Des hommes y étaient déjà assis en groupes, à la main des exemplaires de la nouvelle loi. Le grand rabbin Zolli était au téléphone dans son bureau, pour tenter de rédiger la réponse officielle du Conseil de la Communauté Israélite.

Autour de la table, Massimo repéra ses amis Luciano et Armando, deux hommes d'affaires riches et prospères. L'un travaillait dans l'immobilier commercial et l'autre dans la banque. Luciano était grand et mince, tandis qu'Armando était petit et rond. Mais leurs visages exprimaient la même gravité.

— *Ciao*, Massimo, assieds-toi, dit-il en lui désignant une chaise. Merci d'être venu si vite. C'est une catastrophe.

— Je sais, c'est déconcertant, répondit Massimo en s'asseyant.

Il ouvrit sa mallette.

— Déconcertant ? répéta Luciano en secouant la tête d'un air désolé. C'est terrifiant, tu veux dire ! Quand j'ai quitté la maison, ma femme était en larmes.

— Moi, ce sont mes associés qui étaient en larmes, renchérit Armando en fronçant les sourcils. Qu'est-ce que tu penses de tout ça, Massimo ?

— J'ai un plan d'action.

Massimo sortit son exemplaire des nouvelles lois.

— « Mesures pour la défense de la race italienne », lut-il. Passons-les rapidement en revue, car le plus important est à la fin. L'objectif de la loi est dans le paragraphe « mesures concernant les mariages » et en particulier dans les articles 1 à 7, qui concernent les mariages entre Juifs et Gentils. « Le mariage d'un citoyen de race aryenne avec une personne appartenant à une autre race est interdit ».

— En d'autres termes les Juifs ne peuvent se marier qu'entre eux.

— C'est ça.

Avec ces nouvelles lois, Sandro n'aurait plus le droit d'épouser Elisabetta, cela n'avait pas échappé à Massimo.

— Dans le paragraphe 2, l'article 8 défini les critères pour considérer qu'une personne est de race juive et l'article 9 fait obligation à cette personne de se signaler afin d'être inscrite dans des registres officiels. Cela a déjà été codifié auparavant, si vous vous en souvenez.

Luciano se renfrogna.

— C'est un traitement discriminatoire. On n'a pas le droit de nous imposer cela.

Armando hocha la tête.

– Je suis d'accord, répondit Massimo en se penchant de nouveau sur son papier. Ces lois codifient l'injustice. Mais poursuivons. L'article 10 interdit aux Juifs de servir dans l'armée, d'être tuteurs ou curateurs de mineurs, propriétaires ou gestionnaires d'entreprises rattachées aux enjeux de la défense nationale, ou de sociétés employant plus de cent personnes.

Il leva les yeux au ciel.

— C'est une disposition catastrophique. La plupart de mes clients possèdent des entreprises qui remplissent ces conditions. Je vais me retrouver sans travail.

— Moi aussi, gémit Luciano.

Le visage d'Armando se décomposa.

— Pour moi, c'est la banqueroute assurée.

Massimo tâcha de se reprendre. Ses amis avaient besoin de ses conseils, pas de ses jérémiades.

— La section D interdit aux Juifs de posséder des biens immobiliers pour un total de plus de cinq milles lires, ce qui est à peu près notre cas à tous. Et la section E leur interdit d'être propriétaires d'immeubles de ville pour une tranche d'imposition supérieure à vingt mille lires, ce qui est mon cas.

Luciano fit la moue.

— Nous habitons dans la banlieue, mais notre maison appartient à la famille de ma femme.

Armando posa son menton sur son poing.

— Moi aussi je suis propriétaire de ma maison. Du moins je l'étais, jusqu'à aujourd'hui.

Massimo acquiesça.

— Il reste la solution de fonder des entités sociales et de leur céder la propriété de nos biens, pour les transférer à des membres non-Juifs de la famille, ou à une institution charitable.

Luciano acquiesça.

— Mais ça ne serait pas considéré comme une opération frauduleuse ?

— En théorie, oui, mais en pratique, il y a peu de chances. Les personnes chargées de veiller à l'application de cette loi vont être submergées de demandes d'exemptions. Je doute qu'elles aient le temps de s'intéresser à des transferts de propriété, valides à première vue.

— C'est vrai que la bureaucratie romaine ne s'est jamais distinguée par son efficacité, commenta Armando.

Massimo reprit ;

— L'article 12 stipule que les Juifs ne peuvent employer à leur service, en qualité de domestique, des citoyens italiens de race aryenne. Nous perdons notre employée de maison, Cornelia, qui a besoin de ce travail pour vivre.

Luciano hocha la tête.

— Nous avons engagé une nounou pour s'occuper de notre petit dernier, depuis que ma femme est tombée malade.

Massimo remonta ses lunettes sur son nez.

— Selon l'article 13, les Juifs ne peuvent être employés dans les services publics, pas même au Parti fasciste. Beaucoup de gens de notre communauté vont perdre leur travail.

Il se redressa.

— Nous arrivons maintenant aux exemptions, la partie la plus importante de cette loi. Plusieurs catégories de personnes peuvent y prétendre. Pour commencer, sont cités les anciens combattants et les gens inscrits au parti dans les années 1919, 1920, 1921, et 1922, ainsi que durant la seconde moitié de 1924.

Luciano se pencha vers lui.

— C'est ton cas, Massimo, non ? Tu es fasciste depuis le début, donc tu seras exempté, n'est-ce pas ?

— Techniquement, non, mais je n'en suis pas loin. J'ai adhéré en 1923.

— Nous ne sommes pas inscrit au Parti fasciste. Il n'y a pas d'exemptions pour nous.

— Si, vous y avez droit quand même, grâce à une autre disposition.

Il la montra du doigt.

— Selon l'article 16, sera exempté tout Juif pouvant faire valoir des « mérites exceptionnels », lesquels seront évalués au cas par cas.

Armando eut un rire moqueur.

— « Mérites exceptionnels », ça ne veut rien dire.

— C'est justement pour ça que cet article 16 contient notre salut, expliqua Massimo. Comme pour les impôts, on va jouer sur les ambiguïtés de la loi pour la tourner à notre avantage.

Il fit courir son doigt sur la page.

— Par exemple, je pense que l'exemption pour « mérites exceptionnels » s'applique à vous deux. Vous avez tous deux servi dans la Grande Guerre et l'un de vous a même reçu la Médaille de la bravoure, n'est-ce pas ?

— Oui, c'est moi, répondit fièrement Luciano.

— Eh bien qu'est-ce qu'une médaille, sinon une récompense pour un mérite exceptionnel ? J'ai servi comme officier de l'armée dans le 29ème d'infanterie du Piémont et je ne manquerai pas de le mentionner dans ma demande d'exemption. De même, vous êtes tous les deux des exemples à suivre dans le monde des affaires, ce qui est déjà exceptionnel en soi.

Massimo était visiblement enthousiasmé par sa propre démonstration.

— Vous voyez ? Tout ce que nous avons à faire, c'est d'interpréter cette loi de manière à ce que la plupart des membres de notre communauté ne soient pas concernés.

Armando fronça les sourcils.

— Mais si tout le monde obtient une exemption, la loi ne sert plus à rien. Ça me semble un peu trop facile.

— Très juste remarque. Je pense que cette loi sert surtout à répertorier les Juifs. Tu verras, nous allons déposer des demandes d'exemptions pour autant de Juifs que possible et montrer qu'ils présentent des qualités exceptionnelles. Et ce sera accepté.

Massimo désigna d'un large geste les hommes autour de la table.

— Ces hommes sont des chefs d'entreprise, des universitaires, des professionnels hautement qualifiés. Nous pouvons trouver des arguments pour chacun d'entre eux.

Le regard de Luciano s'illumina.

— On pourrait mettre en avant ce qu'ils font pour la communauté et pour Rome. En leur donnant des titres pompeux, par exemple.

— Bonne idée ! s'exclama Armando.

Il semblait à présent convaincu, prêt à se joindre à eux.

— Excellente idée ! approuva Massimo en souriant. Nous allons centraliser ce travail ici, à la synagogue. Tout le monde sera invité à se présenter à nous et nous tâcherons de trouver des faits marquants et utiles de la vie de chacun, propres à motiver une demande d'exemption.

Armando battit des paupières.

— Massimo, nous ne sommes pas avocats, on aura besoin de ton aide. Il faudra que tu nous supervises.

— Pas de problème, promit Massimo, qui n'avait jamais supervisé que sa secrétaire. Messieurs, je sais à quel point cette loi est injuste et nous place dans une position désespérée, mais nous sommes les guides de cette communauté et tout le monde compte sur nous. Nous trouverons une solution, parce qu'il le faut. Tout comme nous en avons trouvé une pour les écoles.

— Massimo, lève-toi ! s'écria Luciano en bondissant de sa chaise. Maintenant !

Il frappa dans ses mains pour attirer l'attention.

— Vous tous, écoutez-moi.

Toutes les têtes se tournèrent peu à peu vers lui. Intimidé car il n'avait pas l'habitude d'être le centre d'attention, Massimo était resté assis, mais Luciano le prit par le bras pour le faire lever.

— Mes amis, comme vous le savez peut-être, Massimo Simone est l'un des meilleurs avocats de la ville. Il vient de m'exposer une stratégie pour nous permettre de contourner ces terribles lois raciales.

— Qu'est-ce que c'est ? s'écria un homme.

D'autres lui firent écho.

— Oui, dites-nous ce qu'il faut faire.

— Massimo va vous l'expliquer, répondit Luciano, en montrant Massimo.

— Vraiment ? demanda Massimo d'un ton angoissé. Maintenant ?

— Oui, Massimo, tu le leur expliqueras mieux que moi. Vas-y.

Massimo prit son bloc-notes d'une main tremblante.

— Nous allons commencer par analyser ensemble les termes de cette loi…

Chapitre 39

Marco
Novembre 1938

Marco traversait la Piazza Navona d'un pas lent, indifférent à la foule de travailleurs pressés qui circulaient autour de lui. C'était son premier jour de travail depuis l'enterrement d'Aldo, il était encore accablé de chagrin et avait à peine dormi. Il ne parlait plus à son père et ils s'évitaient l'un l'autre. Quant à sa mère, elle était prostrée et ne quittait plus son lit.

Arrivé devant la grande arche du Palazzo Braschi, il salua comme de coutume ses camarades.

— Bonjour, Nino.

— Désolé pour ton frère.

Nino regardait droit devant lui, solennel, sans une once de chaleur humaine.

— Merci.

Marco franchit l'entrée voûtée et tourna à droite vers les portes vitrées. Giuseppe et Tino qui montaient la garde lui firent eux aussi un accueil glacial.

— Bonjour. Condoléances.

— Merci.

Il était clair qu'ils avaient entendu parler des activités antifascistes d'Aldo, mais Marco n'avait pas l'intention de se laisser démonter par leur attitude hostile.

Il se dirigea vers le grand escalier de marbre et atteignit le dernier étage, lequel était inondé de soleil grâce à ses hautes portes-fenêtres. Il commença par se rendre dans le bureau du commandeur Buonacorso, pour prendre connaissance des consignes du jour.

— Bonjour, lança-t-il à Pasquale, qui montait la garde sous la voûte du seuil.

Ils échangèrent le salut fasciste.

— Condoléances, répondit Pasquale sans le regarder.

Marco frappa à la porte d'acajou du bureau et, comme Buonacorso lui criait d'entrer, il poussa le battant et entra en saluant. À l'intérieur, une surprise l'attendait. Buonacorso n'était pas seul. Derrière lui se tenait un officier de l'OVRA bâti comme un ours, au crâne chauve et au regard féroce. L'OVRA était la police secrète de Mussolini, laquelle n'obéissait qu'à sa propre loi. La présence quelque part d'un membre de l'OVRA n'était jamais bon signe.

Marco ne put réprimer un frisson.

— Commandeur Buonacorso, bonjour. Je peux vous apporter quelque chose ?

— Non, assieds-toi, ordonna Buonacorso en lui faisant signe de prendre un siège.

— Oui, monsieur.

Marco s'exécuta docilement. L'agent de l'OVRA ne s'était pas présenté. Ça non plus, ce n'était pas bon signe.

Buonacorso fronça les sourcils.

— Marco, tu es renvoyé. Tu ne peux plus travailler au siège fasciste, maintenant que nous savons que ton frère était un provocateur.

Marco eut un mouvement de recul.

— Mais Aldo n'était vraiment pas comme ça, je vous assure.

— Comment oses-tu prendre sa défense ?

Les yeux sombres de Buonacorso lancèrent des éclairs.

— Il a essayé de tuer un représentant de la loi. C'était un antifasciste violent et un conspirateur communiste. Il transportait des armes à feu avec l'intention de les utiliser contre nous.

— C'est possible, mais il en a payé le prix de sa vie, et…

— Ce qui est légitime, interrompit Buonacorso d'un ton sévère.

— Je ne suis pas Aldo, monsieur. J'étais loin de me douter qu'il militait à gauche. Nous n'en avons jamais discuté. Il gardait ça pour lui.

— C'est vrai ?

Buonacorso haussa un sourcil.

— Tu ne t'en doutais vraiment pas ?

— Je vous le jure, monsieur. Je ne savais pas. Vous ne pouvez pas me renvoyer pour une faute commise par mon frère.

— C'est une question de confiance, Marco. Je ne peux plus te faire confiance.

— Je vous prouve tous les jours que je suis digne de confiance. En travaillant pour vous. J'ai entendu dans ce bâtiment des informations confidentielles. Elles n'ont jamais quitté ces murs.

Bam !

L'agent de l'OVRA venait de frapper le bureau de sa grosse main. Il s'avança vers Marco et se pencha sur lui pour approcher son visage du sien.

— Ton frère était un criminel subversif ! C'est aussi sûrement ton cas !

— C'est faux ! Je n'ai rien à voir avec tout ça !

— Tu mens !

L'officier de l'OVRA plongea son regard dans celui de Marco.

— Il appartenait à une cellule antifasciste et toi aussi !

Marco eut la bouche sèche.

— Je vous jure que je ne savais rien de tout ça. Je suis un patriote, un bon fasciste, j'aime le Duce et notre parti. Je ne ferais jamais rien contre…

— Je ne te crois pas ! Tu complotais avec ton frère !

— Non, non, je vous jure que…

— Tu travailles ici pour nous espionner !

— Non, ce n'est pas vrai. J'ignorais tout des activités de mon frère.

— Ton petit discours au bar, c'était pour te faire remarquer du commandeur Buonacorso ! Tu voulais lui faire croire que tu étais un patriote !

— Mon patriotisme est sincère.

Marco avait à peine le temps de répondre à ce tir nourri d'accusations.

— C'était ton frère et tu voudrais nous faire croire qu'il ne t'avait jamais rien dit ! Tu étais censé faire du vélo le soir avec lui et tu le couvrais !

— Il m'avait dit qu'il fréquentait une femme mariée.

— Vous rentriez chez vous ensemble ! On vous as vu !

Marco essayait de ne pas perdre tous ses moyens, en dépit de la terreur que lui inspirait cet homme.

— On rentrait ensemble pour que notre père ne se doute pas qu'Aldo ne s'entraînait pas. On lui mentait.

— Tu reconnais donc être un menteur. Tu nous mens ! Tu étais de mèche avec ton frère et ces porcs de communistes. Tu vas nous donner leurs noms.

— Mais je ne les connais pas, je vous l'ai dit.

— C'est pour ça que ton père t'a frappé le jour de l'enterrement ! Il s'est rendu compte que tu étais un traître, toi aussi !

— Non, ça n'avait rien à voir avec ça. C'était à cause de ma petite amie.

Marco vit passer devant ses yeux le visage d'Elisabetta, puis, soudain, il pensa à la petite amie d'Aldo. Ou du moins à la femme qui était venue lui parler au bar.

— Attendez, dit-il. Une femme est passé au bar le jour de sa mort. Une jolie blonde, celle qui était soi-disant sa maîtresse…

— Tu l'as vue ?

L'officier de l'OVRA battit des paupières.

— Une femme antifasciste ?

— Oui.

Avec le chagrin de la mort d'Aldo, il avait totalement oublié cette femme.

— C'est elle que vous devez interroger.

— Son nom ?

— Je ne sais pas, il ne me l'a pas dit.

— Son adresse ?

— Je ne sais pas non plus.

— Tu la protèges, tu es de mèche avec elle !

L'agent de l'OVRA agita son poing devant le visage de Marco.

— C'est ça que tu veux ? demanda-t-il. Tu sais que je pourrais t'emmener sur le champ pour t'interroger ? Te battre jusqu'à ce que tu parles ! Si ça ne tenait qu'à moi, ce serait déjà fait ! Ton chef a plaidé en ta faveur ! Il est plus indulgent que moi !

— Attendez…

Marco venait d'avoir une idée.

— J'ai un moyen de découvrir l'identité de cette femme et de vous prouver que je ne suis pas antifasciste.

L'officier de l'OVRA parut réfléchir.

— Je te donne vingt-quatre heures ! Et pas de bêtises, on te surveille. C'est compris ?

— C'est compris.

— Vingt-quatre heures, pas une de plus.

Chapitre 40

Elisabetta
Novembre 1938

Elisabetta s'essuya le front, tout en évaluant d'un coup d'œil les cartons accumulés dans la cuisine. Elle avait bien travaillé, c'était presque fini. Elle avait pu vendre pas mal de choses aux marchands ambulants du Ghetto. Les affaires de sa mère – robes, chaussures et sacs à main –, lui avaient rapportées une somme rondelette. Celles de son père beaucoup moins, car elle n'avait pas voulu se séparer des merveilleuses aquarelles de ses grandes années de peintre.

Comme elle allait désormais vivre dans une chambre, elle avait également vendu les meubles dont elle n'aurait pas l'usage. Elle s'efforçait de se tourner vers l'avenir, pas vers le passé. C'était bien plus constructif que de ruminer la mort de son père. Quant à sa mère, elle avait fini par admettre qu'elle était plus heureuse sans elle.

Elle se laissa tomber sur une chaise. Cette cuisine, qui lui avait toujours semblé spacieuse, était en fait minuscule. C'était paradoxal qu'une pièce parût plus grande une fois vidée de ses meubles, mais c'était pourtant le cas. Depuis qu'elle avait conscience d'abandonner pour toujours derrière elle un pan entier de sa vie, Elisabetta voyait d'un œil neuf l'appartement dans lequel elle avait vécu. Elle était à présent une adulte et elle allait devoir s'assumer seule. Avec Rico pour tout compagnon.

Le chat s'était perché tout en haut d'une pile de carton d'où il l'observait depuis un moment, attentif, sans manifester ni joie ni désapprobation. Il était suffisamment intelligent pour avoir compris qu'il partait lui aussi, car il l'avait vu emballer sa nourriture, ce qui avait sans nul doute apaisé ses craintes d'être abandonné.

— Ne t'inquiète pas, Rico, lui lança Elisabetta.

Pour toute réponse, il cligna des yeux, puis s'étira à sa manière habituelle, en étendant d'abord ses pattes avant, le dos arqué, puis les pattes arrière, avec la queue bien droite, en point d'exclamation.

Il s'accroupit et regarda vers le bas. Elisabetta se rendit compte qu'il s'apprêtait à sauter sur la table. Il était trop haut, la table était trop loin… C'était dangereux...

— Rico, non, intervint-elle.

Il se rassit, l'air résigné, habitué à être grondé chaque fois qu'il voulait montrer de la bravoure et de l'audace. Il était à présent son seul ami. En plus de Marco et Sandro, bien entendu. Sauf qu'avec eux, la situation était délicate. Ils la pressaient de choisir, mais quand ce serait fait, elle perdrait l'un des deux.

Ses pensées furent interrompues par Rico qui avait finalement décidé de sauter sur la table, en dépit de l'interdiction. Il réussit un atterrissage impeccable et s'installa posément, la queue en rond autour de lui, en guise de point final.

Elle ne put s'empêcher de rire. Elle l'admira d'avoir osé prendre le risque et lui envia sa belle assurance. Elle aurait bien voulu en avoir autant que lui quand il s'agissait de choisir entre

Marco et Sandro ! Puis elle se souvint des paroles de Nonna : son cœur savait et il lui livrerait son secret dès qu'elle serait mûre pour l'entendre.

Eh bien, c'était maintenant.

Aujourd'hui, bien que seule au milieu de ses cartons, dans une maison vidée de sa substance, sans magazine féminin pour la conseiller et avec un chat mâle pour unique alter ego, elle se sentait prête.

Elle ferma les yeux, fit taire ses pensées et laissa parler son cœur – il s'envola vers le ciel, comme une colombe à qui l'on ouvre la porte de sa cage, et lui livra son secret.

Elle se sentit inondée d'une grande joie. Enfin ! Elle remercia Rico du regard.

« Mais je t'en prie », répondit-il avec les yeux.

Chapitre 41

Marco
Novembre 1938

En traversant le Ponte Fabricio pour rentrer chez lui, Marco repéra son père en train d'installer les tables de la terrasse. En principe ils ne se parlaient plus, mais cette fois il s'agissait d'une urgence. Il n'attendit même pas d'avoir repris son souffle pour l'entraîner à l'écart.

— Papa, tu te souviens de la femme blonde qui est venue au bar, le jour où Aldo a été tué ? Une jolie femme distinguée. Ils sont allés dans la réserve pour se parler.

Son père fronça les sourcils.

— Non, je ne me souviens pas d'elle. Pourquoi ?

— Et le photographe, celui qui prend toujours des photos pour les vendre aux touristes, celui que tu n'arrêtes pas de chasser ?

— Tu parles de Corrado ?

— Oui. Est-ce qu'il était là ce jour-là ?

— Je ne sais pas. C'est un poison, en tout cas.

— Est-ce que tu sais où il habite ?

— Non, mais il travaille dans un magasin d'appareils photo, dans Trastevere. Via della Lungaretta.

Marco repartit aussitôt, prenant cette fois le Ponte Cestio pour entrer dans le Trastevere. Comme toujours, les petites rues du vieux quartier étaient encombrées. À cette heure, il y avait surtout des mères de famille avec leurs bambins et des livreurs poussant des brouettes. Après le pont, il prit à gauche et passa sous une voûte de lierre. Puis il courut sans s'arrêter, jusqu'à apercevoir le magasin qu'il cherchait, une boutique avec une grande vitrine et une enseigne peinte à la main.

Quand il fit irruption à l'intérieur, le petit vieux aux cheveux blancs tout frisottés qui tenait le comptoir sursauta sur sa chaise. Il était en train de lire le journal avec une loupe, derrière une vitrine qui exposait des appareils d'occasion Leica, Bencini, et Kine Exakt. Il abaissa son journal et jeta sur Marco un regard interrogateur.

Marco n'avait pas de temps à perdre en politesses superflues, il alla droit au but.

— Bonjour, je cherche un certain Corrado qui travaillerait chez vous. J'ai absolument besoin de lui parler.

— Il est derrière, dans la chambre noire, répondit le vieil homme en posant sa loupe. Mais il est occupé.

— Je ne peux pas attendre, insista Marco en passant derrière le comptoir.

Le vieil homme recula en levant ses mains déformées par l'arthrose.

— Ne me faites pas de mal ! cria-t-il.

Marco en fut surpris. Puis il se souvint que son uniforme pouvait effrayer les gens.

— Je n'ai pas l'intention de vous faire du mal, assura-t-il. Je dois simplement parler à Corrado pour une affaire urgente concernant ma famille.

— D’accord, je vais vous montrer où il est. Mais la chambre noire doit rester hermétique à la lumière.

Il fit passer Marco derrière un épais rideau et frappa à une porte.

— Corrado, il y a ici un homme qui veut te parler. Il dit que c’est urgent.

— Qu’il entre ! répondit Corrado depuis l’autre côté.

— Utilisez la double porte.

Le commerçant lui tint le rideau et Marco ouvrit la première porte. Il se trouva alors dans un petit couloir et referma soigneusement derrière lui avant d’ouvrir une deuxième porte, laquelle donnait dans une pièce éclairée d’une unique ampoule orange lui permettant de distinguer une rangée de flacons et de jarres, ainsi qu’une table avec des bacs remplis de liquide. Une odeur âcre et chimique flottait dans l’air. Des tirages en train de sécher et de longues bandes de négatifs torsadées pendaient à une corde à linge.

Marco attendit que sa vision s’ajuste à la pénombre, puis il se dirigea vers Corrado, qui se tenait devant un agrandisseur projetant un cône de lumière blanche sur du papier photo.

— Corrado, je suis Marco Terrizzi.

— Et alors ?

Corrado éteignit la lumière blanche et ils se retrouvèrent tous les deux dans une quasi obscurité, éclairés uniquement par l’ampoule orange.

— Ma famille possède le *Bar du Giro*, là où vous prenez souvent des photos des clients en terrasse. Est-ce que vous y étiez jeudi après-midi ?

— En général j’y suis, jusqu’à ce que votre père me chasse.

— J’ai besoin de voir les photos que vous avez prises cet après-midi-là.

— Je n'ai développé que les négatifs. Les tirages, je ne les fais que sur commande et je n'ai rien vendu ce jour-là.

— Alors laissez-moi voir les négatifs.

— Ce ne sera pas gratuit, je vous préviens.

Corrado sortit le papier photo de la machine, traversa la chambre noire jusqu'aux bacs de produits chimiques et trempa le papier dans le liquide.

— Si vous voulez des tirages, ça vous coûtera aussi.

— Je vais paierai, à condition que vous les fassiez tout de suite.

— Vous paierez pour ça aussi. Il y a un supplément pour les travaux urgents.

— C'est d'accord.

Corrado se détourna et se mit à passer en revue les négatifs pendus aux cordes de séchages. Les bandes rigides faisaient un bruit de froissement lorsqu'elles s'entrechoquaient. Enfin, il s'arrêta.

— Voilà, je crois que c'est celui-là, le rouleau de jeudi.

— Je peux le voir ?

Marco s'approcha en plissant les yeux dans l'obscurité, tandis que Corrado détachait le négatif pour le lui présenter en tenant précautionneusement la bande par les extrémités.

— Ne l'abîmez pas, on ne sait jamais, je peux encore avoir une demande. Je distribue des cartes avec mon numéro. Parfois les gens m'appellent au bout de plusieurs jours.

— D'accord.

Marco prit la bande et Corrado lui tendit une loupe.

— Allez le regarder dans le couloir. Il y a un appareil lumineux pour visionner les négatifs. Vous n'avez pas besoin de moi.

— Merci.

Marco alla dans le couloir où il trouva une petite table avec l'appareil en question. Il y avait un interrupteur : il l'actionna, la boîte s'illumina. Il positionna alors sa bande, ce qui fit apparaître les images en négatif : les zones claires en noir et les zones foncées en blanc.

Puis il prit la loupe photographique et la posa sur la bande pour mieux voir les photos. Les premières représentaient des femmes prises au hasard dans la rue, puis il y eut des couples dans des cafés. Ensuite le décor se précisa. Il y eut l'île Tibérine, puis la Piazza Bartolomeo all'Isola. Et tout à la fin, il reconnut la terrasse du *Bar du Giro*.

Son cœur se mit à battre la chamade. La première photo représentait un couple âgé, la seconde une famille souriant à l'appareil. La troisième était un cliché d'une passante, avec une table vide en arrière-plan. La table où s'était installée la blonde antifasciste avant de s'isoler dans la réserve avec Aldo.

Il déplaça la loupe vers l'image suivante. Elle était centrée elle aussi sur une jolie passante, mais on voyait derrière elle la blonde qui sortait du bar.

Un énorme soulagement l'envahit. Avec ça, il allait pouvoir prouver sa loyauté et son innocence. Le visage de la blonde était bien visible. Cette photo, une fois agrandie, permettrait de l'identifier.

Il la dévisagea à travers la loupe. Elle semblait le fixer du regard, mais avec l'inversion du noir et du blanc sur le négatif, sa tête ressemblait à un crâne. S'il dénonçait cette femme à l'OVRA, elle serait arrêtée et torturée. Cette pensée le laissa songeur. Aldo aurait voulu qu'il la protège.

Puis il eut une bouffée de colère. La blonde avait manipulé Aldo. C'était elle qui l'avait envoyé à Orvieto chercher des armes. Sans elle, il serait encore en vie.

Et puis il devait penser à lui. Il avait son honneur à laver. Il voulait récupérer son travail. Dans cette affaire, il jouait son avenir.

Sa décision était prise.

— Corrado ! appela-t-il en éteignant le caisson lumineux.

Chapitre 42

Elisabetta
Novembre 1938

Elisabetta traversait le Ghetto d'un pas décidé. Depuis quelque temps, elle avait l'impression que Sandro l'évitait. Il enseignait à l'école juive et elle était déjà venue plusieurs fois pour tenter de le voir après la classe, mais il lui avait invariablement répondu qu'il n'avait pas le temps. Aussi était-elle aujourd'hui déterminée à lui parler coûte que coûte, plus question d'attendre.

Une fois dans la rue de l'école, elle accéléra encore l'allure. Devant l'entrée, il y avait un attroupement d'élèves, sexes et âges confondus, avec cartables et écharpes. Elle aperçut Sandro en haut des marches en compagnie d'autres enseignants et son cœur se gonfla de joie. Il portait une chemise blanche, avec une veste en tweed marron et une cravate assortie. Elle le trouva beau. Il avait vraiment l'allure d'un professeur.

— Sandro ! appela-t-elle.

Il leva la tête et leurs regards se croisèrent. Elle eut le temps de voir passer sur son visage une expression douloureuse, avant qu'il ne se détourne pour s'engouffrer dans le bâtiment. Au lieu de venir vers elle.

Elle se précipita à sa suite, grimpa les marches quatre et quatre et entra à son tour. Il était déjà au bout du couloir et disparut par une porte. Elle s'empressa de le rejoindre. Il se trouvait dans une pièce exiguë qui faisait visiblement office de salle de classe. On y avait entassé des tables transformées en bureaux, assorties de vieilles chaises. Des étagères dépareillées bordaient le mur de gauche. Sur celui de droite, deux fenêtres laissaient entrer une lumière blafarde.

— Sandro, je voudrais te parler.

— Désolé, ce n'est pas le moment.

Il posa sa sacoche sur le bureau et en sortit une épaisse liasse de feuilles.

— Je ne peux pas, je suis occupé.

— Tu dis ça à chaque fois.

— Parce que c'est vrai.

— Tu m'évites, Sandro. Et je ne comprends pas pourquoi.

Elle marcha vers lui et posa une main sur son bras. De près, elle pouvait voir qu'il avait maigri et qu'il avait les traits tirés.

— Je ne t'évite pas, protesta-t-il en pinçant les lèvres.

— Bien sûr que si. Qu'est-ce que tu as ? C'est en rapport avec Marco ?

— Non, pas du tout, protesta-t-il en détournant le regard.

— Je n'ai pas arrêté de penser à toi, insista-t-elle. Tu me manques et...

— Ce n'est pas le moment. J'ai trop à faire et je ne veux même pas savoir que je te manque.

— Je ne suis pas là pour moi, mais pour toi. Je sais à quel point tu souffres, je le vois dans tes yeux.

Il se dandina d'un pied sur l'autre, visiblement mal à l'aise.

— Où veux-tu en venir, Elisabetta ? Tu ne peux rien pour moi.

— Je peux t'écouter et te soutenir.

— Ça ne changerait rien à ma situation.

— Mais ça t'aiderait à la supporter.

Elle était profondément émue de le voir aussi malheureux.

— Tu te souviens de notre conversation après la conférence sur Deledda ? Je t'ai parlé de mon père et tu m'as écoutée. Ça n'a rien changé à ma situation, mais ça m'a aidée. Et après son enterrement ? Nous avons toujours parlé. Parce que ça nous faisait du bien.

— C'est le passé, tout a changé. Mon monde a changé. Mon père est en train de perdre ses clients. Ma mère est épuisée. Rosa est partie à Londres. Cornelia ne peut plus travailler chez nous. Tout a changé.

— Pas nous. Nous, on n'a pas changé.

— Les gens changent. Ils vous trahissent.

Il prit une expression pincée et poursuivit, d'un ton plein d'amertume.

— Il y a un fossé entre les Juifs et tous les autres maintenant. C'est comme si on avait reconstruit les murs du Ghetto. Tu es de l'autre côté. Tu ne peux pas comprendre.

— Alors explique-moi. Dis-moi comment tu te sens, dis-moi comment c'est.

Elle sentit ses yeux se remplir de larmes, mais les retint, car c'était à lui de pleurer, pas à elle.

— D'abord, être renvoyé de l'école, puis cette nouvelle loi...

— Celle qui interdit les mariages entre Juifs et non-Juifs ?

— Oui, tout est scandaleux dans cette loi. Tout. Je n'ai plus les mêmes droits que les autres. Je ne peux pas me marier avec qui je veux. Je ne peux pas me marier avec une femme non-juive. Tu es officiellement supérieure à moi.

Elisabetta accusa le choc.

— Non, ne dis pas ça, ce n'est pas vrai. Et cette loi ne compte pas pour moi.

— C'est la loi, tu ne peux pas l'ignorer.

— Mais cette loi ne change rien entre nous, insista Elisabetta en soutenant son regard. Elle n'existait pas il y a un mois et on ne sait pas si elle sera toujours là dans un mois.

— Moi je le sais. Elle y sera toujours.

— Tu n'en sais rien, protesta-t-elle.

Elle commençait à désespérer. Il semblait tellement lointain. En dépit de ses efforts, elle n'arrivait pas à l'atteindre.

— Tu ignores ce que l'avenir nous réserve. Ça va peut-être s'arranger.

— Ou bien ça va empirer.

— Ces lois, c'est de la politique. Ça va et ça vient. Mais les sentiments que nous avons l'un pour l'autre, eux, ne changeront pas. Ils sont là. Je suis là pour toi.

— Ça veut dire quoi ?

— Ça veut dire que je t'aime, répondit-elle en y mettant tout son cœur. Je t'aimerai quand cette loi ne sera plus qu'un mauvais souvenir. Et quand on sera vieux. Et quoi qu'il arrive entretemps, peu importe ce que nous réserve l'avenir.

— Tu veux dire que c'est moi que tu as choisi ? demanda-t-il d'un ton incrédule, en battant des paupières. Pas Marco ?

— Oui. C'est toi, Sandro. Ça a toujours été toi, même si je n'en avais pas conscience.

— Tu me fais cette déclaration quand plus rien n'est possible entre nous.

Il fronça les sourcils et secoua la tête.

— Avoue que c'est quand même un peu fort. La loi l'interdit. Mes parents me l'interdisent et...

— Rien de tout cela ne compte pour moi.

Elle se rapprocha de lui et posa une main sur son bras.

— Mais pour moi, ça compte, dit-il, le visage fermé. C'est fini.

— Non, ça ne peut pas finir. Ça ne s'arrête jamais. C'est l'amour.

— Plus maintenant. Pas pour moi. Je ne ressens plus rien pour toi.

Il se redressa, la mâchoire crispée.

— Je regrette.

Le cœur d'Elisabetta se serra.

— Tu ne penses pas ce que tu dis.

— Bien sûr que je le pense.

Il la dévisagea, une lueur intense dans ses yeux bleus.

— Tu as fait un choix, mais moi aussi, de mon côté, j'en ai fait un.

— Sandro, tu es sincère ?

Elle en avait le cœur broyé. En miettes.

— Oui, je le suis.

Il jeta un coup d'œil du côté de la porte. On commençait à entendre dans le couloir un brouhaha de cris et de rires.

— Ma classe va arriver. Ce n'est pas le moment de faire une scène.

— Je t'en supplie, laisse-nous une chance.

— Non, Elisabetta. Tu dois partir.

Elle sortit précipitamment de la classe en s'essuyant les yeux et traversa le couloir au milieu des élèves. Dans son cœur, c'était le tumulte. Elle avait le ventre noué. Elle aimait Sandro, mais c'était trop tard. Elle l'avait perdu.

Elle quitta l'école, retraversa le Ghetto, prit la direction du Trastevere. Tout au long du trajet, elle s'efforça de retenir ses larmes. Une fois chez elle, elle ne s'arrêta pas au rez-de-chaussée pour saluer Nonna et alla droit dans sa chambre. Là, elle se laissa tomber à terre et s'autorisa enfin à pleurer.

Chapitre 43

Sandro
Novembre 1938

Sandro était bien trop fébrile pour corriger des copies. Assise près de lui autour de la table de la salle à manger, sa mère regardait par la fenêtre, visiblement dans le même état que lui. Massimo n'était pas encore rentré et ce retard l'agaçait plus que de coutume. Leur entrée, des beignets de fleurs de courgettes, refroidissait en exhalant une délicieuse odeur.

Il y avait entre eux sur la table une enveloppe blanche arrivée par courrier le jour même. Elle venait de la Demorazza, l'organe dépendant du Ministère de l'intérieur chargé de statuer sur les demandes d'exemption. Elle contenait probablement la réponse qu'ils attendaient depuis un certain temps en priant pour qu'elle leur soit favorable. Sandro aurait voulu ouvrir tout de suite l'enveloppe, mais sa mère tenait à réserver ce privilège à son père.

Donc, ils attendaient.

Gemma ne cessait de lisser nerveusement sa robe fourreau noire, de tripoter son collier de perles, croisant et décroisant ses mains fines et délicates. Sandro rangea ses feuilles en silence, renonçant à sa correction de copies. Le destin de sa famille se trouvait dans cette enveloppe. Si on leur refusait l'exemption, ils perdraient leur maison, car les Juifs n'avaient plus le droit d'être propriétaires. Son père serait contraint de fermer son cabinet d'avocat, car les Juifs ne pouvaient pas non plus posséder de sociétés. Donc il ne travaillerait plus. Et si Massimo ne travaillait plus, leurs revenus allaient considérablement diminuer. Mais le pire pour ses parents serait de quitter cet appartement qui était dans la famille Simone depuis plusieurs générations. Ils en auraient le cœur brisé.

Sandro soupira. Même s'ils obtenaient une exemption, celle-ci ne s'appliquerait qu'aux lois concernant la propriété et il ne serait donc pas autorisé à réintégrer son lycée. Il n'aurait pas non plus le droit d'épouser Elisabetta, à qui il pensait tout le temps. Elle l'avait choisi lui, plutôt que Marco… Il n'arrivait pas à y croire. Son rêve était devenu réalité… mais trop tard. Il avait dû la repousser, dans son propre intérêt. Il lui avait menti en prétendant qu'il ne l'aimait plus. Bien sûr qu'il l'aimait encore ; il l'aimerait toujours. Mais il n'était plus pour elle un mari décent, il n'avait plus de travail et aucun projet d'avenir. Il ne pouvait plus envisager de l'épouser. Il l'aimait trop pour lui présenter la chose sous cet angle, aussi il était seul à souffrir de cet étrange chagrin qui consiste à porter le deuil des vivants.

Sa mère prit l'enveloppe et l'éleva vers le lustre, pour tenter de lire à travers.

— Je n'arrive pas à voir ce qui est écrit, soupira-t-elle.

— Maman, ouvre-la et puis c'est tout.

— Non, ton père tient à l'ouvrir lui-même et je lui ai promis qu'on lui laisserait ce privilège.

Elle déposa l'enveloppe.

— Ce sera son moment de gloire.

— Je l'espère.

— Je pense qu'on va obtenir cette exemption, déclara sa mère du ton de quelqu'un qui cherche à se rassurer. Il était un fasciste de la première heure, officier de la Grande Guerre et il toujours servi notre communauté.

— Oui, tu as raison, approuva Sandro bien qu'il ne pût s'empêcher de douter.

— Je suis désolée que ça ne te permette pas de retourner au lycée.

— Ce n'est pas grave, répondit Sandro, bien que ce fût tout le contraire.

— Ça te plaît, l'école juive ?

Il n'y avait qu'une bonne réponse et Sandro le savait.

— J'aime enseigner et c'est bien de servir la communauté.

— Mais tes amis du lycée et le programme de recherche de la Sapienza te manquent…

— La vie est faite de compromis.

Sa mère marqua une pause.

— C'est ce que je dis toujours.

— Je sais, c'est pour ça que je le dis, répondit Sandro en souriant.

Elle lui rendit son sourire et ses yeux vifs le scrutèrent derrière ses lunettes.

— Ça signifie que tu m'écoutes, ou bien que tu te moques gentiment de moi ?

— Que je t'écoute.

— Comment va Marco ?

— Il va bien, il travaille beaucoup.

Elle marqua de nouveau une pause.

— Et Elisabetta ? Comment va-t-elle ?

— Bien, je suppose. Je ne la vois plus. Elle ne m'intéresse plus.

— Oh.

Elle battit des paupières et son expression se radoucit.

— J'espère que tu as compris pourquoi nous n'approuvions pas.

— J'ai compris, mais je ne suis pas d'accord.

— Même avec ce qui se passe maintenant ? Avec ces horribles lois raciales qui interdisent les mariages mixtes ?

Sa mère désigna d'un geste l'enveloppe blanche, mais Sandro ne put s'empêcher d'exprimer le ressentiment qui enflait en lui.

— Ces lois, maman, devraient au contraire t'amener à modifier ton point de vue.

— Qu'est-ce que tu racontes ? Les lois raciales prouvent la nécessité d'une solidarité entre Juifs. Notre communauté est gravement menacée.

— Je ne veux pas discriminer comme ceux qui discriminent. C'est une question de principes.

— Oh, Sandro, très bien, coupa sa mère. Tu es trop intelligent et je ne veux pas de conflit. Tu crois qu'on a besoin de se rajouter des problèmes ? Tu veux que je me torture un peu plus au sujet de ce que contient cette enveloppe ?

— Si tu ne veux plus te torturer, tu n'as qu'à l'ouvrir.

Il prit l'enveloppe d'un geste furieux.

— Si tu ne le fais pas, je peux m'en charger.

— Non, Sandro, non. Je te l'interdit.

Elle voulut lui reprendre l'enveloppe, mais il retira brusquement sa main et le papier se déchira. Elle tenait à présent une moitié et lui l'autre. Au même instant, la porte s'ouvrit et Massimo entra, le sourire aux lèvres. Se rendant compte qu'il interrompait une dispute, il déposa sa mallette et se précipita dans la salle à manger.

— Qu'est-ce qui se passe, vous deux ? demanda-t-il, interloqué. C'est quoi ce papier ?

— Ça vient de la Demorazza.

Elle prit des mains de Sandro son bout d'enveloppe et confia les deux moitiés à son mari.

— Je suis désolée, murmura-t-elle.

— Moi aussi, papa, renchérit Sandro. C'est ma faute. Je voulais l'ouvrir et maman n'était pas d'accord.

— Qu'est-ce que vous avez fait ? demanda-t-il d'un ton atterré. C'est un document légal très important.

Il sortit les deux moitiés de la lettre et les posa côte à côte sur la table en les faisant correspondre. La mère de Sandro vint se placer à sa gauche et Sandro à sa droite, pour regarder par-dessus ses épaules. Il baissa les yeux vers les deux parties du document qui, bien que mal ajustées, permettaient de lire sans le moindre doute la décision finale :

EXEMPTION REFUSÉE

En lettres capitales tracées à la main.

— Non, gémit-il, tandis que sa mère poussait un cri étouffé.

Sandro en resta muet d'horreur.

Son père déplaça plusieurs fois les deux moitiés du papier de haut en bas, pour mieux les aligner, comme si ça pouvait modifier la réponse.

— Non, non, non, non, non, ne cessait-il de répéter.

— Oh non, gémit sa mère.

Elle posa une main sur l'épaule voûtée de son mari, mais celui-ci ne sembla pas s'en apercevoir.

— Ils ne peuvent pas nous renier ! Ils ne nous feraient pas ça ! Ils ne me feraient pas ça, à moi !

Il ne cessait de réarranger les deux moitiés de la décision.

— Je suis pratiquement un fasciste de la première heure ! J'ai fait tout ce que j'ai pu pour le parti ! Il ne ferait pas ça à ma famille ! Il ne me ferait pas ça, à *moi* !

— Massimo, je t'en prie, murmura sa femme en lui tapotant le dos. On va trouver un moyen.

— Le Duce ne me ferait pas ça. Mon pays...

Il les regarda en secouant la tête, les yeux fous, les lèvres tremblantes. Sandro s'alarma de son état, car jamais il ne l'avait vu exprimer un tel désespoir, un tel désarroi. Sa mère en fut elle aussi bouleversée, car elle eut les larmes aux yeux et s'éloigna de quelques pas pour le cacher.

Sandro comprit qu'il devait intervenir. Il prit son père par les épaules et le fit pivoter vers lui.

— Papa, on va réfléchir tous ensemble, comme on l'a toujours fait. Et on trouvera une solution.

— Il n'y a pas de solution, cette fois ! s'exclama Massimo. On est ruinés, on a tout perdu, je ne sais pas quoi faire !

Cette tirade décontenança encore plus Sandro, mais il n'en montra rien.

— Il n'y pas moyen de faire appel de cette décision ? Comme dans les procès ?

— Non ! Aucune procédure n'est prévue pour ça ! Les décisions sont irrévocables.

Il posa sur Sandro un regard vide, comme s'il ne le voyait pas.

— Papa, réfléchissons. Il y a sûrement un moyen de contourner ça. On va trouver.

— J'ai obtenu des exemptions pour tant d'autres, comment ont-ils pu refuser la mienne ? Pourquoi ? Pourquoi ?

— Tu es sûr que c'est définitif ? C'est écrit à la main, ça semble à peine officiel. Je me demande si on ne pourrait pas…

— Non, je te dis, on ne peut rien faire ! Les décisions sont définitives et souvent écrites à la main. Ce ne sont pas des légistes qui traitent le dossier, mais de simples bureaucrates, des scribouillards.

Il secoua de nouveau la tête, encore incrédule.

— J'étais un cas limite, dans la mesure où je n'ai rejoint le parti qu'en 1923, alors qu'ils ont ouvert les listes avant. Mais pourquoi s'en tenir à ce détail technique ? Comment ont-ils pu se retourner contre un des leurs et condamner l'un des plus loyaux fascistes de la communauté juive ! Ils ont accordé de nombreuses exemptions à des gens moins méritants, dont j'ai moi-même rédigé les demandes. Comment ont-ils pu nous refuser ? C'est une catastrophe !

— Donc, selon la loi, il n'y a pas de solution ?

— Non !

Mais Sandro ne se résignait. Il continuait à réfléchir.

— Et en contournant la loi ?

— Qu'est-ce que tu veux dire ?

— Je crois qu'il y a un moyen, déclara Sandro.

Il allait prendre les choses en main.

Chapitre 44

Beppe
Novembre 1938

Beppe était soulagé de voir partir les derniers clients. Il avait hâte de se coucher. Ces derniers temps il se sentait las. Le chagrin de la perte d'Aldo l'épuisait émotionnellement et pesait sur lui comme un fardeau. Parfois, il avait l'impression qu'il allait s'effondrer, d'autre fois son état lui rappelait ce qu'il avait enduré pendant la Grande Guerre, dans la troisième division des Bersaglieri, une unité d'infanterie cycliste où les soldats portaient sur le dos leur bicyclette, en plus du barda habituel. Il avait combattu sur le front de l'Isonzo, dans les Dolomites enneigées, et aussi à Caporetto, une défaite qui lui donnait encore des cauchemars. La bataille de Caporetto était tristement célèbre pour ses désertions, mais il avait tenu jusqu'au bout, luttant contre le découragement et contre l'ennemi. Quand il pensait à Aldo, il était désespéré, comme le soldat d'autrefois qui ne savait même plus pourquoi il se battait.

Tout en finissant de nettoyer la salle, il se torturait le cerveau en se demandant ce qu'il avait raté avec Aldo. Comment avait-il fait pour être aveugle à ce point ? Pourquoi son propre fils avait-il trahi la patrie ? C'était comme s'il n'avait jamais rien compris à Aldo, son propre enfant. Jamais il ne l'aurait cru capable d'avoir recourt à la violence, et certainement pas contre le gouvernement. Il n'avait pas été un bon père.

Il ramassa une serviette sale et la posa sur le comptoir. Marco leva les yeux de la machine à café qu'il était en train de nettoyer, mais ne fit pas de commentaire. Depuis leur bagarre le jour de l'enterrement d'Aldo, ils ne se parlaient pratiquement plus et le fossé qui s'était creusé entre eux était pour Beppe une perte de plus, une raison de plus d'être déprimé. Sa femme, Maria, refusait de quitter le lit, et ni Emedio ni les prières ne parvenaient à lui apporter un peu de réconfort. Les Terrizzi n'avaient jamais été aussi malheureux. Pour Beppe, cela aussi était un échec : Il était de la responsabilité d'un homme d'assurer le bonheur de sa famille, tout autant que de lui assurer le boire et le manger.

Il allait fermer la porte quand il aperçut Massimo et Sandro qui traversaient le Ponte Fabricio en direction du bar. C'était une heure inhabituelle pour une visite, mais il les salua de loin et ils lui rendirent son salut. Il attendit qu'ils soient au pied du pont pour ouvrir la porte.

—Bonsoir, Massimo. Bonsoir Sandro.

Ils s'empressèrent d'entrer. Massimo fronçait les sourcils, comme quelqu'un qui est angoissé.

—On est désolés de te déranger si tard, s'excusa-t-il.

—Vous ne me dérangez pas du tout, protesta Beppe. Installez-vous.

Il ferma la porte derrière eux et tourna la pancarte du côté « Fermé ».

—Merci d'être venus à l'enterrement.

— C'est normal, répondit Massimo en lui tapotant le bras. Encore une fois, toutes nos condoléances. Aldo était quelqu'un de bien.

Il ne faisait aucune allusion à la bagarre avec Marco et Beppe lui fut reconnaissant de sa délicatesse.

— S'il vous plaît, asseyez-vous.

Beppe tira deux chaises de dessous la table la plus proche, Massimo et Sandro s'y installèrent. Marco vint les rejoindre, en apportant quatre verres de vin rouge sur un plateau.

— *Buona sera*, dit-il en posant le plateau devant eux.

Massimo s'empara d'un verre et but une grande gorgée de vin, sans attendre ses compagnons de table et sans porter un toast, comportement inhabituel chez lui et qui montrait à quel point il était préoccupé.

— Qu'est-ce qui se passe, Massimo ?

— J'ai besoin de ton aide, Beppe.

— Elle t'est acquise d'avance, mon frère.

— Absolument, renchérit Marco.

Massimo et Sandro parurent se détendre. Massimo chercha le regard de Beppe.

— Je suppose que tu es au courant des nouvelles lois raciales qui interdisent aux Juifs de posséder des biens ou une société.

— Oui, et tu sais ce que j'en pense. C'est une honte. Je déteste les lois discriminatoires du Parti fasciste. Je ne tolère pas la persécution des Juifs italiens. Le parti prend un mauvais tournant, pour lui-même et pour l'Italie.

— Merci de dire cela. Malheureusement, le pire est arrivé. On m'a refusé mon exemption.

— Oh non !

Beppe en fut atterré, mais surtout étonné. Tout comme Massimo, il n'avait jamais douté jusque-là que les Simone obtiendraient une exemption. De son point de vue, ils la méritaient amplement.

— Si nous n'arrivons pas à inverser la situation, nous serons ruinés. Nous allons perdre la maison et mon cabinet.

— Y a-t-il un moyen de faire appel ?

— Légalement, il n'y en a aucun.

Le front de Massimo se plissa.

— Dans ma demande, j'avais pourtant basé mon argumentation sur ma loyauté envers le parti. Tu te souviens du jour où on s'est rencontrés, quand Sandro venait de naître ?

— Oui, bien sûr. Je ne l'oublierai jamais.

Beppe désigna d'un grand geste la direction du pont.

— On était devant le bar. C'était la Marche sur Rome, en 1922. Tu venais de quitter l'hôpital et tu avais passé la nuit à attendre que Gemma mette au monde Sandro.

Massimo hocha la tête et une lueur passa dans ses yeux.

— Oui, et après on est allés Piazza Venezia pour écouter le discours du Duce. C'était noir de monde. Tu étais déjà membre du parti.

— Je l'avais rejoint en 1919, confirma Beppe en refoulant une bouffée de nostalgie.

Tant de choses avaient changé depuis, et pas en mieux. Le fascisme avait trahi les Juifs, Mussolini avait mis le parti sur le chemin de la guerre en s'alliant avec Hitler. Et maintenant Aldo était mort à cause de ses activités antifascistes et Marco était soupçonné d'avoir été son complice.

— Sont exemptés des lois raciales les Juifs fascistes de la première heure. Ceux qui ont adhéré de 1919 à 1922 et durant la seconde moitié de 1924. Je n'ai adhéré officiellement qu'en

1923, bien que je me sois rendu aux réunions dès les premiers jours. Alors, tu vois, c'est un détail technique, qui m'a empêché d'obtenir cette exemption.

—C'est tout à fait juste. Je vais t'aider de mon mieux. Qu'est-ce que je peux faire ?

—Beppe, tu connais beaucoup de monde dans le parti. Je me demandais si tu pouvais parler à quelqu'un et témoigner de ma loyauté depuis le tout début. Je suis sûr que ton intervention pourrait changer la donne.

Massimo se tourna vers Marco.

—Et toi, Marco tu travailles au Palazzo Braschi et je sais qu'on y est content de toi. Il n'y aurait pas quelqu'un à qui tu pourrais parler en notre faveur ? Le commandeur Buonacorso me connaît, c'est même moi qui vous l'ai présenté, si vous vous en souvenez. Si tu pouvais lui rappeler que j'ai toujours été fidèle au parti…

—Ne t'inquiète pas, on parlera à quelqu'un, s'empressa de le rassurer Beppe.

Il préféra ne pas lui avouer que cette requête ne pouvait pas tomber plus mal. Depuis la trahison d'Aldo, ni lui ni Marco n'avaient plus aucune influence positive au sein du parti. Mais il lui était impossible de révéler la vérité sur la mort d'Aldo. C'était confidentiel, et de plus, infâmant.

Marco pinça les lèvres.

—Moi aussi, je parlerai pour vous, promit-il.

Massimo soupira de soulagement.

—Merci, à vous deux.

—Merci beaucoup, renchérit Sandro.

Beppe tapota le bras de Massimo.

—Maintenant, buvons un verre. À l'amitié !

—À l'amitié ! renchérit Massimo en levant son verre.

—À l'amitié ! lança Marco en trinquant avec Sandro.

Celui-ci marqua une pause.

—À nous tous, dit-il seulement.

Chapitre 45

Marco
Novembre 1938

Le lendemain matin, assis sur un banc tapissé de brocart, Marco et son père attendaient d'être reçus dans le bureau du commandeur Buonacorso. Ils étaient venus apporter la photo de la blonde antifasciste et on leur avait demandé de patienter. Ça faisait deux heures. Durant ce laps de temps, plusieurs officiers inconnus de Marco étaient entrés et ressortis du bureau.

Il se tenait bien droit sur son siège, tendu à l'extrême. Près de lui, dans le costume de l'enterrement d'Aldo, son père avait l'air sinistre. Ils n'échangeaient pas un mot. Marco avait beau se répéter qu'il devait se détendre, il n'y arrivait pas. Son avenir allait se jouer au cours de cet entretien. Et sans doute aussi celui des Simone, car ils avaient prévu de parler en leur faveur.

— Messieurs, annonça un officier en sortant du bureau. Le commandeur Buonacorso va vous recevoir.

— Merci, répondirent-ils en chœur.

En entrant, ils firent le salut fasciste et Buonacorso le leur rendit, puis il leur désigna les deux fauteuils rembourrés disposés devant son bureau.

— Asseyez-vous, je vous en prie.

Comme ils s'installaient, Buonacorso alla lui aussi s'asseoir derrière son bureau.

— Je suis surpris de vous voir ici, Beppe.

— Je suis venu soutenir Marco. Aucun de nous n'avait la moindre idée des activités honteuses d'Aldo et de sa trahison. J'étais son père, j'aurais dû savoir. Si quelqu'un est à blâmer, c'est moi. Si quelqu'un doit être puni, c'est moi.

Marco se tourna vers lui, touché par ses paroles.

— Papa, je te remercie, mais je suis responsable de moi-même.

Son père l'ignora et conserva toute son attention sur Buonacorso.

— En tant qu'anciens combattants, je crois que nous pouvons nous comprendre, lui dit-il. Et je vous affirme que la loyauté de Marco est aussi solide que la mienne. La photo qu'il vous a remise en est la preuve.

Buonacorso eut un bref hochement de tête.

— Beppe, j'apprécie ces paroles. Votre loyauté et votre intégrité, nous la connaissons tous. Nous avons compris que ni vous ni Marco n'étiez au courant des activités et de la trahison d'Aldo. Avec cette photo, nos amis de l'OVRA vont enquêter sur cette femme. Nous sommes maintenant persuadés que Marco ne collaborait pas avec la cellule antifasciste d'Aldo.

— Merci, répondit Beppe. Je suppose qu'il va donc reprendre son poste auprès de vous.

Marco fut surpris par son audace.

Buonacorso caressa rêveusement sa moustache, puis se tourna vers Marco.

— Oui, Marco, tu peux revenir travailler ici. Nous allons passer l'éponge sur ce déplorable épisode. N'en parlons plus.

— Merci, monsieur, répondit Marco en souriant de soulagement. Vous ne le regretterez pas.

— Je me porte garant pour lui, renchérit son père.

— Merci, répondit Buonacorso en jetant un coup d'œil du côté de la porte qui s'ouvrait derrière eux.

Marco supposa que quelqu'un venait d'entrer. Un fumeur, car ça sentait la cigarette.

— Une dernière chose, commandeur, dit son père en levant un doigt. Vous vous souvenez sans doute de notre ami commun Massimo Simone ? Il a demandé à être exempté de la nouvelle loi raciale et cela lui a été refusé. Il y a pourtant droit. Je suis sûr que vous serez d'accord avec moi sur ce point.

— On a refusé l'exemption à Massimo ?

— Oui. Et c'est une injustice qu'il faut réparer. Je me porte garant pour lui dans tous les domaines. Avec ses années de service et sa loyauté envers notre parti, cette exemption lui revient de droit. Je me suis dit que vous pourriez faire quelque chose pour lui.

Buonacorso haussa les épaules.

— Beppe, je n'ai pas mon mot à dire sur ce sujet, même si j'aurais aimé l'aider. Ce n'est pas du tout de mon ressort.

— Je m'y attendais, aussi ai-je une lettre en faveur de Massimo que vous pourrez remettre à qui de droit.

Il fouilla dans sa poche intérieure de veste et en sortit une enveloppe qu'il posa sur le bureau.

— Je n'y manquerai pas, assura Buonacorso en prenant l'enveloppe qu'il fit aussitôt disparaître.

Des rires méchants éclatèrent du côté de la porte. Marco et son père se retournèrent : deux officiers de l'OVRA en uniforme venaient vers eux en faisant claquer leurs bottes noires sur le parquet. Marco frémit en reconnaissant l'agent grand et costaud qui l'avait interrogé à propos d'Aldo, celui qui ressemblait à un ours. L'autre officier, petit et maigre, tenait une cigarette entre ses doigts fins et fixait Beppe d'un air sévère.

— Tu te souviens de moi, Beppe ? demanda-t-il.

— Carmine Vecchio, répondit son père.

— Ça t'étonne, hein, que je sois devenu officier supérieur ?

— Aucun officier n'est le supérieur d'un soldat de tranchée.

Marco déglutit car les hommes de l'OVRA ne toléraient pas la provocation.

— Bah ! commenta Vecchio en tirant sur sa cigarette. Tu n'as pas changé, espèce de vieux cheval.

— Merci, répondit Beppe sans sourire.

— Comment oses-tu ?

L'officier Vecchio ricana et de la fumée s'échappa de ses narines.

— Tu devrais me manifester du respect, ainsi qu'à mon collègue officier Stefano Pretianni.

Il désigna d'un geste l'ours à côté de lui, lequel n'eut aucune réaction.

— Et pour information, tu n'es pas en position de demander une faveur pour tes amis juifs.

— Quand quelque chose est mérité, on ne peut pas parler de faveur, corrigea Beppe sans ciller. Massimo Simone est un fasciste loyal. Il a servi notre pays et…

— Qu'est-ce que tu connais de la loyauté, Beppe ? Ton fils Aldo faisait du trafic d'armes sous ton nez pour un groupe de subversifs. Dieu seul sait de quoi est capable Marco, ton autre fils.

Marco se leva d'un bond, outré.

— Je suis loyal envers ce parti et Massimo Simone l'est aussi. Il mérite cette exemption.

Près de lui, son père se leva aussi, plus calmement, le regard sur Vecchio.

— Carmine tu cherches encore à te battre pour rien et une fois de plus je vais t'ignorer.

— Tu ne veux pas te battre pour rien ? Comme à Caporetto ? C'est pour ça que tu t'es enfui comme un lâche ?

— Je ne me suis pas enfui.

— Prouve-le.

— Je n'ai rien à te prouver.

— Vous les Terrizzi, sachez que je ne suis pas dupe. Je vais vous surveiller à chaque instant. J'aurai un œil sur vous deux.

— Profite bien de la vue, lui lança Beppe.

Et sur ce il lui tourna le dos et sortit. Marco le suivit. Ils traversèrent l'antichambre, passèrent devant les gardes et descendirent côte à côte le grand escalier de marbre, deux silhouettes de taille et de corpulence identique. Marco songea qu'ils se ressemblaient, au moins physiquement. Et pour le reste... Il n'aurait pas su dire. Il venait encore de découvrir une facette insoupçonnée de la personnalité de son père.

Ils atteignirent le rez-de-chaussée et passèrent sous l'arcade pour quitter le Palazzo Braschi. Une fois dehors sur la place, ils s'arrêtent au milieu des passants pour se dire au revoir.

— Je retourne au bar, déclara Beppe dont les yeux semblèrent s'enflammer sous le soleil.

— Je reste, déclara Marco, pris d'une gêne subite.

En d'autres circonstances, il aurait serré son père dans ses bras pour le remercier de l'avoir soutenu et d'avoir plaidé sa cause, mais le fossé entre eux avait rendu un tel geste impossible.

— Au fait, tu l'as connu où, ce Carmine Vecchio ?

— Aucune importance.

— Tu crois que les Simone vont obtenir leur exemption ?

— Avec ce que j'ai donné, ils devraient l'obtenir, oui.

— Comment ça, avec ce que tu as donné ? demanda Marco, surpris.

— Que crois-tu qu'il y avait dans cette enveloppe, fiston ?

Chapitre 46

Massimo

21 novembre 1938

Massimo était assis dans son bureau, la tête dans les mains. Devant lui, il y avait de nouvelles lois raciales. Par le décret royal du jour, il n'était plus membre du Parti fasciste. Il en était expulsé. Il relut la disposition principale de la loi, comme s'il espérait que les phrases eussent changé. Mais elles demeurèrent identiques, bien nettes, en caractères d'imprimerie noirs sur le papier blanc.

Les citoyens italiens qui, selon les termes de la loi appartiennent à la race juive sont exclus du PNF, le Parti national fasciste.

Massimo se sentit perdu. Cette loi le prenait au dépourvu, lui, un avocat. Les fascistes le rejetaient, alors qu'il avait aidé à mettre le Duce au pouvoir, tout comme d'autres Juifs. Massimo avait cru en Mussolini, il l'avait aimé. Mais celui-ci l'avait trahi. Les journaux parlaient d'une « purge » des Juifs.

La porte de son bureau était fermée, mais il entendait Gemma et Sandro parler dans la cuisine. Ils commentaient cette loi, bien sûr, et ils étaient sûrement bouleversés. Mais pas dévastés. Pas autant que lui. S'il n'était plus fasciste, Massimo ne savait plus qui il était. Ce parti, pour lui, c'était plus que de la politique. C'était la loi absolue, le système ordonné qui devait permettre aux hommes d'exprimer tout leur potentiel.

Il repensa à la Marche sur Rome, au début de l'ascension du parti. C'était seize ans plus tôt. Seulement seize ans. Il avait des cravates aussi vieilles que ça. Et même des chaussures. C'était l'année de la naissance de Sandro. L'année de tous les espoirs. Il allait devenir un père pour son fils tout neuf. Son pays bien-aimé venait de trouver un père. Il lui avait semblé alors que cette similitude entre son destin et celui de son pays était de bon augure, surtout pour un Romain. Il avait vu se profiler devant lui un glorieux et brillant avenir.

Il balaya son bureau du regard, s'arrêta sur ses diplômes encadrés, près de sa bibliothèque remplie de textes de lois fiscales et de manuels scolaires. Tout cela appartenait à son passé d'avocat fiscaliste, comme les ruines des colonnes de marbre du Forum appartenaient au passé de Rome.

Son reflet dans la fenêtre lui renvoya l'image d'un homme désespéré. Tout était la faute de cette exemption qu'il n'avait pas réussi à obtenir. Avec elle, il aurait pu rester membre du parti, mais il avait cessé de se battre et avait laissé tomber sa famille.

Il pria pour que l'intervention de Beppe et Marco rétablisse la justice.

Troisième Partie

« *Nessun maggior dolore*
Che ricordarsi del tempo felice
Nella miseria »

« Il n'est douleur plus grande que de se souvenir des temps heureux dans le malheur. »

Dante Alighieri, *L'Enfer*, Chant 5, 121-123

Chapitre 47

Elisabetta
Juillet 1939

Tous les soirs avant de se coucher, Elisabetta et Nonna buvaient ensemble un petit verre d'anisette, une liqueur d'anis vert, rituel qui les consolait de leur longue et dure journée. Les temps étaient difficiles, la rumeur d'une guerre imminente courait sur toutes les lèvres. Les affaires allaient moins bien au *Casa Servano*, à cause de la baisse du tourisme et des lois qui avaient appauvris les Juifs – ces lois raciales que les *trasteverini* considéraient comme une abomination,

Elisabetta pensait tout le temps à Sandro et elle avait le cœur brisé à l'idée qu'il ne voulait plus d'elle. Elle l'aimait toujours. La nuit, elle pleurait en cachette. Parce qu'il lui manquait. Parce qu'elle s'inquiétait pour lui. Elle ne voyait pas non plus Marco, qu'elle préférait éviter pour qu'il ne se fasse pas des illusions. Heureusement, ce n'était pas trop difficile car il était de plus en plus occupé au Palazzo Braschi.

— Eh bien, quelle horrible journée ! soupira Nonna.

Elle s'installa dans son fauteuil, à l'une des extrémités de la table de noyer éclairée par le halo de lumière d'un plafonnier en verre de Murano. La fenêtre ouverte laissait entrer une brise chaude qui agitait mollement les rideaux de dentelle. La nuit était silencieuse, comme toujours Via Fiorata, troublée uniquement par le puissant ronronnement de Rico, couché dans son fauteuil, sur un napperon destiné à protéger l'assise de ses poils. Les yeux fermés, les pattes repliées sous lui, il digérait après s'être gavé de restes de loup de mer.

— Tout ça finira par s'arranger, Nonna.

— Ça risque au contraire d'empirer, ma fille, j'en ai bien peur…

Elisabetta porta son verre à ses lèvres. C'était un petit verre joliment travaillé, car Nonna collectionnait la vaisselle ancienne. Elle en avait tant que le salon et la salle à manger étaient encombrés de vitrines et crédences servant à exposer ses services de Royal Doulton, ses majoliques et ses porcelaines de Limoges, de Capodimonte et d'ailleurs. Le tout formait un ensemble plutôt disparate qui conférait à la pièce une atmosphère étonnamment chaleureuse.

Comme on frappait à la porte, Elisabetta se leva et traversa le salon pour aller ouvrir. Sur le seuil, elle découvrit Marco. Il était en uniforme, il souriait jusqu'aux oreilles, et il avait sous le bras une grande boîte emballée dans un joli papier.

— *Buona sera*, Elisabetta !

Il la souleva légèrement de son bras libre pour l'embrasser sur la joue.

— Quelle surprise ! s'exclama-t-elle, vaguement troublée. Ça me fait plaisir de te voir.

— Elisabetta, aurais-tu oublié les bonnes manières ? intervint de loin la voix de Nonna. Qui est là ? Pourquoi ne fais-tu pas entrer ton visiteur ?

— Viens, Marco, s'il te plaît.

Elisabetta ouvrit grand la porte et Marco entra. Il traversa le salon en balayant d'un regard étonné l'étalage de meubles à vitrines, mais il se garda bien de faire le moindre commentaire. Elle le fit entrer la salle à manger.

— Nonna, je vous présente Marco Terrizzi. Marco, voici...

— *Signora* Servano.

Les yeux tombants de Nonna n'étaient plus que deux fentes.

— Ton père ne serait pas le propriétaire du *Bar du Giro*, par hasard ?

— Oui, répondit Marco avec un sourire aimable.

— C'est bien toi qui es venu faire une sérénade à Elisabetta devant mon restaurant ?

— Oui, acquiesça Marco.

— Donc tu lui fais la cour.

— Oui, avoua Marco en rougissant.

— Quelles sont tes intentions ? Sont-elles vraiment honorables et sérieuses ?

Elisabetta tressaillit.

— Nonna ! protesta-t-elle.

Marco se redressa.

— Mes intentions sont honorables. J'aime Elisabetta.

Elisabetta fut émue par cette déclaration à laquelle son cœur, contre toute attente, fut extrêmement sensible.

Nonna fronça les sourcils.

— Mais tu n'es pas un prétendant très assidu, n'est-ce pas, Marco ?

Il battit des paupières.

— Pardon ?

— Tu n'es jamais venu ici, si je ne me trompe. Elisabetta habite là depuis un moment. Tu le savais ?

— Je le savais, mais j'ai eu beaucoup de travail.

— Admettons. Et qu'est-ce qui te prend de débarquer sans crier garer à une heure pareille ?

— J'ai travaillé jusque tard et...

— Tu ne t'imagines quand même pas qu'elle va sortir ce soir avec toi, n'est-ce pas ?

— Beh, j'espérais qu'on pourrait aller manger une glace.

— Tu ne sais pas qu'elle travaille demain matin ? Tu crois que tu peux arriver comme ça à l'improviste et obtenir tout ce que tu veux ?

— Non, non, je ne...

— Ne te fais pas d'idées, *capito* ? Tu sais qu'Elisabetta est une fille bien, pas vrai ? Elle n'est pas comme les autres, tu comprends ?

— Je sais qu'elle n'est pas comme les autres.

— Alors pourquoi tu la traites avec autant de désinvolture ? Si tes intentions sont tellement honorables, pourquoi venir la chercher à une heure aussi tardive ?

Elisabetta aurait voulu disparaître dans un trou de souris, mais impossible d'arrêter Nonna. qui désignait à présent le cadeau de Marco.

— Et d'ailleurs, qu'est-ce que tu as là-dedans ?

— Oh, c'est pour elle, répondit Marco en sortant le paquet de dessous son bras.

— Tu ne t'imagines quand même pas que tu peux l'acheter ? Elisabetta, qu'est-ce que tu attends pour ouvrir ton cadeau ?

— Je vais l'ouvrir.

Morte de honte, Elisabetta évita le regard de Marco qui lui tendait la boîte.

— Merci, Marco. Mais pourquoi ce cadeau ?

— Ouvre d'abord. Si je te dis pourquoi, tu sauras ce que c'est.

— *Basta* ! interrompit Nonna en ricanant. Et bla et bla et bla ! J'ai sommeil, moi ! Dépêchez-vous, qu'on en finisse !

Elisabetta éclata de rire, imitée par Marco. Elle déchira le papier cadeau et le tendit à Marco qui le roula en boule. Puis elle souleva le couvercle de la boîte. À l'intérieur, il y avait un vêtement enveloppé dans un papier de soie blanc.

Nonna tendit le cou.

— Je ne risque pas de voir ce qu'il y a là-dedans, si tu n'enlèves pas ce papier ! s'exclama-t-elle.

Elisabetta défit le papier et poussa un cri étouffé en voyant apparaître une superbe robe en mousseline de soie rose, sans manches, avec un gracieux décolleté en rond plutôt plongeant et une taille agrémentée d'un ruban de satin. Elle la tint à bout de bras pour mieux l'admirer. Ce vêtement léger et vaporeux était sublime, mais il correspondait à une vie qu'elle n'aurait jamais. Il était trop élégant et trop féminin. Il aurait mieux convenu à une princesse qu'à une serveuse.

— Et quand aurait-elle l'occasion de porter ça ? railla Nonna.

— Nonna, je vous en prie.

Submergée par l'émotion, Elisabetta serra la robe contre sa poitrine.

— Merci beaucoup, Marco. Elle est magnifique !

— Je t'en prie.

Marco eut un sourire chaleureux et ses yeux brillèrent.

— Je suis invité à une réception officielle et je me demandais si tu accepterais de m'accompagner. Tu pourrais porter cette robe.

— Et les chaussures ? intervint de nouveau Nonna. Tu crois qu'elle a des chaussures pour aller avec une robe pareille ? Ou bien tu penses qu'elle va y aller pieds nus ?

— Nonna, je m'achèterai moi-même mes chaussures.

Bien sûr, si elle avait eu le choix, Elisabetta eût préféré une sortie avec Sandro, mais une réception officielle serait sûrement divertissante. Elle ne s'amusait pas beaucoup ces derniers temps. Elle se couchait tôt tous les soirs et travaillait toute la journée.

Marco lui effleura le bras.

— Alors, tu veux bien venir avec moi, Elisabetta ?

— Oui, répondit-elle, sans même réfléchir.

— Ça suffit !

Nonna fusilla Marco du regard et lui désigna la direction de la sortie

— Bonne nuit, Marco ! *Bye-bye* ! Dors bien !

Marco eut un petit rire.

— Bonne nuit, *Signora* Servano.

Elisabetta replaça la robe dans la boîte, en la pliant avec soin et en lissant bien la jupe.

— Marco, je te raccompagne, dit-elle.

— Non, tu restes ici, intervint Nonna.

Elle chassa Marco d'un geste de la main.

— Marco, tu trouveras bien la sortie tout seul, pas vrai ? Ce n'est pas très compliqué. Tu y vois bien ? Tu n'as pas de problème d'orientation ?

— Aucun problème, en effet, *Signora* Servano, je vais me débrouiller, merci. Bonne nuit, Elisabetta.

Il prit la main d'Elisabetta, l'embrassa sur les deux joues et partit.

Elisabetta sentit son cœur s'éveiller et se rendit compte du même coup qu'il était resté jusque-là en sommeil. Marco l'aimait, elle avait envie d'accepter ce qu'il lui offrait. Elle n'aurait pas su dire si elle était un peu amoureuse de lui, si elle avait simplement envie de vivre une amourette, ou bien si elle avait juste besoin de se distraire. Mais peu importait. Ce qui comptait, c'était que l'idée de l'accompagner à cette fête la rendait heureuse. Mais quand elle posa les yeux sur Nonna, elle surprit son regard désapprobateur.

— Nonna, qu'est-ce qu'il y a ? Pourquoi vous ne l'aimez pas ?

— Il n'est pas pour toi, répondit Nonna en levant un sourcil. Je te l'ai déjà dit. Tu ne peux pas sortir avec lui.

— Et pourquoi pas ? insista Elisabetta, interloquée. Pourquoi dites-vous tout le temps ça ?

L'expression de Nonna se radoucit et la tristesse se peignit sur son visage.

— Assieds-toi, ma chérie.

Chapitre 48

Sandro
Juillet 1939

Dès qu'il avait entendu parler d'une nouvelle loi raciale règlementant l'accès à certaines professions pour les Juifs, Sandro avait décidé de rentrer chez lui. Les médecins juifs ne bénéficiant pas d'une exemption devaient désormais se signaler en tant que tels et ne pouvaient soigner que des Juifs. Sa mère travaillait à l'hôpital Fatebenefratelli, un établissement catholique où ils n'auraient pas suffisamment de patients juifs pour la garder.

En traversant le Ghetto, il vit des commerçants penchés sur les journaux et des attroupements de ménagères désemparées et parfois en larmes. Tant de Juifs avaient déjà perdu leur emploi ! Les rues étaient désormais pleines de mendiants, de marchands de chiffons et de nouveaux pauvres qui vendaient leurs biens. La Via del Portico d'Ottavia n'était plus la joyeuse artère animée d'autrefois, mais un marché du désespoir.

De nombreux magasins avaient fermé et l'échoppe du boucher n'allait pas tarder à suivre, car la viande casher avait été interdite lors de la promulgation de précédentes lois raciales visant à empêcher les Juifs de pratiquer leur religion. Les périodiques juifs avaient reçu interdiction de publier, les Juifs ayant fait un mariage mixte cherchaient à obtenir des exemptions pour être considérés comme des Gentils. Les congrégations s'amenuisaient à mesure que les Juifs émigraient, et les rabbins finissaient par émigrer aussi. Le barrage fasciste des lois discriminatoires ayant pour but d'exclure les Juifs de la vie quotidienne et de les chasser d'Italie poursuivait lentement mais sûrement son travail de sape.

Sandro se rendit soudain compte qu'il avait pris machinalement le chemin de leur ancien appartement de la Piazza Mattei, aussi il se hâta de rectifier. Ils n'avaient finalement pas obtenu l'exemption, donc son père avait dû fermer son cabinet d'avocat et ils avaient perdu leur maison. Ils avaient déménagé et habitaient maintenant un appartement plus petit dans un immeuble moins cossu à la façade délabrée, comme tant d'autres dans leur rue. Un environnement sordide, comparé au raffinement de la Piazza Mattei.

Il était enfin arrivé et grimpa en courant l'escalier bancal menant au second étage. Une bouffée d'air chaud l'assaillit quand il poussa la porte d'entrée qui donnait directement dans leur petite cuisine. Celle-ci tenait également lieu de salon, de salle à manger et de chambre pour ses parents la nuit. Sa chambre à lui était à peine assez grande pour un lit, mais il ne s'en plaignait pas car au moins elle était ensoleillée, l'une des fenêtres donnant au sud.

— Maman, je suis au courant pour la nouvelle loi. Est-ce que tu es renvoyée de l'hôpital ?

Il s'approcha de la table où ses parents étaient assis, avec des mines sombres.

— Oui, répondit sa mère à voix basse.

Elle avait les yeux bouffis, une expression résignée. Elle portait sa robe de lin gris avec un collier de perles et tâchait de conserver un air digne, bien qu'elle eût probablement le cœur brisé.

— Je suis vraiment désolé.

Il la serra dans ses bras, puis s'installa lui aussi sur une chaise. Ils avaient vendu presque tout ce qu'ils possédaient, à l'exception de leur table, d'une étagère qui servait à ranger ses livres de maths, la collection d'éditions originales de romans appartenant à Rosa et quelques vieux manuels d'étudiant de ses parents. Ils avaient dû se séparer de la plupart de leurs objets de valeurs, mais avaient conservé le meuble vitrine contenant leur menorah et plusieurs chandeliers en argent.

Sa mère marqua une pause, les lèvres pincées.

— Quand la nouvelle est tombée, je venais de mettre au monde une jolie petite fille. Un gros bébé.

Elle déglutit.

— C'est dur à accepter que ça se termine aussi brutalement, du jour au lendemain. Ça fait tellement longtemps que je travaille dans cet hôpital. J'adorais mon service et aussi son personnel. Les infirmières d'un service d'obstétrique ne sont pas comme les autres.

Sandro hocha la tête en silence. Il avait tant de fois entendu ce discours.

— Ça me fait mal de penser que mes patientes ne pourront plus s'adresser à une femme médecin. Elles se sentaient plus à l'aise avec moi, surtout les primipares. Je ne serai plus là pour les aider et je le regrette.

Sandro comprenait à quel point c'était difficile pour elle de renoncer à ce poste à l'hôpital. En tant que femme, elle s'était battue pour l'obtenir et avait dû lutter pour être acceptée par les autres médecins.

— Tous les médecins juifs ont été renvoyés ?

— Oui.

— Dans les autres services aussi ?

— Oui. Partout. On a tous été renvoyés.

— Avant même la date d'entrée en vigueur de la loi, ajouta son père en secouant la tête.

Il portait comme toujours une cravate et un costume, mais les revers de sa veste commençait à montrer des signes d'usure.

— Je n'en veux pas aux administrateurs de l'hôpital, ajouta sa mère en soupirant. Ils n'avaient pas le choix. Ils doivent se plier à la loi. Giancarlo m'a dit que ça lui faisait mal au cœur et Moro a pleuré quand je suis allée chercher mes papiers de sortie. Alberto nous a invités à boire un café, après tout ça. Sœur Anna Domenica et les autres infirmières ont éclaté en sanglots.

Sandro connaissait la plupart des collègues de sa mère pour les avoir croisés quand il passait à l'hôpital après les cours.

— Je m'en veux, murmura son père en fourrageant nerveusement dans ses cheveux blancs. Si j'avais obtenu l'exemption, tu aurais gardé ton travail, Gemma. J'aurais dû l'avoir. Je la méritais. Nous la méritions.

— Tu as fait tout ce que tu as pu et Beppe aussi. On n'avait plus aucun recours.

— C'est faux.

Son père secoua la tête.

— Tu sais ce que j'ai entendu dire ? Il paraît que certains payent pour les obtenir, ces exemptions. Il y aurait un genre de racket organisé par le sous-secrétaire de l'Intérieur, Buffarini. C'est un antisémite virulent, mais ça ne le dérange pas de prendre notre argent.

Il secoua de nouveau la tête.

— Je n'ai pas su te protéger, ma chérie.

— C'est faux, Massimo. Même en payant des pots-de-vin, tu n'étais pas certain d'avoir gain de cause.

— Possible, mais je n'ai même pas essayé. Parce que je ne pense qu'aux recours légaux. Parce que j'ai foi en la justice. D'ailleurs je ne comprends toujours pas pourquoi ils m'ont refusé ce droit.

Quand il l'entendait se lamenter ainsi, Sandro s'inquiétait pour la santé mentale de son père. Massimo avait changé. Depuis sa radiation du Parti fasciste, il était devenu taciturne. Il ne cessait de ruminer le refus d'exemption et de remettre en question la manière dont il avait rédigé sa demande. Encore et encore. Dernièrement, il s'était mis à transporter partout avec lui un dossier dans lequel il prenait des notes. Ça devenait une obsession. D'ailleurs, comme Sandro s'y attendait, il ouvrit le fameux dossier.

— J'ai ici la liste des exemptions accordées jusqu'à aujourd'hui et elle montre que j'ai raison. Selon mon dernier recensement, trois mille cinq cent deux familles juives pouvaient prétendre à une exemption. Parmi elles les quatre cent six familles de tués au combat, les sept cent vingt et un familles d'engagés volontaires, les mille cinq cent quatre-vingt-dix-sept familles de ceux qui ont reçu une médaille militaire, et trois familles de martyrs fascistes.

Il souligna une ligne du bout de son ongle.

— Et voilà ce qui nous concerne. À ce jour, sept cent vingt-quatre familles de fascistes ont obtenu l'exemption. On aurait dû faire partie de celles-là ! On aurait vraiment dû. S'ils n'avaient pas appliqué la loi de manière aussi rigide !

Gemma soupira.

— Nous avons fait de notre mieux et même sans mon travail, nous ne sommes pas sans ressources. Nous avons encore nos économies et les obligations qu'ils nous ont données quand ils ont pris la maison.

— Exact, approuva Sandro, soulagé.

En vertu des lois, l'acte de propriété de leur ancienne maison avait été transféré à un bureau spécial du gouvernement, l'EGELI. Ses parents avaient reçu en échange des obligations à trente ans. Un marché de dupes, d'autant plus que les obligations étaient sous-évaluées.

— Massimo, ne t'en fais pas, murmura Gemma en prenant son mari par les épaules. Nous avons de quoi vivre pendant un an et peut-être que d'ici-là ce cauchemar aura pris fin. C'est toi qui gère l'argent, donc tu le sais mieux que moi.

— Gemma, euh, justement, à ce sujet, j'ai quelque chose à te dire.

Le visage ridé de Massimo était devenu livide.

— Nous n'avons pas autant que tu le penses. Nous avons moins de la moitié.

— Comment ça ? demanda Gemma en fronçant les sourcils.

Sandro attendit la suite, le ventre noué.

— *Beh*, c'est un peu long à expliquer, bredouilla Massimo en fourrageant dans ses papiers. Mais j'ai tenu le compte précis de l'argent que j'ai retiré petit à petit. C'est là-dedans quelque part.

— Quoi ? s'écria sa mère d'un ton horrifié. Tu as retiré de l'argent en piochant dans nos économies ? Et pourquoi ?

— J'ai fait des dons à la synagogue.

— Des dons pour qui ?

Elle ouvrit des yeux ronds derrière ses lunettes.

— Pour mes clients, pour qu'ils obtiennent l'exemption. Ou bien au cas où ils ne l'obtiendraient pas.

Il continuait à fouiller dans ses papiers et bafouillait de plus en plus.

— Gemma, il y a beaucoup de gens bien plus mal lotis que nous. Et quand je les avais en face de moi et que je me rendais compte à quel point j'étais un privilégié par rapport à eux, je me sentais obligé de leur tendre une main secourable. Je n'ai fait que pratiquer la tsedaka, la charité que nous enseigne la Torah. Nous devons partager ce que nous possédons. Je pensais que tu serais d'accord.

— Mais ils ne seront jamais en mesure de te rembourser. Plus personne n'a de travail.

— Je ne pensais pas que tu perdrais ton emploi et de plus nous aurions dû obtenir cette exemption. Tout le problème vient de là, de cette injustice ! Je peux te montrer sur notre demande initiale…

— Massimo, tu n'aurais pas dû donner de l'argent, ni en prêter, alors que tout le monde dit qu'il va y avoir la guerre. Si ça se produit, chaque centime que nous n'avons plus va nous manquer.

— Écoutez-moi, vous deux.

Sandro se leva. Il se sentait soudain très calme

— Ça ne sert à rien de se lamenter sur le passé. Papa, il faut que tu arrêtes de parler de l'exemption. Maman, il n'aurait sans doute pas dû prêter cet argent, mais maintenant c'est fait. Nous devons penser à aller de l'avant.

— Mais nous n'aurons plus de quoi vivre, gémit sa mère, visiblement secouée.

— Maman, je gagne un peu d'argent et il nous reste la moitié de nos économies, si j'ai bien compris. Je vais m'occuper des comptes et équilibrer notre budget. Pour les chiffres, je suis assez doué, il me semble.

— Attends, je veux vérifier une dernière chose.

Son père fit mine d'ouvrir son volumineux dossier, mais Sandro le lui arracha des mains.

— Papa, c'est moi qui vais garder ce dossier, à partir de maintenant.

— Mes notes ? Non, non, non.

Une lueur de désarroi passa dans les yeux de son père.

— J'en ai besoin, mon fils et...

— Je te les garde.

Comme son père le fixait avec un regard désemparé, Sandro prit conscience qu'il était en train d'endosser le rôle de chef de famille.

— Merci, Sandro, murmura sa mère en se forçant à sourire.

Chapitre 49

Elisabetta
Août 1939

Elisabetta aurait dû être folle de joie, mais elle était surtout angoissée. Elle se rendait avec Marco à la grande réception du Palazzo Braschi et ils s'apprêtaient à rejoindre le cortège des couples en tenue de soirée qui faisaient la queue pour entrer. Elle était encore secouée par ce que Nonna lui avait raconté à propos de la liaison entre sa mère et le père de Marco. Elle avait toujours soupçonné sa mère d'avoir des amants, mais jamais elle n'aurait imaginé que le père de Marco pût être du nombre.

Les gens se retournaient sur eux et elle prit conscience qu'ils formaient un couple séduisant, elle avec sa belle robe rose et ses nouveaux escarpins, Marco dans son uniforme noir, avec ses cheveux brillants et son visage bronzé. Elle se demandait si elle devait lui parler de cette histoire de liaison et continuer à le voir. Nonna lui avait conseillé de couper les ponts avec lui, mais elle avait décidé de l'accompagner au moins ce soir. Elle appréciait sa compagnie et n'avait pu résister à la tentation d'assister à une réception chic. Elle en avait assez de vivre comme une vieille femme depuis que Sandro l'avait repoussée, sans jamais sortir, toujours à travailler, enfermée dans sa tristesse. Elle devait cesser de penser à lui en se morfondant. Il était désormais hors d'atteinte.

Comme ils arrivaient près du palais, Marco lui prit la main, tout en continuant à lui parler avec entrain. Quand ils approchèrent de l'entrée, il désigna d'un large geste l'élégante façade décorée pour l'occasion de banderoles tricolores et d'un grand drapeau arborant le faisceau de licteur, l'emblème du fascisme.

— Les décorations sont belles, n'est-ce pas ? J'ai aidé à les installer.

— Magnifiques.

— Je suis tellement content que tu sois là ce soir. Tu m'as manqué.

Comme il la gratifiait de son irrésistible sourire, elle pensa à sa mère, qui s'était laissé séduire par le sourire de Beppe. Cela la mit mal à l'aise, elle ne voulait pas ressembler à sa mère, il lui sembla soudain que c'était mal d'être là avec Marco. Elle avait cru pouvoir surmonter tout ça, mais à présent elle n'en était plus tellement sûre. Elle était incommodée par le mélange de fumée de cigarette et de parfums capiteux qui se dégageait de la foule de plus en plus compacte à l'approche du goulot de l'entrée. Elle commençait à avoir la nausée.

— On va bien s'amuser, promit Marco. C'est une soirée importante. Mon chef va avoir une grosse promotion.

Comme elle ne répondait pas, il lui jeta un regard en biais et lui pressa la main.

— Elisabetta, ça va ?

— Je suis désolée, bredouilla-t-elle.

Elle dégagea sa main, fit volte-face, et entreprit de rebrousser chemin à travers la foule.

— Elisabetta ! appela-t-il en se précipitant à sa suite.

Elle continua sans se retourner, mais il la rattrapa devant la fontaine.

—Qu'est-ce qui se passe ? demanda-t-il en lui saisissant le bras. Où tu vas ?

—Je dois partir. Nous ne pouvons pas nous fréquenter. Je n'aurais pas dû venir.

—Pourquoi ? Qu'est-ce qui se passe, *cara* ?

Elle sentit qu'elle ne pouvait plus garder son secret.

—J'ai quelque chose à te dire. Nonna m'a raconté des horreurs, à propos de ma mère et de ton...

—Je suis au courant, l'interrompit Marco.

Il lui prit tendrement les mains et son expression se radoucit.

—Je sais pour mon père et sa liaison avec ta mère.

—Tu le sais ? Qui te l'a dit ?

La chaleur lui monta au visage. Elle se sentait mise à nue, affreusement gênée.

—C'est tellement embarrassant, murmura-t-elle.

—Assieds-toi, s'il te plaît.

Marco la fit reculer jusqu'au rebord de la fontaine, sans lâcher sa main.

—J'ai tellement honte.

—Moi aussi j'ai honte, qu'est-ce que tu crois ? Je n'aurais jamais cru mon père capable de tromper ma mère. Je ne lui adresse pratiquement plus la parole. Mais leurs histoires ne nous concernent pas.

—Qu'est-ce que tu racontes ? Ce sont nos parents.

—Exactement. Ce sont nos parents, pas nous.

—Nonna pense qu'on ne peut pas se fréquenter.

—Cette femme n'a pas à te dicter ta conduite, Elisabetta.

Marco chercha son regard, ses yeux noirs étrangement fixes.

— Toi et moi, on se connaît depuis l'enfance. Et je t'aime depuis toujours, je te le jure. On est Marco et Elisabetta. Entre nous, rien n'a changé.

— Je ne sais pas.

Elisabetta aurait bien voulu voir les choses aussi simplement que lui, mais elle ne savait plus où elle en était.

— On ne peut pas se fréquenter. Que diraient tes parents ? D'après Nonna, ce serait ingérable en famille et…

— Arrête de t'en faire pour tout. On est là, toi et moi. On vit dans le présent, pas dans le passé. Tu es éblouissante dans cette robe et nous allons à une grande réception.

Un lent sourire illumina le visage de Marco et une lueur espiègle brilla dans ses yeux.

— Et on va danser…

— On ne peut pas…

— … comme ça ! acheva-t-il.

Il lui entoura la taille et la souleva en tournant, ce qui fit joliment gonfler les plis de sa robe. Elle éclata de rire et s'agrippa à son cou, sans même songer à protester quand il l'emmena vers le palais, sans cesser de tourner. Elle avait un peu le vertige et voyait à présent la file des invités dans une sorte de brouillard. Et quand ils atteignirent l'entrée et qu'il la posa sous la voûte du seuil pour l'embrasser tendrement, toutes ses réticences s'étaient envolées.

Marco attira Elisabetta sur le beau parquet luisant où elle se laissa guider danse après danse par son cavalier, tournoyant le long de murs décorés de frises peintes, de portraits et d'appliques en bronze qui diffusaient une romantique lumière tamisée. La salle de bal était immense et les couples évoluaient au son d'un orchestre placé devant une estrade, sous une grande banderole tricolore tendue entre deux colonnes de marbre. Des fresques recouvraient les plafonds.

Ils ne s'arrêtèrent qu'une seule fois de danser, pour prélever deux coupes de Spumante frais et pétillant sur le plateau d'un serveur qui passait à leur portée. Elisabetta dut admettre qu'elle s'amusait vraiment. Après le troisième verre de Spumante ses inquiétudes s'envolèrent, ce qui ne l'empêcha pas de remarquer que les anciens camarades de Marco le battaient froid. Elle se demanda pourquoi et il lui sembla même qu'il ne s'en apercevait pas. Il lui consacrait toute son attention et était aux petits soins pour elle.

Soudain, un frisson d'excitation parcourut les invités et un murmure s'éleva vers la salle. Les têtes se tournèrent vers l'entrée, l'orchestre entama une interprétation enlevée de *Giovinezza*. Un groupe de Chemises noires entra et tout le monde s'écarta pour les laisser passer.

— Qu'est-ce qu'il y a ? demanda Elisabetta en se hissant sur la pointe des pieds.

— Le Duce est là ! répondit Marco, le souffle court, visiblement ému.

La foule fit le salut fasciste en scandant « Duce ! Duce ! Duce ! ». Marco se joignit à elle et Elisabetta ne put s'empêcher d'être impressionnée à l'idée de se trouver dans la même pièce que cet homme de pouvoir. Elle allongea le cou pour mieux le voir et fut étonnée de constater qu'il ressemblait vraiment au Duce des photos, des affiches, des timbres et des pièces de monnaie. Il avait des yeux noirs, un regard profond, le front proéminent, une mâchoire carrée. Son visage pugnace contrastait avec sa tenue de cérémonie, un manteau noir à queue de pie et un chapeau haut de forme satiné. Elisabetta n'était pas fasciste, mais elle dut reconnaître que l'homme avait du charisme.

Mussolini grimpa les marches de l'estrade sous un tonnerre d'applaudissements., auquel Marco se joignit avec ferveur. Une fois devant le pupitre, le Duce balaya du regard les invités qui scandaient de nouveau son nom et leur fit signe de se taire. Il allait parler.

— Mesdames et messieurs ! Je vous salue ! Ce soir nous célébrons la promotion du commandeur Buonacorso, qui a toujours si bien servi notre glorieux parti !

Mussolini n'eut pas le temps de poursuivre : un côté de la banderole tricolore tendue au-dessus de l'estrade venait de se détacher et dégringolait vers lui. Les invités frémirent, les Chemises noires lui crièrent de s'écarter. Il fit un pas de côté juste à temps pour éviter la banderole qui vint frapper le pupitre.

Les exclamations fusèrent, les Chemises noires se précipitèrent sur l'estrade, Mussolini se tint à l'écart et l'on réclama une échelle pour rattacher la banderole. Il y eut un instant de chaos autour du pupitre, ça courait dans tous les sens. Cette mésaventure était en train de réduire l'instant le plus solennel de la soirée à une scène grotesque, digne d'un dessin animé.

— Il va y avoir un problème, murmura Marco à Elisabetta. Nous n'avons plus l'échelle qui a servi à accrocher cette banderole. Elle appartenait à l'entreprise chargée des installations techniques de la fête.

— Alors qu'est-ce qu'ils vont faire ?

— Excuse-moi, Elisabetta, je reviens tout de suite.

Il l'abandonna et se dirigea vers l'entrée de la salle où il échangea quelques mots avec une Chemise noire, revint à la hâte vers l'estrade. Elle suivit des yeux son manège, sans comprendre, tandis que les têtes commençaient à se tourner vers lui.

Une fois sur l'estrade, il attrapa l'extrémité pendante de la banderole, marcha jusqu'à la colonne dont elle s'était décrochée et se mit à l'escalader avec une aisance impressionnante, comme il aurait grimpé à une corde.

Elisabetta le suivit d'un regard admiratif. Les invités saluèrent l'exploit par des encouragements et des applaudissements. La fanfare entama une marche entraînante et tout le monde se mit à battre des mains en rythme, tandis qu'il continuait son ascension jusqu'au sommet de la colonne, où il entreprit d'attacher la banderole.

À présent, toute la salle regardait vers le haut, suspendue aux gestes de Marco. Elisabetta s'émerveilla intérieurement de son courage. La foule continua à l'encourager. En quelques instants, la banderole fut attachée. Marco fit signe que c'était fait, puis il se laissa glisser jusqu'en bas et atterrit en souplesse sur le parquet.

La foule poussa une sorte de rugissement et cette fois Elisabetta se joignit à elle. Mussolini en personne s'approcha de Marco pour lui serrer la main et le féliciter en lui tapotant le bras. Au sourire radieux de Marco, Elisabetta comprit qu'il était en train de vivre l'un des plus beaux instants de sa vie. Quand il quitta enfin l'estrade, la foule siffla et applaudit une dernière fois. Des Chemises noires et ses amis du Palazzo Braschi l'entourèrent pour le féliciter. Les griefs qu'ils avaient pu avoir contre lui semblaient totalement oubliés. Elle n'en fut pas étonnée. Personne ne pouvait en vouloir longtemps à Marco.

La foule se calma et Mussolini reprit possession du pupitre. Il commença par remercier Marco en mentionnant son nom et son prénom, et celui-ci accepta cet honneur d'un signe de tête, puis il se faufila dans la foule pour rejoindre Elisabetta, tandis que le Duce reprenait son discours là où il l'avait interrompu.

Mais Elisabetta ne l'écoutait plus. Elle regardait son Marco qui venait vers elle en fendant la foule. On l'arrêtait pour lui serrer la main et lui donner de grandes claques dans le dos, mais il ne la quittait pas des yeux, comme s'il était impatient d'être à nouveau près d'elle.

Enfin, il la rejoignit en souriant et elle se jeta à son cou pour l'embrasser. Il lui rendit son baiser avec douceur, puis avec passion, et soudain elle sentit qu'il ranimait son cœur brisé. Elle était de nouveau conquise. Son amour pour lui était toujours là.

Intact.

Chapitre 50

Marco
Septembre 1939

Tout en hâtant le pas pour rejoindre Sandro avec qui il avait rendez-vous, Marco captait dans la rue des bribes de conversation. Ici et là, des gens inquiets se rassemblaient par petits groupes pour parler de la guerre qui semblait imminente. Hitler venait d'envahir la Pologne et des conflits éclataient un peu partout en Europe. La Grande-Bretagne et la France avaient déclaré la guerre à l'Allemagne. Les Romains avaient peur. L'Italie n'était pas officiellement entrée en guerre, mais au Palazzo Braschi c'était l'état d'alerte. Marco travaillait jour et nuit et l'air semblait chargé d'explosifs.

Il arriva enfin Piazza Bocca della Verità, un lieu à l'écart de la circulation, agrémenté d'un petit parc anormalement calme et silencieux. La place était située dans l'un des plus vieux quartiers de la ville, en bordure du Ghetto, entourée de bâtiments anciens peu élevés qui laissaient voir le ciel bleu. Il n'y avait que quelques passants et la circulation était fluide sur Via Luigi Petroselli et Via di Santa Maria de Cosmedin.

Marco repéra tout de suite Sandro qui l'attendait sur un banc de pierre et la vue de sa silhouette courbé sur un journal lui serra le cœur. Il était voûté. Avec sa veste marron défraîchie et sa cravate, il faisait plus que son âge.

— Sandro ! appela-t-il. Tu te souviens qu'on jouait souvent dans ce parc ?

Sandro leva les yeux, puis posa son journal en souriant.

— Oui, ça fait tout drôle de se retrouver là. Ça rappelle des tas de souvenirs.

— Oui, répondit Marco en s'asseyant. On s'amusait à courir autour du temple jusqu'à en avoir le vertige.

Il parlait du Temple d'Hercule Victor situé sur la place, un temple grec circulaire, avec une rangée de colonnes de marbre soutenant un toit de tuiles rouges.

— C'est à se demander comment on faisait pour ne pas vomir, ajouta-t-il.

— Tu as vomi, une fois, tu ne t'en souviens pas ?

— J'avais oublié, répondit-il en riant. On était plus souvent ici qu'à l'école. Et c'était plus amusant.

— Attention, tu parles à un professeur.

— Ah oui, c'est vrai.

Il leva vers Sandro un regard inquiet.

— Comment ça va, pour toi ?

— C'est horrible.

— Dis-moi tout.

— Ma mère a perdu son travail et elle fait du bénévolat comme sage-femme. Mon père passe toute la journée à la synagogue.

Il secoua la tête.

— Il aide les gens, mais quelque chose ne tourne pas rond chez lui. Mentalement, il ne va pas bien. Je crois qu'il ne s'est pas remis d'avoir perdu l'appartement.

— C'est terrible, murmura Marco. Ça me désole qu'on n'ait pas réussi à vous obtenir une exemption. Mon père n'a pas encore renoncé, il continue les démarches.

— Merci.

Sandro sourit, mais secoua la tête.

— Mais je ne crois pas qu'il aboutira à quoi que ce soit. D'après mon père, ils en accordent de moins en moins. C'est affreux, cette sensation d'être un étranger dans la ville où l'on a toujours vécu. Aujourd'hui, parce que je suis juif, je ne suis plus italien. Ça change tout.

— Tu seras toujours italien pour moi. Toi et moi, on est égaux.

Sandro eut une moue dubitative.

— Non, on n'est pas égaux. À présent, je le sais. Je suis beaucoup plus lucide sur ce sujet et sur pas mal d'autres choses.

— Qu'est-ce que tu veux dire ? On est égaux, tous les deux. On l'a toujours été.

— Non, je suis juif, et je l'ai toujours été, corrigea Sandro en soutenant son regard. Tu n'es pas dans ma situation. Ta vie n'a pas changé, mais la mienne oui. Nous ne sommes pas égaux, d'après les fascistes.

— Tous les fascistes n'approuvent pas les lois raciales, tu le sais bien.

— Ce sont quand même des lois fascistes, donc ils en sont responsables.

— Je ne me sens pas responsable de ces lois, contra Marco d'un ton peiné.

Il prit soudain conscience du fait qu'on voyait d'abord en lui un homme portant une chemise noire.

— Je ne me résume pas à mon uniforme. Et toi aussi, tu as été fasciste.

— Je ne le suis plus, et mon père non plus. Il serait encore prêt à soutenir les fascistes, mais il a été exclu de leur parti.

Marco eut un pincement au cœur et ne trouva rien à répondre. L'expression de Sandro s'adoucit.

— Ne t'inquiète pas, ça ne me dérange pas d'être différent. Et je suis fier d'être juif. Tout ce que je voudrais, c'est avoir les mêmes droits que les autres, comme autrefois. Ce n'est pas le cas et c'est affreux à vivre. Je me sens amoindri, inférieur. Officiellement à part.

— Je comprends, murmura Marco.

Mais il n'était pas sûr de vraiment tout comprendre. Sans doute n'était-ce pas possible, quand on n'était pas concerné directement.

— Tu sais ce que c'est, le plus terrible ? poursuivit Sandro. En dehors du Ghetto, je ne me sens plus en sécurité. Pas même dans ce parc où je venais jouer autrefois. Je me sens en danger dans ma ville natale.

— Tout ça me désole, Sandro, vraiment. Et avec moi, tu ne seras jamais en danger.

— Je le sais, répondit Sandro avec un bref sourire. Mais le monde a changé, avec cette guerre. Tu crois qu'on va entrer dans le conflit ? Qu'est-ce qu'ils en disent, tes chefs ?

Marco soupira. La question de la guerre le tourmentait aussi.

— D'après eux, le Duce pense que nous n'avons pas suffisamment de réserve d'or pour nous engager dans une guerre. Il veut que l'Italie reste neutre.

— Jusqu'à ce qu'il change d'avis. Il ne cesse de changer d'avis.

— Par exemple ? demanda Marco, aussitôt sur la défensive.

Depuis qu'il avait rencontré le Duce en personne, il supportait mal qu'on s'en prenne à lui. Il n'oublierait jamais la nuit de la réception, quand il avait raccroché la banderole et que Mussolini lui avait serré la main en le félicitant d'être un exemple pour les jeunes fascistes italiens. Mais ça, il ne pouvait pas l'expliquer à Sandro. Et d'autant moins qu'il aurait fallu lui dire du même coup qu'Elisabetta l'accompagnait ce soir-là.

— Il a changé d'avis à propos des lois raciales, non ? Avant cela, il n'avait jamais rien eu contre les Juifs. C'est pourquoi mon père croyait en lui, et moi aussi. Il s'est retourné contre nous. C'est une véritable trahison.

Marco éprouva le besoin de déglutir. C'était vrai. Il était bien obligé de l'admettre.

— Tu as raison, mais pour ce qui est de s'engager dans cette guerre, je ne pense pas qu'il changera d'avis.

— J'ai peur que l'Italie ne devienne un jour l'alliée d'Hitler.

Sandro frissonna.

— Les nazis sont antisémites. Ils n'ont pas hésité à s'en prendre aux Juifs allemands et d'après la rumeur c'est maintenant le tour des Juifs polonais.

— Mais ça n'arrivera pas ici.

— J'ai peur quand même.

— Non, n'aie pas peur.

Marco lui effleura le bras.

— Sandro, qu'est-ce que je peux faire ? Est-ce que je peux t'aider ?

— Non, je te remercie.

— Je gagne de l'argent, tu sais. Si tu as besoin, je peux…

— Non, nous n'avons besoin de rien.

Sandro se redressa et Marco changea de sujet pour ne pas l'offenser.

— Comment va Rosa ? demanda-t-il.

— Toujours à Londres. Son mari s'est engagé dans la Royal Air Force, la force militaire aérienne britannique. Elle nous écrit de temps en temps.

Sandro se mordilla la lèvre inférieure et son expression devint grave.

— J'espère qu'elle n'est pas en danger. Si nous entrons en guerre, son mari deviendra un ennemi de l'Italie.

— Mais ça ne se produira pas, assura Marco.

— Une fois de plus, je l'espère, soupira Sandro d'un ton angoissé.

Une vague de tristesse submergea Marco. Jamais il n'aurait imaginé avoir un jour avec Sandro des discussions portant sur des préoccupations aussi graves, qui engageaient leur survie, alors qu'ils sortaient à peine de l'adolescence. Ils demeurèrent silencieux un long moment. Comme cela arrive souvent aux vieux amis, ils n'avaient pas besoin de parler pour se comprendre.

— Mangeons quelque chose, dit soudain Marco, rompant le charme. Je suis affamé. J'ai travaillé pendant l'heure du déjeuner.

— Tu veux qu'on aille quelque part ?

— Non, j'ai acheté de quoi manger en passant, dans la rue.

Il attrapa sa sacoche et en sortit un sac contenant des *supplì* enveloppés dans un papier brun. Ça sentait incroyablement bon.

— Des *supplì* ? demanda Sandro en fronçant les sourcils.

Il en salivait presque.

— Oui, je me suis souvenu que tu adorais ça.

— C'est vrai, répondit Sandro après un temps d'hésitation. Mais je n'ai pas faim.

— Tu es sûr ? demanda Marco, surpris. J'en ai quatre.

— Non, merci.

— Comme tu voudras.

Marco en prit un et mordit dedans. Décidément, c'était divin.

— J'ai quelque chose à te dire à propos d'Elisabetta, commença Sandro.

Il marqua une pause.

— Mes sentiments pour elle ont changé. Je ne suis plus amoureux.

— C'est vrai ?

Marco laissa exploser sa joie et lui donna l'accolade. De son côté, il était de plus en plus amoureux d'Elisabetta et cela le soulageait d'apprendre que Sandro n'était plus son rival.

— Comment ça se fait ?

— Je ne sais pas, je ne suis plus amoureux, c'est tout, répondit Sandro en haussant les épaules.

Mais Marco avait sa petite idée sur la question.

— Tu as rencontré quelqu'un d'autre, n'est-ce pas ? Allez, dis-moi la vérité.

Sandro hésita, puis sourit.

— Oui, j'avoue.

— Quelle bonne nouvelle ! Elle s'appelle comment ?

Marco était sincèrement heureux pour Sandro car celui-ci avait besoin d'une femme. Plus qu'il ne le pensait. Comme tous les hommes, sans doute.

— Anna.

— Tu l'as rencontrée où ?

— À l'école où j'enseigne. Elle venait d'emménager ici avec sa famille. Elle est très belle.

— Et elle t'aime aussi ?

— Oui.

— Bravo, Sandro !

Le cœur de Marco débordait de joie.

— Donc on n'est plus en compétition pour Elisabetta ? C'est sûr ?

— Oui, c'est sûr, répondit Sandro avec un hochement de tête. Elisabetta est à toi.

— Merci, mon ami ! s'écria Marco en soupirant de soulagement. Maintenant on peut être heureux tous les deux ! J'avais peur qu'elle te choisisse. Je n'en dormais presque plus.

— Tu n'avais pas à t'en faire, Marco, assura Sandro avec un sourire mélancolique. Tu as toujours été son préféré.

— Je te souhaite beaucoup de bonheur avec Anna, déclara Marco.

— Pareil pour toi avec Elisabetta.

— On est amis pour toujours, Sandro. Quoi qu'il arrive.

— Quoi qu'il arrive, confirma Sandro.

Chapitre 51

Elisabetta
Octobre 1939

Une pâle lueur venue de la rue filtrait à travers les rideaux de la chambre de Nonna. Elle avait attrapé une bronchite et gardait le lit depuis quelque temps. En entrant, Elisabetta la trouva allongée dans sa chemise de nuit à fleurs roses, sous un dessus de lit blanc matelassé. Il se dégageait de la pièce une agréable impression de confort, bien qu'elle fût pleine à craquer, avec quatre vitrines chargées de porcelaines, un lit, une chaise à barreaux, une table de nuit en pin et une commode. Un crucifix en céramique était accroché au-dessus de la tête de lit, à côté d'une photo défraîchie de l'avant-dernier pape, car Nonna ne voulait pas de l'actuel. Bien que catholique, apostolique et Romaine, elle s'autorisait une certaine marge de manœuvre.

— Nonna, comment vous sentez-vous ?

Elisabetta posa un verre d'eau sur la table de nuit.

— Tu as déjà oublié ce que je t'ai répondu la dernière fois que tu m'as posé la question ?

Elisabetta lissa le couvre-lit en dissimulant son inquiétude.

— Vous avez meilleure mine. Votre état s'améliore.

— Eh bien oui, c'est normal. Tu t'attendais à quoi ? Quand est-ce que je pourrai rependre le travail ?

— Dès que le médecin le permettra.

— Qu'est-ce qu'il en sait, le médecin ?

— Il en sait plus que nous.

Elisabetta tapota le bras de Nonna. Ce ton bougon était plutôt bon signe. Nonna redevenait elle-même.

— Je peux vous apporter quelque chose, avant de partir ?

— Ce serait bien que tu arrêtes de me poser des questions.

— D'accord, je rentrerai dès que possible.

— Pour me tourmenter ?

— Oui, c'est ça.

Elisabetta sourit.

— Paolo veillera sur vous pendant mon absence.

— Tu vas où ? Pourquoi tu es si bien habillée ?

— Je sors avec Marco.

Elle était passée se changer après le travail et portait sa robe de coton bleu pâle, celle avec les boutons de nacre.

— Avec Marco ?

Les yeux tombant de Nonna se plissèrent derrière ses lunettes.

— Et que fais-tu de ce que je t'ai dit à propos de son père et de ta mère ?

— Ça m'est égal, répondit Elisabetta d'un ton détaché, pour la énième fois.

— Tu ne vois donc pas que tu commets une grosse erreur.

— On ne veut pas vivre dans le passé.

— Tu ne peux pas non plus vivre dans le présent sans tenir compte du passé, railla Nonna. Tous les Romains vivent en même temps dans le présent et dans le passé. La vieille basilique Sainte Marie de Trastevere fait partie du passé, et pourtant elle est bien là.

— Je ne vois pas le rapport. Une église, c'est un monument.

— Et après, qu'est-ce que ça change ? rétorqua Nonna en la menaçant d'un doigt noueux. Tu as très bien compris où je voulais en venir. Quel accueil te fera son père ? Et sa mère ?

Elisabetta n'avait pas envie de se disputer.

— Ce n'est pas le passé de Marco, c'est celui de son père.

— En l'épousant, tu épouses aussi sa famille.

— Nonna, personne ne parle encore de mariage.

— Il va en parler, tu verras. Tu n'as pas encore compris que j'avais toujours raison ?

— Pour une fois, vous avez tort. Et je dois y aller, maintenant.

— Mais pourquoi refuses-tu de m'écouter ?

— Je vous écoute Nonna. Mais je ne vous obéis pas forcément. *Ciao.*

Elisabetta l'embrassa sur la joue, puis caressa le chat assis au fond du lit.

— Rico, sois bien sage, d'accord ?

— Il est toujours bien sage, non ?

Nonna remua les orteils sous la couverture pour jouer avec lui.

— Plus sage que toi, en tout cas. Lui au moins, il obéit.

— Pas toujours, répondit Elisabetta en quittant la pièce avec un petit sourire.

— À moi, il obéit toujours, lui cria la voix de Nonna, tandis qu'elle s'éloignait.

Elisabetta et Marco quittèrent le restaurant de fruits de mer où ils venaient de dîner, sur le Lungotevere Aventino, aux abords du Ghetto. À cette heure, la ville était encore très animée et de nombreux couples sortaient des différents établissements en riant et parlant fort, égayés par le vin. Elisabetta avait remarqué, même au *Casa Servano*, que les gens essayaient désespérément de s'amuser, sans doute pour exorciser la peur de la guerre. L'air de la nuit était frais et sentait les gaz d'échappement.

Elisabetta marchait main dans la main avec Marco. Elle se sentait bien. Il était beau avec son pull et son pantalon gris clair ; elle aimait le voir en civil, comme autrefois. La pommade de ses cheveux et la blancheur de son sourire accrochaient la lumière des lampadaires quand ils passaient dessous.

— Ça t'a plu, ce dîner ? demanda-t-il en souriant.

— Beaucoup, merci, répondit-elle.

Ils avaient partagé une délicieuse daurade au fenouil cuite au four, tout en parlant de leur travail. Marco avait imité son patron d'une manière particulièrement comique et elle avait beaucoup ri.

— Tu as un œil de professionnelle, au restaurant, commenta Marco en souriant de nouveau. Tu remarques tout.

— Tu trouves ?

Il avait probablement raison. Dès qu'elle mettait les pieds dans un restaurant, elle devenait une féroce critique gastronomique. Comparés au *Casa Servano*, rien ne trouvait grâce à ses yeux.

— Tu as remarqué les traces sur le verre à eau et la chemise du serveur qui n'était pas boutonnée jusqu'en haut.

— Eh bien oui, il avait l'air débraillé, confirma-t-elle en riant.

Marco rit avec elle, puis redevint sérieux.

— Faisons un tour à pied, d'accord ? proposa-t-il.

— Oui, mais pas trop loin. Je ne peux pas m'absenter trop longtemps. N'oublie pas que Nonna est malade.

— Si on allait au Jardin des Orangers ? C'est tout près.

— D'accord, j'adore cet endroit.

Le Jardin des Orangers était un petit parc avec des orangers sauvages, un des joyaux méconnus de Rome.

— Moi aussi, renchérit Marco. Après la mort d'Aldo, j'y suis souvent venu pour admirer la vue.

Il y avait des accents de tristesse dans sa voix. Elle lui pressa doucement la main.

— Ça ne doit pas être facile, de perdre son frère.

— Ce n'est pas plus difficile que de perdre son père. Il paraît que le deuil fait partie de la vie, mais le savoir ne console en rien, n'est-ce pas ?

— Non, ça ne console en rien, approuva Elisabetta. Et la santé de Nonna m'inquiète. C'est sérieux, ce qu'elle a.

Elle n'avait pas envie d'affronter tout de suite un autre deuil.

— Elle est solide, elle va se rétablir. Les femmes comme elle sont indestructibles. Et tu prends soin d'elle.

Il marqua une pause.

— Elle ne m'aime pas, n'est-ce pas ?

— Ça n'a rien à voir avec toi. C'est à cause de ce qui s'est passé entre nos parents.

Elisabetta demeura songeuse un instant et ils continuèrent à marcher en silence.

— Comment vont tes parents ? demanda-t-elle enfin.

— Ma mère ne s'est pas remise de la mort d'Aldo. Certains jours elle ne quitte pas son lit et ne parle qu'à Emedio.

— C'est terrible.

— On va surmonter ça. Fais attention, *cara*.

Il la prit par les épaules pour l'écarter d'un cycliste qui prenait un tournant à toute allure.

— Tu sais, j'étais récemment dans ce quartier avec Sandro, reprit-il. On s'est retrouvé devant la Bocca Della Verità, comme autrefois.

— Il va comment, Sandro ? demanda-t-elle en essayant de prendre un ton détaché.

Elle avait craint un temps que Sandro n'ait raconté à Marco ce qui s'était passé entre eux à l'école juive, puis elle s'était dit que non. Il avait dû se taire, pour ne pas blesser son ami.

— Il enseigne beaucoup, ça l'occupe.

Le visage de Marco s'assombrit.

— Ces lois raciales sont une catastrophe pour lui et pour sa famille. Ils doivent travailler dur pour s'en sortir. Il n'a plus le temps de rien. Pas même celui de nous voir.

— J'en suis consciente. Pauvre Sandro.

Elle souffrait pour lui chaque fois qu'elle pensait à tout ce qu'il endurait.

— Ça ne te dérange pas, que les fascistes fassent passer des lois antisémites ? Nous n'avons jamais eu de telles lois. Elles sont en train de détruire la vie de Sandro et celle de tant d'autres.

— Bien sûr que ça me dérange. Je déteste ça, mais je ne peux rien y faire.

Il pinça les lèvres.

— Parmi mes amis du Palazzo Braschi personne n'approuve ces lois, mais nous n'avons pas notre mot à dire. De plus en plus, nous avons peur de parler.

— Toi aussi, tu as peur ?

— Honnêtement, oui.

Marco se retourna vers elle et ses yeux sombres fouillèrent les siens.

— Mon père et moi, nous avons tenté d'obtenir une exemption pour la famille de Sandro, et nous n'avons pas renoncé.

— Ça me fait plaisir de le savoir, commenta Elisabetta.

Elle eut un élan de gratitude pour Marco. Son affection pour Sandro était sincère.

— Allons par là.

Il lui montra la direction de l'église, au-delà de Via Santa Maria de Cosmedin. Ils remontèrent la colline le long du Clivo di Rocca Savella, un large chemin pavé bordé d'un grand mur fait de pierres noires, de briques et de fragments de marbre. La pente était de plus en plus raide, car le Jardin des Orangers se trouvait au sommet de la colline de l'Aventin, l'une des sept collines légendaires de Rome.

Elisabetta dut s'agripper à la main de Marco pour marcher sur les pavés avec ses beaux escarpins. Elle se sentait détendue à ses côtés et s'émerveilla que cela lui parût à ce point naturel d'être en sa compagnie. À mesure qu'ils grimpaient, la brise soufflait plus fort et charriait une odeur d'orange amère qui parfumait l'air. Il y avait peu de monde dans cette rue interdite aux voitures et la circulation n'était plus qu'un léger bruit de fond.

Ils marchèrent dans un silence apaisé et entrèrent enfin dans le Jardin des Orangers, un grand parc d'orangers et de pins parasols qui formaient un écrin de verdure se détachant contre le ciel sombre. Les lampes à gaz diffusaient une douce lumière en halo. Un chemin de gravier divisait le jardin en deux, jusqu'à un grand belvédère de brique où se trouvaient déjà quelques couples.

Elisabetta apprécia la chaleur des doigts de Marco contre les siens et le son de leurs pas crissant sur le gravier. Ils atteignirent la terrasse et admirèrent la vue panoramique de Rome, plus vaste et plus brillante qu'Elisabetta ne l'avait jamais vue, même depuis le balcon du Palazzo Braschi. À sa droite se trouvait le Forum Romain et ses ruines, dont le marbre blanc crème brillait, éclairé par en-dessous. Elle chercha du regard son Trastevere bien aimé, un patchwork plus modeste de toits de tuiles rouges et de dômes d'églises, de l'autre côté du Tibre. Plus loin, on voyait le dôme de la Basilique Saint Pierre, serein et lumineux.

— N'est-ce pas grandiose ? murmura Marco.

— Oui, c'est magnifique, répondit-elle en inspirant une grande bouffée d'air.

— Je ne t'ai pas emmenée ici par hasard, Elisabetta.

Il la prit par la taille et elle leva son visage vers lui, en s'attendant à ce qu'il l'embrasse. Mais pas du tout. Il lui tendit une bague, dont le diamant scintilla.

Elle battit des paupières, sous le choc, et son cœur fit un bond dans sa poitrine. Elle n'avait pas vu venir *ça*.

— Elisabetta, je t'aime. Depuis toujours. Et avec le temps mes sentiments pour toi n'ont fait que se renforcer. Je sais que je peux faire ton bonheur.

Il souriait, ses yeux noirs brillaient dans la pénombre, il avait une expression fiévreuse.

— Je t'aime et je te trouve merveilleuse. Depuis que nous sommes enfants. Je voudrais consacrer ma vie à te rendre heureuse. Si tu acceptais cette bague, si tu me disais oui, je serais l'homme le plus chanceux du monde.

Elisabetta l'écouta jusqu'au bout, sans un mot. Elle était stupéfaite. Autour d'eux, se rendant compte qu'ils étaient témoins d'une demande en mariage, les couples commençaient à regarder de leur côté. Il y eut des exclamations, des sourires, des commentaires, comme si tout le monde était suspendu à la réponse qu'elle ferait à Marco. Sauf qu'elle ne savait pas quoi dire. Elle ne voulait pas le blesser, ni l'humilier en public, cette dernière éventualité étant très peu probable car il n'avait même pas remarqué qu'ils attiraient l'attention. Il ne voyait qu'elle et ses yeux reflétaient l'immense dévotion qu'elle lui avait toujours inspirée.

— Elisabetta, tu t'es longtemps débattue seule pour t'en sortir, mais à présent ce n'est plus nécessaire. J'ai un vrai travail et les moyens de subvenir à tes besoins. Nous pouvons fonder une famille, toi et moi. Nous affronterons ensemble les ennuis que la guerre nous réserve, les bouleversements, tout ce qui se présentera.

—Mais qu'est-ce que tu fais de ta famille? demanda Elisabetta. Tu en as parlé avec tes parents?

—Non, et je n'ai pas à le faire. Ils finiront par se résigner. Et s'ils ne le font pas, on les laissera derrière nous. On aura notre propre appartement. Si notre amour les dérange, ce sera leur problème, pas le nôtre.

Il posa un genou à terre et leva le visage vers elle avec un sourire touchant.

—Elisabetta, veux-tu m'épouser?

—Marco, je, euh… Je ne m'attendais pas à ça.

Elle vit son visage se fermer et s'en voulut de lui faire du mal. Elle l'aimait, mais elle ne se sentait pas prête à s'engager pour la vie. Pas encore. Elle commençait tout juste à s'habituer de nouveau à lui. Elle devait s'occuper de Nonna, gagner sa vie. Et aussi… Elle n'avait pas encore complètement renoncé à son rêve de devenir journaliste ou romancière. Mais accomplir cela, il fallait être une femme libre. Une femme célibataire.

—Elisabetta.

Marco la regardait toujours avec autant d'amour, mais un pli inquiet barrait maintenant son front.

—Tu m'aimes, n'est-ce pas?

—Oui, mais je ne suis pas sûre d'être prête pour…

—Je comprends.

Il prit un air peiné et se redressa lentement. Puis il déposa la bague au creux de sa paume et lui replia les doigts.

—C'est ma faute, soupira-t-il. Je me suis laissé absorber par mon travail, je t'ai négligée et je débarque sans crier gare avec une demande en mariage. Tu te sens prise au dépourvu.

— Oui, c'est ça, s'empressa d'approuver Elisabetta, bien que le poids qui pesait soudain sur son cœur semblât indiquer que c'était plus complexe.

— Garde cette bague jusqu'au moment où tu te sentiras prête. Ce n'est qu'une question de temps.

— Tu en es sûr ? demanda Elisabetta.

Tout en posant la question, elle se rendit compte que c'était plutôt elle, qui n'était sûre de rien.

Ce n'était peut-être pas qu'une question de temps et elle aurait préféré ne pas accepter cette bague. Mais elle la tenait déjà dans son poing.

— Quand tu seras prête, tu n'auras qu'à me le dire, murmura Marco.

Puis il se pencha lentement vers elle pour l'embrasser.

Chapitre 52

Rosa
Décembre 1939

La journée était ensoleillée, bien qu'un peu fraîche. Rosa était soulagée de fouler à nouveau le sol italien. Son cœur se gonfla de joie à la vue des palmiers sur la rive du Tibre, un décor qui lui avait cruellement manqué à Londres. La Tamise ne pouvait se comparer à ce fleuve aux eaux vertes et baignées de soleil. En remontant le Lungotevere de' Cenci, elle s'émerveilla de la musicalité de sa langue natale et de la charge d'émotion que ses compatriotes mettaient dans les conversations les plus anodines, en les accompagnant de mimiques et de gesticulations. Il avait fallu ce temps d'expatriation pour qu'elle prenne conscience des particularités des Italiens. Bien sûr, elle aimait David et elle appréciait leurs amis britanniques, mais c'était bon de rentrer chez soi, même en d'aussi terribles circonstances.

Elle avait quitté Londres par un vol de l'ambassade, une chance, car avec les restrictions de voyages il était compliqué d'obtenir un billet pour Rome. David servait dans la Royal Air Force, plus rien ne la retenait en Angleterre et elle avait suivi l'actualité des lois raciales qui avaient méthodiquement dépouillé les Juifs italiens de leur citoyenneté, de leur profession et de leurs biens. Elle s'était dit que ses parents avaient besoin d'elle, même si leurs lettres ne laissaient rien filtrer de tel.

En entrant dans le Ghetto, elle passa devant San Gregorio della Divina Pietà, une discrète petite église blanche, mais un symbole fort pour les Juifs, surtout en ce moment. Au XIVème siècle, on y contraignait leurs ancêtres à assister à la messe tous les dimanches, dans le but de les convertir. La façade ivoire de l'église exhibait une peinture représentant la crucifixion, avec en dessous une inscription biblique destinée aux habitants du Ghetto, comme une remontrance : « J'ai constamment tendu les mains vers des gens qui n'en voulaient pas, qui suivaient un mauvais chemin et n'en faisaient qu'à leur tête. Ce peuple me provoque ouvertement et constamment. »

Rosa détourna le regard en frémissant. Ses yeux se posèrent sur Tempio Maggiore, la Grande Synagogue qui lui faisait face et dont la pierre calcaire d'un jaune pâle prenait au soleil une teinte presque dorée. Les vitraux de sa coupole à la base carrée brillaient de mille couleurs et elle admira l'aspect massif et solide de l'édifice. Le simple fait de le contempler lui donna de la force.

Elle poursuivit son chemin sur Via del Portico d'Ottavio. Plus elle avançait, plus elle était choquée de constater à quel point la vie dans le Ghetto s'était dégradée depuis son départ. Dehors, des hommes et des femmes vendaient des chaussures d'occasions, des vêtements et des ustensiles de cuisine qu'ils présentaient sur des brouettes, des charrettes, des étals. Autrefois, la Via del Portico d'Ottavia était une rue de magasins animés, mais la plupart étaient aujourd'hui fermés. Les gens fouinaient pour examiner les articles, circulaient, discutaient. Certains mendiaient. Tout le monde avait l'air débraillé et portait de vieux vêtements qui auraient eu besoin d'être raccommodés. On n'y rencontrait plus ces familles aisées et turbulentes qui venaient autrefois faire leurs courses et repartaient avec des sacs à provision pleins à craquer. On ne sentait plus sur les trottoirs ces bonnes odeurs de poulet rôti ou de poisson frit s'échappant des appartements.

Elle eut soudain la sensation étrange de n'être jamais venue dans cet endroit qu'elle avait tant de fois parcouru. Puis elle se rendit compte qu'elle attirait l'attention, sans doute parce qu'elle détonnait avec son beau manteau de laine rouge ultra chic à la taille volantée, son élégant chapeau et ses escarpins marron. Elle était habillée pour circuler dans Londres, pas dans le Ghetto.

Elle accéléra le pas, gênée. Elle passait devant une série d'étalages, quand son regard fut attiré par des livres d'occasions. La femme qui les vendait était en train de déballer sa marchandise, penchée sur des cartons. Rosa ne voyait pas son visage, mais elle reconnut aussitôt ses cheveux gris noués en torsade. Cette femme, c'était sa mère. Et les livres que l'on vendait étaient les siens.

Horrifiée, elle resta là, à l'observer, sans oser s'approcher. Gemma avait beaucoup vieilli. Son joli visage était marqué de rides profondes qu'elle ne lui connaissait pas. Elle portait son imperméable beige, à présent élimé et taché, et des chaussures de cuir noir tout avachies. Elle termina d'exposer les livres en les ouvrant pour qu'ils tiennent debout, puis enfin, elle leva les yeux et aperçut sa fille.

— Rosa ! s'exclama-t-elle. Tu es de retour ?

Elle lui ouvrit les bras et ses yeux brillèrent de bonheur derrière ses lunettes à monture métallique.

— Oui, maman !

Rosa s'efforça de masquer son désarroi et posa sa valise pour aller se jeter dans les bras de sa mère.

— Je suis si heureuse de te voir !

— Oh, oui, ma chérie, c'est bon pour moi aussi de te revoir ! Tu m'as beaucoup manqué !

En serrant sa mère dans ses bras, Rosa la sentit toute frêle. Elle avait beaucoup maigri.

— Je n'étais pas sûre d'avoir un vol, expliqua-t-elle. Alors j'ai préféré vous faire la surprise, plutôt qu'une fausse joie.

— Dis bonjour à tout le monde ! Tu te souviens de Vanda Della Seta di Veroli ? Et voici Celeste Sermonetta ! Ma Rosa est rentrée ! Regardez, vous toutes !

Rosa se força à sourire tandis que sa mère la présentait à ses amies et commentait son retour, comme si tout était normal. Les visages qu'elle reconnaissait lui semblaient vieillis, les gens portaient des vêtements en loques. Des hommes qui auraient dû être au travail se trouvaient là eux aussi, sans doute désœuvrés. Elle repéra des voisins et des parents de ses amis qui avaient visiblement perdu leur travail. Tous ces gens avaient eu un métier, mais ils n'avaient plus rien. Réparateurs, enseignants, électriciens, comptables, agents maritime, ferrailleurs, commerçants, tailleurs, rémouleurs, cordonniers, boulangers..., les lois raciales n'avaient épargné personne.

Rosa pensa soudain à sa valise abandonnée un peu plus loin sur le trottoir, mais quand elle se retourna pour la chercher du regard, elle avait disparu.

Rosa était assise sur une chaise qui venait de leur ancien appartement, autour de la table de salle à manger qu'elle avait toujours connue, mais à part ça tout était nouveau pour elle. Sa famille habitait à présent un logement tout petit, avec des pièces étroites et une cuisine à peine assez large pour y faire entrer leur grande table. Il n'y avait pas de lustre au plafond, rien qu'un luminaire en verre qui jetait une lumière crue. La fenêtre ne donnait pas sur la charmante Piazza Mattei, mais sur un mur de briques sale. Sandro souligna qu'ils étaient bien exposés et avaient du soleil, cherchant visiblement à présenter les choses du bon côté, bien qu'il parût à Rosa tout aussi amaigri et épuisé que leurs parents.

— Tiens, ma chérie.

Leur mère posa sur la table un saladier à moitié vide et contenant des spaghettis arrosés d'une sauce tomate trop liquide. Ce fut tout ce qu'elle leur servit. Ni poisson, ni viande, ni pommes de terre, ni légumes, ni pain, ni vin. Fini les succulents repas des jours fastes, fini les délicieux ragoûts aux anchois et aux endives servis chauds comme de la braise dans de grands plats.

— Ça a l'air délicieux, maman, commenta-t-elle.

Sandro lui jeta un regard entendu, comme s'il avait lu dans ses pensées. Après que leur père eut récité une courte prière, leur mère servit à chacun une maigre portion de pâtes et ils se mirent à manger. Rosa essaya de ne pas remarquer que ses compagnons de table engloutissaient le contenu de leur assiette comme des affamés. Ni que son père ne cessait d'ouvrir le gros dossier posé près de lui pour y ajouter des annotations. Il l'avait accueillie avec joie quand elle était arrivée, mais depuis il avait à peine levé le nez de ce dossier.

— Alors, papa, dit-elle doucement. Comment vas-tu ?

— Bien, répondit-il sans même la regarder.

Elle avait connu un père qui bavardait volontiers à table, mais il semblait à présent trop préoccupé pour cela. Il portait toujours un costume et une cravate, mais il flottait dans ses vêtements et son col effiloché était trop large pour son cou. Il lui parut aussi plus chauve et plus grisonnant.

— Qu'est-ce qu'il y a dans ce dossier, papa ? Qu'est-ce que tu fais ?

Sa mère intervint.

— Ton père s'occupe des demandes d'exemptions des lois raciales pour les membres de notre communauté.

— Oh, c'est bien.

Rosa se tourna vers sa mère.

— Et toi maman, comment vas-tu ?

— Je vais bien.

— L'hôpital doit te manquer.

— Oui, mais j'ai trouvé le moyen de me rendre utile. Je fais office de sage-femme et je soigne les petits bobos.

Elle eut un bref sourire.

— On se serre les coudes, on s'entraide. On fait beaucoup de troc, on échange des biens contre des services. De temps en temps, quelqu'un dépose de l'argent sur le pas de notre porte et ça nous aide pour acheter à manger. On pense que c'est une personne qui a obtenu son exemption grâce à ton père et qui veut nous remercier.

— C'est un beau geste, commenta Rosa.

Tout cela lui confirmait que ses parents avaient besoin de ses économies, comme elle l'avait soupçonné.

— Ton frère enseigne les mathématiques à l'école juive, poursuivit sa mère. C'est un excellent pédagogue.

Elle repoussa son assiette vide et Rosa se tourna vers Sandro, avec un élan d'amour.

— C'est bien, dit-elle. Bravo.

— Merci. J'enseigne à trois classes de quarante élèves environ. J'ai à peu près tous les âges.

Il eut un vrai sourire, plein de courage, mais Rosa le trouva décidément très amaigri. Il avait les joues creuses, ce qui faisait ressortir la beauté particulière de ses yeux bleus. Mais leur couleur n'était pas aussi intense qu'autrefois, comme si les épreuves en avaient dilué la teinte.

—Tu as eu des nouvelles de ce professeur que tu admirais tant ?

—Non.

Rosa eu de la peine pour lui.

—Et l'étude à laquelle tu participais ? Tu as pu la poursuivre un peu tout seul ?

—Non, je n'ai pas le temps. J'ai trop à faire avec la préparation des cours et des sujets pour les examens.

Elle sentit qu'il valait mieux changer de conversation, mais tout ce qui lui venait en tête semblait encore pire.

—Comment va Marco, depuis la mort d'Aldo ?

—Il s'en remet petit à petit.

Rosa avait toujours apprécié Aldo et sa mort l'avait sincèrement peinée. D'une certaine manière, il lui manquait.

—Pauvres Maria et Beppe. Et Emedio, aussi.

—Marco travaille pour le QG du parti, au Palazzo Braschi. Lui et son père ont tenté de nous appuyer pour une exemption, mais ça n'a rien donné.

—C'était quand même bien de leur part d'avoir essayé. Et Elisabetta, comment va-t-elle ?

Elle n'avait pas oublié les confidences de Sandro à propos d'Elisabetta.

—Où ça en est, entre vous ?

—Marco était amoureux d'elle, lui aussi. Et c'est lui qu'elle a choisi.

Un pli apparut sur le front de Sandro et cette mauvaise nouvelle parut à Rosa comme la plus triste de toutes.

—Je suis vraiment désolée, murmura-t-elle.

—Si je dois la perdre, autant que ce soit pour lui, dit-il.

Il s'efforçait de faire bonne figure, mais il était malheureux.

— Tu as donc eu ton premier chagrin d'amour, soupira-t-elle. Tu dois vite passer à autre chose. Tu es un bon parti. Est-ce que tu vois quelqu'un ?

— Pas le temps.

— Il y a beaucoup de poissons dans la mer, Sandro.

— C'est ce que je lui dis tout le temps, intervint sa mère.

— Du poisson juif, ajouta Rosa.

Il rit, comme elle l'avait espéré.

— Je suis content que tu sois là, Rosa.

Elle sourit. Elle ne regrettait pas d'être rentrée. Ils avaient besoin d'elle. Jamais ils n'avaient eu à affronter de telles épreuves.

— Tu dois être inquiète pour David, non ? demanda Sandro.

— Oui, évidemment, soupira-t-elle.

En vérité, elle pensait sans cesse à lui.

— On va te soutenir et prier pour lui.

Il lui prit la main.

— Tu peux compter sur nous Rosa. On est ta famille.

Chapitre 53

Marco
Février 1940

Marco traversait le Ghetto à bicyclette. Une bruine froide se mit à tomber, il accéléra. Il faisait noir, les rues étaient désertes, tout le monde dormait. Ce n'était pas la première fois qu'il venait ici la nuit en secret. Depuis plusieurs mois déjà, il déposait régulièrement des provisions et de l'argent sur le palier de l'appartement de Sandro. Il s'arrêtait devant son immeuble, grimpait au second étage, accrochait un sac à la poignée de la porte et repartait. Cela avec la complicité de son père. Ils ne voulaient pas que les Simone sachent que ça venait d'eux, pour leur épargner une humiliation.

Il roulait à présent Via Catalana, une large rue qui longeait une façade de la synagogue et ses pneus cahotaient sur les pavés. Le bâtiment clair du Tempio Maggiore se dressait dans l'obscurité et son dôme se détachait contre le ciel orageux. Il prit ensuite à droite sur Via del Tempio. Sur son chemin, les volets étaient fermés car les nuits étaient de plus en plus fraîches. Il passa devant une famille qui dormait sous un porche, blottie sous une unique couverture.

Il détourna le regard. La misère dans les rues du Ghetto lui brisait le cœur et il craignait que la situation ne s'aggrave sous peu. Le bruit courait au Palazzo Braschi que Mussolini avait changé d'avis et que l'Italie entrerait bientôt en guerre aux côtés de l'Allemagne.

Pour revenir, Marco prit le Lungotevere de'Cenci dont les lumières étaient voilées par le brouillard qui s'élevait du Tibre. Il avançait, courbé sur le guidon, tête baissée à cause de la pluie. Il ne portait pas son uniforme, qu'il ne mettait jamais pour circuler dans le Ghetto, où l'on regardait les Chemises noires avec effroi, pour ne pas dire avec dégoût. Cela le blessait, que les Juifs craignent les fascistes, mais il ne pouvait pas leur en vouloir.

Il y avait peu de circulation et il ne tarda pas à sortir du Ghetto.

À l'approche du Ponte Fabricio, il pédala plus fort. Ces jours-ci, il dormait mal. La doctrine du fascisme le séduisait toujours, mais ce nouvel antisémitisme lui posait problème. Il se sentait déchiré et ne savait pas quoi faire. À part aider discrètement les Simone pour leur éviter de trop souffrir de la faim.

Son père désapprouvait les lois raciales autant que lui et c'était d'ailleurs leur unique point commun. Ces temps-ci, ils se parlaient à peine.

Il était presque arrivé au Ponte Fabricio quand une voiture se mit à le talonner. Agacé, il accéléra. La voiture accéléra aussi. Il jeta un coup d'œil par-dessus son épaule. Une berline noire... Il se demanda à quoi jouait le conducteur et pédala de plus belle, même si c'était dangereux, avec cette pluie qui rendait l'asphalte glissant.

Cette fois, il entendit rugir le moteur de la voiture et elle le doubla. Puis, soudain, elle fit une embardée et freina pour lui couper la route.

Il poussa un cri et braqua instinctivement, en soulevant son guidon, ce qui lui permit de grimper sur le trottoir et d'éviter de justesse la calandre du véhicule. Plutôt que de tomber, il préféra sauter en marche. La bicyclette continua sans lui sur quelques mètres, le long du mur de pierre qui les séparait du Tibre.

— Qu'est-ce qui vous prend ? demanda-t-il d'un ton furieux en se tournant vers le chauffeur.

Et soudain, il lui vint à l'esprit que les hommes de l'OVRA roulaient le plus souvent en berline noire. Deux hommes sortirent de l'habitacle. Dans la nuit, leurs silhouettes noires se devinaient à peine, mais Marco reconnut la large charpente de l'officier qu'il avait vu dans le bureau de Buonacorso, Stefano, celui qui ressemblait à un ours. Le petit maigre qui l'accompagnait, c'était Carmine.

— Tu n'es qu'une petite merde ! grommela Stefano en prenant Marco par le col pour le plaquer contre le mur de pierre.

Carmine se contenta de regarder, les mains sur les hanches. Un bus que leur voiture empêchait de passer se mit à klaxonner. D'autres voitures stoppèrent derrière lui, bloquées elles aussi.

— Lâchez-moi ! protesta Marco en ôtant sa chemise.

Ils pouvaient le tuer sur le champ, sans craindre aucune sanction. L'OVRA opérait en toute impunité.

— Qu'est-ce que tu foutais dans le Ghetto ? Tu aimes les Juifs ?

— Ça ne vous regarde pas ! rétorqua Marco.

Il voulut ramasser sa bicyclette, mais Stefano l'en empêcha.

— Tu crois qu'on n'est pas au courant de ce que tu fais ? De tes déjeuners avec ton copain juif ? De tes visites nocturnes ? Il y a des sanctions pour ceux qui fraternisent avec les Juifs ! Tu te crois au-dessus des règles ? Tu mérites la mort, comme ton frère !

Marco explosa. De chagrin et de fureur. Il envoya un coup de poing à Stefano, lequel se défendit en lui rendant la pareille, puis ils se jetèrent l'un sur l'autre et roulèrent ensemble sur le trottoir. Marco faisait pleuvoir une rafale de coups sur Stefano, qui était pourtant plus large et plus grand que lui, et celui-ci ripostait violemment, avec des grognements sourds. Un embouteillage s'était formé sur le Lungotevere et de nombreux véhicules klaxonnaient.

Puis, enfin, Carmine cria quelque chose à Stefano, lequel s'écarta de Marco et l'abandonna sur le trottoir.

Marco se releva en titubant, plié en deux. Du sang dégoulinait sur son visage et gouttait par terre. La pluie lui martelait le dos. Stefano et Carmine s'engouffrèrent dans leur voiture, claquèrent les portières et démarrèrent en trombe.

En arrivant chez lui, Marco commença par aller se rincer le visage dans la salle de bain. Il avait une pommette enflée, avec une belle entaille. Sa mère dormait, mais son père apparut sur le seuil, les bras croisés sur son torse nu et Marco ne put s'empêcher d'être impressionné par sa carrure et sa prestance. Beppe le balaya du regard, une expression grave sur le visage.

— Ils étaient deux, c'est ça ? demanda-t-il.

— Carmine et Stefano, répondit Marco en rinçant le lavabo plein de sang.

— Stefano était un mouchard de la police. Et maintenant il a pris du galon avec un poste à l'OVRA. Il a la réputation d'être un sadique.

— C'est probablement vrai, répondit Marco qui avait senti à quel point Stefano prenait plaisir à le frapper.

— Ils te surveillaient ? Ils t'avaient suivi ?

— On dirait bien, oui.

Marco ferma le robinet et se sécha le visage en le tapotant précautionneusement.

—Mais je m'en fiche, ajouta-t-il. On ne peut pas laisser tomber les Simone. Ils ont besoin d'aide.

—Tout à fait d'accord, approuva Beppe. Je serais prêt à nourrir tout le Ghetto, rien que pour faire enrager ces deux ordures.

Marco lui jeta un regard étonné et fut encore plus surpris de le voir sourire.

—On dirait que ça t'amuse, dit-il.

—Exactement, ricana Beppe. Rien de tel qu'une bonne bagarre.

Marco sourit à son tour. Il se sentait de nouveau proche de son père. Avoir un ennemi commun les rapprochait. Il rinça la serviette tachée de sang et la suspendit à son portant.

—Alors on fait quoi maintenant ? demanda-t-il.

—La même chose qu'avant, mais plus intelligemment.

—C'est-à-dire ?

—J'ai ma petite idée.

Marco déboutonna sa chemise et observa son reflet dans le miroir. Il avait la poitrine et l'abdomen couverts d'ecchymoses rosacées.

—Au fait, elle n'a rien, la bicyclette ? demanda son père.

Chapitre 54

Elisabetta
Mars 1940

La bronchite de Nonna s'était aggravée et Elisabetta attendait dans le couloir que le Dr Pastore ait fini de l'examiner. Elle était sur les nerfs, parce qu'elle se faisait du souci pour la vieille femme et aussi parce qu'elle pensait à l'attitude du médecin le jour de la mort de son père. Il n'y avait pas fait allusion et elle s'efforça de ne pas ruminer ce pénible souvenir. Depuis la dernière fois qu'elle l'avait vu, le Dr Pastore était encore plus chauve, plus gros et plus distant, mais pour Nonna il se déplaçait sans rechigner, même le soir, parce qu'elle était une figure du quartier.

— Giuseppina, bonne nuit, dit-il en apparaissant sur le seuil de la chambre, sa vieille mallette noire à la main. Tâchez de dormir un peu.

— Si vous voulez que je dorme, laissez-moi tranquille, grommela Nonna en réponse.

Il quitta la chambre en fermant la porte derrière lui.

— Comment va-t-elle ? lui demanda Elisabetta.

— Toujours aussi indocile, répondit-il en se dirigeant vers la porte d'entrée.

Elisabetta éprouva le besoin de défendre Nonna.

— Elle ne supporte pas d'être malade. Elle sait qu'on a besoin d'elle au restaurant et elle n'aime pas nous faire faux bond. Ça fait déjà un moment qu'elle ne se sent pas bien...

— Elle va s'en remettre, il lui faut un peu de temps. Elle doit se reposer et poursuivre son traitement.

— Mais pourquoi est-ce aussi long ? Cette bronchite dure depuis des mois !

— Elle n'a plus une bronchite, mais une pneumonie.

— Une pneumonie ? C'est plus grave ou moins grave ?

— Ça veut dire qu'elle a du mucus dans les poumons.

Le Dr Pastore ouvrait déjà la porte d'entrée, mais Elisabetta le retint par la manche de sa veste.

— Je suis inquiète. Quand je suis rentrée du travail, elle était léthargique. Ça ne lui ressemble pas.

— Elle n'était pas léthargique à l'instant, assura le Dr Pastore.

— Parce qu'elle fait un effort pour vous et pour son fils.

Parfois, Elisabetta avait l'impression d'être la seule personne à être vraiment consciente de l'état de Nonna.

— Je la vois tous les jours et je la soupçonne de ne pas dire à quel point elle se sent mal. Elle n'est plus très jeune.

— Elisabetta, parle un peu moins fort, veux-tu ? cria Nonna depuis son lit. Je suis malade, pas sourde !

Le Dr Pastore leva les yeux au ciel.

— Vous voyez ? Elle n'est pas léthargique. Le traitement finira par lui faire de l'effet, il faut être patient. Et maintenant je dois y aller. Au revoir.

— Je vous rappelle si son état s'aggrave ?

— Oui.

Le Dr Pastore se détourna et s'éloigna en hâte.

— Bonne nuit, lui lança Elisabetta.

Elle allait refermer la porte quand elle aperçut Marco qui approchait, vêtu d'une belle veste et d'un élégant pantalon. Ils étaient censés sortir prendre un verre, mais avec le souci de Nonna, elle avait complètement oublié.

— *Buona sera*, Elisabetta !

Il déposa un rapide baiser sur ses lèvres et elle respira au passage l'agréable odeur épicée son après-rasage.

— Marco, je suis vraiment désolée, mais je ne peux pas sortir.

— Pourquoi ? protesta-t-il en prenant un air profondément déçu. C'est une belle nuit.

— Nonna a une pneumonie et le médecin vient de partir. Elle a besoin de se reposer. Il vaut mieux que je reste à la maison.

— D'accord. Dans ce cas, tu pourrais me faire entrer pour qu'on passe un moment ensemble. On n'est pas obligés de sortir.

— Non, ce n'est pas possible. Elle a besoin de se reposer. Une visite la dérangerait.

— Alors une petite promenade, très courte ? insista Marco en lui caressant doucement le bras.

— Non, je ne veux pas la laisser seule.

— On n'en aurait pas pour longtemps, on ferait juste le tour du pâté de maisons.

— Partez ou restez, mais laissez-moi dormir, d'accord ? cria Nonna depuis sa chambre.

Macro sourit et prit la main d'Elisabetta.

— Allez viens, *cara*, murmura-t-il en lui faisant son sourire enjôleur.

— D'accord.

Elle se laissa entraîner dehors et ferma la porte derrière elle. La Via Fiorata était une des plus charmantes petites rues du Trastevere, avec des maisons à étages aux façades de couleur pêche, rose et vert menthe. Les bacs à fleurs débordaient de marguerites et de lierre. L'air sentait bon, les étoiles scintillaient dans le ciel nocturne. Mais Elisabetta pensait à la pneumonie de Nonna.

—Alors, quoi de neuf, depuis la dernière fois? demanda Marco en lui prenant la main.

—Rien de spécial, je me suis surtout occupée de Nonna.

—Ce n'est pas à toi de le faire, fit-il remarquer.

Elle leva vers lui des yeux étonnés.

—J'ai de l'affection pour elle, Marco.

—Je comprends, mais tu n'es pas sa fille. Elle a Paolo.

—C'est moi qui vis avec elle.

—Je sais. Mais tu ne dois pas régler ta vie sur la sienne.

—Je ne règle pas ma vie sur la sienne, rétorqua-t-elle sur la défensive.

—Vraiment? demanda Marco en lui pressant la main. On pourrait se voir beaucoup plus, mais les trois quarts du temps, tu veux rester à la maison pour t'occuper d'elle.

C'était vrai, mais elle n'avait pas envie de l'admettre.

—J'ai des obligations.

—Tu as aussi ma bague. J'aimerais que tu la portes.

Marco souleva sa main et contempla ses doigts nus.

—Elle t'irait tellement bien.

Elisabetta ne trouva rien à répondre. Elle conservait la bague dans sa boîte à bijoux et l'essayait de temps en temps. Mais elle ne la gardait jamais longtemps au doigt.

—Tu as réfléchi au mariage? Tu te sens prête?

—Pas vraiment, je suis désolée, se força-t-elle à répondre.

—Pourquoi?

—Pour la raison qui m'empêche de sortir autant que tu voudrais. J'ai trop de responsabilités en ce moment. Je traverse une passe difficile.

Marco s'arrêta et posa sur elle le regard tendre de ses yeux noirs.

— Justement, dit-il. Je pourrais l'adoucir, cette passe difficile. Je veux t'aider et alléger ton fardeau. Tu travailles trop dur.

Cette déclaration l'émut, mais elle ne pouvait ignorer ses sentiments.

— Je suis très touchée de cette proposition, dit-elle. Mais je dois être capable de me débrouiller seule.

— C'est bien d'être autonome, mais rien n'interdit d'accepter de l'aide. Il y aura bientôt la guerre, tu sais.

Il fronça les sourcils.

— En des temps aussi perturbés, tu ne crois pas que ce serait bon d'avoir un appui ? Pour toi comme pour moi ? Tu ne voudrais pas qu'on soit mari et femme ? Qu'on habite notre propre maison ?

— Je ne peux pas quitter Nonna. Elle n'a personne d'autre que moi.

— Encore une fois, ce serait à Paolo de la prendre en charge. Tu n'es même pas de la famille.

Elle n'avait pas envie d'entendre ça.

— J'ai l'impression d'être de la famille, protesta-t-elle.

— Ce n'est pas le cas. Les liens du sang sont les liens du sang.

— Paolo a une femme et des enfants, il est moins disponible que moi. Nonna est seule, Marco. J'habite avec elle, je ne peux pas la laisser tomber. Je ne le ferai pas.

— Très bien.

Il lui prit le bras.

— Mais tu pourrais au moins porter ma bague.

Elle déglutit.

— Je ne me sens pas encore prête à dire oui.

Marco soupira, peiné.

— C'est à cause de Sandro ?

— Non, répondit Elisabetta, bien qu'elle n'en fût pas sûre. C'est à cause de tout ce que j'ai à faire avant de me marier.

— Par exemple ?

— Devenir journaliste ou romancière.

— Mais tu n'écris rien. Je me trompe ?

— Pas en ce moment, parce que j'ai trop de choses à faire depuis quelque temps. Mes responsabilités passent avant mes ambitions et mon mariage. Tu ne peux donc pas comprendre ça ?

— Non, je ne peux pas, répondit Marco d'un ton doux, mais ferme. Je pourrais te soutenir financièrement et tu n'aurais pas à travailler autant.

— Mais ce sont mes obligations. Ma vie.

Elisabetta était fermement convaincue d'avoir raison, mais l'expression déçue de Marco lui fit mal.

— Tu veux que je te rende la bague ? demanda-t-elle.

— Non, bien sûr que non. Tu peux la garder, *cara*.

Il la prit tout contre lui et lui embrassa le front.

— Je vais attendre, assura-t-il.

— Merci, répondit Elisabetta en se blottissant contre son torse. S'il te plaît, essaie de comprendre.

— Je vais essayer, promit Marco avec un soupir résigné.

Chapitre 55

Marco
Avril 1940

Le cœur battant d'anticipation, Marco hâtait le pas sur le trottoir bondé en direction de la Piazza Venezia. Il était convoqué chez le commandeur Buonacorso, lequel avait pris du galon et travaillait à présent au siège du Parti national fasciste du Palazzo Venezia, au cœur du pouvoir fasciste et de Rome, là où le Duce lui-même avait son bureau et prononçait ses discours depuis le mythique balcon.

En arrivant au palais, il vit entrer et sortir des groupes d'officiers fascistes en uniformes, visiblement pressés et très occupés. À présent que la guerre semblait imminente, on sentait une forte présence militaire dans la capitale et il y flottait comme un sentiment d'urgence, à peine larvé. Le Palazzo Venezia était devenu le bâtiment le plus important de toute l'Italie et Marco avait hâte d'en voir l'intérieur. Construit au XVème siècle, il était d'allure médiévale, avec une bordure de toit crénelée rappelant les châteaux du Moyen Âge et des tourelles s'élançant vers le ciel bleu.

Deux soldats armés gardaient l'entrée, raides comme la justice, très professionnels, pas du tout comme les gardes décontractés et amicaux du Palazzo Braschi. Marco les salua donc avec raideur et ils lui rendirent son salut, puis on le fit entrer dans le bureau de la sécurité, où il dut décliner son identité. Des officiers passaient et venaient, l'air grave, en parlant tout bas. Ici, personne ne riait ou n'échangeait des plaisanteries. Pas comme au Palazzo Braschi.

On conduisit Marco dans le Hall des travaux d'Hercule, un magnifique couloir voûté tout en marbre, aux murs couverts de fresques représentant Hercule combattant des lions, des buffles, des dragons, un cerf, un centaure. Il les contempla, médusé d'admiration, ému à l'idée qu'il se trouvait désormais à portée de voix de La salle de la Mappemonde, où Mussolini avait installé son bureau. Le Duce travaillait très dur, comme en témoignait la lumière qui restait allumée parfois toute la nuit, même si de mauvaises langues prétendaient qu'il s'agissait d'une mise en scène destinée à tromper le peuple. Le Duce avait également une chambre attenante à son bureau et certains racontaient qu'il y faisait venir sa maîtresse et d'autres femmes. Encore des ragots, que Marco avait décidé d'ignorer. Nombreux étaient ceux qui jalousaient le Duce et tout le monde avait quelque chose à raconter à son sujet, mais Marco se sentait un lien privilégié avec lui depuis qu'il lui avait serré la main. Bien sûr, il désapprouvait les lois raciales antisémites, mais peut-être qu'en travaillant ici, il allait pouvoir se hisser jusqu'à une position qui lui permettrait de les contrer. Il tendit l'oreille dans l'espoir d'entendre la voix du Duce, mais le couloir demeura silencieux.

La pièce occupée par le commandeur Buonacorso était plus imposante que celle du palais Braschi et plus luxueusement meublée. Il y avait du parquet au sol, des tableaux à l'huile, des statues de marbre, un lustre de cristal. Le meuble qui lui servait de bureau était plus grand et plus beau, richement sculpté. Buonacorso lui-même parut à Marco plus imposant, mais sans doute était-ce parce qu'il s'était levé pour l'accueillir. À part cela, il n'avait pas changé. Sa moustache était toujours impeccablement coupée et huilée, son uniforme noir sans un pli, ses bottes reluisantes.

Il lui désigna un fauteuil d'un air grave et solennel.

—Assieds-toi, Marco, lui dit-il.

Marco s'exécuta.

—Tu sais que je te tiens en grande estime et que je m'intéresse de près à ta carrière.

—Merci, monsieur.

Marco s'était attendu à une promotion, mais il eut soudain l'impression qu'on ne l'avait pas fait venir pour ça.

—Ta réputation au sein du parti a connu des hauts et des bas, n'est-ce pas ?

—Oui monsieur.

—J'étais très fier de toi, le soir du discours du Duce, quand tu es intervenu avec tant de courage et de présence d'esprit.

Buonarcorso le regarda droit dans les yeux, l'air soudain sévère.

—Mais on a récemment porté à mon attention que tu avais eu affaire à l'OVRA. Il paraît que tu fraternises avec des Juifs, auxquels tu apportes aide et assistance.

Marco se raidit. Carmine et Stefano avaient donc informé Buonacorso de ses sorties nocturnes

—Marco, il faut que tu saches que ceux qui fraternisent avec les Juifs peuvent être exclus du parti. C'est déjà arrivé à des centaines de membres. Les *pietisti* ne sont plus tolérés. Et ça vaut aussi pour toi.

Le cœur de Marco se serra. On désignait par *pietisti* ceux qui manifestaient de la compassion envers les Juifs.

— Je t'ai défendu dans l'affaire de ton frère Aldo. Mais je serai impuissant à te protéger si tu fréquentes des Juifs.

— Mais il s'agit des Simone. Ce sont des amis de la famille. Vous connaissez Massimo. Son fils Sandro est mon meilleur…

— *Basta* ! contra Buonacorso en levant la main. Je ne veux même pas entendre ces arguments. Tu comprends ?

— Oui, monsieur.

Buonacorso fronça les sourcils.

— C'est dans ton intérêt, que je t'ai fait venir pour te mettre en garde. Tu as devant toi un brillant avenir. Je t'ai formé pour que tu aies une place dans notre parti et ça n'a pas été facile, avec la trahison de ton frère. Je n'ai pas hésité à risquer ma réputation pour toi. Il est temps que tu grandisses.

Marco déglutit.

— Pour devenir un homme, il faut laisser son enfance derrière soi. Couper les ponts avec ses camarades de classe. Ils ne sont plus que d'anciennes relations et tu dois les oublier. Tu ne peux pas vivre dans le passé et préparer ton avenir. Tu me suis ?

— Oui, répondit Marco.

Mais il n'était pas certain d'être d'accord.

— Marco, je te connais bien, poursuivit Buonacorso en plissant les yeux. Et je vois que tu n'es pas convaincu. Tu suis les élans de ton cœur, tu ne réfléchis pas. Secoue-toi ! Ne sois pas buté. Encore un rapport de ce genre émanant de l'OVRA et tu seras expulsé du parti. Ton père aussi. Pense à ta famille. Si les Terrizzi sont mal vus du parti, les gens éviteront le *Bar du Giro*. Comment ferez-vous pour vivre ? Vous pourriez tout perdre.

Marco battit des paupières. La démonstration avait porté. Tout cela était vrai. Et très inquiétant.

— Ah, je vois qu'à présent tu es sensible à mes arguments, commenta Buonacorso en souriant. Fais ce que je te dis. Aie confiance en mon jugement. J'ai des projets pour toi ici. Je pense à t'offrir un poste si l'Italie entre en guerre.

La guerre. Dans ce palais, le mot prenait toute sa force et tout son sens.

— En temps de guerre, les enjeux sont plus importants et nos choix peuvent se révéler déterminants. C'est vrai sur le front, mais aussi dans la vie de tous les jours. À compter d'aujourd'hui, en continuant à aider la famille Simone, tu mettras la tienne en danger. Il faut que tu le saches.

Marco se sentit déchiré.

— C'est toi ou eux, Marco. Alors fais le bon choix.

Chapitre 56

Sandro
Mai 1940

Sandro se demanda pourquoi Marco avait tenu à lui donner rendez-vous Piazza di Spagna, sur cet escalier qu'une foule disparate de bohémiens et de jeunes gens avait envahi en cette nuit particulièrement douce. Il chercha son ami du regard dans la foule, parmi les fêtards, mais ne le vit pas. Tout en haut des marches, devant la façade en albâtre et les deux clochers symétriques illuminés de l'église della Trinità dei Monti, des touristes se faisaient photographier.

Mais à part ça, pas de Marco.

Il entreprit de descendre l'escalier, en se frayant tant bien que mal un chemin parmi les corps agglutinés.

Toujours pas de Marco.

Au bout d'une centaine de marches, il le repéra enfin, au milieu d'un groupe de hollandais portant des chapeaux orange vif. Lui aussi avait mis un chapeau orange, comme s'il faisait partie du groupe. Sandro se demanda s'il s'agissait encore d'une de ces blagues.

— Marco, qu'est-ce que c'est que ce drôle de couvre-chef ? demanda-t-il après l'avoir rejoint.

Marco brandit un second chapeau et le lui mit sur la tête.

— En voici un pour toi aussi.

— Tu rigoles ? Je ne veux pas de ce truc.

— Garde-le. Il te va bien. Attention mesdemoiselles, voici un bourreau des cœurs !

Sandro ne put s'empêcher de rire.

— Qu'est-ce qui se passe ? Pourquoi tu m'as donné rendez-vous ici ? C'est tellement bruyant qu'on s'entend à peine. Tu étais dans le quartier ?

— Non.

Marco jeta un coup d'œil par-dessus son épaule.

— Alors pourquoi ?

— Je voulais savoir comment tu allais depuis la dernière fois.

— Plutôt bien, répondit Sandro, interloqué. Rosa est revenue et elle nous aide.

— C'est bien. Comment vont tes parents ? Mon père les salue.

— Notre situation n'est pas brillante, mais on tient le coup.

— Et Anna ?

— Qui ça ?

— Anna, la fille qui te plaisait.

Sandro avait oublié l'existence de cette petite copine imaginaire.

— Oh, Anna va bien.

— Tu es amoureux d'elle ou pas ?

— Presque.

— On ne peut pas être presque amoureux, répondit Marco en riant. Ou bien tu l'aimes, ou bien tu ne l'aimes pas.

Sandro préféra changer de sujet.

— Comment tu vas ? demanda-t-il.

— Bien. Je vais peut-être avoir un poste au Palazzo Venezia. Mon chef a eu une promotion et il essaie de me faire venir près de lui.

— C'est vrai ? Je suis content pour toi, le félicita Sandro du bout des lèvres, en retenant de justesse un commentaire acerbe sur le Parti fasciste.

— C'est gentil de me dire ça, Sandro, mais je sais ce que tu penses.

Sous le grotesque petit chapeau orange, le visage de Marco redevint sérieux.

— J'espère être un jour en position de combattre ces affreuses lois raciales, dit-il.

— Ce serait formidable, répondit Sandro, bien qu'il eût du mal à imaginer que Marco pût avoir un jour un tel pouvoir.

— C'est très tendu au boulot, poursuivit Marco. Et j'en suis venu à penser comme toi à propos de la guerre. Je me trompais. C'est pour bientôt.

— C'est aussi ce que je pense, dit Sandro.

Il n'ajouta pas que la situation des Juifs risquait d'empirer quand l'Italie entrerait en guerre. Même s'il était difficile d'imaginer qu'elle pût être pire : tout le monde était au chômage dans le Ghetto, il n'y avait presque plus rien à manger, et une nouvelle loi raciale venait régulièrement les écraser un peu plus.

— Ne t'inquiète pas. Je te tiendrai au courant. Dès que j'entends quelque chose, je te le dis.

Le visage de Marco s'illumina.

— Devine quoi… J'ai demandé la main d'Elisabetta.

— Félicitations !

Sandro le félicita d'une grande claque dans le dos, en s'efforçant de dissimuler son angoisse. Il ne lui était pas venu à l'esprit que Marco pût déjà en être à la demande en mariage, même au fond ça ne l'étonnait pas tant que ça. De son côté, il aimait toujours Elisabetta, mais il ne regrettait pas de l'avoir repoussée. Il n'avait rien à lui offrir, tandis qu'avec Marco elle aurait tout ce qu'une femme peut espérer. Elle serait en sécurité et heureuse.

Marco fit la moue.

— Le truc, c'est qu'elle n'a dit ni oui ni non. Juste qu'elle avait besoin de temps pour réfléchir.

— Alors laisse-lui du temps.

Sandro se demanda si cette hésitation signifiait qu'Elisabetta avait toujours des sentiments pour lui. Il ne put s'empêcher d'espérer que oui, même s'il aurait mieux valu que ce ne fût pas le cas.

— Bien sûr que je vais lui laisser du temps, mais je ne vois pas ce que ça changera, répondit Marco en levant les yeux au ciel. On devrait se marier le plus tôt possible. Je l'aime et elle m'aime. Elle assume trop de choses, comme d'habitude. Ça me fait de la peine. Et en plus, maintenant, elle s'occupe de Nonna qui est malade.

— Pourquoi es-tu si pressé de l'épouser ?

— Pour être heureux plus tôt. Tu n'en ferais pas autant ? Je l'aime, je l'adore. Et puis j'ai des besoins.

Marco eut un ricanement de frustration

— Rome est pleine de jolies filles et moi j'attends Elisabetta. C'est dur. Je ne suis pas comme mon frère, qui a fait vœu de chasteté.

— Sois patient.

Sandro ne supportait pas d'imaginer Elisabetta au lit avec Marco. Il chassa cette image de son esprit.

— Elle parle de devenir écrivain, ou quelque chose comme ça.

— Oui, je sais, ça fait longtemps qu'elle veut écrire un roman, commenta Sandro.

Il repensa à cette fois, après la conférence de Deledda, quand il s'était assis avec Elisabetta sur un banc du parc de la Sapienza. À présent, cela lui semblait lointain, presque irréel, d'un autre temps.

— Je suis censé attendre qu'elle finisse un roman qu'elle n'a même pas commencé ? protesta Marco.

— Si elle s'occupe de Nonna qui est malade, c'est normal qu'elle n'ait pas le temps d'écrire.

— Mouais. Si elle voulait vraiment écrire, elle se serait déjà attelée à la tâche.

Sandro eut un pincement au cœur. Il voulait qu'Elisabetta soit à l'abri du besoin, mais il voulait aussi qu'elle soit heureuse. Marco était capable de lui apporter la sécurité, mais pour ce qui était de comprendre ses aspirations profondes, il avait encore de gros progrès à faire.

— Tu veux un conseil ? demanda-t-il.

Marco eut un petit sourire coquin.

— Tu voudrais me donner des conseils en matière de femmes ?

Sandro se mordit la langue. En matière de femmes, peut-être pas, mais en ce qui concernait Elisabetta, oui. Après tout, c'était lui qu'elle avait choisi... Mais ça, il ne fallait pas que Marco l'apprenne. Jamais.

— Ça vaut ce que ça vaut, mon frère, mais tu devrais l'encourager à écrire, dit-il.

— Comment ?

— Son anniversaire est le mois prochain. Achète-lui un joli cahier.

— Et ce serait censé la pousser à m'épouser ?

— Non, ce n'est pas le but.

— Alors à quoi bon ?

— Elle se mettra à écrire et ça la rendra heureuse. Ce n'est pas ce que tu veux ?

— Mais *moi*, je peux la rendre heureuse. Il suffirait pour ça qu'elle me dise « oui ».

— Écrire la rendra heureuse et peut-être que si elle est heureuse, elle te dira ce oui plus vite.

— Je dois y aller, déclara soudain Marco en jetant un coup d'œil par-dessus son épaule. Quand je me lèverai, je laisserai mon sac par terre et tu repartiras avec.

— Pourquoi ?

— C'est pour ta famille.

— Qu'est-ce qu'il y a dedans ?

Marco poussa le sac du bout du pied.

— Des provisions, des produits de première nécessité.

Sandro hésita. Sa famille avait cruellement besoin de provisions, mais il ne voulait que son ami lui fasse l'aumône.

— Non, merci. Je m'occupe de ma famille.

— Je t'en prie Sandro, accepte. Mon père va me tuer si je rentre à la maison avec ce sac.

— Dis-lui que j'ai catégoriquement refusé. Nous avons de l'argent et nous faisons du troc. Comme tout le monde. Et puis un client dépose anonymement des provisions sur notre seuil, sans doute en échange de l'aide juridique de mon père.

Marco fit la moue et Sandro lut à cet instant la vérité sur son visage. Son ami n'avait jamais rien su cacher.

— Marco, c'est toi qui apportes régulièrement de la nourriture à notre porte ? Et de l'argent ?

— Oui, mais il n'y a pas de quoi en faire toute une histoire.

D'un côté, Sandro était ému par ce geste généreux. D'un autre, il était mortifié.

—Pourquoi tu ne me l'as pas dit ?

— Tu aurais refusé.

Marco jeta de nouveau un coup d'œil par-dessus son épaule et Sandro comprit ce qui se passait.

— Ils t'ont surveillé et ils ont découvert que tu nous aidais, c'est ça ? C'est pour ça que tu m'as donné rendez-vous sur cette place où l'on ne va jamais. Et les chapeaux, c'est aussi pour ça ? Marco, je ne veux pas que tu prennes des risques pour moi !

Il ôta son chapeau et poussa le sac vers Marco.

— Prends ce sac, je t'en prie, supplia Marco.

— Non, merci.

— Au nom de notre amitié.

Marco se leva.

— Accepte Sandro, je t'en prie. Il faut que je parte. Je ne peux pas rester ici à discutailler avec toi.

Sandro céda, avec un soupir.

— D'accord. Merci.

— C'est bien. Ma bicyclette est au coin de la rue et je ne pense pas avoir été suivi. Mais on ne sait jamais. Attends cinq minutes avant de partir.

— Au revoir, Marco, prends soin de toi.

Sandro suivit des yeux Marco qui se faufilait parmi les étudiants et glissait le chapeau orange dans la poche arrière de son pantalon, avant de disparaître dans la foule. Il poussa un profond soupir. Ça le désespérait que les choses en soient arrivées là. Sa famille qui se débattait pour survivre, Marco qui prenait de gros risques pour lui venir en aide. Ce n'était pas ainsi qu'il avait imaginé sa vie, ni celle de Marco ou d'Elisabetta. Il pria pour qu'ils surmontent ce que l'avenir leur réservait. Il était terrifié à l'idée qu'eux tous glissaient inexorablement vers la guerre, dans la gueule béante d'un monstre capable de les avaler tout entiers, comme la baleine avait avalé Jonas.

Chapitre 57

Elisabetta
9 juin 1940

Elisabetta se réveilla en entendant Nonna qui toussait au rez-de-chaussée. Elle resta dans son lit à écouter, en espérant que ça s'arrête. La santé de Nonna avait des hauts et des bas, mais d'après le Dr Pastore, avec l'arrivée de la chaleur, ça ne pouvait que s'améliorer. Elle fit mine de repousser ses draps, puis se ravisa. Aujourd'hui, c'était son anniversaire. Elle avait bien le droit de paresser un peu.

Sa chambre était déjà éclairée par la lueur du soleil levant et son regard tomba sur les aquarelles du Trastevere accrochées face à son lit. Elle eut une pensée pour son père. C'était son premier anniversaire sans lui et il allait lui manquer. Il s'était toujours arrangé pour le lui fêter et marquer le coup, afin qu'elle se sente aimée et importante, même quand il n'avait pas de quoi lui faire un cadeau.

Puis elle pensa à Sandro, comme cela lui arrivait encore trop souvent, mais s'efforça aussitôt de le chasser de son esprit. À quoi bon rester attachée à lui, puisqu'il ne l'aimait plus ? Ce soir, elle dînait dehors avec Marco et attendait cette sortie avec impatience. Elle la redoutait aussi, car il ne manquerait pas d'évoquer la bague. Elle ne pouvait toujours pas prononcer le « oui » qu'il attendait et supportait mal qu'il fasse pression sur elle.

Rico s'approcha d'elle en ronronnant et elle lui caressa le dos. Il avait maigri et on sentait ses vertèbres, mais il était encore persuadé d'être le chat le plus beau du monde. Comme tous les félins, il avait une très haute opinion de lui-même.

— Elisabetta ! appela Nonna.

Cette fois, Elisabetta repoussa précipitamment ses draps.

— J'arrive tout de suite !

Elle sauta à bas de son lit, enfila un peignoir et descendit au rez-de-chaussée, suivie de Rico. En entrant dans la chambre de Nonna, elle la trouva assise, adossée à ses oreillers, avec un petit chat blanc sur les genoux.

— Joyeux anniversaire !

— Oh là là ! s'exclama Elisabetta, aussitôt sous le charme. Un chaton ! Merci !

— C'est une chatte, corrigea Nonna. Elle te plaît ?

Elle avait un museau triangulaire, des yeux bleu outremer et ronds comme des billes, une petite truffe rose et humide, de minuscules oreilles toutes fines.

— Elle est adorable ! s'exclama Elisabetta en s'asseyant sur le lit pour caresser la chatte qui se mit aussitôt à ronronner. D'où vient-elle ?

— La chatte de Teresa a eu des chatons et elle cherchait à les donner. Elle me l'a amenée tôt ce matin.

— Mais vous n'êtes pas censée vous lever de ce lit. Et si vous étiez tombée ?

— Tu me crois incapable de marcher ?

Nonna prit la chatte et la posa sur les genoux d'Elisabetta. Depuis le seuil, Rico observait la nouvelle venue, la queue dressée en forme de point d'interrogation.

— Rico ne va pas être jaloux ? s'inquiéta Elisabetta.

— Je l'ai déjà informé de l'arrivée d'une compagne. Il va devoir s'habituer à elle, comme je me suis habituée à lui. Il ne faut pas sous-estimer les capacités d'adaptation des vieux matous comme nous.

Nonna pouffa, mais son rire se transforma en toux.

— Nonna, ça va ?

— Oui. Je me sens bien, aujourd'hui. Comment tu vas l'appeler, ta petite chatte ?

— Je ne sais pas. Elle est blanche comme de la farine et potelée comme une boulette.

— Alors pourquoi pas Gnocchi ?

— Parfait, approuva Elisabetta en riant.

— Je sais que tu t'occuperas bien d'elle, car tu t'occupes très bien de moi.

— Merci, Nonna.

Elisabetta l'embrassa sur la joue.

— Je vous aime, vous savez.

— Moi aussi, je t'aime. Et encore joyeux anniversaire. Ne me dis pas que tu vas sortir avec ce Marco pour fêter ça.

Nonna le menaça d'un index déformé par l'arthrose.

— Si ça continues, il va te demander de l'épouser.

Elisabetta eut un pincement au cœur. Elle n'avait pas parlé à Nonna de la demande en mariage de Marco.

— S'il le fait, je lui répondrai que j'ai besoin de réfléchir.

— Parfait. Les italiens adorent attendre.

Elle rit.

— Au fait, il t'a laissé un cadeau ce matin. Je l'ai trouvé sur le palier en ouvrant à Teresa pour la chatte.

— Marco m'a laissé un cadeau sur le palier ?

— Oui. Je dois reconnaître qu'il se donne du mal pour toi.

Nonna se tourna vers sa table de nuit et attrapa un cadeau emballé dans du papier argenté. Sur la carte qui accompagnait le paquet, Elisabetta reconnut la grosse écriture maladroite de Marco, avec quelques lettres écrites en miroir.

Elisabetta, Joyeux anniversaire !
Pour que tu écrives un beau roman.
Je t'aime.
Marco

Cela l'émut profondément qu'il ait eu le souci de l'encourager à écrire. Une fois le papier déchiré, elle trouva un joli cahier avec un tournesol sur la couverture et des pages lignées à l'intérieur.

— C'est vraiment adorable de sa part, non ?

— Pourquoi il écrit aussi mal ? C'est un demeuré ou quoi ?

— Pas du tout, répondit Elisabetta, aussitôt sur la défensive. Il est très intelligent.

— C'est quand même bizarre qu'il ne sache pas écrire. Ses lettres ressemblent à celles d'un enfant.

— La plupart des garçons ont une vilaine écriture, rétorqua Elisabetta en serrant le cahier contre son cœur.

Rico sauta sur le lit et Elisabetta observa avec Nonna l'accueil qu'il réservait à la nouvelle venue. Gnocchi prit l'initiative en avançant vers lui et il répondit en ronronnant.

— Regardez ! s'exclama Elisabetta. Elle lui plaît.

— Je te l'ai déjà dit : avec moi, il ne fait jamais d'histoires, il obéit.

Elisabetta rentra du travail après avoir passé la journée sur un petit nuage. Elle avait eu droit à un gâteau d'anniversaire de la part de Paolo, de sa femme Sofia et des serveurs. Les habitués l'avaient gratifiée de généreux pourboires. Et ce n'était pas fini ! Une merveilleuse soirée l'attendait. Elle avait pensé à Marco toute la journée et elle avait hâte de le retrouver.

Elle alla d'abord voir si Nonna allait bien. La trouvant endormie, avec Rico et Gnocchi pelotonnés à ses pieds, elle s'empressa de grimper à l'étage pour se préparer. Elle enleva sa robe de travail et mit la rose qu'elle réservait aux grandes occasions, car ils sortaient dans un restaurant chic. Puis elle enfila ses beaux escarpins, se dirigea vers sa commode et mit une touche de son nouveau parfum à la fressia. Elle jeta un coup d'œil satisfait au miroir. Cette robe était parfaite. Elle eut un élan de reconnaissance pour Marco qui la lui avait achetée.

Elle marqua une pause, ouvrit sa boîte à bijoux et en sortit la bague de fiançailles. Elle la glissa à son doigt et bougea la main pour admirer la manière dont la pierre accrochait la lumière. Elle était vraiment jolie et c'était un beau cadeau. Mais plus que la robe et la bague, le cahier l'avait émue. Par ce geste tout simple, Marco lui montrait qu'il la comprenait vraiment.

Sa décision était prise. Elle rangeait la bague dans son sac à main, quand elle entendit frapper à la porte d'entrée en bas. Elle sortit en courant de sa chambre, dévala l'escalier, traversa le salon et alla ouvrir. Marco était là, en uniforme, le sourire aux lèvres, une rose rouge à la main.

— Bon anniversaire, *cara* ! dit-il en lui tendant la rose.

— Merci, elle est très belle.

— Comme toi !

Il l'embrassa sur les deux joues et quand il la serra dans ses bras, elle apprécia plus que jamais la réconfortante sensation d'être tout contre lui et de respirer l'odeur familière de son après-rasage.

— Merci aussi pour le cahier. C'était vraiment gentil.

— Je t'en prie. Tu auras un autre cadeau au dessert. On y va ?

— Oui, répondit Elisabetta, en posant sa rose.

Ils partirent tous les deux, main dans la main. Elle se sentait pleinement heureuse et jamais la Via Fiorata ne lui avait parue aussi jolie et fleurie, avec ces jasmins, ces lauriers roses et blancs, ces géraniums rouges. L'air était frais et agréable, le soleil de cette fin de journée réchauffait les teintes pastel des petites maisons de stuc.

Prise d'une impulsion, Elisabetta s'arrêta sous une glycine parfumée au bout de la rue.

— Marco, j'ai quelque chose à te dire.

— Quoi ?

Il se tourna vers elle en souriant.

— Je t'aime et je me sens prête à me marier.

Elle s'entendit prononcer cette phrase et les mots lui parurent justes. Elle plongea la main dans son sac, en sortit la bague et la lui tendit.

— Tu voudrais bien la glisser à mon doigt ?

— Bien sûr.

Tout en souriant à travers des yeux voilés de larmes, il prit la bague et la lui passa au doigt.

— Elisabetta, veux-tu m'épouser ?

— Oui, je le veux ! répondit-elle en riant de plaisir, un peu étourdie.

Il l'enlaça et l'embrassa tendrement.

— À présent, nous fêtons ton anniversaire et nos fiançailles, dit-il. Je suis si heureux !

Ils se remirent à marcher, en se tenant cette fois par la taille.

— Montre-moi ta main, que je voie la bague, demanda Marco.

Elle tendit le bras et remua les doigts, ce qui fit scintiller le petit diamant au soleil.

— La pierre ressemble à une étoile, tu ne trouves pas ? dit-elle.

— Oui, elle ressemble à une étoile.

Soudain, leur attention fut attirée par un homme d'âge mûr aux cheveux roux qui se dirigeait vers eux. De près, Elisabetta reconnut un des anciens compagnons de beuverie de son père, un de ceux qui avaient assisté à son enterrement. Il était visiblement en état d'ébriété et dévisagea avec insistance leur couple de ses yeux vitreux. Il était pauvrement habillé, avec des traits grossiers et un nez marqué de capillaires éclatés.

— Toi !

Il montra Elisabetta du doigt en fronçant les sourcils.

— Tu es la fille de Ludovico d'Orfeo, n'est-ce pas ? Tu lui ressembles !

— Oui, répondit Elisabetta, surprise d'être apostrophée de la sorte, sur ce ton colérique. Vous étiez un ami de mon père, mais je ne me souviens pas de votre nom.

— Moi je me souviens du tien ! Il t'appelait Betta. Et regarde-toi maintenant !

Il prit un air sévère.

— Si ton père était vivant, il aurait honte de toi !

— Quoi ? Mais pourquoi ça ? Qu'est-ce qui vous prend ?

Marco fronça les sourcils.

— Ne lui parle pas comme ça, mon ami.

Le rouquin se rebiffa.

— Je ne suis pas ton ami et je ne veux pas le devenir. Je ne te connais pas, mais ton uniforme me suffit pour te juger.

— Si tu me juges à mon uniforme, tu devrais me considérer comme un frère, par loyauté envers l'Italie et le Duce.

— L'Italie est une chose et le Duce en est une autre. Tu veux que je développe ? Tu me tabasserais ? Ludovico détestait les gens de ton espèce pour ce qu'ils ont fait à notre pays !

Le rouquin tourna vers Elisabetta un regard brillant d'ivrogne.

— Les fascistes ont détruit ton père ! Ils ont piétiné ses mains ! Ils lui ont cassé les doigts ! Et toi, aujourd'hui, tu te pavanes au bras d'une Chemise noire, cette sale engeance.

Elisabetta tressaillit, atterrée.

— Non, ce n'est pas vrai. Ce n'est pas comme ça qu'il a eu les mains brisées. C'était un accident de bicyclette !

— Bien sûr que c'est vrai ! Je le connaissais déjà à l'époque. Ses mains, c'était l'œuvre des fascistes. Il n'a jamais voulu te le dire, pour te protéger de ces voyous. Et maintenant tu es au lit avec l'un d'eux.

Elisabetta poussa un cri étouffé. Marco s'avança vers le rouquin.

— Partez monsieur, et j'oublierai que vous avez insulté ma fiancée.

— Ta fiancée ?

Le rouquin se tourna vers Elisabetta, en ricanant.

— Tu épouses ce voyou ! Tu déshonores Ludovico ! C'est une insulte à sa mémoire.

Elisabetta se mit à trembler.

— Non, j'honore et je respecte la mémoire de mon père. Vous vous trompez. Pourquoi les fascistes lui auraient-ils brisé les mains ? Il ne faisait pas de politique. C'était un homme paisible, un peintre…

— Et toi tu es une putain !

— Ça suffit ! intervint Marco en montrant les poings. Ne me poussez pas à bout !

Le rouquin jura, puis s'éloigna.

Cette rencontre avait ébranlé Elisabetta car elle réveillait un vieux souvenir. Une fois, durant une période de sevrage, son père avait eu une crise de *delirium tremens* et s'était mis à trembler en hurlant que les fascistes allaient venir le frapper. Il était terrifié et elle avait craint qu'il ne perde la raison. À l'époque, elle n'avait vu dans cette crise qu'un délire d'alcoolique, mais à la lumière de ce que venait de raconter l'ancien camarade de son père, on pouvait se demander si ce délire n'avait pas été alimenté par un souvenir.

Marco cala quelques mèches folles échappées de sa coiffure.

— Je suis désolé, murmura-t-il. Oublie ce pauvre type. Il était complètement soûl, il racontait n'importe quoi.

— Ce n'est pas si sûr, répondit Elisabetta. Je viens de me rappeler une chose étrange.

Elle ressentit le besoin de raconter à Marco l'épisode du délire. Déjà, le jour où elle avait quitté la conférence de Deledda en larmes, elle en avait parlé à Sandro. Apparemment, cela l'avait marquée, comme si elle savait instinctivement qu'il y avait là une vérité cachée cherchant à refaire surface.

— Tu dis toi-même qu'il était en pleine crise à cause du sevrage, commenta Marco. Donc il ne faut pas y accorder trop d'importance.

Il lui prit la main et ils se remirent à marcher.

— Ne laissons pas cette rencontre gâcher ton anniversaire, conclut-il.

— C'est quand même étrange, insista-t-elle. Les doigts de mon père étaient tout tordus. Quand j'étais petite, ça m'impressionnait. Il disait toujours que les os n'avaient pas bien cicatrisés, qu'il avait les articulations bloquées, ou quelque chose du genre.

Elisabetta pouvait encore se représenter les doigts de son père en détail. Même difformes, ses mains étaient restées des mains d'artistes, avec de longs doigts fins.

— Il a toujours prétendu qu'il avait fait une mauvaise chute à bicyclette, mais maintenant que j'y réfléchit, on aurait plutôt dit qu'il avait eu les mains piétinées.

— Mais pourquoi les fascistes auraient-ils piétiné ses mains ?

— Je ne sais pas, mais imagine que ce soit vrai...

Depuis qu'elle avait appris la liaison de sa mère avec Beppe, plus rien ne l'étonnait. Elle ne pouvait pas se contenter d'oublier ce rouquin. Il avait peut-être dit la vérité.

— Pour moi, ça n'est pas crédible, insista Marco. Ton père ne faisait pas de politique.

— Mais il n'aimait pas Mussolini.

— Il y avait des voyous dans le parti, mais ils ne passaient pas les gens à tabac uniquement parce qu'ils n'aimaient pas Mussolini.

— En attendant, ces blessures ont gâché sa vie. C'est après cet accident qu'il s'est mis à boire. Il ne pouvait plus peindre. Il a perdu pied. Il ne ramenait plus d'argent à la maison et ma mère ne l'a pas supporté. Ça a signé la déchéance de leur mariage.

— Bien des choses peuvent provoquer la déchéance d'un mariage. Mais au nôtre, il n'arrivera rien.

Marco sourit. Ils approchaient du restaurant.

— On y est, dit-il. À présent, ne pensons plus qu'à nous amuser.

Mais il fallait plus que ces bonnes paroles pour apaiser les craintes d'Elisabetta. Tandis que Marco leur trouvait une table près de la fenêtre, elle continua à ruminer. Elle ruminait encore quand il commanda du Spumante, et ce fut en vain qu'il essaya de la distraire durant le repas avec une foule d'anecdotes cocasses concernant son travail. Elle regardait bouger ses lèvres, mais elle n'entendait pas ce qu'il disait. Les remontrances de son père contre Mussolini commençaient à prendre sens, elle les voyait à présent sous un angle nouveau.

Et du coup, elle voyait autrement l'homme assis en face d'elle. Ce n'était plus Marco au beau visage, mais Marco à l'uniforme noir. Les fascistes avaient accédé au pouvoir par la violence. Son père avait pu être parmi leurs victimes. Peut-être avait-il eu les mains écrasées par les bottes d'un homme portant une chemise noire. Une chemise comme celle de Marco.

— Elisabetta, ça va ? Tu ne manges pas ?

— Je n'ai pas faim, dit-elle en se forçant à sourire.

— Cette bague te va vraiment très bien.

— Merci.

Elle jeta un coup d'œil au diamant, mais il avait perdu pour elle tout son éclat.

— Tu ne dis pas grand-chose.

— Je dois être fatiguée. J'ai eu une dure journée de travail.

Marco acquiesça.

— Moi aussi, et je n'ai pas dormi la nuit dernière.

— Ah bon, pourquoi ? demanda-t-elle, histoire de manifester un minimum de compassion.

— Mon chef avait une réunion matinale en dehors de la ville. J'ai dû aller le chercher à quatre heures trente du matin pour l'y emmener.

— Tu es allé le chercher à quatre heures trente du matin ? Mais à quelle heure tu as déposé le cahier, alors ?

Marco battit des paupières.

— De quoi tu parles ?

— Du cahier que tu as déposé sur le pas de ma porte, pour mon anniversaire. Quand l'as-tu laissé, si tu es parti chercher ton patron en pleine nuit ?

Le sourire de Marco s'effaça et il prit un air contrit.

— Bon, j'avoue que le cahier, ce n'était pas moi.

— Quoi ? demanda Elisabetta, stupéfaite. Quand je t'ai remercié pour ce cahier, tu ne m'as pas dit qu'il ne venait pas de toi.

— Est-ce que ça a de l'importance ?

— Bien sûr que ça en a. Je suis déçue. Tu m'as menti.

— Je suis désolé.

Mais il n'avait pas vraiment l'air désolé. Il fronçait les sourcils, comme s'il commençait à perdre patience.

— Pardon, mais je ne savais pas quoi dire, j'ai été pris au dépourvu. Et puis tu avais l'air tellement contente que je n'ai pas eu envie de te détromper.

— Mais ce n'est pas honnête, Marco.

Elle ne savait plus quoi dire. Elle avait cru que le cahier venait de Marco et pour elle, cela voulait dire qu'il la comprenait. C'était cela qui l'avait décidée à porter la bague de fiançailles. Mais la vérité, c'était qu'il ne lui avait pas du tout offert de cahier. Il avait menti.

— Tout ça pour un cahier, protesta-t-il.

— C'est bien plus que ça. Il s'agit de toi et moi. De notre relation.

Elle dut faire un effort pour ne pas se laisser emporter par ses émotions et réfléchir posément.

— J'en ai assez des mensonges, Marco. Ma mère me mentait. Mon père me mentait aussi, apparemment. Et maintenant, tu t'y mets ?

— J'ai menti pour te faire plaisir.

— Pour me faire plaisir ? Comment un mensonge pourrait-il me faire plaisir ? Je ne supporte plus les mensonges, tu comprends ?

— Alors je suis désolé de t'avoir menti.

— Ça n'efface pas ce que tu as fait.

Elle comprit soudain d'où venait le cahier. Elle ne connaissait qu'une personne connaissant la date de son anniversaire et capable d'imiter l'écriture de Marco.

Elle arracha la bague de son doigt.

— Qu'est-ce que tu fais ?

— Je suis désolée, dit-elle sèchement en posant le bijou sur la table. Je ne peux pas t'épouser. Je ne suis plus du tout sûre de moi…

— Tout ça à cause d'un cahier ? protesta Marco, tandis qu'une lueur de colère passait dans ses yeux. Je t'aime et tu m'aimes, ça devrait compter plus qu'un cahier.

— Ce n'est pas que pour le cahier. Je te l'ai dit.

— C'est parce que je suis fasciste ? Tu ne t'en rends compte que maintenant ?

— Je savais que tu étais fasciste, mais je ne te savais pas capable de me mentir.

— Très bien. Tu ne veux pas m'épouser ?

Marco ramassa la bague et la fourra dans sa poche.

— Après m'avoir fait attendre tout ce temps ! J'y ai cru, moi !

— Marco…

— Tu sais à quel point je t'adore. Et c'est comme ça que tu me traites ?

Il attrapa son verre d'eau et le lança contre le mur. Le verre vola en éclat. L'eau gicla.

Elisabetta se leva d'un bond, tandis que les autres clients poussaient des cris effrayés. Un serveur et le gérant se précipitèrent vers leur table.

Marco se leva, traversa le restaurant sans un regard en arrière et sortit en claquant la porte derrière lui.

Chapitre 58

Sandro
9 juin 1940

On frappait à la porte, Sandro leva les yeux des copies qu'il était en train de corriger. Ils avaient fini de dîner, Rosa et sa mère faisaient la vaisselle. Son père ajoutait des annotations dans l'épais dossier de ses exemptions.

— J'y vais, dit-il.

En ouvrant le battant, il eut la surprise de trouver Elisabetta sur le seuil. Elle avait les yeux rouges comme si elle avait pleuré. Elle portait une magnifique robe rose et elle était plus belle que jamais. Ils ne s'étaient pas croisés depuis longtemps et à la voir ainsi, tout près de lui, il fut pris d'un désir presque insupportable de la tenir dans ses bras.

— Sandro, est-ce que je pourrais te parler ?

— Je reviens tout de suite, lança-t-il par-dessus son épaule.

Il ferma la porte derrière lui et fit de son mieux pour reprendre ses esprits.

— Désolé, c'est dur d'avoir un peu d'intimité dans cet appartement, dit-il.

— Et si on s'éloignait de la porte ?

— Même si on s'éloigne dans le couloir, ils entendront tout.

— Dehors, alors ?

— Dans la rue ? Ce serait pire. Allons plutôt au palier d'en dessous.

Il la suivit dans l'escalier. Il sentait les effluves de son parfum. Il avait le cœur serré, ça faisait mal de la revoir. Les sentiments qu'il refoulait depuis trop longtemps refaisaient surface avec violence.

Une fois sur le palier, elle se tourna vers lui et noua ses deux mains devant elle, comme quelqu'un qui a quelque chose d'important à dire.

— Sandro, est-ce que c'est toi qui as déposé ce matin un cahier devant ma porte, pour mon anniversaire ? Avec une carte imitant l'écriture de Marco pour me faire croire que ça venait de lui ?

Sandro en resta saisi. C'était bien lui qui avait déposé ce cadeau, mais jamais il n'aurait cru qu'elle découvrirait la supercherie. Il lui avait offert ce cahier car il avait compris que Marco ne le ferait pas et qu'il voulait aider à un rapprochement entre eux.

— Sandro, réponds s'il te plaît.

— Il t'aime, Elisabetta. Épouse-le.

— Je ne vais pas l'épouser. J'ai même rompu avec lui ce soir.

Sandro eut un gémissement angoissé.

— Mais moi je ne t'aime plus, je te l'ai dit.

— Je ne te crois pas, rétorqua-t-elle.

Elle se jeta dans ses bras et l'embrassa sur la bouche. Incapable de résister, emporté par son amour, il lui rendit son baiser.

— Qu'est-ce que vous faites ?

Marco venait d'apparaître sur le palier, le visage rouge d'indignation.

— Vous sortez ensemble dans mon dos ?

Sandro s'écarta d'Elisabetta.

— Marco...

Elisabetta secoua la tête.

— Marco, écoute...

— Non !

Le regard angoissé de Marco se voila de larmes.

— Sandro, tu l'as fait exprès. Tu as déposé ce cahier sans m'en parler ! Tu l'as fait pour me ridiculiser.

Il montra du doigt Elisabetta.

— Et toi tu m'as trahi avec mon meilleur ami ! Je vous souhaite bonne chance à tous les deux ! Vous êtes faits pour vous entendre ! Il n'y en a pas un pour racheter l'autre !

Il se détourna et descendit l'escalier en courant.

— Marco, attends ! cria Sandro en sortant à sa suite dans la rue, sans se préoccuper des voisins qui mettaient le nez à la fenêtre.

— Laisse-moi tranquille ! hurla Marco en faisant volte-face. Je te la laisse. Je ne veux plus rien savoir de vous deux !

Sandro s'arrêta de courir. Il connaissait Marco. Quand il était dans cet état, il n'y avait pas moyen de lui faire entendre raison.

— Vous les Juifs, vous n'êtes que des menteurs ! hurla Marco. De sales menteurs !

Sandro tressaillit sous l'insulte. Les voisins disparurent des fenêtres et fermèrent leurs volets. Il demeura debout dans l'obscurité, à regarder l'uniforme noir de Marco se fondre dans la nuit.

Puis il fit demi-tour pour rentrer chez lui.

Cette fois encore, il allait devoir repousser Elisabetta.

Chapitre 59

Marco
9 juin 1940

Marco traversait le Ghetto en courant, les larmes aux yeux. Son cœur battait la chamade, il avait un poids sur la poitrine. Il tremblait de rage et trébuchait sur les pavés. Jamais de sa vie il n'avait eu aussi mal. Elisabetta et Sandro étaient ensemble. Il l'avait vu de ses propres yeux.

Il croisa un passant qui fit un écart pour l'éviter, car il fonçait droit devant lui, tête basse. Il avait aimé Sandro et Elisabetta. Il leur avait fait aveuglément confiance. Leur trahison était pour lui un coup de poignard en plein cœur.

Il repoussa nerveusement ses cheveux en arrière. Il se sentait sonné. Et furieux. Le vin l'empêchait d'avoir les idées claires. Il se souvenait avoir crié des insultes racistes et le regrettait déjà. Mais il avait voulu faire mal à Sandro. Lui rendre la monnaie de sa pièce.

Il hâta le pas en passant devant la synagogue et s'essuya les yeux. Puis, soudain, il entendit du bruit derrière lui et se retourna. Carmine et Stefano, les officiers de l'OVRA sortirent de l'ombre. Ils l'avaient suivi.

— De retour dans le Ghetto, hein ?

Stefano posa une main ferme sur l'épaule droite de Marco et Carmine sur la gauche.

— Continue à marcher, ne t'arrête pas.

Marco fut secoué par une décharge de terreur. Les officiers de l'OVRA l'encadraient pour l'obliger à avancer. Ils étaient armés et pas lui. C'était une folie d'être allé chez Sandro. Aveuglé par la colère et par l'amour, il n'avait pas réfléchi. Et à présent, il allait en payer le prix.

— Alors, Marco, déclara tout bas Carmine. On dirait que tu as enfin compris, pour les Juifs.

— Il était temps, renchérit Stefano en le poussant en avant.

— Où est-ce qu'on va ? demanda Marco qui était de plus en plus gagné par la panique.

— Au Palazzo Venezia. Buonacorso te réclame d'urgence.

— Pourquoi ?

— Demain, l'Italie va entrer en guerre.

Quatrième partie

« *È facile saper vivere.*
Grande saper morire. »

« Il est aisé de savoir vivre
Il est grand de savoir mourir »

Arrigo Paladini

Chapitre 60

Marco
10 juin 1940

Le Duce était sur le point de prononcer depuis son balcon le discours annonçant que l'Italie déclarait la guerre à la Grande-Bretagne et à la France. Marco était là, aux premières loges, avec le cabinet Mussolini, les membres du Grand Conseil du fascisme et tout le personnel du premier étage du Palazzo Venezia. Il avait le vertige quand il songeait à quel point sa situation avait changé au cours d'une nuit. Aujourd'hui il côtoyait les plus grands, alors que la veille il n'était encore qu'un obscur employé du Palazzo Braschi et un pauvre type désespéré qui venait de surprendre sa fiancée dans les bras de son meilleur ami. Cette trahison lui donnait la nausée chaque fois qu'il y pensait, mais il avait décidé de s'endurcir. Il s'était juré de ne jamais revoir Elisabetta et Sandro.

Il avait travaillé toute la nuit sans même une pause pour dormir un peu. On l'avait mis à contribution pour aller chercher les cafés, les bouteilles d'eau, à manger, des télégrammes, et tout ce dont Buonacorso et les autres avaient besoin pour préparer le grand jour. Il était tellement ému de se trouver au cœur de l'action en cette occasion mémorable qu'il avait presque l'impression de rêver. Une foule énorme s'était réunie Piazza Venezia et scandait si fort le nom du Duce qu'on l'entendait résonner entre les murs du bâtiment.

— Duce, Duce, Duce ! rugissaient les voix.

Les officiers qui se trouvaient devant Marco avancèrent, mais il demeura en arrière et tenta d'apercevoir Mussolini depuis sa place. Les rumeurs annonçant la guerre couraient depuis un bon moment et il avait assisté en coulisse aux discussions passionnées des officiers, à leurs conversations téléphoniques, à leurs conciliabules quand ils se penchaient sur les cartes et les notes de services. Il était tellement exalté qu'il se sentait comme électrisé. Il allait vivre une grande aventure. Et son pays aussi.

— Duce ! Duce ! Duce !

Quand on annonça le Duce sur le balcon, la foule hurla si fort en réponse que les officiers durent se boucher les oreilles. Puis elle se tut brusquement, sans doute sur un signe de Mussolini.

— Soldats qui combattez sur terre, sur la mer ou dans les airs ! commença-t-il. Chemises noires de la Marche sur Rome et de mes légions ! Hommes et femmes citoyens de l'Italie, de l'empire et du royaume d'Albanie ! Écoutez-moi !

Marco était envoûté par la voix amplifiée de Mussolini, dont des haut-parleurs diffusaient le discours dans les rues de Rome et dans toutes les grandes villes du pays.

— Une heure marquée par le destin vient de sonner dans le ciel de votre Patrie ! L'heure des décisions irrévocables ! La déclaration de guerre a été remise aux ambassadeurs de Grande-Bretagne et de France…

— Marco ! appela quelqu'un derrière lui.

En se tournant, il reconnut DiFilippo, un petit fonctionnaire.

— Va dans la salle des communications. Il y a un télégramme non crypté pour moi. Je veux que tu me l'apportes.

— Oui, monsieur.

Marco descendit en courant le grand escalier, poursuivit par les paroles de Mussolini qui se répercutaient sur le marbre des murs. Parvenu au rez-de-chaussée, il traversa un long couloir pour rejoindre la salle des communications, une pièce carrée sans fenêtres, où s'alignaient des télégraphes. Il n'y avait personne. Le vieux fonctionnaire chargé la veille de distribuer les télégrammes n'était plus là.

Marco alla voir la première machine, mais il n'y avait aucun nouveau télégramme. Il passa donc à la suivante, mais rien non plus. Pareil avec la troisième. Quelqu'un avait dû se charger de collecter les derniers envois, et en particulier celui qu'il était censé rapporter à DiFilippo. Remarquant une porte au fond de la salle, il traversa la pièce et poussa le battant, surprenant une jolie secrétaire qui tapait, assise à son bureau, tout en mangeant un tiramisu.

— Oh… Monsieur, puis-je vous aider ?

Elle se leva d'un bond et se plaça devant le tiramisu, comme pour le cacher.

— Oui, je suis venu chercher un télégramme pour l'officier DiFilippo.

— Je viens de récupérer celui-ci.

La secrétaire prit un télégramme et le lui tendit, en essuyant précipitamment sa lèvre inférieure.

— Merci et pas besoin de cacher votre dessert, commenta-t-il en souriant.

Il remarqua qu'elle avait d'adorables yeux verts, des cheveux d'un joli roux foncé qui ondulaient sur ses épaules et un corps tout en courbes qui emplissait son uniforme.

— S'il vous plaît, ne le dites pas à mon chef. J'ai aidé à la mise en place du buffet pour la réception réservée aux gradés, mais je n'étais pas censée me servir.

— Je m'en doute, mais qui pourrait résister à un tiramisu ?

Marco se rendit compte qu'il était en train de flirter, pour la première fois depuis longtemps. Cela lui fit un drôle d'effet. Il avait encore dans sa poche la bague de fiançailles qu'Elisabetta lui avait rendu la veille.

— Pas moi, avoua la jeune femme. C'est mon dessert préféré.

— C'est aussi le mien. Comment vous appelez-vous ?

— Fiorella. Et moi je connais déjà votre nom, Marco.

Elle sourit.

— Je vous ai vu grimper au pilier, le jour de la fête en l'honneur du commandeur Buonacorso. C'était impressionnant, ce que vous avez fait.

— Vraiment ? demanda Marco.

Il se sentit soudain tout rasséréné et se découvrit un appétit d'ogre, comme autrefois. Fiorella était une belle fille et il avait laissé filer tant de desserts. À compter de cet instant, il n'allait plus se priver de rien.

— Je connais aussi Tino, du Palazzo Braschi, ajouta Fiorella. Il m'a dit que vous aviez une petite amie.

— J'avais, corrigea Marco. Nous avons rompu.

Il chassa Elisabetta de son esprit, par un simple effort de volonté.

— Et toi, tu as un petit ami ? demanda-t-il, passant au tutoiement.

— Non.

— Alors, c'est mon jour de chance.

Marco écarta une mèche de cheveux des beaux yeux de la jeune fille.

— Tu me fais goûter ton tiramisu ?

— Bien sûr.

Fiorella allongea le bras pour attraper son assiette, mais Marco l'arrêta d'un geste. Puis il se pencha vers elle pour l'embrasser.

Il faisait déjà nuit quand Marco rentra chez lui. Rome était en effervescence, les gens emplissaient les rues, les restaurants et les bars. Tout le monde fêtait la grande nouvelle et la commentait abondamment. Marco ne s'était jamais senti aussi bien dans son uniforme. Il regrettait de ne pas être en âge de s'engager, mais cette déception était largement compensée par le fait de travailler au Palazzo Venezia. Il était dopé à l'adrénaline, fier de lui et de son pays. L'Italie s'engageait dans la guerre et elle allait gagner.

Il atteignit le Ponte Fabricio et le traversa en respirant à pleins poumons l'humidité familière du Tibre. Il songea à Elisabetta, par habitude, parce qu'il allait dans la direction du Trastevere, et glissa une main dans sa poche pour palper la bague de diamant. Elle était toujours là, mais elle appartenait désormais à son passé. Et quand il regardait vers l'avenir, il voyait plein de jolies filles. Et ça commençait tout de suite, avec Fiorella.

De l'autre côté du pont, il aperçut son père qui s'activait d'un client à l'autre, car les tables en terrasse étaient toutes occupées. Ils n'étaient toujours pas en bons termes, mais il ressentit le besoin de lui annoncer son nouveau poste au Palazzo Venezia, bien qu'il n'y eût plus rien de spontané entre eux. Il se demanda si leurs relations s'arrangeraient un jour.

En arrivant au bar, il alla droit vers lui.

— Papa, tu es allé écouter le Duce Piazza Venezia ? lui demanda-t-il.

— Non, j'avais trop de travail ici, répondit Beppe en fronçant les sourcils. Et toi, où étais-tu cette nuit ?

— Buonacorso m'a fait appeler. Je travaille au Palazzo Venezia maintenant. J'étais dans la même pièce que le Duce. C'est un grand jour pour l'Italie. C'est merveilleux.

— La guerre est parfois nécessaire, mais jamais merveilleuse.

Il fit la moue.

— On m'a rapporté que tu étais hier soir devant la maison de Massimo, à crier des horreurs. Tu n'as pas honte ?

Marco eut soudain la bouche sèche.

— Je ne les pensais pas. J'étais en colère et…

— C'est bon. Va mettre un tablier, monsieur l'employé du Palazzo Venezia.

Chapitre 61

Elisabetta
Septembre 1940

Elisabetta servit le café en attendant que les femmes finissent de s'asseoir autour de la table. Leur petit groupe se réunissait régulièrement au *Casa Servano*. La guerre durait depuis le mois de juin, mais contrairement à d'autres capitales comme Londres, Rome était pour l'instant épargnée par les bombardements et la vie quotidienne y était pratiquement inchangée. Les commerces se portaient bien, grâce à l'afflux de dignitaires et de soldats. Il y avait pénurie d'hommes et de nourriture, mais Elisabetta se sentait concernée uniquement par les problèmes de ravitaillement. L'amour, elle avait déjà donné.

Nonna qui s'était totalement remise de sa pneumonie, s'installa en bout de table.

—Asseyez-vous, dit-elle. On va commencer.

Elisabetta prit place devant sa rutilante machine à écrire, une Olivetti aux touches blanches, avec des lettres noires. Les femmes firent taire leurs enfants et prirent les plus petits sur leurs genoux. Elles étaient sept, sept mères de famille du Trastevere qui géraient seules le restaurant familial depuis que leurs maris étaient partis à la guerre. Voyant qu'elles réclamaient sans cesse des conseils, Nonna avait fondé une sorte d'association de commerçantes dans un but d'entraide. Elle aussi dirigeait seule le *Casa Servano*, son fils Paolo s'étant engagé.

— On va reprendre là où on s'était arrêtées la dernière fois, annonça-t-elle. Elisabetta, tu peux nous lire le résumé de notre précédente réunion ?

Elisabetta s'exécuta docilement :

— Le secteur de la restauration rencontre des difficultés pour s'approvisionner en farine, en huile d'olive et en beurre, trois denrées qui manquent chez nos fournisseurs habituels. Le rationnement touche aussi le riz et les pâtes. Notre principal problème et d'obtenir de la farine à des prix raisonnables. Jusque-là, l'Italie avait toujours produit des quantités abondantes de blé pour la farine. Comme vous le savez peut-être, le gouvernement a mis au point une gestion stratégiques des stocks contraignant les producteurs de blé à donner leur récolte à un collectif central chargé de superviser une distribution équitable.

— Tu veux dire chargé de s'assurer que les pots-de-vin soient équitablement distribués, intervint Nonna, ce qui fit rire tout le monde.

— De nombreux agriculteurs étant partis à la guerre, certaines fermes ont cessé leur activité et la production alimentaire s'en ressent, poursuivit Elisabetta. Dans les provinces, les familles commencent à souffrir de malnutrition.

Elisabetta eut un pincement au cœur en songeant qu'une chose pareille se produisait dans son pays, où la nourriture tenait une place centrale.

— Les réserves de blé et de farine diminuent. Il y a maintenant un marché noir, mais ce n'est pas une solution pour nous, avec les quantités de farine qu'il nous faut. De plus, les prix y frisent parfois le délire et certaines d'entre nous en ont déjà fait les frais : farine à 260 lires le kilo, sucre à 450 lires, beurre à 700, huile à 800, parmesan à 600, sel à 350 lires, riz à 250 lires le kilo, œufs à15 lires la pièce.

Nonna pouffa de rire et quelques femmes autour de la table secouèrent la tête. Les bébés sur leurs genoux tapotaient la nappe et jouaient avec les serviettes.

— Lors de notre dernière réunion, nous avons distribué une liste de fournisseurs fiables qui pratiquent des prix raisonnables. N'hésitez pas à faire appel à eux.

Elisabetta leva la tête.

— Voilà pour les affaires courantes. On peut maintenant passer à l'ordre du jour.

Soudain, la porte s'ouvrit et Elisabetta eut la surprise de voir s'encadrer sur le seuil le grand corps musclé de Beppe Terrizzi, baigné de soleil. Sa carrure lui rappela celle de Marco. Les femmes lui jetèrent des regards admiratifs, car il était impossible de rester insensible à sa beauté sombre et à sa présence masculine. Elisabetta comprit pourquoi il avait plu à sa mère. Elle-même avait un temps succombé au charme de Marco... Cette pensée la troubla. Elle baissa les yeux vers sa machine à écrire.

Nonna le salua d'un signe de tête.

— *Ciao*, Beppe. Ça fait un bail.

— Oui, Giuseppina, ça fait un bail. J'ai entendu parler de votre réunion et je me suis dit que je pourrais y assister. Histoire de me montrer solidaire.

— Bien. Tu peux t'asseoir avec nous.

— Merci.

Il alla prendre une chaise et s'installa à l'autre extrémité de la table, en face de Nonna.

— Mesdames, voici Beppe Terrizzi, le propriétaire du célèbre *Bar du Giro*, sur l'île Tibérine, déclara Nonna en désignant Beppe. On va faire un tour de table et vous allez vous présenter, en donnant aussi le nom de votre restaurant.

— Je m'appelle Isabella et je tiens le *Franco's Ristorante*, commença la première femme.

Elisabetta cessa d'écouter et s'efforça de mettre de l'ordre dans ses idées. Depuis son anniversaire, elle n'avait revu ni Sandro ni Marco. Le premier parce qu'il ne voulait plus la voir. Le second parce qu'elle n'avait plus envie de fréquenter un fasciste. Elle avait tenté de demander autour d'elle si quelqu'un savait comment son père avait eu les mains déformées. Mais personne n'avait pu lui apporter la moindre réponse, pas même Nonna.

Une fois les présentations terminées, Nonna jeta un coup d'œil à Beppe.

— La semaine dernière, j'ai distribué une liste de vendeurs fiables, que j'ai moi-même testés. Je vais faire en sorte que tu puisses te fournir chez eux.

Beppe haussa un sourcil.

— Tu partages tes fournisseurs avec la concurrence ?

Nonna plissa les yeux derrière ses lunettes.

— On ne se considère pas comme des concurrentes. On chute ou on progresse ensemble. La prochaine fois, il faudra que tu m'apportes une liste de tes fournisseurs.

Beppe hocha la tête, l'air impassible.

— Quelqu'un a une proposition à faire ? demanda Nonna en interrogeant du regard les femmes autour de la table.

— Oui, j'ai quelque chose, répondit Gaia, une jeune et belle brune avec un petit sur les genoux. J'ai apporté des pancartes qu'on pourrait utiliser pour attirer des clients.

— Excellent, répondit Nonna en souriant.

Les femmes autour de la table approuvèrent d'un signe de tête.

— J'en ai pour tout le monde. J'ai un oncle imprimeur qui a fait ça gratuitement. Regardez.

Elle plongea la main dans son cabas et en sortit une pile de pancartes imprimées qui proclamaient : « Commerce aryen ».

Elisabetta s'arrêta de taper.

Nonna s'éclaircit la gorge.

— Il n'est pas question que je mettre cette pancarte à la porte de mon restaurant, dit-elle. C'est insultant pour nos voisins juifs du Trastevere.

Gaia fronça les sourcils.

— Avec tout le respect que je vous dois, je vais en mettre une. Si quelqu'un d'autre en veut, je les donne...

Leandra leva la main.

— Moi je veux bien, s'il te plaît. Ma famille passe avant tout le reste.

Isabella leva à son tour la main.

— J'ai trois enfants à nourrir. Je n'ai pas les moyens de ménager la susceptibilité des Juifs.

Gianna acquiesça.

— J'en prendrai deux, une pour moi et une pour ma voisine qui tient un magasin de vêtements.

Nonna se pencha en avant et posa ses deux mains arthritiques sur la table.

— S'il vous plaît, je vous demande de réfléchir. Le Trastevere est le quartier des peintres, des musiciens, des écrivains. Bref, un quartier d'artistes. Les lois raciales ont été catastrophiques pour les artistes juifs. Ils n'ont pas le droit de travailler dans la radio publique, au théâtre, ni même pour des spectacles privés. On n'utilise plus les manuels scolaires écrits par des Juifs, ni les cartes de géographies signées par des Juifs. Mais ces gens-là sont nos voisins et nos amis.

— Je suis d'accord avec vous, Nonna, intervint Elisabetta en hochant la tête.

— Bien sûr que tu es d'accord avec elle, commenta Gaia avec un petit sourire ironique, tout en câlinant son bébé. Tu es son employée.

Leandra fronça les sourcils.

— Ce n'est pas nous qui avons écrit les lois raciales. Nous, on essaye de vivre de notre commerce, c'est tout.

Nonna fit la moue, visiblement vexée.

— J'ai créé cette association pour sauver Trastevere, pas seulement pour préserver nos petits intérêts de commerçantes.

— Trastevere ne survivra que si ses commerces survivent, rétorqua Gaia.

Nonna fronça les sourcils.

— Non. Nous ne devons pas penser qu'à nous. Une communauté, c'est l'ensemble de ses membres.

Gaia lissa les cheveux de son bébé.

— Giuseppina, vous possédez plusieurs maisons dans ce quartier. Il y aura toujours un toit au-dessus de votre tête. Je ne peux pas en dire autant.

Les femmes autour de la table hochèrent la table, se rangeant du côté de Gaia.

— Si vous me permettez…, intervint Beppe.

Toutes les femmes se tournèrent vers lui, attendant avec intérêt son point de vue, car il était connu comme sympathisant fasciste.

— Pas de pancarte pour moi, dit-il.

Finalement, tout le monde prit une pancarte. Seuls Nonna et Beppe s'abstinrent, et ce fut d'ailleurs leur seul point d'accord.

Elisabetta dut attendre la fin de la journée avant d'avoir un moment pour compléter le compte-rendu de leur réunion. Elle s'était installée devant son Olivetti, mais n'arrêtait pas de penser à Beppe Terrizzi. Elle sentait sa présence dans la pièce, comme un fantôme en bout de table qui se dressait devant elle, grand et menaçant, avec ce passé entremêlé au sien. Elle se demandait combien de temps avait duré sa liaison avec sa mère, à quelle période de son enfance, pourquoi ça avait commencé, comment ça s'était terminé. Autant de questions qui n'auraient sans doute jamais de réponses.

Nonna entra dans la salle, avec son sac à main et un sac en papier qui empestait les restes de poisson.

—Tu n'as pas fini ? Il est temps de rentrer à la maison.

—Pas encore.

—Tu en as pour longtemps ?

Elle se pencha sur la page insérée dans la machine

—Mais tu n'as quasiment rien écrit ! s'exclama-t-elle. Qu'est-ce que tu as fichu ?

—J'étais distraite. Je pensais à la réunion.

—À cette odieuse pancarte ?

Nonna s'installa sur une chaise en posant son sac et celui du poisson.

—Les faibles sont nombreux, mais seuls les forts demeurent.

Elisabetta l'avait plus d'une fois entendu prononcer cette maxime.

—Il y a toujours eu des antisémites, comme il y a toujours eu des puces. Les deux sont minuscules, sans cervelle et ont pour unique but de tourmenter plus grands qu'eux. Je prie pour qu'on en soit débarrassé un jour, mais en attendant, on doit prendre notre mal en patience et les tenir à distance.

— C'était bizarre, d'avoir Beppe à notre réunion.

Nonna eut un petit sourire sournois.

— Oh oui. Et ça a dû lui faire mal au ventre d'être d'accord avec moi.

— Je pense qu'il était d'accord à cause de son amitié avec Massimo Simone, le père de Sandro.

— Non, ricana Nonna. Il était d'accord parce que j'ai raison. Le beau Beppe Terrizzi. Tu as vu ces femmes ? À part celles qui allaitaient, elles salivaient toutes devant lui.

Elisabetta pouffa.

— Et toi ? reprit Nonna. Qu'est-ce qui t'empêche de taper ce compte-rendu ? Tu penses à Marco ? Ou bien à Sandro ? Quand vas-tu enfin les oublier ? Tu crois que je ne t'entends pas la nuit, pleurer comme un petit bébé ? Ouin, ouin.

Elisabetta se sentit prise au dépourvu.

— Ce n'est pas gentil de vous moquer de moi, murmura-t-elle.

— Tu me connais, non ? demanda Nonna en haussant un sourcil gris. Tu ne crois pas qu'il serait temps de passer à autre chose ?

— Je ne me sens pas prête à rencontrer d'autres hommes.

— Est-ce que j'ai parlé d'hommes ? Pourquoi il faudrait toujours que tout tourne autour des hommes ? Tu ne te souviens pas que je t'ai conseillé de préserver ton indépendance ?

— Nonna, il n'y a pas plus indépendante que moi. Je vis comme une nonne.

— La virginité, ce n'est pas l'indépendance. Tu ne penses qu'à l'amour, au sexe et aux hommes. Et ça, ce qui est sous ton nez ?

Elle fit un geste en direction de l'Olivetti.

— Aurais-tu oublié que tu avais l'ambition d'écrire ? Aurais-tu oublié ton enthousiasme le jour où je t'ai présenté à Gualeschi ? Et ta joie quand Marco, ou Sandro, peu importe lequel des deux, t'a offert un cahier ? Que faut-il encore pour t'inciter à écrire, Elisabetta ? Combien de gens doivent encore rêver à ta place ? Que faudra-t-il pour que tu te serves des dons que le Seigneur t'a donnés ?

Elisabetta se sentit blessée, car Nonna avait raison.

— Qu'est-ce que tu attends ? Quand est-ce que tu vas te mettre à l'œuvre pour ton avenir ? Pourquoi pas maintenant ?

Elle tapota la machine à écrire de son ongle courbe.

— Si tu étais juive, tu n'aurais pas le droit d'écrire. Tu es en train de gâcher une liberté qui est refusé à d'autres. Sans aucune raison. Par pure fainéantise.

Elisabetta eut honte. Tout cela était vrai.

— Je ne sais pas si je suis capable d'écrire, protesta-t-elle. Et je ne sais pas de quoi je pourrais bien parler

— Tu vis une époque hors du commun. Parle de ça. Écris-le avec cette machine faite par la famille Olivetti, qui hait le fascisme. Si tu ne peux pas écrire maintenant, c'est que tu n'es pas vraiment ma fille.

Sa fille ? Nonna n'avait sûrement pas voulu dire ça, mais Elisabetta ne chercha pas à la reprendre.

Nonna se leva de sa chaise.

— Rentrons, dit-elle. Les chats nous attendent. Cette machine a été conçue pour être transportée, autant que ça serve à quelque chose.

Chapitre 62

Sandro
Octobre 1940

Sandro et Rosa marchaient sous un ciel gris, Via del Portico d'Ottavia. Ils devaient se procurer du pain au marché noir, transaction qui nécessitait leur présence à tous les deux. Sandro achèterait le pain, pendant que Rosa ferait le guet, une précaution indispensable car les Juifs surpris à se fournir au marché noir étaient condamnés à payer une amende. Et quand ils ne pouvaient pas payer, ils étaient arrêtés. Ils prenaient donc des risques, mais ils n'avaient pas le choix : la nourriture et les produits de base se faisaient de plus en plus rares, surtout dans le Ghetto, où tant de magasin avaient fermé.

Ils croisèrent quelques connaissances, mais l'artère principale du Ghetto était plus déserte que jamais. À présent, personne ne vendait dans la rue, une autre série de lois raciales ayant annulé les licences pour les transactions commerciales, de sorte que même les chiffonniers ne pouvaient plus gagner le moindre centime. Pire encore, la semaine précédente Mussolini avait invité les Juifs à quitter le pays. On se demandait d'ailleurs où il voulait en venir, car il n'était certainement pas sans savoir que la plupart d'entre eux étaient trop pauvres pour voyager.

— Comment va-t-on faire, avec la nouvelle loi ? demanda Sandro en se tournant vers Rosa.

Les sujets graves et importants, ils les abordaient dehors, pour ne pas inquiéter leurs parents, en particulier leur père.

— Les fascistes veulent se débarrasser de nous, soupira Rosa. C'est maintenant officiel.

Elle secoua la tête. Elle avait rassemblé ses cheveux en torsade. Son visage, bien qu'amaigri, était toujours aussi beau. Elle portait encore son manteau rouge, dont la couleur avait terni et qui était devenu trop grand pour elle. Désormais, elle se fondait dans la foule du Ghetto.

— De toute façon, même si on voulait émigrer maintenant, on n'a pas l'argent pour ça, ajouta-t-elle.

— Exact.

Sandro était parfaitement au courant de l'état de leurs finances et cela l'empêchait de dormir la nuit. Il dépensait des trésors d'ingéniosité pour faire durer le plus possible la moindre lire.

— Nous n'avons nulle part où aller, maintenant que l'Italie est en guerre. Nous ne pouvons plus nous réfugier en Grande-Bretagne ou en France. La Pologne et les Pays-Bas sont sous domination nazie.

Rosa se tourna vers lui.

— La seule possibilité qu'il nous reste, c'est la Palestine. Mais d'après ce que j'ai entendu dire, la liste d'attente est trop longue.

— Je n'arrive pas à croire qu'on en soit arrivés là.

— Moi ça ne m'étonne pas.

— Je sais. Tu avais raison depuis le début. Et moi j'avais tort.

— Ne te sens pas coupable. Tu refusais de croire à l'incroyable et c'était normal. Tu aimes ton pays. Tu n'arrivais pas à concevoir qu'il puisse se retourner contre toi.

Rosa haussa les épaules.

— Un pays, c'est avant tout un peuple.

— C'est vrai.

Sandro eut un élan de respect pour elle.

— Tu sais, tu n'étais pas obligée de revenir. À Londres, tu étais à l'abri. Tu t'es mise en danger en rentrant en Italie.

— Je voulais être auprès de ma famille, répondit Rosa d'un ton léger.

Mais Sandro savait qu'elle essayait de faire contre mauvaise fortune bon cœur.

— L'état de papa a encore empiré, tu ne trouves pas ?

— Oui. Il est angoissé et préoccupé en permanence.

— Je ne sais pas comment l'aider plus que je ne le fais déjà.

— Ce n'est rien Sandro. Tu en fais assez.

Ils tournèrent à droite, puis à gauche. Au sortir du Ghetto, Sandro eut l'impression qu'ils entraient dans un autre monde. Les commerces semblaient florissants et des Romains bien habillés vaquaient à leurs occupations quotidiennes, comme eux autrefois.

Rosa avançait tête baissée, un froncement de sourcils marquant ses jolis traits.

— J'ai reçu une lettre de mes amis britanniques, reprit-elle. Ils disent que c'est terrible à Londres. La ville est bombardée sans arrête et la nuit tout le monde est obligé de descendre se cacher dans le métro. À présent qu'Hitler a envahi la France, la Grande-Bretagne est seule. Churchill ne capitulera jamais, mais je ne sais pas si les Britanniques peuvent arrêter les nazis.

— C'est vraiment effrayant, frissonna Sandro.

— Ça me tétanise de penser que l'Italie s'est alliée avec Hitler. Et en plus je suis mariée à un Britannique. Mon mari se bat contre mon pays. Parfois je me demande comment c'est possible.

— Oui, on marche sur la tête, avec cette guerre. Les Alliés sont du bon côté, et nous sommes du mauvais.

— J'ai eu des nouvelles de David. Il a été réaffecté à la Direction des opérations spéciales, un service secret. Ils passent la frontière et sont chargés de déstabiliser l'ennemi avec des opérations de sabotages, en faisant sauter des lignes de chemin de fer et autres.

Sandro jugea la nouvelle catastrophique, mais il s'efforça de le dissimuler à Rosa.

— Mais c'est un diplomate, fit-il remarquer.

— Je sais. C'est justement pour ça qu'il a été choisi. Parce qu'il est diplomate et qu'il parle plusieurs langues. Ce sont de vieux amis de l'ambassade qui me l'ont dit. J'ignore où il se trouve exactement, car les détails sont classés top secret.

Rosa se mordit la lèvre. Sandro s'arrêta d'avancer pour la prendre dans ses bras.

— Il va s'en sortir, assura-t-il.

— Tu crois ?

Elle s'écarta de lui, les yeux voilés de larmes. Ils se remirent à marcher.

— Sandro, on parle tout le temps de moi et de David, soupira-t-elle. Jamais d'Elisabetta. Chaque fois que j'essaye, tu changes de sujet. Qu'est-ce qui s'est passé, la nuit de son anniversaire ?

— Rien, répondit Sandro, le cœur serré.

— Arrête, protesta Rosa en haussant un sourcil. Tu mens. Tu m'avais raconté qu'elle avait choisi Marco, mais j'ai entendu ce qu'elle t'a dit ce soir-là. C'est toi qu'elle avait choisi, mais tu l'as repoussée.

— C'était pour son bien.

— Ce n'est pas son avis à elle. Elle te veut. C'était très clair.

— Marco est mieux pour elle.

— C'est à elle d'en décider, pas à toi. Tu l'aimes. Tu aurais dû le lui dire.

— Pourquoi ?

— Parce que c'est vrai, tout simplement. C'est une raison suffisante.

Sandro aurait bien voulu que ce fût aussi simple.

— Même si je le voulais, je ne pourrais pas la fréquenter en ce moment. Les couples mixtes sont sous surveillance. Notre famille ne peut pas se permettre d'être repérée par l'OVRA. Ça nous empêcherait de rencontrer notre contact et d'acheter ce dont nous avons besoin pour vivre.

Rosa demeura silencieuse un instant.

— On trouverait un moyen, Sandro. Elisabetta te voulait. Et c'est sûrement toujours le cas.

Sandro n'avait pas envie d'entendre ça. Savoir qu'il aurait pu retourner vers Elisabetta ne faisait que lui briser un peu plus le cœur. Qu'elle fût ou non avec Marco, il avait toujours de bonnes raisons de la tenir à distance.

— Sandro, tu devais aller la voir. Lui dire que tu l'aimes. Et ensuite, laisser faire la vie.

— C'est le conseil que tu me donnes aujourd'hui ?

Il sourit, en se souvenant du jour où il lui avait demandé conseil pour séduire Elisabetta. En des temps plus heureux.

— Oui, c'est mon conseil, répondit Rosa en souriant en retour. Et cette fois, offre-lui des fleurs.

— Mon livre lui avait beaucoup plu, rétorqua-t-il.

— Ha !

Sandro repéra leur contact, un petit homme crasseux avec une casquette enfoncée sur le crâne, debout au coin de la rue.

— Il est là, dit-il. Il nous attend.

— Sandro, tu devrais vraiment parler à Elisabetta.

— Arrête avec ça. Vérifie plutôt qu'il n'y pas de policiers en vue.

Chapitre 63

Beppe
Décembre 1940

Beppe apporta deux verres de vin à la table où l'attendait Massimo, tout au fond du bar. Les deux hommes avaient leurs habitudes. Après la fermeture, Massimo se faufilait à l'intérieur par la petite entrée latérale. Il passait un moment avec Beppe et mangeait un peu, puis repartait avec un sac de provisions.

— Alors, il était bon, ce *panini* ? demanda Beppe en s'asseyant.

Il n'en restait plus une miette. Son vieil ami avait perdu du poids et son vieux costume marron était désormais trop grand pour lui. Il avait ouvert sur la table ce dossier qui ne le quittait plus et s'était encore épaissi.

— Délicieux, répondit Massimo en repoussant son assiette. C'est Maria qui l'a fait ?

— Non, c'est Letizia.

— Comment va Maria ? Toujours enfermée là-haut ?

— Elle ne descend plus dans le café, mais elle commence à sortir un peu. Elle va à la messe. Avec Emedio, bien sûr.

— Ça doit être dur. Je suis très peiné pour elle. Pour vous.

— Depuis la déclaration de guerre, son état a empiré. Elle lit les journaux. La liste des morts au combat. Elle repère ceux qui avaient l'âge d'Aldo, ceux qui étaient plus jeunes ou plus vieux. Et ensuite elle les pleure comme s'ils étaient ses fils.

— C'est triste.

— Ça fait un drôle d'effet d'être à l'abri, alors que c'est la guerre, non ?

— Oui.

Ils échangèrent un regard entendu, de soldat à soldat. Beppe avait été réformé à cause de son genou abimé et les Juifs n'étaient pas autorisés à servir dans l'armée.

Massimo poussa un gros soupir.

— Ma position est difficile. Quand j'entends que l'Italie pourrait perdre la guerre, je ne sais pas si je dois me réjouir ou bien pleurer.

— Je comprends répondit Beppe en sirotant son vin. Nos débuts en Méditerranée sont plutôt chaotiques. La défaite navale à Tarente a été une rebuffade. J'espère que ça ira mieux sur le front égyptien, mais moi aussi, tu sais, je suis partagé.

— C'est normal, commenta distraitement Massimo en sortant un stylo de sa poche pour noter quelque chose dans son dossier.

— Par contre, ça me fait mal d'admettre que les Allemands ont eu des succès. La technique de la guerre éclair, avec l'utilisation simultanée des blindés et des avions, c'est nouveau. Hitler occupe à présent une grande partie de l'Europe occidentale.

— Oui, marmonna Massimo en notant de nouveau.

— Je regrette le jour où l'Italie s'est alliée avec les nazis. On est à la botte d'Hitler, c'est tout. Massimo, tu m'écoutes ?

Massimo prenait encore des notes et Beppe ne put s'empêcher de remarquer que ça lui arrivait de plus en plus souvent.

— Qu'est-ce que tu écris, Massimo ?

— Des choses importantes que j'ai peur d'oublier.

Massimo tourna le dossier vers Beppe et lui montra une série de chiffres.

— Tu vois, c'est le recensement d'août 1938. Il y avait quinze mille demandes d'exemptions...

— Massimo, interrompit Beppe. Tu m'as déjà expliqué tout ça plusieurs fois.

— Ah bon ? s'étonna Massimo en battant des paupières. Je t'ai parlé des familles qui ont obtenu gain de cause sur la base de mérites exceptionnels ?

— Oui, Massimo, tu m'en as parlé. À part ça, comment tu te sens ?

— Aussi bien que possible, soupira Massimo en tournant de nouveau le dossier face à lui. Je suis fier de ce que je fais, parce que je suis utile à notre communauté. Tu sais, c'est moi qui ai obtenu les exemptions pour un grand nombre de ces familles. J'aurais aimé pouvoir en obtenir une pour la mienne, car d'après leurs critères, à un an près, j'y avais droit. J'aurais dû m'inscrire plus tôt au parti. Comme toi.

— On en a déjà beaucoup parlé. Ce n'est pas ta faute.

Beppe marqua un temps d'arrêt.

— Je me fais du souci pour toi. Tu n'es plus toi-même. Tu aurais besoin de te reposer.

— Me reposer ?

Les yeux de Massimo lancèrent des éclairs derrière ses lunettes.

— Ce n'est pas comme quand je travaillais au cabinet. Je ne peux pas m'arrêter comme ça. Notre communauté souffre et a besoin de moi. Personne n'a de travail, il n'y a pas d'argent, et nous luttons quotidiennement pour trouver à manger.

Il parlait avec une telle fougue qu'il en bafouillait presque.

— J'ai formé des gens pour m'aider. Seize personnes travaillent pour moi à la synagogue, mais chaque fois que nous déposons une demande, il en arrive une autre. Ça ne s'arrête jamais.

— Je comprends tout ça, mais tu ne peux pas tout résoudre à toi tout seul. J'ai l'impression que tu essayes de te racheter parce que tu n'as pas obtenu l'exemption pour ta famille.

— Possible, mais quel mal y aurait-il à ça ? Je ne veux pas qu'une autre famille se retrouve dans notre situation.

— Je vais te dire, où est le mal.

Beppe parlait posément, sans juger.

— Pendant que tu te débats pour racheter une faute que tu n'as pas commise, tu négliges ta famille. Passe un peu plus de temps avec les tiens. Là où est ta place.

— Mais je ne peux pas arrêter mes activités à la synagogue.

— Je ne te demande pas de les arrêter. Simplement de les réduire.

Beppe referma le dossier de Massimo.

— Ton esprit est toujours encombré par ce qu'il y a là-dedans.

— C'est ce que dit Sandro, admit Massimo en fronçant les sourcils.

— Ton fils a raison. Parle-moi un peu de lui, au lieu de me parler de ce dossier. Comment va-t-il ?

— Je ne le vois pas beaucoup. Je suis le plus souvent à la synagogue. Il passe le plus clair de son temps avec Rosa, où à l'école. Il s'occupe de la maison.

— C'est-à-dire ?

— C'est lui qui gère nos finances, comme ça j'ai l'esprit libre pour travailler.

— Ce n'est pas son rôle, commenta Beppe, le front plissé. C'est toi, le chef de la famille Simone. Ne l'oublie pas. Reprends ta place et le reste suivra. Tu verras, tu te sentiras mieux.

— Tu as peut-être raison, convint Massimo en battant des paupières. On verra. Et Marco, comment va-t-il ?

— Son travail au Palazzo Venezia lui plaît et le soir il sort avec des filles.

Beppe marqua un temps de pause.

— J'ai honte chaque fois que je pense à ce qu'il a crié dans la rue devant chez vous.

— Il ne le pensait pas, je le sais. C'était le chagrin. Et la guerre.

— La guerre finira par s'arrêter. Toi et moi, on le sait. On en a déjà vécu une.

— Oui, elle finira par s'arrêter.

Massimo fit la moue.

— Et après il y en aura une autre.

Plus tard, Beppe fit discrètement sortir Massimo par la porte latérale, puis ferma à clé. Il allait se rendre à l'étage, quand on frappa à l'entrée principale. Il se retourna et reconnut à travers la vitre la silhouette rabougrie de Carmine Vecchio, dans son uniforme sombre de l'OVRA.

Il alla ouvrir, mais resta sur le seuil, comme pour lui interdire d'entrer.

— Fermé, dit-il seulement.

— Tu donnes à manger à ce petit Juif. Je t'ai vu. Je te connais.

Les yeux de Carmine brillaient de méchanceté.

— Je donne à manger à tous les clients. Le jour où ce sera illégal, tu me jetteras en prison.

— Simone n'est pas un client, c'est ton ami. Tu penses avoir tous les droits parce que ton fils travaille au Palazzo Venezia.

— Mon fils n'a rien à voir avec ça. Entre toi et moi, c'est une histoire de vieille rancune. Tu étais un voyou à l'époque et tu es encore un voyou aujourd'hui.

Carmine le menaça de l'index.

— Tu as tort de penser que je ne peux pas t'atteindre.

— Vas-y. Essaye.

— Toi ou ton petit Juif.

— Ne t'avise pas de toucher à lui.

Carmine ricana.

— Les Simone sont ton talon d'Achille. C'est écrit sur ton visage.

— Je te préviens : ne t'en prends pas à lui.

— J'ai l'OVRA derrière moi. Qu'est-ce que tu peux me faire ?

— Un conseil : ne cherche pas à le savoir, rétorqua Beppe entre ses dents.

L'idée le traversa de tuer Carmine sur le champ, à mains nues. Tuer pour protéger un frère de combat, c'était un réflexe qui lui venait de la Grande Guerre. Ça n'aurait pas été la première fois.

— Je n'ai pas peur de toi, Beppe.

— Parce que tu es stupide.

Beppe recula d'un pas et ferma la porte, tout en menaçant Carmine du regard à travers la vitre. Il avait toujours cru que certaines batailles étaient à éviter, tandis que d'autres étaient indispensables.

Son différend avec Carmine venait d'entrer dans la seconde catégorie.

Chapitre 64

Elisabetta
Mars 1941

Assises à la table de la salle à manger, Elisabetta et Nonna sirotaient comme chaque soir leur petit verre d'anisette. La maison était calme et silencieuse, la brise qui entrait par la fenêtre agitait doucement les rideaux de dentelle. Rico et Gnocchi dormaient sur leurs fauteuils respectifs. Bien évidemment recouverts par des napperons blancs destinés à les protéger des poils de chat, même si c'était une cause perdue.

Nonna acquiesça.

— On s'est bien débrouillées cette semaine. On fait le même chiffre que la semaine dernière, donc on tient la route.

— C'est grâce à vous, répondit Elisabetta d'un air satisfait.

— Ce n'est pas moi qui vais te contredire, commenta Nonna.

Elle éclata de rire et Elisabetta se joignit à elle. Le *Casa Servano* était toujours ouvert, grâce à la stratégie du plat unique inventée par Nonna : servir uniquement la spécialité de la maison, à savoir des pâtes. Les entrées avaient disparu de la carte et Elisabetta échangeait tout ce qu'elle pouvait contre de la farine et des œufs. D'autres femmes de leur petite association avaient suivi leur exemple, en se cantonnant à leurs propres spécialités. Beppe ne s'était plus montré à leurs réunions, mais il était passé déposer sa liste de fournisseurs, comme promis.

— Elisabetta, où en est ton livre ? demanda Nonna.

— Ça avance, merci.

Elisabetta termina son anisette, qui avait un goût de réglisse. Elle s'était mise à écrire la nuit où elle avait apporté l'Olivetti à la maison et ce qui avait commencé comme une agréable distraction était devenu une discipline. Elle s'installait devant sa machine après l'anisette du soir et ne s'arrêtait pas avant d'avoir écrit cinq cents mots. Parfois, cela la tenait éveillée jusqu'à une heure du matin et d'autres fois jusqu'à l'aube.

— Quand est-ce que tu vas me faire lire quelque chose ?

— Quand j'aurai terminé, répondit fermement Elisabetta, car elles avaient déjà eu plus d'une fois cette conversation.

— Pourquoi ça te prend autant de temps ?

— C'est normal. C'est long, d'écrire.

— Tu ne te perds pas en digressions, j'espère ?

— Non, j'espère que non, répondit Elisabetta en se levant, le sourire aux lèvres. Je vous laisse, il faut que je m'y mette.

— Et pourquoi je ne peux pas lire maintenant ? Je te ferais des suggestions intéressantes, tu sais…

— Je n'en doute pas, mais vous me les ferez quand j'aurai terminé.

Elisabetta voulut prendre le verre de Nonna, mais celle-ci l'arrêta d'un geste.

— Je sais comment laver un verre, qu'est-ce que tu crois ? Tu pourrais au moins me dire de quoi parle ton livre.

— Vous le saurez bientôt. Bonne nuit.

Elisabetta embrassa Nonna sur la joue et emporta son Olivetti à l'étage, l'esprit déjà accaparé par son roman. Nonna ne s'était pas trompée. Écrire lui permettait de penser à autre chose qu'à Marco et Sandro. L'intrigue occupait son esprit et monopolisait son imagination.

Elle entra dans sa chambre à coucher, alluma la lumière et déposa l'Olivetti sur son bureau. Elle enfila sa chemise de nuit pour ne pas froisser sa robe, s'installa sur sa chaise et sortit une liasse de feuilles qu'elle posa près de la machine. *La fille qui parlait trop*, lisait-on sur la première feuille. Et en dessous, le nom qu'elle rêvait de voir en couverture depuis toujours : ELISABETTA D'ORFEO.

Elle caressa délicatement la page, y posa sa main à plat, comme pour sentir battre le cœur de son manuscrit. L'héroïne était une jeune fille prénommée Zarina qui lui ressemblait énormément, bien qu'elle ne l'eût pas vraiment décidé ainsi. Elle avait construit l'intrigue à mesure qu'elle écrivait et Zarina avait hérité d'une mère vaniteuse et insouciante, d'un père aimant mais irresponsable, et d'un animal de compagnie qu'elle adorait, sauf qu'il ne s'agissait pas d'un chat, mais d'une perruche. Quand Zarina était tombée amoureuse d'un jeune homme qui l'avait d'abord aimée, puis rejetée, Elisabetta s'était rendu compte qu'elle écrivait tout ce qu'elle avait sur le cœur. Et aussi tout ce qu'elle pensait sans oser le formuler. Le titre s'était alors imposé, car elle-même était une grande bavarde et manquait souvent d'une oreille attentive pour l'écouter.

À peu près au milieu du roman, un personnage inattendu s'était imposé, un ange sorti de nulle part, ajout vraiment surprenant car Elisabetta n'avait jamais eu l'intention de faire intervenir le surnaturel dans son livre. Mais se souvenant que Grazia Deledda en usait parfois dans ses romans, elle avait conservé l'ange. Quand Zarina avait traversé une mauvaise période, il s'était mis à voler près d'elle et l'avait prise par la main pour la guider. Elisabetta avait alors compris que cette créature céleste représentait quelqu'un de son entourage.

Elle prit une feuille, l'inséra dans la machine et actionna le rouleau pour la positionner. Contrairement à ce qu'elle avait dit à Nonna, le roman était terminé et il ne lui restait plus que la dédicace à écrire. Elle avait cherché toute la journée la formule parfaite et avait fini par la trouver :

À Nonna, mon ange gardien.

Ses yeux se remplirent de larmes de gratitude. Grâce au conseil de Nonna, elle avait pu exprimer tout ce qu'elle gardait au fond d'elle-même. Elle avait pardonné à sa mère d'être partie et à son père d'être devenu alcoolique. Elle s'était libérée de ses démons, elle se sentait plus légère, elle respirait mieux. Elle poussa un long soupir avant de taper le dernier mot :

FIN

Elle dégagea la feuille de la machine, la glissa sous la page de titre du manuscrit et aligna de nouveau la pile de papier. Puis elle prit le tout, sortit de sa chambre et descendit l'escalier pieds nus, avec l'intention de faire une surprise à Nonna. Il y avait un rai de lumière sous sa porte, ce qui n'avait rien d'étonnant, car elle lisait souvent jusque tard dans la nuit.

En entrant dans la chambre, Elisabetta trouva la vieille femme assoupie, ses lunettes sur le nez, un livre ouvert sur la poitrine. Elle posa le manuscrit au bout du lit et s'approcha d'elle. Nonna dormait la tête légèrement inclinée de côté. Elle hésita à la réveiller, puis se décida : non seulement Nonna ne lui en voudrait pas, mais elle serait ravie de la surprise qu'elle lui réservait.

— Nonna, appela-t-elle doucement.

Nonna ne réagit pas, mais comme elle avait un sommeil de plomb, Elisabetta ne s'en étonna pas plus que ça.

— Nonna ? insista-t-elle en lui pressant doucement l'épaule.

Cette fois, la tête de Nonna glissa mollement sur le côté.

Elisabetta balaya du regard le corps allongé dans le lit et il lui parut soudain d'une rigidité anormale. Aucun souffle ne soulevait la poitrine de Nonna et elle ne ronflait pas comme à son habitude.

Elle lui prit la main et là, elle comprit.

Le chagrin lui déchira la poitrine. Elle s'accrocha à la main de Nonna, comme si cela pouvait lui permettre de la retenir sur cette Terre, bien qu'elle fût à présent devenu pour de bon un ange.

— J'ai terminé mon livre, dit-elle d'une voix enrouée en battant des paupières pour chasser ses larmes. Je regrette d'avoir tant attendu pour vous le montrer.

Nonna ne répondit pas, bien sûr, mais Elisabetta sut ce qu'elle devait faire. Bientôt, cette chambre serait envahie par la famille, les amis et les voisins. C'était sa dernière chance d'être seule avec sa protectrice. Elle lâcha sa main, lui ôta ses lunettes et la débarrassa du livre resté ouvert sur sa poitrine.

Puis elle s'empara de son manuscrit.

— Le titre de mon roman est : « La fille qui parlait trop ». Je pense qu'avec ça vous avez déjà compris que ça parle un peu de moi, même si c'est une fiction.

Elle renifla et prit le temps de se calmer.

— Je vais vous le lire. Je suis sûre que vous entendez et que vous êtes avec moi en ce moment, dans notre maison, avec nos chats et votre collection de porcelaine. Je sais que vous ne me quitterez jamais. Parce que vous m'avez toujours aimée. Plus que de raison.

Elle s'essuya les yeux du revers de sa manche. Lire tout haut ce roman allait lui prendre la nuit entière. À la fin, elle révélerait la dédicace à Nonna. À moins qu'elle ne la connût déjà.

— « Chapitre premier », commença-t-elle après s'être éclairci la voix.

Chapitre 65

Marco
13 avril 1941

Le *Bar du Giro* était fermé en ce dimanche de Pâques. Marco grimpa quatre à quatre les marches de l'escalier menant à l'étage. Il était en retard pour le traditionnel repas de fête. Pire encore, s'étant attardé au lit avec une maîtresse qui n'était pas du genre à aller à l'église, il avait raté la messe du matin. Quand il entra dans la cuisine, son père et Emedio avaient déjà commencé à manger. Ils l'accueillirent avec un regard désapprobateur qu'il fit mine de ne pas le remarquer.

— Joyeuses Pâques, Emedio ! lança-t-il en allant embrasser son frère. Tes visites se font de plus en plus rares. Ce pape ne peut donc rien faire tout seul ?

Emedio le fusilla du regard, drapé dans sa désapprobation et dans sa soutane noire.

— Pourquoi n'es-tu pas venu à la messe, en ce jour saint parmi les saints ? demanda-t-il.

— Je travaillais, mentit Marco.

En présence de sa mère, il ne pouvait certainement pas dire la vérité.

— Le jour de Pâques ? Le bureau était ouvert ?

— Pas officiellement, mais mon chef m'avait donné du travail.

— Ce n'est pas une raison.

— Te prendrais-tu pour mon père, père Emedio ? ironisa Marco. j

Puis il se tourna vers son père, qui portait pour l'occasion un costume cravate.

— Joyeuses Pâques, papa.

— À toi aussi, Marco. Tu aurais dû te raser.

— Désolé.

Marco était toujours en froid avec son père, mais c'était moins important pour lui qu'autrefois. Il passait tout son temps au Palazzo Venezia, où on lui confiait régulièrement de nouvelles responsabilités. Il était à présent le plus jeune assistant du service des approvisionnements et son nouveau chef, un supérieur de Buonacorso, se déclarait satisfait de son travail. On le destinait de toute évidence à un poste de commandement.

— Joyeuses Pâques, mon fils.

Sa mère apportait à table l'*abbaccio*, un gigot d'agneau au romarin, au vin blanc et aux anchois, servi avec des pommes de terre rôties.

— Joyeuses Pâques, maman. Désolé de ne pas avoir été là pour l'entrée.

Il embrassa sa mère sur la joue et la déchargea du lourd plateau qui exhalait un délicieux arome. Puis il le posa sur la table, près du pain de Pâques en forme de couronne tressée, décoré d'œufs durs roses et verts. Les coupons alimentaires de son travail avaient contribué à cet abondant repas et cela lui fit plaisir.

— Tu n'es pas venu à la messe, reprocha sa mère, tout en commençant à servir la viande.

Elle semblait de meilleure humeur que de coutume, sans doute parce que c'était Pâques. Elle avait mis sa plus belle robe noire et natté ses cheveux bruns.

—Je suis désolé, s'excusa-t-il.

—Notre Seigneur s'est sacrifié pour toi.

—Je sais, je suis désolé.

—Nous avons allumé des cierges pour Aldo.

Elle avait fini de servir et s'assit.

—C'est bien, approuva Marco.

Il s'assit à son tour, en jetant un regard oblique du côté de la chaise d'Aldo, sur laquelle était posé un journal.

Emedio surprit son regard.

—C'est dur de célébrer cette journée sans lui.

—Je ne trouve pas, rétorqua Marco.

Il jugeait Aldo beaucoup plus durement qu'autrefois, avec tout ce qu'il entendait au Palazzo Venezia à propos des antifascistes. Ils tuaient des soldats, ils détruisaient du matériel et des équipements. Marco avait dû redoubler de zèle pour faire oublier la trahison d'Aldo à ses chefs et à ses camarades. Tout le monde était au courant, ou presque, car il se trouvait toujours des jaloux pour colporter les commérages.

—Aldo était notre frère, déclara Emedio d'un ton sec qui n'admettait pas de réplique. Et nous le pleurons encore.

Sa mère fronça les sourcils.

—Marco ? Pourquoi parles-tu ainsi de…

Son père la fit taire d'un geste de la main.

—Nous pleurons tous notre Aldo, trancha-t-il.

Sa mère se signa.

—Bien sûr que nous le pleurons. Nous le pleurerons toujours. Que Dieu ait son âme. Emedio, dit les grâces, s'il te plaît.

Emedio récita une prière. Marco se tut.

Puis leur père donna le signal d'attaquer le plat en ramassant sa fourchette.

— Mangeons, à présent, dit-il.

Marco prit une bouchée de viande. Elle était juteuse et extrêmement savoureuse, grâce aux anchois.

— Alors Emedio, comment ça se passe pour toi, en ce moment ? demanda-t-il.

— La guerre nous occupe beaucoup à la curie.

Leur père intervint.

— Ça tourne mal pour l'Italie. Nous avons été vaincus en Égypte et chassés de Grèce et d'Albanie.

Sur ce sujet, Marco en savait plus long que son père.

— C'est vrai, mais les Allemands ont été un allié puissant. Ils ont envoyé Rommel et ses divisions de panzers pour reprendre l'Afrique du Nord. Mon nouveau chef dit que ça a épaté même les Anglais et…

— Marco, interrompit son père, en fronçant les sourcils. Les victoires nazies ne sont pas les nôtres. Nous ne sommes pas Allemands.

— Oui, c'est vrai.

Marco n'insista pas. Son père haïssait les Allemands depuis la Grande Guerre.

— Je voulais seulement dire qu'ils nous soutiennent. Ils sont allés en Grèce, en Yougoslavie, et ils sont tout le temps au Palazzo Venezia. Je suis devenu ami avec un jeune assistant. Il a mon âge et il s'appelle Rolf Stratten.

Son père garda les yeux baissés vers son assiette, la mâchoire serrée. Sa mère continua à mastiquer en silence.

— Tu fraternises avec les nazis maintenant ?

Emedio attrapa le journal posé sur la chaise d'Aldo et montra la première page.

— Est-ce que tu as lu ça ? demanda-t-il.

Marco se crispa. Il ne pouvait pas lire le titre, mais il avait reconnu une photographie de la ville de Ljubljana, en Slovénie.

— Regarde ça ! « Échange de messages plein de fierté entre le Duce et le Führer ». Qu'est-ce que tu en penses ?

— Où veux-tu en venir ? demanda Marco avec un geste dédaigneux.

— Lis et tu verras.

— Je n'ai pas besoin de lire. D'où viennent les informations publiées par les journaux, d'après toi ? Je travaille au Palazzo Venezia, Emedio. J'en sais plus que toi sur cette guerre. Et que ça te plaise ou non, les Allemands sont nos alliés.

— Assez parlé des Allemands.

Le visage de leur père se ferma. Marco avait un message à lui transmettre. Il s'en serait bien passé, mais il n'avait pas le choix.

— Papa, mon nouveau chef m'a passé un savon à ton sujet. À propos d'informations qui lui viendraient de Carmine.

— Qui est Carmine ? demanda Emedio.

— Un agent de l'OVRA qui sait que papa donne de la nourriture et de l'argent à Massimo. L'OVRA n'aime pas qu'on aide les Juifs et mon chef non plus. Il me l'a répété plusieurs fois.

Leur père prit une bouchée d'agneau.

— Laisse-le dire, Marco. Il t'en parle, parce qu'on l'y oblige. C'est comme ça que ça marche. Les officiers font tout en fonction de leurs supérieurs. Au Palazzo Venezia, tout le monde a un chef à qui il doit rendre des comptes.

— C'est possible, papa, mais tu devrais arrêter ton manège avec les Simone.

Son père demeura penché sur son assiette et ne répondit pas. Emedio s'insurgea.

— Tu voudrais que papa cesse d'aider les Simone ?

— Oui.

Marco ne s'apitoyait plus sur le sort des Simone. Il n'arrivait pas à oublier que Sandro l'avait trahi avec Elisabetta. Son chagrin ne s'était pas émoussé avec le temps, au contraire. Comble de l'ironie, ces deux traîtres lui manquaient. Tous les deux. Et pour ça aussi, il les haïssait.

Son père demeura silencieux et continua à manger. Sa mère baissa les yeux.

Mais Marco n'avait pas l'intention d'en rester là.

— Papa, si tu continues à aider les Simone, ça risque de me causer des ennuis. Ça pourrait même ruiner ma carrière.

Cette fois, son père leva la tête et posa sur lui le regard de ses yeux sombres.

— Aujourd'hui est un jour de joie. Ta mère a préparé ce repas pour nous. Par respect pour elle et pour notre Seigneur, je vais ignorer ce que tu viens de dire.

Marco regarda son père droit dans les yeux.

Sa mère se mordit la lèvre inférieure, mais elle ne fit pas de commentaire.

Ce fut Emedio qui rompit le silence.

— Tu as raison, papa. Si tu peux aider les Simone, continue. La persécution des Juifs est totalement immorale.

Marco se tourna vers lui.

— Ah oui ? Et que fait l'Église pour aider les Juifs ?

— Notre Saint Père s'oppose aux nazis précisément à cause de leur antisémitisme. Si tu te souviens bien, il n'y a pas si longtemps, quand il était encore cardinal, il a aidé à écrire l'encyclique aux églises allemandes, *Mit Brennender Sorge*. En représailles, les nazis ont tenté d'empêcher son élection comme pape. L'Allemagne a été le seul pays à ne pas envoyer de représentant à l'inauguration officielle de son pontificat.

— Tu n'as pas répondu à ma question. Maintenant que le Cardinal Pacelli est devenu Pie XII, que fait-il pour les Juifs ?

Emedio fronça les sourcils.

— Tu n'as pas écouté l'homélie retransmise aujourd'hui ? Il a dit que la guerre était le « lamentable spectacle du conflit humain ». Que c'était « atroce », « une lutte sans merci ». Il a demandé aux hommes qui n'étaient pas sur le front de faire preuve de charité.

— Cette homélie a-t-elle pris clairement position en citant le cas des Juifs ? J'en doute.

Emedio fit la moue.

— Le Vatican est tenu de conserver une certaine neutralité et il s'inquiète avec raison de la menace communiste. On craint des représailles contre les Juifs si notre Saint Père exprime trop ouvertement son opinion. Cela n'empêche pas certains de lui réclamer un rôle plus actif et je fais partie de ceux-là. Je condamne Mussolini pour les lois raciales qui font énormément de mal à la population juive.

Marco sentit la colère enfler dans sa poitrine.

— Tu ne trouves pas hypocrite de demander à Papa d'aider des Juifs, alors que le Vatican ne lève pas le petit doigt ? Pourquoi les Simone passeraient avant ma carrière ?

Emedio ouvrit des yeux ronds.

— Depuis quand t'inquiètes-tu plus de ta carrière que de ton meilleur ami ?

— Sandro n'est plus mon meilleur ami. En ce qui me concerne, il peut bien aller en enfer.

— Marco ! s'écria sa mère d'un ton outré en reposant son verre. Qu'est-ce qui t'arrive ? Tu ne devrais pas critiquer notre Saint Père, surtout pas le jour de Pâques. Tu as accepté avec un peu trop d'empressement la vision impie de...

— Maria, laisse-moi faire, intervint Beppe.

Une fois de plus, il leva une main pour intimer le silence.

— Marco, Emedio, ce n'est pas le jour à discuter de ça. Arrêtez.

Emedio se rebiffa.

— Papa, j'essaie seulement de comprendre pourquoi Marco a changé à ce point.

— Je n'ai pas changé. J'ai toujours été fasciste.

— Tu ne jurais que par Sandro et maintenant tu lui tournes le dos. Tu te lies d'amitié avec des nazis, tu approuves tout ce que dit Mussolini.

— Mussolini a toujours raison, répliqua Marco.

Puis il se rendit compte que c'était une phrase du décalogue.

— Qui es-tu pour me reprocher de suivre mon chef? Et toi, tu fais quoi, avec ton pape?

— Moi ? Je suis un prêtre. Et toi, depuis que tu portes cet uniforme, tu te prends pour un gros bonnet.

— Pas plus que toi avec ta soutane.

Emilio accusa le coup en grimaçant.

— Je sers Dieu. Et toi, qui sers-tu?

— Le Duce et l'Italie.

— Je sais que tu vaux mieux que ça, petit frère. Ce n'est pas l'amour de la patrie qui te motive, c'est l'orgueil.

Piqué au vif, Marco se leva d'un bond.

— On pourrait en dire autant de toi. Fils parfait, prêtre parfait, toujours à obéir aux règles.

— Qu'est-ce qui t'arrive?

Emedio se leva à son tour.

— Ton cœur est en train de devenir aussi noir que ta chemise.

— Ce n'est pas vrai.

Marco fit le tour de la table pour s'approcher de son frère, lequel lui fit face, les yeux brillants.

— Tu es comme ceux qui ont crucifié le Christ au lieu de Barabbas. Tu appartiens à cette foule fasciste qui suit aveuglément le Duce…

— Qui es-tu pour me juger ? Tu n'es qu'un prêtre, pas Dieu lui-même.

— Tu es devenu borné, incapable de remettre en question les…

Marco ne laissa pas à Emedio le temps de finir sa phrase. Il l'attrapa par les épaules et le fit reculer pour le plaquer contre le mur, tout près du calendrier Learco.

Leur père se leva d'un bond. Leur mère laissait échapper un petit cri aigu.

— Fais attention à ce que tu dis ! menaça Marco.

Surpris par cet accès de violence, Emedio n'eut aucune réaction. Beppe intervint pour séparer ses fils. Sa femme se couvrit le visage et éclata en sanglots.

Marco quitta l'appartement sans un mot, poursuivi par le bruit des pleurs de sa mère.

Chapitre 66

Elisabetta
Avril 1941

Elisabetta donnait un coup de balai dans le salon, afin de rendre la maison plus présentable. Sofia, la femme de Paolo, lui avait annoncé qu'une cousine venue de leur village allait s'installer dans l'appartement. Cela lui déplaisait que quelqu'un occupât le lit et la chambre de Nonna au milieu de sa belle collection de porcelaines, mais elle n'avait pas son mot à dire. De plus, il fallait se montrer charitable : avec cette guerre qui faisait des ravages dans les campagnes, les gens se réfugiaient dans les villes. La population de Rome avait augmenté de près de deux millions. Il était de plus en plus difficile d'y trouver un logement.

Le cœur lourd, Elisabetta ramassa les balayures avec une pelle. La mort de Nonna était encore récente et elle portait toujours secrètement son deuil, quelque part au fond de son âme. Rico et Gnocchi la pleuraient eux aussi à leur manière, en la cherchant dans sa chambre, et en miaulant en pleine nuit pour l'appeler. Ils avaient besoin d'exprimer leur chagrin. Elle ne les grondait pas.

On frappa un vigoureux coup à la porte d'entrée et des voix excitées se firent entendre sur le palier. Elisabetta posa sa pelle et son balai contre le mur, puis elle alla ouvrir, tout en lissant ses cheveux. Là, elle eut la surprise de se trouver face à deux femmes d'âge moyen, une petite et une grande, accompagnées de huit enfants débraillés, garçons et filles, d'âges différents. Ils portaient des vêtements miteux, ils étaient tout barbouillés et ils transportaient de gros baluchons, ainsi qu'une couverture dans laquelle étaient enroulées leurs affaires.

Elisabetta n'attendait qu'une seule personne, mais c'eût été impoli de le faire remarquer, aussi elle se tut.

— Ravie de faire votre connaissance, je suis Elisabetta. Vous devez être…

— *Madonna!*

La plus grande des deux femmes entra dans la maison, bouche bée.

Elle avait des traits quelconques, une peau burinée par le temps, une tresse de longs cheveux noirs qui lui arrivait jusqu'à la taille, comme souvent les femmes de la campagne. Elle posa son baluchon sur le sol.

— Quelle belle maison !

— Pour ça, oui, renchérit la plus petite en entrant à son tour. Regardez ces tapis, ces meubles !

Elle avait le visage émacié et le corps osseux. Elle portait une vieille robe marron et ses cheveux bruns étaient tout décoiffés. Les enfants entrèrent à la queue leu leu derrière elle et déposèrent aussitôt sacs et baluchons. Puis ils se ruèrent sur les vitrines des armoires dont ils commencèrent à ouvrir et fermer les portes, en laissant des traces de doigts sur les carreaux. Une véritable invasion !

— Désolée, mais je n'ai pas compris vos noms, dit sèchement Elisabetta, tout en gardant un œil inquiet sur les enfants.

— Je suis Nedda Rotunno et voici ma belle-sœur, Martina Bellolio, répondit la plus grande des deux.

Elle détailla du regard les vitrines, avec des yeux exorbités.

— Giuseppina vivait comme une reine ! On a de la chance. On va se plaire ici.

Elisabetta tâcha de dissimuler son désarroi.

— Vous voulez dire que vous allez tous emménager ici ? Il n'y a qu'une chambre au rez-de-chaussée et j'occupe celle de l'étage. On m'avait parlé d'une cousine…

— On se serrera, ce n'est pas un problème, répondit Nedda en se tournant vers Martina avec un air ravi. Tu te rends compte de la chance qu'on a ? Cette porcelaine va nous rapporter un joli paquet. On va être riche.

— Pardon ? demanda Elisabetta, stupéfaite. Vous ne pouvez pas vendre la porcelaine de Nonna. Ce sont des antiquités.

— Bien sûr que nous le pouvons.

Nedda désigna d'un large geste la pièce autour d'elle.

— C'est une mine d'or. On va vendre tout ça aux enchères, les vitrines aussi.

— Non ! protesta Elisabetta en sentant un déchirement dans la poitrine. C'est la collection de Nonna. Elle a choisi chacune de ces pièces. Certaines sont très anciennes. Ça lui a pris des années pour réunir...

— Et après ? rétorqua Nedda avec un vague geste de la main. Elle n'est plus là, il me semble.

— Vous lui manquez de respect en parlant comme ça. Et vous ne pouvez pas vendre sa collection. Sofia ne vous laissera pas faire.

—Sofia a déjà donné son accord. Elle a même tout organisé. Un commissaire-priseur doit passer cette semaine pour nous proposer un prix.

—Ce n'est pas possible, rétorqua Elisabetta. Elle ne m'a pas prévenue et elle n'a aucun droit légal de disposer des affaires de Nonna. Elles appartiennent à Paolo.

—*Beh*, Paolo n'est pas là, il me semble.

—Il est au front, mais il va revenir, déclara Elisabetta en refoulant ses larmes. Ces objets, Nonna y tenait énormément. Elles les avaient achetés avec le fruit de son travail.

—Elisabetta, ça ne vous regarde pas, rétorqua Nedda en la fusillant du regard. Vous n'êtes qu'une pique-assiette.

Au même instant, une des petites filles fit tomber une assiette du Staffordshire à motifs bleus, l'une des préférées de Nonna, qui se brisa au sol.

—Oh non!

Elisabetta alla attraper son balai pour nettoyer. Elle ramassa d'abord les plus gros tessons et les mit dans la pelle. Ils s'entrechoquèrent avec un bruit mat. Le bruit qu'auraient pu faire les ossements de Nonna, car après tout, comme celle-ci le lui avait expliqué un jour, la porcelaine était faite d'os et de cendres.

—Petite maladroite!

Nedda gifla la petite, qui se plaignit en gémissant.

—Tu sais combien valait cette assiette? Avec ce qu'elle coûtait, on aurait pu manger pendant des semaines. Ne touchez plus à la porcelaine!

—Non, ne touchez plus à la porcelaine! approuva Martina.

Les enfants filèrent dans la salle à manger, telle une horde de sauvage.

—Regarde, un chat blanc! hurla un des petits garçons en tendant la main vers Gnocchi.

Celle-ci sauta de sa chaise, paniquée, puis se réfugia sous la table en faisant le gros dos.

—Laissez-la tranquille! cria Elisabetta.

Elle lâcha son balai et fila dans la salle à manger pour voler au secours de la chatte.

—Il y a deux chats! cria une des petites filles en découvrant Rico sur son fauteuil. Deux, deux!

—Attrapez-les, attrapez-les! hurla un des garçons.

Et ils se mirent tous à courir après les chats. Comprenant que ces sales petits humains devaient être évités à tout prix, Rico eut la bonne idée de se réfugier dans la cage d'escalier. Gnocchi l'imita.

—Stop!

Elisabetta bloqua le chemin aux enfants pour protéger la fuite de Rico et Gnocchi qui grimpaient les marches.

—Laissez les chats tranquilles!

—Il y a des chats. Deux. Un blanc et un rayé.

Les enfants étaient surexcités.

—Nedda, Martina, s'il vous plaît, j'ai une requête.

Elisabetta devait trouver un moyen de cohabiter avec ces gens.

—S'il vous plaît, ne laissez pas les enfants taquiner les chats. Ils sont habitués à une vie tranquille.

—Boh! se moqua Nedda. Il faut bien que les enfants jouent.

Martina acquiesça

—Ils adorent les chats. On en avait un, à la campagne.

—On l'a mangé, cria un des petits garçons.

Elisabetta prit un air horrifié.

—Tu plaisantes, n'est-ce pas?

Le garçon éclata de rire.

—Pas du tout. Et en plus c'était très bon.

Nedda ricana.

— Elisabetta, arrêtez un peu de nous prendre de haut. Vous ne valez pas mieux que nous, vous savez. Les bombes ont détruit notre ferme. Notre vache et nos chèvres ont été tuées. Nos maris sont à l'armée. J'ai dû faire vivre ma famille et ça n'a pas été facile. Vous n'avez pas de famille, alors je ne vous permets pas de me juger.

— C'est entendu, répondit Elisabetta, sur la défensive. Mais vous gardez les enfants loin des chats. Vous n'avez pas intérêt à leur faire du mal. Ils sont à moi et à Nonna.

— Arrête de l'appeler Nonna, ce n'était pas ta grand-mère, railla Nedda.

— Ce n'était pas la vôtre non plus. Sofia m'a parlé d'une cousine. Et vous n'avez pas le même nom de famille.

— Faites attention à ce que vous dites, intervint Marina en élevant la voix. On pourrait vous faire jeter à la rue. On va parler à Sofia.

— Bonne chance, rétorqua Elisabetta. Sofia ne peut pas gérer le restaurant sans moi, donc elle ne me jettera pas dehors.

— C'est ce qu'on verra !

— Parlez à Sofia tant que vous voulez, mais ne laissez pas vos enfants approcher mes chats.

— Si vous voulez être tranquille, occupez votre étage avec vos chats et fichez-nous la paix.

— Fichez-moi la paix vous aussi, répondit Elisabetta en commençant à grimper l'escalier.

— Et ne mettez plus les pieds dans la cuisine ! On vous l'interdit !

— Aucun problème, je mange au restaurant.

Elisabetta claqua sa porte avec la ferme intention de ne plus laisser descendre les chats. Dorénavant, elle allait les nourrir dans sa chambre et y installer leur litière. Elle s'assit sur le lit et les caressa longuement pour les rassurer. Ils demeurèrent un moment ainsi tous les trois, à tendre l'oreille aux cris qui venaient d'en bas.

Soudain, Elisabetta se souvint qu'il y avait un cagibi à son étage et que Nonna y rangeait les soupières trop grandes pour les vitrines. Elle devait absolument les retirer de là, sinon les deux cousines allaient mettre la main dessus. Elle alla donc les chercher pour les transporter dans sa chambre, une par une.

Une fois l'opération terminée, elle s'enferma pour les compter. Il y en avait trente-quatre, chacune avec son couvercle et sa louche. Elle les contempla d'un œil attendri, se souvenant du jour où Nonna les lui avait montrées en expliquant de quand elles dataient et d'où elles provenaient. Il y avait la soupière de Capodimonte aux poignées en forme de cou de cygne, d'un artisan italien, avec des fleurs roses et jaunes. Une majolique ancienne, avec des fleurs orange et vertes, à la bordure cannelée. Une soupière Haviland Limoges, avec des fleurs roses et des dorures sur le rebord, ainsi que sur les anses et le pied. La préférée de Nonna était une authentique Minton de la période Rococo, décorée d'un motif exceptionnellement rare de fleurs bleues et blanches, et dont le couvercle cannelé était souligné de fins liserais dorés.

—Allons-y, dit-elle aux chats.

Elle attrapa une soupière et se dirigea vers la petite porte qui donnait sur l'escalier de secours grimpant jusqu'au toit où elle avait son petit jardin et où elle cultivait notamment les herbes aromatiques pour le restaurant. On devait forcément passer par sa chambre pour y accéder et c'était donc son sanctuaire privé. Les chats, qui avaient l'habitude, la suivirent jusqu'en haut, leurs queues droites comme des points d'exclamation.

Une fois sur le toit, elle déposa sa soupière au milieu des pots, puis redescendit en chercher une autre. Elle fit ainsi le va et vient jusqu'à ce qu'elles aient toutes trouvé leur place sur le toit. Quand elle eut enfin terminé, elle prit le temps d'admirer son œuvre : son jardin était encore plus beau avec les soupières de Nonna, disposées là en sa mémoire.

Elle laissa voyager son regard vers le dôme du ciel nocturne et lui trouva une forme de couvercle de soupière. Là-haut Nonna devait la regarder. Elle ne lui en voulait sûrement pas de n'avoir pu sauver que les deux chats et trente-quatre soupières de l'avidité de ses cousines.

Chapitre 67

Sandro
Janvier 1942

Sandro s'était arrêté dans une rue résidentielle d'Ostiense, au sud-ouest de Rome, pour se recueillir devant la façade d'un immeuble plutôt modeste. C'était là qu'était mort quelques jours plus tôt le professeur Levi-Civita, à l'âge de soixante-huit ans, emporté par une crise cardiaque. Dès qu'il avait lu sur le journal l'avis de décès, il avait tenu à venir jusqu'ici, bien qu'il quittât rarement le Ghetto. Levi-Civita, ce géant des mathématiques, n'avait pas eu droit aux hommages qu'il aurait mérités. Sandro se demanda si on se souviendrait plus tard de son nom, ou si les fascistes parviendraient à l'effacer complètement de l'Histoire.

Une femme d'âge mûr bien habillée passa devant lui et il lut dans son regard qu'elle était choquée par son apparence. Il avait les joues creuses, un cache-nez usé, des vêtements miteux. Il se demanda si elle avait deviné qu'il était juif. En tout cas, par un effet paradoxal des lois raciales, il se sentait plus Juif que jamais.

La journée était fraîche et il resserra son cache-nez autour de son visage, tout en contemplant rêveusement l'immeuble. Après l'expulsion des enseignants juifs de la faculté, Levi-Civita n'avait pas trouvé à enseigner ailleurs, mais le pape Pie XII lui avait confié une émission sur les avancées de la science. Levi-Civita avait été le premier Juif à animer une émission sur radio Vatican, mais Sandro n'avait pas pu la suivre car il était lui-même en classe aux heures de diffusion.

Mais à présent il lui rendait hommage, modestement, en solitaire sur ce trottoir. Sa mort était une perte, pour lui-même et pour le pays qu'ils aimaient tous les deux. Personne ne saurait jamais ce que cet homme brillant aurait encore apporté aux mathématiques s'il avait pu continuer à travailler, à enseigner et à publier des articles de recherche. Il aurait probablement formé des étudiants qui eux-mêmes auraient apporté leur contribution à la science, car c'était ainsi qu'elle progressait, brique après brique, tout comme un mur. Sandro avait autrefois espéré faire partie de ces étudiants, mais ce temps était révolu

Il songea aux nombreux autres professeurs expulsés de l'Université de Rome et les passa mentalement en revue, comme s'il se promenait dans un cimetière en lisant les noms inscrits sur des pierres tombales. Il y avait Enrico Fermi, prix Nobel de physique en 1938, dont la femme Laura était juive et qui avait préféré émigrer. Leo Pincherle, le petit-fils du mathématicien Salvatore Pincherle, qui avait posé les bases de l'analyse fonctionnelle en Italie. Federigo Enriques. Bruno Rossi. Emilio Sergio De Benedetti. Ugo Fano. Eugenio Fubini. Bruno Pontecorvo. Giulio Racah. Franco Rasetti. Et d'autres, venant de d'autres départements des universités de Rome, mais aussi de Turin, Bologne, Pavie, Padoue, Trieste et Milan.

Sandro se demanda s'il aurait pu avoir un jour une carrière exceptionnelle, à la hauteur de celle de Tullio Levi-Civita. Il en doutait, mais il aurait tout fait pour. Levi-Civita avait toujours été son modèle et quand Mme Longhi lui avait parlé de participer à une étude chapotée par ce grand homme, il n'avait pas hésité. Il n'oublierait jamais le jour où il avait reçu un mot de la main de Levi-Civita lui-même.

Il contempla une dernière fois l'immeuble dont la façade se dressait derrière un muret de stuc gris fermé par une grille. Il avança jusqu'à celle-ci avec sa bicyclette et récita une prière silencieuse. Puis il sortit une petite pierre de sa poche et la posa sur l'un des piliers de la grille d'un geste ému et plein de respect.

En guise d'hommage.

D'un mathématicien juif à un autre.

Chapitre 68

Elisabetta
Mai 1943

En comptant l'argent et les cartes de rationnement du service du dîner, Elisabetta eut la satisfaction de constater qu'elle avait gagné de quoi équilibrer le budget du restaurant, une véritable gageure en ces temps difficiles. Les pénuries alimentaires posaient de gros problèmes, mais elle maintenait le *Casa Servano* à flot en confectionnant elle-même les pâtes et en n'engageant qu'une seule serveuse, en plus de Sofia qui venait aider de temps à autre. Il était impossible de faire des stocks de sucre et de café, mais elle servait un ersatz de café avec de la chicorée. Elle faisait durer la farine en y ajoutant des tiges de blé et des épluchures de pommes de terre moulues. Elle apportait des herbes fraîches de son jardin, qu'elle avait pu entretenir en paix, à l'abri de Nedda, de Martina, et de leurs enfants.

Sofia entra dans la cuisine en enlevant son tablier. C'était une jolie femme, mais elle avait vieilli depuis que Paolo était parti à la guerre. Elle avait les yeux fatigués et les paupières tombantes. Ses cheveux noirs étaient à présent méchés de gris.

— J'ai terminé de nettoyer la salle, il faut que je rentre chez moi, dit-elle.

— Bonne nouvelle ! On a fait autant qu'hier soir.

Elisabetta fourra une lire dans une pochette en toile et la lui tendit.

— Merci.

Sofia prit son sac à main et y glissa la pochette.

— Je ne supporte plus de servir des nazis, soupira-t-elle. Il en vient de plus en plus. Ils me traitent mal.

— C'est plutôt nous qui les traitons mal, puisqu'on prend leur argent.

Elisabetta haïssait elle aussi les nazis, mais elle augmentait les prix pour eux. Quelques huiles parmi les hauts gradés étaient devenus des habitués, notamment l'ambassadeur allemand au Vatican, le Baron Ernst von Weizsäcker.

— Je sais qu'ils sont nos alliés, mais je depuis le début je vois ça comme une mésalliance, commenta Sofia, les sourcils froncés. Les lettres de Paolo sont de plus en plus négatives. Il dit qu'il se bat pour une cause perdue. Je prie chaque nuit pour que la guerre se termine bientôt. Que l'on perde ou que l'on gagne, je m'en moque.

— J'ai la même impression que toi. Je ne me fie pas à la propagande des journaux, je sens qu'on approche de la fin.

Depuis les défaites à Stalingrad et en Tunisie, le vent avait tourné et les fascistes étaient en mauvaise posture. On murmurait que Mussolini avait entraîné le pays dans une spirale infernale. Elisabetta se demandait parfois si Marco était toujours aussi loyal envers le Duce, mais ensuite elle s'en voulait d'avoir encore pensé à lui. Elle ne savait toujours pas si son père avait eu les mains brisées par les fascistes.

— Je m'inquiète tout le temps pour Paolo, murmura Sofia.

— Je m'en doute, répondit Elisabetta.

Elle-même s'inquiétait pour Sandro. Depuis les lois raciales, les Juifs de Rome vivaient dans l'oppression et elle imaginait sans peine ce que traversaient Sandro et sa famille. Elle avait cessé de passer par le Ghetto dans l'espoir de le croiser, mais elle n'avait pas cessé de l'aimer. Les fascistes avaient de nombreux pouvoirs, mais pas celui de gouverner son cœur.

— Les enfants ont besoin de leur père. Je n'écoute pas la radio avec eux, pour éviter qu'ils me posent trop de questions.

— Je suis désolée, répondit Elisabetta en lui donnant une brève accolade. Si ça peut te soulager, sache que je crache dans les pâtes des nazis avant de les leur servir.

— Tu fais ça ? demanda Sofia en éclatant de rire.

— C'est Nonna qui me l'a appris. J'ai été à bonne école.

— Ça, on peut le dire, répondit Sofia avec une expression radoucie. Elle me manque, tu sais.

— C'est aussi pour elle qu'on continue le restaurant, commenta Elisabetta en lui tapotant le dos. Bonne nuit.

— Bonne nuit.

Après le départ de Sofia, Elisabetta demeura seule dans le restaurant. Elle contempla la cuisine et son regard s'attarda sur le garde-manger où Nonna avait coutume de s'installer. Elle y entra, effleura la table, gratta du bout d'un ongle la farine incrustée entre les fibres du bois. Chaque fois qu'elle touchait cette table, elle avait l'impression d'établir un contact avec sa vieille amie, comme si Nonna avait laissé pour toujours un peu d'elle-même dans cette cuisine.

Soudain, elle entendit un bruit derrière elle.

— Sofia, tu as oublié quelque chose ? demanda-t-elle en se retournant.

Ce n'était pas Sofia, mais un inconnu qui se dressait derrière elle. Elle frissonna de peur en se rendant compte qu'elle avait oublié de verrouiller la porte d'entrée. En ces temps troublés, il y avait beaucoup de crimes à Rome. Mais l'homme ne semblait pas mal intentionné. Il était très maigre, aussi fin qu'un rouleau à pâtisserie, et il flottait dans ses vêtements.

— Sortez monsieur, s'il vous plaît, dit-elle.

— Je vous en prie, si vous aviez quelque chose à me donner à manger, je vous en serais infiniment reconnaissant. Ma femme a été tuée pendant le bombardement de notre ferme et je n'ai plus rien. J'ai servi dans l'armée, mais ensuite j'ai été blessé au pied.

— Je suis désolée, mais je n'ai rien à vous donner et je dois faire tourner un restaurant.

— Ce n'est pas pour moi que je demande, mais pour mes enfants. Deux garçons et une fille. Ils ne mangeront pas beaucoup, je vous le promets. Si vous pouviez leur donner quelque chose, juste cette fois, je ne vous dérangerais plus.

L'homme fit un geste vers la salle à manger.

— Ils sont là, ils n'ont que la peau sur les os. Si vous ne me croyez pas, regardez par vous-mêmes.

— Bien sûr que je vous crois, répondit Elisabetta qui ne pouvait rester insensible à tant de détresse. Asseyez-vous, je vais vous préparer des pâtes.

Elle n'avait pas besoin de voir ses enfants pour savoir qu'ils étaient faméliques.

Chapitre 69

Marco
Juin 1943

Marco réglait son pas sur celui de son ami Rolf. Ils cheminaient le long du Tibre, en suivant le Lungotevere dei Sangallo. Après avoir travaillé vingt-quatre heures d'affilée au Palazzo Venezia, Marco avait eu envie de prendre un peu l'air pour profiter de cette belle journée. Le soleil était haut dans un ciel bleu et lumineux, la proximité du fleuve le rassérénait. Il aimait se promener sur les berges, loin du bruit, du trafic et des soucis. La brise qui soufflait sur l'eau agitait les feuilles des grands palmiers bordant le mur de pierre construit le long de la rive.

Il inspira une grande bouffée d'air frais. Rolf sortit de sa poche une flasque argentée dont il but une longue rasade. Avec ses fossettes, le jeune nazi avait un air juvénile qui plaisait beaucoup aux femmes, bien que son penchant pour la bière lui donnât une petite bedaine qui tirait sur les boutons de son uniforme. À part ce petit défaut, Rolf avait une allure athlétique, témoin de son passé de joueur de football dans sa ville natale d'Osnabrück, dans le nord de l'Allemagne.

— Tu es bien silencieux, Marco, dit-il en allemand.

Ses petits yeux noirs le scrutèrent sous la visière de sa casquette. Ses lèvres trop fines dessinaient une ligne plate.

— Je suis épuisé, répondit Marco, en allemand lui aussi.

Rolf lui avait appris sa langue, dans laquelle il était relativement à l'aise, sauf quand il était fatigué comme aujourd'hui.

— Ça ne te dérange pas qu'on passe à l'italien ? demanda-t-il.

— Pas du tout, répondit Rolf qui de son côté parlait couramment l'italien, grâce à ses fréquentes discussions avec Marco.

— Mon chef me rend dingue. J'avais vraiment besoin de faire un tour.

— Tiens.

Rolf tendit la flasque à Marco, lequel la refusa en secouant la tête.

— Mon chef sentirait à mon haleine que j'ai bu de l'alcool. Il se met tout près pour me parler. Lui, il empeste l'ail.

— Le mien ne s'apercevra de rien, commenta Rolf en refermant sa flasque.

— C'est un allemand, il ne se colle pas à toi pour te parler.

— *Genau*, commenta Rolf, ce qui signifiait « exactement », un mot que les Allemands utilisaient volontiers pour ponctuer leurs phrases, aussi souvent que les Italiens « *allora* ».

Il regarda autour de lui en souriant.

— Cette ville est vraiment une splendeur.

— Elle était encore plus belle avant, s'entendit dire Marco.

Il n'avait pas prémédité cette réponse qui le surprit lui-même. Mais il le pensait vraiment.

— C'est-à-dire ?

Marco demeura silencieux un instant. Depuis l'entrée en guerre de l'Italie, tant de choses avaient changé à Rome. La vie continuait, la plupart des magasins étaient restés ouverts, mais il fallait faire des queues interminables pour se procurer des produits de première nécessité. Les Romains semblaient angoissés, l'épuisement se lisait sur leur visage. Tout le monde portait des vêtements usés. La présence militaire était très forte. Il y avait des soldats en uniformes et des véhicules partout. Marco regrettait le temps où les rues étaient remplies de jolies filles insouciantes, celui où les amoureux s'embrassaient dans les cafés et où l'on croisait de bruyants groupes d'écoliers mangeant des glaces qui leur coulaient sur les doigts. Rome avait été une ville pleine de vie et d'âme. Il avait parfois du mal à la reconnaître.

— Marco ? insista Rolf, surpris de son silence.

— Rome a beaucoup changé, c'est tout.

— En tout cas, je l'adore. Quand la guerre sera finie, je crois que je m'installerai ici, comme von Weizsäcker. Lui aussi est amoureux de Rome.

Il parlait du baron Ernst von Weizsäcker, l'ambassadeur d'Allemagne au Vatican, qui venait de temps en temps au Palazzio Venezia. Weizsäcker avait une affection sincère pour les Italiens, à l'inverse des hauts gradés nazis qui déambulaient en affichant ostensiblement des airs de supériorité, sûrs d'être victorieux, même si l'entrée des États-Unis dans la guerre les avait inquiétés un temps.

— Mon chef est content que les choses aillent si bien pour nous.

— Ça va si bien que ça ?

Marco songea à son père. Beppe avait eu apparemment raison sur une chose : on voyait la guerre différemment, selon que l'on était italien ou allemand.

— Les bombardements Alliés détruisent le sud de l'Italie et la Sicile, fit-il remarquer. Et ils ne sont pas près de s'arrêter.

— Le sud soutient le front nord-africain, ils sont bien obligés d'intervenir.

— Peu importe la raison. Pour nous, c'est dévastateur.

Marco prit conscience que Rolf ne s'inquiétait pas de ce qui se passait au sud, car l'Italie n'était pas son pays.

— Regarde le bon côté des choses. Ils n'ont pas bombardé les grandes villes comme Rome, Venise et Florence. Et je doute qu'ils le fassent.

— Mais ils ont bombardé Gênes. De plus, mon chef dit que le problème, ce n'est pas seulement le choix des cibles, mais le rythme des bombardements. Il y en a de plus en plus et les avions lâchent des bombes plus petites, mais en plus grand nombre. C'est très destructeur.

Marco avait surpris la veille une conversation téléphonique à ce sujet.

— C'est une campagne violente et implacable. Certains n'ont plus de toit, plus rien à manger. Les Italiens sont terrifiés. Ils ne s'attendaient pas à ça et ils se sentent trahis. Ils perdent courage et ne croient plus à la victoire.

Marco se rendit compte qu'il avait dit « ils ». Pourtant lui aussi était Italien. Il aurait dû dire « nous ».

— Les Alliés veulent pousser l'Italie à abandonner, pour affaiblir l'Axe Rome-Berlin, expliqua Rolf. Ce pays en est le maillon faible, donc c'est lui qu'ils attaquent.

— Nous ne sommes pas le maillon faible, rétorqua Marco, sur la défensive.

— Eh bien, dans ce cas, leur tactique va échouer et l'Italie n'abandonnera pas.

— Bien sûr que non, répondit Marco, bien qu'il n'en fût pas si sûr.

Depuis peu, il sentait de la tension dans l'air au Palazzo Venezia. Il y soufflait même un discret vent de rébellion qui pouvait très vite dégénérer. Son chef se plaignait en privé que l'Italie était entrée en guerre sans y être préparée. On disait que le Duce passait ses après-midis à prendre du bon temps avec des femmes. Jamais auparavant on ne se serait permis de telles critiques. Il commençait lui-même à douter de certains principes de base du fascisme. Il lui arrivait de penser que Mussolini n'avait pas toujours raison.

—Arrêtons-nous une minute.

Rolf ôta sa casquette et la posa sur le mur. Il essuya du revers de la main son front et son crâne en sueur, ce qui eut pour effet de hérisser ses courts cheveux bruns.

Marco demeura tourné vers le Tibre, à regarder couler le fleuve. Il admira la couleur vert jade de l'eau et les petites vagues d'écume qui couraient à sa surface, comme autrefois, quand il paressait avec insouciance sur la rive avec Elisabetta, Sandro et leurs camarades de classe. Une pénible bouffée de nostalgie le submergea.

—Qu'est-ce que tu regardes ?

—Rien, répondit-il en haussant les épaules. Autrefois je faisais des acrobaties sur les berges avec ma bicyclette pour impressionner une fille.

—Et tu as réussi à l'impressionner ?

Marco prit le temps de réfléchir à la question.

—Non.

—J'ai du mal à le croire.

Rolf sortit son paquet de cigarettes et en glissa une entre ses lèvres.

—Et pourquoi elle n'a pas voulu de toi ? demanda-t-il.

—Aucune importance, marmonna Marco.

Elisabetta était désormais une figure de son passé et il tenait à ce qu'elle le reste.

—Tant pis pour elle, pas vrai ? commenta Rolf.

Marco ne répondit pas. C'était surtout tant pis pour lui. Le cœur lourd, il tourna de nouveau son regard vers le Tibre et repéra un groupe d'hommes qui charriaient du sable sur la rive, en aval. Ils étaient nus jusqu'à la taille et certains avaient des foulards sur la tête pour se protéger du soleil. L'un d'entre eux avait un drôle de chapeau confectionné dans une feuille de journal.

Un chapeau qui ressemblait étrangement à celui que Sandro avait improvisé autrefois pour Elisabetta. Il avança un peu le long du mur pour tenter d'apercevoir le visage de celui qui le portait.

— Où tu vas ? demanda Rolf en mettant sa main en coupe pour allumer une cigarette.

— Je regarde ce qu'ils font, en dessous.

Dès qu'il fut assez près, Marco s'arrêta. L'homme au chapeau de papier avait beaucoup maigri, mais Marco l'aurait reconnu n'importe où. C'était bien Sandro.

Il avait entendu parler d'une loi raciale contraignant les Juifs du Ghetto à effectuer certains travaux, mais il ne s'y était jamais intéressé jusque-là. Cela lui fit un choc de voir Sandro manier la pioche comme un simple ouvrier, lui qui avait été tellement brillant. Un douloureux élan d'amour lui emplit le cœur. Son affection pour Sandro était toujours là, intacte. Elle était simplement restée en dormance jusqu'à ce jour.

À un certain moment, Sandro leva la tête vers lui. Il en eut la bouche sèche. L'espace d'un instant, il vit ce que voyait Sandro en le regardant : un fasciste en compagnie d'un nazi. Et il ne se reconnut pas dans cette description.

Sandro baissa la tête et se remit à piocher, laissant Marco seul avec cette révélation : il ne savait plus qui il était. Il ne comprenait pas ce qu'il était devenu. Durant l'année qui venait de s'écouler, il s'était donné du mal pour se distinguer au Palazzo Venezia, dans le but de s'élever dans la hiérarchie. Mais à quoi bon ? Son père avait raison : il y avait toujours un chef au-dessus du chef, c'était comme une échelle qui n'avait pas de fin. Il ne savait pas où elle menait, ni pourquoi il tenait tant à en escalader les barreaux.

Il eut soudain honte de ce tout qu'il avait dit et fait, des changements qui s'étaient opérés en lui. Il avait assuré une fois à Sandro qu'il ne se résumait pas à son uniforme, mais il s'était trompé. Il était devenu son uniforme et ça le dégoûtait.

— Marco, tu connais un de ces gars ?

Marco battit des paupières, secoué.

— Oui. Celui avec le chapeau en papier.

— Qui est-ce ? demanda Rolf en soufflant un cône de fumée de cigarette.

— Mon meilleur ami.

— Ton meilleur ami était juif? demanda Rolf, les sourcils froncés.

— Oui, répondit Marco en détournant le regard. Viens. On bouge.

— On retourne travailler ?

— J'en sais rien, répondit Marco.

Il se sentait complètement perdu.

Chapitre 70

Elisabetta
19 juillet 1943

Elisabetta traversait San Lorenzo pour rencontrer un nouveau contact au marché noir. C'était un quartier très fréquenté et elle devait se frayer un chemin sur les trottoirs bondés, au milieu d'une foule de travailleurs pressés, de mères traînant des enfants récalcitrants, de vieilles femmes tirant leurs chariots de course. La chaussée étaient encombrée de voitures, de bus et de tramways qui n'arrêtaient pas de klaxonner.

En bifurquant sur Via Cesare de Lollis, en bordure de la Sapienza, elle pensa à Sandro et à ce jour où il l'avait invitée à écouter une conférence sur Deledda. À l'époque, elle n'avait qu'un souci en tête : choisir entre deux garçons formidables qui tenaient tous les deux à elle. Comme tout cela était loin, à présent.

Soudain, les haut-parleurs d'une sirène se mirent à hurler, en même temps qu'un énorme vrombissement faisait vibrer l'air. Comprenant qu'il s'agissait d'un raid aérien, les gens levèrent des yeux affolés vers le ciel. Elisabetta reconnut des Forteresses Volantes pour en avoir vu des photos dans les journaux.

Puis ce fut le chaos. Tout le monde se mit à courir pour tenter de se mettre à couvert. Les femmes poussaient des cris aigus. Les hommes criaient des ordres. La sirène mugissait toujours. Les avions fonçaient droit sur eux. Le bruit de leurs moteurs rugissant était comme un roulement de tonnerre, de plus en plus proche et effrayant.

Elisabetta n'avait plus qu'une seule idée en tête : chercher un abri. Les gens couraient sans direction précise, la bousculant au passage. Elle se mit elle aussi à courir et s'arrêta devant un magasin de chaussure où un groupe se pressait déjà pour entrer, dans une panique totale.

Elle se tassa à l'intérieur avec les autres, mue par son instinct de survie. Le rugissement des avions l'assourdissait. Autour d'elle, on se bouchait les oreilles. Certains hurlaient de terreur, d'autres priaient ou pleuraient. Les mères serraient leurs enfants tout contre elles. À présent, les avions se trouvaient au-dessus d'eux, obscurcissant le ciel et leur cachant le soleil.

Boum !

Un éclair aveuglant s'abattit au beau milieu de la rue, faisant jaillir des briques et des pierres, comme crachées par un volcan. Le souffle de l'explosion souleva le corps d'Elisabetta qui retomba un peu plus loin, au milieu d'un amas humain gémissant de blessés en état de choc.

Elle n'avait pas perdu conscience et sentait battre un pouls dans sa tête, mais elle n'entendait plus rien, comme si elle était devenue sourde. Elle se répéta plusieurs fois qu'elle devait bouger. Trouver un abri. Mais quand elle voulut se lever, elle se rendit compte qu'une femme pesait sur elle de tout son poids.

Elle essaya de lui parler, mais n'obtint pas de réponse. Cette femme était morte. Tout près de son corps, une petite fille remua. Elle avait la tête ensanglantée.

Il y eut de nouveau une série d'explosions. Le sol tressauta et trembla, une fumée noire s'en éleva. Et soudain, le toit de la boutique céda et s'effondra.

Elisabetta hurla de terreur, mais dans tout ce fracas elle ne s'entendit même pas crier. Cette fois, elle trouva la force de repousser la femme et de se relever. Son corps était couvert de poussières et de débris. Elle n'avait plus son sac. Il lui manquait une chaussure.

Boum, boum, boum !

Les bombes explosaient autour d'elle et dans tout le quartier. Le sol ne cessait de trembler. Des débris volaient de tous côtés. Le verre des vitrines éclatait.

Avec toute cette fumée, on n'y voyait plus rien. Des incendies se déclaraient un peu partout et des lueurs orangées brillaient au milieu des décombres. L'air était surchauffé. Une fumée noire chargée de particules déferla sur la zone, lui piquant les yeux et lui obstruant les narines. Elle n'arrivait plus à respirer et se mit à tousser. Des silhouettes hagardes passèrent près d'elles, telles des ombres en enfer.

Les explosions continuaient. Elle se mit à courir au hasard, sans direction précise, se heurtant à ceux qui comme elle tentaient de fuir sans savoir où aller. Elle entendit des pleurs et se rendit compte que c'était les siens. Ses genoux se dérobèrent. Elle s'effondra sur le sol couvert de débris et perdit connaissance.

Quand elle rouvrit enfin les yeux, elle mit quelques instants à se souvenir de ce qui lui était arrivé. Elle avait un marteau dans la tête. Tout son corps était douloureux. Elle était couchée sur le dos, sur un amas de décombres. À travers la fumée, le ciel était à peine visible.

Elle tâcha de faire fonctionner son cerveau. Les bombardiers américains étaient partis. L'attaque était terminée. Elle n'avait aucune idée du temps qu'elle avait passé allongée à terre. Elle entendit gémir faiblement autour d'elle. Elle remua les membres. Ça faisait mal, mais elle n'avait rien de cassé.

Elle se redressa lentement, se palpa le visage et constata qu'il était plein de sang. Ses bras et ses jambes étaient tout tailladés. Une épaisse suie grise la recouvrait tout entière. Ses narines étaient tellement encombrées qu'elles ne laissaient plus passer l'air. Elle avait un goût de terre et de poussière à la bouche.

Elle se leva en titubant et regarda autour d'elle avec horreur. San Lorenzo était rasé. Plus aucun bâtiment n'était debout et les rues latérales n'étaient plus qu'un tas de gravats. Des feux brûlaient dans les décombres et les ruines. Les autorités tentaient d'éteindre les flammes, aidés par des passants. Il ne restait plus des boutiques que des débris de briques, de marbre, de pierre et de pièces de métal déformées.

C'était un véritable carnage. Des membres jonchaient la rue, tels des morceaux de viande. Des hommes, des femmes et des enfants gisaient morts au milieu des ruines, avec d'affreuses blessures. Le personnel hospitalier et les autorités couraient en tous sens avec des brancards et des sacoches médicales noires.

Des survivants erraient, hagards, leurs vêtements trempés, tâchés, en loques. D'autres agonisaient, mortellement blessés. Au milieu de cette scène cauchemardesque, quelques objets témoignaient encore d'une vie normale. Un cahier à spirale. Un sac à main marron. Des lunettes en écailles. Une mallette.

Elisabetta remarqua non loin d'elle une femme au regard fixe, tourné vers le ciel. À ses côtés gisait un petit garçon aux cheveux couverts de sang, des traces de larmes séchées sur son visage noir de saleté, comme deux ruisseaux. Il remua les lèvres. Il était vivant.

Elle alla s'agenouiller près de lui.

— Comment ça va ? demanda-t-elle.

Il ouvrit des yeux noirs injectés de sang. Sa bouche articula des mots qu'elle ne put entendre. Il tendit faiblement ses petites mains vers elle. Son cœur fondit. Elle le prit dans ses bras.

— Maman, chuchota-t-il d'une voix rauque.

— Ça va aller, ça va aller.

Elle palpa fébrilement son corps menu et le trouva couvert de coupures. Il avait un tesson de verre planté dans la cuisse. Le sang s'écoulait de la blessure et ruisselait le long de sa jambe.

— À l'aide ! cria-t-elle d'une voix enrouée.

Mais personne ne vint, car ils étaient trop nombreux à appeler à l'aide. Elle voulut retirer le tesson, puis suspendit son geste. Mieux valait le laisser en place, au cas où il boucherait une veine. Le plus important était de limiter le saignement. À ce rythme, cet enfant allait se vider de son sang.

— Maman, maman, maman, répétait-il inlassablement.

— Je suis là, répondait Elisabetta.

Elle parvint à déchirer une manche de son chemisier en tenant le garçon d'un seul bras, puis elle l'installa sur ses genoux et torsionna le bout de tissu jusqu'à en faire un garrot qu'elle noua autour de sa cuisse, au-dessus du tesson.

— Maman.

Les yeux de l'enfant se révulsèrent. Il perdit connaissance.

Elle cria de nouveau à l'aide, cette fois encore en vain. L'hôpital n'était pas loin, elle décida d'y emmener l'enfant et le prit dans ses bras. Son petit corps était mou et sans réaction, mais ses lèvres formaient inlassablement le mot « maman ».

—À l'aide ! criait-elle en trébuchant au milieu des décombres, sans cesser d'avancer.

Des fils électriques crachaient des étincelles. Du bois brûlait et fumait. Une fumée grise obscurcissait le chemin.

Elle faillit tomber à plusieurs reprises, mais poursuivit son chemin, avec les petits pieds nus de l'enfant qui battaient contre son ventre. Sa blessure saignait toujours, mais beaucoup moins. Le garrot fonctionnait.

Devant elle, il n'y avait plus de chemin, plus de rue. Elle devait enjamber des corps mutilés au milieu des bâtiments et des murs effondrés, des voitures écrasées. Des gémissements et des cris émanaient des décombres où des gens étaient enterrés vivants. Elle remarqua un peu plus loin un attroupement et s'en approcha.

—Maman, murmura plus fort le petit garçon.

Il tressaillit, puis sa tête roula sur le côté. Elisabetta se mit à pleurer.

—À l'aide, s'il vous plaît !

Ceux qui étaient là tournèrent vers elle des visages noirs de suie et ensanglantés, avec des expressions hébétées, presque démentes.

—Le Roi est ici ! cria un homme.

—Quel roi ? demanda Elisabetta avec l'impression de vivre un cauchemar éveillé.

Le petit garçon était toujours inerte dans ses bras.

—Le roi d'Italie ! Victor Emmanuel ! Le Pape était ici il y a une heure !

Elisabetta tendit le cou. Elle aperçut des gardes républicains et des fascistes en uniforme qui entouraient le roi Victor Emanuel III. C'était étrange, de le voir circuler au milieu de cette scène infernale, dans un uniforme aux boutons rutilants, avec ses décorations colorées et ses épaulettes dorées. Sa femme suivait, dans une limousine noire étincelante, élégamment vêtue, accompagnée d'un aide de camp en uniforme qui distribuait de l'argent à la foule.

— Garde ton fric, espèce d'ordure, cria quelqu'un en crachant par terre. C'est la paix que nous voulons.

— Tu n'apportes rien de bon à l'Italie, hurla une autre. Regarde ce que tu as fait à ton pays !

— C'est ta faute, renchérit un homme en lançant des gravats sur la limousine. À cause de toi, ma femme et ma fille sont mortes ! Tu as leur sang sur les mains !

— Tu nous as trahis ! cria une vieille. Tu nous as ruinés !

— À bas le roi ! À bas Mussolini !

La foule se déchaîna et commença à jeter des cailloux sur les voitures.

Elisabetta préféra s'éloigner. Elle avait peur, elle était désespérée. Elle tomba à genoux dans les décombres, en serrant l'enfant contre sa poitrine. C'était trop affreux. La guerre et la mort. Les rois et les papes. Les bombes. Nonna. Ce pauvre enfant. Tout ça était trop. Elle avait l'impression de devenir folle.

Des larmes roulèrent sur ses joues. Elle embrassa le visage du petit garçon en lui murmurant que sa mère l'aimait très fort.

Elle resta ainsi avec lui, jusqu'à ce qu'une infirmière vienne enfin leur porter secours.

Chapitre 71

Marco

25 juillet 1943

Marco se trouvait au premier étage du Palazzo Venezia, au milieu d'une foule d'officiers fascistes qui arboraient tous des mines sombres. Au petit matin, le Grand Conseil avait voté une motion de censure contre Mussolini et on l'escortait en ce moment même jusqu'à l'escalier de marbre. Beaucoup assurait que c'était fini pour lui et que le roi Victor Emmanuel allait prendre le commandement des forces armées. Les Italiens espéraient que ce changement de pouvoir marquerait la fin de la guerre. Dehors, sur la Piazza Venezia, des milliers de gens manifestaient déjà leur joie.

Abasourdi, Marco regarda Mussolini passer devant lui, l'air hagard, dans un costume bleu tout froissé. Il eut du mal à reconnaître l'homme de pouvoir magnétique qui lui avait serré la main une certaine nuit, celui qui avait dirigé le pays pendant plus de vingt ans. L'invasion de la Sicile par les Alliés avait affaibli son autorité. Le raid sur San Lorenzo qui avait duré plus de deux heures, faisant plus de deux mille morts et des milliers de blessées, avait achevé de la saper. Les Alliés avaient envoyé quelque neuf cents bombardiers pour détruire les gares de San Lorenzo et de Littorio, ainsi que deux bases aériennes à Ciampino. On disait même que l'un des B-17 était piloté par l'acteur américain Clark Gable.

Une clameur s'éleva de la foule qui attendait sur la place et Marco en déduisit que Mussolini venait de sortir du Palazzo Venezia. Cette fois, il n'eut droit qu'à des huées et des invectives. L'opinion publique lui reprochait d'avoir entraîné le pays dans la guerre.

Marco descendit lentement le grand escalier de marbre, indifférent à l'agitation autour de lui. Les officiers du Palazzo Venezia avaient devant eux une tâche presque impossible, digne des travaux d'Hercule : redresser le gouvernement. Le bruit courait que le roi était sur le point de nommer le maréchal Badoglio comme premier ministre, mais Marco avait grandi en entendant son père maudire Badoglio, un militaire à la carrière sans éclat, responsable de l'humiliante défaite de Caporetto lors de la Grande Guerre. Badoglio était censé négocier les conditions de la reddition de l'Italie en évitant à la fois les représailles nazies et la colère des Alliés. Personne au Palazzo Venezia ne l'en jugeait capable.

Marco décida d'oublier tout ça et continua à descendre posément les marches. Aujourd'hui, il n'allait pas travailler. Et pour demain, il ne savait pas encore. Il s'était complètement fourvoyé en misant sur Mussolini et il regrettait d'avoir soutenu cette guerre qui n'avait apporté que mort, famine et destruction. De vastes régions de sa patrie étaient couvertes de décombres. Turin, Milan, Bologne, Palerme, Messine, Brescia, Catane et Naples avaient été bombardées. L'Italie déplorait un demi-million de morts.

Il quitta le Palazzo Venezia au milieu d'une foule immense et ivre de joie, agglutinée sur la place embrasée de soleil. Hommes, femmes et enfants dansaient et chantaient, agitant drapeaux et bannières, brandissant de grands portraits du roi. Certains sonnaient de la trompette et du cor.

Il tâcha de se frayer un chemin parmi tout ce monde. Il était épuisé. Des confettis volaient dans les airs, les bouteilles de vin circulaient de mains en mains. Des hommes calaient des échelles contre les bâtiments et grimpaient pour lacérer les emblèmes fascistes. On arrachait des kiosques le portrait de Mussolini. Un Duce en plâtre s'envola d'une fenêtre et s'écrasa dans la rue, sous les rires des ivrognes. Un camion passa, son plateau chargé d'hommes fous de joie, agitant des drapeaux italiens et des bannières royales.

Marco continuait à fendre la foule tant bien que mal. Une femme l'embrassa, une autre lui tendit une bouteille et il but au goulot comme un assoiffé. Puis il parvint enfin atteindre une des rues donnant sur la place et crut s'être libéré de la foule, mais il se trompait. Là aussi, c'était noir de monde. Autour de lui, certains se réjouissaient du retour prochain d'un fils ou d'un mari, mais il lui était impossible de partager leur joie. Lui, il pensait à tous ceux qui ne rentreraient jamais. Il ne savait plus pourquoi ses compatriotes étaient morts. Tout le monde avait cru à la même chimère.

Sauf quelques-uns. Sauf Aldo.

Ses yeux se remplirent de larmes. Il prit soudain conscience qu'Aldo lui manquait terriblement et que son amour pour lui était toujours là, intact. Tout comme celui qu'il éprouvait pour Elisabetta et Sandro. Il y avait tant d'amour en lui – trop –, que son cœur avait tout juste la place de le contenir.

Il lança sa bouteille de vin contre un bâtiment et elle vola en éclats. Une femme éclata d'un rire rauque. Il continua à avancer, se frayant un chemin à travers la foule en délire, en titubant plutôt qu'en marchant. Il atteignit le Ponte Fabricio et le traversa. Son père était devant le *Bar du Giro*, en tablier, et tentait de gérer la foule indisciplinée amassée devant la terrasse.

Marco n'avait jamais été aussi heureux de le voir et fut soudain envahi d'un profond sentiment de culpabilité. Cela faisait longtemps qu'ils ne se parlaient presque plus, mais ses jambes le portèrent vers lui, sans même qu'il ait à le décider.

— Papa ? appela-t-il.

Beppe tourna la tête et le regard qu'ils échangèrent lui montra que lui aussi était plein d'amour, d'angoisse et de regrets. Marco se jeta à son cou et se laissa envelopper par ses grands bras musclés, enfouissant son visage au creux de son épaule, comme autrefois quand il était enfant. Puis il se mit à pleurer.

— Je sais, mon fils, murmura Beppe. Je sais.

Chapitre 72

Sandro
26 juillet 1943

Sandro scannait du regard la scène de liesse qui se déroulait devant leur immeuble. En apprenant l'incroyable nouvelle, les gens du quartier étaient sortis dans la rue. Mussolini allait être destitué et on disait que l'Italie sortirait de la guerre. Les Juifs du ghetto entrevoyaient la fin d'un horrible et long calvaire. La famille Simone s'était mêlée à une foule de voisins. Tout le monde chantait, riait et s'embrassait autour des tables dressées dehors pour une fête improvisée.

Ils n'avaient rien à partager, rien à manger, pas de vin, pas de café, juste leur joie et le petit rayon de soleil qui filtrait dans l'étroite rue qui était la leur. Mais ils trinquaient. Avec de l'eau. Au cours des cinq dernières années, on les avait peu à peu dépouillés de leur citoyenneté, de leurs métiers, de leurs emplois, de leurs maisons et de leurs économies. Ils s'étaient trouvés au bord de la famine, ils avaient souffert de restrictions et de maladies. On les avait privés de justice, privés de leurs droits. Mais ils avaient tenu bon et ils tenaient à fêter ce jour béni.

— À l'Italie ! cria Sandro en levant son verre.

— À l'Italie ! répondirent en chœur ses parents et Rosa, en faisant de même.

Sandro but à petites gorgées en observant sa sœur à la dérobée. Elle devait s'inquiéter pour David, dont elle n'avait pas de nouvelles depuis son affectation dans le groupe des opérations spéciales. L'Italie s'était retirée de la guerre, mais la Grande-Bretagne et les Alliés se battaient encore contre l'Allemagne et le Japon.

Il posa sa main sur celle de Rosa.

— Je suis sûr que David rentrera bientôt, lui dit-il.

— Oui, répondit-elle avec un sourire courageux. On entrevoit la fin de cette guerre.

— Oui ma chérie, tu as raison, déclara leur mère en la prenant par les épaules.

— Il était temps, soupira leur père.

Ses yeux brillèrent derrière ses lunettes.

— J'espère qu'ils commenceront par abroger les lois raciales. Notre communauté a déjà envoyé un émissaire au gouvernement Badoglio.

— Je serais tellement content de retourner en cours.

Le visage de Sandro s'illumina. Il avait hâte que les intellectuels Juifs retournent enseigner à la Sapienza, même si Levi-Civita ne serait pas parmi eux car il n'avait hélas pas vécu assez longtemps pour voir ce jour.

— Je vais pouvoir retourner à l'hôpital, dit leur mère.

Son visage fatigué exprimait une joie intense.

— Je vais rouvrir mon cabinet, ajouta leur père en souriant.

Sandro se pencha vers lui.

— D'après toi, papa, il va falloir combien de temps pour négocier l'armistice ?

— Je ne sais pas trop. C'est une affaire délicate. Et avec Badoglio aux commandes, ça risque d'être laborieux. S'il traîne trop les pieds, les Alliés lui donneront une leçon

Leur mère acquiesça.

— Espérons que ça ira vite.

Les pensées de Sandro dérivèrent vers Marco, vers ce jour où il l'avait aperçu au bord du Tibre en compagnie d'un nazi. Sur le moment, il avait été horrifié. Mais avec le recul, il était persuadé que sous l'uniforme fasciste, le Marco qu'il avait connu était toujours là. Mais ils ne redeviendraient pas amis, car Marco était persuadé qu'il l'avait trahi en sortant avec Elisabetta.

Le cœur de Sandro se serra, comme chaque fois qu'il pensait à elle. Il se souvint de cette fois où elle était venue le voir à l'école pour lui avouer qu'elle l'aimait. Depuis, elle avait probablement rencontré quelqu'un d'autre. Peut-être même était-elle mariée. Elle ne serait jamais sa femme, mais il lui gardait pour toujours une place dans son cœur.

— À un avenir meilleur ! s'écria son père en levant de nouveau son verre.

Chapitre 73

Marco
Août 1943

Il était presque minuit et Marco ne rentrait que maintenant chez lui, à pied et épuisé. Il était finalement retourné travailler au Palazzo Venezia, une décision qu'il regrettait déjà. Le gouvernement Badoglio avait du mal à se positionner et l'armistice tant attendue n'était toujours pas signée. Ce bon à rien de Badoglio reculait le moment de choisir entre les Allemands et les Alliés, cherchant à obtenir pour Rome le statut de « ville ouverte », ou de zone neutre. Résultat, les deux camps commençaient à perdre patience et pressaient l'Italie de se décider. Sous le commandement du maréchal Kesselring, des unités de l'armée allemande marchaient sur Rome. Quant aux Alliés, ils avaient lâché des prospectus sur la ville en menaçant de reprendre les bombardements si Badoglio ne signait pas rapidement.

Marco traversa le Ponte Fabricio, sans pouvoir se défaire de sa mélancolie. Il ne savait plus qui il était, ni en quoi il devait croire. Le fascisme avait longtemps été son unique repère et sans lui il n'avait plus rien à quoi se raccrocher. Et ce n'était pas le gouvernement Badoglio qui allait le remplacer.

Il dépassa sur le pont une famille qui lui parut heureuse et se demanda s'il aurait un jour une femme et des enfants. En ce moment, il collectionnait les maîtresses, mais ses relations passagères lui laissaient un goût amer. Il continuait à penser à Elisabetta et à passer devant son restaurant dans l'espoir de l'apercevoir. Il l'aimait toujours, mais elle avait donné son cœur à Sandro. Il l'avait perdue.

De l'autre côté du pont, il aperçut son père qui rangeait la terrasse et le rejoignit.

—Je vais mettre un tablier et t'aider à nettoyer, dit-il.

—Non, j'ai presque fini. Sers-nous du vin, je te retrouve à l'intérieur.

Il alla donc s'installer à une table près de l'entrée latérale avec deux verres de vin rouge et commença à siroter le sien sans attendre son père. Celui-ci ne tarda pas à le rejoindre.

—Qu'est-ce qu'il y a, Marco ? demanda-t-il. Ça n'a pas l'air d'aller.

—J'en ai marre du Palazzo Venezia, des officiers et des politiciens. Badoglio est un imbécile, comme tu l'avais dit.

Son père but une gorgée de vin.

—Tu devrais démissionner et venir travailler ici avec moi, dit-il posément.

Marco n'avait pas envie d'un conflit avec son père. Cela faisait peu de temps qu'ils s'étaient réconciliés.

—Papa, sauf le respect que je te dois, je ne veux pas travailler toute ma vie dans ce bar. C'est ton affaire, pas la mienne.

—Que veux-tu faire, dans ce cas ?

—Ça va sûrement te décevoir, mais… Je n'en sais rien, en fait. J'ai conscience de ne pas être à la hauteur de tes attentes. Je ne fais presque plus de bicyclette, je travaille au Palazzo Venezia où je n'ai qu'un emploi de sous-fifre.

Et je sais à peine lire, songea-t-il. Mais ça, il le garda pour lui.

— Et après ? Un homme ne se résume pas à son travail. La vie est rarement à la hauteur de nos attentes. Tu crois que j'ai été à la hauteur des miennes ? Et Mussolini ? Il a été à la hauteur de nos attentes ?

Son père secoua la tête et son visage se décomposa.

— J'ai commis une terrible erreur en le suivant.

— J'ai commis la même.

— Je suis beaucoup plus fautif que toi. On t'a élevé pour suivre Mussolini, mais moi, je l'ai choisi. Je me suis longtemps demandé pourquoi. Et je crois que j'ai trouvé la réponse.

— Et c'est quoi, la réponse ?

— Il y a des années, ils ont voulu faire de nous une seule nation avec l'Unification. Mais on ne savait pas ce que ça voulait dire, au fond. On n'avait pas de véritable identité nationale en tant qu'Italiens.

Son père lui jeta un regard douloureux.

— L'Italie se cherchait. Elle a suivi Mussolini parce qu'il voyait en elle la grande nation qui avait produit Rome. Il avait peut-être raison, mais il s'est perdu en chemin.

Marco sentit que ces mots résonnaient en lui. Lui aussi, avait cherché à savoir qui il était. Et lui aussi s'était perdu en chemin. Comme le pays qu'il aimait tant.

— Mussolini est un tyran et je n'aurais pas assez de toute ma vie pour regretter d'avoir adhéré à son parti. J'ai commencé à avoir des doutes au moment des lois raciales, mais je ne me suis même pas révolté. Tant de gens ont souffert. Pauvre Massimo.

— Comment va-t-il ?

Marco savait que son père continuait à donner secrètement de la nourriture et de l'argent aux Simone.

— Il prie pour que Badoglio abroge les lois raciales.

— Et Sandro, comment va-t-il ?

— Il va bien.

Beppe marqua une pause.

— Nous avons commis des erreurs, mais il est encore temps de se racheter. Tu sais ce que je dis toujours : « Toutes les batailles ne valent pas la peine d'être menées ». Mais certaines, oui. Il y a aujourd'hui une bataille à mener, Marco. Pour l'Italie.

— Je suis d'accord. C'est ce que je dis aux gens avec qui je travaille, mais ils ne m'écoutent pas.

— Ce sont des politiciens. Par contre, j'en connais qui ne sont pas des politiciens. Tu vois qui je veux dire ?

— Non.

— Les nazis.

Il but une gorgée de vin.

— Ils ne vont pas lâcher Rome comme ça. Cette ville est un trophée. Le berceau de la civilisation occidentale. Le siège du Vatican. La ville éternelle. Kesselring est un italophile. Il veut Rome. Il veut la posséder. Il essayera de la reprendre, et plus tôt qu'on ne le pense.

Marco sentit que son père lui cachait quelque chose.

— Où veux-tu en venir, papa ?

— J'ai formé un groupe. Avec d'anciens camarades de la Grande Guerre. Le soir, je ne vais pas à des réunions de commerçants. C'est eux, que je rejoins.

— Et qu'est-ce que vous faites ? demanda Marco, surpris.

— On mène des actions de sabotage.

Marco en resta bouche bée.

— Tu es devenu antifasciste ?

— Oui. Nous avons une petite cellule. Un réseau de partisans. D'autres réseaux sont en train de se former. Le Front Militaire Clandestin de la Résistance, commandé par Montezemolo. Le

Comité de Libération National. Il y a une vacance de pouvoir au Palazzo Venezia. Les politiciens et les officiers parlementent. Nous, on défend la ville.

Marco sentit son pouls s'accélérer.

— Ça dure depuis combien de temps ?

— Des mois.

— Maman est au courant ?

— Non. Dans son intérêt, il ne vaut mieux pas.

— Pourquoi tu ne m'en as pas parlé ?

— Tu n'étais pas mûr. Aujourd'hui, tu l'es. Je l'ai vu à la manière dont tu as traversé le pont ce soir. Je te regarde franchir ce pont depuis que tu es tout jeune. Tu te souviens du jour où tu avais évité ce chat ? C'est là que j'ai su que tu étais prêt pour la course. Aujourd'hui, j'ai vu que tu étais prêt pour le combat. Rejoins-moi.

Marco se rendit compte que lui aussi avait toujours observé son père depuis ce pont.

— Je servi le fascisme, dit-il. À présent je vais servir l'Italie.

— Bravo, approuva son père en souriant. Mais tu seras sous mon commandement. Tu devras obéir à mes ordres.

— C'est d'accord.

Marco leva son verre et soudain une pensée lui vint à l'esprit, qui lui serra le cœur.

— À Aldo, dit-il.

Son père l'imita.

— À notre Aldo !

Chapitre 74

Marco

10 septembre 1943

Marco se trouvait avec son père et un groupe de partisans dans un sous-sol du Testaccio, un quartier voisin du Trastevere. Les nazis marchaient sur Rome et la nouvelle de leur invasion imminente s'était répandue durant la nuit. Comble de l'humiliation, le maréchal Badoglio et le roi Victor Emmanuel III avaient fui à Brindisi, à l'abri du danger. Badoglio n'avait même pas laissé derrière lui un plan de bataille pour défendre la ville. L'armée italienne était livrée à elle-même, avec les partisans pour unique soutient.

— Tiens Marco, dit Beppe en tendant à son fils une carabine Carcano M91.

Elle pesait lourd et Marco prit soudain conscience qu'il allait vraiment passer aux choses sérieuses. Il s'était entraîné à tirer au fusil à la Balilla, mais jamais il n'avait eu à affronter un ennemi en chair et en os.

Son père balaya les hommes d'un regard dur.

— Des questions avant de partir ?

— Beppe, nous sommes combien de volontaires ? demanda quelqu'un.

— Plusieurs milliers, déployés dans toute la ville.

— Et combien dans notre groupe ?

— Environ mille.

— Et pour l'armée ? Quelle faction est avec nous ?

— Avec nous dans le sud, il y a la division Piacenza et la division Granatieri de Sardaigne. Pour ce qui est des nazis, on va affronter la Wehrmacht et les Fallschirmjäger, une division de parachutistes dont vous connaissez certainement la réputation de troupe d'élite. Si ça peut vous rassurer, sachez que nous sommes plus nombreux que nos ennemis.

Il marqua une pause, scruta les hommes dans l'attente d'autres questions, mais comme il n'en venait pas, il poursuivit :

— Messieurs, je ne suis pas du genre à faire de grands discours. Notre mission est claire, nous devons tenir la porte San Paolo et empêcher les nazis de la franchir pour entrer dans la ville. Notre infanterie sera sur le terrain avec des armes lourdes. Nous tirerons depuis les toits et les maisons. Nous avons un plan de bataille et nous nous y tiendrons. Les affrontements pourraient durer toute la journée, mais nous en sortirons victorieux. Nous nous battons pour la liberté et pour notre magnifique cité. Rome sera à nous. Vive l'Italie ! Vive Rome !

Les hommes reprirent ce cri de guerre en hurlant. Marco cala son arme sur son épaule en déglutissant.

Les partisans quittèrent l'immeuble et se déversèrent dans la rue au pas de course. Ils se trouvaient dans un quartier populaire, entre les abattoirs et des bâtiments aux façades de stuc. Autour d'eux, tout était silencieux. Les volets des habitations étaient fermés. Les grilles métalliques des boutiques abaissées. Les habitants s'étaient préparés pour des affrontements car ils savaient que les allemands essaieraient d'entrer par là. Les envahisseurs empruntaient ce chemin depuis la Rome antique. Ça remontait aux Wisigoths.

Marco courait à petites foulées en regardant droit devant lui. Ils allaient intercepter les nazis au niveau de la porte San Paolo, surnommée le Castelletto en raison des deux imposants donjons crénelés qui l'entouraient. Deux routes aboutissaient à cette porte, Via Mamorata à l'ouest et Viale della Piramide Cestia à l'est. Côté sud, c'était l'antique Via Ostiense, l'artère principale, là où les nazis étaient attendus. Tout près de la porte, encastrée dans les vestiges de la muraille d'Aurélien, l'une des plus anciennes fortifications de la ville, on apercevait la pyramide de Cestius dont le marbre blanc scintillait dans la lumière du petit matin et dont le sommet semblait viser le soleil levant.

Quand ils arrivèrent sur place, l'armée italienne prenait déjà position autour de la porte San Paolo et de la pyramide. Les soldats s'étaient regroupés en formation lâche et vérifiaient leurs équipements. Les chars et les véhicules d'assaut étaient en place, un tank était arrêté sous l'arche. Des soldats chargeaient une rangée de canons automoteurs, des obusiers 100mm et des canons longues portées. Le long de la Via Ostiense, on installait des trépieds de mitrailleuses.

— Par ici, Marco, appela Beppe en lui faisant signe.

Marco suivit son père et le camarade Arnaldo, un ancien combattant de la Grande Guerre. À eux trois, ils formaient un trio indépendant. Les autres partisans se séparèrent eux aussi en petites unités pour aller frapper aux portes des habitations et demander à ce qu'on leur donne accès aux fenêtres et aux toits.

— Ouvrez la porte ! ordonna Beppe en choisissant une maison à l'extrémité sud de la zone

— Non ! protesta à l'intérieur une voix tremblante. On ne veut pas de problèmes !

— On est là pour vous défendre, vous et votre famille ! Laissez-nous entrer ! C'est votre devoir ! En tant qu'Italiens !

La porte s'ouvrit sur une vieille femme hagarde et angoissée, visiblement méfiante, mais Beppe parvint à la convaincre de leur laisser la maison. Il lui demanda de se cacher dans la cave, puis monta sur le toit, lequel était plat, à l'exception d'un petit abri qui protégeait l'entrée de l'escalier.

— Arnaldo, tu vas surveiller le sud avec moi. Marco, tu prends le nord, mais tu restes derrière l'abri, à couvert.

— Mais papa, je pensais combattre à tes côtés !

Son père lui lança un regard sévère.

— Fais ce que je te dis. Et ne tire pas tant que je n'en ai pas donné l'ordre.

Marco fut tenté de protester, mais il se retint.

— Ils arrivent quand ?

— On verra bien. Faire la guerre, c'est aussi savoir attendre. Va prendre ton poste.

Marco alla se placer derrière l'abri, tandis qu'Arnaldo et son père s'installaient à l'autre extrémité du toit, du côté où les nazis allaient arriver. Il comprit que Beppe le mettait en retrait pour le protéger, mais se promit d'avancer quand les tirs débuteraient. Il n'était pas venu ici pour se cacher.

À travers le viseur de son arme, il observa la Via Ostiense et tenta d'imaginer les troupes nazies remontant la rue avec leur Panzers. Il avait du mal à croire qu'il se trouvait aux premières loges. Durant la période où l'Italie était en guerre, il était resté à l'arrière. Et à présent que l'on déclarait l'Armistice, il prenait les armes.

Mieux valait tard que jamais.

Les combats commencèrent. L'armée italienne et ses volontaires civils prirent d'abord le dessus, tirant sur les nazis dès leur entrée sur Via Ostiense, menant une bataille courageuse et sanglante. L'air était saturé de fumée et de brouillard, le bruit assourdissant. Puis les tirs d'obus commencèrent. Les soldats des deux camps tombaient devant le Castelletto et la Pyramide de Cestius.

Marco tirait sans discontinuer, avec détermination. Quand il n'eut plus de balles, quelqu'un lui en apporta, mais il en avait assez de rester derrière cet abri. Depuis sa place, il ne voyait même pas si ses tirs atteignaient leurs cibles. Il profita donc d'une brève accalmie pour aller rejoindre son père au bord du toit.

—Marco, retourne d'où tu viens! lui cria Beppe par-dessus le bruit des tirs.

—Je suis mieux placé ici pour viser, protesta Marco.

—Retourne d'où tu viens! Obéis aux ordres!

—Tu as dit que je pouvais me battre! Alors laisse-moi me battre!

—Retourne à ton poste!

Marco repartit vers son abri, furieux contre son père qui le traitait comme un gamin. Il était un excellent tireur et eût été plus efficace en tirant depuis un point plus avancé. À mesure que le temps passait, la bataille tournait en faveur des Allemands. Les Panzers mitraillaient sans relâche et les hommes de la Wehrmacht semblaient infatigables. Ils achevaient même les soldats blessés qui gisaient dans la rue.

Marco commençait à douter de la victoire, mais il continuait à se battre. Son père tirait comme une machine, aux côtés d'Arnaldo.

Soudain, la porte donnant sur l'escalier s'ouvrit et deux nazis firent irruption sur le toit, juste devant Marco. Ils s'apprêtaient à mettre en joue son père et Arnaldo, mais il ne leur en laissa pas le temps et tira. La puissance de l'impact les secoua violemment, puis ils s'effondrèrent. Ils étaient morts.

Marco abaissa sa carabine. Il tremblait comme une feuille, sous l'effet de l'adrénaline.

— Marco, viens ici ! lui cria son père.

— Oui monsieur ! répondit Marco.

Le combat se poursuivit un moment, mais les Italiens perdaient de plus en plus de terrain et commençaient à être à court de munitions. On informa le père de Marco que l'armée italienne négociait une reddition. Il donna l'ordre de se retirer et abandonna le toit du Testaccio pour rentrer chez lui, avec Marco et Arnaldo.

La capitulation fut signée en fin d'après-midi et l'armée se retrouva livrée à elle-même. Le gouvernement s'était effondré, les Italiens se terraient chez eux. Cette défaite fut un crève-cœur pour Marco et son père.

Une fois entrés dans la Ville Éternelle, les nazis se vengèrent sur les habitants en se livrant au pillage.

Rome était aux mains de l'ennemi.

Chapitre 75

Elisabetta
Septembre 1943

C'était un matin chaud et nuageux. Elisabetta marchait d'un bon pas pour se rendre au *Casa Servano*. La veille, les Allemands avaient envahi Rome. Durant la nuit, des soldats ivres avaient pillé magasins et habitations pour célébrer la victoire. Terrifiés, les Romains osaient à peine sortir de chez eux. Une longue file de chars et de camions ennemis remontaient encore le Lungotevere Sanzio. De temps à autre, on entendait au loin des coups de feu.

Elle passa devant la boulangerie, où quelques femmes avaient déjà commencé à faire la queue. La plupart des commerces étaient fermés et avaient barricadé leurs vitrines par crainte de nouveaux pillages. Du verre brisé et des pots de fleurs fracassés jonchaient les rues. Les tables des terrasses de cafés étaient détruites. Son paradis du Trastevere n'existait plus.

Elle aperçut deux nazis en faction au bout du trottoir et bifurqua pour les éviter, bien que cela l'obligeât à faire un détour. Ils étaient partout. Pourtant, Rome était déclarée zone neutre et les Allemands auraient dû rester cantonnés dans leur ambassade, dans la station de radio de Rome et au central téléphonique allemand.

En arrivant au *Casa Servano*, elle trouva Sofia qui l'attendait près du bar, vêtue de la robe marron qu'elle mettait pour travailler, mais sans tablier.

— *Ciao*, Sofia.

Sofia vint vers elle, visiblement nerveuse.

— Je crois qu'il vaut mieux ne pas ouvrir aujourd'hui. J'étais terrifiée en venant ici.

— Il faut ouvrir. On ne peut pas se permettre de perdre un jour de travail de plus. Notre budget est trop juste.

— Rinaldo ne vient pas et on ne va pas trouver un cuisinier comme ça, au pied levé.

— Eh bien c'est moi qui ferai la cuisine. Est-ce que Michele vient ?

— J'en doute.

— On servira les tables nous-mêmes. Sofia, toi et moi on n'a besoin de personne pour tenir ce restaurant.

— Mais c'est dangereux. Qui seront nos clients, d'après toi ?

— Peu m'importe. Je servirai ceux qui se présenteront. Les gens s'attendent à ce qu'on reste ouvert. On a une réputation à tenir. On a tenu le coup jusqu'ici, alors que bien d'autres ont fermé. Je ne peux pas survivre sans l'argent que rapporte ce restaurant. Tu peux, toi ?

— Oui. J'ai le carnet de chèque de Paolo.

Cette réponse prit Elisabetta de court.

— Dans ce cas, nous ne sommes pas dans la même situation. Et moi, je vais ouvrir aujourd'hui.

— Si je comprends bien, il n'y a pas moyen de te faire changer d'avis ?

— Pourquoi voudrais-tu me faire changer d'avis ?

Sofia fit la moue.

— Tu réponds à une question par une autre question, on dirait Nonna.

Elisabetta ne répondit pas. Elle n'aimait pas les sarcasmes que Sofia lâchait de temps à autre à propos de Nonna. Elle ne lui avait pas pardonné la vente de la collection de porcelaine, même si elle n'en parlait pas.

— Écoute, Elisabetta, j'ai des enfants. Et aujourd'hui encore, je les ai confiés à une voisine.

Elle glissa son sac à main sous son bras.

— Je ne veux plus travailler. Je suis désolée, je démissionne.

— Pour de bon ?

Elisabetta était consternée.

— Mais qu'est-ce que tu fais du restaurant ? Que va dire Paolo ? *Casa Servano* appartient à sa famille.

— Il comprendra. Si tu étais mère, tu comprendrais aussi.

Elisabetta eut envie d'objecter que Rico et Gnocchi étaient un peu comme ses enfants, mais Sofia lui aurait rétorqué que ce n'était pas pareil.

— Je vois… Merci.

Sofia fronça les sourcils et la regarda droit dans les yeux.

— Tu n'en as pas marre de supplier les vendeurs pour obtenir un peu d'huile d'olive ? De te faire rouler au marché noir chaque fois que tu achètes des œufs et de la farine ? D'avoir à peine assez de gaz pour cuisiner et de compter la moindre allumette ? D'être obligée de te passer de sel pendant des semaines ? De servir des infusions à base de feuilles de mûres et d'écorces d'oranges séchées ? Pourquoi tu ne rends pas ton tablier, tout simplement ?

— Parce que je n'en ai pas les moyens.

Elisabetta travailla toute la matinée à confectionner des raviolis qu'elle comptait servir avec une sauce tomate maison et du Castelli Romani, le seul vin qui lui restait en réserve. À l'heure du déjeuner, elle eut beaucoup de monde, car les nazis avaient envie de fêter leur victoire. Le vin les mit encore plus en joie et ils chantèrent chanson après chanson. Elle était dans la cuisine, quand elle entendit à la radio une retransmission du discours d'Hitler : il promettait de « sévères » représailles et assurait que l'Italie payerait cher sa trahison.

Elle prit une assiette de raviolis bien chauds et l'emporta dans la salle.

Elle assura seule les deux services de la journée, déjeuner et dîner, un véritable exploit, car en plus de faire à manger et de servir, il fallut veiller à ce que les verres soient remplis, débarrasser les tables et les dresser. Après le départ du dernier client, elle ferma la porte à clé et entreprit de nettoyer la salle. Elle eût tôt fait de tout ranger, en prenant soin de mettre les restes de côté. Tout en travaillant, elle songeait à Sandro. Elle s'inquiétait pour lui. Sa condition n'allait pas s'améliorer avec l'arrivée des nazis. Ils étaient pires que les fascistes, surtout quand il s'agissait des Juifs.

Elle allait ranger le pain, quand il lui vint soudain une idée. Au lieu de le mettre de côté, elle l'émietta dans un récipient, ajouta de la pulpe de tomate, du riz et du fromage. Puis elle versa quelques gouttes d'huile d'olive dans une poêle et se mit au travail. En un rien de temps, elle fit cuire douze *supplì,* les enveloppa dans du papier alimentaire, les mit dans un sac, nettoya la cuisine et partit. Elle traversa le Trastevere et franchit le Tibre. En raison du couvre-feu, les rues étaient désertes, mais il y avait une sorte de tolérance pour les restaurateurs.

Une fois dans le Ghetto, elle alla droit chez Sandro, grimpa l'escalier de son immeuble et déposa le paquet de *supplì* devant sa porte. Il comprendrait que cela venait d'elle et elle espéra que ce petit geste lui apporterait un peu de réconfort. Elle ne pouvait pas faire grand-chose de plus. Il ne voulait pas de son amour, mais au moins il saurait qu'il comptait pour elle.

Elle quitta le Ghetto à la hâte, le cœur léger et gonflé d'amour, car l'amour réchauffe le cœur, même quand il n'est pas partagé.

Quelques minutes plus tard, attirés par l'odeur, des rats affamés sortirent de l'ombre pour dévorer les *supplì* sur le palier de Sandro. Ils ne laissèrent rien. Pas une miette. Pas même le sac qui avait servi à les envelopper.

Chapitre 76

Marco

13 septembre 1943

Marco se crispait chaque fois qu'un soldat nazi s'approchait du comptoir. La simple vue d'un uniforme de la Wehrmacht déclenchait en lui une haine viscérale. Depuis une semaine que l'armistice était signé, l'île Tibérine grouillait de Nazis et ça lui donnait la nausée. Quelques jours plus tôt, il leur tirait dessus depuis un toit. Et voilà qu'il était maintenant obligé de leur servir des cafés.

— *Kaffe, bitte*, demanda l'un d'eux, qui venait d'arriver.

— *Danke*, répondit machinalement Marco.

— *Sie sprechen Deutsch?*

— *Nur ein bisschen.*

Un peu.

Bien qu'il parlât allemand couramment, il préférait dire qu'il parlait à peine, pour ne pas être obligé de faire la conversation à ce soldat.

Il appuya sur le bouton de leur rutilante machine à café pour faire chauffer l'eau, tout en songeant à sa matinée. Il était allé au Palazzo Venezia pour tenter de récolter des informations utiles aux partisans et avait pu constater qu'il régnait là-bas la plus grande confusion. Les gradés étaient encore sous le choc de l'occupation nazie

— Voilà, dit-il en tendant au soldat sa tasse de café.

Le soldat prit la tasse, mais ne fit pas mine de payer.

— Ce sera pour tout ce que vous nous avez fait, ricana-t-il avant de se détourner.

Une bouffée de colère brûla la poitrine de Marco. Il croisa le regard de son père, qui sortait de la réserve où il était allé écouter une radio clandestine. Beppe vint droit au comptoir, puis passa derrière pour lui parler.

— Je viens d'apprendre une chose terrible, annonça-t-il tout bas. Mussolini était retenu prisonnier dans le massif du Gran Sasso et il a été libéré par les Allemands.

Marco dissimula le choc que lui causait cette nouvelle, pour ne pas attirer l'attention des clients.

—Il va mettre en place un nouveau régime fasciste dans le nord, à Salo. La République de Salo. Un gouvernement fantoche, soutenu par l'occupant nazi.

— Il prétend gouverner dans le nord ?

— Oui.

Son père prit un chiffon en main, pour se donner une contenance.

— Badoglio essayera sûrement de garder le pouvoir au sud, avec le soutien de quelques officiers de l'armée.

Marco en resta stupéfait.

— Il y aura donc deux gouvernements en Italie, opposés l'un à l'autre ?

— Oui. Les officiers fascistes qui avaient voté pour le maintien au pouvoir de Mussolini ont été libérés, y compris

Buonacorso. Ta position devient délicate. C'est de plus en plus dangereux pour toi de rester avec les partisans.

Marco n'était pas de cet avis et son cerveau s'emballait déjà.

—Au contraire, Buonacorso me fait entièrement confiance. Je vous serai très utile.

—Je sais, mais j'ai peur pour toi. Je peux me passer de ton aide. À toi de choisir si tu veux rester ou partir.

—Je reste, répondit Marco sans hésiter.

Son père posa une main sur son épaule et ce simple contact lui réchauffa le cœur. Ils n'avaient pas besoin d'en dire plus. Les temps n'étaient plus à la discussion. Il fallait agir. Les nazis qui infestaient Rome étaient autant de cibles à abattre.

Marco était prêt au combat.

Cette fois, il se battrait pour la justice.

Chapitre 77

Sandro
Septembre 1943

En pénétrant pour la première fois dans les bureaux de l'Union des communautés israélites d'Italie, Sandro se sentit intimidé. À l'une des extrémités de l'impressionnante table de conférence siégeait Dante Almansi, président de l'Union, autrefois chef adjoint de la police sous Mussolini. Près de lui se tenait Ugo Foà, président du Conseil de la Communauté israélite de Rome, lui aussi ancien magistrat fasciste. En face d'eux, il y avait le grand rabbin de Rome, Israël Zolli, avec ses yeux ronds derrière des lunettes d'écailles. Le grand rabbin Zolli avait demandé au père de Sandro d'assister à cette réunion en tant que conseiller juridique.

Sandro se bornait à l'accompagner. Il s'installa donc à l'écart, sur un des fauteuils en bois sculpté alignés contre le mur. Derrière lui se trouvait une bibliothèque en acajou chargée de volumes en hébreu et en italien, tous reliés de cuir. Une vitrine protégeait une antique ménorah en argent et des chandeliers sculptés, ainsi qu'un ensemble de pièces religieuses judaïques d'une valeur inestimable. Les hautes fenêtres flanquées d'élégants rideaux de brocart s'ouvraient sur un balcon fleuri et laissaient entrer un air chargé d'effluves parfumés.

La réunion commença :

— Bien…

Le président Almansi eut un sourire poli.

— C'est toujours agréable de vous voir, grand rabbin Zolli, mais quel est exactement le but de cette réunion ? Cette convocation en urgence est pour le moins déstabilisante, autant pour le président Foà que pour moi.

— Je vous prie de m'excuser, mais nous traversons une période difficile qui exige beaucoup de nous et notamment de faire passer au second plan les affaires courantes quand cela est nécessaire.

Il marqua rêveusement une courte pause, puis reprit.

— Les Juifs de Rome sont gravement menacés depuis l'occupation nazie. Après avoir longuement réfléchi à la question, je suis parvenu à la conclusion que nous devons les encourager à évacuer la ville et même à émigrer. Il faut absolument disperser la communauté juive d'Italie.

Almansi eut un sursaut.

— Quelle suggestion extrême ! Je ne partage pas du tout vos inquiétudes.

— Moi non plus, intervint Foà, avec un froncement de sourcils. Vous proposez la fuite, si je comprends bien. Mais notre vie est ici ! Et même si vous aviez raison, grand rabbin, où iraient les gens de notre communauté ? Qui parmi eux à encore les moyens de voyager et de s'installer ailleurs ?

Almansi et Foà ne pouvaient ni comprendre ni accepter le point de vue du grand rabbin Zolli. Ils étaient tous deux issus de vieilles et grandes familles italiennes, tandis que Zolli était originaire d'Europe de l'Est. De plus, Zolli avait un tempérament sanguin, tandis qu'ils étaient plutôt calmes réfléchis.

— Je peux répondre à ces inquiétudes, répondit le grand rabbin Zolli en s'agitant. Nous pourrions fermer la synagogue et notre bureau, puis utiliser l'argent du compte bancaire de l'Union pour financer et sécuriser l'évasion de nos membres. Nous pouvons également persuader le Vatican de cacher des Juifs dans les couvents et les monastères. Mais nous devons agir immédiatement.

Almansi eut une grimace incrédule.

— Fermer la synagogue ? Et comment ferions-nous pour les grandes fêtes religieuses ?

— Nous devons cesser ces célébrations. Nous réunir à la synagogue, c'est donner aux nazis l'occasion de nous embarquer tous ensemble. Rassemblés au même endroit, nous sommes trop vulnérables.

Almansi leva les mains.

— Il n'est pas nécessaire d'entreprendre des actions aussi extrêmes et absolument sans précédent. Vous allez semer la peur et déclencher une hystérie collective. De plus, ce serait provoquer inutilement les nazis.

— Grand Rabbin Zolli, vous paniquez pour rien, renchérit Foà.

Le grand rabbin fit la moue.

— Je ne panique pas, je réagis. Tandis que vous ne faites rien !

Almansi haussa un sourcil grisonnant.

— Parce qu'il n'y a rien à faire ! Nous déplorons comme vous l'Occupation, mais il n'y a aucune nécessité d'agir. Les nazis ont décrété la loi martiale. Tout ce qu'ils veulent, c'est l'ordre. Nous devons simplement tenir le cap…

— Il ne s'agit pas de tenir simplement le cap, interrompit le grand rabbin Zolli. Vous sous-estimez la menace. Avec l'occupation de Rome par les nazis, les Juifs italiens sont en danger de mort. Je ne me sens plus en sécurité dans les rues du Ghetto. Et parmi mes fidèles, nombreux sont ceux qui pensent comme moi. Je suppose que vous avez entendu parler des déportations qui ont eu lieu dans d'autres pays.

Almansi secoua la tête.

— Rome a toujours eu un régime à part. Et ça continuera, en raison de la présence du Vatican.

— Permettez-moi d'insister. Je pense sincèrement que vous sous-estimez la menace.

Almansi hésita.

— Grand Rabbin Zolli, vous devez savoir que des gens haut placés au gouvernement, en qui nous avons toute confiance, nous ont assurés qu'il n'y aurait pas de problèmes.

Le Grand Rabbin Zolli eut un rire amer.

— Dans ce cas, je vous demande au moins d'accepter de détruire la liste des Juifs résidant à Rome. Comme vous le savez sans doute, nous avons deux listes, l'une répertoriant ceux qui s'acquittent de l'impôt progressif sur le revenu auprès de la Communauté, c'est-à-dire la presque totalité de nos membres. Et une autre, moins importante, qui répertorie les Juifs de Rome avec leurs noms, adresses, dates de naissance et généalogie.

Les yeux tombants d'Almansi lancèrent des éclairs.

— Les détruire ? Hors de question. Ce sont les documents officiels de notre communauté. Ils représentent l'histoire de nos membres.

— Dans ce cas, je me passerai de votre permission. Peu importe votre désaccord, j'ai l'intention de détruire ces listes, de fermer la synagogue, et de demander à ma congrégation de se disperser...

— Vous ne pouvez pas faire ça et vous ne le ferez pas, s'insurgea Almansi en le fusillant du regard. Grand Rabbin, vous n'avez pas un tel pouvoir. Votre juridiction concerne les questions religieuses soulevées au sein du Conseil de la Communauté israélite de Rome. Or les actions que vous proposez n'ont rien à voir avec des questions religieuses. En tant que telles, elles sont hors de portée de votre autorité.

Le grand rabbin Zolli se tourna vers le père de Sandro.

— Massimo, est-ce exact ?

— Permettez-moi de vérifier.

Massimo fit un signe à Sandro, lequel apporta aussitôt une lourde mallette qu'il posa sur la table devant lui. Puis il retourna s'asseoir, tandis que son père fouillait dans ses dossiers et en tirait une liasse de papiers qu'il lut attentivement, avant de lever la tête.

— Grand Rabbin Zolli, le président Almansi et le président Foà ont raison. Ils conservent l'autorité sur la gouvernance et sur les questions administratives. Vous n'avez autorité que sur les questions religieuses.

— Bien.

Zolli reporta son attention sur Almansi et Foà.

— Avez-vous vraiment l'intention de vous opposer à moi avec des arguments légalistes tels que celui-ci ? Je suis responsable de mes fidèles. Les finasseries juridiques ne devraient pas l'emporter sur mon opinion.

— Encore une fois, nous ne sommes pas d'accord, répondit Almansi.

Il pinça les lèvres.

— Dans des temps comme ceux que nous traversons, nous devons garder la tête froide. Notre devoir est de rassurer nos membres et de leur donner confiance. Nous survivrons à l'Occupation, comme nous l'avons toujours fait : ensemble, en tant que communauté.

— Mais…
— Cette réunion est finie.

Le samedi matin, Sandro se présenta avec son père devant la synagogue pour l'office religieux, la tête couverte d'une kippa blanche, les épaules drapés dans un tallit, un châle de prière. Ils entrèrent au rez-de-chaussée avec les hommes, tandis que Rosa et leur mère grimpaient les marches de l'une des galeries réservées aux femmes.

Tandis que son père saluait des amis, Sandro contempla les colonnes de marbre blanc de la bimah, le rideau de brocart doré qui recouvrait l'arche contenant les rouleaux sacrés de la Torah. Le lustre de cuivre diffusait une douce lumière. Au-dessus d'eux, la coupole carrée de l'édifice, dont la voûte était peinte d'un arc-en-ciel aux couleurs chatoyantes, ouvrait sur le ciel à son point culminant. La beauté majestueuse des lieux incarnait la paix que Sandro avait récemment trouvée dans le judaïsme. Sa religion était devenue son onguent de guérison.

Avant qu'ils n'aillent s'asseoir, son père le prit à part.

— J'ai de mauvaises nouvelles. Aujourd'hui, nous aurons un rabbin remplaçant.

— Où est le grand rabbin Zolli ?

— Personne ne le sait.

— Il est malade ?

— Non, répondit son père d'un ton grave. Il a pris la fuite.

Chapitre 78

Marco
Septembre 1943

Marco venait de fermer le bar, quand son père entra par la porte latérale. Il revenait d'une réunion avec les partisans.

— Viens, Marco, j'ai à te parler !

— Qu'est-ce qui se passe ? demanda Marco en sortant de derrière le comptoir.

Il suivit son père dans la réserve et ils fermèrent soigneusement la porte derrière eux.

— Regarde.

Beppe sortit de son sac à dos un amas de ferraille et en extirpa un petit élément qu'il lui montra.

— Qu'est-ce que c'est ? demanda Marco.

— Un *quattropunto*, un clou à quatre pointes. C'est fait de deux longs clous avec une pointe à chaque extrémité, pliés en deux et soudés ensemble.

— Et ça sert à quoi ?

— À faire éclater les pneus. On les jette sur la route et il y a toujours au moins une pointe en l'air. C'est rudimentaire, mais efficace. Je m'en suis servi pendant la Grande Guerre, mais j'avais oublié.

—En effet, ça paraît simpliste, commenta Marco.

Il testa l'une des pointes du bout de l'index et une goutte de sang perla à son doigt.

—Après la bataille de la porte San Paolo, l'un de nos combattants, Lindoro Boccanera, s'est caché dans le musée militaire. Il a remarqué une exposition d'objets de la Grande Guerre et dans le lot il y avait des clous à quatre pointes. Il a proposé qu'on en fabrique.

—Et ceux-là, ils viennent d'où ?

—D'un maréchal ferrant du Trastevere qui les a faits pour nous.

Le Trastevere. Marco songea aussitôt à Elisabetta. Pour lui, elle serait toujours associée à ce quartier qu'il s'arrangeait dorénavant pour éviter.

—La prochaine fois, nous frapperons...

Beppe se tut en entendant la porte s'ouvrir. Ils tournèrent tous les deux la tête.

La mère de Marco se tenait sur le seuil, les cheveux en bataille. Elle venait de finir le ménage dans la cuisine. Elle allait un peu mieux et avait repris le travail, mais elle n'était plus la même. D'après son mari, elle savait depuis la bataille de San Paolo qu'ils combattaient aux côtés des partisans, mais préférait fermer les yeux. Sauf qu'en cet instant, ils étaient bel et bien ouverts.

—Maria, ferme la porte, s'il te plaît.

—Je n'ai pas d'ordres à recevoir dans ma propre maison.

Elle leur jeta un regard glacial.

—C'est quoi ce bazar sur mon plancher ?

—Des clous à quatre pointes.

—Des armes ?

— Oui.

Elle plissa ses yeux noirs.

— Vous préparez quelque chose ?

— Oui.

Elle pinça les lèvres.

— Beppe, s'il arrive malheur à Marco, ne rentre pas à la maison.

— Je comprends, répondit Beppe d'un ton égal.

— Plus jamais.

— Je sais.

Elle referma la porte sans ajouter un mot.

Marco ne put s'empêcher de sourire.

— Elle n'est pas sérieuse, pas vrai ? demanda-t-il.

— Oh oui, elle est sérieuse.

— Je ne te crois pas.

— Tu ne la connais pas comme moi.

— Qu'est-ce qu'elle ferait, si tu rentrais à la maison sans moi ? Elle te quitterait ?

— Non, répondit Beppe en riant. Elle me tuerait.

L'occasion était trop belle, Marco ne put s'empêcher de poser la question qui le taraudait encore.

— Papa, que s'est-il passé entre la mère d'Elisabetta et toi ?

Le visage de son père se ferma.

— C'est un épisode dont je ne suis pas fier.

— Comment c'est arrivé ?

— J'ai d'abord fait la connaissance de Ludovico, le père d'Elisabetta. Elle était encore un bébé.

Il s'assit sur une pile de cartons et posa son clou à quatre pointes par terre.

— Ludovico avait été engagé pour peindre une fresque dans la basilique de la Piazza San Bartolomeo all'Isola. Il avait beaucoup de talent et j'admirais son travail. De temps en temps je lui apportais un café. Un jour, en rentrant chez lui, il a vu l'emblème fasciste sur un mur et il l'a recouvert par une peinture de la basilique.

— Je vois, murmura Marco.

L'expression de son père s'assombrit.

— Tu sais, à cette époque, il y avait pas mal de voyous parmi les chemises noires. Et Carmine Vecchio en faisait partie.

Marco tendit l'oreille.

— L'agent de l'OVRA ?

— Oui. Quand il a vu ce croquis, il m'a demandé si je savais qui avait fait ça et bien sûr j'ai répondu que non. Ce soir-là, je suis allé chez Ludovico pour lui conseiller de quitter la ville. C'est là que j'ai vu Serafina pour la première fois… J'en suis tombé amoureux.

Marco se sentit mal à l'aise. Ce n'était pas facile à entendre.

— Vraiment amoureux ?

— Je ne me serais pas égaré pour une simple passade. Mais elle n'était pas la femme que je croyais. J'ai vite compris qu'elle était très égoïste. À présent, je sais à quel point j'ai de la chance d'avoir ta mère.

— Et tous les deux, vous êtes heureux ?

— Oui. Le mariage est un chemin long et ardu, mais qui en vaut la peine.

Beppe eut un sourire rêveur, puis il se reprit.

— Ce soir-là, j'ai conseillé à Ludovico et à Serafina de quitter la ville, le temps que l'histoire se tasse. C'est ce qu'ils ont fait, mais Ludovico est revenu trop tôt et il est tombé dans une embuscade. Deux hommes l'ont agressé. Deux Chemises noires. J'ai toujours soupçonné Carmine Vecchio et Stefano Pretianni, mais je n'en ai jamais eu la preuve. Ce dont je suis sûr, c'est que les agresseurs de Ludovico lui ont écrasé les mains, pour qu'il ne puisse plus peindre. C'était cruel et injuste.

Marco frissonna. L'ivrogne n'avait donc pas menti.

— Ils ont été punis ?

— Pas du tout. Ils ont eu une promotion.

Son père secoua la tête.

— Après ça, ça a été la descente aux enfers pour Ludovico. Il ne pouvait plus peindre, donc il ne gagnait plus un sou. Il s'est mis à boire. Je l'aidais un peu financièrement. C'était mon ami, mais je n'arrêtais pas de penser à Serafina. Elle était très malheureuse, c'est là que ça a commencé entre nous.

Il pinça les lèvres, mais soutint le regard de Marco.

— J'ai honte de l'avouer, mais j'ai trahi Ludovico et ta mère.

— Comment elle l'a su ?

— Elle m'a suivi un soir, avec un couteau.

— Maman ? Un couteau ?

Marco n'en croyait pas ses oreilles.

— Ne te méprends pas à son sujet. C'est quelque chose, ta mère. Elle voulait protéger sa famille.

Il poussa un énorme soupir qui souleva son large torse.

— J'ai commis une terrible erreur et je lui ai brisé le cœur. Je n'aurais pas assez de toute ma vie pour me racheter auprès d'elle.

— Et le père d'Elisabetta, il l'a su comment ? C'est lui qui me l'a appris.

— Ludovico ? Je pense que c'est Serafina qui le lui a dit. Elle n'en était pas à sa première liaison. Il paraît qu'elle l'a finalement quitté pour quelqu'un d'autre. Il me tenait pour seul responsable de l'échec de leur couple, mais il se trompait. Enfin, c'est comme ça. Je l'accepte. C'est du passé.

Marco n'était pas d'accord.

— Non, pas vraiment.

— Bien sûr que si.

— Si c'était vraiment du passé, ça ne vous aurait pas posé de problème que je fréquente Elisabetta. Vous me l'avez interdit parce qu'elle était la fille de Serafina. C'est à cause d'elle qu'on s'est battus à l'enterrement d'Aldo, papa. Ton passé empiète sur ma vie.

Beppe fit la grimace.

— Tu as raison. J'étais gêné que tu sois au courant.

— Tu avais compris que je savais et que je t'en voulais ?

— Évidemment, que je l'avais compris. Tu n'as jamais pu cacher tes sentiments. Je lisais dans tes yeux ta haine et ton mépris.

Marco eut une bouffée d'amour pour son père.

— Mais c'est fini, à présent.

Beppe sourit.

— De toute façon, tu es bien plus heureux sans Elisabetta.

Marco ne pouvait pas laisser passer ça.

— Non papa. Je ne suis pas plus heureux sans elle.

Chapitre 79

Massimo
26 septembre 1943

On était dimanche soir. Les présidents Almansi et Foà se rendaient à l'ambassade d'Allemagne, Villa Wolkonsky, pour répondre à une convocation du lieutenant-colonel Herbert Kappler, chef des SS à Rome. Ils ignoraient ce que leur voulait Kappler et avaient demandé à Massimo de les accompagner en tant qu'avocat. Celui-ci tâchait de leur dissimuler son inquiétude.

Des gardes les escortèrent dans la propriété et Massimo ne put s'empêche de frissonner en passant sous l'immense bannière nazie, une croix gammée noire sur fond rouge sang. De nouveau, il eut une bouffée d'angoisse et dut s'exhorter au calme.

On leur fit emprunter le chemin pavé de pierres qui menait jusqu'à la magnifique Villa Wolkonsky. Avant d'être vendue au gouvernement allemand, cette villa avait été la résidence officielle de l'ambassadeur britannique. Située sur la colline de l'Esquilin, elle occupait un terrain verdoyant de cinq hectares superbement aménagé. Massimo détestait l'idée que ce joyau de Rome fût entre les mains des nazis. La lumière déclinante du soleil filtrait à travers les frondaisons des palmiers. Le parfum des citronniers et des tilleuls embaumait l'air. Au loin, on apercevait les arcs de l'aqueduc construit par l'empereur Claude. Enfin, la Villa Wolkonsky se dressa devant eux, magnifique construction qui se distinguait par ses ailes carrées, ses balustrades classiques et son portique.

Ils atteignirent l'entrée, une grande porte flanquée de soldats nazis, puis on les conduisit dans une élégante pièce occupée par un bureau ancien en bois sculpté et des fauteuils rembourrés. Massimo sentit son cœur battre la chamade quand le lieutenant-colonel Kappler se leva pour venir vers eux. Il était particulièrement imposant dans son uniforme gris au col noir brodé de l'insigne runique des SS. Il devait avoir la quarantaine, des cheveux châtain clair légèrement dégarnis au niveau des tempes, un visage carré avec de grands yeux, le nez droit, des lèvres minces enchâssées dans une mâchoire forte. Une cicatrise creusait sa joue gauche.

— Bonsoir, messieurs.

Le lieutenant-colonel Kappler avança une main que Foà serra avec un signe de tête.

— Bonsoir, dit-il. Je suis le président Foà.

— Merci d'être venus. Je suis ravi de vous rencontrer. Veuillez me présenter à vos collaborateurs.

Foà fit les présentations et Kappler serra la main d'Almansi, puis celle de Massimo, lequel dissimula avec peine le dégoût que lui inspirait ce nazi.

Kappler désigna d'un geste les fauteuils installés devant son bureau.

—Asseyez-vous, dit-il.

Foà et Almansi s'exécutèrent. Massimo les imita. Kappler reprit place dans son grand fauteuil. Un drapeau nazi était accroché derrière lui, à côté des étagères en noyer garnies de livres.

— Messieurs, je vous prie de m'excuser si cette réunion bouscule vos emplois du temps.

Foà hocha la tête.

— Ce n'est rien. Nous étions ravis de vous obliger.

— Pourriez-vous tout d'abord me fournir quelques informations ? Combien de Juifs y a-t-il à Rome ?

— Environ douze mille, répondit Foà. Et cinquante mille dans toute l'Italie.

— Je les croyais bien plus nombreux à Rome, commenta Kappler en inclinant la tête. Est-ce qu'ils vivent tous dans le Ghetto ?

Foà secoua la tête.

— Non, beaucoup ont déménagé.

— Mais par contre, tout ceux qui vivent dans le Ghetto sont juifs, c'est bien ça ?

— Oui.

— Dans ce cas.

Le visage de Kappler se ferma.

— Je vais en venir au fait. Vous êtes de nationalité italienne, mais pour moi et pour l'Allemagne, cela ne compte pas. Nous vous considérons comme des Juifs avant tout. Par conséquent, vous êtes nos ennemis et nous vous traiterons comme tels.

Foà ne répondit rien, Almansi non plus. Massimo eut la bouche sèche.

Kappler eut un sourire méchant.

— Si je vous ai fait venir, c'est pour vous faire part d'une demande. Nous avons besoin d'or pour de nouvelles armes. Dans trente-six heures, vous nous apporterez cinquante kilogrammes d'or. Si vous payez, il ne vous arrivera rien. Dans le cas contraire, nous arrêterons deux cents Juifs du Ghetto qui seront d'abord déportés en Allemagne, puis envoyés à la frontière Russe ou ailleurs.

Foà et Almansi échangèrent des regards horrifiés. Massimo fit de son mieux pour conserver un visage de marbre, afin de ne pas offrir à Kappler le spectacle de sa terreur. Ce nazi présentait une extorsion comme une simple transaction commerciale, comme si l'or pouvait être échangé contre des êtres humains. Cinquante kilogrammes… C'était une quantité astronomique et il ne voyait pas comment les Juifs du Ghetto pouvaient la réunir, surtout dans un laps de temps aussi bref. Ils n'avaient plus rien. Les lois raciales les avaient appauvris et leurs conditions de vie avait empiré sous l'Occupation. Les Allemands allaient déporter deux cents personnes. Parmi elles, il pouvait y avoir Rosa, Sandro, ou lui-même. Ses voisins, des amis, des clients. Des connaissances. N'importe qui.

Kappler rompit le silence.

—Messieurs, si vous n'avez pas de questions, vous pouvez partir.

Foà s'éclaircit la voix.

—J'aurais une ou deux questions. À partir de quand commence votre compte à rebours de trente-six heures ?

—À partir de maintenant.

Foà prit un air effaré.

—Colonel Kappler, il nous sera impossible de trouver autant d'or en aussi peu de temps. Il n'y a pas moyen de repousser l'échéance ?

—Cela dépend.

Kappler se renversa sur le dossier de sa chaise.

—Si vous n'êtes pas loin du but, je me montrerai peut-être arrangeant. Je pourrai peut-être même vous fournir des voitures et des camionnettes pour transporter l'or en toute sécurité.

— Non, merci.

Foà marqua une pause.

— Accepteriez-vous l'équivalent en lires ?

— Non. À la rigueur des dollars américains ou des livres sterling, mais sûrement pas des lires. Votre monnaie, je peux en imprimer autant que je veux.

— Dans le cas où nous ne pourrions pas obtenir l'or à temps, incluriez-vous parmi les deux cents Juifs déportés ceux qui se sont convertis au catholicisme et les enfants de mariages mixtes ?

— Ces distinctions n'existent pas pour moi.

Kappler fit la moue.

— Tous les Juifs sont des ennemis de l'Allemagne. J'ai déjà mené plusieurs opérations de ce type et jusque-là elles se sont bien terminées. À part une fois, où quelques centaines de Juifs ont payé de leur vie leur refus de coopérer.

Foà et Almansi accusèrent le choc. Massimo refoula sa panique.

Kappler se leva et fit signe au garde qui les avait introduits dans son bureau.

— Messieurs, cette réunion est terminé. Je vous donne rendez-vous mardi à midi, avec l'or. Jusque-là, au revoir.

On leur fit traverser de nouveau les jardins. Massimo gardait la tête haute, mais il était secoué jusqu'au tréfonds de l'âme. Ses genoux flageolaient. On les reconduisit jusqu'à leur berline et ils partirent. Personne ne prononça un mot avant que la Villa Wolkonsky n'ait disparu du rétroviseur.

Foà, qui tenait le volant, parla le premier.

— Comment allons-nous trouver une telle quantité d'or d'ici mardi midi ? C'est impossible.

Almansi secoua la tête.

— Si le mal a un visage, c'est celui de Kappler.

— Puis-je suggérer une manière de procéder ? demanda Massimo depuis le siège arrière.

Il avait eu le temps de se ressaisir un peu.

— Nous devons nous y mettre sur le champ et y passer la nuit. Nous allons commencer par contacter nos membres les plus fortunés et par installer un centre de dons au premier étage de la synagogue. Ensuite, il faudra convoquer une réunion du conseil d'administration pour demain matin. Enfin, demain à la première heure nous mettrons au courant tous les membres de notre communauté, afin que chacun contribue selon ses moyens.

— Je suis d'accord, répondit Almansi, après un temps de réflexion. Cette organisation me paraît parfaite, Massimo.

— Oui.

Foà jeta un coup d'œil à Massimo dans le rétroviseur.

Mais celui-ci n'en avait pas terminé. Son cerveau enfiévré ne voulait plus s'arrêter.

— Il faudrait aussi appeler le Palazzo Venezia et le Vatican. Ils devraient être disposés à nous aider.

— C'est d'accord, approuvèrent d'une seule voix Foà et Almansi.

Massimo regarda par la vitre de sa portière. Ils traversaient à présent le Ghetto et l'obscurité tombait peu à peu. De nouveau, le silence tomba dans l'habitacle. Les trois hommes étaient perdus dans leurs pensées. On ne pouvait imaginer tâche plus irréalisable que celle qui les attendait, mais leur devoir était de protéger les membres de leur communauté et ils comptaient bien s'y employer. Avec autant d'énergie que de cœur et de volonté.

On était dimanche soir.

Ils avaient jusqu'à mardi midi.

Il n'y avait pas une minute à perdre.

Cinquième partie

« J'ai trop aimé les Italiens. À présent, je les hais. »

Fiels Marshal Albert Kesselring

« … puis l'un d'eux m'a pris le bras et a regardé mon numéro, et alors ils se sont esclaffés de plus belle. Tout le monde sait au camp que les cent soixante-quatorze mille sont les juifs italiens : les fameux juifs italiens arrivés il y a deux mois, tous avocats, tous docteurs en quelque chose, plus de cent à l'arrivée et plus que quarante maintenant, des gens qui ne savent pas travailler, qui se laissent voler leur pain et qui reçoivent des gifles du matin au soir. »

Primo Levi, *Si c'est un homme*

Chapitre 80

Sandro
26 septembre 1943, dimanche soir

En entendant des pas précipités dans l'escalier, Sandro eut le pressentiment qu'il se passait quelque choses de grave. Il leva les yeux de ses copies et Rosa glissa un doigt entre les pages de son livre. Leur mère s'essuyait les mains avec un torchon quand Massimo fit irruption dans la pièce. Il avait les cheveux en bataille, l'air complètement paniqué.

— Est-ce qu'on a de l'or ? demanda-t-il en ouvrant des yeux écarquillés d'angoisse.

— De l'or ? répéta Gemma, déconcertée. Tu es devenu fou ?

— Réfléchis, ma chérie. On doit bien en avoir un peu. Pense aux bijoux. Ton alliance ?

— Il ne nous reste plus rien, tu le sais. Mon alliance, je l'ai donnée pour la guerre en Éthiopie et le reste nous l'avons vendu.

— Ce n'est pas possible. Il doit bien nous rester quelque chose.

Il se précipita vers Rosa.

— Tu n'aurais pas un bijou en or ? Offert par David ?

— Non, on a vendu nos alliances, nous aussi. Je n'ai plus aucun bijou de valeur. Pourquoi ?

— Notre communauté doit rassembler cinquante kilos d'or d'ici mardi midi. Si nous échouons, les nazis menacent de déporter deux cents Juifs.

Gemma poussa un cri horrifié.

— Mais de quoi tu parles ? C'est impossible !

Rosa se leva lentement.

— Les nazis vous proposent un marché ? Cinquante kilos d'or contre des êtres humains ?

— Oui, répondit Massimo d'un ton piteux. Et nous n'avons pas de temps à perdre.

Il déglutit péniblement. Sa pomme d'Adam monta et descendit le long de son cou trop maigre, tel un ascenseur.

— On a appelé Angelo, l'orfèvre, expliqua Massimo. D'après lui, cinquante kilos d'or correspondent environ à douze mille anneaux.

— Oh non, gémit sa femme en portant la main à son front.

Rosa en était presque bouche bée d'indignation.

— C'est de l'extorsion, pure et simple ! Et de toute façon, on ne pourra jamais réunir une telle quantité.

Sandro ne fit pas de commentaire. Il essayait de rassembler ses idées. Il était évident que leur communauté ne pouvait trouver autant d'or dans un délai aussi court. Plus personne n'avait d'argent et encore moins d'or. Depuis l'occupation nazie, les conditions de vie des Juifs avaient empiré. Les habitants du Ghetto en étaient à chercher quotidiennement de quoi manger. Certains mourraient de faim, la tuberculose faisait des ravages à cause de la concentration de population, sa mère mettait au monde de plus en plus d'enfants mort-nés. Tout le monde priait en espérant un miracle et comptait les jours jusqu'à l'arrivée des Américains qui combattaient en ce moment au nord de la Sicile.

— Massimo, pourquoi veulent-ils tout cet or ? Pourquoi maintenant ?

— Ils en ont besoin pour financer leur guerre. Gemma, nous n'avons pas le temps de discuter de ça. Nous devons trouver de l'or.

Leur père se dirigea vers l'armoire contenant la ménorah familiale et des chandeliers anciens.

— Dis-moi au moins comment tu es au courant de ça ? demanda leur mère en lui emboîtant le pas.

— Kappler a convoqué Foà et Almansi à la villa Wolkonsky. Ils m'ont demandé de les accompagner. C'est là qu'il nous a fait cette demande.

Il fouillait à présent l'armoire à vêtements, dans laquelle il rangeait aussi son gros dossier.

— Massimo, tu as rencontré Kappler ?

Sandro fut parcouru d'un frisson de terreur. Kappler était le chef de la Gestapo, célèbre pour sa cruauté. Son quartier général se trouvait de l'autre côté de la ville, sur Via Tasso, et l'on disait que les gens qu'on emmenait-là étaient battus et atrocement torturés. Leurs cris s'entendaient dans tout le quartier.

Rosa demeura figée, le regard terrifié.

— Papa, comment vont-ils sélectionner les deux cents ? Et où vont-ils les emmener ?

— Je ne sais pas, je ne sais rien de plus que ce que je vous ai dit. Aidez-moi à chercher ! On a peut-être encore un bibelot ou une breloque, aussi petits soient-ils.

Il continua à fouiller fébrilement l'armoire, en jetant à terre papiers et vêtements. Rosa et sa mère vinrent lui prêter main forte.

Sandro resta là, à les regarder, conscient qu'ils se démenaient pour rien. Il ne savait pas quoi faire. Lui, un soi-disant génie, n'avait pas de solution à leur problème. Il ignorait qui parmi eux serait déporté. Mais dans son esprit tourmenté, une idée surnageait : Elisabetta n'était pas en danger.

— Sandro, viens nous aider ! appela sa mère. Dépêche-toi.

Chapitre 81

Sandro
27 septembre 1943, lundi matin

Le lendemain matin, la nouvelle des cinquante kilos d'or réclamés par les nazis s'était répandue dans le Ghetto, y semant la panique. Les présidents Foà et Almansi, aidés du père de Sandro, avaient passé la nuit à appeler les familles les plus aisées pour obtenir leur participation. Ils avaient également sollicité la municipalité de Rome, qui avait refusé de s'impliquer. Une foule de gens attendait sur la place l'ouverture de la synagogue. Chacun venait offrir le peu d'or qu'il possédait.

À l'intérieur, le bâtiment bourdonnait d'activité. Foà et Almansi, enfermés dans leurs bureaux respectifs, continuaient à donner des coups de fil pour obtenir de nouvelles contributions, tandis que Sandro et son père installaient un bureau de collecte dans la salle du conseil. Ils déplacèrent la table de conférence sur un côté de la pièce, afin d'en faire un comptoir. L'orfèvre Angelo Anticoli alla s'installer derrière avec ses deux assistants, pour peser l'or et évaluer sa qualité ; de même Renzo Levi, comptable de son métier, chargé de noter chaque don. Le travail de Sandro consisterait à vérifier les calculs : il fut donc placé en bout de table et disposa devant lui du papier et des crayons bien taillés, comme s'il s'apprêtait à passer l'examen le plus important de toute sa vie.

— On peut commencer à recevoir les dons, déclara Massimo avec une autorité que Sandro ne lui connaissait pas.

On ouvrit les portes de la synagogue au rez-de-chaussée et les contributeurs montèrent à l'étage pour former une file d'attente. La plupart étaient des Juifs du Ghetto qui vivaient dans le voisinage. Le visage déformé par la peur, misérablement vêtus, ils tenaient leurs maigres possessions dans leur poing serré, dans un porte-monnaie, dans un sac. Certains se défaisaient au dernier moment de l'étoile de David qu'ils portaient autour du cou, ou bien d'un quelconque pendentif, ou encore d'une paire de boucles d'oreilles. Un vieil homme sortit de sa bouche de fausses dents en or.

Le cœur de Sandro se gonflait d'espoir à chaque offrande. Tout le monde suivait des yeux la pesée et l'évaluation des bagues, broches, ou colliers, puis l'on établissait un reçu. Sandro vérifiait et notait les chiffres. Au bout de quelques contributions, quelqu'un lui demanda où on en était et il annonça la quantité d'or déjà récoltée.

Massimo accueillait les gens qui faisaient la queue, puis Rosa arriva avec leur mère pour l'assister dans cette tâche. Tous les donateurs étaient chaudement remerciés, quelle que soit leur contribution. La communauté juive étant très soudée, Sandro connaissait chaque famille. Il vit défiler les Ascoli, les Sermonetta, les Piperno, les Piazza, les Sonnino, les Limentani, les Fiorentino, les Funar, les Caviglia. les Di Tivoli, les Del Monte, les Sabatello.

Avant d'être dépouillés de leurs biens et privés de leur moyen de subsistance par les lois raciales, tous ces gens avaient eu un métier qui les faisait vivre. Sandro était allé à l'école avec leurs enfants. Il avait pratiqué le culte avec eux. Ils étaient ses amis, ses voisins. Il lui était insupportable de penser que deux cents d'entre eux risquaient d'être déportés.

Au fur et à mesure que la matinée avançait, l'enthousiasme initial commença à s'émousser. La file d'attente se réduisit peu à peu à quelques personnes, puis il ne resta qu'une vieille femme qui apportait un médaillon. Un simple calcul permit à Sandro de déterminer qu'en collectant l'or à ce rythme, il leur faudrait un mois pour obtenir le poids requis. Il cessa d'annoncer où ils en étaient, car cela ne servait qu'à alimenter l'angoisse collective. Les familles du Ghetto donnaient tout ce qu'elles possédaient, mais c'était loin de suffire.

Sandro se tourna vers son père qui était assis un peu plus loin avec sa mère et Rosa. Il échangea avec lui un regard lourd de sens. Ils n'avaient pas besoin de parler, car la terrifiante vérité crevait les yeux. Ils s'enfermèrent dans le silence, le visage crispé. Ils ne pensaient plus qu'à l'échéance qui planait au-dessus d'eux comme une fatalité.

À un certain moment, Massimo vint vers Sandro et se pencha pour lui parler à l'oreille.

— Tâche d'avoir l'air optimiste, dans notre intérêt à tous.

Sandro se força aussitôt à sourire.

— Je dois m'absenter, fils. Je serai de retour dans quelques heures.

— Où vas-tu ?

— Je te le dirai plus tard. Continue à faire du bon travail et garde la foi.

Chapitre 82

Massimo

27 septembre 1943, lundi après-midi

Massimo atteignit la cité du Vatican, essoufflé par sa longue marche, puis remonta à pas pressés la majestueuse Via della Conciliazione pour rejoindre la place Saint-Pierre. Celle-ci était noire de monde, mais il parvint à repérer Emedio qui l'attendait devant la Basilique. Il l'avait déjà informé par téléphone de la situation.

Il courut vers Emedio et celui-ci vint à sa rencontre en faisant de grandes enjambées qui soulevaient sa soutane. Ils se jetèrent dans les bras l'un de l'autre et restèrent un moment embrassés, comme il arrive aux hommes dans les moments de grande détresse.

Massimo s'écarta enfin.

— Merci d'avoir accepté de me rencontrer.

— C'était la moindre des choses. Je suis vraiment désolé de ce qui vous arrive.

— C'est affreux, mais on se démène pour trouver cet or. Merci d'avoir répondu à mon appel, Emedio.

Puis il se reprit.

— Pardon. Dois-je t'appeler « Mon père » dans l'enceinte du Vatican ?

— Non, répondit Emedio avec un sourire chaleureux. Allons-y. Je sais que le temps vous est compté.

— Oh oui.

Massimo vérifia sa montre. Il était déjà 14 heures et cinq minutes.

— C'est par là.

Emilio désigna d'un geste la gauche de la basilique et ils se dirigèrent ensemble vers la colonnade du Bernin.

— J'ai entendu dire qu'Almansi et Foà ont déjà demandé une aide à notre Saint Père, déclara Emilio. Je crois qu'ils viennent de partir.

— Qu'a dit le Saint Père ? Est-ce que le Vatican va nous aider ?

— Je l'espère, mais je ne suis pas dans le secret de cette information. Tu as bien fait de m'appeler. Parfois, on réussit mieux par une voie détournée que par la voie officielle, surtout au Vatican. Ici, la diplomatie est une arme puissante.

— C'est bien ce que je pensais.

Massimo avait du mal à suivre l'allure d'Emedio, lequel avait de longues jambes.

— Ce serait merveilleux, si vous pouviez faire quelque chose et je t'en serais vraiment reconnaissant. Cinquante kilogrammes, c'est une énorme quantité d'or.

— En effet. Viens par ici.

Emedio l'entraîna sous la colonnade du Bernin.

— On va au *Collegium Germanicum*, le Collège germanique, expliqua-t-il.

— Il y a un Collège germanique à l'intérieur du Vatican ?

Massimo n'avait jamais franchi les murs de la cité pontificale.

— Techniquement, non. Il se trouve sur un terrain extraterritorial, comme le cimetière allemand et le Secrétariat du Saint Siège, où je travaille.

— Ah bon.

Massimo trouva quand même la chose extraordinaire, mais il suivit sans un mot Emedio qui l'entraînait à présent sous une arche flanquée de gardes Suisse en uniforme.

— Comment comptes-tu procéder ? lui demanda-t-il.

— Je vais te présenter à Monseigneur Hugh O'Flaherty. Il a aidé de nombreux Juifs étrangers à se cacher dans des couvents et des monastères. Il en a même accueilli dans la Cité du Vatican.

— Il y a des Juifs cachés dans la Cité du Vatican ?

Massimo était de plus en plus étonné. Ils dépassèrent à pas pressés un petit cimetière situé sur une colline herbeuse, entouré de cyprès pointus et de gracieux palmiers.

— Oui, acquiesça Emedio. Certains de ces réfugiés Juifs vivent dans le Collège des cardinaux. La Cité du Vatican comporte plus de mille chambres, dont seulement deux cents environ sont occupées. Monseigneur O'Flaherty a également installé des Juifs étrangers dans des appartements disséminés en ville, où ils vivent au vu et au su de tout le monde.

— Comment est-ce possible ?

Massimo dut encore accélérer le pas pour marcher au rythme d'Emedio. Ils se dirigeaient vers un grand bâtiment en stuc de cinq ou six étages, d'une douce teinte dorée. Deux niveaux d'arches voûtées marquaient l'entrée qui se trouvait au fond d'une cour superbement aménagée.

— Monseigneur O'Flaherty travaille pour le service officiel d'information du Vatican, mais il n'hésite pas à prendre des initiatives en dehors de sa sphère de compétences, quand c'est nécessaire. Entre nous, je pense qu'il agit en son nom, mais avec l'approbation tacite de notre Saint-Père. Toujours est-il qu'il a mis en place un réseau clandestin de « logeurs », composé d'une cinquantaine de prêtres et d'étudiants en théologie.

— Mais comment ces logeurs peuvent-ils louer à des Juifs ?

— Monseigneur O'Flaherty fournit aux locataires juifs des noms d'emprunts, avec de faux papiers.

Massimo trouva le système ingénieux.

— Comment trouve-t-il l'argent pour financer tout ça ?

— Grâce à de riches donateurs désireux d'aider les Juifs. Il connaît beaucoup de gens riches parce que c'est un golfeur de haut niveau. C'est lui qui a appris le golf au comte Ciano, le gendre de Mussolini. Ils font tous les deux parties du club de golf de Rome.

— Mais comment fait-il pour échapper à la vigilance des nazis ?

— Il prend des risques, répondit Emedio avec un froncement de sourcils. Kappler le fait surveiller de près, mais il parvient à passer entre les mailles du filet parce qu'il est le roi du déguisement. On l'a surnommé le Mouron rouge du Vatican [1].

Le cœur de Massimo se gonfla d'espoir.

— On dirait bien que c'est quelqu'un d'exceptionnel. Tu penses qu'il va nous aider ?

— Je ne peux rien te promettre, mais je crois que tu devrais pouvoir le convaincre.

— Je le crois aussi, répondit Massimo, bien qu'il n'en fût pas certain.

---

1. Personnage d'une série de romans populaires relatant les exploits d'un gentilhomme anglais qui sauve de la guillotine un grand nombre d'aristocrates durant la Révolution française. (*NdT*)

Ils arrivaient à l'entrée du Collège germanique, devant lequel des prêtres et des nonnes parlaient par petits groupes. Un peu à l'écart, sous une arche, se tenait un cardinal portant des lunettes rondes cerclées de fer, un chapeau noir bas et une longue soutane noire à parements rouges. Il était bâti comme un athlète de haut niveau et mesurait près d'un mètre quatre-vingt-dix.

—Voici Monseigneur O'Flaherty, annonça Emedio en le montrant.

—Comme il est grand !

—Toi aussi, Massimo, tu es grand !

—À l'intérieur, peut-être.

—C'est le plus important, non ?

Chapitre 83

Sandro
27 septembre 1943, lundi après-midi

Sandro vérifia l'évaluation du collier en or apporté par les membres de la famille De Veroli, puis il les remercia et leur tendit un reçu. La file d'attente s'arrêtait là. Après eux, il n'y avait plus personne.

Sa mère et Rosa gardèrent le sourire, mais Sandro vit que cela leur coûtait. Personne ne savait où poser les yeux, chacun évitant de croiser le regard des autres. Les membres du personnel assis à la table s'affairèrent à aligner des liasses de papiers ou à enlever de la poussière. Angelo toussa, brisant ainsi le silence. L'atmosphère était morose et pesante, comme si l'air lui-même avait acquis un poids mesurable avec une balance.

À un certain moment, Sandro entendit tout de même arriver de nouveaux donateurs. Il leva les yeux et reconnut Beppe, Maria et Marco. Il en eut la gorge nouée d'émotion. Les Terrizzi étaient venus… À travers la pièce, il échangea un regard avec Marco et lut sur son visage tout le chagrin et la compassion qu'il inspirait à son ami.

Sa mère et Rosa embrassaient déjà les Terrizzi.

— Maria, Beppe, merci, merci, déclara Rosa en s'essuyant les yeux sous ses lunettes.

Maria serra Rosa dans ses bras.

— Nous ferons tout ce que nous pourrons pour vous aider.

Le visage farouche de Beppe s'adoucit.

— Nous sommes profondément désolés, Gemma. C'est scandaleux qu'une telle chose se produise à Rome.

Sandro prit soudain conscience que Marco lui avait terriblement manqué. Le revoir réveillait en lui le souvenir des temps heureux, des moments partagés, des promenades à bicyclette, de leurs vagabondages dans les rues de Rome à faire les fous. Depuis toujours.

Sa mère lui désigna les Terrizzi.

— Regarde qui est là, Sandro, dit-elle en reprenant contenance.

— Marco…

Sandro aurait voulu parler. Comme il ne trouvait pas les mots, il se leva, fit le tour de la table et prit Marco dans ses bras.

— Tu m'as manqué, mon frère, murmura Marco. Je suis désolé de tout ce qui vous arrive. Et je regrette ce que j'ai dit le soir où… Tu sais bien…

— Merci, répondit Sandro avec émotion, en lâchant Marco. Et à propos d'Elisabetta, je veux que tu saches que jamais je n'ai…

— Tout ça n'a plus d'importance, interrompit Marco d'une voix douce, le regard brillant, en lui pressant les bras. Toi et moi, on est amis. On s'était déjà dit que c'était pour toujours, mais j'avais oublié à quel point c'était important. Je te soutiens. On se soutient.

Sandro battit des paupières. Marco venait d'exprimer sa pensée avec des mots simples et d'une grande justesse. Avec la guerre, il avait beaucoup mûri.

— Merci.

— Tiens, c'est pour toi, dit Marco en retirant de son cou la chaîne en or avec un petit crucifix que Sandro lui avait toujours vu porter.

Maria fit de même avec ses deux pendentifs, un crucifix en or filigrane et un *corno*, une amulette traditionnelle en forme de corne.

— Prenez aussi ça, dit-elle.

Beppe tendit quant à lui une épaisse enveloppe, puis il retira également sa chaîne à laquelle pendaient une croix et une médaille de saint.

— L'argent que contient l'enveloppe permettra peut-être d'acheter de l'or, expliqua-t-il.

Sandro accepta l'enveloppe et les bijoux.

— Merci, dit-il seulement. Merci à vous tous.

Chapitre 84

Marco

27 septembre 1943, lundi après-midi

En quittant la synagogue avec ses parents, Marco dut se frayer un chemin à travers les petits groupes rassemblés sur la place, les gens s'étant attardés pour parler de ce qui leur arrivait et se réconforter mutuellement. Ils semblaient désemparés. Une vague de pitié l'envahit et il eut soudain honte d'avoir porté l'uniforme fasciste. Il n'était pas sûr de pouvoir se le pardonner un jour.

Soudain, une limousine noire conduite par un chauffeur s'arrêta sur la place, spectacle sans précédent dans le Ghetto. Les têtes se tournèrent quand elle se gara et Marco eut la surprise de voir émerger du siège arrière Massimo en personne, le visage crispé en un masque angoissé.

Il claqua la portière de la limousine et salua à la hâte quelques personnes. En apercevant les Terrizzi, il se précipita vers eux en ouvrant les bras.

— Beppe, Maria, Marco ! Vous êtes là !

— Bien sûr.

Le père de Marco embrassa Massimo.

— On est venus dès qu'on a su. On a vu Sandro à l'intérieur et on a donné ce qu'on pouvait.

— Merci. Je vous aime tous les trois. Emedio nous a aidés, lui aussi. Regardez ce que j'apporte.

Il plongea la main dans sa poche et en sortit un tas de colliers en or qu'il laissa couler entre ses doigts.

— C'est de la part d'amies de Monseigneur O'Flaherty. L'une d'elles a même demandé à son chauffeur de me raccompagner.

— *Bravo*, Massimo ! s'exclamèrent Beppe et Maria.

Marco regarda les bijoux. Étant donné la quantité d'or exigée par les nazis, il n'était pas certain que cela suffise à faire la différence.

— Je dois y aller, déclara Massimo après avoir jeté un coup d'œil à sa montre.

Il rangea les bijoux dans sa poche.

— Bonne chance, lui lança Marco, en parvenant à esquisser un sourire.

Chapitre 85

Elisabetta

27 septembre 1943, lundi soir

C'était l'heure du dîner au Casa Servano et la salle était pleine. Elisabetta s'activait dans la cuisine depuis le matin. Elle préparait comme toujours son menu à base de pâtes car les pénuries alimentaires s'étaient aggravées depuis l'occupation nazie. Ce soir, ils servaient des spaghettis aux palourdes. Elle avait cuisiné les pâtes fraîches, nettoyé les palourdes, haché de l'ail frais, de l'origan et du persil.

La cuisine était saturée de vapeur. Elisabetta s'essuya le front.

Elle était aux fourneaux, devant deux chaudrons cabossés remplis d'eau bouillante, l'un pour les pâtes, l'autre pour les palourdes à la vapeur. La sauce aux palourdes se faisait quant à elle dans une épaisse casserole sur troisième brûleur réglé de manière à réchauffer l'huile d'olive sans noircir l'ail. Il fallait la surveiller attentivement et ne pas la laisser trop longtemps sur le feu. Nonna disait toujours que les spaghettis aux palourdes étaient un plat difficile à réussir, réservé aux meilleurs cuisiniers.

La nouvelle serveuse, Antonia, entra précipitamment dans la cuisine pour vider un plateau. Elle avait dix-huit ans, un visage doux et large, des yeux sombres et des cheveux noirs bouclés qu'elle portait en tresse. Elle faisait partie de ces campagnardes qui s'étaient réfugiées à Rome et on devinait à ses mains calleuses qu'elle avait travaillé à la récolte du blé.

— Elisabetta, il me faut deux portions, annonça-t-elle. Je viens d'installer la table sept. Il y a ce baron allemand tellement chic. Tu sais, notre habitué.

— Le baron von Weizsäcker.

Elisabetta jeta des pâtes dans l'eau bouillante, mit quelques poignées de palourdes à cuire à la vapeur et augmenta le feu sous l'huile d'olive, en y jetant un peu d'ail fraîchement coupé.

— Oui c'est ça. Il est ici avec un autre nazi. Et tu sais de quoi ils parlaient ?

— De quoi ? demanda distraitement Elisabetta, tout en remuant les pâtes avec une cuillère en bois.

Elle pouvait dire rien qu'à l'odeur de l'eau chaude si elle avait mis la bonne quantité de sel ou non.

— Les nazis ont proposé aux Juifs un marché qui ressemble à du chantage. Ils menacent de déporter deux cents personnes si le Conseil de la Communauté israélite de Rome ne leur remet pas cinquante kilos d'or d'ici demain.

Elisabetta leva vers elle des yeux horrifiés. Sa première pensée fut pour Sandro.

— Ce n'est pas possible. Tu es sûr que tu ne t'es pas trompée ? Tu comprends bien l'allemand ?

— Non je ne me suis pas trompée. J'en avais déjà entendu parler, mais je croyais que c'était une rumeur.

Elisabetta n'avait rien entendu, car elle n'était pratiquement pas sortie de sa cuisine de toute la journée.

— Donne-moi ton plateau. Je vais les servir.

— Pour quoi faire ?

— Je veux en avoir le cœur net.

Elisabetta prit le plateau. Une fois les pâtes prêtes, elle les sortit de l'eau bouillante, les égoutta et les mit dans une assiette. Elle ajouta ensuite les palourdes et arrosa le tout d'huile d'olive chaude avec de l'ail. Puis, elle mélangea et versa sur chaque assiette une pincée de persil frais. Elle disposa enfin les assiettes sur un plateau pour les apporter dans la salle.

Le baron von Weizsäcker était en effet en compagnie d'un officier nazi en uniforme. Lui-même était comme toujours en civil, avec l'insigne nazi au revers de sa veste.

Elisabetta se dirigea vers sa table.

— Bonsoir, baron von Weizsäcker. C'est un plaisir de vous voir. Ce soir, nous servons un de vos plats préférés.

— Je le sais, Elisabetta ! Des pâtes aux palourdes.

Weizsäcker sourit. Il avait de belles dents régulières. C'était un amoureux de l'Italie, un homme éduqué et cultivé, avec des cheveux blonds-gris clairsemés, des yeux rapprochés, un nez aristocratique et des lèvres bien dessinées.

Elisabetta posa son repas devant lui.

— *Buon appetito*, baron.

— *Grazie.* La présentation est superbe. Le persil a l'air bien frais.

— Merci. Je cultive nos herbes aromatiques dans mon jardin.

— Je n'en suis pas étonné. Avec vous tout est parfait, jusque dans les moindres détails.

Weizsäcker désigna son compagnon de table, un nazi large et musculeux, avec une cicatrice sur la joue gauche.

— Elisabetta, voici le colonel Kappler.

— Enchantée de faire votre connaissance, Colonel Kappler.

Elisabetta frissonna intérieurement. Kappler était le chef redouté de la Gestapo. S'il était dans le quartier, alors les rumeurs à propos du Ghetto étaient fondées. Elle avait sa réponse.

— Ravi de faire votre connaissance, murmura Kappler en hochant la tête avec raideur.

Weizsäcker intervint.

— Elisabetta, j'ai assuré au colonel Kappler que ce restaurant servait la nourriture la plus savoureuse de Rome. Les pâtes de Nonna étaient les meilleures de la ville. Vous étiez sa protégée et vous assurez dignement sa relève.

— Merci. *Buon appetito*, Colonel Kappler.

Au moment où elle se penchait vers la table pour déposer l'assiette de Kappler, Elisabetta fit mine de trébucher. L'assiette lui échappa des mains et atterrit à l'envers sur les genoux de Kappler.

— *Och !*

Kappler se leva d'un bond en grimaçant. Il avait une tâche d''huile au niveau de l'entrejambe, comme s'il avait uriné sur son pantalon. Elisabetta jubila, elle n'aurait pas pu faire mieux. Il essuya d'un revers de la main les spaghettis renversés sur son pantalon et des palourdes tombèrent par terre avec un « floc ».

— Oh non ! s'exclama Weizsäcker d'un ton désolé.

Les autres clients tendirent le cou et un murmure inquiet parcourut le restaurant.

Elisabetta poussa un cri étouffé.

— Colonel Kappler, je suis vraiment désolée ! Je suis d'une maladresse impardonnable !

— Au lieu de vous désoler, dépêchez-vous d'aller chercher un chiffon ! ordonna Weizsäcker en claquant des doigts.

— Oui, monsieur ! répondit Elisabetta en filant vers la cuisine.

Après avoir fermé le restaurant, Elisabetta s'empressa de se rendre dans le Ghetto, place de la synagogue. En dépit de l'heure tardive, l'endroit était encore occupé de groupes qui semblaient être en plein conciliabule. Les gens semblaient inquiets et agités, des hommes entraient et sortaient de l'édifice. Ses hautes fenêtres étaient encore éclairées et ses vitraux projetaient des nuances colorées sur le ciel nocturne.

Elisabetta scanna la foule. Ne voyant pas Sandro, elle décida de s'adresser à un jeune couple vêtu de manteaux bruns élimés.

— Pardon, pourriez-vous m'expliquer ce qui se passe ? demanda-t-elle. J'ai entendu dire que les Juifs doivent collecter de l'or pour le donner aux nazis, mais j'avoue que j'ai du mal à y croire.

— C'est pourtant vrai, répondit la femme, le front plissé d'angoisse.

— C'est un cauchemar, renchérit son mari, avec un pli amer de la bouche que son épaisse barbe ne suffisait pas à cacher. Les familles du Ghetto ont donné ce qu'elles pouvaient, mais rares sont celles à qui il restait des biens de valeur ou de l'argent.

— J'aimerais vous aider.

Elisabetta sortit de son sac une enveloppe contenant la recette de la journée.

— Je n'ai pas d'or, mais j'ai un peu d'argent.

— C'est très gentil à vous. Vous pouvez apporter votre contribution au premier étage de la synagogue. Demandez un avocat du nom de Massimo Simone.

Elisabetta s'efforça de dissimuler son émotion. Si le père de Sandro était là, alors Sandro y serait aussi, mais elle préférait ne pas le voir car il ne s'était plus manifesté. Pas même après les *supplì*. Il ne voulait plus d'elle.

Elle tendit l'enveloppe à l'homme.

— Vous ne voudriez pas vous en charger pour moi ?

— Si vous y tenez, répondit-il. Donnez-moi au moins votre nom, que je puisse dire d'où ça vient.

— C'est inutile, je vous remercie.

Elle se détourna et quitta précipitamment le Ghetto.

Chapitre 86

Sandro
28 septembre 1943, mardi matin

Ils n'étaient plus qu'à quelques heures de l'échéance fatale. Sandro et sa famille n'avaient pas quitté la Salle du Conseil, tout comme les présidents Foà et Almansi, Angelo Anticoli et ses assistants, le comptable Renzo Levi et la secrétaire Rosina Sorani. Tout le monde était à bout de force. Des heures durant, ils avaient collecté de l'or au compte-gouttes. Les moments d'espoir et de désespoir s'étaient succédé, mais ils n'avaient pas abandonné, passant sans cesse des coups de fils, frappant à de nouvelles portes, contactant sans relâche de nouveaux membres de leur communauté pour obtenir des contributions. Ils avaient même acheté quinze kilogrammes d'or avec de l'argent collecté.

Et à présent, réunis autour de la grande table, ils retenaient leur souffle, car ils n'étaient plus qu'à quelques grammes de leur objectif. Angelo posa une boucle d'oreille sur la balance en laiton. L'aiguille bougea. Ils retinrent leur souffle.

Angelo se redressa, un sourire jusqu'aux oreilles.

— On a réussi !

Tout le monde applaudit. Sandro serra son père dans ses bras. Les femmes éclatèrent en sanglots. Almansi et Foà se serrèrent la main, le visage rayonnant de joie. Angelo, ses assistants et Renzo se donnèrent de grandes claques dans le dos.

Contre toute attente, ils avaient réussi. Avec un peu d'avance sur les délais et en tout cas beaucoup plus vite qu'ils ne l'avaient prévu. L'or se trouvait sur la table et remplissait dix boites de cinq kilos. Il leur restait même de quoi mettre deux mille vingt et une lires cinq cent quarante dans le coffre-fort de la Communauté. La nuit dernière, le Vatican avait proposé de leur prêter ce qui leur manquerait, mais ce serait inutile.

— Mon fils…

Massimo avait les yeux brillants de larmes derrière ses lunettes.

— Bravo.

— Bravo à toi aussi, papa.

Foà s'éclaircit la gorge.

— Je tiens à vous remercier de vos efforts. Cet exploit, nous l'avons accompli ensemble. C'est un hommage à l'amour, à la force, et au pouvoir de notre communauté.

Almansi hocha la tête.

— Je vais appeler le Vatican et remercier le pape, mais je suis fier que nous ayons pu nous passer de son aide. Cela dit, nous avons encore du temps, donc j'attendrai avant d'annoncer officiellement cette excellente nouvelle. Bien sûr, j'ai hâte de rassurer les nôtres et de soulager leur angoisse, mais il vaut mieux continuer les collectes, pour ne pas prendre de risque. Je pense aussi que nous devrions appeler le colonel Kappler pour demander un délai supplémentaire. Je ne veux pas qu'il ait l'impression que nous avons atteint notre but trop facilement.

— Sage décision, commenta Foà.

Il se tourna vers le père de Sandro.

— Massimo, tu es d'accord ?

— Absolument. D'accord sur tous les points. Si nous disons aux nazis que nous avons déjà les cinquante kilos d'or, ils risquent d'en exiger encore plus, ce qui nous ramènerait à la case départ.

Il se tourna vers Sandro.

— Qu'en penses-tu ?

— Je suis d'accord, répondit Sandro, heureux et fier qu'on lui demande son avis.

Les nazis acceptèrent de repousser l'échéance. Le moment venu, Foà, Almansi et Massimo se rendirent à la Villa Wolkonsky pour remettre à Kappler l'or qu'il avait réclamé. Étrangement, celui-ci était absent et ils furent redirigés vers les bureaux de la Via Tasso. Là, des officiers nazis commencèrent par prétendre que le compte n'y était pas. Après une deuxième pesée, ils durent se rendre à l'évidence.

Les Juifs de Rome étaient sauvés.

Chapitre 87

Marco

29 septembre 1943

C'était juste avant l'aube. À l'horizon, le ciel était d'un chaleureux ton orangé et s'éclaircissait peu à peu. Un mince croissant de lune ébauchait une ligne blanche courbe, qui semblait être elle-même l'ombre de l'astre. Marco venait de prendre sa position de tir, en appui sur les coudes, à plat ventre, au bord d'une route de terre menant au sommet d'une colline. Avec le groupe de partisans de son père, ils s'apprêtaient à prendre en embuscade un convoi nazi qui devait arriver dans une demi-heure.

Marco colla son œil au viseur du fusil qui était braqué sur la crête de la colline. Son père avait appris la veille au soir l'existence de ce convoi et ils avaient dû se mobiliser rapidement. Ils étaient cachés par le relief bordant la route et derrière eux s'étendait une plantation de citronniers abandonnée. Une odeur de citron pourri flottait dans l'air. Des abeilles bourdonnaient autour de leurs têtes.

Près de Marco, Beppe leva les yeux.

— Marco, quand ça commencera à tirer, pense à bien t'aplatir au sol.

— Mais qui crains-tu le plus ? Les nazis ou maman ?

— Tu as vraiment besoin de me poser la question ? répondit son père en souriant.

Marco se sentit plus proche de lui que jamais.

— Sois prudent, toi aussi, lui dit-il.

— J'ai survécu à Caporetto, je peux survivre à tout.

Marco fut surpris. C'était la première fois que son père prononçait le mot « Caporetto » à voix haute.

— Prépare-toi, murmura celui-ci en mettant son fusil en joue. Ils arrivent.

— Comment tu le sais ?

— Je sens la vibration du sol dans ma poitrine.

Marco se tut. Il sentait à présent lui aussi la vibration caractéristique annonçant l'approche de véhicules à moteur. Bientôt, un grondement leur parvint depuis l'autre versant de la colline. Ils attendaient trois camions bâchés, probablement escortés à l'avant et à l'arrière par deux Volkswagen tout-terrain remplies de soldats. On entendait patiner les embrayages des camions qui peinaient à grimper la pente trop raide.

Le bruit des moteurs se rapprochait, Marco réajusta son arme. Beppe lancerait l'attaque quand tout le convoi aurait passé la crête et amorcé la descente du côté où ils se trouvaient.

Il fallait attendre encore.

Bientôt, une tout-terrain apparut au sommet de la colline, avec quatre soldats à son bord. Marco déglutit et garda la tête baissée. Le véhicule entama la pente en prenant de la vitesse.

Le cœur de Marco se mit à battre la chamade. Un camion suivit de près, avec deux soldats dans la cabine. Puis un second camion apparut. Et enfin un troisième.

Marco eut la bouche sèche en voyant la voiture tout-terrain qui fermait la marche. À présent, le convoi entier se trouvait sur la pente.

Deux partisans lancèrent sur la route des clous à quatre pointes. Le premier véhicule, emporté par son élan, n'eut pas le temps de freiner pour les éviter. Il y eut un bruit sec. Puis les pneus se déchirèrent et commencèrent à se dégonfler.

— Feu ! hurla Beppe

Marco et les partisans se mirent à tirer. Pris par surprise, les soldats du véhicule de tête furent abattus avant même d'avoir pu attraper leurs armes.

Le premier camion, trop lourd pour s'arrêter, vint les heurter de plein fouet. Il fut à son tour percuté par le second. Le troisième voulut donner un coup de volant pour sortir de la route, mais des monticules de terre des deux côtés l'en empêchèrent. Le conducteur de la voiture qui fermait la marche tenta la même manœuvre, mais lui aussi alla rejoindre le carambolage.

Les balles des partisans pleuvaient sur le convoi. La fumée emplissait l'air. Les nazis ripostaient, mais ils n'étaient pas de taille à résister au tir de barrage des partisans. Ils voulurent sauter des camions, mais furent aussitôt abattus. Bientôt, il ne se passa plus rien de leur côté.

— Cessez le feu ! cria Beppe en agitant la main.

Les partisans cessèrent de tirer. L'un d'eux était blessé à la main, mais ils n'avaient pas perdu un seul homme.

L'embuscade était terminée. Marco sentit son niveau d'adrénaline chuter et se mit à trembler. Il posa son arme, puis parcourut du regard le carnage. Les clous à quatre pointes avaient fait leur travail. L'opération était une réussite !

Son père vint s'asseoir près de lui et le prit par les épaules. Aucun des deux ne prononça un mot. Quelques partisans coururent vers la route pour grimper dans les camions et examiner leur chargement.

Les soldats nazis gisaient à terre, morts ou agonisants. Marco ne pouvait détacher ses yeux de leurs corps allongés dans d'étranges positions, de leurs yeux aveugles fixant le ciel, de leurs uniformes de la Wehrmacht noirs de sang. De la fumée s'élevait au-dessus des véhicules et l'odeur de la poudre couvrait à présent celle des citrons pourris.

Marco était comme hypnotisé par l'horrible scène. Cette bataille ne pouvait se comparer avec celle de la porte San Paolo. Ici, il était tout près des soldats et il avait sous les yeux les visages de ces jeunes hommes entraînés comme lui dans une guerre qu'ils n'avaient pas choisie. Ceux-là même qui avaient été ses alliés. Quelques mois plus tôt, il aurait ri et plaisanté avec eux. L'un d'eux, Rolf, avait même été un ami.

Son groupe de partisans sortait vainqueur de cet assaut, mais il n'en retirait aucune joie. Il était au contraire désespéré. Il avait cru au fascisme. Ces jeunes soldats avaient cru au nazisme. Il n'y avait aucune différence entre eux. Ils s'étaient trompés, tous tant qu'ils étaient.

Il pria pour que cette guerre soit la dernière, tout en sachant que c'était un vœu pieux. Les hommes n'étaient pas parfaits et il s'en trouverait toujours pour faire de mauvais choix. Cela, son père le savait depuis la Grande Guerre. Mais ils n'en parleraient pas.

Le soleil commençait à se lever et ses rayons dorés pointaient entre les cyprès et les citronniers. Père et fils se tournèrent instinctivement pour regarder de son côté.

Marco contempla l'astre de feu jusqu'à en avoir mal aux yeux.

Chapitre 88

Elisabetta
29 septembre 1943

Elisabetta marchait d'un pas vif dans les rues du Trastevere. Elle s'inquiétait tant pour Sandro qu'elle n'avait pas fermé l'œil de la nuit. Les journaux ne mentionnaient pas l'or réclamé aux Juifs par les nazis. La radio n'avait pas non plus abordé le sujet. Elle avait demandé à deux hommes croisés dans la rue si le Ghetto avait réussi à rassembler les cinquante kilos, mais ils n'avaient pas su lui répondre et n'étaient même pas au courant de l'affaire.

Elle repéra un vieil homme de petite taille, portant un costume noir et une kippa. Un Juif. Elle le rattrapa et lui toucha le coude.

— Pardon, monsieur, puis-je vous poser une question ?

— Bien sûr, jeune fille.

— Savez-vous si le Ghetto a pu trouver l'or réclamé par les nazis ?

— Oui, répondit-il, tandis qu'un sourire fripait encore plus son visage ridé. On a réussi.

— Merci mon Dieu ! s'exclama Elisabetta en se jetant à son cou.

Il accepta sans un sursaut ce geste un peu trop familier de la part d'une inconnue.

Chapitre 89

Sandro
29 Septembre 1943

Ce jour-là était veille de Rosh Hashana. Sandro et son père se rendirent donc tôt le matin à la Grande Synagogue pour remettre la salle du conseil en état, aidés de Rosina, la secrétaire. Sandro était heureux et fier que les Juifs du Ghetto aient pu réunir les cinquante kilos d'or. Et surtout, il était fier de son père qui avait relevé le défi et dirigé les opérations de main de maître.

Soudain, ils entendirent des grondements de moteurs sur la place et reconnurent aussitôt le bruit caractéristique des véhicules lourds... Sandro échangea un regard avec son père. Une lueur d'angoisse passa dans les yeux de Rosina. Ils se précipitèrent tous les trois vers la fenêtre pour regarder au dehors. Et ce qu'ils découvrirent les horrifia.

Des chars Panzer équipés de longs canons avançaient en direction de la synagogue. Derrière eux suivaient deux tout-terrains chargées de soldats, ainsi que deux camions bâchés.

Rosina poussa un cri d'effroi.

— Oh non ! gémit Sandro.

Lui aussi était terrifié.

— Qu'est-ce qu'ils font ? demanda Massimo en s'agrippant au rebord de fenêtre.

Des nazis en uniforme de la Wehrmacht sortirent des véhicules, déchargèrent des barricades d'un des camions et entreprirent de boucler la place. Une berline noire arborant des drapeaux nazis arriva sur ces entrefaites et s'arrêta devant l'entrée. Un capitaine de la Gestapo en sortit, accompagné du président Foà, lequel n'en menait visiblement pas large. Derrière les barricades, les passants commençaient à s'agglutiner.

— Allons voir, dit Massimo.

Sandro et Rosina le suivirent dans l'escalier. Ils rejoignirent Foà et l'officier de la Gestapo au moment où ceux-ci pénétraient dans la synagogue.

Foà désigna le nazi d'un geste emprunté.

— Voici le capitaine des SS Mayer. Capitaine Mayer, permettez-moi de vous présenter...

— Je n'ai pas de temps à perdre en bavardages, interrompit Mayer sans sourire. Nous cherchons du matériel radio et nous devons fouiller la synagogue. Nous pensons que vous êtes secrètement en contact avec le gouvernement Badoglio.

— Les hommes du capitaine Mayer sont venus chez moi ce matin et ils n'ont rien trouvé, crut bon d'expliquer Foà. Je lui ai assuré que personne d'entre nous n'entretenait de contacts avec Badoglio et son gouvernement.

— Bien sûr que non ! s'exclama le père de Sandro.

Il se tourna vers Mayer.

— Vous n'avez aucune raison de fouiller la synagogue. C'est un lieu de culte. Il n'y a pas de matériel radio ici, ni rien de la sorte. C'est scandaleux.

Sandro se mordit la langue Il commençait à avoir peur pour son père. Des soldats nazis armés de mitraillettes entraient dans la synagogue et Mayer pouvait à n'importe quel moment donner l'ordre de tirer.

— Écartez-vous, ordonna Mayer.

Puis il aboya un ordre en allemand et les soldats élevèrent leurs mitraillettes.

Massimo se redressa de toute sa hauteur.

— Capitaine Mayer, il est inutile de nous menacer de la sorte. Je voulais simplement expliquer que…

— Écartez-vous !

Ils s'exécutèrent et Mayer donna de nouveau un ordre en allemand. Aussitôt, les soldats abaissèrent leurs armes. Puis, toujours sur ordre de Mayer, ils envahirent le sanctuaire, ainsi que les différentes ailes du bâtiment, en faisant résonner leurs bottes noires. Ils fouillèrent partout, y compris à l'intérieur des sièges de bois sculptés, lesquels comportaient un petit compartiment contenant un livre de prière. Ils ouvrirent tous les compartiments à coups de crosse.

Terrifié, effaré, Sandro assistait à ce saccage sans pouvoir l'empêcher, tout comme les autres. Un sous-officier s'intéressa aux boîtes à aumônes, fermées à clé, et dont il fit sauter les serrures, toujours à coup de crosses. Un autre grimpa les marches de la bimah et se dirigea vers l'arche qui contenait les rouleaux sacrés de la Torah et d'autres livres saints.

Sandro s'agrippa au bras de son père quand les soldats écartèrent le rideau de brocart qui protégeait l'arche, exposant ainsi les livres sacré. Ils s'emparèrent de deux parchemins, puis les jetèrent négligemment au sol. Une profanation.

Le père de Sandro s'insurgea :

— Capitaine Mayer, c'est du vandalisme ! Ces soldats sont dans une zone sacrée, où seuls pénètrent les rabbins. Et nous n'y cachons aucun équipement radio !

Foà écarquilla les yeux d'angoisse.

— Capitaine Mayer, vous ne pouvez pas faire ça ! C'est une violation des lois du judaïsme et je ne peux pas vous laisser…

— Silence ! beugla Mayer. J'ai ordre de fouiller la synagogue de fond en comble. Vous avez perdu la guerre et vous êtes maintenant sous le coup de la loi martiale. Silence, ou je vous emmène Via Tasso.

Le cœur de Sandro cognait comme un marteau. Il leva un regard horrifié vers les nazis qui envahissaient l'escalier.

— Tout le monde à l'étage ! cria Mayer en désignant les marches.

Au premier étage, un spectacle épouvantable les attendait.

Les soldats saccageaient les étagères de la salle de conférence, jetant tout au sol, livres et papiers. D'un côté de la pièce se trouvaient des armoires à dossiers verrouillées, lesquelles furent ouvertes et méthodiquement fouillées. Puis des soldats apportèrent des cartons vides, pour embarquer des documents.

Le père de Sandro fronça les sourcils.

— Capitaine Mayer, ce sont des archives appartenant à notre communauté. Pourquoi les confisquer ? Vous disiez chercher du matériel radio.

— Nous avons besoin de consulter ces documents et nous le ferons tranquillement dans nos locaux.

Il désigna un rayonnage sur le mur du fond.

— Foà, qu'y a-t-il dans ces volumes reliés ?

Foà hésita.

— Les procès-verbaux des réunions du Conseil hébraïque du Ghetto, ainsi que des registres de compte.

Mayer donna rapidement quelques ordres en allemand et ses hommes prirent les registres pour les mettre dans des cartons.

— Foà, qu'y a-t-il sur ces fiches ?

Le visage de Foà se décomposa.

— Les noms, adresses et informations généalogiques de nos membres.

Mayer donna de nouveau des ordres et les fiches furent emportés elles aussi.

— Foà, je sais qu'il y a ici un coffre-fort. Où est-il ?

Foà poussa un soupir résigné.

— Dans mon bureau.

— Vous allez me le montrer. *Signora* Sorani, restez ici, s'il vous plaît. Les autres, venez avec moi.

Foà poussa la porte d'une pièce contenant un bureau couvert de papiers, un petit meuble de rangement en bois, une étagère avec des livres, des photographies et une ménorah en argent ciselé. Sandro n'y était jamais entré.

Foà alla droit au meuble, dans lequel était caché un coffre-fort noir.

— Voilà, dit-il.

— Ouvrez-le.

— La clé est dans mon tiroir.

Foà alla chercher la clé dans un tiroir de son bureau et ouvrit le coffre.

Mayer regarda à l'intérieur.

— Combien d'argent avez-vous là-dedans ?

— Environ deux millions de lires.

— Sortez, dit-il en leur faisant signe de déguerpir. Je dois téléphoner.

Ils attendirent en silence derrière le battant que Mayer avait refermé sur lui. Sandro échangea des regards entendus avec son père, lequel semblait ulcéré. Autour d'eux, les nazis continuaient à saccager les armoires et à confisquer dossiers, papiers et fiches.

Il tendit l'oreille pour entendre Mayer, mais ne parvint pas à comprendre ce qu'il disait.

Au bout de quelques minutes, celui-ci ouvrit la porte et désigna le coffre.

— Foà, sur ordre du colonel Kappler, je dois saisir cet argent. Veuillez trouver une boîte et me l'emballer.

— Mais cet argent nous appartient, protesta Foà d'un ton consterné. C'est le surplus des dons que nous avons reçus pour répondre aux exigences du colonel Kappler.

Le père de Sandro intervint.

— Capitaine Mayer, vous n'avez aucun droit de prendre cet argent. Vous appelez ça une saisie, mais c'est en réalité un vol, un acte criminel.

Mayer lui lança un regard noir.

— C'est une provocation, Simone ! Je vais vous signaler au colonel Kappler !

Sandro tressaillit, craignant des représailles pour son père.

— Capitaine Mayer, lâcha-t-il. Mon père ne cherche pas à vous provoquer. Mais il est avocat et son rôle est de protéger la communauté.

— Capitaine Mayer, je vous en prie, calmez-vous, je vais vous donner ce que vous réclamez, intervint Foà.

Il prit sur son bureau une boîte servant à ranger la correspondance et en vida le contenu sur le tapis.

— Sortez, beugla Mayer ! Je m'en occupe.

Il leur montra de nouveau la porte et ils restèrent dehors, tandis qu'il criait de nouveau des ordres à ses soldats, lesquels allèrent chercher d'autre cartons et se mirent à vider entièrement le bureau de Foà.

Tout au long de la matinée, sur ordre du capitaine Mayer, les soldats nazis chargèrent les camions garés sur la place devant la Grande Synagogue. Ils emportèrent les papiers de la Communauté israélite de Rome, ses dossiers, le registre des minutes, des livres de comptes, et bien d'autres choses. Tout cela sous les yeux horrifiés de Sandro, de son père, de Foà, de Rosina, et de toutes les personnes présentes sur la place, dont la mère et la sœur de Sandro.

On était veille de Rosh Hashana, le nouvel an juif de l'année 5704. Sandro avait espéré que cette date marquerait un tournant, une amélioration.

Elle marquait en effet un tournant, mais qui n'allait pas dans le sens d'une amélioration.

Après avoir avalé un maigre déjeuner composé de spaghettis arrosés d'une sauce tomate diluée, les Simone demeurèrent autour de la table de la cuisine, pour parler de la situation. Sandro était inquiet. Ils avaient assisté le matin à des actes de vandalisme dans un lieu de culte sacré et personne n'était intervenu. Les nazis allaient de plus en plus loin et personne n'osait faire un geste pour les arrêter. La situation était grave. Les fascistes avaient mis les Juifs du Ghetto sur la paille, mais les nazis, eux, s'apprêtaient à les détruire.

Rosa secoua la tête.

— J'avoue qu'après avoir vu ces tanks, je crains pour nos vies. Nous devrions nous cacher. On connaît des gens qui peuvent nous aider, comme Emedio et Monseigneur O'Flaherty.

— Tu crois ? demanda Sandro d'un ton perplexe.

— Mais oui, bien sûr. D'autres l'ont fait. Le grand rabbin Zolli lui-même s'est caché. Pourquoi pas nous ? C'est peut-être notre dernière chance.

— Eh bien.

Massimo soupira. Son visage était grave et tendu.

— Je dois reconnaître que ce que j'ai vu aujourd'hui m'a ouvert les yeux. Ces nazis ont saccagé notre lieu de culte sans la moindre retenue et avec un certain plaisir, c'était évident. Cette histoire de communication radio était un prétexte pour nous terroriser et nous voler. Ils étaient motivés par la cupidité, mais aussi par la haine. J'ai toujours cru que nous serions en sécurité à Rome, mais je n'avais jamais envisagé que notre pays serait sous occupation allemande. Je suis désolé. J'aurais dû être plus prévoyant.

Il regarda sa femme, puis ses deux enfants.

— Votre mère et moi, nous avons discuté de la situation. Nous pensons qu'il serait prudent pour vous deux d'aller vous cacher.

— Quoi ? protesta Rosa. Et toi ? Et maman ?

— Nous restons ici. Nous avons foi en notre Dieu. Il nous protégera.

Sandro secoua la tête.

— On ne partira pas sans vous.

Sa mère lui toucha la main.

— Vous le pouvez et vous le devez. Moi, je ne peux pas partir, on a trop besoin de moi. De son côté, votre père pense lui aussi être indispensable au Ghetto en ce moment. Mais vous, non. Et vous avez suffisamment pris de risques comme ça.

— Maman, vous serez coincés tous les deux ici, intervint Rosa.

— La question n'est pas là. Je suis la seule obstétricienne du Ghetto et il y a beaucoup d'accouchements difficiles en ce moment, en raison de la malnutrition et des maladies. J'ai une patiente qui va mettre au monde son bébé d'un jour à l'autre. Cecilia, qui habite au coin de la rue. C'est son premier enfant et elle a eu une pneumonie. Je ne peux pas l'abandonner.

Rosa fronça les sourcils.

— Et une fois qu'elle aura accouché ? Tu pourras partir ?

— Il y aura Regina, et Clara. Elles sont toutes les deux dans leur neuvième mois. Trop de femmes ont besoin de moi.

Sandro se tourna vers son père.

— Et toi, papa ?

— Je reste, moi aussi.

Il esquissa un sourire.

— Je ne peux pas regarder ailleurs quand tant de gens sont dans le besoin. Dans le Ghetto, nombreux sont ceux qui n'ont pas la même chance que nous. Ils ne pourraient pas se cacher, même s'ils le voulaient. Ils comptent sur moi. Je vais rester pour aider Foà et les autres et…

— Dans ce cas, nous resterons aussi, interrompit Rosa.

Elle semblait à présent aussi déterminée à rester qu'elle l'avait été à partir, et Sandro la comprit.

— Oui, approuva-t-il. Nous allons rester tous ensemble.

Le regard de son père chercha le sien.

— Mon fils, tu es sûr de ton choix ?

— Oui papa, je suis sûr.

Sandro prit conscience qu'il n'avait jamais envisagé sérieusement de quitter le Ghetto de Rome où il avait toujours vécu.

— Nous sommes des Juifs du Ghetto. Notre place est ici, parmi les nôtres.

Son père tendit les mains, paume vers le ciel.

— Dans ce cas, prions, dit-il.

Chapitre 90

Sandro
30 septembre 1943

Sandro se trouvait avec son père et le président Foà dans le sanctuaire que l'on était en train de remettre en état. Des charpentiers réparaient les boîtes à clés, des couturières s'occupaient des rideaux, des volontaires nettoyaient le sol. De son côté, il avait passé la matinée à rassembler ce qu'il restait des livres de comptes, puis à chercher un moyen de payer les travaux qu'il faudrait faire dans la synagogue, car non contents d'avoir laissé derrière eux d'importants dégâts, les nazis avaient emportés tout l'argent que contenait leur coffre.

Soudain, des moteurs de voitures se firent entendre sur la place. Tout le monde cessa de travailler. Une file de véhicules tout-terrain venait de s'arrêter devant la synagogue.

Foà secoua la tête.

— Qu'est-ce qu'ils veulent encore ? murmura-t-il.

— À mon avis, ils viennent prendre ce qu'il nous reste d'objets de valeur, répondit Massimo. Les livres, l'argenterie.

Sandro se tourna lui.

— Il n'y a pas un moyen de les en empêcher, papa ?

— On peut essayer.

Ils allèrent donc à la rencontre des deux capitaines nazis qui entraient dans la synagogue, suivis par des soldats armés. Ils portaient tous deux des lunettes, ils étaient plutôt fluets, ils n'étaient pas armés, et bien qu'en uniforme de la Wehrmacht, ils ne ressemblaient pas à des combattants. Sandro leur trouva un air docte, comme les professeurs qu'il avait rencontrés à la Sapienza.

Massimo s'arrêta devant eux, mais ne leur tendit pas la main.

— Messieurs, je suis Massimo Simone. Voici le président Foà et mon fils Sandro. Quel est aujourd'hui le motif de votre visite ?

Le plus grand des deux hommes pinça les lèvres.

— Nous appartenons à la l'ERR, l'Équipe d'intervention du Reichsleiter Rosenberg, une division de la Wehrmacht responsable des biens culturels et des livres rares. Nous sommes orientalistes. Personnellement, j'enseigne la langue hébraïque à l'École supérieure Rosenberg de Berlin. Nous avons cru comprendre que vous aviez ici deux bibliothèques très importantes, la bibliothèque de la Communauté israélite et celle du Collège rabbinique italien.

— Pourquoi vous intéressez-vous à nos bibliothèques ?

— Simple curiosité intellectuelle.

Massimo secoua la tête.

— Ces bibliothèques sont privées et seuls peuvent y accéder...

— Vous allez nous les montrer, coupa sèchement le capitaine nazi.

Il désigna les soldats derrière lui.

— Nous n'hésiterons pas à faire usage de la force si nécessaire.

— Puisque vous insistez, répondit Massimo d'un ton appuyé.

— Il y a des procédures à suivre pour manipuler ces vieux objets, intervint Foà.

Le capitaine lui jeta un regard outré, comme s'il se sentait insulté.

—Nous connaissons parfaitement les procédures pour la manipulation de tels objets. Nous avons apporté des gants en tissu.

Ils montèrent donc à l'étage des bibliothèques, y compris les soldats. Pour Sandro, c'était la première fois, car leur accès était réservé à certains membres de la communauté. Le palier donnait sur une petite salle de conférence contenant une table ronde en acajou et des chaises. Au-delà, il y avait une pièce plus grande, avec un mur en partie vitré, de sorte que l'on pouvait voir à l'intérieur. C'était visiblement une pièce renfermant des livres rares, avec de nombreux rayonnages, des armoires, des fenêtres aux stores verdâtres pour filtrer la lumière.

Foà se dirigea vers la bibliothèque.

—Comme je vous l'ai dit, il faudra manipuler avec une extrême précaut…

—Corrigez-moi si je me trompe, interrompit le plus grand des deux capitaines, tout en lui emboîtant le pas. La bibliothèque de la Communauté israélite est l'une des plus importantes d'Europe, en termes de valeur marchande. Vous avez là des textes rares, des parchemins illustrés et des manuscrits datant de l'époque des empereurs romains, ainsi que des dessins originaux datant des premiers papes. Est-ce exact ?

—Oui, admit Foà à contrecœur, alors qu'ils atteignaient la bibliothèque.

—Est-il également vrai que ces collections, dans leur ensemble, reconstituent l'histoire du judaïsme et du christianisme primitif ? Et que vous possédez également des objets culturels ?

—Oui, soupira Foà en sortant un porte-clés de sa poche.

—Où sont les catalogues de ces trésors ?

Foà montra du doigt à travers la vitre.

— Sur l'étagère de gauche. Mais tout n'est pas encore répertorié.

— Nous allons confisquer les catalogues.

— Pardon ? s'insurgea Foà.

Le père de Sandro intervint :

— Vous disiez vouloir feuilleter des ouvrages. Vous ne pouvez pas confisquer une partie de la collection.

— Les catalogues ne font pas partie de la collection. Ils n'en sont que la trace et c'est vous qui les avez établis. À présent nous souhaitons entrer dans cette bibliothèque. Attendez-nous de ce côté.

Les deux capitaines entrèrent dans la bibliothèque, en fermant la porte derrière eux.

Sandro, Massimo et Foà restèrent de l'autre côté, à regarder. L'un des nazis alla droit aux catalogues, l'autre entreprit d'examiner les livres. Sandro souffrait de se sentir à ce point impuissant. Quant à son père, il ne quittait pas les deux hommes du regard et fulminait intérieurement, comme en témoignait son visage qui devenait peu à peu écarlate.

— C'est un désastre, gémit Foà. Nous devons les empêcher de dévaliser la bibliothèque. S'ils envoient nos précieux manuscrits et nos objets culturels en Allemagne, ce sera une perte irréparable pour le judaïsme et pour la culture italienne. C'est notre patrimoine.

Le père de Sandro hocha la tête.

— Nous allons nous défendre en nous abritant derrière la loi. Je vais préparer des papiers que nous déposerons aujourd'hui, afin que le tribunal interdise à l'EER toute action confiscatoire. Je vais tout de suite écrire à Almansi pour obtenir sa signature, car c'est lui le président de l'Union des Communautés, seul organisme habilité à gérer ces bibliothèques.

Foà acquiesça.

— Nous avons besoin d'appuis, donc j'enverrai aussi une lettre au Vatican. Je suis sûr qu'ils voudront que nos collections restent à Rome. La préfecture de police et le gouvernement Badoglio devraient aussi s'intéresser au problème.

— Nous pouvons appeler la Sapienza et d'autres institutions académiques, intervint Sandro. Elles seront prêtes à se battre pour ces collections qui ont une grande valeur pédagogique.

— D'accord, approuva Foà qui semblait un peu rasséréné. Quand est-ce qu'on commence ?

— Tout de suite, répondirent en chœur Sandro et son père.

Chapitre 91

Marco
6 octobre 1943

Marco avait une course à faire pour son chef et il marchait d'un pas rapide sur le trottoir. Mais en tournant au coin d'une rue, il se trouva confronté à un attroupement qui bloquait le passage. Les gens lui tournaient le dos, captivés par ce qui se passait de l'autre côté de la rue. L'atmosphère était tendue, le groupe agglutiné débordait sur la chaussée. Le trafic avait été dévié, chose rare dans ce quartier très fréquenté.

Marco comprit tout de suite qu'il se passait quelque chose. DE l'autre côté de la rue, il y avait le quartier général des carabiniers, la police militaire de Rome. Après avoir joué des coudes pour fendre la foule, il découvrit une scène terrible : une bonne centaine de soldats nazis gardaient l'entrée du quartier général des carabiniers et une quinzaine de camions tournaient ralenti devant le bâtiment et le long de la rue. Il y avait des voitures tout-terrain pour escorter les camions et des soldats pour protéger véhicules et barrages. Tout le quartier était bouclé.

Un groupe de nazis sortit du bâtiment avec trente carabiniers menottés. Marco en resta saisi. Qu'est-ce que ça voulait dire ? Comment pouvait-on arrêter des carabiniers ? Un murmure mécontent s'éleva de la foule. Il y eut des injures et même des gestes obscènes. Les nazis s'empressèrent de faire monter leurs prisonniers à l'arrière d'un camion bâché.

Marco resta là à regarder, tandis que d'autres soldats nazis quittaient le bâtiment avec un nouveau groupe de prisonniers qu'ils firent grimper dans un second camion. Puis il y eut un troisième groupe. Un quatrième. Cela semblait ne devoir jamais s'arrêter. Dès qu'un camion était plein, il démarrait et les nazis en remplissaient un autre.

Horrifié, Marco comprit qu'ils étaient en train d'arrêter tout le QG des carabiniers. S'il ne l'avait pas vu de ses yeux, jamais il n'aurait pu le croire. Les nazis avaient réussi à préparer une opération de cette envergure en plein centre de Rome, sans que personne ne se doute de rien. Il n'avait pas entendu un mot à ce sujet au Palazzo Venezia. Les partisans non plus n'en avait rien su.

Il en fut terrifié. C'était une catastrophe pour Rome, cette ville qu'il aimait tant, et pour tous les Romains qui se trouvaient désormais à la merci des nazis. Dans la foule, les gens semblaient atterrés. Il y avait ceux qui juraient, ceux qui pleuraient, ceux qui se détournaient de ce spectacle insoutenable

Après cinq cents arrestations, Marco cessa de compter. Il ne devait plus rester grand monde à l'intérieur. Il courut chez lui, prévenir son père.

Chapitre 92

Sandro
13 octobre 1943

Sandro était avec Rosa et sa mère, avec la foule qui se tenait derrière les barricades interdisant l'accès à la place de la synagogue. Des hommes armés gardaient l'entrée de l'édifice, dans une terrifiante démonstration de force. Les nazis s'apprêtaient à confisquer le contenu de la bibliothèque de la Communauté israélite, ainsi que celui la bibliothèque du Collège rabbinique italien, soit quelques dix mille livres et objets inestimables. Les recours légaux pour empêcher ce pillage n'avaient servi à rien, car l'occupant était au-dessus des lois. Aucune institution n'avait souhaité intervenir. Ni le Vatican, ni le gouvernement Badoglio, ni la préfecture de police, ni la Sapienza.

Tout le monde était désemparé par ce qui se passait.

Le père de Sandro se trouvait encore à l'intérieur de la synagogue avec les présidents Foà et Almansi, dans une ultime tentative pour empêcher ce pillage, mais Sandro savait qu'ils n'aboutiraient à rien. Maigre consolation : redoutant une intervention de ce genre et se méfiant des voies légales, Massimo et les deux présidents avaient pris les devants. Depuis le premier passage des nazis, ils avaient disséminé un peu partout dans Rome, dans les maisons et jardins de leurs sympathisants, une partie des objets les plus précieux de la collection. Ils avaient même vidé le mikvé, le bain rituel de la synagogue, et engagé un carreleur pour cacher des objets dans ses murs.

Bien leur en avait pris car les nazis étaient revenus sans préavis. Les gens du Ghetto avaient eu la surprise de découvrir le matin même deux énormes wagons de transport de marchandises postés non loin de la synagogue, sur la ligne de tram Circolare Nera du Lungotevere de' Cenci. La circulation était donc coupée sur ce boulevard habituellement très fréquenté et des soldats armés empêchaient d'y accéder. Le train portait le logo de la compagnie ferroviaire nationale allemande, de sorte qu'il était facile de savoir d'où il venait et où il irait. Les nazis avaient engagé une société italienne, Otto & Rosini, pour superviser le transport de la collection jusqu'en Allemagne. Ses employés étaient déjà à l'œuvre dans la synagogue, en train de tout emballer.

Le père de Sandro sortit du bâtiment et traversa la place en direction de la foule. Il passa devant les nazis la tête haute. S'il avait peur, il le cachait bien. Sandro eut un élan d'admiration pour lui. Durant ces terribles jours, Massimo avait pris tant d'initiatives que la communauté juive en était venue à le considérer comme une sorte de chef.

Il s'approcha de la barricade, l'air sombre. Des familles se pressèrent contre les barrières pour le harceler de questions.

—Massimo, de quel droit emportent-ils les livres de nos bibliothèques ? Ils ne leur appartiennent pas !

—Nous avons donné l'or qu'ils réclamaient, mais ils confisquent maintenant nos biens. Jusqu'où iront-ils ?

—Est-ce que tu as pu les arrêter, Massimo ? C'est un crime, ce qu'ils font.

Le père de Sandro leva les mains pour réclamer le calme.

— Mes amis, j'ai de mauvaises nouvelles. Nous avons fait tout notre possible, mais nous n'avons aucun moyen de nous opposer à cette confiscation.

Il marqua une pause, laissant les gens réagir dans la foule. Puis il reprit.

— Je les ai cependant prévenus que nous engagerions des poursuites judiciaires si l'un de nos biens était vendu après avoir quitté le pays, reprit-il. Les Allemands assurent que ce ne sera pas le cas. En outre, nous avons demandé officiellement la restitution après la guerre de notre collection d'objets...

De nouveau, il dut s'interrompre car la foule avait recommencé à s'agiter en voyant sortir plusieurs hommes d'O&R en combinaison de travail. Ils transportaient des livres fragiles et des manuscrits vieux de plusieurs siècles dans de simples cartons de déménagements, comme de vulgaires casseroles.

Soudain, quelqu'un lança un livre par l'une des fenêtres de l'étage. Il s'ouvrit et ses vieilles pages battirent comme les ailes d'un oiseau incapable de voler.

Massimo poussa un cri d'effroi.

— Il va se déchirer !

Il courut vers la synagogue, les bras en l'air, et parvint à attraper le livre avant qu'il ne touche terre. Les gens attroupés derrière les barricades saluèrent l'exploit par des applaudissements.

Un autre livre ne tarda pas à suivre, venu d'une autre fenêtre. Massimo se précipita pour l'attraper aussi. Il venait de le réceptionner, tout juste avant qu'il ne heurte les pavés, quand un troisième s'envola d'une troisième fenêtre.

Comme la cadence s'accélérait, les acclamations de la foule cessèrent. Les gens semblaient atterrés. Combien de ces livres à la valeur inestimables les nazis allaient-ils sacrifier ainsi ? Massimo courait dans tous les sens, dans l'espoir vain de sauver tous les ouvrages, ce qui était impossible, car il avait à présent affaire à un déluge. Il en eut bientôt tout une pile dans les bras, au point qu'il avait du mal à les porter.

—Papa, arrête! cria Sandro.

Il avait compris que les nazis jetaient les livres uniquement pour le plaisir de voir son père se démener. Devant cette provocation, la foule commençait à s'exciter, des gens manifestaient ouvertement leur colère et certains soldats mirent l'attroupement en joue. La situation devenait explosive. Il fallait faire quelque chose.

—S'il vous plaît! appela Sandro en s'adressant à un soldat. Laissez-moi aller chercher mon père!

—Allez-y! répondit celui-ci d'un ton rogue en agitant son arme pour lui faire signe de passer.

Sandro se faufila sous la barricade et courut vers Massimo pour le décharger d'une partie de ses livres.

—Papa, arrête! supplia-t-il.

—Ces livres ont des centaines d'années! haleta Massimo d'un ton angoissé.

Il était haletant, débraillé, les lunettes de travers.

—Je sais, mais arrête, ça ne sert à rien.

Un homme d'O&R venait vers eux avec un carton vide et ils lui remirent les volumes ramassés par Massimo. Mais les nazis continuaient à balancer par la fenêtre de précieux volumes dont les pages se détachaient et voletaient dans les airs en tombant lentement sur la place, comme de vulgaires prospectus.

Sandro prit son père par le bras et l'entraîna vers la barricade. Tout autour d'eux, des livres précieux s'écrasaient sur les pavés et leur reliure se défaisait. Des gens commencèrent à tendre les mains à travers les barricades, dans l'espoir de sauver quelques pages.

Les soldats réagirent aussitôt en pointant leurs armes et en hurlant. Effrayés, même les plus hardis retirèrent leurs mains. À présent, plus personne n'osait protester. Les gens priaient ou pleuraient. Sandro s'empressa de faire passer son père de l'autre côté de la barricade, où sa mère et Rosa s'efforcèrent de l'apaiser. Il ne tarda pas à recouvrer son sang-froid.

Soudain, le cœur de Sandro fit un bond. Il venait de voir dans la foule une jeune femme qui lui tournait le dos, mais dont il reconnaissait les boucles noires et la robe bleue à carreaux – l'uniforme de serveuse d'Elisabetta. Sans même l'avoir décidé, il joua des coudes pour la rejoindre.

— Elisabetta ? appela-t-il.

Elle se tourna vers lui.

— Pardon ? demanda-t-elle.

— Je vous prie de m'excuser, je vous avais prise pour quelqu'un d'autre.

Il recula dans la foule. Bien sûr, que ce n'était pas Elisabetta. Pourquoi serait-elle venue jusqu'ici ? Il l'avait repoussée, elle l'avait oublié. Leur amour appartenait au passé.

Il songea à cette soirée, à la Sapienza, quand ils s'étaient embrassés sous les étoiles, et se demanda si elle avait enfin écrit son roman.

Puis il s'efforça de chasser ces douloureux souvenirs et alla rejoindre sa famille.

Chapitre 93

Sandro

15 octobre 1943

Sandro était avec sa mère au chevet de Rosa. Celle-ci se plaignait de douleurs au ventre depuis plus d'une semaine et ces derniers jours elle ne gardait pratiquement rien de ce qu'elle mangeait. Son joli visage était pâle et décomposé, ses yeux avaient perdu leur éclat.

Gemma posa une main sur le front de sa fille.

— Tu as trop de fièvre, ma chérie, dit-elle. Je crois qu'il vaut mieux t'emmener à l'hôpital, tant que tu peux encore marcher.

— C'est inutile, protesta faiblement Rosa. Ça va aller.

— Non. Tu as besoin d'un traitement.

Sandro était d'accord avec sa mère.

— Maman, qu'est-ce qu'elle a, d'après toi ?

— Des douleurs aux ventres, ça peut être beaucoup de choses. Je ne peux pas poser un diagnostic sans des analyses poussées.

— Alors qu'est-ce qu'on fait ? Papa ne rentrera que très tard.

Massimo était toujours à la synagogue, en train de remettre de l'ordre après le saccage de la bibliothèque.

— À nous deux, on peut l'emmener à l'hôpital, répondit Gemma. Je ne veux pas attendre ton père. On lui laissera un mot.

Elle se redressa, une expression déterminée sur le visage.

Sandro hocha la tête.

— Bien, dit-il. Allons-y.

— Maman, non ! protesta de nouveau Rosa en secouant la tête. C'est inutile et en plus c'est bientôt l'heure du couvre-feu. Sandro, dis-lui que ce n'est pas raisonnable.

— Ne t'inquiète pas, la rassura Sandro. Si des soldats nous arrêtent, on expliquera qu'il s'agit d'une urgence médicale.

— En espérant que ça veuille dire quelque chose pour eux, murmura Gemma.

Pendant que l'on examinait Rosa, Sandro patientait dans une salle d'attente avec sa mère. Celle-ci avait été accueillie par un ancien collègue, le docteur Salvatore Cristabello. Il s'était déclaré ravi de la revoir, mais avait marqué un temps d'arrêt devant sa robe marron et son aspect physique. Sandro avait soudain pris conscience que sa mère, autrefois gracieuse et svelte, était à présent une femme maigre et d'aspect maladif. En jetant un coup d'œil à son propre reflet dans une vitre, il s'était trouvé lui aussi très amaigri.

Le docteur Cristabello les rejoignit bientôt dans la salle d'attente, très professionnel dans sa blouse blanche impeccable. Il avait des cheveux gris clairsemés et portait d'épaisses lunettes à double foyer. Son expression était chaleureuse et amicale, mais néanmoins préoccupée.

— Alors ? demanda la mère de Sandro en se levant pour aller à sa rencontre.

— Les signes vitaux sont bons et sa vie n'est pas en danger, mais je préfère l'hospitaliser. Je pense qu'il s'agit d'un problème gastro-intestinal, dû à un parasite ou autre. On en voit beaucoup en ce moment, avec la contamination des aliments.

—C'est ce que je soupçonnais, répondit Gemma.

—On lui donne à boire et on va lui faire des analyses d'urine et de sang. On n'aura pas les résultats tout de suite. Tu devrais rentrer chez toi et dormir un peu, Gemma.

—J'aimerais passer la nuit ici, si c'est possible.

—D'accord. Je pense que je peux te faire entrer discrètement.

—Merci, Salvatore.

Elle se tourna vers Sandro et lui toucha le bras.

—Rentre à la maison, mon chéri. Tiens compagnie à ton père.

—Mais je veux rester aussi. On lui a laissé un mot.

Le Dr Cristabello intervint :

—Sandro, je peux m'arranger pour qu'on laisse entrer ta mère, mais pas avec toi.

—D'accord, murmura Sandro avec réticence

—C'est bien, approuva sa mère en l'embrassant sur la joue.

En quittant l'hôpital, il aperçut le Ponte Cestio tout près, qui menait au Trastevere et à Elisabetta. Une puissante vague d'émotion le submergea et il fut soudain pris du désir irrésistible de la voir, au point qu'il se demanda comment il avait pu se passer d'elle aussi longtemps.

Il n'en pouvait plus, d'étouffer les élans de son cœur. Il prit à droite, traversa le pont, entra dans le Trastevere. Le quartier avait beaucoup changé et il le reconnut à peine. Les rues semblaient abandonnées. De nombreux magasins et restaurants avaient fermé. Aucune lumière ne filtrait des fenêtres car les gens calfeutraient les ouvertures la nuit, par crainte des raids aériens. Des ordures et des gravats jonchaient les trottoirs, les pots de fleurs étaient en morceaux. On ne plantait plus rien au pied des treillages dont il ne restait que des débris agrippés aux murs. Il passa sous une maigre touffe de lierre qui lui fit l'effet d'une survivante. Comme lui, elle s'efforçait de tenir, envers et contre tout.

Il avançait comme dans un rêve, sans réfléchir, et ses pas le menèrent d'instinct vers la femme qu'il aimait. Il allait la supplier de l'accepter, de le laisser entrer. Et ainsi il la tiendrait tout contre lui et ils seraient enfin réunis, car telle était leur destinée, ce que Dieu avait voulu pour eux avant la guerre, avant les fascistes et les nazis, avant la haine et les lois raciales. Il marchait sans s'arrêter, en priant pour qu'elle ne le rejette pas. Pour que son rêve devienne réalité.

Dans la rue où elle habitait, il n'y avait pas âme qui vive. Il s'arrêta devant sa petite maison, une modeste construction comportant un étage et dont la façade de stuc jaune lui parut aussi lumineuse qu'un soleil. Les lumières étaient éteintes et les volets fermés. Elisabetta devait dormir, sûrement.

Il songea à cette fois où Marco lui avait donné la sérénade. Il aurait bien voulu chanter pour elle, mais il ne savait pas. D'ailleurs, il ne savait plus aucune chanson. Il ne savait plus rien. Une vague de désespoir le submergea quand il songea qu'il n'avait rien à offrir. Il ne ferait plus rien de sa vie, il n'était plus un génie, pas même un jeune garçon en pleine santé. Rien qu'un écorché vif désirant comme un fou une femme désormais inaccessible.

Il tomba à genoux sur les pavés, la tête basse, et les larmes qu'il retenait depuis trop longtemps lui brûlèrent les yeux. Et puis il resta là, brisé, totalement submergé par le désespoir.

— Sandro ?

Quelqu'un l'appelait. On aurait dit la voix d'Elisabetta. Il l'aurait reconnue entre mille, mais elle semblait venir de loin, de tout en haut, du paradis sans doute. Mais peut-être avait-il tout simplement une hallucination. Peut-être qu'il était en train de devenir fou pour de bon.

Mais tout de même, il leva les yeux.

Chapitre 94

Elisabetta
15 octobre 1943

Avant de se coucher, Elisabetta mit une bougie dans un bocal et monta sur le toit, suivie de ses chats. Il avait plu dans la journée, la terre des soupières allait être gorgée d'eau, il fallait la drainer pour empêcher les racines de pourrir. Les soupières de collection, c'était très beau, mais ce n'était pas conçu pour servir de pot de fleurs.

Elle posa sa lampe improvisée sur une table et s'attela à la tâche, en inclinant les soupières l'une après l'autre pour laisser s'écouler le trop plein d'eau sur le toit. Gnocchi et Rico circulaient autour d'elle à pas prudents en évitant les flaques. Ils ne cessaient de humer l'air, captant des odeurs qu'ils étaient seuls à détecter, car les animaux, et en particulier les chats, possèdent un odorat très supérieur à celui des humains. Surtout ces deux-là, qui étaient des chats exceptionnels.

Elisabetta se penchait pour ramasser la soupière Capodimonte, quand elle remarqua que Gnocchi se dirigeait vers l'étroite corniche qui entourait le toit. Elle interdisait à ses chats de circuler sur ce rebord, car elle craignait qu'ils ne tombent.

— Gnocchi, s'il te plaît, descends, ordonna-t-elle.

Mais Gnocchi était une petite chatte volontaire et sûre d'elle qui se montrait extrêmement têtue et n'était pas facile à arrêter quand elle avait entrepris quelque chose. De plus, elle n'avait peur de rien.

Elisabetta s'approcha tout doucement de la corniche, pour ne pas effrayer Gnocchi et provoquer ainsi l'accident qu'elle redoutait. Elle s'agenouilla sur le rebord et tendit la main, mais Gnocchi se détourna, lui montrant la fourrure de son derrière. Elle pouvait parfois être effrontée.

Elisabetta allait faire une seconde tentative, quand elle aperçut un homme devant sa maison. Il était grand et mince, ses cheveux clairs brillaient au clair de lune. Quelque chose en elle le reconnut aussitôt, malgré l'obscurité. Sandro. Mais que serait-il venu faire ici en pleine nuit ? Elle devait rêver, sans doute.

Soudain, l'homme se laissa tomber à genoux.

Elle poussa un cri étouffé.

— Sandro ? appela-t-elle.

Il leva les yeux et c'était bien lui.

— Elisabetta ! s'exclama-t-il en se levant. C'est vraiment toi ?

— Mais oui ! Je me posais la même question à ton sujet !

— Mais qu'est-ce que tu fais là-haut ?

— Et toi, qu'est-ce que tu fais en bas de chez moi ? rétorqua-t-elle d'un ton excité. Monte me rejoindre. Passe par l'escalier de secours, derrière. Il faut prendre la petite ruelle, deux maisons plus loin.

— J'arrive tout de suite, répondit Sandro en partant en courant.

Elle se leva d'un bond et traversa le toit pour aller l'attendre en haut de l'escalier. Bientôt, elle le vit apparaître dans la ruelle.

Il courait toujours. En voyant cette silhouette qui se précipitait à sa rencontre, elle céda totalement à l'amour.

— Je t'aime ! lui cria Sandro.

— Moi aussi, je t'aime ! hurla-t-elle en réponse, le cœur gonflé de bonheur.

Sandro était arrivé à hauteur de l'escalier, il s'agrippa au dernier palier et l'escalada. Puis il grimpa les marches en bondissant et elle l'accueillit en lui tendant les bras. Il la souleva de terre et la fit reculer sur le toit, en ne cessant de l'embrasser.

Elle lui rendit ses baisers avec ardeur, sans retenue, en l'enlaçant de toutes ses forces. Dans ces bras qui l'enveloppaient, elle n'avait plus peur, elle n'avait plus mal. Il ne restait plus que la joie de leur étreinte. Puis il la reposa à terre, baissa les yeux vers elle en souriant et prit délicatement son visage entre ses mains, comme il aurait tenu un objet précieux, une porcelaine antique.

— Tu m'as tellement manqué, Elisabetta !

— Et moi je me suis fait tellement de souci pour toi !

— On est vivant. Et le pire est derrière nous.

— Merci mon Dieu, murmura Elisabetta.

Les mots se bousculaient, comme s'ils tentaient de rattraper le temps perdu.

— Tu as su, pour l'or ?

— Oui, j'étais là, j'ai donné de l'argent.

— Tu as donné ? Pourquoi tu ne me l'as pas dit ?

— Et les supplì, tu les as trouvés bons ?

— Quels *supplì* ? De quoi tu parles ?

Il lui caressa la joue.

— Je suis si heureux de te voir que je n'arrive pas à croire que c'est vraiment toi. C'est fou ! Et qu'est-ce-que tu fais sur ce toit ?

Il regarda autour de lui, émerveillé.

— C'est incroyable, cet endroit ! Et qu'est-ce que ça sent bon ! C'est toi qui as planté tout ça ? Des fleurs ? Des plantes ? Je sens une odeur de basilic !

— Je cultive des herbes…

— Des poivrons ? Des tomates ? De quoi manger !

Il la lâcha pour cueillir une tomate dans laquelle il mordit en riant de plaisir.

— Oh mon Dieu, c'est délicieux ! C'est tellement bon que je pourrais en pleurer ! Tu fais pousser toute ça ? Et le basilic, il est où ? J'adore le basilic frais, ça m'a tellement manqué !

— Il est là, regarde.

Elle cueillit un brin de basilic et le lui glissa à la boutonnière.

— Voilà, dit-elle. Ça vaut une jolie fleur.

— C'est encore mieux, tu veux dire ! Et ces fleurs ! Ça sent le paradis ! Mon Dieu, Elisabetta, c'est le paradis, ce toit ! Une oasis ! Tu es un rêve !

Elle l'embrassa, goûtant la tomate sur ses lèvres et sur sa langue. Il lui rendit son baiser et lâcha la tomate qui roula sur le toit. Il promenait à présent sur elle des mains affamées. Lui aussi la désirait. Autant qu'elle le désirait.

— Elisabetta, murmura-t-il avec un visage empreint de douceur. Ce soir, je voudrais qu'on oublie le passé et tous nos problèmes. Je ne sais pas ce que l'avenir nous réserve et je n'ai que mon amour à t'offrir, mais il est profond et sincère. Est-ce que tu peux t'en contenter ? Et me donner le tien en retour ? Rien que pour cette nuit. Peux-tu me donner cette nuit ?

— Oui, gémit-elle. Oui Sandro.

Ils s'embrassèrent de nouveau, abandonnés l'un à l'autre. Puis elle l'entraîna vers sa chaise longue garnie d'oreillers et de coussins, sous la glycine qui les protégeait du regard, comme un mur de fleurs. Ils s'allongèrent sans cesser de s'embrasser et Sandro lui fit l'amour avec passion et tendresse, exactement comme elle le voulait. En retour, elle se donna entièrement à lui. Puis ils s'endormirent dans les bras l'un de l'autre, sous les étoiles, au milieu des fleurs, des plantes, avec la complicité bienveillante des deux chats.

Chapitre 95

Sandro
15 octobre 1943

Sandro s'éveilla en tenant Elisabetta dans ses bras. Il tombait une petite bruine qui lui glaçait les pieds. Ils étaient tous deux nus sur la chaise longue, à l'abri des regards dans leur boudoir de glycine. Le ciel était encore sombre, mais il n'aurait pas su dire l'heure qu'il était. La bougie dans le bocal n'avait pas complètement brûlé. Il aurait voulu rester, mais son père l'attendait à la maison et il était sûrement inquiet pour Rosa.

— Elisabetta ? appela-t-il doucement.

Comme elle ne bougeait pas, il se leva précautionneusement et s'habilla en silence. Puis il ramassa les vêtements d'Elisabetta et la prit dans ses bras.

Elle murmura dans son sommeil et enfouit son visage au creux de son cou, mais ne se réveilla pas. Il descendit l'escalier de secours avec son précieux fardeau, suivi par les chats. Il y avait une porte entrouverte sur le premier palier : il la poussa et pénétra dans une petite chambre. Il déposa Elisabetta sur le lit et la couvrit. Puis il jeta un coup d'œil autour de lui. La pièce était aussi propre et nette qu'il s'y était attendu, avec un bureau et une commode.

Elisabetta remua, pour tourner le dos à la lumière blafarde qui entrait par la porte ouverte. Il s'attarda un peu pour la regarder et s'imprégner de son image. Il voulait la garder pour toujours en lui, dans les moindres détails.

Puis il étala la robe d'Elisabetta sur le dossier d'une chaise et prit un stylo sur le bureau, afin de lui laisser un mot. Son regard tomba sur le cahier qu'il lui avait offert le jour de son anniversaire. En l'ouvrant, il eut la surprise de découvrir qu'elle n'avait pas commencé à écrire. Il n'y avait que des pages blanches. Sur la première, il griffonna à la hâte quelques mots qu'elle lirait en se réveillant. Puis il retourna une dernière fois vers le lit pour l'embrasser sur la joue. Ses cheveux sentaient la glycine.

— Je t'aime, chuchota-t-il.

Elle marmonna en réponse une phrase incompréhensible.

Il sortit en fermant la porte derrière lui et descendit l'escalier de secours. Arrivé au bout, il se suspendit et sauta à terre. La bruine s'était transformée en pluie et il se mit à courir, plein d'une énergie nouvelle. Il traversa à petites foulées les rues sombres du Trastevere, perdu dans son monde intérieur, dans ce paradis que la vie réserve aux jeunes amoureux, un endroit sans couvre-feu et sans nazis. Il courut jusqu'à son immeuble et grimpa les escaliers menant à son appartement. En ouvrant la porte, il trouva son père qui somnolait dans un fauteuil, tout habillé, en costume et cravate. Il n'avait pas éteint la lumière. Un journal était posé sur ses genoux.

— Papa ? appela-t-il en s'approchant de lui.

— Oh, j'ai dû m'endormir ! s'excusa son père en ouvrant des yeux inquiets. Comment va Rosa ? Je serais bien allé à l'hôpital, mais je n'ai pas osé, à cause du couvre-feu. Où est ta mère ?

— Rosa va bien. Elle a une infection intestinale et maman a décidé de rester auprès d'elle à l'hôpital.

— C'est bien, répondit Massimo, l'air visiblement soulagé. Je t'attendais plus tôt. Tu es resté tout ce temps avec elles deux ?

Sandro n'hésita pas.

— Non. Je suis allé voir Elisabetta. Et avant que tu dises quoi que ce soit, sache que je l'aime et qu'elle m'aime. Dès que les lois raciales seront abrogées, je lui demanderai de m'épouser.

Son père haussa un sourcil.

— *Mazel tov.*

Sandro battit des paupières.

— Tu me donnes ta bénédiction ?

— Après tout ce qu'on a traversé… Cette guerre m'a guéri des conflits inutiles. Si tu l'aimes, épouse-la. Tu es un fils merveilleux.

Il ouvrit les bras. Sandro, ému, se jeta à son cou.

— Merci, papa.

— Et maintenant, il est temps de se coucher.

Sandro s'endormit d'un sommeil profond et paisible en écoutant le bruit de la pluie, sans se douter qu'il serait bientôt réveillé.

Chapitre 96

Sandro
16 octobre 1943

Sandro se réveilla en sursaut. Il lui fallut quelques secondes pour prendre conscience que quelqu'un frappait à la porte. Il avait dormi tellement profondément qu'il avait la tête lourde. Quelques heures plus tôt, il était encore dans les bras d'Elisabetta, dans son jardin sur le toit.

Il sauta du lit, alluma la lumière et alla ouvrir. Son père se précipita derrière lui, tout en ajustant les branches de ses lunettes derrière ses oreilles. Ils entendirent les garçons des Pontecorvo qui pleuraient à l'étage du dessous. Dehors, on criait en allemand et les bottes des soldats résonnaient comme le tonnerre sur les pavés. Des moteurs de camions vrombissaient au loin. Sandro comprit qu'il se passait quelque chose.

Il allait tourner la poignée, quand la porte s'ouvrit à la volée. Deux nazis casqués firent irruption dans l'appartement, un petit et un grand, armés de mitraillettes.

— Les mains en l'air ! hurla le plus petit en les visant de son arme.

Sandro se demanda ce qu'il leur prenait de menacer deux hommes endormis et encore en caleçon. Il eut si peur qu'il eut du mal à déglutir. Il leva les mains sans protester, en même temps que son père, qui semblait aussi terrifié que lui. Il tenta de maîtriser sa terreur pour réfléchir. Que leur voulait-on ? S'agissait-il de représailles pour leur attitude avec le capitaine Mayer ? Probablement pas, car ils n'étaient pas les seuls visés par cette descente, à en juger par les bruits qui leurs parvenaient depuis l'extérieur.

Le plus petit des deux nazis gardait son arme braquée sur eux. Son casque et son pardessus de laine étaient constellés de gouttes de pluie. Le plus grand alla jusqu'au téléphone dont il arracha les fils, puis il entreprit de fouiller l'appartement. Le cœur de Sandro cognait comme un marteau et il n'osait pas regarder son père. Le petit nazi plongea la main dans la poche de son pardessus, en sortit une feuille de papier froissée et la leur tendit sans un mot. Sandro et son père lurent le papier, les mains en l'air. Il s'agissait de la liste des occupants de l'immeuble, avec leur âge et leur date de naissance. Elle devait provenir des registres de la synagogue. Le nom de Sandro y figurait, à côté de ceux de ses parents et de celui de Rosa.

— *Wo ?* demanda le soldat en soulignant du bout d'un doigt les noms des deux femmes. *Wo ?*

Sandro savait que le mot signifiait « où » en allemand et il comprit que l'homme voulait savoir où étaient sa mère et Rosa.

— *Todt*, répond-il rapidement, ce qui signifiait « mortes ».

— *Was ist ?*

Le grand nazi montrait le lit de Rosa, installé près de celui de Sandro.

Le cerveau de Sandro marchait à toute allure. Il devait trouver une réponse plausible.

— *Todt*, toutes les deux, la semaine dernière.

Le soldat agita alors un autre papier sous le nez de Sandro, lequel le prit à la main. Il lut en même temps que son père. Avec le même sentiment d'horreur.

(1) Vous allez être immédiatement transférés, ainsi que votre famille et tout Juif vivant dans votre foyer.

(2) Chacun doit emporter :
(a) De quoi manger pendant au moins huit jours
(b) Ses carnets de rationnement
(c) Sa carte d'identité
(d) Un verre

(3) Vous êtes autorisés à prendre :
(a) Une petite valise contenant des effets personnels, des vêtements, des couvertures, etc.
(b) Votre argent et vos bijoux

(4) Fermez votre appartement ou votre maison. Gardez la clé avec vous.

(5) Les invalides, même très atteints, ne peuvent en aucun cas rester en arrière. Il y a des infirmeries au camp.

(6) Vous et votre famille avez vingt minutes pour vous préparer.

Le papier trembla dans la main de Sandro. On les emmenait dans un camp de travail.

— *Zwanzig minuten* ! cria le plus petit des deux.

Puis ils partirent, en claquant la porte derrière eux. Sandro alla vers son père et le prit dans ses bras. Il eut envie de pleurer, en le sentant tout frêle et malingre, mais ce n'était pas le moment de se laisser déborder par ses émotions.

— Dieu merci, maman et Rosa sont à l'hôpital, en sécurité, murmura-t-il.

— On avait un accord avec Kappler, protesta son père en s'écartant. On a respecté notre part du marché.

— Tu crois qu'ils vont embarquer deux cents Juifs ? C'est ce qu'ils font ?

— Je ne vois pas ce que ça pourrait être d'autre. Ils ne respectent pas notre accord. C'est de la mauvaise foi. Du point de vue légal, c'est une violation de contrat.

— Mais qu'est-ce qu'on peut faire dans l'immédiat ? Il faut obéir. On n'a malheureusement rien à attendre de la loi.

— Il n'y a pas que la loi, il y a aussi le code de l'honneur. C'est Kappler en personne qui nous a mis le marché en main et ça vaut autant qu'un contrat légal.

— Papa, on doit se préparer. On n'a pas le temps de chercher une riposte, du moins pour l'instant. La loi ne peut rien pour nous, du moins pour l'instant. Les nazis *sont* la loi.

Sandro se dirigea vers son lit.

— On avait passé un contrat oral, mon fils.

Massimo ne bougeait toujours pas et marmonnait en secouant la tête

— On a respecté notre part du marché. C'est un abus de confiance.

— Papa, il faut s'habiller.

Sandro glissa sa carte d'identité et quelques vêtements dans un sac à dos, tandis que son père allait jusqu'à l'armoire pour y prendre une chemise.

— Je suppose qu'Almansi et Foà vont appeler Kappler. Il va devoir rendre des comptes, c'est sûr.

— N'oublie pas ta carte d'identité.

Sandro alla prendre des verres et leurs tickets de rationnement.

— Je vais chercher le reste, annonça-t-il.

— Je me demande comment Kappler va justifier ça. C'est tout simplement indéfendable.

— J'ai les clés, annonça Sandro en prenant les clés dans un tiroir et en les glissant dans sa poche. On va laisser la porte ouverte, pour maman et Rosa.

— Le Vatican interviendra, bien sûr, poursuivit son père.

Il enfila une chemise, en secouant la tête.

— Et la justice finira par triompher. Mais nous serons déjà en camps de travail. Le colonel Kappler nous avait donné sa parole.

Sandro prit son calepin, arracha une page blanche et attrapa un stylo, tout en songeant que c'était la seconde fois de la soirée qu'il laissait un message. Il allait écrire les noms de Rosa et de sa mère, puis se souvint à temps qu'elles étaient censées être morte. Il se limita donc à cette simple phrase :

Ne vous inquiétez pas pour nous. On se verra plus tard. On vous aime.

Puis il reposa son stylo.

— Papa, tu es prêt ?

— Presque, répondit son père en nouant sa cravate. Mets ton message dans la boîte à thé, comme ça on est sûrs que ta mère le verra. Tu sais à quel point elle aime boire son thé en rentrant.

— Bonne idée, approuva Sandro, tout en se demandant si son père avait bien toute sa tête.

Quand sa mère ne les trouverait pas en rentrant, elle ne penserait sûrement pas à se faire un thé.

Il laissa le message sur la table.

Chapitre 97

Marco
16 octobre 1943

Marco fut réveillé par son père. Celui-ci était déjà habillé et avait allumé sa lampe de chevet.

— Papa ? Qu'est-ce qui se passe ?

— Lève-toi, on doit y aller, ordonna Beppe d'un air sombre. Les nazis ont encerclé le Ghetto.

Marco pensa aussitôt à Sandro et se leva d'un bond en repoussant ses draps. À côté, dans la chambre de ses parents, il entendit sa mère qui priait tout bas.

— Je me disais bien que la nuit dernière avait été un peu trop calme, murmura son père en faisant la moue. J'aurais dû me douter qu'il se préparait quelque chose.

— Est-ce que les autres vont nous rejoindre ?

Marco alla jusqu'à la chaise pour attraper son pantalon qu'il enfila rapidement.

— Plus tard. Nous sommes les plus près, donc nous y allons seuls. Les nazis ont bouclé le Ghetto et installent des barrages autour de la synagogue, Via del Portico d'Ottavia, Via di Sant'Angelo in Pescheria, Piazza Costaguti, et Piazza Mattei.

Marco sentit la peur lui nouer la poitrine. Sandro et sa famille vivaient près de la Piazza Costaguti. Il passa sa chemise et la boutonna.

— Un convoi allemand descend en ce moment le Lungotevere de' Cenci.

Marco mit ses chaussures.

— Un convoi de quelle taille ?

— Trente camions avec des escortes, et d'autres arrivent, expliqua son père en sortant de la chambre.

Marco le suivit.

— Trente camions ? Mais c'est une opération d'envergure !

— Oui, et les camions sont vides. Il y a toutes les raisons de supposer que les nazis vont les remplir avec des personnes.

Son père s'est précipité dans la cage d'escalier.

— Comment c'est possible ? Le Ghetto leur a donné l'or qu'ils réclamaient. Ils ne peuvent pas les emmener dans des camps. C'était le marché.

— Je pense que ce marché n'était qu'une ruse. Ils n'ont jamais eu l'intention de le respecter.

— Quoi ? Mais pourquoi ?

— Il faut du temps pour monter une opération de cette ampleur. Ils ont dû la planifier depuis un moment. C'est pour ça qu'ils ont arrêté les carabiniers.

Son père était maintenant au pied de l'escalier et filait droit à la réserve. Marco le suivit.

— Tu crois qu'ils vont emmener deux cents Juifs ?

Beppe ouvrit la porte de la réserve et alluma la lumière, sans répondre.

— Papa ?

Leurs regards se croisèrent. Beppe avait une expression que Marco ne lui avait jamais vue. Un mélange de tristesse, de colère et de détermination.

— Mon fils, je pense qu'il y a trop de camions pour seulement deux cents personnes.

— Comment ça ? demanda Marco, le cœur battant. Qu'est-ce que ça signifie ?

— Que les nazis vont emmener tout le monde. Ils vident le ghetto, comme ils le font en Allemagne. C'est une véritable rafle.

Marco jura.

— Non ! Ce n'est pas possible ! Tout le monde ?

— Tout le monde.

Beppe allongea le bras pour attraper leurs pistolets cachés sur une étagère, derrière une pile de boîtes de conserve. Marco était sous le choc. Frappé d'horreur. Puis il découvrit au fond de lui une émotion plus noire. De la rage. À l'état pur.

Beppe prit deux pistolets et lui en tendit un.

— Il est chargé, prévint-il.

— Allons-y, dit Marco, en prenant l'arme en main.

Chapitre 98

Marco

16 octobre 1943

Ils traversèrent en courant le Ponte Fabricio. Il pleuvait des cordes et ils avaient la tête et les épaules trempés. Arrivés au milieu du pont, son point culminant, ils eurent un premier aperçu de ce qui se passait dans le Ghetto. Le spectacle qu'ils découvrirent était à la fois atroce et révoltant.

Des centaines de nazis avaient envahi l'autre côté du fleuve. Une barricade séparait le Ghetto du reste de Rome et une longue file de camions bâchés bloquaient le Lungotevere de' Cenci. Il y avait des tout-terrain garées un peu partout. Des soldats protégeaient une barricade au pied du pont, derrière laquelle la foule s'était amassée.

Marco vit tout de suite que son père ne s'était pas trompé : il ne pouvait s'agir que d'une rafle pour embarquer tous les Juifs du Ghetto. Impossible d'en douter devant un tel déploiement d'hommes et de matériel. Jamais il n'aurait cru qu'on pût impunément aller jusque-là dans une ville comme Rome, au nez et à la barbe du Vatican.

Ils cessèrent de courir et rejoignirent le du groupe amassé devant la barricade. Les gens tentaient de se rassurer et de se consoler mutuellement. Certains se mirent à prier, d'autres à pleurer. Marco dut lutter pour ne pas se laisser gagner par l'émotion. Il ne pouvait tout simplement pas laisser Sandro et sa famille grimper là-dedans pour être emmenés dans un camp de travail.

—Il faut faire quelque chose, chuchota-t-il à son père.

Les moteurs des camions tournaient au ralenti, crachant des gaz d'échappement.

—Non. On attend.

—On attend quoi ? On ne va quand même pas rester les bras croisés.

Sa main se crispa sur l'arme dans sa poche.

—N'interviens pas, insista son père. Tu ferais tuer tout le monde. Sois patient.

Soudain, des tirs en rafale se firent entendre au nord du Ghetto, là où vivait Sandro.

—Non ! cria Marco.

Son père lui lança un regard d'avertissement. Un frisson de peur parcourut la foule. Il y eut des cris horrifiés. Des malédictions fusèrent. Un vieil homme secoua la tête, des larmes plein ses yeux troubles. Une femme se couvrit le visage en sanglotant.

—Papa, j'ai une idée.

—Laquelle ?

—Suis-moi.

Chapitre 99

Sandro
16 octobre 1943

Sandro et son père quittèrent leur appartement en emportant chacun un petit sac contenant quelques affaires et du pain. La Piazza Costaguti était pleine de soldats qui hurlaient des ordres et poussaient les gens pour les mettre en rang. Certains tenaient en laisse des bergers allemands qui ne cessaient d'aboyer. On entendait des cris et des pleurs venus des rues adjacentes. Il y avait même eu des coups de feu un peu plus tôt.

Ils rejoignirent la file qui traversait la place en diagonale. Les nazis tenaient tout le monde en joue, le visage dans l'ombre sous la visière de leurs casques. Les familles restaient groupées sous la pluie battante, les visages défaits.

Sandro s'aperçut que son père tremblait. Lui aussi avait peur, mais il s'efforça de garder son sang-froid. Il repéra non loin d'eux les locataires de leur immeuble. Les Pontecorvo avec leurs trois garçons, Giacomo, Carlo et Datillo, qui ne cessaient de pleurer. Les Lanzana avec leurs filles, Amelia et Aida, et leurs garçons, Alvaro et Giuseppe.

Petit à petit, les nazis faisaient sortir leurs voisins. Il y eut la famille DiConsiglio : Ester avec Ada, six ans. Marco, qui n'avait que quatre ans. La petite Mirella, qui n'avait même pas un an. Puis la famille Sabatello : Giovanni avec Graziella, Letizia, Italia et Franco. Liana, huit ans.

Sandro reconnut aussi certains de ses élèves, dont les jeunes visages affichaient une terreur sans nom. Les maris réconfortaient leurs femmes. Les mères abritaient leurs enfants de la pluie en les gardant tout contre elles, comme des poules protégeant des poussins sous leurs ailes. Tout le monde portait des valises ou des petits sacs. On faisait attendre ceux qui arrivaient, puis on les poussait dans le rang sous la menace d'une arme.

Quand Sandro vit que les nazis ne comptaient pas les gens, il comprit qu'ils ne se contenteraient pas d'emmener deux cents personnes. Rien que sur cette place, ils étaient déjà plus de deux cents.

Il fallait se rendre à l'évidence, même si c'était à peine concevable. C'était une véritable rafle et les nazis embarquaient tout le monde sans exception : hommes, femmes et enfants ; les vieux comme les jeunes, les valides et les infirmes – ces derniers transportés sur des chaises par les membres de leur famille.

Il tenta de raisonner malgré sa peur. Ce n'était pas le moment de craquer. Il devait sauver sa peau et celle de son père. Il lutta contre la panique et rassembla ses idées pour trouver un moyen de fuir.

Il observa la place. La file dans laquelle ils se trouvaient faisait face au sud, vers Via del Progresso. Les nazis allaient probablement les faire avancer dans cette rue, puis Via del Portico d'Ottavia, l'entrée principale du Ghetto. Les camions chargés de les transporter devaient être garés sur le Lungotevere de' Cenci.

D'où les bourdonnements de moteur qu'ils entendaient en dépit de la pluie battante.

Le cerveau de Sandro tournait à toute allure. Il y avait forcément un moyen de s'échapper. Un groupe de nazis protégeait derrière eux une barricade qui coupait la Via Arenula, plein nord. Ils étaient dix. Donc impossible de passer par là.

Par contre, un peu plus loin devant eux, l'entrée de Via in Publicolis était gardée par un unique soldat et on n'y avait pas installé de barricade. Personne ne s'intéressait à cette rue, car toute l'attention était concentrée sur Via del Progresso.

Sandro ne quittait plus des yeux le soldat de Via in Publicolis. Leur file avança, mais il prit son père par le bras et le retint discrètement en arrière pour laisser passer d'autres familles devant eux.

Massimo leva vers lui un regard interrogateur. Il avait des gouttes de pluie sur les verres de ses lunettes, ses cheveux mouillés et tout aplatis paraissaient encore plus clairsemés.

Sandro secoua lentement la tête pour dire qu'il ne pouvait pas lui expliquer maintenant ce qu'il avait en tête. Il se demanda si à eux deux ils pouvaient avoir le dessus sur un soldat nazi. Leurs chances étaient minces. Mais elles n'étaient pas nulles.

Chapitre 100

Gemma
16 octobre 1943

La pluie martelait la fenêtre de la chambre d'hôpital et Gemma se réveilla sur un fauteuil près du lit de Rosa. Elle avait étonnamment bien dormi, car on lui avait servi la veille un repas, un vrai, le premier digne de ce nom depuis très longtemps. Quant à Rosa, elle dormait paisiblement et avait repris des couleurs.

Salvatore apparut sur le seuil, une expression tendue sur le visage. Après une nuit entière de veille dans le service, il paraissait fatigué et sa blouse blanche était défraîchie. Il lui fit signe de le rejoindre dans le couloir. Elle se leva.

— Qu'est-ce qui se passe, Salvatore ? Tu as les résultats des analyses de Rosa ?

— Non, mais j'ai de terribles nouvelles.

Il posa une main ferme sur son épaule.

— Les nazis mènent en ce moment une rafle dans le Ghetto. Ils ont commencé tôt ce matin.

— Quoi ? s'exclama Gemma, sous le choc.

Les larmes lui vinrent aux yeux et elle secoua la tête.

— Une rafle ? C'est impossible. Massimo et Sandro sont à la maison. Je dois absolument y aller.

— Non, Gemma. Tu ne pourrais rien faire pour eux et ici on a besoin de toi.

— De quoi tu parles ?

— Les nazis sont en route pour l'hôpital. Ils viennent chercher les patients juifs. Nous allons déplacer Rosa.

— Non ! protesta Gemma.

— On doit agir vite. On est en train d'installer une salle d'isolement pour les patients juifs…

— Mais pourquoi ? demanda Gemma d'un ton angoissé. En les regroupant, vous facilitez le travail des nazis.

— Tu sais bien qu'on ne ferait jamais ça, protesta Salvatore.

Son expression se radoucit et il posa sur elle un regard compatissant.

— Giovanni a une idée pour sauver Rosa et tous les autres.

— Une idée ?

Gemma savait qu'il parlait du Dr Giovanni Borromeo, l'administrateur de l'hôpital, un brillant professeur en médecine qui était aussi enseignant.

— Laisse-moi t'expliquer, répondit Salvatore.

Chapitre 101

Marco
16 octobre 1943

— Voilà mon plan…

Marco et son père retraversaient à petites foulées le Ponte Fabricio dans l'autre sens.

— Le Ghetto est bouclé au niveau du Lungotevere de' Cenci. C'est là que se trouvent les camions et là que les soldats amènent tout le monde, expliqua Marco. C'est bien ça ?

— Oui, c'est ça.

Ils avançaient, indifférents à la pluie. Ils atteignirent l'île Tibérine, passèrent devant le *Bar du Giro*, franchirent le Ponte Cestio.

— Il faut nous approcher du Ghetto par le nord, par Piazza Costaguti, à l'opposé de l'action. Il y aura sûrement des barricades, mais moins de soldats pour les garder.

— Compris. Les nazis sont concentrés au sud du Ghetto, pas au nord.

Marco et son père prirent à droite pour remonter le Lungotevere degli Anguillara, sur la rive ouest du Tibre.

— Oui, et le côté nord est plus proche de la maison des Simone. Si les nazis les regroupent, c'est là que seront les Simone.

Ils échangèrent un regard entendu. Beppe avait les cheveux trempés. Ses boucles dégoulinaient d'eau.

— Dépêchons-nous, dit-il.

Marco accéléra. Le long du fleuve, les gens allumaient peu à peu leurs lumières. Bientôt leurs téléphones allaient sonner. Ils apprendraient l'horrible nouvelle au réveil.

Le cœur de Marco cognait comme un piston. Ses jambes battaient le pavé. Il se mit à respirer en rythme. Les gouttes de pluie qui couvraient son visage lui brouillaient la vue. Il secoua la tête et continua d'avancer, en calant son rythme sur celui de son père, foulée après foulée.

Chapitre 102

Sandro
16 octobre 1943

Sandro surveillait du coin de l'œil le soldat isolé qui montait la garde devant Via in Publicolis. Leur file avait avancé. Son père et lui se trouvaient exactement devant l'entrée de la rue.

Sandro chercha du regard les nazis chargés de superviser leur progression. Ils étaient assez loin et ne regardaient pas dans leur direction. Le soldat de Via in Publicolis leur tournait le dos. C'était le moment de passer à l'action.

Il pressa le bras de son père et celui-ci comprit qu'il s'agissait d'un signal. Ils allaient quitter leur file, quand deux soldats rejoignirent leur camarade esseulé de Via in Publicolis. L'un d'eux alluma une cigarette, en mettant sa main pour protéger la flamme de la pluie.

Sandro eut un coup au cœur. À présent, une tentative d'évasion était trop risquée. Il s'empressa de pousser son père devant lui pour le remettre dans la file avec les autres.

Mais il n'abandonna pas pour autant l'espoir de s'échapper et continua à réfléchir. Il songea à utiliser la ruse, par exemple en prétendant avoir oublié de fermer le gaz en partant. Les nazis ne voudraient sûrement pas prendre le risque d'une explosion ou d'un feu. Mais cette excuse ne vaudrait que pour une personne et il n'était pas question qu'il laisse son père derrière lui.

Leur file d'attente ne cessait de s'allonger et atteignait à présent l'autre extrémité de la place. Il passa en revue ceux qui étaient là, car il connaissait presque tout le monde. Il reconnut le vieil Angelo Fornani avec Alberto et son fils, Alberto junior, six ans. Teresa Campagnano et ses petits-enfants, Vito et le petit Donato. Augusto Capon, un homme d'un certain âge, dont la fille avait épousé le prix Nobel de physique Enrico Fermi.

La famille Scudi venait de rejoindre la file, mais Matteo Scudi avait du mal à contrôler sa vieille mère, Aurelia, qui était sénile et tenait souvent des propos déplacés. Elle se mit à hurler des insultes aux nazis et il tenta de la faire taire en lui mettant une main sur la bouche. Quelques têtes inquiètes se tournèrent vers eux, tandis que des soldats intervenaient pour séparer Matteo et sa mère, laquelle les accabla alors de malédictions, sans tenir compte des avertissements de son fils qui la suppliait de se taire. Soudain, l'un des soldats la frappa à la tête avec la crosse de son arme. Son sang gicla, elle s'effondra sur le pavé. Son corps fut un instant secoué de spasmes, puis elle cessa de bouger.

Matteo se mit à hurler, tandis que sa femme s'agrippait à lui pour le retenir, en détournant les yeux de l'horrible spectacle. Aurelia était morte.

Des larmes voilèrent le regard de Sandro. Son père se couvrit la bouche, n'en croyant pas ses yeux. La file d'attente recula, des enfants se mirent à pleurer. Le corps de la vieille femme resta sous la plus battante, tandis que son sang coulait dans les interstices entres les pavés, dilué par l'eau de pluie. Les nazis l'enjambèrent et la laissèrent là, dans une totale indifférence, avec une cruauté sans nom.

Sandro détourna les yeux, choqué et terrifié. Les pensées se bousculaient dans son crâne. Il devait trouver une solution pour fuir avec son père.

Le temps pressait.

Chapitre 103

Gemma
16 octobre 1943

Gemma se dépêchait de faire avancer le chariot dans lequel était allongée Rosa. On lui avait administré un sédatif, comme à tous les patients juifs, pour éviter tout débordement et rendre plus crédible la ruse imaginée par Giovanni. Gemma espérait que les nazis y croiraient. Ils n'allaient pas tarder à arriver. La vie de Rosa dépendait du succès de ce plan.

Elle ne pouvait s'empêcher de penser à ce qui se passait dans le Ghetto, mais tout ce qu'elle pouvait faire, c'était prier pour que Massimo prenne soin de Sandro et de lui-même. Elle ne pouvait envisager de quitter l'hôpital tant que Rosa n'était pas en sécurité. Elle était déchirée entre ses deux enfants, tous deux en danger de mort.

Elle s'en voulait de n'avoir pas autorisé Sandro à passer la nuit avec elle. Si elle avait accepté, il serait à présent ici, en sécurité. Elle l'avait à peine embrassé pour lui dire au revoir et tenta de se souvenir des derniers mots qu'elle lui avait adressés. Quelque chose comme « C'est bien ». Elle regretta de ne pas lui avoir dit combien elle l'aimait.

Elle bifurqua sur la droite dans un autre couloir, tout près de l'aile d'obstétrique et de gynécologie où elle avait travaillé de longues années. Elle connaissait par cœur ces murs blancs fraîchement peints. Le carrelage reluisant de propreté. Le panneau d'affichage avec les annonces de conférences auxquelles elle n'assistait jamais faute de temps. Elle avait déjà eu dans cet hôpital le sentiment d'appartenir à une équipe tendue vers un même but. Mais la solidarité qui se manifestait en ce moment dépassait de très loin tout ce qu'elle avait connu.

Tout le personnel de l'hôpital s'était mobilisé pour mettre en œuvre le plan de Giovanni. Les infirmières, religieuses ou laïques, avaient mis en place un service soi-disant réservé à des malades à l'isolement, où l'on transférait en ce moment même les patients juifs. Médecins et infirmières étaient habitués à gérer des situations d'urgence et chacun savait ce qu'il avait à faire.

Elle prit à gauche et rejoignit avec son chariot la file d'attente qui s'était créée dans le couloir. Parmi les nombreux médecins, infirmiers ou aides-soignants, qui poussaient comme elle un chariot, elle reconnut ses confrères des services d'endocrinologie et de rhumatologie, ainsi que du personnel de la maternité. Chacun emmenait un patient dans le service d'isolement septique. En dépit de l'urgence de la situation, tous étaient calmes et efficaces.

Gemma ne put s'empêcher de les admirer.

Quand ce fut son tour, elle installa Rosa dans un lit près d'une fenêtre. Sa fille dormait profondément et elle l'embrassa sur le front, en s'efforçant de maîtriser ses émotions. Avec l'aide de Dieu, il lui serait donné de l'embrasser de nouveau. Bientôt.

Gemma aida au placement d'autres patients et quand tous les lits furent pleins, les infirmières reprirent leur poste et les médecins la visite du matin, car Giovanni avait demandé à chacun de ne rien changer à ses habitudes.

De son côté, elle demeura devant l'entrée du service des malades à l'isolement, en compagnie de sœur Anna Domenica. Au bout de quelques instants, Salvatore vint vers elles, l'air sombre.

— C'est maintenant, dit-il. Il y a en bas une vingtaine de nazis. Giovanni est en train de les recevoir. Il va leur raconter son histoire et les faire patienter le plus longtemps possible. Leonida tape en ce moment même une liste de patients avec de faux noms. Elle aussi va essayer de faire traîner.

Gemma tenta de réprimer sa peur. Cela la terrifiait de savoir que les nazis étaient dans l'hôpital pour débusquer des Juifs.

— Gemma, on doit te cacher, dit Salvatore.

— Tu as raison.

Concentrée sur Rosa et les autres, elle n'avait pas encore pensé à elle un seul instant.

— Pourquoi pas dans un placard à fournitures ? proposa-t-elle.

— Non, ils vont chercher partout.

— Alors quoi ? Je dois me faire passer pour une patiente du service d'isolement ?

— Non, on a besoin de toi.

— Mais si les nazis me voient, ils sauront tout de suite que je suis juive. Entre mes vieux vêtements et ma maigreur…

— Gemma, ils ne te trouveront pas si tu fais ce que je dis, intervint sœur Anna Domenica.

Chapitre 104

Marco
16 octobre 1943

Marco et son père traversaient en courant le Ponte Garibaldi. La pluie tombait drue sur le Tibre. Les nuages obscurcissaient le ciel.

Rome s'éveillait lentement. Des gens commençaient à sortir dans la rue, à l'abri de leurs parapluies. Le trafic était de plus en plus intense.

Marco eut soudain peur d'arriver trop tard et accéléra l'allure. Son père le suivit. Au bout du pont, ils prirent la Via Arenula, une grande artère au nord du Ghetto.

Beppe jeta un regard inquiet du côté de son fils. Ils étaient tous les deux à bout de souffle.

— Marco, on n'y sera pas à temps. On doit changer de plan. Allons vers Via del Pianto.

— D'accord.

— Mais ça ne suffira peut-être pas, sache-le.

— On doit quand même essayer.

— Bien sûr.

Chapitre 105

Gemma
16 octobre 1943

Gemma et Salvatore avaient pris place devant la porte de l'unité d'isolement. Selon le plan de Giovanni, Salvatore devait se faire passer pour le médecin-chef responsable du service, tandis que Gemma, habillée dans des vêtements prêtés par sœur Anna, se présenterait comme une religieuse dominicaine travaillant à l'hôpital en tant qu'infirmière. Le déguisement était parfait : les volumineux plis noirs de la robe dissimulaient sa maigreur maladive, tandis que la guimpe rigide et le voile couvraient ses cheveux clairsemés.

Giovanni vint vers eux, accompagné d'un capitaine nazi, tous deux suivis d'un petit groupe de soldats. Gemma ne put s'empêcher de trembler, en dépit de la présence rassurante de son vieil ami Giovanni. Giovanni avait la quarantaine, des cheveux gris, de grands yeux noirs en amande, une moustache grise et un sourire apaisant. Le nazi, qui le dépassait d'une bonne tête, était un homme costaud, à la mâchoire carrée, vêtu d'un pardessus taché de gouttelettes de pluie.

Giovanni se tourna vers lui.

—Capitaine Weber, je vous présente le docteur Cristabello et sœur Anna Domenica.

—Capitaine Weber, enchanté, déclara Salvatore en lui tendant la main.

—De même, répondit Weber en lui serrant la main.

Giovanni se racla la gorge.

—Dr Cristabello, le capitaine Weber et ses hommes sont ici pour arrêter les Juifs soignés dans cet hôpital. Je l'ai informé que nous ne notons pas la religion de nos patients dans leur dossier. Lui et ses hommes ont fouillé l'hôpital et n'ont trouvé aucun patient juif. Il ne lui reste plus qu'à vérifier votre unité d'isolement réservés aux patients atteints par le syndrome K. Je l'ai informé de la nature extrêmement contagieuse de ce syndrome.

—Merci, Dr Borromeo.

Salvatore se tourna vers le nazi en arborant un air grave et posé.

—Capitaine Weber, je suis responsable de ce service et…

—Qu'est-ce que c'est que ce syndrome ? l'interrompit Weber.

—Pour exposer les choses simplement, sachez qu'il est très contagieux et potentiellement mortel. Si vous ou l'un de vos hommes entrez dans ce quartier d'isolement, vous risquez de l'attraper. Et si un soldat infecté ramène dans son unité le virus qui en est responsable, il contaminera tout le monde, sans le moindre doute.

Ce virus évidemment n'existait pas. C'était une pure invention sortie tout droit de l'esprit brillant de Giovanni, qui avait eu l'idée d'exploiter la phobie des microbes des Allemands. Le nom du syndrome était une blague entre eux, car K désignait le maréchal Kesselring, le commandant en chef des nazis.

Weber acquiesça sans un mot, les lèvres serrées.

—Comment se propage-t-il ?

— Par voie aérienne. Nous pensons qu'il attaque le cerveau. Les premiers symptômes apparaissent en deux ou trois jours. Ce sont de terribles maux de tête, puis vient la paralysie et ensuite la mort.

Salvatore s'éclaircit la voix.

— Ce virus nous vient probablement d'Afrique, via un hôte humain. Comme vous le savez, les soldats italiens ont combattu en Afrique du Nord. Entre la Libye, El Alamein et Benghazi, ils ont eu de multiples occasions de rapporter des bactéries, dont ce virus, d'une souche jusque-là inconnue sur le sol européen. Sa létalité est telle qu'aucun médecin ne rentre dans ce service. Même les familles des patients ne sont pas autorisées à leur rendre visite.

— Comment faites-vous pour les soigner ? demanda Weber.

Derrière lui, les soldats échangèrent des regards anxieux.

— Une vieille religieuse s'est portée volontaire pour cette tâche. Elle n'entre qu'avec un masque et une blouse appropriés, mais c'est une protection insuffisante. Elle souffre déjà de maux de tête. Bientôt, elle sera elle-même une patiente.

— C'est vous le médecin et vous n'entrez pas dans le service ? Vous êtes un lâche, docteur.

Salvatore ne cilla pas.

— Je dois faire des choix en fonction de l'intérêt général. Cet hôpital ne peut pas se permettre de perdre un médecin. Nous sommes en sous-effectif à cause de la guerre. De toute façon, rien ne pourrait sauver ces pauvres âmes. Ils meurent en deux semaines, dans de terribles souffrances.

Weber fronça les sourcils.

— Je veux les voir par moi-même.

Salvatore ne bougea pas.

— Je vous en conjure, n'entrez pas dans cette salle. Vous pouvez regarder à travers la vitre.

À travers la vitre, Weber jeta un coup d'œil dans la salle. Il balaya lentement les lits d'un regard froid et calculateur. Le cœur de Gemma s'accéléra quand il s'arrêta Rosa, durant quelques secondes qui lui parurent des heures. Enfin, Weber se tourna vers eux avec un air méfiant.

— Ces patients ont l'air simplement endormis.

— Nous les avons mis sous morphine, mais ils sont en train de mourir, je vous assure.

— Y a-t-il des Juifs parmi eux ?

— Je ne sais pas. Nous sommes un hôpital catholique et nous accueillons tous les patients sans nous préoccuper de leur religion. Nous pouvons vous fournir la liste de leurs noms. Je crois qu'une secrétaire la prépare en ce moment même.

— On me l'a dit, mais ça prend trop de temps. Mes ordres sont d'arrêter les patients juifs, peu importe leur état de santé.

Weber fronça les sourcils et de nouveau les soldats qui l'accompagnèrent échangèrent des regards anxieux.

Salvatore croisa les bras.

— Je comprends parfaitement votre souci d'obéir aux ordres. Mais cette fois, si vous les suivez à la lettre, vous sacrifierez vos hommes. Est-ce que ça vaut la peine de les tuer pour un ou deux Juifs, qui sont de toute façon mourants ? Si toute votre unité contracte le syndrome K, vos supérieurs vont vous le reprocher. Ne risquent-ils pas alors de vous punir sévèrement ?

Weber se tut, pensif. Gemma retint son souffle. Les soldats s'agitèrent, de plus en plus inquiets.

Weber acquiesça.

— Très bien, docteur, nous allons prendre congé.

— C'est une sage décision, capitaine.

Chapitre 106

Sandro
16 octobre 1943

Sandro avait beau se creuser la cervelle, aucun plan ne lui venait à l'esprit. Il y avait des nazis partout, ils étaient armés, ils avaient des chiens. Il fallait être réaliste, ils n'avaient pas d'échappatoire. À la moindre tentative d'évasion, on leur tirerait dessus. Des familles entières continuaient à rejoindre leur file d'attente, sous la menace d'un fusil. Tous les appartements étaient méthodiquement vidés de leurs occupants. Jeunes et vieux, enfants, peu importait l'âge, personne n'était épargné.

Sandro se demanda soudain pourquoi les nazis emmèneraient des enfants et des bébés en camp de travail. En ce moment par exemple, la famille Spizzichino au grand complet prenait place dans la file d'attente, y compris le petit Mario qui marchait à peine.

Il tenta de résister au sentiment de panique qui l'envahissait.

Il se tourna vers son père, qui le suivait sans un mot, tête baissée pour protéger son visage de la pluie. Des gouttelettes coulaient en rigoles de ses cheveux clairsemés, le long de son cou, exposant son cuir chevelu rosé. Sa nuque était tellement maigre qu'on se demandait comment elle pouvait soutenir son crâne.

— Papa, je t'aime, dit-il en le prenant par les épaules.

— Je t'aime aussi, mon fils, répondit son père avec un sourire tremblotant.

Il leva les yeux vers lui à travers ses lunettes couvertes de gouttelettes de pluie.

— Ils ne peuvent pas nous enlever ça, n'est-ce pas ?

— Non papa, ils ne peuvent pas, répondit Sandro.

Il préféra ne pas aller au bout de sa pensée. *Même s'ils nous enlèvent tout le reste.*

Chapitre 107

Gemma

16 octobre 1943

Gemma quitta l'hôpital avec une seule idée en tête : trouver Massimo et Sandro. Elle avait gardé l'habit de sœur Anna Domenica dont les larges pans flottaient derrière elle. Rosa étant toujours sous sédatif, elle n'avait pu lui dire au revoir, mais au moins elle la savait en sécurité. La ruse du syndrome K avait fonctionné.

Dehors, il pleuvait. Elle se mit à courir. D'ici, on entendait déjà les moteurs des engins allemands dans le Trastevere. Le *Bar du Giro* était fermé. Elle traversa le Ponte Fabricio qui menait au Ghetto, en courant tout le long sous la pluie glaciale qui trempait son voile et ses épaules. De temps à autre, elle entendait des coups de feu provenant du Ghetto. Son cœur battait la chamade. Elle était affolée.

Son habit trempé pesait de plus en plus lourd – beaucoup trop pour son corps affaibli –, mais elle trouva quand même la force de continuer à courir. Enfin, sur le Ponte Fabricio, elle eut un aperçu de ce qui se passait dans le Ghetto. Et ce fut une vision d'horreur qui lui coupa le souffle.

Les Nazis avaient bouclé la zone. Au-delà de la barricade, hommes, femmes et enfants étaient mis en rang sous la menace et se serraient les uns contre les autres, comme des ombres grises sous la pluie. Apparemment, on s'apprêtait à les faire monter dans les camions stationnés le long du Lungotevere de' Cenci.

Massimo et Sandro devaient se trouver parmi ces gens, mais Gemma était trop loin pour distinguer les visages, surtout avec la pluie.

Des larmes d'effroi lui montèrent aux yeux. Quelque chose se brisa en elle. Elle était capable de faire preuve d'un sang-froid impressionnant en cas d'urgence médicale, mais face à une telle situation, elle se sentit complètement démunie. La scène qu'elle avait sous les yeux semblait sortie de ses pires cauchemars. Massimo et Sandro allaient être emmenés avec les Juifs du Ghetto.

Elle acheva de traverser le pont, rejoignit la foule des badauds amassée à son extrémité et joua des coudes pour atteindre le premier rang. Impressionnés par son habit, les gens se signaient et s'écartaient respectueusement pour la laisser passer.

Elle se mit à sangloter. Elle avait l'impression de devenir folle et n'arrivait pas à croire que tout ça était réel. Elle ne pensait plus qu'à une chose : trouver Massimo et Sandro, les voir, les rejoindre.

Elle atteignit enfin la barricade. De l'autre côté, des soldats armés interdisaient de la franchir.

— Massimo, Sandro ! appela-t-elle en s'y appuyant de toutes ses forces, pour tenter de la renverser.

Les soldats se tournèrent aussitôt vers elle en levant leur arme.

Chapitre 108

Marco
16 octobre 1943

Marco et son père se trouvaient à présent à hauteur de Via del Piatto, une étroite rue pavée du côté nord du Ghetto. Ils s'arrêtèrent un instant de courir, pour reprendre leur souffle. Un unique soldat gardait l'accès à la Piazza Costaguti et il leur tournait le dos. Marco levait déjà son arme pour le viser, mais Beppe retint sa main.

— Ne fais pas ça. On arrive trop tard. Regarde.

La file des familles quittait la place vers la zone de chargement, au sud du ghetto.

— Changement de plan, annonça Beppe.

— C'est à dire ?

— Avant de partir pour un camp, les carabiniers ont été rassemblés au Collège militaire. Les nazis sont des gens routiniers et prévisibles, ils vont sûrement procéder de la même manière avec les Juifs. De plus, ce palais est le seul endroit dans Rome susceptible d'accueillir autant de prisonniers sans que cela pose des problèmes de sécurité.

— Tu as raison, approuva Marco.

Ses chefs du Palazzo Venezia l'avaient plus d'une fois envoyé au Collège militaire qui appartenait au Ministère de la Défense. C'était là que l'on formait les officiers et que l'on organisait certaines cérémonies officielles. Marco avait du mal à imaginer ce bel et noble endroit envahi par des centaines de civils désemparés.

— On peut y être dans quinze minutes en passant par le Ponte Mazzini. Si on part tout de suite, on arrivera avant les camions.

Marco n'était pas d'accord.

— Peut-être, mais je veux retourner à l'entrée du Ghetto pour voir embarquer les Simone. Après tout, il y a une petite chance pour qu'ils ne soient pas parmi ces gens.

— Il n'y en a aucune, mon fils.

— Je connais Sandro. Il trouvera un moyen de s'enfuir.

— Pas cette fois, rétorqua son père en prenant un air profondément peiné. Aucun Juif du ghetto n'a échappé à cette rafle.

— Je veux voir Sandro, insista Marco d'un ton passionné. J'ai besoin d'être sûr qu'il est là.

— D'accord. On y retourne.

Ils repartirent donc dans l'autre sens, par la Via Arenula, le Ponte Garibaldi, le Lungotevere degli Anguillara. Au passage, ils croisèrent des camions allemands qui sillonnaient les rues du Trastevere pour arrêter les Juifs. Aiguillonnés par le désespoir, ils couraient de plus en plus vite. Étant tous les deux de grands sportifs, ils avaient plus d'une fois parcouru de longues distances, mais jamais ils n'avaient exigé autant de leur corps. En dépit de leur endurance hors du commun, ils étaient à bout de souffle et épuisés musculairement. Mais ils n'en tenaient pas compte. Ils étaient portés par l'énergie du désespoir, comme poussés par le vent.

Ils accélèrent encore, en dépit de la pluie et de la tempête.

Chapitre 109

Gemma
6 octobre 1943

Les nazis tenaient toujours Gemma en joue, mais elle continuait à s'appuyer sur la barricade pour tenter de la renverser. L'un d'eux la menaça de la crosse de son arme. Elle eut un mouvement de recul, tandis que la foule poussait des cris indignés :

— Vous n'avez pas honte ! Une religieuse !

— Vous ne pouvez pas la tuer !

— Dieu te punira, cochon de nazi !

Mais le soldat frappa tout de même, pile au moment où quelqu'un tirait Gemma en arrière, ce qui fit que le coup n'atteignit pas sa tête, mais seulement son avant-bras. Elle poussa un hurlement, puis se tut, à moitié assommée par la douleur. Les témoins horrifiés se mirent de nouveau à invectiver les nazis, lesquels réagirent en braquant leurs armes sur la foule.

On l'entraîna à l'écart, loin des soldats. Son corps était secoué de sanglots, elle sentait les larmes couler sur ses joues. Prenant soudain conscience qu'on l'éloignait de Massimo et de Sandro, elle se débattit pour reprendre sa place près de la barricade, mais on l'emmena encore plus loin sur le pont.

— Comment va votre bras, ma sœur. Vous croyez qu'il est cassé ?

— Lâchez-moi ! Je veux y retourner ! protesta-t-elle en sanglotant. Massimo ! Sandro !

— Ma sœur, vous ne pouvez pas y aller. Ils vous tireraient dessus. Vous devez rester ici.

Soudain Gemma aperçut deux silhouettes qui traversaient le pont en courant. Elle les reconnut aussitôt, à leur allure athlétique. C'était Beppe et Marco. Ils s'arrêtèrent en l'entendant crier et se tournèrent vers elle.

— Gemma ? appela Beppe, d'un ton incrédule.

Chapitre 110

Marco
16 octobre 1943

Marco était toujours sur le Ponte Fabricio en compagnie de son père et de Gemma, à observer ce qui se passait de l'autre côté. Depuis un certain temps, il soupçonnait les nazis d'être capables du pire, mais il en avait aujourd'hui la preuve. Terrorisés par leurs fusils et par les chiens qui ne cessaient d'aboyer, les habitants du Ghetto avançaient docilement vers les camions. Des femmes s'agrippaient en pleurant à leurs maris. Des grands-mères se couvraient le visage. On portait les invalides ou les personnes trop âgées – dans les bras ou sur de simples chaises de bois.

Les prisonniers étaient ensuite entassés comme du bétail dans des camions qui démarraient une fois pleins. Ils prenaient bien la direction du Collège militaire, Beppe ne s'était pas trompé.

Les véhicules se succédaient, la file des prisonniers semblait interminable. Au bout d'un moment, n'apercevant toujours par Sandro et son père, Marco se surprit à espérer. Peut-être que son ami avait réussi à échapper à la rafle, après tout, comme Gemma et Rosa.

C'est alors qu'il le vit, marchant sous la pluie aux côtés de son père.

Gemma poussa un cri d'angoisse et Beppe la prit dans ses bras pour la soutenir.

— Sandro ! appela-t-il en faisant de grands signes pour attirer son attention.

Sandro se retourna et lui adressa un signe de tête. Près de lui, Massimo se contenta d'un vague signe de la main, à peine esquissé, un pauvre salut paume ouverte à fendre le cœur. Puis le père et le fils disparurent sous la bâche d'un camion.

Gemma eut un malaise. Marco aida son père à la relever, puis le laissa la ramener chez eux, tandis qu'il restait en arrière, afin de voir ce qui se passait.

On arrêtait Sandro et son père. Et lui il assistait à ça sans rien faire. Jamais de toute sa vie il n'avait éprouvé un tel sentiment de rage impuissante. Les larmes lui montèrent aux yeux.

Une fois le camion de Sandro et Massimo complet, les soldats rabattirent la bâche à l'arrière, comme si un simple tissu pouvait camoufler leur crime.

Marco le regarda disparaître sur le Lungotevere de' Cenci.

Puis ses larmes se mirent à couler en se mélangeant à la pluie.

Chapitre 111

Elisabetta
6 octobre 1943

Elisabetta dormait comme un bébé. Elle rêvait qu'elle épousait Sandro. Elle se voyait dans une belle robe blanche près de lui dans un costume sombre, avec plein de gens autour d'eux qui souriaient et avaient l'air joyeux. Même Nonna.

Il y avait aussi ses parents, qui observaient la scène le sourire aux lèvres, visiblement heureux et amoureux. Sa mère était très belle, et son père très séduisant dans ce style bohème bien à lui, avec une barbe bien taillée et un regard que la boisson n'avait pas encore terni.

Marco apparut, toujours aussi ténébreux, habillé d'un costume noir, officiellement en tant que témoin de Sandro. Mais au fond, il était leur témoin à tous les deux. Eux trois, ils ne cesseraient jamais de s'aimer.

Gnocchi et Rico observaient tout ça depuis un point situé en hauteur, un nuage, ou un toit sans rebord où poussaient des poivrons, du basilic, de l'origan, des plants de tomates ; et aussi des rosiers qui grimpaient le long des treillages, des bougainvilliers roses qui recouvraient les murs, une glycine violette et blanche qui dégoulinait d'une charmille parfumée. Tout cela au milieu de cyprès et de grands palmiers.

Dans son rêve, l'amour était un jardin qu'elle avait cultivé pour Sandro.

Quand elle s'éveilla, elle était seule et dans son lit. Elle songea aussitôt que Sandro l'avait portée jusque-là avant de partir. Elle regretta de ne pas lui avoir dit au revoir, mais une chaude bouffée d'amour l'envahit. Elle avait encore le goût de ses baisers sur les lèvres et le souvenir de ses caresses sur sa peau.

Une douce lumière grise emplissait la chambre. Elisabetta se pencha pour gratter le museau de Gnocchi et celle-ci inclina la tête pour lui présenter les endroits qu'il fallait caresser. Car les humains, quand ils sont préoccupés, font les choses sans y penser, les chats le savent bien.

Soudain, une femme poussa un cri strident dans la rue. Gnocchi tourna la tête vers le son, Rico se réveilla. Elisabetta se leva en enfilant son peignoir et grimpa l'escalier menant au toit, où elle aurait vue sur tout ce qui se passait dehors.

Ce qu'elle découvrit la figea d'horreur : des soldats nazis étaient en train d'arrêter ses voisins. Ils emmenaient la famille au grand complet : Michele, sa femme Augusta, et leurs deux petites filles. Michele tenait sa femme par les épaules pour la rassurer. Les petites pleurèrent quand on les força à grimper dans un camion bâché. À l'intérieur, d'autres familles attendaient, pelotonnées les unes contre les autres.

Elisabetta poussa un cri étouffé. Les Diorio étaient juifs. Elle prit alors conscience qu'on entendait vrombir des camions sur le Lungotevere Sanzio, en dépit du martèlement pluie.

Elle songea aussitôt à Sandro et redescendit en courant l'escalier pour aller s'habiller.

Chapitre 112

Marco

16 octobre 1943

Marco remontait le Lungotevere Sanzio avec son père. Ils étaient passés chez eux pour confier Gemma à Maria et étaient aussitôt repartis. Les camions bâchés quittaient toujours le Ghetto par le Lungotevere de' Cenci, puis traversaient le Ponte Mazzini.

Bientôt, Marco et Beppe arrivèrent en vue du Collège militaire. C'était un bâtiment rectangulaire massif de pierre grise, couvert d'un revêtement de stuc à partir des balcons du premier étage. Des barreaux quadrillés protégeaient les fenêtres oblongues qui donnaient sur la Piazza della Rovere, ajoutant à celle-ci une note carcérale et sinistre.

Ils n'étaient qu'à un kilomètre de la basilique Saint-Pierre du Vatican et Marco se demanda ce qui se passait en cet instant derrière les murs du Saint-Siège. Il espéra qu'Emedio et d'autres plaidaient en faveur des Juifs afin de convaincre le pape d'intervenir en leur faveur. Jusque-là, personne n'avait levé le petit doigt pour eux, pas même au moment des lois raciales. Ils étaient seuls, livrés aux nazis.

Marco redoubla de vitesse, en luttant contre l'effroi qui l'envahissait.

Chapitre 113

Elisabetta
16 octobre 1943

En traversant le Trastevere, Elisabetta croisa de nombreux soldats nazis à moto. Apparemment, on arrêtait tous les Juifs du quartier. Il n'y avait personne dans les rues, les volets des maisons étaient fermés, les commerces aussi. La situation semblait grave. Elle devait absolument rejoindre le Ghetto.

Elle courait sans s'arrêter, en pataugeant dans les flaques d'eau. Arrivée sur l'île Tibérine, elle prit le Ponte Cestio et fila jusqu'au *Bar du Giro*. Il n'était pas éclairé et elle trouva porte close. Marco et sa famille devaient déjà être au courant.

Elle continua à avancer, totalement désemparée, en priant pour qu'il ne s'agisse pas d'une rafle, pour ne pas arriver trop tard. La pluie martelait son visage et trempait sa robe.

Une fois sur le Ponte Fabricio, elle découvrit une scène horrible. Il y avait un barrage routier devant le Ghetto et les nazis faisaient grimper hommes, femmes et enfants dans des camions bâchés qui démarraient une fois pleins. Affolée, elle courut à l'extrémité du pont, jusqu'à la foule amassée devant une barricade interdisant d'aller plus loin. Elle tenta de voir par-dessus les têtes en sautant sur place, mais ne parvint pas à repérer Sandro.

Elle tapota l'épaule d'une femme âgée devant elle.

— Qu'est-ce qui se passe ? demanda-t-elle. C'est une rafle ?

— Oui, répondit la femme, d'un ton abattu. Je viens de voir mon plus vieil ami chargé dans un camion comme un animal.

Elisabetta sentit son cœur se briser.

— C'est impossible, protesta-t-elle. Ils n'emmènent quand même pas tout le monde ? Ils ne peuvent pas faire ça !

— C'est pourtant le cas. Je suis là depuis un moment et je peux vous dire qu'ils font grimper tout le monde dans leurs camions. Ils vident le Ghetto.

Elisabetta tâcha de ne pas céder à la panique.

— Mon petit ami habite Piazza Costaguti. Ils ont déjà embarqué les gens du quartier nord ?

— Je ne sais pas. Je vous conseille d'aller au Collège militaire. C'est là que les nazis les emmènent. Votre petit ami est peut-être déjà là-bas.

Elisabetta partit sur le champ.

Chapitre 114

Sandro
16 octobre 1943

Sandro scrutait la cour du Collège militaire. Il n'avait pas encore abandonné l'espoir de trouver un moyen de s'enfuir et prenait des repères. Le bâtiment était un élégant édifice de deux étage, composé de salles de classe avec des fenêtres allant du sol au plafond, chacune surmontée d'un motif en frise. Une colonnade voûtée entourait la vaste cour pavée. À l'avant de cette colonnade se trouvaient cinq gracieux arcs, sous la devise latine *Romana virtus romae discitur. C'est à Rome que s'apprend la vertu romaine.*

Il se dégageait du bâtiment une impression de douceur qui cadrait assez mal avec l'usage auquel il était dévolu ce jour-là. Des familles entières, tétanisées par la peur, occupaient les salles de classe à l'intérieur. Les autres, comme Sandro et son père, s'entassaient dehors dans la cour, sous la colonnade où chacun tentait de se protéger de la pluie en se couvrant la tête d'une veste ou d'un journal. Les femmes tenaient les petits contre elles et berçaient les nourrissons. Les hommes s'étaient réunis en cercles pour prier, car c'était shabbat.

Les nazis discutaient autour du bureau de sécurité à l'entrée et circulaient parmi les familles en les menaçant de leurs armes pour les intimider. De nouveaux camions arrivaient à intervalles réguliers, déchargeant d'autres prisonniers dans la cour déjà pleine à craquer. Des parents, des amis, des voisins, se retrouvaient par hasard et s'embrassaient en pleurant.

— Sandro, repose-toi un peu, s'il te plaît.

Massimo était assis sous la colonnade, adossé au mur du bâtiment.

— Ça va, je n'ai pas besoin de me reposer.

— Qu'est-ce que tu regardes ?

— Je regarde, c'est tout.

— Je suis soulagé de savoir ta mère et Rosa à l'hôpital. Prions pour qu'elles y soient en sécurité. Et s'il te plaît, assieds-toi.

— Je ne suis pas fatigué, papa.

Sandro balaya la cour du regard, tout en se demandant si Elisabetta avait trouvé son message. Cela lui déchirait le cœur de la laisser derrière lui. Tout comme d'être séparé de sa sœur et de sa mère.

— Monsieur, je ne suis pas juive ! cria une femme en se frayant un chemin à travers la foule jusqu'au poste de sécurité situé à l'entrée de la cour.

Sandro prit alors conscience que les Nazis libéraient des Gentils embarqués par erreur.

Il battit des paupières. Il y avait peut-être un moyen de sortir de là.

Chapitre 115

Elisabetta
16 octobre 1943

Le cœur au bord des lèvres, Elisabetta retourna en courant vers le Ponte Fabricio, en direction du Collège militaire. Elle avait le cœur au bord des lèvres et ne pensait plus qu'à Sandro.

Les questions se bousculaient dans son crâne. À quelle heure l'avait-il quittée ? Pourquoi avait-elle continué à dormir ? Une vague de culpabilité la submergea. Si seulement elle s'était réveillée avant qu'il ne parte, elle l'aurait convaincu de rester encore. Et il ne serait pas en ce moment prisonnier des Allemands.

Elle trébucha, faillit tomber, se redressa, continua à courir. Elle devait le rejoindre. Trouver un moyen de l'aider. Lui dire qu'elle l'aimait et qu'elle l'aimerait toujours. Elle accéléra l'allure, sous la pluie battante.

Chapitre 116

Marco
16 octobre 1943

Marco et son père s'arrêtèrent devant le Collège militaire dont l'entrée était protégée par une barricade, elle-même gardée par des soldats en arme. Une foule désemparée s'y pressait. Des hommes et des femmes agitaient des bouts de papier, dans l'espoir de faire passer un message à ceux qui se trouvaient de l'autre côté.

— Écoute-moi bien, Marco…

Beppe dut s'interrompre, le temps de reprendre son souffle.

— Tu vas rester ici et moi je vais faire le tour. J'espère que nos amis seront là.

Marco comprit qu'il parlait des partisans de son groupe.

Tandis que son père s'éloignait, Marco scruta les visages qui l'entouraient, mais il ne reconnut aucun de leurs camarades partisans. Il se fraya un chemin jusqu'aux premiers rangs de la foule et tendit l'oreille pour écouter deux jeunes soldats allemands qui discutaient à bâtons rompus. Celui de gauche disait qu'il aimait la cervelle, *cervelatwurst,* et celui de droite qu'il préférait la saucisse grillée, *bratwurst*, que sa femme savait faire cuire à point.

Soudain, il eut une idée. Il s'approcha du soldat de droite, lequel avait de petits yeux marrons en fente et un visage criblé d'acné.

— Je suis d'accord avec vous, l'ami, dit-il en allemand. Moi aussi, je déteste les saucisses trop cuites.

Le nazi inclina la tête, impressionné.

— Vous parlez très bien l'allemand.

— Je suis allemand. J'ai été élevé là-bas, mais j'ai déménagé ici quand j'étais petit. Je viens du nord, d'Osnabrück.

Marco connaissait cette ville grâce à son vieil ami Rolf.

— C'est une jolie ville. On allait à Brême le week-end.

— Moi, je suis de Cologne, répondit le soldat.

Ne sachant rien de Cologne, Marco changea de conversation et alla droit au but.

— C'est ma mère qui m'envoie. J'espère que vous pourrez me renseigner. Une de ses amies connaît un Juif qui se trouve ici. Elle voudrait savoir où ils vont aller ensuite. Si je pouvais lui répondre, ça lui clouerait le bec. Vous savez comme les gens ont mauvaise langue.

Le soldat acquiesça.

— Ils vont dans un camp de travail au nord de l'Italie. Je n'en sais pas plus.

— Ils partent quand ?

— Lundi matin, vers neuf heures.

Marco s'efforça de dissimuler son angoisse. C'était beaucoup plus tôt qu'il n'aurait cru.

— Un dernier petit service, dit-il. Il n'y aurait pas moyen de parler à ce type ? Il s'appelle Sandro Simone.

Le nazi ricana.

— D'abord, c'est interdit, mais de toute façon ils sont un millier là-dedans. Je ne vois pas comment je ferais pour le trouver.

— Si vous me laissez entrer, je le trouverai.

— On peut dire que vous n'avez pas froid aux yeux, vous !

Le nazi se détourna et Marco entendit au même instant une femme appeler :

— Sandro, Sandro !

Il se retourna et la vit. Sous la pluie. Qui agitait un message. Il aurait dû se douter qu'elle viendrait. Elle était très belle, même avec ses cheveux mouillés plaqués sur le crâne.

— Elisabetta !

— Marco ?

Il se fraya un chemin parmi la foule pour la rejoindre, tandis qu'elle venait à sa rencontre. Il la prit dans ses bras, ému par ses larmes.

— Sandro est ici ? demanda-t-elle en reniflant, quand il la lâcha.

— Oui, avec son père. Sa mère est chez nous, en sécurité.

— Qu'est-ce qu'on peut faire ? demanda Elisabetta en s'essuyant les yeux.

— Viens chez moi. On pourra en parler.

— Non, je veux d'abord lui laisser un message. Tu veux bien m'aider ?

— Je peux essayer, mais même si j'arrive à convaincre un soldat de prendre ce message, comment fera-t-il pour reconnaître Sandro ?

— Il porte un brin de basilic à la boutonnière. C'est moi-même qui le lui ai glissé cette nuit.

Marco eut la bouche sèche. Il ne savait pas depuis quand Elisabetta et Sandro avaient commencé à coucher ensemble, mais même un idiot aurait compris que c'était chose faite et qu'elle était profondément amoureuse.

— Donne-moi ce message, dit-il.

— Merci.

Elle lui tendit un bout de papier froissé.

— C'est pour lui dire que je l'aime.

— Je m'en doutais, répondit-il, sans lui montrer à quel point cette phrase lui faisait mal.

Chapitre 117

MARCO
16 OCTOBRE 1943

Ils étaient tous réunis dans la cuisine des Terrizzi, autour de la table. Il y avait Marco et ses parents, ainsi qu'Elisabetta et Gemma. Maria avait servi des petits pains avec de la confiture et ils en étaient à leur deuxième pot d'ersatz de café. En revenant du Collège militaire, Marco et son père avaient dû se changer, tant ils étaient trempés. Elisabetta et Gemma ayant elles aussi besoin de vêtements secs, Maria avait prêté à la première une robe noire et à la seconde une robe à fleurs. Gemma était effondrée et restait prostrée, les yeux bouffis derrière ses lunettes cerclées de fer, un sac avec des glaçons sur son bras endolori. Le *Bar du Giro* était fermé, pour la première fois depuis les funérailles d'Aldo.

— Tâchons de rassembler nos esprits, déclara Beppe avec un gros soupir.

— Oui, approuva sa femme en prenant Gemma par les épaules. Nous devons garder espoir. J'ai prié toute la matinée.

— Merci Maria, renifla Gemma.

Elle était tellement désespérée que même les fleurs si gaies de sa jolie robe paraissaient fanées. Elle leur avait déjà raconté comment l'hôpital avait sauvé Rosa et les autres patients juifs avec la ruse du syndrome K. En d'autres circonstances, ils auraient trouvé ça drôle.

— J'ai appelé Emedio pour le supplier d'intervenir en faveur de Massimo et de Sandro, reprit Gemma. Il m'a promis de parler aux autorités compétentes.

Elle essuya une larme sous ses lunettes.

— Je ne supporte pas de les imaginer dans un camp de travail. J'ai entendu des histoires horribles sur les conditions de vie dans ce genre d'endroits.

Beppe lui tapota la main.

— On ne les laissera pas partir. Il faut les faire sortir de là.

— Tu crois que c'est possible ? demanda-t-elle d'un ton plein d'espoir. Vraiment ?

— Bien sûr. On trouvera un moyen.

Il jeta un coup d'œil à Marco.

— N'est-ce pas, mon fils ?

— Oui, répondit Marco sans hésiter.

Il avait un coup au cœur chaque fois qu'il revoyait Sandro grimpant dans ce camion et le petit signe de la main que leur avait adressé Massimo avant de disparaître sous la bâche.

— Le Collège militaire est trop bien protégé pour tenter une évasion, reprit Beppe après avoir fini son café. Intervenir là-bas serait un désastre. Nous devons trouver autre chose.

Gemma parut accablée, sa bouche prit un pli amer.

— Lundi matin, ils seront dans un train, poursuivit Beppe, les sourcils froncés. Mais ce train va s'arrêter une ou deux fois avant de quitter le pays. Les partisans du nord pourraient nous dire où. Ça nous permettrait de tendre une embuscade dans une gare.

Marco secoua la tête.

— Papa, ça ne marcherait pas.

— Tu as raison. Il y aurait trop de victimes. Et on ne saurait pas dans quel wagon chercher Massimo et Sandro.

— C'est dommage qu'ils n'aillent pas dans un camp de travail en Italie, comme Fossoli, commenta Marco. Là-bas, on aurait une chance de les faire évader.

Beppe battit des paupières, perplexe.

— Il y a un camp à Fossoli ?

— Oui, c'est un camp de transit, utilisé pour la détention temporaire. Les nazis y envoient les prisonniers de guerre. Mon chef du Palazzo Venezia a supervisé en partie sa construction l'année dernière. Il se trouve à six kilomètres de la gare de Carpi. Aux dernières nouvelles, ils étaient en train de l'agrandir.

Gemma parut soudain s'animer.

— Je connais le village de Fossoli. C'est sur la commune de Carpi, près de Modène. J'ai grandi à Reggio, mes parents produisaient du vinaigre balsamique.

— Oui, c'est bien là, confirma Marco.

Beppe pinça les lèvres.

— Peut-être, mais ils ne sont pas envoyés à Fossoli. Ils vont quitter le pays.

Elisabetta se leva brusquement.

— Je dois y aller, dit-elle.

Gemma lui jeta un regard étonné.

— Où ? demanda-t-elle.

— Qu'est-ce que tu vas faire ? renchérit Maria avec un froncement de sourcils inquiets.

Marco se leva.

— Il n'est pas question que tu sortes seule, Elisabetta. C'est trop dangereux.

Beppe se leva à son tour.

— Attendez-moi, tous les deux. Vous n'irez nulle part sans moi.

— Vous pouvez venir, répondit Elisabetta en attrapant son sac. Mais c'est moi qui dirige les opérations.

Chapitre 118

Elisabetta
16 octobre 1943

On fit entrer Elisabetta dans un bureau luxueux, avec des rideaux de brocart, des fauteuils damassés, des étagères garnies de livres reliés de cuir, des tableaux représentant des paysages de Toscane dans de lourds cadres dorés. Elle avait demandé à Marco et Beppe de l'attendre dehors, car elle connaissait personnellement le baron von Weizsäcker, lequel fréquentait assidûment son restaurant. Le baron l'aimait bien et elle espérait se servir de leurs bonnes relations pour aider Sandro et Massimo. Elle avait en tête une idée précise, que Marco et Beppe avaient validé. Cette entrevue avec Weizsäcker en serait la première étape.

Le baron se leva pour venir à sa rencontre quand elle entra, ses cheveux gris-blond impeccablement coiffés, sans une mèche de travers, avec dans le regard une lueur bienveillante, bien qu'un peu étonnée. Il était comme toujours habillé avec élégance, d'un costume sombre agrémenté d'une cravate de soie grise. Autrefois, Elisabetta eût été honteuse de ses origines humbles face à un homme aussi distingué, mais depuis peu elle voyait les choses autrement. La classe sociale lui importait moins qu'avant. En temps de guerre, il n'y avait que deux catégories de personnes : les survivants et les autres.

— Entez, Elisabetta. Asseyez-vous, je vous en prie.

Il lui adressa un sourire qui découvrit ses belles dents régulières et lui désigna le fauteuil placé devant son bureau.

— Merci.

Elisabetta prit place, tandis qu'il retournait s'asseoir derrière son bureau en bois sculpté.

— C'est assez déroutant de vous voir ici, commenta-t-il. La force de l'habitude… Pour moi vous êtes associé au *Casa Servano.*

— Je sais, répondit Elisabetta en parvenant à sourire. Merci d'avoir accepté de me recevoir.

— Je vous en prie. De quoi vouliez-vous me parler ?

— Tout d'abord, je vous prie de m'excuser pour ce qui s'est passé avec le colonel Kappler. J'ai vraiment été très maladroite.

— Vraiment ?

Weizsäcker haussa un sourcil gris.

— Je ne pense pas qu'il s'agissait d'une maladresse, dit-il.

Elisabetta hésita et prit son air le plus innocent.

— Baron, vous avez raison. Vous et moi nous connaissons depuis longtemps. Nonna disait de vous que vous étiez un grand monsieur. Le colonel Kappler ne vous arrive pas à la cheville.

— La délicatesse m'interdit de vous répondre, commenta Weizsäcker en esquissant une moue. Et maintenant, dites-moi pourquoi vous vouliez me voir.

— Baron, je suis ici pour solliciter une faveur. Les Juifs du Ghetto ont été rassemblés aujourd'hui et amenés au collège militaire. Parmi eux, il y a mon petit ami, Sandro Simone, et son père, Massimo.

L'expression de Weizsäcker s'assombrit, mais il la laissa poursuivre.

— Sandro est un brillant mathématicien et son père un avocat fiscaliste respecté. Il n'y a aucun moyen de faire sortir les Simone ?

— Non.

Weizsäcker fronça les sourcils.

— Vous vous méprenez sur ma fonction. Je suis l'ambassadeur d'Allemagne auprès du Saint-Siège, membre du ministère des Affaires Étrangères de mon gouvernement. En tant que diplomate, je dois aplanir les conflits, pas les créer.

— Mais vous pouvez sûrement faire quelque chose. Vous êtes tellement respecté. Tellement important. Vous avez forcément de l'influence. Je vous en prie, aidez les Simone. Je vous en supplie.

Elle se pencha en avant, incapable de dissimuler plus longtemps son angoisse, mais Weizsäcker conserva une expression calme et indifférente.

— Même si je le voulais, je ne le pourrais pas. C'est tout simplement en dehors de ma sphère d'autorité.

— Mais ce qui s'est passé aujourd'hui est injuste et criminel. Je suis sûre que vous le savez, baron, et que vous n'approuvez pas. On ne peut pas faire ça aux Juifs de Rome. Je suis certaine que le Pape ne…

— Je vous répète que je n'ai pas le pouvoir de faire libérer qui que ce soit.

Elisabetta déglutit, en essayant de conserver son calme. Tout allait se jouer maintenant, elle n'avait pas le droit d'échouer.

— Dans ce cas, j'aurai une requête plus modeste. Pourriez-vous au moins intervenir afin que les Simone soient envoyés dans un camp de travail en Italie, plutôt que dans un autre pays ? Il y en a un à Fossoli, dans le district de Carpi, près de Modène.

— Là encore, vous vous trompez, répondit Weizsäcker en ouvrant les paumes. Le camp de Fossoli n'est pas un camp de travail, mais un camp de transit, avant la déportation.

— Mais on y envoie des Juifs italiens, n'est-ce-pas ?

— Oui, mais ce n'est que temporaire.

— Je crois savoir que le camp construit une nouvelle section. Il utilise donc des prisonniers comme ouvriers, non ?

— Je n'en ai aucune idée, répondit Weizsäcker. Comment savez-vous tout ça ?

— Je me suis renseignée. Je dois aider Sandro et son père. S'il vous plaît, baron, ne pouvez-vous pas faire envoyer les Simone à Fossoli ? Ils aideront à construire la nouvelle section. Ils sont tous les deux forts et compétents.

— Quelle différence cela fait-il pour vous, qu'ils aillent à Fossoli, ou hors du pays ?

— Si les Simone vont à Fossoli, cela me laisse du temps pour travailler à leur libération. Je compte parmi mes clients de nombreuses personnes influentes et j'ai bien l'intention de frapper à toutes les portes. Mais si Sandro et son père sont déportés tout de suite à l'étranger, je ne pourrai plus rien faire.

Elle s'interrompit et marqua une pause.

— De plus, j'ai des amis à Carpi. C'est là que j'achète mon vinaigre balsamique car c'est le meilleur de toute l'Italie. Si Sandro était envoyé à Fossoli, je pourrais lui rendre visite.

— Vous me mettez dans une position délicate, soupira Weizsäcker.

— Je sais, mais je dois faire quelque chose.

Elisabetta sentit les larmes lui monter aux yeux.

— J'aime Sandro et il m'aime.

Weizsäcker fronça les sourcils, mais ne fit pas de commentaires.

— Baron, je fais appel à vous en tant qu'homme de bien. Nous avons de bonnes relations, n'est-ce pas ? Et nous éprouvons l'un pour l'autre un respect mutuel. Si vous me refusez cette requête, comment pourrez-vous venir manger dans mon restaurant et me regarder dans les yeux ?

Weizsäcker haussa un sourcil, légèrement amusé.

— Serait-ce du chantage ?

— Oui, dit-elle fermement, sans l'ombre d'un sourire.

Elle sentit un petit changement dans l'équilibre de leur rapport de force. Elle était à présent debout et ne suppliait plus.

— Si vous refusez, je refuserai de vous servir. Vous ne serez plus le bienvenu au *Casa Servano*.

Chapitre 119

Beppe
16 octobre 1943

Beppe rentrait chez lui avec Marco et Elisabetta. Elle avait parlé au baron Weizsäcker et il ne leur restait plus maintenant qu'à attendre. Dans leur hâte d'annoncer la nouvelle à Gemma et à Maria, ils grimpaient quatre à quatre l'escalier menant à l'appartement des Terrizzi. Mais en arrivant dans la cuisine, ils découvrirent une scène inattendue. Les deux agents de l'OVRA étaient là. Stefano Pretianni pressait un couteau contre la gorge de Gemma qui tremblait comme une feuille, tandis que Carmine Vecchio se tenait derrière Maria, une main crispée sur son épaule. Maria semblait tétanisée sur sa chaise, le visage figé en un masque d'horreur muette.

— Bienvenue chez toi, Beppe.

Beppe réprima la fureur qui enflait dans sa poitrine. S'il voulait que Gemma et Maria soient épargnées, il n'avait pas intérêt à exciter ces deux-là.

— Libère les femmes, dit-il. C'est moi, ton adversaire.

— Et moi, renchérit Marco.

Les yeux sombres de Carmine brillèrent de méchanceté.

— J'ai quand même fini par te coincer, Beppe. Je vais vous dénoncer, toi et ta famille. Tu as essayé de cacher une Juive. Elle va avoir ce qu'elle mérite. Et tout de suite !

— Non ! hurla Beppe.

Trop tard, Stefano faisait déjà coulisser son couteau sur la gorge de Gemma, y ouvrant une plaie béante. Le sang jaillit. Gemma émit un gargouillis affreux. Une lueur horrifiée passa dans ses yeux.

Avec un cri de rage, Beppe se jeta sur Stefano pour le frapper au visage. Celui-ci partit en arrière, le nez en sang. Comme il lâchait Gemma, elle s'effondra à terre. Maria et Elisabetta se précipitèrent vers elle.

Voulant prêter main forte à son père, Marco chargea Carmine tête la première et l'envoya contre un mur. Par réflexe, Carmine glissa une main dans sa poche pour sortir son arme, mais il n'eut pas n'eut pas le temps de viser car Beppe intervint pour dévier son tir. Le coup partit avec un bruit assourdissant. Beppe enchaîna aussitôt en le prenant par les oreilles pour lui cogner la tête contre le mur. Tout en glissant au sol et bien qu'à moitié assommé, Carmine tira un second coup de feu. Furieux, Beppe ramassa le couteau que Stefano avait lâché à terre et le lui planta dans la poitrine. C'était fini pour lui.

Voyant cela, Marco retourna vers Stefano, qui l'accueillit d'un coup de poing et se retourna aussitôt vers la porte, avec l'intention de fuir.

Mais Beppe vint lui barrer le chemin et parvint à le déséquilibrer, puis à le projeter contre le mur, tête la première. Marco lui asséna alors un coup de poing d'une violence inouïe. Stefano se mit à gémir, son nez cassé pissait le sang. Beppe n'en avait pas terminé : il attrapa une chaise pour le frapper à la tête, encore et encore, dans un accès de fureur incontrôlable.

Quand Stefano ne bougea plus, Beppe lâcha la chaise qui tomba avec un bruit sec.

— Beppe ! hurla Maria derrière lui. Tu saignes ! Tu es blessé !

— Ce n'est rien, répondit-il.

Mais il sentait bouillonner dans sa gorge un sang tiède dont il avait déjà eu à la bouche le goût cuivré au cours de la Grande Guerre, quand il avait été blessé.

— Papa, non ! cria Marco en écarquillant les yeux.

— Ce n'est rien, murmura Beppe.

Il baissa les yeux sur la tache rouge qui s'ouvrait comme une fleur sur sa poitrine. Il n'avait pas mal, mais il était en train de se vider de son sang.

— Beppe ! cria de nouveau Maria en se précipitant vers lui.

Il tomba à genoux, en état de choc. À Caporetto, il avait vu des hommes mourir de semblables blessures.

— Beppe, ne pars pas ! sanglota Maria.

Il aurait voulu la rassurer, mais il bascula sur le côté.

Maria s'agenouilla près de lui et l'allongea sur le dos. Il sentait ses larmes goutter sur son visage.

— Je t'aime, ma femme, lui dit-il.

Ses mots étaient comme noyés dans le sang.

— Papa !

Marco apparut aux côtés de Maria.

— Non !

— Prends soin de ta mère, murmura Beppe en lui saisissant le bras.

Puis il ferma les yeux. Déjà, son âme s'éloignait d'eux, cherchait la main de Dieu. Il songea qu'il reverrait sûrement Aldo qui était mort comme lui en combattant pour la justice et cette idée le réconforta.

Il abandonna sans regrets sa vie terrestre. Toutes ces années passées à fouler les pavés de Rome et le sol rocailleux des Abruzzes. Il était arrivé au bout du temps que le Seigneur lui avait octroyé et il l'acceptait. Il allait quitter les siens, quitter cette Italie qu'il avait tant aimée et pour laquelle il avait donné son sang ; un pays de passion et d'émotion, merveilleusement tourmenté comme un cœur humain.

Son âme s'éleva lentement vers une vie meilleure.

Vers la vie éternelle.

Chapitre 120

Marco
16 octobre 1943

Il y avait à présent quatre cadavres dans la cuisine des Terrizzi et la gravité de la situation poussa Marco à réagir, en dépit de son chagrin. Il appela Emedio pour lui annoncer la terrible nouvelle et lui demander de venir s'occuper de leur mère. Puis il contacta Arnaldo, l'ancien compagnon d'armes de son père qui avait fait partie de leur groupe de partisans. Arnaldo arriva aussitôt avec une voiture et enveloppa les corps de Carmine et Stefano dans des couvertures pour aller les jeter dans le Tibre, à l'extérieur de la ville. Une idée de Marco, dont la réalisation serait facilitée par l'absence de carabiniers et par le fait que les nazis étaient occupés à traquer les Juifs.

Ensuite, Marco appela Nino Venuti, un embaumeur du quartier qui accepta d'entériner la version officielle de la mort de Beppe : Beppe Terrizzi, ancien cycliste professionnel et propriétaire du populaire *Bar du Giro*, avait succombé chez lui une crise cardiaque. Ils se mirent d'accord par téléphone : la veillée funèbre aurait lieu le lundi et on pourrait exposer le corps dans un cercueil ouvert, comme le voulait la coutume, car il suffirait d'un costume pour cacher la blessure du défunt. La messe et l'enterrement suivraient le lendemain. Personne ne soupçonnerait ce qui s'était réellement passé.

Pour l'enterrement de Gemma, Marco aurait préféré s'adresser à des Juifs, mais après la rafle des nazis, c'était impossible et il dut se contenter de Nino.

Celui-ci se présenta avec deux assistants, deux chauves d'un certain âge portant comme lui un costume noir.

— Mon Dieu, gémit Nino en balayant la cuisine d'un regard atterré.

Marco dut faire un effort pour ne pas succomber à l'émotion.

— Et pour le docteur Simone ? Je t'ai dit qu'elle était juive, tu as promis de faire le nécessaire.

— On va l'enterrer demain matin, pour respecter les délais du rituel juif. J'ai un cercueil de pin et je lui ai trouvé un emplacement près de la section juive, à Verano. On ne peut pas l'enterrer à l'intérieur même de la section, ça attirerait trop l'attention et ce serait dangereux. J'ai falsifié son certificat de décès. C'est le mieux que l'on puisse faire, vu les circonstances.

Maria, qui était assise à la table de la cuisine, leva vers lui des yeux pleins de larmes.

— Merci, Ninno. Gemma était une très grande amie de la famille.

— Mes plus sincères condoléances, Maria. Maintenant, si vous le permettez, je vais emporter le docteur Simone avec mes assistants.

— Nous lui avons fait nos adieux, répondit Maria en hochant la tête.

Mais elle se mit à pleurer, ainsi qu'Elisabetta, quand Nino déploya un sac de velours noir bordé d'un galon doré. Il en défit lentement la fermeture à glissière, puis, avec l'aide d'un assistant, il y déposa le cadavre Gemma. Une fois le sac refermé, ils allèrent chercher une civière en toile pour descendre le corps au rez-de-chaussée.

Marco s'éclaircit la gorge.

— Je devrais dire au revoir à papa maintenant, avant qu'ils ne l'emmènent.

Sa mère lui jeta un regard attristé.

— Tu as le temps. Il y aura une veillée.

— C'est vrai, confirma Emilio en la prenant par les épaules.

Marco se rendit compte qu'il ne leur avait pas encore parlé de son projet.

— Maman, je suis désolé, mais je n'assisterai pas à la veillée et peut-être pas à l'enterrement.

— Quoi ? protesta sa mère d'un ton outré. Qu'est-ce que tu veux dire ? Tu dois y être. Il s'agit de ton père !

— Maman, je dois partir. Elisabetta a persuadé le Baron von Weizsäcker d'envoyer Sandro et Massimo à Fossoli. Cela signifie que je dois être en place avant que leur train n'arrive là-bas. Je dois partir aujourd'hui.

— Oh non, gémit sa mère.

Sa lèvre inférieure trembla et Emedio la prit par les épaules.

— Je suppose que ton père aurait approuvé, soupira-t-elle d'un ton résigné.

— Oui. On en avait parlé en revenant à la maison avant que...

Il ne put finir sa phrase.

— Et Gemma approuverait aussi, poursuivit Maria. En aidant Massimo et Sandro, tu honores leur mémoire.

Elle fronça les sourcils et s'essuya les yeux.

— Tu ne vas pas aller à Fossoli tout seul, n'est-ce pas ? Arnaldo t'accompagne ?

— Non, il doit s'occuper de Carmine et Stefano.

— Moi, je vais l'accompagner, intervint Elisabetta.

Marco secoua la tête.

— Elisabetta, tu ne peux pas, protesta-t-il. C'est dangereux.

— Pas plus pour moi que pour toi.

Il allait protester de nouveau, mais il fut interrompu par Nino et ses assistant qui revenaient avec leur civière et un autre sac noir. Quand ils l'étalèrent près de Beppe, Maria se mit à pleurer doucement. Avant qu'ils n'aillent plus loin, Marco s'interposa.

— Laissez-moi m'en charger, dit-il.

Nino lui jeta un regard compatissant.

— Non, Marco. C'est notre travail.

— J'y tiens, insista Marco.

Il alla vers son père, s'agenouilla près de lui et entreprit de le déplacer pour le poser sur le sac, petit à petit, car il était lourd. Puis il remonta lentement la fermeture à glissière. Il entendait pleurer Elisabetta et sa mère. Il entendait Emedio qui priait tout bas. Il n'avait pas conscience de pleurer, mais il voyait ses larmes goutter sur le velours.

Arrivé au menton de Beppe, il s'arrêta pour contempler une dernière fois son visage. Beppe Terrizzi avait été un homme fort, aux traits robustes, à la peau burinée par le soleil et marquée par le temps. Il avait encore sur les lèvres la cicatrice datant de son enfance, là où le loup l'avait mordu. En la regardant, Marco songea qu'il s'était battu et avait aimé avec une égale ferveur tout au long de sa vie. Au fond, ils se ressemblaient. Sans doute était-ce pour cela qu'ils s'étaient tant de fois opposés l'un à l'autre, sans jamais pour autant cesser de s'aimer.

Il l'embrassa. Son front était déjà presque froid.

— Je t'aime, papa, murmura-t-il à travers ses larmes.

Beppe l'entendait, où qu'il fût, il en était certain.

Chapitre 121

Rosa
16 octobre 1943

Rosa essuya ses larmes. Maria était venue à l'hôpital lui annoncer la mort de sa mère et celle de Beppe, ainsi que l'arrestation de son père et de Sandro. Ces affreuses nouvelles l'avaient plongée dans le plus profond désarroi. Maria avait fait de son mieux pour la réconforter et avait pleuré avec elle, ce qui l'avait aidé à surmonter le choc initial. Le Dr Cristabello, d'anciens collègues de Gemma et sœur Anna Domenica lui avaient déjà présenté leurs condoléances. Depuis qu'elles étaient au courant, les religieuses qui traversaient le service dans leurs habits noirs qui se détachaient sur les murs blancs, lui jetaient en passant des regards apitoyés.

Cela faisait beaucoup à encaisser. Elle n'avait pas pu dire au revoir à sa mère, mais on lui avait tout raconté : le syndrome K, Gemma déguisée avec les vêtements de sœur Anna, risquant sa vie pour elle. Elle aurait eu besoin de David pour la soutenir, mais il était loin. Et lui aussi était en danger. Quand elle pensait à lui, elle avait de nouveau peur et envie de pleurer.

— Je suis vraiment désolée murmura Maria en lui prenant la main.

Maria avait les yeux bouffis et injectés de sang. Elle portait une robe noire, mais aucun bijou. Rosa se souvint de la croix en or qu'elle avait donné à la synagogue.

— Quelle horrible journée ! soupira-t-elle en se tamponnant les yeux avec le mouchoir que lui avait donné Maria. Pauvres papa et Sandro…

— Je sais que tu es malade et j'aurais voulu te ménager, mais il me semblait que tu devais être mise au courant le plus vite possible.

— Merci, je t'en suis reconnaissante.

Rosa se moucha. Ses yeux la brûlaient, elle avait un vide dans la poitrine. Elle avait aussi la bouche sèche à cause de la fièvre, mais sa maladie était devenue le cadet de ses soucis.

Maria lui pressa la main.

— C'est dur de penser que ta mère et Beppe sont partis pour toujours. Je n'y arrive pas.

— Je suis désolée pour Beppe.

Rosa ne s'était jamais sentie aussi proche de Maria. Les deux familles étaient amies depuis toujours, mais cette tragédie commune les rapprochait encore. Une vague de désespoir submergea Rosa quand elle songea que la mort de sa mère et celle de Beppe resteraient impunies. La guerre favorisait et protégeait les crimes les plus odieux.

— Beppe a tout fait pour sauver ta mère, murmura Maria. Il est mort en combattant, comme il le souhaitait.

Rosa lui tapota la main.

— C'était un homme solide comme un chêne, ton Beppe. Un homme bien. Mon père l'aimait beaucoup.

Maria hocha la tête en esquissant un sourire.

— Marco est dévasté. C'est dur pour lui, d'accepter ça après Aldo.

— Je n'en doute pas.

Rosa eut un pincement au cœur, comme chaque fois qu'elle pensait à Aldo.

— Je lui suis très reconnaissante de ce qu'il fait pour sauver Sandro et mon père.

Elle marqua une pause. Le chagrin l'empêchait de réfléchir.

— Qui va aider Marco, puisque Beppe n'est plus là ?

— Elisabetta.

— Personne d'autre ?

Elle eut du mal à cacher son désespoir. Elle aurait voulu se rendre utile. Elle tenta de se redresser, mais retomba sur ses oreillers, prise d'un étourdissement.

— Je vais demander au médecin si…

— Non, tu dois rester là pour te rétablir, protesta Maria en lui tapotant la main. Quand tu seras en état de quitter l'hôpital, Emedio aura de faux papiers pour toi, et un endroit où vivre au Vatican.

— Je ne vais pas aller me cacher, avec Papa et Sandro en danger.

— Tu dois te cacher. Pour eux.

Maria se pencha vers elle et ses yeux noirs brillèrent.

— Ton père et Sandro t'aiment. Ils seront heureux et soulagés de te savoir à l'abri.

— Et comment le sauront-ils ?

— Marco trouvera un moyen de communiquer avec eux. Pense à ta mère, Rosa. Je sais qu'elle voudrait que tu vives la vie que Dieu t'a donnée. Ta survie sera son triomphe.

Maria releva le menton en prenant un air de défi, mais elle avait les larmes aux yeux.

— Tu dois vivre pour honorer sa mémoire, insista-t-elle.

Rosa se tut. Maria avait raison. Ces mots, sa mère aurait pu les prononcer.

— Nous ne sommes pas de la même religion, mais nous croyons toutes les deux en un Dieu juste et aimant, poursuivit Maria en posant sur elle un regard angoissé, mais plein d'amour. Il nous a rassemblées pour que nous formions une nouvelle famille. Tu te souviens de ce que dis ton père quand il trinque ?

— *L'Chaim.*

Maria hocha la tête.

— À la vie.

Des larmes emplirent les yeux de Rosa, et cette fois, elle ne chercha pas à les retenir.

Chapitre 122

Elisabetta
16 octobre 1943

Debout sur le quai de la gare avec Marco, Elisabetta attendait le train pour Carpi. Bouleversée, épuisée, elle ne disait pas un mot et lui non plus. Jamais elle ne lui avait vu une mine aussi sombre. Il regardait autour de lui, mais ses yeux secs ne se posaient nulle part, comme s'ils ne pouvaient trouver le repos, pas même pour un bref instant. Lui qui se tenait si droit d'ordinaire, semblait comme tassé sur lui-même.

Autour d'eux, il y avait de l'animation. Les voyageurs patientaient en discutant et en fumant. Quelques-uns lisaient le journal. Elisabetta parcourut les titres du regard, mais elle ne vit rien concernant la rafle. Le Vatican n'avait toujours pas fait de déclaration, ce qui signifiait qu'il n'en ferait pas.

Leur unique espoir était donc de faire évader Sandro et son père. Marco semblait avoir un plan précis, mais il ne le lui avait pas encore exposé. Elle lui faisait confiance, car elle avait cru comprendre qu'il appartenait à un groupe de partisan et avait l'expérience du combat. De plus, à la Ballila, les garçons apprenaient à tirer au fusil d'épaule, tandis que la préparation physique des filles se limitait à des exercices avec des cerceaux.

Elle jeta un coup d'œil à l'horloge, en se demandant pourquoi on ne les avait pas encore autorisés à monter dans le train. L'horaire, imprimé sur un dépliant en trois volets, était affiché devant eux, à l'intérieur d'un panneau vitré.

— Marco, regarde. Le train aurait dû déjà partir. Il a dix minutes de retard. Tu crois qu'il y a un problème ?

Il ne jeta même pas un coup d'œil au panneau d'affichage.

— Je ne sais pas, dit-il. Tu veux que je me renseigne ?

— Non, c'est bon.

Elle remarqua qu'il ne cherchait pas à vérifier l'horaire et se souvint de sa vilaine écriture et de ses fautes d'orthographe.

— Regarde, ça y est, on va pouvoir montrer, dit-il en montrant du doigt les voyageurs qui se dirigeaient vers le train.

Ils se mêlèrent à la foule et il l'aida à se hisser sur les marches, puis grimpa derrière elle. Dans le wagon, il faisait trop chaud, c'était sale et enfumé. Ils trouvèrent deux places assises et s'installèrent.

Le train démarra et quitta lentement la gare. Elisabetta contempla le paysage à travers la vitre crasseuse. Le ciel s'assombrissait déjà car l'après-midi était bien avancée. Il ferait nuit quand ils arriveraient à Carpi.

Près d'elle, Marco s'agita.

— Tu devrais dormir un peu, dit-il. Il se peut que l'on veille toute la nuit.

— Je ne suis pas fatiguée.

— Si, tu l'es.

— Comment tu le sais ?

— Je te connais bien. Quand tu es fatiguée, tu as de petits yeux et tu louches.

Elle se demanda si c'était vrai. Elle se tourna vers lui, mais il scrutait les autres passagers d'un air méfiant. Il ne se détendit que lorsque le train démarra, puis prit de la vitesse dans un claquement bruyant et rythmé. Bientôt, Rome fut derrière eux.

— Ferme les yeux, Elisabetta. Je te réveillerai quand on sera arrivés.

Elle aurait été bien incapable de dormir et elle savait qu'il en était de même pour lui.

— Je suis désolée pour ton père, dit-elle.

— Merci.

— On peut en parler, si tu veux. Je sais à quel point tu l'admirais. C'était un homme de valeur.

Marco baissa les yeux vers elle.

— Ton père aussi, était un homme de valeur. Je le sais maintenant.

— Qu'est-ce que tu veux dire ? demanda-t-elle.

— Tu te souviens du soir où je t'avais invitée à dîner pour ton anniversaire ? On avait croisé un roux complètement soûl qui s'était mis à nous apostropher. Il disait que ton père avait eu les mains brisées par les fascistes.

— Oui, répondit Elisabetta.

Elle s'en souvenait parfaitement. C'était le fameux soir où elle lui avait rendu sa bague de fiançailles.

— Il disait la vérité, poursuivit Marco. Je le sais de source sûre. Par mon père.

— Beppe était au courant ? demanda Elisabetta en se redressant sur son siège. Il savait ce qui c'était passé ?

— Ton père avait peint la basilique du Trastevere sur un slogan fasciste. C'est pour ça qu'ils lui ont brisé les mains. Mon père l'avait averti du danger et lui avait conseillé de quitter la ville le temps de se faire oublier. Il l'avait écouté, mais était revenu trop tôt.

Marco baissa la voix.

— Les officiers de l'OVRA qui ont tué mon père et Gemma... Ce sont eux, les coupables.

— Seigneur, murmura Elisabetta en frissonnant. Je n'avais pas la moindre idée de tout ça.

— Ton père ne voulait pas que tu saches. Il a menti pour te protéger, pour que tu ne te mettes pas en danger en devenant antifasciste. Le rouquin disait la vérité.

— Quand je pense que j'ai toujours cru à son histoire d'accident, je m'en veux…

Elle avait mal jugé son père, elle s'en rendait compte, à présent.

— Comme je me suis trompée, gémit-elle.

— Tu n'as pas à t'en vouloir.

— Je croyais connaître mon père et j'avais honte de lui parce qu'il buvait. Alors que j'aurais dû être fière de son courage… Mais je l'apprends trop tard.

— Il n'est jamais trop tard. À partir de maintenant, tu penseras toujours à lui avec une immense fierté.

Le cœur serré, elle détourna le regard vers la campagne qui défilait de l'autre côté de la vitre.

Marco se racla la gorge.

— Moi aussi je suis fier de mon père, dit-il d'une voix rauque d'émotion.

Elisabetta sentit les larmes lui monter aux yeux, mais elle se retint de pleurer. Elle était accablée de tristesse. Pour son père, pour Marco et Beppe, pour Gemma. Pour Sandro et Massimo. Pour Nonna. Pour les Juifs du Ghetto. Pour Rome.

— J'ai un plan pour les sortir de là, murmura Marco. Je te donnerai les détails quand on y sera. Tu vas le retrouver, ton Sandro, je te le promets.

Il la regarda droit dans les yeux.

— Tu l'aimes, n'est-ce pas ?

— Oui.

— Moi aussi, je l'aime. Je comprends que tu l'aies choisi.

Il marqua une pause.

— Je vous aime tous les deux, corrigea-t-il.

Elle leva les yeux vers lui et il parvint à esquisser un sourire tremblant.

— Et maintenant, dors un peu.

Chapitre 123

Sandro

16 octobre 1943

Sandro et son père avaient passé la journée entière dans la cour. La pluie avait cessé, mais le ciel restait nuageux et sombre. Les gens avaient faim et soif, ils avaient peur. Sans se décourager, Sandro n'avait pas cessé d'observer ce qu'il se passait autour de lui. Et il avait finalement trouvé un moyen de sortir de cet enfer.

— Papa, lève-toi.

— Pourquoi ?

— J'ai une idée.

Il lui tendit la main pour l'aider à se mettre debout.

— Quelle idée ?

— Les nazis laissent partir ceux qui ne sont pas juifs.

Il montra du doigt l'entrée de la cour, où les officiers nazis avaient installé un bureau de contrôle. Derrière eux, une courte file de Gentils et de *mischlinge*, le terme allemand pour désigner ceux qui n'étaient qu'à moitié Juifs, attendaient d'être libérés.

— On ne pourra jamais leur faire croire qu'on n'est pas juifs. J'étais membre du conseil d'administration de la synagogue. Mon nom doit figurer dans tous leurs dossiers.

— Je sais, mais écoute-moi.

Sandro se pencha vers son père pour ne pas risquer d'être entendu.

— J'ai passé ma journée à faire le compte de nos amis et de nos voisins. Je voulais savoir qui était là. Et tout à coup, j'ai compris quelque chose. Ce qui comptait, c'était plutôt de savoir qui *n'était pas* là.

— Pourquoi ?

— Et tu sais qui n'est pas là ? poursuivit Sandro sans répondre à sa question. Matteo et Giovanni Rotoli. Ils ne sont pas là.

— Nos voisins d'en face ?

— Oui.

Son père haussa les épaules.

— Ils ne devaient pas être chez eux quand les nazis ont débarqué.

— Exactement.

Le cœur de Sandro s'accéléra.

— Matteo et Giovanni ne sont pas dans cette cour, donc on peut s'approprier leur identité. Matteo n'est pas juif. C'est sa femme, Livia, qui l'est. Donc, Giovanni leur fils n'est qu'à moitié juif. On peut se faire passer pour eux. On sait tout d'eux.

— Tu as raison, approuva son père en souriant. Il faut essayer.

— Suis-moi.

Sandro se fraya un chemin dans la foule et son père lui emboita le pas jusqu'à l'entrée de la cour, où un officier nazi se tenait devant un pupitre.

— Qu'est-ce que vous voulez ? demanda celui-ci en fronçant les sourcils sous la visière de sa casquette.

Sandro s'efforça de rester calme.

— Monsieur, je suis Giovanni Rotoli et voici mon père, Matteo. Je suis un *mischlinge*, de mère juive, et mon père est un Gentil, un catholique romain. Nous habitons Piazza Costaguti et on nous a emmenés ici par erreur.

— Pourquoi ne l'avez-vous pas dit plus tôt ?

— Nous étions dans une salle de classe et nous ne savions pas qu'il était possible de s'adresser à vous. S'il vous plaît, nous n'avons rien à faire ici.

— Montrez-moi vos cartes d'identités.

— On est partis très vite, on ne les trouvait pas, on les a laissées.

Sandro retint son souffle quand l'officier se mit à fourrager dans ses papiers. Derrière lui, d'autre nazis faisaient aligner des Gentils pour les libérer. Entre le salut et la déportation, il n'y avait que quelques centimètres.

— Ah oui, Rotoli.

Le nazi montra du doigt le nom de Rotoli sur les papiers, puis leva les yeux.

— Bien. Faites la queue, dépêchez-vous. Allez-y.

Sandro fit de son mieux pour dissimuler son soulagement et prit son père par le bras. Ensemble, ils contournèrent le soldat qui surveillait la file des gens à relâcher.

— Faites la queue ! leur cria-t-il.

Puis soudain, son regard s'arrêta sur la veste de Sandro.

— C'est quoi, cette plante que tu portes à la boutonnière ? demanda-t-il.

Sandro baissa les yeux. Ce soldat parlait du brin de basilic qu'Elisabetta lui avait donné la veille et qui était maintenant tout défraîchi.

— Euh, c'est du basilic, répondit-il, sans comprendre en quoi cela pouvait intéresser ce nazi.

— Qui te l'a donné ?

— Ma petite amie, répondit Sandro, encore plus perplexe.

— Ha ! Elle m'a donné un mot pour toi. Tu es bien Sandro Simone ?

En entendant son nom, Sandro se figea. Son père jeta des regards effrayés autour d'eux. Le nazi du pupitre tourna la tête.

— Tu t'appelles Simone ? Sale menteur de Juif ! Tu viens de me dire que ton nom était Rotoli !

Il poussa Sandro hors de la queue des Gentils, puis leva le bras pour le frapper.

Sandro tenta d'éviter le coup, mais trop tard.

Chapitre 124

Marco
16 octobre 1943

Marco et Elisabetta descendirent à Carpi, une petite gare déserte qui ressemblait plutôt à un hangar, avec un seul pan de mur. L'unique éclairage provenait d'une ampoule nue au plafond, ça sentait le fumier de cheval et aussi une autre odeur étrangement acide, sans doute celle du vinaigre balsamique. Marco sortit de sa besace une lampe de poche et une boussole.

Elisabetta regarda autour d'elle.

— On est vraiment au milieu de nulle part.

— Il n'y a que des vignobles ici, comme l'avait dit Gemma.

Marco eut un pincement au cœur en prononçant ce nom, mais il s'empressa de refouler son émotion. Il devait rester concentré sur sa mission. Il n'avait pas le droit d'échouer. Pour Sandro, pour Massimo. Et aussi pour Gemma.

— On va de quel côté ? demanda Elisabetta.

— Attends.

Marco consulta sa boussole et montra une direction.

— C'est par là. Le camp de transit de Fossoli se trouve au nord-est, de l'autre côté de Carpi.

Marco éclaira devant lui au moyen de sa lampe et Elisabetta régla son allure sur la sienne. Ils s'aventurèrent sur un chemin de terre qui circulait dans la campagne. Autour il n'y avait rien, ni maisons ni vignobles. À deux kilomètres devant eux, ils apercevaient Carpi, un petit amas de lumières et de toits de tuiles sombres.

Elisabetta se tourna vers Marco.

— Tu peux m'expliquer ton plan, à présent ?

— Pour commencer, on va s'approcher le plus possible du camp de transit, pour voir comment il fonctionne et reconnaître le terrain

— Combien de temps ça va prendre, pour rejoindre ce camp ?

— Probablement une heure, peut-être moins.

Ils arrivèrent bientôt à une intersection où un panneau indiquait plusieurs directions.

— Un panneau, annonça Elisabetta.

— Je vois.

— D'après les flèches, Fossoli, c'est tout droit.

— Alors on va tout droit.

Marco respira à plein poumons l'air pur de cette campagne qui lui rappelait celui des Abruzzes, d'où ses parents étaient originaires. Autrefois, ils y allaient temps en temps en famille pour rendre visite à ses grands-parents. Son père lui avait raconté comment il était tombé amoureux de sa mère et pourquoi ils avaient ensemble décidé de s'installer à Rome, pour se lancer dans la grande aventure de la vie.

— Marco, pourquoi m'avoir caché que tu ne savais pas lire ? demanda soudain Elisabetta.

Il eut la bouche sèche et se sentit rougir.

— Il n'y a pas de quoi avoir honte, insista-t-elle.

Il ne savait plus quoi dire. Bien sûr, qu'il y avait de quoi avoir honte. Il regarda droit devant lui, pour l'empêcher de voir l'expression de son visage.

— Marco ?

— Je sais lire.

— Je ne crois pas, non.

Le ton d'Elisabetta était compatissant, sans la moindre trace de mépris, ce qui le mit encore plus mal à l'aise.

— Tu te trompes, insista-t-il.

— Alors que disait ce panneau ?

— Je n'ai pas besoin de lire les panneaux. Je me fie à ma boussole. J'ai un grand sens de l'orientation.

— D'accord, mais dis-moi ce qu'il y avait écrit.

— On va dans la bonne direction, pas la peine de s'inquiéter.

— Tu ne réponds pas à ma question. Ce panneau indiquait le nom des villes voisines et à quelle distance elles se trouvaient.

Elle avait dû se douter de quelque chose depuis l'horaire de train dans la gare et ces maudites pancartes avaient achevé de le trahir.

— Oh ça va… Je reconnais que je ne lis pas aussi bien que Sandro et toi. Tu lis des romans, lui c'est un génie. Je suis malin, mais pas intelligent comme vous deux.

— Tu es aussi intelligent que nous.

— Non, protesta-t-il. Je voudrais bien que ce soit vrai, mais je sais ce que c'est faux.

— Marco, arrête de dire n'importe quoi. Tu es très intelligent. Je te connais, je t'ai vu à l'œuvre. Regarde ce que tu as fait aujourd'hui.

— Aujourd'hui je n'ai pas été capable de sauver mon père.

Elle posa une main sur son bras.

— Mais tu as réagi très vite et avec beaucoup d'à-propos. Tu as inventé une histoire pour les pompes funèbres. Tu as dit à Arnaldo ce qu'il devait faire des corps des deux officiers de l'OVRA. Tu as réussi à faire croire à un soldat nazi que tu étais allemand en parlant sa langue et tu l'as convaincu de transmettre mon message à Sandro.

— Ce n'est pas parce que je lui ai parlé allemand qu'il a accepté, mais parce qu'il t'a trouvée belle. Les nazis aiment les jolies filles, comme tout le monde.

Il secoua la tête.

— Et ça m'étonnerait qu'il ait transmis ce message à Sandro.

— Il n'empêche que tout ce que tu as fait aujourd'hui prouve que tu raisonnes vite et bien.

— Alors c'est quoi, mon problème ? s'écria Marco, exprimant pour la première fois tout haut la question qu'il se posait depuis longtemps. Pourquoi c'est si difficile pour moi de lire ?

— Dis-moi ce qui se passe quand tu lis.

Marco poussa un soupir douloureux.

— Mais je n'en sais rien.

— Tu vois quoi, sur la page ?

— Je ne vois pas clairement, tout se brouille.

— Peut-être que c'est un problème de vue et que tu as simplement besoin de lunettes.

— Non. J'y vois très bien.

Marco avait déjà pensé à ça.

— Et quand tu écris ?

— J'ai tout à coup la tête vide et je ne sais même plus comment on forme les lettres.

— Je suis certaine que je pourrais t'aider.

—Je suis certain du contraire, rétorqua-t-il en accélérant l'allure. Parlons plutôt de mon plan. Pour le moment, c'est notre priorité.

Aux abords du camp de Fossoli ils trouvèrent un vignoble et s'allongèrent à plat ventre entre deux rangées de ceps, derrière un épais taillis, suffisamment loin du camp pour ne pas risquer d'être vus. Ses lumières éclairaient le ciel nocturne et brillaient fortement dans l'obscurité de la campagne. Ils avaient une vue dégagée, car les vignes étaient bien alignées et dégarnies après les vendanges.

Marco avait sorti des jumelles pour observer et repérer les lieux. De forme rectangulaire, le camp longeait la Via dei Grilli, d'est en ouest. Il était entouré de trois clôtures de barbelés, mais ne comportait ni tourelles, ni miradors. Les prisonniers occupaient des baraquements de briques aux petites fenêtres carrées, alignés à l'est, perpendiculairement à la route. Marco compta huit rangées de dix baraquements, de part et d'autre d'une allée qui traversait le camp en son milieu.

Il déplaça ses jumelles vers l'ouest, où se trouvaient des bâtiments plus petits, manifestement des bureaux et les baraquements des soldats. Côté sud-ouest, à l'extérieur du camp le long de la Via Remesina, il repéra une zone protégée par des barrières de bois qui devait correspondre à la future extension du camp. Ils en étaient à creuser les fondations et rassemblaient du matériel. Des briques, du bois et divers matériaux de construction étaient empilés près d'un amas de pelles, de pioches, de bêches et d'outils divers.

Marco reporta son attention sur l'intérieur du camp. Il était tard et les prisonniers devaient être dans leurs baraquements. Des soldats nazis montaient la garde au bout de chaque rangée.

Certains surveillaient attentivement les alentours, d'autres fumaient tranquillement. L'un d'eux sortit par la porte sud et réapparut quelques instants plus tard en bouclant sa ceinture. Marco supposa qu'il était allé uriner.

— Qu'est-ce que tu regardes ? chuchota Elisabetta.

— La disposition et d'autres détails. C'est à peu près ce à quoi je m'attendais.

— Je peux voir, moi aussi ?

— Oui.

Il lui tendit les jumelles.

— C'est un très grand camp, commenta-t-elle après avoir observé un instant en silence.

— Pas tant que ça.

— Il y a beaucoup de gardes.

— Non, ça va.

— Tu es sûr qu'on peut y arriver ? s'inquiéta-t-elle.

Elle abaissa les jumelles en faisant la grimace.

— Oui, on peut y arriver, assura-t-il, bien qu'il ne fût sûr de rien. Mais je préférerais agir seul. C'est trop dangereux.

— Non, je veux y aller aussi. De toute façon, tu as besoin de moi pour ton plan.

— Je peux changer de plan. Tu es sûre de toi ?

— Oui, répondit-elle en collant de nouveau les jumelles à ses yeux.

Plus tard, à la lueur de la lune, ils traversèrent des vignobles et des champs ou paissaient des chevaux. Puis ils débouchèrent dans une grande fabrique de vinaigre, avec une petite ferme de pierre, une grange, un poulailler et deux dépendances.

Ils retraversèrent des vignes pour rejoindre des entrepôts qu'ils venaient de repérer, cherchant un endroit pour dormir. Marco alluma sa lampe de poche pour éclairer les lieux.

Le premier contenait des barils de vinaigre balsamique en pleine fermentation qui dégageaient une odeur aigre. Le second était rempli de sac de toiles empilés. Ils y entrèrent. À l'intérieur, l'air sentait fortement le moisi. Des toiles d'araignées pendaient des chevrons bas.

— On peut dormir ici, annonça Marco en promenant le faisceau de sa lampe sur les sacs de jute. On sera partis à l'aube.

— Bien.

Elisabetta s'installa à même le sol, adossée aux sacs.

— Je suis tellement fatiguée que je pourrais dormir assise.

— Je te réveillerai le moment voulu. Ne t'inquiète pas, je ne laisserai pas passer l'heure.

Il s'installa près d'Elisabetta et éteignit la lampe, ce qui les plongea dans l'obscurité. Ses yeux s'accoutumèrent peu à peu à la faible lueur dispensée par le clair de lune qui entrait par la petite fenêtre.

Comme elle ne disait plus rien, il se pencha vers elle et la trouva endormie. Il soupira. À présent, il n'avait plus besoin de dissimuler sa peur et son angoisse. Leur mission était risquée et leurs chances de la mener à bout plutôt maigres. Il n'avait pas peur pour lui, car il aurait volontiers donné sa vie pour Sandro et Massimo, mais il n'aurait pas supporté qu'il arrivât quelque chose à Elisabetta. Il envisagea de s'éclipser discrètement pendant qu'elle dormait, pour agir seul, mais il avait besoin d'elle. De plus, elle ne lui aurait pas pardonné cette trahison.

Il s'adossa aux sacs de jute et ferma les yeux pour passer mentalement son plan en revue. Cela lui permettrait de ne pas hésiter le moment venu. De plus, pendant qu'il aurait l'esprit occupé par sa mission de sauvetage, il cesserait de se reprocher la mort de son père et celle de Gemma.

Chapitre 125

Elisabetta
17 octobre 1943

Elisabetta avançait d'un pas nonchalant le long de la Via Remesina, en balançant une bouteille de vin au bout de son bras. Les abeilles bourdonnaient dans les vignes, l'air sentait fort la terre fraîchement retournée et le vinaigre balsamique en fermentation. On était dimanche après-midi, il faisait beau, elle jouait le rôle d'une jeune fille rendant visite à ses grands-parents. Elle avait défroissé sa robe et lissé ses cheveux pour être plus avenante. Marco la surveillait avec ses jumelles depuis un fossé. Ils passaient à la seconde étape de leur plan et tout reposait sur elle.

Elle se crispa à la vue des nombreux soldats armés qui sillonnaient le camp avec des chiens. Un groupe surveillait les prisonniers qui travaillaient sur la zone en chantier. Des camions aux pneus boueux étaient garés un peu plus loin, du bois et des outils avaient été empilés ici et là. Comme elle arrivait à hauteur du site, les chiens se mirent à aboyer.

Soldats et prisonniers se retournèrent quand elle passa à leur hauteur. Les prisonniers se remirent aussitôt à la tâche, mais les soldats lui sourirent en lui faisant des clins d'yeux. L'un d'eux lui envoya un baiser, elle lui répondit d'un petit signe de la main.

Elle continua à marcher, concentrée sur son rôle. Depuis qu'elle savait la vérité à propos de son père, elle se sentait plus sûre d'elle et plus forte. Il s'était sacrifié pour résister aux fascistes, elle était fière de lui. En défiant les nazis, elle lui faisait honneur.

Arrivée au bout du chantier, elle longea le camp et tourna à droite Via dei Grilli, en direction de l'entrée principale. Là aussi, les soldats s'arrêtèrent pour la regarder et la saluèrent de la main en souriant. Elle répondit de même. Les portes étaient ouvertes et un groupe s'avança vers elle, visiblement désireux d'engager la conversation. Les soldats lui dirent bonjour, puis enchaînèrent sur des banalités, dans un italien approximatif mêlé de quelques mots d'allemand.

Elle les écouta, fit des manières, répondit en minaudant. Elle n'avait jamais trop su flirter, mais peu importait, car ils semblaient affamés de présence féminine. Soudain, un des chiens s'approcha d'elle en montrant les dents.

Elle eut un mouvement de recul.

— Oh ! s'écria-t-elle d'un ton effrayé.

— Je suis vraiment désolé, mademoiselle, s'excusa dans un italien médiocre l'homme qui tenait l'animal en laisse.

Il réprimanda son chien, qui se calma aussitôt.

— Il est très gentil, vous savez. Voulez-vous le caresser ?

— Non, merci, répondit Elisabetta en prenant un air apeuré qui fit rire les soldats.

Ils semblaient sous le charme.

— Vous habitez dans le coin, mademoiselle ?

— Non, je suis venue rendre visite à mes grands-parents.

Elle avait fait suffisamment impression. Mission accomplie.

— Je dois y aller, maintenant, dit-elle. Au revoir.

— On vous reverra ?

— Peut-être, répondit-elle.

Ils allaient la revoir, oui. Et plus vite qu'ils ne le pensaient.

Chapitre 126

Marco
17 octobre 1943

Il était presque minuit. Marco et Elisabetta étaient allongés sur le ventre dans un fossé, côte à côte, invisibles dans l'obscurité. Marco observait le camp avec des jumelles. Les prisonniers étaient dans leurs baraquements. Le chantier de construction était silencieux. Le long de la clôture d'enceinte, des nazis montaient la garde.

— Qu'est-ce qui se passe ? demanda Elisabetta.

— Rien de spécial.

Marco observa le comportement des soldats. Ils examinaient leurs ongles, brossaient la poussière de leurs manteaux, fumaient cigarette sur cigarette pour tuer le temps.

— Ils restent là, à regarder les mêmes vignobles nuit après nuit et il ne se passe jamais rien. C'est parfait pour nous. Ils s'ennuient à mourir.

— C'est pour ça que mon passage à produit tant d'effet sur eux.

Marco abaissa ses jumelles.

— Ce n'est pas pour ça. Tu es une belle fille et tu avais une bouteille de vin à la main. C'est le rêve de n'importe quel homme.

— Les hommes aiment à ce point le vin ?

— Ils aiment les femmes qui aiment le vin.

Marco replaça les jumelles devant ses yeux.

— Tu as très bien manœuvré et tu as été très courageuse.

— Merci.

— Mais la suite sera plus délicate. Et il faudra d'abord s'assurer que le baron von Weizsäcker a bien fait transférer Sandro et son père dans ce camp. S'ils ne sont pas là, on sera venus pour rien.

— Ils y sont. Le baron a fait ce que je lui demandais.

— Comment peux-tu en être aussi sûre ?

— Parce que mes pâtes sont les meilleures de Rome.

Marco sourit. Il était de nouveau totalement amoureux d'Elisabetta. Son cœur battait pour elle et il craignait que cela ne fût pour toujours.

À la lueur de la lune, il lui jeta un regard, mais elle ne quittait pas le camp des yeux.

Chapitre 127

Marco
18 octobre 1943

Le lendemain, Marco et Elisabetta se postèrent de nouveau dans leur fossé, après s'être fabriqué une sorte de camouflage avec des broussailles. C'était la fin de l'après-midi et ils espéraient voir Sandro et son père. Le train venant de Rome avait dû arriver en gare de Carpi et les nouveaux prisonniers n'allaient pas tarder à débarquer. Il ne restait plus à espérer que Sandro et son père se trouveraient parmi eux.

Elisabetta ne disait rien, Marco luttait contre l'angoisse. Il gardait ses jumelles pointées sur la Via Remesina, la route que le convoi emprunterait pour venir de Carpi. Pour l'instant, il n'avait vu passer qu'une charrette tirée par des mulets, un fermier à cheval et un vieux camion transportant vraisemblablement du vinaigre balsamique.

Il dévia vers la gauche, vers le camp de transit. De ce côté-là, c'était la routine. Les soldats étaient à leur poste. Un groupe gardait le chantier de construction où travaillaient les prisonniers. Il ne remarqua aucun préparatif pour accueillir de nouveaux venus, ce qui l'inquiéta.

Au bout d'un long moment, des véhicules apparurent enfin Via Remesina. Bientôt, il put distinguer des voitures tout-terrain. Elles se dirigeaient vers le camp de transit et escortaient probablement le convoi de prisonniers. Ils devaient venir de Modène ou de plus loin, en tout cas pas de Carpi. Cela expliquait sans doute cette arrivée tardive.

Le cœur de Marco se mit à battre la chamade. Derrière les véhicules, il voyait à présent un groupe de femmes, d'hommes, et d'enfants qui avançaient en rang. Ils étaient sales et trempés.

— Ils arrivent, annonça-t-il sans quitter ses jumelles.

— Est-ce que tu vois Sandro ? demanda Elisabetta d'un ton excité.

— Pas encore.

Il observa un instant les prisonniers qui progressaient lentement sur la route. Il y avait là des familles entières, plusieurs générations – grands-parents, parents, enfants. Tous semblaient exténués et les plus vaillants tâchaient de soutenir les plus faibles. Il s'arrêta sur chaque visage, pour tenter d'identifier Sandro ou son père, mais le nombre et le fait qu'ils fussent en mouvement ne lui facilitait pas la tâche.

Il finit tout de même par repérer Sandro. Près de lui Massimo boitait légèrement et il devait l'aider à marcher.

— Je les vois !

— Dieu merci ! Je peux regarder ?

— Pas encore. Je ne veux pas les perdre de vue.

On ouvrait à présent les portes pour laisser entrer le convoi et des soldats vinrent faire avancer les prisonniers, sous la menace de leurs armes. Les chiens ne cessaient d'aboyer, visiblement surexcités par la présence de nouveaux venus.

Marco observa les familles qui franchissaient l'entrée les unes après les autres. Puis ce fut le tour de Sandro et de son père. Une fois tout le monde à l'intérieur, les nazis fermèrent les portes. Les prisonniers se trouvaient à présent devant les baraquements, massés les uns contre les autres, comme pour se protéger. Les chiens continuaient à aboyer et tiraient sur leurs laisses, terrifiant les enfants. Les mères essayaient de calmer les bébés. Les pères s'occupaient des plus grands.

Les soldats firent d'abord un tri : les hommes d'un côté, les femmes et les enfants de l'autre. Les premiers furent dirigés vers les baraquements à l'est et les seconds à l'ouest. Les époux tentèrent de résister, certains étaient en larmes, mais il fallut obéir. Les enfants réclamaient leurs pères, ou leurs grands-pères. On sépara tout le monde de force, sans ménagement, sous la menace.

— Qu'est-ce qui se passe ? demanda Elisabetta.

— Les nazis séparent les hommes des femmes.

— Et Sandro ?

— Il fait la queue avec son père pour entrer dans un baraquement.

Marco attendit encore, car il voulait savoir lequel leur serait attribué. Bientôt, on les poussa devant le troisième en partant de l'est et ils durent faire la queue à l'extérieur. Sur le baraquement, il y avait une pancarte blanche qu'il ne pouvait pas lire.

— S'il te plaît, je peux regarder ? insista Elisabetta qui s'impatientait.

— Oui. Il est devant la troisième bicoque, en partant de l'extrémité à gauche.

Il lui tendit les jumelles.

— Chaque baraquement un panneau blanc. Tu peux me dire le numéro du leur ?

— Je vois Sandro ! s'exclama Elisabetta Il a toujours mon brin de basilic ! Je me demande s'il a eu mon message.

— Le numéro de leur baraquement ?

— Quinze. J'aimerais qu'on puisse y aller tout de suite.

— Pas avant la tombée de la nuit. On s'en tient à mon plan.

— Il a quelque chose au visage ! gémit soudain Elisabetta. On dirait qu'ils l'ont battu.

Marco sentit monter en lui une bouffée de rage.

Il était temps d'agir, il avait hâte que la nuit tombe.

Chapitre 128

Elisabetta
18 octobre 1943

Un nuage masquait la lune. Elisabetta et Marco progressaient dans le noir. Ils avaient mis des vêtements sombres, pour se fondre dans l'obscurité. Ils couraient à travers un champ de pâturage, à l'est du camp, totalement à découvert car ils n'avaient ni vigne ni fossé pour se cacher. Ils étaient vulnérables, avec la nuit pour unique protection. À l'approche du camp, ils durent s'accroupir pour continuer à s'approcher sans être vus.

Enfin, ils s'arrêtèrent devant un grand pin parasol près de l'entrée de derrière, à proximité du baraquement de Sandro.

Le camp de transit était silencieux. À cette heure, les prisonniers dormaient. Il y avait des soldats en faction aux postes habituels. Elisabetta ne voyait pas leur visage avec ces grands casques, mais peu importait. Ce qui comptait, c'était que l'un d'eux fût capable de reconnaître en elle la jolie jeune fille à la bouteille de vin.

Quand ce fut le moment, Marco lui fit signe qu'il allait y aller. Ils n'échangèrent pas un mot. Ils savaient chacun ce qu'ils avaient à faire et n'avaient plus besoin de parler. Elisabetta demeura cachée derrière le pin parasol, tandis qu'il courait vers le site en construction, à l'ouest du camp. Celui-ci n'était pas gardé la nuit et pas clôturé. Les nazis avaient installé des lampes sur des poteaux, mais elles n'étaient pas allumées.

Elle demeura accroupie derrière son arbre. Marco allait atteindre le site d'une minute à l'autre. Il allumerait un petit feu qui ne serait pas repéré tout de suite, ce qui lui laisserait le temps de revenir vers elle avant que les soldats n'interviennent pour l'éteindre.

Elle était censée attendre cinq minutes, puis passer à l'action. Son cœur cognait fort. Elle se força à compter lentement, en se répétant qu'elle devait rester calme. Il le fallait.

Pour sauver Sandro.

Deux minutes s'étaient déjà écoulées. Elle continua à compter. Trois, quatre. Cinq minutes.

C'était le moment.

Elle sortit de derrière son arbre, le sourire aux lèvres et se dirigea vers l'entrée du camp.

— Hé, toi ! appela-t-elle en hélant le soldat le plus proche.

Quand l'homme leva son revolver, un frisson de peur la parcourut, mais elle conserva son sang-froid.

— C'est moi, dit-elle en faisant un petit signe de la main. Tu ne me reconnais pas ?

Il abaissa son arme et elle respira plus facilement. Elle se concentra pour réciter sans se tromper les phrases en allemand que Marco lui avait fait apprendre par cœur.

— Je me souviens de toi, mon beau. Tu te souviens de moi ?

— *Natürlich*, répondit le nazi à voix basse.

Il jeta un coup d'œil derrière lui, pour vérifier que personne ne les observait.

— Tu me plais. J'ai besoin d'un homme.

Elle luttait contre sa peur et se concentrait sur son texte.

— Je me sens si seule.

Le nazi demeura immobile et ne répondit rien.

Elle retint son souffle, ne sachant que faire. Elle devait improviser. Elle remonta sa jupe, pour ne laisser aucun doute sur ce qu'elle lui réclamait.

— Je t'en prie. Tu me plais. J'ai besoin d'un homme. Je me sens si seule.

Le nazi se tourna vers son camarade posté un peu plus loin, puis lui cria quelque chose en allemand. Elisabetta pria pour qu'il ne la dénonce pas. L'autre se contenta de hocher la tête. Tout allait bien.

Le soldat qu'elle avait hélé se dirigea alors vers elle et sortit du camp en défaisant sa ceinture, comme s'il allait aux toilettes.

Elle alla l'attendre derrière le pin parasol et le regarda approcher, le cœur battant. Elle jeta un coup d'œil du côté du chantier de construction. Impossible de voir si le feu avait démarré ou pas. Il ne lui restait plus qu'à espérer que Marco reviendrait à temps vers elle.

Le nazi approchait et sa silhouette éclairée par derrière semblait immense, terrifiante. Elle était morte de peur, mais elle parvint à simuler un petit rire joyeux.

L'ombre du nazi ne cessait de grandir. Lui aussi riait tout bas, d'excitation. Elle entendit le cliquetis de sa ceinture, puis le zip que fit sa fermeture à glissière quand il l'ouvrit.

Elle lutta pour maîtriser sa panique. Il lui murmura en allemand quelque chose qu'elle ne comprit pas. Elle était censée lui ouvrir les bras, mais elle avait trop peur. Marco n'était toujours pas en vue.

Le nazi l'attira à lui et l'embrassa brutalement. Sa bouche avait un goût de cigarette. Il glissa les mains sous sa robe et les fit remonter le long de ses cuisses en direction de sa culotte.

Elle dut se faire violence pour ne pas se débattre. À présent, il enfonçait sa langue dans sa bouche. Les larmes lui vinrent aux yeux. Il l'allongea sur le dos et la plaqua au sol.

Elle rampa pour s'écarter de lui. Croyant à un jeu, il se mit à rire et rampa derrière elle pour la rattraper. Là, il l'immobilisa en l'écrasant de tout son poids.

Soudain, sa tête partit en arrière, comme s'il était tiré par les cheveux. Puis son corps fut comme soulevé et il ouvrit des yeux affolés. Il n'eut pas temps de réagir : d'un geste rapide et sûr, Marco lui tordit le coup et lui brisa la nuque. On entendit craquer ses vertèbres.

Elisabetta roula loin de lui, en se retenant de vomir.

L'homme retomba mollement. Il était mort.

Chapitre 129

Marco
18 octobre 1943

Marco avait enfilé l'uniforme du soldat qu'il venait de tuer. Par chance, il était à sa taille. Le visage dissimulé en partie par son casque, il entra dans le camp par la porte de derrière, en bouclant sa ceinture comme s'il venait d'uriner, et remercia d'un vague grognement l'homme de faction qui lui ouvrait. Il était dans la place. Il avança jusqu'au poste abandonné quelques minutes plus tôt par le soldat et se mit à monter la garde, tout en surveillant du coin de l'œil le site de construction.

L'incendie n'allait pas tarder à se voir depuis le camp. Il avait allumé un feu près d'un fil électrique, derrière un tas de briques, puis avait ajouté des solvants inflammables et des chiffons imbibés d'huile. Bientôt, il y aurait de vraies flammes. Les nazis ne soupçonneraient pas un acte criminel et croiraient plutôt à une négligence. Il ne fallait surtout pas qu'ils pensent à un sabotage, sinon ils boucleraient le camp.

Non loin de lui, le baraquement de Sandro était silencieux. Jusque-là, leur plan fonctionnait à merveille. Il était arrivé à temps pour arracher Elisabetta aux griffes du nazi. Elle avait eu très peur, mais elle avait joué son rôle à la perfection. En ce moment, elle se remettait de ses émotions près du pin parasol.

Son regard se porta de nouveau vers le site de construction et cette fois il entrevit une faible lueur orange entre les piles de briques. Les chiffons s'étaient enflammés et commençaient à brûler. C'était pour bientôt.

Il se dirigea vers le baraquement de Sandro, comme s'il patrouillait, en s'approchant des fenêtres, comme il avait vu le faire aux soldats nazis. Il passa lentement devant la première. Puis devant la seconde. Malheureusement, dans la pénombre, il ne put distinguer que des rangées de lits bien alignées et de vagues formes endormies couchées sur les paillasses. Il aurait voulu repérer Sandro, mais il faisait vraiment trop sombre.

Devant la troisième fenêtre, il entendit des ronflements. Ce bruit tellement humain lui serra le cœur. Il aurait voulu libérer tout le monde, mais il ne pouvait sauver que Sandro et son père.

Il retourna à son poste pour regarder de nouveau vers le chantier de construction. La lueur orange du feu était de plus en plus vive. Mais pour l'instant aucun soldat ne l'avait remarquée.

Il se souvint de la phrase de son père : « Faire la guerre, c'est savoir attendre ».

Étrangement, loin de l'abattre, le fait de penser à son père lui donna du courage. Il l'imagina à ses côtés, veillant sur lui. Beppe Terrizzi lui avait appris ce qu'étaient le bien et le mal.

Ce qu'était la justice.

Et ce soir, il comptait bien la faire triompher.

Chapitre 130

Marco
18 octobre 1943

— Au feu ! s'écria un soldat.

Un vent de panique souffla parmi les gardes. Toutes les têtes casquées se tournèrent vers le site de construction, puis des hommes se mirent à courir vers les flammes qui s'élevaient déjà vers le ciel, léchant l'air de la nuit. Le solvant et les chiffons avaient fait leur œuvre.

— Au feu, au feu ! renchérit Marco dans un allemand impeccable, tout en agitant les bras.

D'autres soldats quittèrent leur poste pour courir dans la direction du feu.

À présent, plus personne ne montait la garde près de baraquement de Sandro. Marco se précipita à l'intérieur et ouvrit la porte à la volée. Il y eut un mouvement de terreur parmi les prisonniers quand il s'encadra sur le seuil et il se retint de les rassurer en leur dévoilant sa véritable identité. Il ne devait prendre aucun risque. À ce stade, la moindre erreur pouvait lui être fatale.

— Reculez ! hurla-t-il en allemand tout en cherchant du regard Sandro et son père.

Les hommes s'étaient regroupés dans un coin du baraquement et ne bougeaient plus, tétanisés de peur. Il repéra Sandro contre un mur, auprès de Massimo qui enfilait maladroitement ses lunettes.

— Vous deux, avec moi ! ordonna-t-il en s'avançant vers eux.

Il referma une main sur l'épaule de Sandro et l'autre sur celle de Massimo, puis les poussa vers la sortie. Il leur fit franchir la porte du baraquement, tout en balayant le camp regard pour vérifier que la voie était libre. Les gardes étaient sur le site de construction, en train d'essayer d'éteindre le feu avec des couvertures et de l'eau. Il n'y avait pas de temps à perdre.

— Sandro, Massimo ! chuchota-t-il. Suivez-moi. Dépêchez-vous.

— Marco ?

Sandro parut abasourdi, mais il réagit aussitôt en prenant son père par le bras.

— Papa, c'est Marco ! Il va nous sortir d'ici.

— Je ne peux pas marcher avec ma cheville, se plaignit Massimo en boitant. C'est pire qu'avant.

— On doit y aller maintenant, insista Marco sans quitter du regard le site de construction.

Les flammes étaient de plus en plus hautes. L'incendie faisait rage et personne ne regardait de leur côté.

Massimo tourna vers Sandro un visage dévasté.

— Tu dois partir sans moi, mon fils. Je ne peux pas vous suivre.

Sandro secoua la tête.

— Il n'est pas question que je te laisse.

— Il le faut, pourtant. Vas-y. Je t'aime.

— Massimo, s'il te plaît, intervint Marco en jetant un regard désespéré à son ami.

— Marco, emmène-le, supplia Massimo avec des yeux brillants. Fais-le pour moi. Je t'en supplie.

— Il n'en est pas question, insista Sandro.

Mais Massimo dégagea son bras d'un coup sec et retourna à l'intérieur du baraquement

— Papa ! appela Sandro.

Il voulut courir après son père, mais Marco l'en empêcha et l'entraîna avec lui.

— On s'en va, dit-il.

Les nazis étaient toujours occupés à éteindre le feu, mais cela ne durerait pas longtemps.

Ils franchirent le portail, que Marco referma soigneusement derrière eux. Puis ils coururent vers le pin parasol.

Elisabetta se montra pour les accueillir.

— Sandro ! s'exclama-t-elle en lui prenant la main.

— Elisabetta ? Qu'est-ce que tu … ?

Son air déboussolé leur fit pitié, mais ils n'avaient pas le temps de tout lui expliquer. Ils l'entraînèrent dans la nuit, en courant à perdre haleine.

Chapitre 131

Sandro
18 octobre 1943

Sandro voulait faire demi-tour. La culpabilité lui coupait les jambes, il était au bord du malaise. Elisabetta et Marco le soutenaient pour le faire avancer et il savait qu'il devait les suivre, mais il était désespéré à l'idée d'avoir abandonné son père.

—Mon pauvre père…

Il ne put finir sa phrase.

—On n'avait pas le choix, répondit Marco.

—On aurait pu le convaincre de nous suivre.

—Non.

—On aurait dû au moins essayer.

—Non, Sandro. Il n'aurait jamais pu faire le trajet avec nous. On va courir pendant une heure, à travers des pâturages et des vignes. C'était beaucoup trop pour lui.

—Il ne va pas subir de représailles, n'est-ce pas ?

—Ils ont enregistré vos noms à l'arrivée ?

—Non, ils nous ont simplement comptés.

—Donc ils ne savent pas que vous êtes parents. Ton père est un homme intelligent. Il saura se débrouiller sans toi.

Elisabetta lui pressa la main et ce contact lui redonna des forces. Affaibli par sa captivité, il était déjà à bout de souffle et son cœur battait à tout rompre. Il devait faire des efforts surhumains pour suivre l'allure de Marco et Elisabetta.

— Sandro, écoute, reprit Marco sans cesser de courir. Les nazis vont se rendre compte qu'il manque un garde et ils ne vont pas tarder à trouver son cadavre. Ils vont fouiller tout le camp et comme ils ne trouveront rien, ils fouilleront aussi les maisons à Fossoli et à Carpi. On doit quitter la zone.

— D'accord, dit Sandro, à bout de souffle.

— On ne peut pas aller à la gare de Carpi. C'est ce qu'ils attendent.

— Alors, on va où ?

— Au sud, à la gare de Modène. Le dernier train pour Rome part dans une heure et quinze minutes. On a choisi l'horaire de ton évasion pour pouvoir monter dans ce train. Si on le rate, on devra se cacher toute la nuit.

— D'accord.

Le message était clair. Ils ne pouvaient pas se permettre de rater ce train. C'était une question de vie ou de mort.

— Je ne pense pas que les soldats de Fossoli iront chercher jusqu'à Modène. Ils ont trop besoin de leurs hommes sur place.

— Il y aura peut-être quand même des nazis à Modène.

— Je sais. J'ai des faux papiers pour toi. Ton nouveau nom est Giovanni Longhi.

— Longhi, c'était le nom de famille de notre professeure de maths.

Madame Longhi appartenait à une autre vie, mais il ne l'avait pas oubliée.

— J'ai aussi des vêtements de rechange pour toi. Arrivés à la gare, on se séparera. Je voyagerai de mon côté et toi avec Elisabetta. Vous ferez comme si vous étiez un couple.

Elisabetta se tourna vers Sandro.

— On est un couple, dit-elle.

Marco était à peine essoufflé.

— Je vous surveillerai, mais vous serez seuls.

— Est-ce que les nazis de Modène sauront qu'il y a eu une évasion au camp ?

— Oui, c'est probable. Je table sur le fait qu'ils penseront que le fuyard cherchera à se cacher autour de Fossoli. Pour l'instant, on bénéficie encore de l'effet de surprise et en continuant vers le sud à travers champs, on ne risque rien.

De nouveau, Elisabetta pressa la main de Sandro.

— C'est Marco qui a échafaudé ce plan. Comment te faire sortir du camp et tout le reste.

— Ce n'est pas tout à fait vrai, corrigea Marco. Elisabetta y a contribué, en faisant les meilleures pâtes de Rome.

— Quoi ? s'exclama Sandro, à bout de souffle. Je ne comprends rien à ce que tu racontes, Marco, mais merci. Je ne sais pas si je pourrais un jour payer ma dette envers toi.

— Oui, tu le pourras, Sandro. En prenant soin d'Elisabetta.

Chapitre 132

Elisabetta
18 octobre 1943

Elisabetta tenait fermement la main de Sandro. Ils circulaient maintenant dans les rues pavées de Modène, en direction de la gare. Marco marchait devant eux, à bonne distance, mais de manière à ce qu'ils ne le perdent pas de vue. Des voyageurs pressés les dépassaient. Elisabetta avait nettoyé ses chaussures souillées de terre et Sandro avait enfilé une chemise blanche appartenant à Marco, ainsi qu'un pantalon noir trop grand pour lui qu'il faisait tenir avec une ceinture. À part l'ecchymose sur sa joue gauche, il passait totalement inaperçu.

Elisabetta se sentait affreusement coupable d'avoir laissé Massimo derrière eux et Sandro arborait un air lugubre. Devant eux, Marco se mêla à un groupe qui se dirigeait vers la gare, un long bâtiment carré avec une série d'arches lui servant d'entrées. Elle se rendit compte qu'il aurait du mal à trouver leur quai, puisqu'il ne savait pas lire les horaires de trains. Elle espéra qu'il se débrouillerait ou qu'il demanderait à quelqu'un.

Elle traversa la rue avec Sandro et ils entrèrent dans la gare. À l'intérieur, c'était très grand, avec un plafond voûté, et des portes opposées celles de l'entrée menant aux quais et aux voies. Il n'y avait qu'une poignée de voyageurs et aucun nazi en vue, par chance.

— Giovanni, allons voir de quelle voie part notre train, dit-elle.

Il pinça nerveusement les lèvres et elle lui pressa la main pour le rassurer, tandis qu'il consultait l'horaire.

— Notre train va arriver d'une minute à l'autre, sur la voie 7, répondit-il. Nous sommes à l'heure.

— Bien.

Elle vit du coin de l'œil que Marco se dirigeait vers les quais.

— Allons attendre dehors, voie 7, d'accord ? proposa-t-elle. La nuit est belle, j'ai envie d'en profiter. On prendra notre billet dans le train.

— Bonne idée, approuva Sandro en se forçant à sourire.

Ils sortirent du bâtiment pour se rendre voie 7. Leur train entrait en gare et sa lumière ronde avançait vers eux dans un grondement. Les voyageurs s'animèrent et formèrent une sorte de queue.

Le cœur d'Elisabetta se gonfla d'allégresse. Ils n'avaient plus qu'à grimper dans ce train et à se comporter comme un couple, ce qui ne leur serait pas difficile. Ils étaient presque sauvés.

Soudain, deux nazis sortirent sur les quais pour fumer. Elle les repéra du coin de l'œil, mais garda le sourire. Sandro avait dû les voir aussi, car il se raidit et s'arrangea pour leur tourner le dos.

Comme elle s'inquiétait de sa réaction, elle se pendit à son cou pour l'embrasser, autant pour le rassurer que pour jouer son rôle. Il lui rendit son baiser, d'abord mollement, puis avec fougue et elle se pressa contre lui.

— Je t'aime, murmura-t-il avant de la lâcher.

— Moi aussi, je t'aime, répondit-elle.

Le train entra en gare, son moteur grinça, ses roues ralentirent en rythme. Autour d'eux, des voyageurs qui attendaient également le départ pour Rome commencèrent à avancer. Elle s'arrangea pour garder Marco dans son champ de vision. Il s'était placé derrière eux, un peu sur le côté, et faisait mine de lire un journal. Elle comprit qu'il n'embarquerait qu'une fois qu'ils seraient à l'intérieur du train, en sécurité. Il se méfiait des deux nazis

Ces derniers venaient d'ailleurs vers le quai, comme s'ils prenaient le même train qu'eux. Ils bavardaient en fumant et semblaient parfaitement détendus, mais Sandro regardait droit devant lui, le dos raide comme la justice. Alarmée par cette attitude qui risquait d'attirer leur attention, Elisabetta échangea un regard inquiet avec Marco. Celui-ci posa son journal sur le banc.

La file de voyageurs avança et les gens commencèrent à monter dans les wagons. Elisabetta et Sandro suivirent, mais il demeura crispé, le regard figé devant lui. Les nazis rejoignirent la queue derrière eux, en riant comme deux amis qui viennent de se raconter une bonne blague.

Comme Sandro regardait toujours droit devant lui, Elisabetta lui caressa le bras pour tenter de l'apaiser. Marco se rapprocha d'eux, en ouvrant discrètement sa besace.

À l'intérieur, il cachait une arme, Elisabetta le savait.

La file d'attente avança encore. Elisabetta et Sandro seraient bientôt à l'abri.

Puis soudain, l'un des nazis s'adressa à Sandro.

Chapitre 133

Marco

18 octobre 1943

Marco glissa la main dans sa besace et referma ses doigts sur la crosse de son arme. Il s'obligea à rester calme. Il y avait deux nazis derrière Sandro et Elisabetta. L'un d'eux parlait en ce moment à Sandro et celui-ci s'obstinait à regarder devant lui, tout raide, dans une attitude pas du tout naturelle.

Marco s'approcha de manière à entendre ce qui se disait.

— C'est ta petite amie qui t'a frappé ? demanda le soldat dans un italien approximatif.

Sandro se tourna vers lui, la bouche crispée, sans l'ébauche d'un sourire.

— Euh non, je me suis fait mal en… Euh…

— Il est tombé dans l'escalier, intervint Elisabetta avec un sourire narquois. Si je l'avais frappé, il aurait un peu plus qu'une petite ecchymose.

Les nazis éclatèrent de rire. Sandro parvint à esquisser un sourire, mais il se mit à trembler. Marco positionna son doigt sur la détente de son pistolet.

— Je ne te crois pas, insista le premier soldat. Je pense que tu l'as frappé.

— Comme ça ! renchérit le second en levant le bras comme s'il allait frapper Sandro.

Celui-ci tressaillit. Un réflexe de peur.

Le sourire du premier nazi s'effaça.

— De quoi tu as peur ? demanda-t-il d'un ton méfiant.

— Fais voir tes papiers, intervint son camarade en regardant Sandro avec insistance.

— Bien sûr.

Sandro sortit sa fausse carte d'identité avec une main qui tremblait.

Elisabetta se figea, s'attendant au pire.

Marco conserva son doigt sur la détente.

Le nazi ne fit pas un geste pour prendre la carte, mais contempla fixement la main de Sandro, prolongeant ainsi son angoisse.

Le contrôleur apparut sur le marchepied du train.

— Les voyageurs pour Rome, attention au départ ! cria-t-il. Attention au départ !

Le nazi lui jeta un regard sévère.

— Retardez le départ. Nous ne sommes pas encore prêts à partir.

Le contrôleur hocha nerveusement la tête, puis disparut.

Le nazi tourna lentement son regard vers Sandro.

— Tu sembles bien nerveux ? Qu'est-ce que tu caches ? Qu'est-ce que tu as à te reprocher ?

Sandro déglutit.

— Je n'ai rien à me reprocher.

— Quelque chose me dit que si.

Le nazi lui prit des mains sa carte d'identité, la parcourut rapidement, puis fit mine de la lui rendre. Mais quand Sandro voulut la reprendre, il la lui retira, comme par jeu.

La main de Sandro demeura suspendue dans les airs, tremblotantes.

À travers sa besace, Marco pointa son revolver vers le soldat.

Le nazi dégaina l'arme qu'il avait à la ceinture.

— Tu viens avec nous, dit-il à Sandro.

Marco sortit son revolver, mais l'autre nazi l'avait vu et se tourna vers lui en le visant de son arme.

— Non ! hurla Sandro en se jetant devant lui.

Le coup partit, la balle l'atteignit en pleine poitrine. Le sang se mit à gicler. Il s'effondra.

Elisabetta poussa un hurlement angoissé.

Marco riposta en abattant les deux soldats.

— Non ! cria Elisabetta en se jetant aux côtés de Sandro, qui gisait sur le sol dans une mare de sang.

Elle le prit dans ses bras en sanglotant, tandis que Marco la rejoignait, horrifié. Les yeux bleus de Sandro contemplaient fixement le ciel et son corps était totalement immobile. Il n'était plus là. Il avait une plaie béante au niveau de la poitrine et son sang coulait abondamment.

Marco eut l'impression que son cœur se brisait en mille morceaux. Sandro était mort en voulant lui sauver la vie.

— Non, non, non ! ne cessait de répéter Elisabetta, la tête contre le torse de Sandro.

Elle avait son sang sur le visage. Il maculait ses joues.

À travers son désespoir, Marco fit un effort pour rassembler ses idées. Le train démarra, le contrôleur ayant probablement jugé qu'il valait mieux s'éloigner de cette scène compromettante. Les voyageurs fuyaient le quai pour se réfugier dans la gare. Il venait de tuer deux soldats allemands. D'autres n'allaient pas tarder à arriver. Ils n'avaient pas intérêt à traîner dans le coin.

Il devait emmener Elisabetta loin d'ici, mais il ne savait pas où, ni comment. Il rangea son arme dans sa besace, tout en jetant des regards affolés autour de lui.

Les rails tremblèrent. Un train de marchandise apparut. Sa locomotive était une ombre noire qui fonçait vers la gare. Il allait traverser quelques voies plus loin et n'avait pas suffisamment ralenti pour s'arrêter. Et il se dirigeait vers le sud. C'était leur unique chance.

Il prit Elisabetta par les épaules.

— Viens, dit-il.

— Non, non !

Elle ne voulait pas lâcher Sandro et sanglotait, agrippée à son corps, indifférente au sang qui giclait encore de sa poitrine.

— On doit partir !

— Je ne peux pas l'abandonner !

— Il faut partir ! Tout de suite !

Il l'arracha au cadavre de Sandro et la hissa sur son épaule, sans se préoccuper de ses pleurs. Elle se débattit, mais il sauta du quai avec elle pour traverser les voies.

Le train de marchandise venait vers eux dans un rugissement de ferraille. Il klaxonna, pour leur demander de s'écarter.

Les premiers wagons étaient fermés. Puis Marco en repéra un qui transportait du charbon, à ciel ouvert, avec une échelle sur le côté.

Le train avait un peu ralenti à l'approche de la gare. Marco serra bien fort Elisabetta et fit un pas vers les rails. Le vent, la saleté et la fumée lui fouettèrent le visage. Il se prépara à sauter. Elisabetta poussa un cri qu'il devina à peine, couvert par le tonnerre de la locomotive.

Le wagon de charbon était tout proche.

Marco se jeta sur l'échelle, en emportant Elisabetta avec lui.

Chapitre 134

Marco
18 octobre 1943

Le train filait vers le sud à travers la nuit noire, avec à son bord Marco et Elisabetta allongés dans le wagon à charbon. Elle sanglotait dans ses bras. Le grondement de la mécanique était assourdissant. Les villes se succédaient, les unes après les autres.

Avec la vitesse, des particules de charbon s'envolaient, leur piquant les yeux et leur emplissant les narines. Du charbon, ils en avaient plein les vêtements, leurs bras en étaient couverts. Ils étaient noirs de la tête aux pieds et Marco ne put s'empêcher de penser que c'était bien ainsi, puisque le noir était la couleur du deuil.

Il leva les yeux au ciel, submergé par la douleur d'avoir perdu Sandro. Les nuages dissimulaient la lune et les étoiles. Au-dessus de lui, il n'y avait qu'une impénétrable obscurité. Il se demanda où elle s'achevait. Si elle avait une fin. Ou si elle était comme son chagrin, sans forme et sans limites, omniprésente.

Elisabetta sanglotait et il souffrait aussi avec elle, car il était venu à Fossoli pour lui ramener Sandro. Elle avait aimé Sandro. Il l'avait aimée en retour. Ils s'étaient donnés l'un à l'autre. Il avait eu l'intention de se sacrifier pour Sandro et c'était tout le contraire qui s'était produit. Sandro s'était sacrifié pour lui. Ce n'était pas Sandro qui aurait dû mourir. Marco le savait.

Il leva les yeux vers le ciel. Il était sombre. Désespérément vide.

Il ferma les yeux. À l'intérieur de lui, c'était le même vide.

Il pleura longuement avec Elisabetta. Jusqu'à Rome.

Chapitre 135

Marco

19 octobre 1943

Marco était assis à la table de la cuisine, effondré, le cœur brisé. Il était encore couvert de poussière de charbon, ses yeux le piquaient. Sa mère déposa devant lui une seconde tasse de café. Ils avaient pleuré ensemble quand il lui avait raconté ce qui s'était passé à Modène. Elle semblait vidée, sans énergie. Elle portait encore la robe noire de la veillée de Beppe.

Emedio vint les rejoindre autour de la table en pleurant en silence. Elisabetta était toujours dans la salle de bain, à sangloter dans son bain.

Maria vint s'asseoir près de Marco et lui toucha le bras.

— Bois ton café, Marco.

— Je n'en veux pas maman, merci.

— Tu as fait tout ce que tu pouvais. Tu n'as pas le droit de t'en vouloir. Sandro te le dirait s'il était là. Il t'aimait.

Emedio hocha la tête. Lui aussi semblait à bout.

— Je suis désolé, petit frère.

Marco but une gorgée de café. Il avait la trachée irritée par les particules de charbon ; la gorge nouée par le chagrin, la culpabilité et la colère. Il jeta un regard agacé à son frère par-dessus la table.

— Comme c'est gentil à toi, Emedio. Et tu prieras ? Tu prieras pour Sandro ?

Emedio battit des paupières.

— Bien sûr. J'ai déjà prié.

— Et à quoi ça a servi ? En quoi tes prières ont-elles aidé Sandro ? Elles ont fait quoi pour Massimo et les autres Juifs ? Pour papa ? Pour Gemma ?

— Marco, tu es bouleversé.

— Oui je suis bouleversé. Pourquoi personne ne fait rien ? Si les autorités avaient réagi, Sandro serait en vie. Papa et Gemma aussi. Massimo serait ici, avec nous. Tout ça est fou ! Pourquoi personne n'arrête ça ?

Marco se leva. Il était tout à coup submergé par ses émotions.

— Alors je me fiche de tes prières et de ta compassion. Papa s'est battu pour ce en quoi il croyait. Et moi aussi. Je suis prêt à étrangler de mes mains tous les nazis qui oseront se présenter devant moi. Sandro est mort parce que personne n'a rien fait.

— Ne cède pas à la haine, répondit Emedio d'une voix douce. Tu dois chercher l'amour et Dieu...

— Ne sois pas si naïf ! explosa Marco. Il n'y avait pas d'amour là-bas, seulement de la haine ! Où était Dieu quand la balle a transpercé le cœur de Sandro ? Pourquoi il ne m'a pas pris à sa place ? Je voulais qu'il le fasse !

Sa mère poussa un cri étouffé.

— Marco, ne dis pas des choses pareilles.

— Écoute-moi, Marco, intervint Emedio d'un ton ému. Sandro a choisi de te sauver. C'est notre Seigneur, qui l'a inspiré.

Sandro était plein d'amour, pas plein de haine. Ne le trahis pas maintenant. Ne réponds pas à son amour par de la haine.

Ces paroles troublèrent profondément Marco. Honteux, il se tut. C'était injuste de s'en prendre à sa mère et à son frère qui venaient de veiller le corps de son père. Il se trompait de cible.

Il se tassa sur sa chaise, totalement désemparé, dévasté, écrasé. Il mit sa tête dans ses mains et ses yeux tombèrent sur la discrète tache qui assombrissait les lattes du plancher. Le sang de son père.

Derrière lui, la porte de la salle de bain s'ouvrit et Elisabetta apparut, vêtue d'une robe toute propre, une expression pitoyable sur le visage.

— Je veux rentrer chez moi, dit-elle posément.

Chapitre 136

Elisabetta

19 octobre 1943

Anéantie par le chagrin, Elisabetta grimpait lentement l'escalier menant à sa chambre. Marco l'avait raccompagnée chez elle sans qu'ils échangent un seul mot. Ils partageaient le même enfer, mais chacun dans sa bulle.

Elle s'arrêta sur son palier, déverrouilla la porte, la ferma derrière elle.

La pièce était dans le noir, à l'exception d'un pâle rayon de lune qui filtrait à travers la fenêtre, si faible qu'il paraissait presque irréel.

Gnocchi et Rico se mirent à miauler, autant pour l'accueillir que pour se plaindre de sa trop longue absence. Rico resta au pied du lit, sa silhouette aussi noire que le charbon du train. Gnocchi, avec sa fourrure blanche qui brillait au clair de lune, était plus facile à distinguer.

Elisabetta eut envie de pleurer, mais elle n'avait plus de larmes. Rien qu'un grand vide et une déchirure dans la poitrine, comme si elle avait reçu une balle en plein cœur.

Quand Sandro s'était jeté en avant pour s'interposer entre l'arme du nazi et Marco, ça lui avait fait un choc, mais avec le recul, elle n'en était pas étonnée. Sandro était un homme courageux. Autant que Marco. Chacun aurait pu donner sa vie pour l'autre. Ou pour elle. Le destin avait voulu que ce soit Sandro.

Elle commença à déboutonner sa robe, tout en allant vers sa chaise. Ce fut à cet instant qu'elle remarqua son cahier ouvert sur le bureau. Elle alluma la lumière. Il y avait un message. Et ce message disait :

Elisabetta,
Nous avons eu une nuit, mais je veux une éternité de nuits. Je t'aime pour toujours.
Ton Sandro

L'émotion lui noua la gorge. Ses yeux se remplirent de larmes. Elle suivit du bout des doigts les courbes de l'écriture de Sandro. Elle prit le cahier et le tint contre sa poitrine. Elle sut qu'elle l'aimerait pour toujours, même s'il n'était plus là.

Sans l'avoir décidé, elle se dirigea vers la porte qui donnait sur l'escalier de secours et monta sur le toit. Là, elle traversa le jardin pour rejoindre la chaise longue sur laquelle elle avait fait l'amour avec Sandro et s'y s'allongea, toujours en serrant le cahier contre elle. Elle ferma ses yeux humides de larmes et demeura ainsi un instant. Puis elle entendit un bruyant battement d'ailes au-dessus de sa tête et ouvrit les paupières.

Des centaines d'étourneaux volaient devant la lune en une nappe vivante qui se tordait et vrillait pour dessiner toutes sortes de gracieuses figures. Une nuée d'étourneaux à cette période de l'année n'avait rien d'exceptionnel, mais le spectacle n'en était pas moins fascinant. Et cette nuit-là, avec les événements terribles qu'elle venait de vivre, Elisabeth interpréta leur danse comme un message de Sandro, aussi tangible que celui qu'elle serrait contre son cœur.

Dans les paraboles et les ellipses qu'ils traçaient dans le ciel, elle reconnut les figures géométriques qui avait passionné le jeune génie des mathématiques. Et ce fut comme s'il était là, avec elle. Il serait toujours là, même s'il était en haut et elle en bas, lui au Ciel et elle sur la Terre, parmi les plantes, les fleurs et les animaux.

Ensemble, ils étaient la Terre et le Ciel. Le monde entier.

Un monde marqué par le deuil, mais aussi un monde plein d'amour.

Chapitre 137

Marco
19 octobre 1943

Marco, Maria et Emedio se tenaient côte à côte dans l'allée centrale, au milieu d'une rangée d'enfeus où se trouvait l'emplacement de la tombe de Beppe. Près de deux cents personnes étaient venues assister à ses funérailles et l'allée n'était pas assez large pour les contenir. La chaleur des corps et l'air humide accentuaient les effluves étouffants des couronnes de fleurs alignées contre le mur. Marco en avait presque le vertige. Il n'avait pas dormi de la nuit. Bien qu'épuisé émotionnellement ; il n'avait pas fermé l'œil.

Beppe allait prendre place dans l'un des enfeus de marbre gris qui bordaient l'allée de chaque côté. Ils s'élevaient sur cinq étages, et chaque emplacement mesurait un mètre de haut sur trois de profondeur. Une plaque de bronze indiquait sur le devant le nom du défunt, ainsi que les dates de sa naissance et de sa mort. La plaque de Beppe n'était pas prête et Nino l'avait remplacée par une feuille de papier mentionnant juste un nom. Marco ne put s'empêcher de penser que son père aurait mérité mieux. Ce caveau lui rappelait les armoires à dossier du Palazzo Venezia.

Il jeta un regard inquiet à sa mère. Elle avait pleuré sur l'épaule d'Emedio durant toute la cérémonie. De son côté, il avait à peine écouté la messe, se contentant de s'agenouiller et de répondre machinalement en même temps que les autres. Puis il avait porté le cercueil et s'était mis en rang pour recevoir les condoléances de ceux qui avaient tenu à accompagner son père dans sa dernière demeure. Parmi eux, il y avait eu un certain nombre de partisans et d'anciens combattants de la Grande Guerre, des sportifs de son passé de cycliste, des voisins, des habitués du bar, leurs fournisseurs, des employés de l'hôpital, d'anciens fascistes et un certain nombre de *tifosi*.

Les tifosi parlaient de son père en prononçant son nom complet : Giuseppe Terrizzi. Ils avaient lu tout ce qui le concernait, collectionnaient ses photos et connaissaient par cœur ses temps de course.

« Giuseppe Terrizzi aurait pu être parmi les plus grands », lui avait murmuré l'un d'eux.

« Il était parmi les plus grands », avait rétorqué Marco. Puis il s'était tu, de peur d'en dire trop. En ce moment, il accumulait les erreurs. Son plan avait échoué et son meilleur ami était mort à cause de lui. Elisabetta était venue assister aux funérailles et il lui en était reconnaissant, mais il n'osait pas la regarder dans les yeux. Il ne savait pas comment il allait faire pour continuer. Il pleurait Sandro, son père, Gemma, Aldo. Son cœur en deuil était écrasé par le poids de toutes ces pertes.

Après le cimetière, il y eut un déjeuner en famille au *Bar du Giro*, durant lequel il put à peine parler. Son corps seul était présent, il agissait mécaniquement. Il mangea peu, aida à desservir. Quand ce fut fini, il sut soudain ce qu'il avait à faire. Il alla trouver sa mère et posa une main sur son bras.

— Maman, c'est à moi de l'annoncer à Rosa.

Marco avançait le long du couloir d'hôpital. Il portait depuis si longtemps un uniforme qu'il se sentait tout drôle dans son costume civil. Mais après tout, un costume était aussi une sorte d'uniforme, celui d'un homme qui a réussi. Sauf que lui n'avait pas réussi. Il avait au contraire échoué et devait à présent avouer à Rosa que son frère était mort et qu'ils avaient abandonné son père dans un camp de prisonniers.

Au bout du couloir, il se trouva devant une porte vitrée. Il avait raconté au docteur Cristabello ce qui était arrivé à Modène et le brave homme, après lui avoir présenté ses condoléances, lui avait indiqué où se trouvait Rosa. L'hôpital gardait encore les Juifs dans un service à l'isolement, toujours avec le fameux prétexte du syndrome K, au cas où les nazis feraient une nouvelle descente.

En collant son visage à la vitre, il repéra le lit de Rosa près d'une fenêtre. Il posa sa main sur la poignée et prit une grande inspiration avant de pousser le battant. Il surprit son reflet dans la vitre et se trouva un air hanté, tel un fantôme prisonnier du verre. Il était accablé à l'idée de devoir annoncer à Rosa que son frère était mort à cause de lui, mais il fallait pourtant qu'il trouve la force de le faire. Elle avait le droit de savoir. Il lui parlerait aussi du courage de Sandro et de son sacrifice.

Il poussa la porte d'un air résolu.

Chapitre 138

Massimo

22 octobre 1943

Massimo redressa la tête. Pour une fois, il était avantagé par sa petite taille. On l'avait fait monter dans un wagon à bestiaux avec les autres prisonniers du camp et il se trouvait devant une latte fendue qui ménageait une petite ouverture pile à hauteur de son visage. Il pouvait ainsi coller son nez au trou et respirer un peu d'air frais venu du dehors. Une chance inespérée, car il régnait une puanteur infecte dans ce wagon où les gens déféquaient et urinaient dans les coins.

Ils voyageaient dans l'obscurité et dans des conditions cauchemardesques. Ils n'avaient ni bu ni mangé depuis plusieurs jours. Massimo avait tellement soif qu'il était au bord du malaise. Une fois ou deux, ses genoux s'étaient dérobés, mais les corps de ceux qui l'entouraient l'avaient empêché de tomber. Sa cheville foulée le faisait souffrir. Les enfants avaient cessé de réclamer de la nourriture et de l'eau, mais les bébés continuaient à faire entendre des pleurs déchirants. L'un d'eux était mort dans les bras de sa mère, tout près de lui.

Il somnolait debout, mais jetait de temps en temps un coup d'œil par l'ouverture pour se faire une idée des paysages qu'ils traversaient. Une campagne, puis des montagnes. Sans doute les Alpes.

Il ne connaissait pas leur destination, mais il supposa que c'était la Pologne, car il s'était mis à faire de plus en plus froid et à présent l'air était presque glacial. Personne dans ce wagon n'était suffisamment couvert. Une fois de plus, il s'estima chanceux : il avait sur lui sa veste de costume et était le seul homme à porter une cravate, accessoire qu'il voyait comme un ultime vestige de sa dignité.

Le claquement rythmé des roues se fit plus lent et Massimo en déduisit qu'ils allaient bientôt s'arrêter pour être emmené dans un camp de travail, là où se trouvaient déjà les autres Juifs du Ghetto, d'après les rumeurs. La perspective d'avoir enfin à boire et à manger lui donna un peu de courage. Peut-être que les nazis les laisseraient se reposer avant de les mettre à la tâche. Toujours d'après la rumeur, ce camp devait être tout près d'Auschwitz.

Les services d'un avocat pouvaient se révéler utiles dans un tel endroit et Massimo comptait signaler sa profession aux autorités en place. Voyant qu'il était un homme instruit, les nazis lui confieraient sans doute la gestion des factures, des livres de comptes, ou quelque chose d'équivalent. Il s'était toujours arrangé pour tirer son épingle du jeu, même dans les pires situations. Il n'y avait pas de raisons que ça change.

Ses compagnons de route avaient eux aussi remarqué que le train ralentissait et ils commencèrent à échanger des propos angoissés. Certains se mirent à pleurer. Les membres d'une même famille cherchaient à se réconforter mutuellement. Cette fois encore, Massimo se sentit privilégié car sa famille à lui avait échappé à ça. Sandro était sorti à temps du camp de Fossoli.

Après son départ, les nazis avaient trouvé un soldat mort et avaient soupçonné une évasion, mais sans pouvoir déterminer qui manquait à l'appel. Le lendemain de sa fuite, on les avait emmenés à la gare de Carpi pour les faire monter dans ce train qui partait vers le nord.

Massimo éprouvait un immense soulagement chaque fois qu'il pensait à Sandro, à Gemma et à Rosa, tous trois en sécurité à l'hôpital ou chez les Terrizzi. En tant que père, il se sentait en paix à l'idée que sa famille était sauvée. Il savait pouvoir compter sur Beppe pour prendre soin des siens jusqu'à son retour d'Auschwitz.

Il espéra que le séjour dans ce camp ne lui paraîtrait pas trop long. Et même si on l'affectait à un travail physique, il le supporterait. Il avait survécu au fascisme, il survivrait au nazisme. Cette guerre ne durerait pas toujours et sa famille finirait par être réunie à Rome, où les Simone vivaient depuis des siècles.

Le train s'arrêta. Massimo colla son œil à l'ouverture pour voir ce qui se passait.

Il faisait nuit.

Mais au loin, il y avait des lumières.

Chapitre 139

Elisabetta
Novembre 1943

Il était encore très tôt, mais Elisabetta était déjà dans la cuisine du restaurant, en train de préparer des cheveux d'ange. Elle replia sa pâte sur un œuf, puis se remit à pétrir. Réchauffé par ses paumes, le bloc ramollissait peu à peu, comme s'il était vivant, comme un cœur qu'elle aurait façonné de ses mains.

Elle n'en parlait jamais, mais elle pleurait toujours Sandro. Elle n'arrêtait pas de penser qu'il n'avait pas mérité cette mort violente. Elle ne se pardonnait pas de l'avoir abandonné dans cette gare. Parfois, elle se rappelait les jours heureux, leur premier baiser au bord du fleuve et cet autre, sur le banc des jardins de la Sapienza. Mais chaque fois qu'elle pensait à lui, ses larmes coulaient. C'était étrange… Le souvenir de leurs moments heureux la faisait autant pleurer que celui de leurs moments tristes.

Elle s'arrêta un instant de pétrir pour saupoudrer un peu de farine sur sa pâte. Malheureuse ou pas, elle avait un restaurant à faire tourner. Elle venait travailler tous les jours, s'occupait de l'approvisionnement auprès des vendeurs, négociait les prix au marché noir, se démenait pour équilibrer les comptes. Elle avait fini par comprendre que la souffrance faisait partie de la guerre. Et aussi de la vie. Tout le monde souffrait. Les hommes, les femmes et les enfants du Ghetto n'étaient pas encore revenus. Massimo lui manquait. Gemma lui manquait. Elle pensait aussi à ses voisins d'en face, les Dioro, et à ses clients juifs qui avaient disparus le jour de la rafle. Elle n'avait pas le courage de retourner dans le Ghetto. C'était trop dur de le voir tel qu'il était devenu. Vide. Déserté.

Elle continua à pétrir, elle avait presque fini. Il ne fallait pas trop travailler la pâte, ni laisser ses pensées vagabonder trop loin. Depuis la mort de Sandro, les nazis avaient encore franchi un cran dans la violence et la tyrannie. Chaque jour, ils avaient de nouvelles exigences. Les arrestations et les passages à tabac dans la rue étaient devenus monnaie courante. Tout le monde priait pour l'arrivée prochaine des Alliés, en espérant qu'ils seraient là avant le printemps, mais on était déjà presque à Noël. Chaque jour, de nouveaux réfugiés perdus et affamés débarquaient des campagnes.

Elle secoua ses mains pleines de farine. Heureusement, elle avait Marco. Il était le seul à comprendre à quel point elle souffrait, car il souffrait autant qu'elle. Il travaillait au *Bar du Giro*, assommé de chagrin, porté par le sens du devoir. Il venait au restaurant une ou deux fois par semaine et elle lui apprenait à lire. Elle avait commencé par son nom. Il travaillait dur, mais il progressait lentement et elle ne comprenait toujours pas d'où venaient ses difficultés.

Elle s'essuya les mains avec un torchon. Et puis… Elle avait un autre sujet de préoccupation. Pour la première fois de sa vie, ses règles avaient du regard.

Chapitre 140

Elisabetta
Décembre 1943

Un mois s'était écoulé. Elisabetta sortit de la cuisine en s'essuyant les mains sur son tablier. Dans la salle du *Casa Servano*, Marco l'attendait pour prendre son cours. Ils avaient établi une sorte de routine. Régulièrement, il venait à la fin de sa journée de travail et elle lui donnait une feuille comportant des exercices de lecture et d'écriture. Pendant qu'il la remplissait, elle finissait de nettoyer la cuisine. Tout en travaillant, il engloutissait le plat de pâtes du jour. Ce soir, il avait eu droit à des spaghettis au fromage et au poivre, avec une sauce crémeuse au *pecorino*, un des meilleurs fromages italiens.

Quand elle s'approcha de la table, Marco était toujours penché sur sa feuille d'exercices et ne leva même pas la tête. Il portait un pull de laine, ses épais cheveux noirs accrochaient la lumière de la lampe au-dessus de la table. Il faisait visiblement des efforts pour se concentrer, la main crispée sur son crayon, la langue pointant entre les lèvres, comme autrefois à l'école.

—Alors, tu y arrives ? demanda-t-elle en s'asseyant en face de lui.

— Je viens de finir.

— Fais-voir.

Il tourna la feuille vers elle, pour qu'elle puisse lire. Les lettres étaient trop grosses, mais parfaitement reconnaissables.

MARCO TERRIZZI

— Bravo ! le félicita Elisabetta. Tu as réussi !

Il sourit, visiblement très fier de lui.

— Mais je suis encore trop lent, non ?

— Aucune importance. Ce n'est pas une course.

Marco ricana.

— Tu as raison, une course, c'est facile. Écrire, c'est une torture. Mais je me donne du mal pour y arriver. J'ai même fait un exercice à la maison, je vais te le montrer.

Il sortit un bout de papier de sa besace et le posa devant elle. De sa grosse écriture maladroite, il avait tracé :

ÉPOUSE-MOI, ELISABETTA

Elle poussa un cri étouffé.

— Marco, qu'est-ce que ça veut dire ?

— Tu n'arrives pas à lire ? ironisa-t-il. Tu es pourtant mon professeur. Ma mère m'a un peu aidé, j'avoue.

Son sourire s'effaça.

— Elisabetta, je t'aime et je t'ai toujours aimée, dit-il d'un ton grave et ému. Je sais que tu aurais préféré Sandro, mais ça m'est égal. Lui aussi, je l'aimais.

Elisabetta fut submergée par une bouffée de chagrin et de culpabilité, comme si le simple fait d'écouter la demande en mariage de Marco était une trahison envers Sandro.

— Je reconnais qu'autrefois ça ne m'aurait pas plu de n'être qu'un second choix, mais à présent, avec tout ce qu'on a vécu, ça n'a plus d'importance. Ce qui compte, c'est que tu veuilles bien de moi aujourd'hui comme mari.

Submergée par une foule d'émotions qu'elle ne parvenait pas à démêler, Elisabetta ne savait plus où elle en était. Sans aucun doute, ces mots avaient touché en elle une corde sensible. Il s'était passé tant de choses depuis la première demande en mariage de Marco, près du jardin aux orangers. Elle lui avait préféré Sandro, dont elle portait à présent l'enfant, même si ça ne se voyait pas encore.

Elle rassembla son courage.

— Écoute, il y a quelque chose que tu ne sais pas.

— Si tu veux parler du bébé, ne te fatigue pas. Je sais que tu es enceinte.

— Quoi ? Mais comment ?

— Je te connais depuis toujours et je t'observe. Alors j'ai remarqué de petits changements. Ta robe te serre à la taille, tu as le visage plus plein, les joues et le menton plus ronds.

Il allongea le bras pour lui caresser les doigts.

— Tu croyais que je n'avais rien vu ? Tu te trompais.

Elle ne savait plus quoi dire. Elle avait honte. Mais elle était reconnaissante à Marco de la comprendre et de lui manifester autant d'attention et de bienveillance.

— C'est l'enfant de Sandro, dit-elle.

— Je m'en doute. Je me souviens que vous aviez passé la nuit ensemble, la veille de la rafle. Tu me l'as dit.

Il eut un sourire doux.

— Je sais que tu le pleures encore et que ce ne sera pas facile pour toi d'accepter un autre homme. Mais il me manque aussi, tu sais. Alors je pense que je l'aimais et ça m'aide. Ça me donne de la force et de l'espoir en l'avenir.

Le cœur d'Elisabetta s'enfla de joie.

— Ça ne te poserait pas de problème d'élever l'enfant de Sandro ?

Il lui pressa la main et chercha son regard.

— Au contraire, je tiens à l'élever avec toi. Personne ne pourrait mieux s'en charger que nous deux.

Elle en resta sans voix. Marco avait toujours eu le don de l'étonner. Aujourd'hui, il semblait plus mûr et plus lucide que jamais.

— C'est ce que Sandro aurait voulu, insista-t-il. Qu'on se marie, qu'on s'aime, qu'on élève son enfant.

Les yeux de Marco se voilèrent de larmes et son expression se fit plus douce et plus pressante à la fois.

— Je te promets d'aimer cet enfant autant que j'ai aimé Sandro. En mémoire de lui.

L'émotion se lisait sur son visage et elle eut le sentiment qu'il lui ouvrait son cœur et son âme.

— Tu sais quoi, Elisabetta ? Dans une relation, il y en a toujours un qui doit attendre. Je t'ai dit une fois que j'étais prêt à t'attendre toujours et j'étais sincère, mais en fait, j'étais encore impatient, fier et arrogant.

Elle sourit. Elle n'en revenait pas qu'il fût capable d'un tel recul sur lui-même.

— Mais j'ai changé. Tout a changé. Je ne suis plus le même. Tout ça m'a brisé. J'ai perdu mon père, mon frère, mon meilleur ami. J'ai perdu une guerre, Elisabetta, et ce n'est pas rien ! Je me suis trompé à propos de Mussolini et de tant d'autres choses. Ça m'a appris l'humilité.

Il se leva et vint mettre un genou à terre devant elle.

—Voilà. Et maintenant je vais t'attendre. Aussi longtemps qu'il le faudra. Un jour, tu m'aimeras autant que je t'aime, j'en suis persuadé. Pas tout de suite. Sans doute longtemps après la naissance du bébé, mais ça viendra. Et je peux attendre.

Il plongea la main dans sa poche et sortit la bague de diamant qu'il lui avait offerte autrefois. La pierre scintilla sous la lumière.

—Accepte-la, je t'en prie. Et accepte d'être ma femme parce que je t'aime de tout mon cœur.

Il chercha son regard.

—Elisabetta, veux-tu m'épouser ?

Le cœur d'Elisabetta s'envola.

—Oui, murmura-t-elle.

Chapitre 141

Maria
Janvier 1944

Le repas de mariage était parfait. En entrée, ils avaient des rigatoni sauce tomate. Ensuite ce serait de l'agneau grillé avec des pommes de terre rôties et des carottes, des tomates, du persil et du basilic venant du jardin d'Elisabetta. Ils n'avaient invité que la famille proche et Maria s'était proposée pour accueillir tout le monde dans la salle du *Bar du Giro*, fermé pour la journée, cette fois en raison d'un événement heureux.

Il y avait Rosa, dans une jolie robe bleue, assise près d'Emedio, lequel s'était chargé de la cérémonie à l'église. Il avait déjà béni le repas et versé du vin mousseux dans les verres, mais personne ne savait qui porterait le premier un toast aux jeunes mariés. Elisabetta n'avait plus de parents et Beppe était mort. Maria décida de se lancer.

—S'il vous plait, dit-elle, en lissant les plis de son élégante robe. C'est un grand jour, qui mérite un discours. Ce n'est pas vraiment ma tasse de thé, mais il faut bien que quelqu'un s'en charge et je suis l'ancêtre de cette assemblée.

Elle marqua une pause, le temps de maîtriser son émotion.

— Beppe non plus n'aimait pas les discours. S'il avait été là aujourd'hui, il aurait été bref et direct Je ne crois pas être capable de faire aussi court que lui, mais je peux être directe moi aussi, en vous parlant du fond du cœur.

Autour de la table, on lui lança des regards d'encouragement. Elle se leva.

— Nous sommes réunis aujourd'hui pour fêter l'un des événements les plus heureux d'une vie : un mariage d'amour. Je suis heureuse pour toi, Marco. Et pour toi aussi Elisabetta, à qui je souhaite la bienvenue dans la famille. Vous êtes tous les deux des êtres formidables.

Marco et Elisabetta sourirent. Ils formaient un couple très assorti. Marco était superbe avec son costume sombre et sa cravate. Quant à Elisabetta, elle était éblouissante. Elle était fière de porter la robe dans laquelle Maria avait épousé Beppe. Le passé était pardonné et oublié.

— La cérémonie religieuse était très réussie, Emedio, et je tenais à t'en remercier. C'est un beau mariage que celui d'Elisabetta et Sandro. Un mariage béni du Seigneur et nous devrions tous nous réjouir…

Elle marqua encore une pause et rassembla son courage.

— Pourtant, autour de cette table, je vois des yeux humides de larmes. Des sourires qui tremblent. Nous avons tous le cœur brisé et chacun de nous porte en lui une profonde tristesse. Il nous manque aujourd'hui tant d'être chers. Beppe. Aldo. Massimo. Gemma. Sandro. Nonna. Ludovico. Serafina. Et aussi des amis et des voisins. Nous pensons à eux. À tous ceux qui ne sont plus là, alors que nous avons survécu. Notre bonheur est teinté d'amertume.

Maria remarqua que Rosa gardait la tête baissée et luttait pour ne pas pleurer. Elle habitait au Vatican, à l'abri du danger, mais elle pensait sûrement à Massimo, dont ils étaient sans nouvelles.

Elle s'éclaircit la voix.

— Comme vous le savez, je passe le plus clair de mon temps dans une cuisine. Dans celle du restaurant ou dans celle de mon appartement. Je crois qu'en fait je ne quitte jamais la cuisine.

Tout le monde pouffa, elle ne s'y était pas attendu.

— Je ne suis pas une grande cuisinière, ni même une spécialiste des pâtes comme notre Elisabetta, ma merveilleuse belle-fille.

Elisabetta lui sourit.

— De plus, le *Bar du Giro* n'est pas un restaurant, mais un bar où l'on sert à manger. Et si on m'y a engagée comme cuisinière, c'est uniquement parce que j'y travaillais gratuitement.

Tout le monde pouffa à nouveau et cela lui fit très plaisir. Au fond, faire un discours, ce n'était pas si compliqué. Il suffisait de s'adresser aux gens avec son cœur. Cette découverte lui donna le courage de poursuivre.

— Je suis donc une simple cuisinière, comme toutes les mères, comme toutes les femmes. Et chaque jour, avant chaque repas, j'ouvre le réfrigérateur et je me rends compte que je n'ai pas forcément tout ce que j'aurais voulu, ni tout ce qui me faudrait. Surtout en ce moment, en temps de guerre. Et tous les jours, je me pose donc la même question : qu'est-ce que je vais faire de bien avec ce que j'ai devant moi ?

Elle hocha la tête. C'était tellement vrai.

— Je me pose cette question, chaque fois que je commence à cuisiner, depuis toujours. Qu'est-ce que je peux faire avec ce que j'ai ?

Marco, Elisabetta et Rosa l'écoutaient attentivement. Emedio fronçait les sourcils, inquiet de la savoir mélancolique, ou bien se demandant où elle voulait en venir. Maria ne le savait pas vraiment elle-même, puisqu'elle laissait parler son cœur.

— Et chaque fois, j'improvise avec les ingrédients que j'ai à ma disposition. Même quand ce ne sont que des restes. Et au bout du compte, c'est toujours meilleur que je ne l'aurais cru. Ça me surprend à chaque fois. Ne vous méprenez pas, je ne suis pas en train de me vanter. C'est à notre Seigneur qu'en revient le mérite. C'est lui qui m'inspire et me permet de servir un repas dont je n'ai pas à rougir.

Elle prit le temps de clarifier sa pensée et se sentit moins nerveuse.

— Vivre avec un deuil, c'est un peu pareil. Il manque à notre vie ceux que nous avons aimé. Et c'est dur.

Ses lèvres tremblèrent et elle dut ravaler la boule qu'elle avait dans la gorge.

— Mais quand je regarde autour de cette table, je vois des ingrédients de qualité.

Elle balaya d'un regard attendri Marco et Elisabetta, Emedio et Rosa.

— Des ingrédients qui vont bien ensemble. Et je me dis que si nous restons unis comme en ce moment, avec l'aide de Dieu nous ferons de notre vie un délicieux repas qui nous laissera repus et heureux.

Tout le monde lui sourit et les larmes lui vinrent aux yeux. Des larmes d'émotion et de joie, car elle se sentait comprise. Elle leva son verre.

— Je propose un toast à mon fils bien-aimé Marco et à sa jeune épouse, Elisabetta, que nous aimons très forts et à qui nous souhaitons beaucoup de bonheur. À Elisabetta et Marco.

— À Elisabetta et Marco, répondirent en chœur Rosa et Emedio.

Chapitre 142

Marco
Le 4 juin 1944

Elisabetta et Marco se tenaient derrière le panneau vitré qui donnait dans la salle des incubateurs. Ils étaient tout simplement émerveillés. De l'autre côté, il y avait leur petit garçon, un bébé tout rose qui était arrivé en pleine nuit, avec de l'avance. Endormi sous sa couverture blanche, il ressemblait trait pour trait à sa mère, mais il avait les doigts fins de son père. Marco eut un accès de tristesse en songeant que le pauvre Sandro n'avait pas vécu assez pour voir naître son fils. Il en avait souvent parlé avec Elisabetta. La venue de ce bébé avait au début ravivé leur chagrin d'avoir perdu Sandro, mais à présent la joie avait pris le dessus.

— Un fils, murmura Marco en posant sa paume contre le verre, les yeux rivés au petit être.

— Oui, un fils, répéta Elisabetta avec un soupir heureux. Tu crois que ça va aller ? Il est vraiment en bonne santé ? Le médecin en est sûr ?

— Il est en bonne santé, oui. C'est simplement un impatient, comme moi.

— Tu es content, maintenant qu'il est là ? Tu ne regrettes pas ?

— Bien sûr que non. Je n'ai jamais été aussi heureux.

Il l'embrassa et elle cala sa tête contre son épaule.

— Tu es toujours d'accord pour qu'on l'appelle Alessandro ?

— Évidemment, répondit Marco. Alessandro Terrizzi, c'est un très beau nom.

Elle se laissa aller contre lui et il la serra plus fort. Ils étaient seuls dans ce petit couloir sans fenêtre, mais des rires et des cris leurs parvenaient depuis la rue, car l'Italie était en liesse. Les Alliés venaient d'entrer dans Rome et le peuple laissait éclater sa joie. Pour les Romains, la guerre était enfin terminée.

— Il n'aurait pas pu choisir de meilleur jour pour venir au monde, pouffa Marco. Tout Rome célèbre sa naissance.

Elisabetta éclata de rire.

— Je te suis tellement reconnaissante, Marco.

— Moi aussi, répondit-il.

De nouveau, il la pressa contre lui.

Au même instant, les cloches de la Basilique Saint Pierre se mirent à sonner. Dehors, la foule applaudissait, hurlait et chantait, au milieu du grondement des voitures, des camions et des tanks.

Elisabetta s'écarta de Marco avec un sourire.

— Ils doivent être sur le Lungotevere. Tu ne veux pas aller voir ? Et puis il faudrait que tu annonces la naissance du bébé aux autres.

— Tu es sûre ? demanda Marco, qui n'avait visiblement aucune envie de s'éloigner d'elle. Je peux rester avec toi.

— Vas-y, s'il te plaît. J'en profiterai pour me reposer.

Elle lui caressa la joue.

— Je t'aime, murmura-t-elle.

— Je t'aime aussi.

— Maman, c'est un garçon ! s'exclama Marco en se jetant au cou de sa mère.

— J'ai un petit-fils et Rome est libre ! Merci mon Dieu !

Elle ouvrit grand les bras et lui rendit son étreinte en le couvrant de baisers, sous les applaudissements et les cris de joies des clients.

— Maman, tu veux bien te charger d'appeler Emedio et Rosa de ma part ? Il faut que j'y aille.

Maria l'embrassa et fila rejoindre la foule qui se déversait sur l'île Tibérine. Aussitôt, il se sentit gagné par l'émotion ambiante. Il exultait, comme si son corps tout entier était capable d'éprouver du bonheur. La guerre était finie. Les cloches de Saint Pierre de Rome ne cessaient de carillonner. Le soleil déversait ses rayons sur la ville, la teintant d'une nuance dorée, comme une bénédiction venue du ciel.

Marco traversa le Ponte Fabricio au milieu des gens qui agitaient des drapeaux italiens et faisaient le signe de la victoire. Tout le monde chantait, riait et s'embrassait. Quelqu'un arrosa autour de lui avec du Spumante et cela fit rire. Il y eut des applaudissements quand les jeeps et les tanks américains envahirent le Lungotevere Sanzio et le Lungotevere de' Cenci.

Mais contrairement à la foule, Marco n'était pas seulement là pour célébrer l'arrivée des Américains. Il traversa le Lungotevere de' Cenci en direction du Ghetto, comme attiré par un aimant. Une fois dans le Ghetto, il prit Via del Portico d'Ottavia. Là aussi, la foule manifestait sa joie, mais il songea avec tristesse que le boucher kasher, le boulanger, et tous les commerçants qu'il avait connus étaient partis, déportés au moment de la rafle. Rosa et la plupart des Juifs de Rome se cachaient toujours, craignant pour leur vie. Ils n'avaient pas eu de nouvelles de Massimo, pas plus que des autres familles déportées. Les Della Rocca. Les

Terracina. Les DiCavi. Les Sermonetta. Les Toscano. Personne ne savait si ces gens reviendraient un jour et l'on redoutait le pire.

En pensant à tout ça, Marco eut les larmes aux yeux et son cœur se serra, mais il continua à avancer, là où ses pieds le portaient. Bientôt, il se trouva sur la Piazza Mattei, près de la magnifique Fontaine des Tortues, au milieu de gens qui criaient leur joie et leur soulagement. Mais il resta là, silencieux, le cœur en deuil.

Il leva les yeux vers le second étage, là où se trouvait autrefois l'appartement de Sandro. Il était à présent inoccupé, mais Marco vit pourtant un petit garçon qui le guettait derrière les carreaux.

— Sandro ! murmura-t-il tandis que ses larmes se mettaient à couler.

Le petit Sandro lui répondit d'un signe de la main et alors Marco comprit pourquoi il était venu jusqu'ici. Le regard rivé à la fenêtre, il parla à Sandro.

— Sandro tu viens d'avoir un fils et il s'appelle comme toi. Je vais l'élever et je te promets de l'aimer comme si c'était le mien. Plus tard, quand il sera grand, je lui parlerai de toi pour qu'il honore ta mémoire. Et je te promets aussi de prendre soin d'Elisabetta comme tu l'aurais fait et de l'aimer de tout mon cœur.

Il avait tout dit. Il s'essuya les yeux et contempla encore un instant la fenêtre du deuxième étage de cet immeuble centenaire, dans la ville millénaire traversée par un fleuve qui coulait depuis des temps immémoriaux et coulerait encore longtemps. Il savait à présent que Rome, aussi magnifique fût-elle, n'était que le témoin des triomphes des hommes, mais aussi des horreurs dont ils étaient capables. Ainsi allait le monde. En un éternel recommencement.

La guerre était éternelle, mais la paix aussi.

La mort était éternelle, mais la vie aussi.

Les ténèbres étaient éternelles, mais la lumière aussi.

La haine était éternelle. Mais au-dessus de tout, il y avait l'amour éternel.

Chapitre 143

Marco
Juin 1950

Posté devant le bar, un tablier autour de la taille, Marco arborait un sourire satisfait. Le soleil brillait ce matin-là, la température était douce, il y avait déjà quelques clients en terrasse pour le petit-déjeuner. Il avait finalement découvert que cela lui plaisait de s'occuper d'un bar, au point qu'il était en train d'acheter un autre emplacement dans le Trastevere. Le *Bar du Giro* s'appelait désormais *Bar Terrizzi* et Marco rêvait de créer une chaîne du même nom, qui attireraient tous les *tifosi,* en mémoire de son père. Il n'était pas seulement un fils du *Latium*, il était aussi celui de Beppe Terrizzi.

Il s'était découvert un grand sens des affaires et ils seraient bientôt suffisamment riche pour déménager dans un appartement rien qu'à eux. Un médecin avait diagnostiqué que ses difficultés en lecture venaient d'une dyslexie, une sorte de « cécité congénitale spécifique aux mots », un problème neurologique n'ayant aucun rapport avec l'intelligence. Après ce diagnostic, il avait pris de l'assurance. Ses compétences en lecture s'amélioraient, grâce aux exercices que le médecin lui avait donnés.

Il baissa les yeux vers la rive en contrebas, où le petit Sandro jouait avec des amis. Ses cheveux châtain clair prenaient des reflets dorés comme le soleil en été. Il était le plus grand et le plus mince de sa classe, avec une silhouette élancée, comme un crayon bien taillé, à l'instar de son père.

Le cœur de Marco était en paix. Il avait tenu la promesse faite à son ami de toujours, en aimant Elisabetta de tout son cœur et en élevant le petit Sandro comme son propre fils.

Elisabetta n'avait pas encore parlé à Sandro de son vrai père, mais elle le ferait un jour. Il lui laissait le soin de décider du moment.

Les années de guerre avaient été dévastatrices et bien qu'elles fussent désormais derrière lui, Marco ne les avait pas oubliées. Il pensait chaque jour à son père, à Aldo, à Sandro, à Massimo et à Gemma, dont il avait déplacé la tombe dans la section juive du cimetière. Rosa et David vivaient maintenant à Londres avec leurs deux enfants et venaient de temps en temps leur rendre visite. Sa mère, qui travaillait toujours dans la cuisine, profitait de ses petits-enfants et faisait vivre pour eux le souvenir de ceux qu'ils avaient perdus.

Massimo n'était pas revenu. Le monde entier avait découvert les horreurs de l'Holocauste et l'on savait à présent que les Juifs du Ghetto, victimes de la rafle du 16 octobre 1943, avaient été envoyés à Auschwitz. Sur les mille deux cents hommes, femmes et enfants déportés ce jour-là, seuls seize avaient survécu – quinze hommes et une femme, Settimia Spizzichino. Les nazis avaient ensuite effectué d'autres rafles, mais en dépit de leur acharnement, environ dix mille des douze mille Juifs de Rome avaient eu la vie sauve en se cachant au Vatican, dans des monastères, des couvents et des maisons.

Marco aurait voulu un véritable procès pour le meurtre des Juifs du Ghetto de Rome. Un procès de l'envergure de celui de Nuremberg. Mais il n'y avait rien eu de tel. Le tribunal militaire avait jugé le lieutenant-colonel Kappler et l'avait condamné à quinze ans de prison pour l'extorsion des cinquante kilos d'or. Il avait également écopé d'une peine à vie, pour le massacre des Fosses ardéatines. Marco avait été surpris d'apprendre que Monseigneur Hugh O'Flaherty, le cardinal que Kappler avait si longtemps surveillé dans l'espoir de l'arrêter, lui avait régulièrement rendu visite en prison. Les deux hommes avaient appris à se connaître et Kappler s'était finalement converti au catholicisme.

— Marco, tu le laisses jouer au bord du fleuve ?

Elisabetta venait d'apparaître près de lui.

— Pourquoi pas ? On y jouait bien, nous. Je le surveille.

Il passa un bras autour d'elle et la tint contre lui.

Il la trouva plus belle que jamais dans sa robe jaune à carreaux qui lui allait si bien. Mais sans doute était-ce aussi parce qu'elle était enceinte de trois mois. Bientôt ils donneraient un petit frère ou une petite sœur à Sandro.

Garçon ou fille, cela était égal à Marco, du moment que l'enfant aimait la bicyclette.

— Mais tu es loin, insista Elisabetta. S'il lui arrive quelque chose, tu n'auras pas le temps d'intervenir.

— Il ne lui arrivera rien. Et puis j'attendais que tu descendes. J'ai une surprise pour toi.

Il l'embrassa sur la joue et se baissa pour prendre une sac marron posé près de lui. Il en sortit une épaisse liasse de feuilles qu'il déposa sur le muret de pierre.

— Je crois que c'est à toi, dit-il avec un petit sourire.

— Mon manuscrit ? Oh, c'est drôle !

Elle sourit et caressa le titre du bout des doigts.

— *La fille qui parlait trop.* Tu l'as trouvé où ?

— Dans la cave, dans un carton. Tu m'avais dit que tu avais écrit un roman, mais tu ne me l'avais jamais montré.

— Il n'était pas très bon.

— Ça m'étonnerait. Autrefois tu voulais écrire.

— Comme toutes les jeunes filles romantiques, répondit Elisabetta en haussant les épaules.

Mais Marco vit passer une lueur de regret dans ses beaux yeux.

— Tu n'as plus envie d'écrire ?

— J'ai trop à faire. Surtout avec le bébé qui arrive bientôt.

— Mais tu ne travailles que le matin au restaurant. Ça te laisse tes après-midis et pour le bébé je t'aiderai. J'ai ici ce qui pourrait te décider à t'atteler à la tâche.

Cette fois il sortit de son sac une vieille machine à écrire dans un étui cartonné et la posa sur le muret, près du manuscrit.

— Mon Olivetti ? s'exclama Elisabetta avec un rire joyeux.

— Oui, je l'avais donnée à réparer et je viens de la récupérer.

Il ouvrit le couvercle de la boîte et la machine brilla au soleil. Il sourit intérieurement, en songeant à la fois où Marco lui avait conseillé d'offrir un cahier à Elisabetta. C'était en y repensant qu'il avait eu l'idée de la machine à écrire.

— Tu as demandé à ce qu'on la remette en état ?

— Elle est comme neuve. J'ai aussi des rubans et du papier. Tu vois, tu as tout ce qu'il faut pour te remettre à écrire.

— Ne sois pas ridicule, protesta mollement Elisabeth.

Mais il sentit qu'elle avait simplement besoin d'être encouragée.

— Pourquoi ? Qu'est-ce qui t'en empêche ?

— Je ne saurais pas de quoi parler.

— Tu as peur, en fait. Il ne faut pas. Tu te souviens de cette fois où tu as grimpé sur la corniche du Palazzo Braschi ? Et du jour où tu as conduit la voiture de mon chef ? Tu avais peur, mais tu l'as fait quand même et tu as réussi. Il faut te lancer, tu verras bien ce qui se passe.

Il désigna le manuscrit.

— Tu as déjà écrit un livre, tu peux en écrire un autre. Tu lis tout le temps et tu parles souvent de cette femme… Comment s'appelle-t-elle déjà ? Celle qui a remporté un prix littéraire…

— Elsa Morante. Elle a gagné le Viareggio.

— De quoi parlent ses romans ?

— De la famille. Et de l'amour.

Il sourit, mais ne dit rien. Elle lui rendit son sourire.

— Tu penses que j'aurais des choses à dire sur la famille et sur l'amour ? demanda-t-elle.

— Oui, pourquoi pas ?

Il referma l'étui de la machine, posa les feuillets du manuscrit sur le couvercle et lui tendit le tout.

— Tu commences tout de suite. Moi je surveille Sandro. Tu seras bientôt célèbre, j'en suis certain.

— Ce n'est pas aussi simple que ça.

— Tu as accompli des choses plus difficiles. Monte sur le toit, pour travailler. Il y a moins de bruit là-haut.

Il avait transporté les pots du jardin d'Elisabetta sur le toit du Bar Terrizzi, ce qui leur permettait de profiter des herbes aromatiques et des fleurs. Gnocchi et le vieux Rico avaient beaucoup apprécié.

— Mets-toi au travail, tu verras bien ce qui se passe. Moi je vais m'assurer que notre garçon ne tombe pas dans le Tibre.

— Je vais essayer, répondit Elisabetta avec un visage rayonnant. Je t'aime.

— Je t'aime aussi, répondit Marco en lui donnant un petit baiser.

Elle s'éloigna d'un pas joyeux et il la regarda partir.

Merci du conseil, Sandro. Tu vois, je t'ai écouté cette fois.

Épilogue

Elisabetta
Mai 1957

Elisabetta se tut. Elle avait tout raconté à Sandro et il l'avait écoutée sans l'interrompre, prouvant une fois de plus qu'il avait hérité de l'exceptionnelle capacité de concentration de son père. Son histoire commençait par cet après-midi au bord du Tibre où elle rêvait d'un premier baiser avec Marco, mais avait finalement embrassé Sandro. Il s'achevait le jour où Marco lui avait apporté son Olivetti pour la pousser à écrire. Tout cela lui avait pris une partie de la matinée, mais à présent Sandro savait qui était son père.

Tout en parlant, elle avait à plusieurs reprises tenté de déchiffrer son expression, mais il était resté neutre. Il avait tout de même ri à l'épisode de Marco grimpant au pilier pour raccrocher la banderole le soir de la fête au Palazzo Braschi. Une autre fois, son jeune front s'était plissé quand elle avait parlé de l'or réclamé aux Juifs de Rome et de la rafle du Ghetto. Et il avait eu les larmes aux yeux quand elle en était arrivée au sacrifice de Sandro à la gare de Modène. Mais à aucun moment il n'avait pleuré. Elle aussi, avait réussi à maîtriser ses émotions, mais ça n'avait pas été facile.

Le soleil entrait par la fenêtre de la salle à manger, la remplissant d'une chaleur dorée. Ils habitaient désormais un grand appartement, qu'ils pouvaient se payer grâce aux succès financiers de Marco avec les bars Terrizzi. Gnocchi dormait sur sa chaise, près de la table. Rico n'était plus là. Il était mort, après avoir vécu une longue vie bienheureuse.

Elisabetta poussa un profond soupir. Elle était soulagée de s'être libérée du fardeau du mensonge.

— Tu sais tout à présent, dit-elle à Sandro. Je me rends compte que ça fait beaucoup et que ce n'est pas une histoire gaie, mais tu es assez grand pour comprendre et je tenais à tout te dire. Tu ne m'en veux pas ?

— Non, répondit Sandro en écartant du revers de la main une boucle châtain clair qui lui retombait sur le front.

— Et tu as compris que Sandro était ton père ?

— Oui.

— Ça doit te faire tout drôle...

— Un peu, répondit Sandro en haussant les épaules d'un air gêné. Toi et papa, vous parlez souvent de lui, mais je ne me doutais de rien.

— Je sais. Et surtout n'oublie pas que papa t'aime comme un fils depuis toujours et que ça ne changera pas.

— Moi aussi je l'aime, répondit Sandro.

Son sourire lumineux rassura Elisabetta, car elle avait craint que cette révélation ne l'éloigne de Marco.

— Si tu as des questions à poser, je t'écoute.

Il hésita.

— Est-ce que ça veut dire que je suis juif?

Elisabetta avait déjà une réponse toute prête.

— Ça veut dire que tu as du sang juif. Si tu veux aller à synagogue et étudier la Torah, ton père et moi nous te soutiendrons. Il ne va pas tarder à arriver, il devrait rentrer d'une minute à l'autre.

— Où est-il ?

— Au marché, avec Giuseppina. J'avais besoin de légumes verts pour le dîner.

— Maman, c'est ton roman ?

Il désigna le manuscrit d'Elisabetta, posé au bout de la table, près de l'Olivetti.

— Oui.

— Tu l'as terminé ?

— Oui.

Elle avait presque du mal à y croire. Elle avait travaillé sur ce roman pendant sept ans, en écrivant par intermittence, après la naissance de leur fille.

— Bravo maman, la félicita Sandro avec un grand sourire. C'est un bon roman ?

— Je l'espère.

— *Éternelle*, c'est le titre ?

— Oui.

— Tu veux bien me dire de quoi il parle, maintenant ? Jusque-là, chaque fois que je te posais la question, tu me répondais « de la famille et de l'amour ».

— Il parle vraiment de la famille et de l'amour. En fait il raconte l'histoire que tu viens d'entendre.

— Alors je pourrai le lire ?

— Bien sûr, ça me ferait même très plaisir.

Elle ne put s'empêcher de sourire. Sandro avait hérité de son amour pour les livres, ce qui la remplissait de fierté. Il lui arrivait même d'aider Marco à faire ses exercices de lecture.

— Tu vas essayer de le faire publier ?

— Je ne sais pas encore.

Sandro battit des paupières.

— C'est pour ça que tu me parles maintenant de mon père ? Parce que tu as terminé ce livre ?

— Oui, je pense que c'est en partie pour ça.

Elle s'était elle-même posé la question.

— Ça va te paraître difficile à croire, mais il a fallu que j'écrive mon histoire pour la comprendre vraiment. Je tenais à ce que tu sois le premier à l'entendre. Je t'aime…

— Je t'aime aussi, maman.

Il se leva d'un bond pour se jeter à son cou et ils restèrent ainsi un instant, dans les bras l'un de l'autre.

Ils entendirent la porte d'entrée qui s'ouvrait et un bruit de chaîne de vélo. Marco était revenu avec Giuseppina… et la Bianchi de son père qu'il gardait dans l'appartement. Comme toujours, Giuseppina jacassait joyeusement. C'était une adorable petite fille qui avait le sourire de son père et le franc-parler de sa mère, un petit travers beaucoup mieux accepté que par le passé.

— Papa !

Sandro sortit de la salle à manger et Elisabetta se leva pour le suivre dans le salon, où il embrassa Marco avec une fougue inhabituelle. Il lui était visiblement reconnaissant de lui avoir servi de père de substitution.

— *Ciao*, Sandro.

Marco le serra dans ses bras, tout en interrogeant Elisabetta du regard.

— Je lui ai tout raconté Marco, expliqua-t-elle.

Il acquiesça d'un hochement de tête, comme quelqu'un qui comprend. Puis il lâcha Sandro et lui ébouriffa les cheveux.

— Alors, mon fils, qu'est-ce que tu penses de tout ça ?

— Papa, est-ce que tu m'aimes ? demanda Sandro.

Il jeta un regard en biais du côté de Giuseppina.

— Même si… Tu sais bien…

— Bien sûr que je t'aime, assura Marco.

Il posa les mains sur les épaules de Sandro et le regarda droit dans les yeux.

— Sandro je t'aime comme un fils et je t'aimerai toujours. L'homme dont tu portes le nom était comme un frère pour moi. C'était un héros.

— Toi aussi tu es un héros. Tu as risqué ta vie pour le sauver.

Marco esquissa un sourire.

— Ça ne suffit pas à faire de moi un héros.

— Bien sûr que si, protesta Sandro en se jetant de nouveau à son cou.

Les larmes aux yeux, Elisabetta les observa en silence. Elle avait toutes les raisons de se sentir comblée : un mariage réussi, une famille heureuse. Elle comprenait à présent qu'elle n'aurait pas pu écrire sur la famille et l'amour si elle pas connu l'amour de cette famille-là. Son roman était leur histoire, car toute famille a une histoire, qui commence avec de l'amour. La sienne avait commencé avec deux amours, ce qui la rendait un peu exceptionnelle.

Pourtant, elle ne faisait qu'apporter sa pierre aux siècles d'histoires familiales qui se superposaient au cours des temps, véritable histoire de l'humanité qui se racontait d'une génération à l'autre et se construisait peu à peu.

Une histoire éternelle. Tout comme l'amour.

NOTE DE L'AUTRICE

L'idée de ce roman m'est venue à l'époque où j'étais étudiante en littérature anglaise à l'Université de Pennsylvanie. Je suivais alors le cours du regretté Philip Roth et le premier semestre avait pour intitulé « Littérature de l'Holocauste ». Philip Roth nous avait présenté l'œuvre de Primo Levi, chimiste et écrivain juif italien, qui raconte sa déportation à Auschwitz dans son livre *Si c'est un homme*. Le sujet de l'Holocauste a commencé à me hanter et j'ai toujours su que j'y reviendrai un jour. Finalement, après avoir publié plus de trente romans explorant les thèmes de la famille, de l'amour et de la justice, j'ai décidé de m'y atteler. De cette tentative est né *Éternelle*

Je suis une grande lectrice de romans historiques, mais chaque fois que j'en termine un, je voudrais pouvoir démêler le vrai du faux. Aussi, permettez-moi de préciser ce qui relève ici de la fiction et ce qui relève du fait historique.

Les familles d'Orfeo, Simone et Terrizzi sont le fruit de mon imagination, tout comme Elisabetta, Marco et Sandro. De même pour la plupart des personnages, sauf dans les cas que je citerai plus loin. J'ai cependant effectué des recherches, afin d'en faire des personnages en accord avec leur époque.

Par contre, la plupart des faits historiques sont fidèles au passé.

La terrible rafle du 16 octobre 1943 a réellement eu lieu dans le Ghetto de Rome ainsi que dans d'autres quartiers, telle que je la décris. Hommes, femmes et enfants ont dû quitter sans préavis leurs habitations sous la menace d'une arme, au seul motif qu'ils étaient Juifs, pour être rassemblés au collège militaire avant d'être envoyés à Auschwitz. Les noms que cite Sandro quand il passe en revue ses voisins et amis arrêtés en même temps que lui sont empruntés à des familles juives qui ont fait le voyage dans le train de Rome pour Auschwitz. Parmi elles, seize personnes seulement ont survécu.

De même, les événements précédant cette rafle se sont réellement produits, tels que dans le roman. Les nazis ont effectivement réclamé à la communauté juive cinquante kilos d'or et celle-ci s'est débrouillée pour répondre à cette demande. Les présidents Ugo Foà et Dante Almansi ont réellement existé et ce sont leurs efforts héroïques pour sauver leur communauté et son inestimable patrimoine que je décris dans mon livre. Il en va de même pour le grand rabbin Zolli, l'orfèvre Angelo Anticoli, le comptable Renzo Levi, et la secrétaire Rosina Sorani.

Tullio Levi-Civita était un brillant mathématicien surnommé l'Einstein de l'Italie et, comme beaucoup d'autres brillants enseignants juifs, il a perdu son poste dans les circonstances décrites dans le roman, au moment de la promulgation des lois raciales.

Le Dr Giovanni Borromeo, médecin et enseignant, était administrateur de l'Ospedale Fatebenefratelli et, aussi incroyable que cela paraisse, il a vraiment réussi à protéger les patients juifs de l'hôpital grâce à l'invention du syndrome K, à laquelle les nazis ont cru.

Le lieutenant-colonel Herbert Kappler était à Rome l'officier le plus haut gradé de la Schutzstaffel, c'est-à-dire des SS. Les phrases qu'il prononce lors de son entrevue avec Massimo et les présidents Foà et Almansi à la Villa Wolkonsky sont tirées de mes recherches historiques, notamment des livres de Robert Katz. Monseigneur O'Flaherty était un cardinal du Vatican, qui a aidé et protéger de nombreux Juifs italiens et que l'on surnommait le Mouron rouge du Vatican en raison de sa capacité à se déguiser pour échapper à la surveillance des nazis. Il est également exact que ce même cardinal a par la suite rendu visite en prison au lieutenant-colonel Kappler et que celui-ci s'est converti au catholicisme.

Le baron Ernst Weizsäcker, ambassadeur d'Allemagne auprès du Saint-Siège pendant la période concernée était un grand italophile. Ses conversations avec Elisabetta sont fictives, bien sûr, mais j'ai veillé à ce qu'elles reflètent sa personnalité.

Le camp de transit de Fossoli, l'un des nombreux camps de déportation et de transit d'Italie, se trouvait aux abords de la ville de Carpi, près de Modène, comme décrit dans mon roman. Je l'ai visité lors d'un voyage en Italie pour mes recherches et ce fut une expérience très forte. Il existe à Carpi un musée commémoratif, le musée de la Déportation, dont les expositions ont alimenté mes recherches, ainsi qu'un monument à la mémoire des personnes disparues. On peut voir sur mon site Web les vidéos que j'y ai faites.

La plupart des lieux évoqués dans le roman sont réels, à l'exception de la maison de Nonna dans le Trastevere et de l'appartement occupé par Elisabetta avec ses parents. Les rues dans lesquelles je les situe sont elles aussi imaginaires, même si je me suis efforcée dans l'ensemble de décrire fidèlement le Trastevere, quartier pittoresque et charmant. Le restaurant *Casa Servano* n'a jamais existé, mais toute personne qui a visité Rome pourra vous confirmer qu'on y mange de succulentes pâtes et que c'est une raison suffisante pour y aller, parmi des millions d'autres.

J'ai également visité et filmé le Ghetto, la Grande Synagogue, l'île Tibérine et le Trastevere, ainsi que la Sapienza, Via Tasso, le Collège militaire et les catacombes. Vous trouverez des vidéos sur mon site web.

Pour toutes les scènes qui se passent dans une cuisine, je me suis inspirée de ma mère, Mary, qui nous préparait des pâtes fraîches tous les dimanches. Mary était une italienne au tempérament fougueux, originaire de Chieti, dans la région des Abruzzes, tout comme la Maria de mon roman. Les pâtes étaient la spécialité de ma mère. J'ai déjà parlé d'elle dans des mémoires coécrites avec ma fille Francesca Serritella. Et enfin, comme Nonna, ma mère répondait souvent à une question par une autre question.

Après tout, pourquoi pas ?

Remerciements

Le moment est venu de rendre hommage à tous ceux qui m'ont fait profiter de leur expertise pour *Éternelle*, mais d'abord, un petit retour en arrière.

Pour écrire ce roman, j'ai dû faire des recherches approfondies sur la montée et la chute du fascisme en Italie, en particulier sur les lois raciales promulguées contre les Juifs italiens. J'ai lu tout ce que je trouvais sur le sujet et ai acheté tellement de livres qu'il m'a fallu installer de nouvelles étagères. Les grands lecteurs connaissent le problème.

Ensuite je me suis adressée à l'un des historiens les plus compétents sur le sujet, Stanislao Pugliese, ex-boursier de la fondation Fulbright, professeur d'histoire de l'Europe moderne et professeur d'études italiennes et italo-américaines à l'université Hofstra de Queensboro. Malgré un emploi du temps très chargé, il a pris le temps de lire et de relire *Éternelle* pour y traquer des inexactitudes, m'adressant de nombreuses suggestions et corrections. Merci beaucoup, Stan.

Pour ceux que le sujet de l'Holocauste intéresse, je recommande fortement ses livres, superbement écrits et très accessibles. Il est l'auteur ou éditeur de quinze ouvrages sur le fascisme et l'histoire juive italienne, notamment *Fascisme, antifascisme et résistance en Italie* ; la collection : *Les plus anciennes minorités : les Juifs d'Italie* ; *Amer printemps : une vie d'Ignazio Silone* ; *Carlo Rosselli : socialiste hérétique et antifasciste exilé* ; et bien d'autres.

D'autres livres remarquables sur le sujet sont *Benevolence and Betrayal : Five Italian Jewish Families Under Fascism (La bienveillance et la trahison : cinq familles de Juifs italiens sous le fascisme)*, d'Alexander Stille ; *Black Sabbath : À Journey Through a Crime Against Humanity (Le Shabbat noir : Voyage à travers un crime contre l'humanité)* de Robert Katz ; *Under His Very Windows : The Vatican and the Holocaust in Italy (Exactement sous sa fenêtre : Le Vatican et l'Holocauste en Italie)*, de Susan Zuccotti. Je remercie également tous les auteurs dont les livres m'ont permis de cerner mon sujet. Vous trouverez une bibliographie complète sur mon site web, car ils sont trop nombreux pour être tous cités ici.

Merci à Ilaria Mazzaferro, la traductrice italienne de mes précédents livres – car j'ai la chance d'être publiée en Italie. Étant perfectionniste, elle me sollicite régulièrement pour me demander des précisions sur un mot ou une expression, aussi n'ai-je pas hésité à la solliciter à mon tour pour *Éternelle.* J'ai une énorme dette envers elle, car ses conseils m'ont permis de gagner en authenticité. Elle a apporté des corrections à mon texte et a répondu à toutes mes questions avec la bonne humeur qui la caractérise. Je la remercie infiniment pour l'ensemble de ses interventions.

Merci au professeur Andrea Dall'Aglio, enseignant en mathématiques attaché au département de Mathématiques Guido Castelnuovo de l'université la Sapienza de Rome. Je l'ai rencontré lors de mes recherches sur la vie du mathématicien italien Tullio Levi-Civita et il a eu la gentillesse de me consacrer du temps et de répondre à mes questions, ce qui m'a permis d'enrichir les personnages de Levi-Civita et de Sandro. Merci encore, Andrea.

Merci également à son collègue, le professeur Enrico Rogora, lui aussi professeur de mathématiques à la Sapienza, qui a partagé avec moi le texte d'une conférence et des recherches sur Levi-Civita.

J'aime les bibliothèques et je les soutiens, en y faisant des interventions et en collectant des fonds. Aussi, pour mener mes recherches, me suis-je tournée vers l'une des plus grandes bibliothèques universitaires du pays : la bibliothèque Charles Patterson de l'Université de Pennsylvanie. Un grand merci au bibliothécaire Matthew Pilecki, qui m'a aidé à trouver des volumes récemment publiés contenant des archives du Vatican, des télégrammes et une correspondance concernant l'Holocauste en Italie, et d'autres documents qui ont nourri le contexte de ce roman. Matthew a été un guide patient et parfait. Comme tous les bibliothécaires, il est formidable.

Un merci tout particulier au centre Primo Levi de New York, association qui a pour but de diffuser auprès d'un large public l'héritage de Primo Levi et des Juifs italiens. J'y ai assisté à différentes programmations et conférences. Merci à tout le personnel du centre et en particulier à Alessandro Cassin, son directeur adjoint, et à ses bibliothécaires.

Merci à la charmante Egidia Barbetta, fille du défunt champion cycliste italien Giuseppe Pancera, pour avoir pris le temps de me rencontrer et de me parler du cyclisme italien des années 1920 et 1930, ce qui m'a permis de cerner les personnages de la famille Terrizzi. J'ai également puisé des renseignements utiles dans *The Story of the Giro d'Italia (Histoire du Giro d'Italie)*, volume 1 (2011), de Bill et Carol McGann.

On en sait beaucoup plus aujourd'hui sur la dyslexie qu'à l'époque où se déroule ce roman. Pour parler de ce trouble de l'apprentissage, je me suis adressée à l'experte Diane Reott, alors directrice exécutive de l'antenne de *l'International Dyslexia Society*, en Pennsylvanie. Diane m'a beaucoup aidée, non seulement en ce qui concerne l'histoire de la dyslexie, mais aussi pour comprendre l'impact émotionnel qu'elle peut avoir sur les jeunes gens qui en souffrent. Merci beaucoup à Diane.

Cela dit, j'assume toutes les erreurs qui pourraient subsister.

Merci beaucoup à l'incroyable équipe de mon éditeur, G. P. Putnam's Sons, à commencer par Ivan Held et Christine Ball, qui m'ont si bien encouragée quand je leur ai parlé d'écrire le roman historique dont j'avais toujours rêvé. Je connaissais et admirais Ivan depuis longtemps, et c'est par lui que j'ai pu contacter Mark Tavani, un éditeur brillant et un homme merveilleux. Mark n'a cessé de me soutenir pendant tout le processus d'écriture, car même un écrivain aguerri a parfois besoin d'être stimulé. Il a également suggéré une modification significative à la première version de mon manuscrit, laquelle a multiplié son impact émotionnel. Pour cela et pour tout le reste, je lui suis extrêmement reconnaissante.

Merci à l'équipe de choc qui travaille avec lui, notamment à Allison Dobson, Sally Kim, Ashley McClay, Alexis Welby, Laura Wilson, Katie Grinch, Emily Mlynek, Anthony Ramondo, Danielle Dieterich, et merci à la designer Lorie Pagnozzi.

Merci beaucoup à mon formidable agent, Robert Gottlieb, de Trident Media Group. Il est le premier à qui j'ai parlé de ce roman et il n'a pas hésité à prendre des risques et à m'encourager. Son enthousiasme communicatif m'a poussé à croire en moi. Il est toujours positif et c'est ce que j'aime le plus chez lui. Sans lui, je n'aurais pas écrit ce livre. Merci à son incroyable équipe chez Trident : Erica Silverman, Nicole Robson, Caitlin O'Beirne, et Sulamita Garbuz.

J'ai la chance d'avoir mes meilleures amies pour assistantes, et j'avoue avoir eu besoin d'elles pour *Éternelle.* Un grand merci à Laura Leonard, qui m'a poussée à écrire ce roman et m'a aussi accompagnée à Rome, où nous avons enquêté et frappé à de nombreuses portes pour obtenir des réponses à nos questions.

Fidèle à elle-même, Laura a su se montrer insistante quand il le fallait. Elle sait combien je l'adore, alors je ne vais pas m'épancher ici, mais merci beaucoup à elle, pour tout.

Merci à Nan Daley, qui a dû répondre à tant de questions, notamment sur la machine Olivetti utilisée par Elisabetta dans la Rome des années 30. Je m'en suis procuré une, épisode que je raconte en vidéo sur mon site web. Merci à Katie Rinda, qui a gardé ma forteresse, afin de me permettre d'entrer en « hibernation d'écriture ».

Un grand merci et tout mon amour à mes amis et à ma famille, notamment à ma meilleure amie Franca, qui m'a encouragée sans relâche pendant que j'écrivais ce livre et tout au long de ma vie. Dieu bénisse les copines.

Et enfin tout mon amour à mon incroyable fille, Francesca, qui a écrit avec moi pendant dix ans et est maintenant devenue une romancière à part entière. Elle parle italien, elle m'a accompagnée en Italie et ses excellentes suggestions m'ont beaucoup inspirée. Mais par-dessus tout, je la remercie d'être la fille idéale. Je lui dédie *Éternelle.* Sans elle, je n'en serais jamais venu à bout, car il n'y a pas de meilleur stimulant pour une mère que le courage de sa fille. Merci Francesca. Je t'aime.

Et enfin ma pensée va aux Juifs italiens victimes de l'Holocauste et à leurs familles. J'espère leur avoir rendu hommage à travers ce roman et c'est même ce qui m'importe le plus. Aujourd'hui, on trouve dans le Ghetto de Rome une plaque commémorative, un musée, et sur certaines maisons, des briques en laiton appelées *Stolpersteine*, installations de l'artiste Gunter Demnig.

Pour les victimes et leurs familles, je réclame une minute de silence.

Et qu'elle soit éternelle.

Imprimé en France en décembre 2021
par l'Imprimerie Maury S.A.S. à Millau (12)

N° d'imprimeur : L21/70236E